Gülichplatz

Historischer Roman über eine
Kölner Rebellion

Impressum

Math. Lempertz GmbH
Hauptstraße 354
53639 Königswinter
Tel.: 02223 / 90 00 36
Fax: 02223 / 90 00 38
info@edition-lempertz.de
www.edition-lempertz.de

1. Auflage – September 2020

Text: Gabriele Hamburger
Umschlaggestaltung: Ralph Handmann
Satz: Hilga Pauli
Lektorat: Philipp Gierenstein, Christina Meuser

Umschlagbilder: Rheinisches Bildarchiv Köln, rba_d038978 (Gerrit Adriansz. Berckheyde, Sankt Kunibert, letztes Viertel des 17. Jhs., Öl auf Leinwand, Köln, Kölnisches Stadtmuseum), rba_c015700 (Kleinenbroich, Wilhelm; Niclas Gülich, Tusche Aquarell, 17 x 21,5 cm. Köln 1848, Inv. HM 1926/575)

Autorenbild: Raphaela Schalk
Bild S. 430: Art Collection 4 / Alamy Stock Photo

Druck: Alfred Nordmann
Printed and bound in Israel

ISBN: 978-3-96058-352-3

Gabriele Hamburger

Gülichplatz

Historischer Roman über eine
Kölner Rebellion

EDITION
LEMPERTZ

Gestern wird sein, was morgen gewesen ist. Unsere Geschichten von heute müssen sich nicht jetzt zugetragen haben. Diese fing vor mehr als dreihundert Jahren an. Andere Geschichten auch. So lang rührt jede Geschichte her, die in Deutschland handelt.

Günter Grass aus „Das Treffen in Telgte", 1979

Über Nacht kam der Winter. Schnee deckt die Wiesen, schmiegt sich an ferne Hügel. Die Jahreszeit des Insichgehens, des Fallenlassens allen Sollens und Müssens beginnt. So feierlich sich die Welt draußen zeigt, wie freundlich das Weiß Stuben und Kämmerlein erhellt, mein Herz ermuntert die Pracht wenig. Vorige Woche war ich auf dem Platz, wo im März noch sein Haus stand – jetzt eine morastige Fläche. Auf rissigem Boden sammelt sich Unrat. Verdammnis ist angeordnet, kein gnädiges Gedenken, das man denen entgegenbringt, die ihre Sünden mit der härtesten Strafe sühnten: dem Tod. Trotzdem will man ihm ein Denkmal errichten. Sie nennen es Schandsäule.

Fedrig senken sich die Flocken auf das Unschuldsweiß des Bodens. Stille, doch keine Ruhe, obgleich mein südlich von Bonn gelegener Rittersitz ein Ort des Wohlbefindens ist: Ein zweistöckiges Herrenhaus, ein Torturm mit unserem Wappen, weitläufige Wirtschaftsgebäude, Felder, zwei Tannen- und Laubwäldlein, mehrere Pachthöfe – das ist Merhoffen, wo Generationen meiner Ahnen lebten. Dennoch, kein Baldrian aus dem Paradiesgärtlein lindert, kein Kraut hilft die wirren Gedanken zu ordnen. Selbst in meinem Kabinett, knispelndes Kaminfeuer im Rücken, friert das Herz. Das Ereignis darf nicht in die Ecke der Geschichten gekehrt zu werden, die durch tausend Münder ausgeschmückt in Sagen enden. Frisch aus der Erinnerung will ich erzählen!

Auf dem Schreibtisch mit dem Kabinettschränklein liegt Papier. Ich spitze einen Gänsekiel an, tauche ihn in Tinte, schreibe: *Hätte ich ländliche Stille dem städtischen Umtrieb vorgezogen, wäre mir ein Abenteuer erspart geblieben, das ein junger Draufgänger genossen hätte, nicht jedoch ich im Alter von 40 Jahren …* und dann laufen die Gedanken der Hand davon.

Ich sehe Niclaß Gülich, wie ich ihn kennenlernte: Mitte Dreißig, agil, feingliedrig, ein schmales Gesicht, breiter Mund. Feueraugen. Ja, seine Augen: wach, voller Leben. Sie fixierten den Gesprächspartner meist straff, zuweilen innig zwei Seelen verbindend. Bildhaft griffig sprach er den Menschen aus der Seele. Von der eigenen gab er wenig preis. Eitelkeit war ihm fremd. Nie kräuselte er das schulterlange braune Haar, nie trug er eine Perücke à la mode. Mein damals aus den Fugen geratenes Leben vermengte sich mit dem seinen – erst tröpfchenweise, dann fluteten sie ineinander.

Es begann in Köln, die Stadt, in die es meine Gattin Felicitas zieht und ebenso seit ihrem sechzehnten Geburtstag unsere Tochter Anna Christina, Lieb-belle genannt. Obzwar Merhoffen mein Herzensort ist, war ich oft in Köln bei meinem Schwiegervater Gerwin von Beywegh, einem reichen Kaufmann. Mein Sohn Alexander besuchte viele Jahre das Jesuitengymnasium Tricoronatum, wo mein Bruder Max bis heute Magister ist. Max ist stolz auf die von Bürgern regierte Reichsstadt. Nur diente die Bürgerregierung den Bürgern wenig. Kaltherzig presste sie selbst Armen ihr Kärgliches ab. Viele klagten kaum mehr das liebe Brot im Kasten zu haben. Aber ich greife wild voraus. Vor sieben Jahren begann alles: himmelhochjauchzend!

Hornung 1679

Verschwenderischer Festglanz hunderter Kerzen und Ampeln im Dom zu Köln – dennoch verlor sich an diesem wolkenschwarzen Februartag der Faltenwurf der Säulen im Finstern des Dachgewölbes. Aus der Düsternis richteten sich unzählige Blicke auf den strahlenden Altar, auf die Goldgewänder des Priesters und der Messdiener. Gesang und Orgelklang lobpreisten dankbar den zwischen Kaiser Leopold und dem französischen König Ludwig XIV. geschlossenen Frieden von Nimwegen. Tief im Inneren widerhallte der Jubel des Glorias. Leise erflehte das Agnus dei göttliches

Erbarmen und Frieden: miserere nobis ... dona nobis pacem.

Rechts neben mir sahen weltentrückt meine Eheliebste Felicitas, ihr Vater Gerwin von Beywegh und Tochter Lieb-belle zum Altar. Links standen mein Sohn Alexander, Schwägerin Anna und Schwager Arnold. Neben ihm zeichnete sich im Licht einer Ampel das Profil einer Dame ab: eine Himmelfahrtsnase, hohe Stirn und ein energisches Kinn, und ich weiß, ihre Augen sind lichtgrau. Wie ein Märchen, das sich im Erzählen bunt entfaltet, lebt Vergangenes auf. Mein Herz springt. Ich will sie umarmen wie damals im Sommerwind, als im wuchernden Grün alles in Rosenrot, Weiß und Violett blühte und Goldregen im Himmelblau überfloss – Liebesworte in sonnenpraller Luft. Vor zwanzig Jahren der letzte Kuss. Und jetzt: Sie ist fülliger. Der Hals steht nicht mehr im rechten Winkel zum Kinn. Doch ihre Mädchenhaftigkeit ist ein Meilenstein, den verrücke ich nicht.

Nach der Kommunion ist sie entschlüpft.

Die Menge drängte zum Ausgangsportal. Schwiegervater Beywegh war als Ratsherr im Zug des Stadtregiments rasch hinausgeschritten. Schwager Arnold schloss sich geschmeidig an. Als ich Felicitas draußen in die Beywegh'sche Karosse half, sagte eine sonore Altherrenstimme: „Die Galgen schweig ich tot! Lautes Verdammen ehrabschneidender Schmiererei ist nur Wasser auf die Mühlen des Pöbels. Nun adieu, werter Freund!“

„Nicht doch, hochgeehrter Herr Bürgermeister, gönnt mir die Freud, Ihm einen beschwerlichen Weg angenehm zu machen“, erwiderte mein Schwiegervater in einem Tonfall, der neben den Worten zusätzlich eine Verbeugung vor Bürgermeister Cronenberg machte. Streng fügte er hinzu: „Die liebe Jugend geht gern zu Fuß. Nicht wahr, mein Sohn?“

„Wie es beliebet“, knurrte Schwager Arnold und stieg aus.

Zwar war er von der Jugend einige Jahre entfernt, im Vergleich zu Cronenberg, der das 65. Lebensjahr überschritten hatte, konnte man ihn freilich jung nennen. Des Bürgermeisters achtunggebietende Beleibtheit ließ wenig Raum. Neben Felicitas passten nur noch ihre mädchenhafte Schwester Anna sowie die gertenranke Lieb-belle hinein. Die Karosse rollte an. Die Laufjungen, die Cronenberg seine vier Bürgermeisterstäbe vorantrugen, für jedes Amtsjahr einen, bahnten den Weg durch die Kirchgänger. Den Hut ziehend traten sie beiseite. Die Arme vor der Brust verschränkt hielt Alexander die Wärme fest und fragte: „Warum will der Bürgermeister Galgen totschweigen?"

„Schelme malten Galgenmännlein auf Cronenbergs Kaross", erklärte Arnold. „Um nicht ins Geschwätz zu kommen, schweigt er lieber darüber als sich zu beschweren." Er schaute nach oben: „Sputen wir uns, sonst segnet uns der Himmel zusätzlich!"

„Nun dann adieu, ich bete noch einmal im Dom", sagte ich.

Verdutzt murmelte Arnold ein „Adieu" und ging. Alexander trottete neben ihm heimwärts.

Wie Schachfiguren stehen die schwatzenden Leute in ihren Umhängen auf dem Domhof. Ein Mädchen im weinroten Mantel macht sich einen Spaß aus der Pfützenlandschaft, tänzelt um Wasserlachen, kommt mir in die Quere und hebt die Hand, als fordere sie mich zu einem Menuett auf – kindlich sind die runden Augen, das wirre Lockenhaar, fraulich ihre Bewegungen, in feenhafter Leichtigkeit mehr Schweben als Gehen. Sie huscht zu einem Paar, wohl Mutter und Sohn. Da sehe ich sie wieder! Marisa! Der Augenblick ist günstig, sie und der Jüngling sind nicht in Eile, aber mein Mund bleibt stumm. Plump in eine Welt einzudringen, zu der ich nicht mehr gehöre, widerstrebt mir.

Als sie in eine Kutsche stiegen, bereute ich, die gottgeschenkte Gelegenheit nicht genutzt zu haben und folgte der Karosse. In der Perlengasse – eng und düster – hielt der Wagen vor dem Gasthof Stern Zu Bethlehem. Die dunkle Wirtsstube war heimelig warm. Der Ofen in der Ecke gab sein Bestes, klammen Gliedern einzuheizen. In seine Nähe setzte sich Marisa mit ihren Kindern. Sie zog die Handschuhe aus – nur die Handschuhe.

Wenig lud dazu ein, es sich häuslich zu machen. Altersbucklig die rußigen Deckenbalken, der Steinboden schwarzfleckig. Gekerbte Tische und blankgesessene Bänke warteten noch auf Gäste. Hinter ihr nahm ich Platz. Gelangweilt lehnte das Mädchen den Kopf an ihren Arm.

Die Tür knarzte. Alexander trat ein. Zögernd kam er zu mir. Er sei dem mürrischen Onkel davon- und mir nachgelaufen, entschuldigte er sich.

Der Hausknecht brachte ein Halbmaß Wein und ich prostete dem Jüngling zu. Wir leerten die Becher ex pleno.

Der junge Herr fixierte Alexander und sagte: „Den roten Schülermantel des Tricoronatum hab ich auch getragen. Die Magister sind da alle so wie sie sich geben, zum Fürchten oder öde. Vor einem aber solltest du dich hüten: Pater Maximilianus! Seine Freundlichkeit täuscht, er straft eisern."

„Ach, vor Pater Max Sechem fürcht' ich mich nicht", antwortete Alexander. „Er ist der Bruder meines Vaters."

Als der Name Sechem fiel, drehte Marisa sich um und musterte mich – zu lange, um die Grenze der Höflichkeit zu wahren. Ihr Sohn stotterte Entschuldigungen.

Ich unterbrach ihn: „Monsieur, über meine Magister fiel mir früher gleichfalls wenig Löbliches ein, aber heut bin ich ihnen dankbar. Im Vergleich zum Leben ist die Schul ein Hort der Gerechtigkeit."

„Ein Hort der Gerechtigkeit?", spottete mein Gegenüber, „dann nahm das Leben des Herrn einen bösen Verlauf!"

„Nicht durchweg, dennoch homo homini lupus."

„Ist der Mensch des Menschen Wolf, wie Ihr sagt, dann schießt Eurem Sohn doch gleich eine Kugel vor den Kopf, das ist mitleidiger, als ihn von anderen zerfleischen zu lassen."

„Sebastian, was für eine böse Red!", maßregelte ihn Marisa und zu mir gewandt bat sie: „Monsieur, bitte verzeiht meinem Sohn. Ihm ist der Wein zu Kopf gestiegen."

Der junge Mann sprang auf: „Ich bin völlig bei Verstand! Und so zurechtweisen lasse ich mich nimmer!" Er spuckte neben mir aus und war zur Haustür hinaus.

Erbost über den Rüpel war auch ich auf den Beinen.

Marisa fasste mich am Arm und flehte: „Kein Duell! Bitte!"

„Duell? Nein, Madame! Nach der Feier des großen Friedens sollten wir uns besonders um den kleinen bemühen."

„Vielleicht setzen sich die Herren zu uns?" Ihr Blick galt ganz mir. Wir nahmen an ihrem Tisch Platz und zu Alexander gewandt sagte sie: „Mein Sohn ist ein wenig hitzig. Deshalb sollt man seine Red über die Schul nicht auf die Goldwaag legen."

„Ach, in der Schul gibt's auch viel Schönes", versetzte der Knabe. „Ich darf dort Geige spielen, sogar Orgel."

„Geige spielt der junge Herr", sagte sie bewundernd.

„Und Laute und Cembalo!", ergänzte er.

„Beim Lauten- und Flötenspiel kennt Charlotte auch kein End."

„Wir könnten ein Duo versuchen?", schlug er vor.

„Nicht so heißblütig drauf los!", dämpfte ich seinen Eifer, während das Mädchen rief: „Ach bitte, Frau Mama, dürfen wir in der Kammer spielen?", und die Mama erlaubte es.

Kaum waren wir allein, polterte eine lustige Gesellschaft in die Wirtsstube. Die Gäste waren laut, wir stumm, obwohl wir uns ein Leben zu erzählen hatten. Zuletzt sahen wir uns, als Marisas Vater unsere Hochzeitspläne durchkreuzte. Dafür zahlte er einen hohen Preis. Sein Sohn Florentin zwang mich, den scheinbar treulosen Verlobten seiner Schwester, zu einem Duell. Knapp überlebte er und seither ist sein linker Arm schwach. Florentin und ich söhnten uns aus. Bei seinem älteren Bruder Ernst stieß ich aber nur auf höllischen Hass. Welche Seite Marisa bevorzugte, wusste ich nicht. Behutsam entschuldigte ich mich für Vergangenes.

Flüchtig berührte sie meine Hand. „Saltin!" Sie nannte meinen Kosenamen. „Lassen wir das Alte!"

„Madame", – das „Marisa" war noch zu vertraulich – „es erleichterte mein Herz, wenn ich Absolution dafür erhielte, dass ich damals mein Heiratsversprechen nicht einlösen konnte."

„Absolution gibt es nur in der Kirche", wich sie aus.

„Dann Vergebung!"

„Warum? Wir waren zu schwach, uns gegen den Willen der Eltern zu wehren. Mein Schmerz über die verlorene Liebe war damals größer als der Zorn auf meinen Verehrer, der fast meinen Bruder erstach. Florentin beichtete mir später, das Duell erzwungen zu haben. Sein Gegner habe ihm trotzdem beigestanden, wo andere geflohen wären. So kehrte sich meine Enttäuschung nie in Hass. Und jetzt freut mich das Wiedersehen."

„Mir ist es auch eine Freud, eine große Freud – Marisa!"

Das grobschlächtige Gelächter der Gäste hinter uns blieb am Rande. Die Köpfe nah beieinander redeten wir. Es war, als schilderte ich ein fremdes Leben, denn meine Gedanken sind in Merhoffen beim Schachspiel mit Mademoiselle Marisa, wir schauen uns im Musikzimmer verliebt an, lachen, plaudern, heimliche Küsse. Davon erzählten ihre Augen, während mein Mund von alten Freuden und Plagen sprach und meine Ohren beklagenswerte Allerweltsdinge hörten. Sie war Witwe. Ihr Ehemann fiel im holländischen Krieg. Welcher Teufel ihn ritt, im gesetzten Alter noch nach Heldenruhm zu streben, ließ sich nur mit der Sorge eines jeden Hausvaters erklären: Geld! Feldzüge versprechen fette Beute, was oft ein Versprechen bleibt. Sein Tod brachte Marisa in größere Not. Drei Pachthöfe blieben ihr, die sie einem altgedienten Verwalter anvertraute. Bei ihrem Bruder Ernst fand sie Unterschlupf, von dem sie zuletzt in Unfrieden schied. Frei heraus klagte sie: „Ernst ist verbittert. Seit einem wilden Streit mit Florentin ist er für ihn ein Toter, um den es sich nicht zu trauern lohnt, wie er sagte. Florentin schrieb mir aus aller Herren Länder Briefe und ich weiß nur, dass er in Köln logiert, aber nicht wo."

„Auch ich hab ihn seit einiger Zeit aus den Augen verloren, aber ich weiß, wo er wohnt."

„Wo? Welches Haus?"

„Wenn Sie es wünscht, führe ich meine liebe Freundin morgen gerne dorthin."

Sie dankte und ihre lichtgrauen Augen umarmten mich.

Florentins Haus mit Stufengiebel und einer Fassade im reinlichen Weiß strahlte gepflegte Bürgerlichkeit aus. Ein auf Säulen ruhendes wappengeschmücktes Eingangsportal hob es von den biederen Nachbargebäuden ab. Eine ältere Magd öffnete. Der Herr sei nicht da, grummelte sie und fügte auf Nachfrage kratzbürstig hinzu: „Auch für die Frau Schwester ist er nicht da."

„Und wo finde ich ihn?", drängte Marisa.

„Ich frage Madame!" Sie schlug uns die Tür vor der Nase zu, obwohl wir erkennbar nicht der Bettlerzunft angehörten.

„Wer ist diese Madame?", raunte Marisa mir zu.

Ich wusste es nicht.

Wenig später führte uns die Magd in die Stube. Sie war ohne Prunk eingerichtet, sah man von einem stattlichen Orientteppich ab. Erst auf den zweiten Blick zeigte sich Reichtum. Die auf einem Stuhl liegende Laute war ein edles Instrument. In schlichten Bilderrahmen versteckten sich kunstvolle Stillleben. Sie präsentierten feinsinnig arrangierte Goldpokale, hauchzarte Flötengläser, Granatäpfel, Lobelien und Rosen auf Silbertellern. Eine blonde Dame legte den

Stickrahmen beiseite und lud uns anmutig ein, am Tisch Platz zu nehmen.

„Madame, wir danken für den Empfang“, begann ich. „Frau von Bösinghausen ist die Schwester des Herrn von Kolff, ich bin ein Freund von ihm. Wir suchen ihn.“

„Mein Gemahl ist auf Reisen, ich bedauere.“

„Gemahl?“, fragte Marisa. „Davon wusste ich nichts. Ich bin Marie Elisabeth, seine einzige Schwester.“

„Ich bin Amalia Elisa! Zu unserer Hochzeit vor zwei Monaten lud er seine Schwester ein, aber sie kam nicht!“, sagte sie hölzern und hölzern blieb die Schöne, obwohl Marisa herzlich bedauerte, dass die Einladung sie nicht erreicht habe.

Um ihr Vertrauen zu gewinnen schwatzten wir von Jugenderlebnissen mit Florentin. Auf Marisas Frage, wo sich ihr Bruder aufhalte, verzog sie den Kussmund zu einem kühlen Lächeln und erwiderte, ihn im Juni zurückzuerwarten. Mir schien, als genieße sie ihre Macht wie böse Buben Käfer quälen und ich beschloss, den Spieß umzudrehen. Ernst sagte ich: „Madame, ich habe eine eilige Botschaft für den Herrn Gemahl.“

„Ich lass sie ihm zukommen“, erwiderte sie reserviert.

„Nein, keine Briefe, das muss ich ihm sagen.“

„Warum das, Monsieur?“

„Nun, Köln ist keine so harmlose Stadt, wie es den Anschein hat. Er ist in Gefahr.“ Diese aus der Luft gegriffene Behauptung zeigte erstaunliche Wirkung.

„Also doch die Kölner! Was ist's?“, fragte sie betroffen.

Bedauere! Geheimnisse vertraue ich nur dem an, dem sie auch nützen. Ich danke und empfehle mich.“ Ich stand auf.

„Oh, bitte bleibt!“, rief sie. „Er ist gestern zum Fürstbischof nach Osnabrück gereist.“

„Dacht' ich mir's doch! Madame, seid unbesorgt! Wir sind schon tückischeren Fallstricken entgangen“, doch noch viele begütigende Worte waren nötig, bevor wir uns verabschiedeten.

Draußen drängte Marisa mich, ihr zu sagen, warum ihr Bruder in Todesgefahr schwebe.

„Alles nur Komödie!“, besänftigte ich sie, als wir uns in der Karosse gegenübersaßen. „Ich wollte herausfinden, wohin Florentin gereist ist. Ich tat's für meine werte Freundin.“

Irritiert krauste sie die Stirn und sagte nach einer Weile nachdenklich: „Ich fahre nach Osnabrück.“

„Besser ist's, Florentins Rückkehr im Juni abzuwarten. Die Strauchdiebszunft blüht wegen der abgedankten Soldaten.“

„Ach, gar so arg ist's nicht. Ich schließe mich Kaufleuten an, das ist zwar langsam, aber sicher.“

„Warum die Eil'?“, erkundigte ich mich.

„Ich will Florentin bitten, meinem Sohn Sebastian ein Amt bei Hof zu verschaffen, da bietet der Fürstbischof von Osnabrück gute Möglichkeiten.“

Vor dem Stern Zu Bethlehem sagten wir uns Lebwohl, ohne eine Andeutung, uns wiederzusehen.

Am Montag besuchte ich die Frühmesse, die mein Bruder Max in der Jesuitenkirche Mariae Himmelfahrt zelebrierte. Wie sehr das schlichte Gotteshaus auf innere Sammlung ausgerichtet ist, wie sehr ich mich auch um Andacht bemühte, zu meiner Seele fand ich nicht. Störrisch schwenkten die Gedanken zu Marisa, in die Vergangenheit und zu den Momenten unseres wortlosen Verstehens.

Nach der Messe bat mich Max ins Kolleggebäude. Er und ich sind uns ähnlich. Wir haben beide braune Augen, dichte gebogene Wimpern und lockiges Haar, meines ist inzwischen braun-grau und die Zeit hat mir Stirn und Mund markanter werden lassen. Mit seinen jugendlich schnellen Schritten, die nicht zu seinem schwarzen Magistertalar passten, führte er mich in einen Nebenraum der Schulbibliothek. Aus einem Schrank zog er ein Bündel heraus – ein gilbiges Manuskript, dessen Titel lautete: Umständliche Beschreibung einer Reise zum Rio Paraná und andern anmutigen Örtern in Westindien. Darunter stand klein: Alexander Senfft – mein verehrter frühverstorbener Lehrer.

„Das Buch ist doch gedruckt worden?", fragte ich.

„Ja! Doch es enthielt Aufrührerisches, so wurde alles verbrannt. Frater Antonius gab mir das Manuskript auf seinem Totenbett und bat mich, es dir zu geben, es bedeute dir viel, sagte er."

„Ja, das tut's wahrhaftig – alles lang her! Seltsam, das ist jetzt schon der zweite Hinweis auf alte Tage. Tja, Junge sinnieren über die Zukunft, Greise über die Vergangenheit!"

„Greis?" Er lachte. „Aber machen wir uns die Zeit nicht mit trüber Red sauer. Wann macht der Herr Schwager nun Hochzeit?"

„Hochzeit von Arnold?", fragte ich.

„Ei ja, immer wieder höre ich Hochzeitsglocken für ihn und des Bürgermeisters Töchterlein Anna de Groote läuten."

„Max, was soll diese Kuppelei?"

„Kuppelei? Herzbruder, du lenkst von meiner Frag ab."

„Wohl nicht geschickt genug!", knurrte ich, stand auf und schloss die Tür. „De Groote zögert noch."

„Die Heirat soll dem Herrn Vater wohl den Weg ins Bürgermeisteramt ebnen?"

„Möglich!"

„Mich erstaunt seine plötzliche Leidenschaft für Ämter. Warum ist ihm das hohe Amt des Weinmeisters nimmer genug?"

„Kleider machen Leute und hohe Ämter Namen. Als Handelsherr hat er wenig Lust, wie ein Torsteher nach der Musik des Stadtregiments zu tanzen, die oft genug Katzenmusik ist."

„Ja, die vielen, vielen Steuern", stöhnte er.

„Was schert's euch Jesuiter mit eurer Steuerfreiheit?"

„Uns schmerzt es, wenn der Stadtbüttel einer Witwe wegen einem Taler Schulden bei der Rentkammer die Haustür aufbricht und ihren Kochkessel auf der Gass verhökert."

„Wer kauft Dinge, die man einer Notleidenden abpresste?"
„Wer Billiges kauft, fragt nie, woher es stammt."

Nicht die übliche kultivierte Ruhe begrüßte mich im Beywegh'schen Haus am Alter Markt. Befremdend laut hallte Schwager Arnolds Stimme in die Diele, gellte mir noch auf der Treppe ins Ohr: „Nein, nein! Prinzipiell: nein! Nur über meine Leich! Auch ansonsten: nein!" Krebsrot, obwohl er sonst die edle Blässe pflegt, stand der hagere Arnold am Esstisch in der Stube, an dem sein jüngerer Bruder Gerwin, Felicitas und der Vater saßen. Das weiße Tischtuch und eine Schüssel Naschwerk erinnerten an das Mittagsmahl, das ich verpasst hatte. Diskret wollte ich die angelehnte Tür schließen, doch der Vater winkte mich heran.

Arnold lamentierte, er zolle reichlich Tribut mit Arbeit bis nachts: Faktura und ach, das leidige Mahnen säumiger Schuldner. Bruder Gerwin sei das alles ein Graus, der fühle sich jenseits der Kölner Mauern am wohlsten. Jetzt schanze er ihm die heikle Reise zur Leipziger Messe zu. Er riss seine Lockenperücke vom kahlgeschorenen Haupt und schnauzte: „Nein!"

„Lieber Bruder", erwiderte Gerwin. „Diesmal bleib ich bei meinem herzlieben Weib bis zur Geburt – geb nicht wie sonst den Kommerzien den Vorzug."

„Leeres Geschwätz", giftete Arnold. „Deine Gattin bekommt Kinder so leicht wie die Katz Junge!"

Der Vater hob einhaltgebietend die Hände. Obwohl Beyweghs gerundetes Gesicht weich wirkt, geben ihm ernste hellbraune Augen, eine hohe Stirn, ergrauendes schulterlanges Haar, ein maßvoll gewölbter Leib und ein ruhiges Wesen eine natürliche Autorität, der jeder Respekt zollt. Nur er ist Herr von Beywegh, seine Söhne sind Herr Arnold oder Herr Gerwin. Obwohl ich ihn Vater nenne, ist er auch für mich der Herr von Beywegh. Während meiner Kölner Schulzeit sorgte er so für mich, dass ich ihm die Liebe eines wahren Sohnes entgegenbringe. Trotz strengem Hausregiment duldet er Widerreden, allerdings kultiviert.

„Arnold!“, sagte er scharf. „Herr de Groote soll sehen, dass sein Schwiegersohn in spe nicht hinterm Ofen hockt und Äpfel brät. Reisen gehört zum Metier, sonst schneid Stroh!“

Schlaff fiel Arnold auf seinen Stuhl: „Mit Verlaub, die Reis' führt über Herrschaftsgebiet des Fürstbischofs von Osnabrück. Da gibt's mehr zu verlieren als zu gewinnen.“

Osnabrück? Ein Wink des Schicksals! Übernähme ich den Geleitschutz, könnte sich Marisa anschließen. Die Stadthockerei hatte ich ohnehin satt. Ohne lange zu überlegen sagte ich: „Ich bin bereit, die Kaufleut zu begleiten!“

Alle starrten mich an wie vom Mond gefallen. Arnold fasste sich schnell und pries mein Angebot: Mehr könne selbst Herr de Groote nicht wünschen, wenn ein als exzellenter Degenfechter bekannter Edelmann seine Habe schütze. Felicitas nickte freudig, nicht aber ihr Vater. Sonst eher bedächtig argumentierend war er diesmal temperamentvoll: „Arnold, ich wiederhole mich ungern. Mein Sohn soll zeigen, wozu er fähig ist, außer Wächter über Handelsgut zu sein!“, wies er ihn zurecht, wobei der „Wächter“ nach Nachtwächter klang.

„Ich bin bereits ein würdiger Bräutigam der Mademoiselle de Groote“, wehrte sich Arnold. „Sie ist froschäugig und keine schaumgeborene Venus. Da muss ich mich nicht zum Apollo herausputzen und Taten eines Herkules vollbringen.“

„Nur ist ihr Vater Bürgermeister, hat fünf Rittersitze und ist der reichste Herr Kölns!“, mischte sich Felicitas ein.

„Trotzdem mag ich die Kuh nicht heiraten!“, murrte Arnold.

„Wer kann schon heiraten, wen er will? Das konnte ich auch nicht. Man fügt und arrangiert sich!“, entgegnete Felicitas, ohne Rücksicht darauf, dass der, den sie nicht wollte, zuhörte.

Wiederum gebot Beywegh Ruhe: „Arnold unternimmt die Reis', wenn ich's wünsche!"

Arnold senkte ergeben das Haupt.

„Und nun ans Tagwerk!"

Felicitas erhob sich als Erste. Sie nahm die Aufgaben der Hausmutter wahr, die ihre siebzehnjährige Schwester Anna Adelheidis nur mangelhaft erfüllte. Als alle gegangen waren, ließ Beywegh Tabak und zwei lange Tonpfeifen bringen. Tabak verkauft er lieber, als sich daran zu delektieren. Er beneble den Verstand, begründet er die Sparsamkeit. Gelegentlich erfreute er sich und andere aber mit seinen erlesenen Rauchwaren. Im Tabakaroma schwelgend legte ich den Kopf an die hölzernen Akanthusblätter der hohen Stuhllehne und blies Wölklein zum Kronleuchter, dessen 16 geschwungene Arme den langen Tisch segneten.

Ein heimeliges Nest ist die Stube. Drei zum Alter Markt gehende Fenster verteilen wohligen Sonnenschein. Vor ihnen stehen ein Tischlein und zwei Stühle, wo die Damen des Hauses sticken. Der Fensterfront gegenüber befindet sich eine dunkle Kredenz. Ein grünglasierter Kachelofen, ein Virginal, Landschaftsbilder in Goldrahmen ergänzen die Einrichtung. Die Decke ist hellblau, die tragenden Balken sind weiß getüncht, was den in vorherrschend dunklen Farben gehaltenen Raum aufhellt. Trotz aller Behaglichkeit ist die Stube für mich eine Art Gefängnis. Das Stadtleben beschränkt sich auf Kirchen, Wirtshäuser und die Stuben einiger Herrschaften, die sich mit mehr oder weniger Bombast ähneln.

Beywegh fixierte mich und bemerkte: „Nun, das Anerbieten uns Kaufleuten Schutz zu gewähren, freut mich. Allerdings hat der Rat geboten, Handelsgut nur über den Rhein zu führen."

„Warum dieses unsinnige Gebot?"

„Schulden! Ja, Steuerschulden beim Kaiser. Der Krieg leerte alle Beutel. Kaiser Leopold schreibt deshalb permanent neue

Steuern aus. Noch bevor eine Schuld beglichen ist, flattert dem löblichen Rat schon die nächste Forderung auf den Tisch, die wir ebenso wenig bezahlen können wie die vorangegangene und die Antwort des Kaisers auf unsere Klagen war ... nun, lieber Sohn, wie war sie wohl?"

„Teilweiser Schuldenerlass, so mach's ich mit meinen Pächtern. Wo nichts ist, ist auch nichts zu holen!"

„Für den Kaiser schon! Für ihn ist das Argument der leeren Taschen unerheblich. Ja: Unerheblich! Er will Geld, kein Jammern. Er übertrug eine Forderung auf Fürstbischof Ernst August von Osnabrück. Der ließ einen Kaufmannszug zur Frankfurter Messe überfallen und erpresste von Köln Lösegeld zur Tilgung. Flugs wies ihm der Kaiser eine weitere Schuld Kölns über 15.000 Taler zu. Zahlen wir's, sind wir bankrott."

„Herr Vater, dann folgt besser dem Gebot des Rats."

Er verdrehte die Augen: „Der Rhein fließt leider nicht immer dahin, wohin man will. Da mag man gleich sagen, holt nimmer Atem, weil die Luft verpestet sein mag."

„Trotzdem, ein Ratsherr, der gar das ehrenvolle Amt eines Weinmeisters innehat, sollte Ratsbeschlüsse befolgen."

„Ha, ein Weinmeister soll den Handel fördern. Überdies ist dies nur eine Warnung, und für den, der sich hinauswagt, gibt's nun mehr zu holen als sonst. So denken Kaufleut."

„Gerät Arnold aber in Geiselhaft, fällt das Lösegeld für einen wohlhabenden Herrn hoch aus", gab ich zu bedenken.

Eine begütigende Geste: „Arnolds Hasenherzigkeit erboste mich. Aber, lieber Sohn, wenn Er den Zug schützte, erfüllte das alle meine Wünsch – nur ist da noch etwas. Herr de Groote bat mich, ein Säcklein Diamanten nach Leipzig zu befördern."

„Gerade jetzt? Wir sollten lieber zuwarten."

„Gewiss, nur steht Herr de Groote beim sächsischen Kurfürsten im Wort. Solche Herren warten ungern."

„Unter den Umständen bitt ich nun doch um Bedenkzeit."

Meine Eheliebste gierte danach, Arnold, „dem bleichsüchtigen Stubenhocker", zu zeigen, was ein wahrer Mann ist. Der Stubenhocker selbst wurde ebenfalls nie müde, mir den Opfergang für ihn nahezulegen. Diese Wünsche kümmerten mich wenig. Nur Beywegh und Marisa zu Gefallen erklärte ich mich zum Geleit des Kaufmannzuges bereit. In einem *Billett* bot ich Marisa an, sich dem Zug anzuschließen. Sie bat um Details der Route, die ich ihr unter dem Siegel der Verschwiegenheit mitteilte. Sie kam zwar aus dem Rheinland mit seinen unsicheren Straßen heraus, Osnabrück allerdings nur wenig näher. Die Nachteile überwogen wohl, denn sie ließ nichts von sich hören.

Um den Trupp zu verstärken, beorderte ich meinen Stallmeister Hennes nach Köln. Er brachte Anton mit, einen Jüngling, dem große blaue Augen und helles Strubbelhaar Kindlichkeit verliehen. Auf Bitten seiner bettelarmen Eltern hatte ich ihn vor neun Jahren aufgenommen. Er entwickelte einen Wissensdurst, als wolle er sich die Welt einverleiben und ich förderte ihn. Mein Verwalter Gillis lehrte ihn Rechnen, Lesen und Schreiben. Wegen seiner gefälligen Schrift leistete er ihm bald gute Dienste. Antons Eifer machte vor keiner Arbeit halt. Im Stall, im Wald, auf dem Feld half er und jeder lehrte ihn das, worin er Meister war. Während ich Hennes schalt, nicht den gewünschten Knecht mitgebracht zu haben, fiel Anton auf die Knie und flehte, mitreiten zu dürfen, weil er seine Eltern im Bergischen suchen wollte. Er wusste nicht, wie groß das Bergische Land ist und wie winzig die Aussicht war, den Eltern zu begegnen. Nun, mochte er träumen! Träume sind der Zucker des Lebens und Zuckerdieb bin ich nur, wenn's sein muss. Jetzt musste es nicht sein.

März 1679

Weit, im kühlen Blau stand am Tag der Abreise der Himmel über Köln, bereit hunderte Gebete für eine glückliche Heimkehr gütig aufzunehmen. Sonnenschein stärkte müdes Wintergrün und ließ Gänseblümchen in Teppichen aufblühen, auf denen wie fehl am Platz die Gerippe der blattlosen Bäume standen. Von warmer Frühlingsluft umweht trabte ich von Hennes und Anton begleitet zum Sammelplatz des Zuges.

Um Aufsehen zu vermeiden, vereinigten sich die 20 Karren auf der anderen Rheinseite. Zu meiner Freude hatte sich dort auch Marisa mit ihren Kindern eingefunden. Die Kaufleute hingegen waren von den Gästen wenig erbaut. Sie hielten sie für Spitzel der Osnabrücker. Meine Beteuerungen zur Ehrbarkeit meiner Freunde gingen an ihren Ohren vorbei. Ein schlanker sehniger Mann rügte den Argwohn seiner Gefährten. Einer rief: „Gülich, sei nit so leichtgläubig!"

„Wer unserem Beschützer nicht traut, kehrt besser um!" Gülich warf mir einen herzlich einverständlichen Blick zu.

„Für Frau von Bösinghausen und ihren Sohn lege ich meine Hand ins Feuer", unterstützte ich meinen Fürsprecher.

„Verkohlt sie Euch mal nit!", blaffte ein Bedenkenträger und nörgelte: „Der Kutscher der Madame, der Hirze, den kenn ich, der bringt nur Streit und Zank. Der muss fort!"

Kutscher Hirze musste den Zug verlassen und Hennes übernahm dessen Aufgabe. Trotz der anfänglichen Unstimmigkeit waren die rauen Männer, denen die übelsten Flüche mühelos wie das Ave-Maria von den Lippen gingen, der Madame gegenüber artige Kavaliere. Auf dem Bock von Beyweghs Planwagen saß ein brummiger Fuhrmann namens Mats. Ein struppiger Vollbart und ledern knittrige Haut bedeckte eine Hälfte seines Kopfes, braunes Zottelhaar den Rest. Kautabak lag stets in einer seiner Wangentaschen. Gewissenhaft spuckte er den schwarzen Saft in hohem Bogen von sich. „War mal Seemann, bin lieber Fuhrmann, pft! An Land kann man saufen, nit absaufen“, war seine ausführliche Lebensbeschreibung. Der neben ihm sitzende blutjunge Kaufmann hingegen liebte den Schwatz. Wurde Mats die Quasselei zu viel, schnauzte er: „Maul zu!“ und spuckte ihm, pft, die Tabakjauche vor die Füße. Das wirkte verlässlich.

Träge ging es voran. Karg und eintönig war das Leben. Um die Pferde zu schonen, lief jeder mehr, als dass er fuhr. Abends kampierte man vor Dörfern, versorgte sich und die Tiere mit Wasser und Nahrung. Die Fuhrleute nächtigten im Wagen, das sparte Geld und hielt Diebe fern. Marisa, ihre Kinder, Hennes und ich quartierten uns bei Bauern ein. Anton schlief bei Mats. Der Knurrige fand Gefallen an dem Jüngling, der ihm einiges ablauschte. So hörte ich einmal, wie er Anton erstaunlich ausführlich erklärte, wie man die richtigen Straßen findet.

Marisa war mir gegenüber zurückhaltend. Grüßte ich sie, wenn ich an ihrer Kutsche vorbeiritt, hob sie nur die Hand. Wenn auch das Glücksprühende des Wiedersehens in der Nüchternheit des Alltags abstumpfte, unsere Verbundenheit war nicht gealtert. Im Gegenteil, frischer Zunder hatte meine über die Jahre dahinglimmende Zuneigung neu entfacht. Je abweisender sie wurde, desto mehr gierte ich nach dem alten Glück. Nach jedem Nachtmahl suchte sie die Einsamkeit. Sie ging in die Dorfkirche oder setzte sich draußen auf einen Hackklotz und vertiefte sich in den vergehenden Tag. Einmal verlockte mich eine Bank hinter dem Haus, ihr Gesellschaft zu leisten. Plauderei erwartete ich nicht. Neben ihr der Nacht zuzutreiben genügte. Es war still nach einem Tag voller Rufen, Peitschenknallen und Rumpeln der Wagen, begleitet vom Schnauben und den wuchtigen Hufschlägen der Zugtiere. Marmorweiß war das Land überwölkt. Eckig streckten Obstbäume die nackten Äste himmelwärts, als griffen sie nach den Wolken. Rauch der Herdfeuer stieg kerzengerade auf. Ohne mich anzublicken, fragte sie: „Warum schleicht der Herr mir nach?“

„Es ist gefährlich, hier allein zu sitzen“, sagte ich – das war zumindest eine plausible Erklärung.

„Saltin, warum die Unehrlichkeit?“

Ihre Wahrheitsliebe und Klarsicht hatte ich vergessen. Fehler, die männlicher Stolz kunstvoll bemäntelte, hielt sie einem nackt vor Augen, denn Heuchelei war für sie der übelste Feind der Wahrheit. Ich ließ alle Masken fallen und fragte: „Warum diese Kälte zwischen uns? Bei unserem Wiedersehen blätterte ich in einem Buch, das wir vor zwanzig Jahren weggelegt hatten. Viel Vertrautes fand ich darin – Glückseligkeit, wortwörtlich und wahr. Eine Seite enthielt den Donnerschlag. Auch wenn wir das Buch nicht fortschreiben können, so sollten wir an unserer Freundschaft festhalten, die doch eine Kostbarkeit in der rauen Welt ist.“

Über die vor uns liegende Obstwiese hinweg zu einer bewaldeten Anhöhe schauend sagte sie leise: „Dem Herrn Träumer will ich sein Lebensbuch nicht aus der Hand schlagen. Doch neben einer kleinen Sonne und froher Stunden spüre ich schmerzvolles Warten, Blutgeruch und Enttäuschung. Ja, so sähe mein Erinnerungsbüchlein von damals aus. Aber ich hab keines, denn gegen solches Erinnern gibt es ein heilsames Mittel: Vergessen! Lieber Freund, ich huldige dem Vergessen, hänge mein Herz nicht an abgestandene Geschichten, die heute ohne Bedeutung sind, weil die Welt sich gewandelt hat.“

„Was Marisa einst war, ist sie für mich noch heute. Herz und Seel ändern sich so wenig wie die Augen.“

„Ha, dann gäb es nur fröhliche Greise, die doch oft genug verkniffen, giftig und kleinmütig sind.“ Sie blickte mich an. „Und die Augen? Die Zeit hat drumherum Furchen gepflügt, die Farb geblichen. Saltin, alles war einmal! Und solche Erinnerungsbüchlein schreibt man mit der Gattin." Sie sprang auf. „Und sollte es eines von uns geben, werf' ich's ins nächste Feuer!"

Ich erhob mich ebenfalls. „Marisa, in Köln dachte ich, all das böse Alte wäre vergeben. Jugendfreunde sind einem nah wie Geschwister. Warum herrscht jetzt dieser Frost?"

„Geschwister? Die Reise war ein Fehler! Leider Gotts kam ich nicht anders aus Köln heraus!" Sie drehte sich um und ging.

Mein Herz klopfte – aus Enttäuschung über die grobe Abweisung und Beschämung, mein Herz einer Gleichgültigen geöffnet zu haben. Fürchtete sie, ich umwarb sie aus Wollust? Unsinn! Zu mehr als zu Küssen hatte ich sie selbst in unserer Jugend nie gedrängt. Gewiss ließ ihr Sohn kein gutes Haar an mir. Seit dem Eklat im Stern Zu Bethlehem ignorierte er mich und legte sich mit anderen an. Seine Reitkünste demonstrierend machte er die Zugpferde scheu. Die Flüche der Fuhrleute spornten ihn sogar an, es ärger zu treiben. Väterlich mahnte ich ihn, Knechte zu foppen sei eines Edelmannes unwürdig. Er pfeife auf meine Belehrungen, blaffte er und kehrte mir den Rücken. Seitdem mied er den Zug und ritt weit voraus, was alles Gezänk beendete.

So gut die Reise begann, so schlecht war ihr Fortgang. Am elften Tag: Regen, nichts als schräg zu Boden getriebene Güsse. Pfützen verwandelten sich in Seen. Immer wieder schoben Fuhr- und Kaufleute die Wagen an, die im Schlamm steckenblieben.

Endlich tröstete die Sonne und trocknete die Kleider. Man beschloss die Stadt Wiedenbrück, die unter der Herrschaft des Fürstbischofs von Osnabrück stand, nicht wie geplant zu umgehen, sondern sich dort zu versorgen. Träume von einer warmen Stube, einer heißen Suppe und einem Krug Bier blühten. Anton trabte heran. Madame bitte mich eiligst zu sich, rief er mir zu. Ha, wünschte sie kürzlich nicht Abstand?

Der Esel in mir bockte. Doch Esel sind schlechte Ratgeber, man sagt ihnen neben Starrsinn auch Dummheit nach. Den Kopf aus der Kutsche gereckt, spähte sie schon nach mir. Neben der Karosse reitend fragte ich schroff: „Was gibt's?"

„Gottlob, dass meine Bitte angekommen ist!", seufzte sie, „mein Sohn ist vor langer Zeit auf und davon."

„Kaum verwunderlich! Er hält sich selten beim Zug auf."

„Aber so lang blieb er nie aus. Er hat sich verirrt."

„Verirrt? Ja, in die nächste Schänke in Wiedenbrück."

„Ach Saltin!" Ihr bettelnder Blick kraulte meine männliche Eitelkeit. Sie spielte mit mir, so wie im Garten ihrer Eltern mit ihrem Hündchen, das sie Stöcke holen ließ. Einer Mutter verzeihe ich solche Listen. Den Dreckskerl mochte der Teufel holen, aber später! Ungern überließ ich Anton und einem abgedankten Soldaten, den sich die Kaufleute für ihre Sicherheit zusätzlich leisteten, das Geleit, denn osnabrückisches Gebiet war nahe.

Ich galoppierte. Bergiges Gelände zwang mich in den Trab. Bald war ich bei diesem Avantgarderitt dem Zug so weit voraus wie nie zuvor. Ich zügelte den Braunen. Nirgends ein Reiter.

Vor mir fiel die Straße ab und führte zu einem Wald. Ich betrachtete das vorgelagerte immergrüne Gebüsch. Ein Licht blitzte auf. Ich fixierte das Gestrüpp und da blinkte es wieder. Solche Blitze kannte ich. Bei der Belagerung Bonns kamen sie aus den feindlichen Linien: Es waren Spiegelungen des Sonnenlichts in den Fernrohren der Gegner. Spähend kniff ich die Augen zusammen. Nichts bewegte sich. Dennoch, dort lauerten Soldaten. Nur keinen Verdacht erregen! Gemächlich machte ich kehrt und trabte zurück. Außer Sichtweite spornte ich meinen Braunen an, erreichte bald den Zug und hielt ihn an.

„Zum Henker!" und „Die Raben sollen dich fressen!" fluchten die Fuhrmänner zu der erzwungenen Rast. Auch den

Kaufleuten lag anderes als Lob auf den Lippen. Man wollte zur warmen Stube, zur Suppe.

„Da hinten stecken Soldaten in einem Wald", rief ich.

„Die hauen wir raus!", brüllte ein junger Kaufmann, der den kümmerlichsten Karren fuhr.

„Ha, Hans Most, du nimmst's Maul voll wie eine Sau nach drei Wochen fasten", spottete einer.

„Wir laufen ihnen spornstreichs in die Arme", warnte ich.

„Wir haben Aachener Passzettel. Da müssen wir uns nit in die Hosen scheißen?", schrie Most, begleitet von Rufen, welche die Weiterfahrt forderten, da genug Zeit beim Teufel sei.

„Wer uns auflauert weiß, wer wir sind", widersprach ich.

„Wohlgeborener Herr, warum sollen da Soldaten sein!", stellte Gülich mir die unangenehmste Frage und auf meine ehrliche Antwort hin dröhnte allgemeines Hohngelächter.

„Hoho, hinter einem Blinken vermutet der Herr eine Rotte Osnabrücker? Vielleicht war's eine Eul' mit einer Brill'. Ich scheiß auf solch Narrheit!", krakeelte Most.

„Und das Verschwinden des Herrn von Bösinghausen?"

„Ha, der lässt sich's in Wiedenbrück schon wohl sein", behauptete ein anderer. „Auf Freunde, haltet nit Maulaffen feil. In Wiedenbrück gibt's fett Bier, gute Speis und Weiber."

„Halt!", befahl Gülich, „das Ding gefällt mir nicht."

„Halt dein Schlappmaul, Gülich! Ich will nit warten, bis die Tore zu sind", rief Most.

„Weiterfahren!", grölten alle.

„Mein Wagen kehrt um!", sagte ich, „und jeder, dem Hab und Gut lieb ist, folgt ihm."

„Dem edlen Herrn des Wehrstands beliebt's, sich hasenfüßig fortzumachen, sobald's irgendwo blinkt?", spottete Most. „Vorwärts, bevor uns Spinnweben an den Rädern wachsen!"

Peitschenknallen. Die Pferde zogen an und nur mein tabaksaftspuckender Fuhrmann kehrte um. Ihn und den Kaufmann begleitete Anton, denn meine Pflicht war es, beim Zug zu bleiben. Besorgt schaute ich Beyweghs davonzuckelnden Wagen nach. Auf ihm war ja nicht das Kostbarste. Gott ja, die Diamanten! Eingenäht in einem Wundverband, der um meine Brust gewickelt war, trug ich sie bei mir. Sicherer waren sie bei Anton. Er war mir treu ergeben, besaß zudem Witz und Verstand, um den Osnabrückern zu entgehen. Ich ritt zurück.

Wir wechselten den Verband und ich schärfte ihm ein, im Notfall nicht den Karren zu verteidigen, sondern das Tuch nach Köln zu bringen. Damit nichts an mir auf den Schatz hinwies, vertraute ich ihm auch einen Brief de Grootes an den Kaufmann in Leipzig an. Ehrfürchtig nahm Anton ihn entgegen und sagte feierlich: „Ich schwör, alles zu Eurem Wohlgefallen zu tun, gnädiger Herr!“ Mats befahl ich, den Wagen abseits des Wegs zu verbergen und heimzukehren, falls er nichts von mir hörte. Die Kölner erreichte ich noch vor dem Wald und ritt als Erster hinein. Laub raschelte, hohler Hufschlag, das ewige Knarren und Räderholpern über Wurzeln. Die friedliche Eintönigkeit machte sorglos. Ich ließ die Gespanne an mir vorbeitrotten und hörte Unliebsames: „Der Herr hört die Flöh furzen“ oder „Euer Hirn sollt besser Verse schmieden als Räuber zusammenreimen“. Vorne lichtete sich der Wald. Plötzlich: Halt-Gebrüll, die Karren hielten knirschend. Vor uns versperrten Soldaten die Straße, die Gewehre im Anschlag. Reiter flankierten sie. Ich zog den Degen und ritt auf sie zu. Ein feister Kerl mit schwarzem Schnurrbart befahl mir stehenzubleiben. Weiterreitend fragte ich: „Warum kampiert der Haufen mitten auf der Straß, ist nit genug Platz im Feld?“

Er hob eine Hand. Die Soldaten zielten auf mich. Ich zügelte mein Pferd. Er ließ den Arm langsam sinken und rief: „Im Namen des Fürstbischofs von Osnabrück, alle sind arretiert. Wer sich wehrt, wird erschossen!“ Dann wies er auf mich und befahl zwei seiner Leute, mir die Waffen abzunehmen.

Jeder Widerstand wäre selbstmörderische Torheit gewesen.

Soldaten schwärmten um den Zug. Einer meldete, dass ein Karren fehle. Reiter wurden ausgeschickt.

Der Befehlshaber stellte sich Marisa als General Luvomic vor. Da eine Dame augenscheinlich nicht zum Kaufmannszug gehörte, ließ er sie und Hennes frei. Ihr Sohn sei nach Wiedenbrück eskortiert worden, hörte ich.

April 1679

Die Gastfreundschaft des Fürstbischofs von Osnabrück ließ zu wünschen übrig: Dunkelheit, Enge, stockige Kellerluft und Gestank von Urin und Exkrementen umgaben mich. Immerhin waren die Strohlager frisch, die Bewirtung wiederum spartanisch: wässriger essigsaurer Most und sonst – nichts.

Zusammen mit fünf Kaufleuten hielt man mich im Keller des Rathauses von Wiedenbrück gefangen. Reden in die Stockschwärze hinein war die einzige Kurzweil und das taten meine Leidensgefährten mit Inbrunst. Nachdem sie die missliche Lage ausgiebig erörtert hatten, folgten Klagen, schließlich Zank – um den knappen Most, um mehr Platz, um Stroh. Aus dem gegenseitigen Picken und Hacken hielt ich mich heraus. Platz machte mir keiner streitig. Man hielt Abstand. Einem anderen Stand zugehörig war ich ein Außenstehender, den man ignoriert oder über ihn herfällt.

Nachdem die Krüge erneut mit saurem Fürstbischof-Trunk gefüllt waren und man uns sogar mit schimmligem Brot verwöhnte, wobei mein Magen unseren Gastgeber nur kurz lobpreiste, warf mir einer, den ich Mauler nannte, vor, den Zug direkt in die Arme der Soldaten geführt zu haben. Er giftete: „Der steckt mit den Osnabrückern unter einer Decke. Meisterhaft hat der seinen Karren in Sicherheit gebracht." Ich schwieg. Hitzig fuhr er fort: „Ha, da verschlägt's dem Edelmann doch glattweg die Sprach. Na, den Spaß versalzen wir dir! Lump, Verräter! Wohlan Freunde, bläuen wir ihn herzhaft durch!"

„Holla, was soll der Unfug?", mischte sich Gülich ein. „Hätten wir kehrt gemacht, wie es der Herr riet, säßen wir hier nicht!"

„Das hat er nur getan, um den Karren vom Beywegh auf unauffällige Weis' zu retten!", wetterte der Mauler.

Diese Verleumdung war zu viel. Ruhig sagte ich: „Erstaunlich wie biegsam Logik sein kann, wenn sie in falsche Händ gerät. Da wird sogar der redliche Warner zum Verräter. Und jetzt sitze auch ich zum angenehmen Zeitvertreib hier?"

„Warum nicht? Für viele Dukaten! Ich wette meinen Kopf, der wohlgeborene Herr kommt bald frei."

„Möglich! Aber nur, weil die Osnabrücker es auf die Stadtkölner abgesehen haben, nicht auf einen Kurkölner wie mich."

„Sehr geschickt zieht der Herr seinen Kopf immer wieder aus der Schlinge", warf eine krächzende Stimme ein.

„Und die Herren legen mir den Strick permanent neu um den Hals. Mir ist meine Ehr mehr wert als ein paar Silberlinge."

„Dieser Junker, der Bösinghausen war's!", rief einer zornig.

Ich lachte: „Ja, der war's! Deshalb haben die Osnabrücker ihn zu uns zurückgesandt, damit er uns in Sicherheit wiegt."

„Zum Henker", brüllte der Mauler. „Verraten hat uns einer, der nichts verliert! Wer von uns wär so dumm, sich selbst um Hab und Gut zu bringen? Ich nicht! Auf, Freunde! Geben wir dem feinen Spion hier seinen Lohn!"

Ein Tritt traf mich. Ich sprang auf. Hände ergriffen mich, trieben mich in eine Ecke. Jemand hämmerte gegen die Tür. Gülich schrie um Hilfe. Hiebe aus dem Nichts. Je mehr ich mich wehrte, umso wilder prügelten sie. Die Luft blieb mir weg. Nur nicht fallen! Ich duckte mich und brach wie ein Stier durch sie hindurch. Ein Schlag ging ins Auge, ein Fausthieb traf die Wand. Das Wehgeheul stachelte ihre Raserei an. Einer krakeelte: „Erschlagt den Hund! Hund, Hund!" Sie packten mich wieder. Ein Krug zerklirrte. Einer rief: „Ich schlitz ihm den Hals auf!" Knarrend wurde die Tür aufgestoßen, Fackelschein blendete. Sie ließen von mir ab. Aber einer stürzte auf Gülich zu, stieß eine Scherbe gegen dessen Kopf und schrie: „Verfluchter Verräter!"

Kerkergestank, Krach und Kälte waren verflogen. Sonnenschein füllte das Kämmerlein, in dem sich meine Sinne aus der Hölle kommend sammelten. Niclaß Gülich lag auf einem Feldbett neben mir. Er sah aus wie ein Raufbold nach einer Wirtshausschlägerei. Seine Stirn war blutverkrustet und der schmale Oberlippenbart verlor sich in wüster Gesichtsbehaarung.

„Wie befindet Ihr Euch?", fragte er.

„Gerädert, wie mein Samariter!" Träge erhob ich mich.

„Gerädert? Nein! Wie ich seh', seid Ihr mit einem blauen Aug davongekommen!", scherzte er.

Ich betastete das wehe Auge: „In der Tat! Lang hätt' ich nimmer standgehalten Von Herzen Dank für die Hilf!"

Er lächelte und ich überlegte, wie ich mich mit einer Tat bei ihm bedanken könnte. Neben der Tür standen zwei mit einem Brett bedeckte Krüge, auf dem Brot lag. Damit bestückte ich unseren Mittagstisch. Still wie die Mönche aßen wir. Uns hin und wieder maßvoll am Bier labend verdümpelte der Tag mit Gesprächen über die Raubritterart des Fürstbischofs, Schulden einzutreiben. Über sich erzählte er wenig. Mit seinem jüngeren Bruder Theodor betrieb er einen Lintenhandel, also Bänder, Flitter und sonstigen Putz. Daneben verkauften sie Wein.

In der Nacht erwachte ich. Gülich stand am Fenster. Mancher Wackerstein läge ihm auf dem Herzen, klagte er. Ich besänftigte ihn: „Freund, solche im Kreis laufenden Nachtschattengedanken lösen sich in der Morgendämmerung auf!"

„Nein! Die Tagsorgen leuchten so grell ins Nachtdunkel, dass ich kein Aug zumachen kann. Nach Leipzig kommen wir nimmermehr und ob die Osnabrücker mir den Karren und die zwei Tonnen Bandwaren zurückgeben, weiß der Himmel."

„Ich kann mit Geld aushelfen", bot ich ihm an.

„Nein! Ich will mein Brot verdienen. Lieber Herr, wenn sie Euch laufen lassen, bitte sagt den Bürgermeistern, was wir leiden, damit der Rat die Schulden beim Osnabrücker bald begleicht."

„Das tue ich, ganz gewiss, das tue ich! Und nun gute Ruh."

Am nächsten Tag, dem dritten oder vierten unserer Gefangenschaft – die Zeit hatte ich im Kellerloch verloren – führten uns Soldaten in den Ratssaal, wo sich Kaufleute wie Knechte unseres Zuges versammelten, alle vom schmutzigen Kerker gezeichnet. Fuhrmann Mats war auch dabei. Der sonst Wortkarge plapperte. Bei dem Versuch, den Wagen in ein Versteck zu fahren, wäre er heillos im Matsch steckengeblieben. Als die Osnabrücker anrückten, sei der treulose Anton auf und davon. Der Kaufmann habe sich ins Gebüsch verdrückt. Dem habe er gern Lebwohl gesagt, dessen Maul sei zehnfach größer als sein Hirn gewesen.

Die fürstbischöfliche Küche gab sich maßvoll mehr Mühe als zuvor: Hafergrütze und in der Suppe schwammen Grieben. Nach der erzwungenen Fastenzeit war dieses Festmahl im Hui verspeist.

Bevor Rufe nach einem Nachschlag laut wurden, erschien General Luvomic in Begleitung eines überaus vornehmen Herrn. Allein der blitzende *Justeaucorps* und die voluminöse Alongeperücke forderten strikte Unterwerfung. Sich tief verbeugend überreichte ein Diener dem Herausgeputzten ein Dokument, an dem ein schweres Siegel hing. Der Hofmann verlas, was alle schon grob wussten. Ernst August von

Braunschweig-Calenberg, Fürstbischof von Osnabrück etc. habe die Herren wegen der Schulden der Stadt Köln in Höhe von 15.000 Reichstaler in Haft genommen. Hab und Gut seien konfisziert und alle solange arretiert, bis die Stadt die Schuld beglichen habe. Danach könne jeder wieder seiner Wege ziehen, sofern das während der Haft aufgelaufene Kostgeld bezahlt sei. Die Kaufleute sollten Namen und welche Waren ihnen gehörten in eine Liste eintragen. Die Namen der Fuhrmänner und Knechte nähme ein Schreiber auf. Wer nicht gelistet sei, den könne die Stadt nicht freikaufen. Alle drängten zu den Listen.

Ich ging zu dem Herausgeputzten. „Monsieur", sprach ich ihn an, „ich bin Christoph Salentin Sechem von Merhoffen, ein Kurkölner Edelmann. Mein Landesherr schuldet Seiner Fürstbischöflichen Durchlaucht nichts. Daher fordere ich unverzügliche Freilassung."

Der Prächtige musterte mich. Reisekleidung, die den Schmutz des Kerkers und eine Prügelei überstanden hatte, ein Hut, dessen Krempe flügellahm an einer Seite herunterhing, und mein Strauchdiebsgesicht sprachen kaum für einen Edelmann. Stolz hielt ich seinem Blick stand. Das Haupt wiegend erklärte er: „Bis ich Gewissheit habe, bleibt der Herr im Arrest."

Wieder in der Kammer fehlte mir der Gefährte und die Gespräche mit ihm. Er hatte sich in die Frage verbissen, ob es rechtens sei, die 15.000 Taler von Köln abzupressen, indem man seine Bürger einsperrte. Das war meines Erachtens nur möglich, wenn der Kaiser die Acht über Köln erklärt hätte. Ob es daneben noch andere Zwangsmittel gab, wusste ich nicht zu sagen. Sein Credo war, Bosheiten hoher Herren müsse man geduldig ertragen. Gott riefe einen, wenn er eine Hand brauche, etwas zu ändern. Mich rief jetzt jedoch kein Gott.

Draußen kündigte ein schmuddeliger Himmel schon mittags die Nacht an. Die Stille, der schwere Wolkendeckel über den Dächern der Stadt, den der helle Horizont ummalte, bedrückten. Auf und ab gehend genoss ich das rhythmische Knarren der Dielen, dieses vertraute Geräusch, das sich überall gleicht. Später lag ich auf dem Feldbett und starrte zur Decke. Lange in dem Glauben, die Edelsteine gerettet zu haben, befielen mich jetzt allerlei Zweifel. Gewiss, die Diamanten wären als Kölnware konfisziert worden, denn die Osnabrücker visitierten mich sehr genau. Nur, was hinderte Anton daran mit dem Schatz durchzugehen? Sein Vater war wegen Diebstahls gnadenhalber aus Bonn geprügelt worden, sonst hätte man ihn gehenkt. Antons Wissbegier, wie man Wege findet, erschien mir nun in neuem Licht. Von Anfang an wollte er wohl zu seinen Eltern zurückkehren. Den Abschied hatte ich ihm mit einem Vermögen versüßt. Andererseits war er mir stets mehr Sohn als Knecht gewesen, was er mir mit treuer Anhänglichkeit lohnte. Doch, wer sieht in die Herzen?

Die fünf Uhr Schläge des Kirchturms klangen noch, als ein Soldat mich befreite. Draußen blies uns böiger Wind Sprühregen entgegen. Den Hut in die Stirn gedrückt liefen wir zu einem stattlichen Bürgerhaus. Ein Diener führte mich in die Stube. Kaum hatte ich sie betreten, eilte ein Mann auf mich zu. Mein Freund Florentin von Kolff schloss mich in die Arme: „*Mon frère*, willkommen und hab dank für den Schutz meiner Schwester – ein wahrer Freund, ein Engel!"

„Nun ja, der Engel ist jetzt selbst in arger Not und hofft auf Befreiung aus beschwerlicher Gefangenschaft."

„Er ist frei, nicht wahr, Herr von Waldau?", fragte Florentin den Prunkvollen aus dem Ratssaal, der am Tisch rauchte.

„Der Herr ist kein Stadtkölner, also frei!", näselte er.

„Und die Kaufleut?", wollte ich wissen.

Eine wegwerfende Geste, bei der offenblieb, ob sie seiner Eitelkeit geschuldet war oder Gleichgültigkeit bedeutete.

„Ist denn ein Bote nach Köln unterwegs?", fragte ich.

Genussvoll zog er an der Pfeife und sagte dann: „In einigen

Tagen geht von Osnabrück die vom Fürstbischof gezeichnete Forderung an die Kölner ab – so Gott will."

„So Gott will? Die Geiseln hoffen auf rasche Befreiung."

Dazu zuckte er gleichgültig die Schultern.

„Herrje, die Leut haben nichts verbrochen! Könnt ich nicht vorab ein Schreiben überbringen, um die Freilassung zu beschleunigen?"

„D'accord!" Er zog genüsslich an seiner Pfeife. „Je früher die Pfeffersäcke zahlen, desto besser! Die Botschaft an die Bürgermeister erhält der Herr morgen früh. Gottbefohlen!" Ein flüchtiges Nicken, und er ging.

„Die christliche Tugend der Barmherzigkeit ist wohl aus der Mode", raunte ich Florentin zu.

„War sie je à la mode? Aber, *mon frère*, wo bist du so übel angelaufen?" Er deutete auf mein blaues Auge. Ich erzählte ihm von der Schlägerei, während er zwei *Maßgläser* halb füllte.

Er reichte mir eines: „Den Schnaps nennt man hier Ruggen, der bringt rasch gute Laune. Prosit!"

Zweifellos! Der Kräuterfusel brannte sich durch die Gurgel und tat in meinem leeren Magen atemberaubend schnell seine Pflicht. Flaumig klangen Florentins Worte an mein Ohr: Marisa habe gestern sich sofort nach Waldaus und seinem Eintreffen melden lassen, um meine Freilassung zu erbitten. Statt Waldau habe er sie empfangen und sie seien sich glückselig in den Armen gelegen. Dann bat er mich, seinen Beitrag zur Festsetzung der Kaufleute für mich zu behalten, da er weiterhin als kaiserlicher *Resident* unbehelligt in Köln leben wolle. Schwerfällig nickte ich, weil mein Kopf den Drang hatte, auf dem Tisch auszuruhen. Mit schlaffer Zunge erbat ich noch ein Pferd für Hennes, der mich nach Köln begleiten sollte.

Reiten, reiten, reiten. Hennes haderte, in dem Höllentempo ritten wir die Pferde zuschanden. Wir trennten uns und ich nahm ein frisches Pferd. Als sich endlich die Mauern und

Türme Kölns zeigten, waren Ross und Reiter sterbensmüd.

Im Kontor Beyweghs traf ich Arnold an. Der Vater sei im Rathaus, stotterte er erstaunt. Die Antwort auf seine Frage, warum ich derart zerrupft vorzeitig zurückgekehrt sei, blieb ich schuldig und eilte zum Rathaus.

Das vertraute Gebäude empfing mich wie einen alten Freund. Das Eingangsportal, eine eingeschossige offene Laube mit verspielten Rundbögen, schmückt ein dahinter liegendes langgestrecktes Gebäude, an dem sich linker Hand der massige Ratsturm anschließt. Auf dem Dach der Laube steht in einer Ädikula Justitia mit Schwert und Waage und auf ihrem Gehäuse triumphiert der Kölner Bauer, den Dreschflegel wie eine Fahne in der Hand. Der auf der Gerechtigkeit fußende Bauer ist der Bürger, dem all die Herrlichkeit dient. Im Laubenportal präsentierte ich den Wachen das Schreiben des Herrn von Waldau an die Bürgermeister mit fürstbischöflichem Siegel. Einer schnauzte: „Bittschriften nur montags!“ Meinen Einwand, dass der Fürstbischof von Osnabrück kaum kniefällig Suppliken übergebe, ignorierten sie und drängten mich grob zurück. Ich zog den Degen und rempelte mich durch sie hindurch ins Rathaus. Der Rat tagt im Turm – also links die Treppe hinauf.

Oben riss ich eine Türe auf. Ein leerer gewölbter Saal. Drei Verfolger waren mir auf den Fersen. Die nächste Tür – wieder eine öde Halle, von der aus eine breite Holztreppe nach oben zu einer weiteren Tür führte. Degenfuchtelnd hielt ich mir drei Kerle vom Hals, tastete mich rückwärts die Treppe hinauf und drückte die Türklinke. Jemand sprach. Abrupt drehte ich mich um und stürzte an dem quadratischen Gestühl der Schriftführer vorbei in den Senatssaal.

An der Stirnseite thronten unter einem Kreuzigungsbild Christi die beiden Bürgermeister in dunklen Talaren, an deren Seiten Purpurtuch eingesetzt war. Sie trugen schwarze Zylinder, ebenso die in rein schwarzen Roben gekleideten

49 Ratsfreunde, wie die Ratsherren in Köln genannt werden. In würdiger Feierlichkeit saßen sie an den Längsseiten in jeweils zwei Bankreihen. Ein Wink Bürgermeister Cronenbergs verscheuchte die an mir zerrenden Wachen. Freundlich sagte er: „Sprecht, wohlgeborener Herr!"

„Der Fürstbischof von Osnabrück hat Kölner Kaufleut arretiert. Sie kommen frei, wenn die Reichsstadt ihre Schulden an ihn begleicht. Ich überbringe einen Brief mit der Forderung."

Erstauntes Schweigen, in das der *Rentmeister* Wolfskehl schmetterte: „Diese Narren! Der Rat hat doch anempfohlen, nein anbefohlen, mit Handelsgut nicht über Land zu reisen!"

„Nur wer verhungern will, folgt solchem Ratschlag", rief ein aufmüpfiger Ratsherr, den andere niederzischten.

Cronenberg hob gebietend die Hände: „Ehrsame Ratsfreunde, kein vorschnelles Urteil! Der Ausschuss wird das Schreiben des Fürstbischofs prüfen, dann votieren wir über dessen Beschluss." Das waren gewohnte und damit richtige Worte. Im zustimmenden Geraune wandte er sich an mich: „Ich danke Euch! Vielleicht hat der wohlgeborene Herr die Güt', sich hier noch ein wenig am Ratswein zu erquicken. Der Herr Stadtsekretär Hesselmann nimmt sich Seiner an."

Er deutete auf einen älteren Herrn, dessen furchige Stirn und feine Gesichtszüge den geistigen Arbeiter verrieten. Er nahm den Brief, gab ihn einem Schreiber und geleitete mich in eine Kammer, deren Fenster zu einem von einer Galerie umgebenen Innenhof gingen. Ich scherzte: „Überall sind hier Lauben und Galerien. Gehen die Ratsfreunde so gerne spazieren?"

„Gewiss nicht!", erwiderte Hesselmann streng. Milder fügte er hinzu: „Da unten ist der Löwenhof. Dort sperrten einst zwei Domherren Bürgermeister Gryn zu einem hungrigen Löwen, weil er die Freiheit Kölns gegen den Erzbischof verteidigte. Gryn erstach das Tier. Die Domherren wurden gehenkt."

„Eine Legende ganz nach dem Herzen der Kölner."

„Ja, aber wohl weniger der Kurkölner."

„Ach, für die mutige Verteidigung seiner Rechte haben auch Kurkölner einen Sinn, geehrter Herr Stadtsekretär."

Seine dünnen strengen Lippen zeigten Wohlwollen. Das melierte Pfeffer-und-Salz-Haar fiel über sein schmales Gesicht, als er sich verabschiedend den Kopf neigte. Stadtsekretär und Archivarius Gereon Hesselmann war selbst eine Legende. Ameisenemsig und scharfe Worte nicht scheuend verteidigte er wie der mythische Hermann Gryn Kölns Autonomie gegen den Machtanspruch meines Landesherrn, des Kurfürsten und Erzbischofs von Köln Maximilian Heinrich.

Dämmriges Licht, ein bequemer Lehnstuhl ließen mich einnicken. Ich schlief, als ein dienstbarer Geist einen Pokal mit Wein vor mir auf den Tisch stellte. Sachte Rufe beendeten den Schlummer. Ich schaute in die hellen Augen Hesselmanns. Die Brauen lagen knapp über den Augen, als sollte sein sanfter resignierender Blick vor der Welt geschützt werden. Er entschuldigte sich mich zu stören, doch der löbliche Ausschuss der *Sechsherren* erwarte mich.

Im Parterre hatten sich in einem Saal nicht sechs, sondern zwölf Herren um einen Tisch versammelt. Dies war das entscheidende Gremium Kölns, denn der Rat beschloss meist das, was der Ausschuss vorschlug. Neben den *Sechsherren,* die sich paarweise alle drei Jahre im Bürgermeisteramt abwechselten, nahmen beratend an den Sitzungen auch die drei Syndici, die zwei für Kölns Sicherheit verantwortlichen *Stimmeister* sowie Beywegh als *Weinmeister* teil. Im Kamin loderte ein opulentes Feuer, das Bürgermeister Cronenbergs Rücken wärmte. Neben ihm saß der zweite amtierende Bürgermeister Henrich de Groote, dessen schmales strenges Antlitz, eine hohe Stirn und eine gerade Nase ihm ein edles Aussehen gaben. Dagegen war das fleischige Gesicht mit dem bis zum Kinnknochen verlaufenden Schnurrbart des dunkelhaarigen Maximilian von

Krebs grimmig hart, hochmütig kalt die Miene Jakob von Wolfskehls.

Ich nahm Cronenberg gegenüber Platz. Er hob sein linkes, seit einem Schlagfluss gelähmtes Augenlid an, musterte mein blessiertes Gesicht und bat mich von der „unseligen Sach" zu berichten. Als ich von meinem Rat umzukehren sprach, fuhr mir Krebs derb ins Wort, warum die Strohköpf meine Warnung missachteten.

„Es hätt wenig geholfen." Ich sah de Groote an: „Die Osnabrücker erschnappten sogar den Karren, der umgekehrt war."

De Groote presste die Lippen aufeinander, mehr Erschrecken über den vermutlichen Verlust der Diamanten erlaubte er sich nicht. *Rentmeister* Krebs, dessen raumfüllende Stimme so dunkel war wie sein Aussehen, donnerte: „Die Stadt soll also für Leut Lösegeld zahlen, die vermeinen klüger zu sein als der hochweise Rat? Das hieß ja, Widerborstigkeit zu belohnen!"

„Jeder Bürger hat ein Recht auf Schutz, schon ganz und gar, wenn er wegen Schulden Kölns in Gefangenschaft gerät", bemerkte de Groote kühl und Beywegh, als *Weinmeister* für den Handel zuständig, sekundierte ihm mit einem „Wohl, wohl!"

„Schutz doch nur für treue Bürger, die nicht mit Fleiß gegen die Gebote des Rats verstoßen", kanzelte Krebs seine Kollegen ab. „Wer mutwillig in Unflat tritt, mag sich selbst die Schuh abputzen und sie nit anderen hinhalten."

„Sehr wahr!", unterstützte ihn *Rentmeister* Wolfskehl.

„Geehrte Herren, es war nur eine Warnung und die nahmen unsere Bürger ernst und gaben sich als Aachner aus. Ich votiere für sofortiges Auslösen", versuchte Beywegh den Disput in seinem Sinne zu beenden.

„Das mutige Vorstürmen des Herrn *Weinmeister* verdient Anerkennung, gleichwohl sollten wir nichts vorschnell beschließen", bremste Wolfskehl. Er hob die rechte Hand, schloss Mittelfinger und Daumen derart, als hielte er ein

Stöcklein und bewegte sie im Takt seiner Worte. „Faktum ist, der Stadtsäckel ist leer! Schlimmer: tief in Schulden. Zahlen wir's, sind wir bankerott.“ Er ließ die Hand sinken und sagte jovial: „Gleichwohl stimme ich den beiden Collegae zu, die Eselsköpf stracks zu befreien. Ich danke dem wohlgeborenen Herrn von Merhoffen, uns so geduldig Red und Antwort gestanden zu haben.“

Sein letzter Satz war ein Wink an den schlafmützigen Cronenberg, mich zu entlassen, bevor man weitere Interna ausbreitete. Cronenberg begriff und verabschiedete mich. Ungern kam ich dem höflichen Rausschmiss nach. Wer will nicht das Kunststück erlernen, Geiseln ohne einen roten Heller auszulösen.

Vom Ratsplatz schlenderte ich durch die Bürgerstraße. Wind spielte mit Stroh und an der Ecke zur Kleinen Budengasse beim Haus Mailand stupste er mir den Hut vom Kopf. Ich hob ihn auf. Ein Herr kam mir entgegen. Eine auffällige Marabufeder zierte seinen Hut. Als er mich sah, wandte er sich von mir ab und machte einen Bogen um mich. Verdutzt schaute ich ihm nach.

Im Hause Beywegh las Felicitas in der Stube. Sie erschrak, als sie mich so unvermutet und verwahrlost sah. In ihrem grünen Mieder, dessen spitzengesäumtes Dekolletee ihr eine Zerbrechlichkeit gab, was ihrem Temperament und innerer Stärke wenig entsprach, sah sie allerliebst aus. Lachfältchen um die grünen Augen erzählten von fröhlichen Stunden, die Linien um den Mund zeugten von Willensstärke. Ihr schulterlanges helles Lockenhaar war kreidig geworden, was ihrem weiblichen Reiz kaum Abbruch tat.

Nachdem ich meine Erlebnisse geschildert hatte, gab sie mir letzte Gewissheit, dass Anton nicht heimgekehrt war und überhäufte mich mit Kritik. Ich ließ sie schelten und sah aus dem Fenster zu den flaumigen grauen Wolken hinauf, deren Ränder rosa schimmerten. Wie schlafend standen sie dort oben. Als sie verstummte, seufzte ich: „Ach Felicitas, es gab wohligere Zeiten, da freute sich meine Eheliebste, wenn ich heil heimkehrte."

„Wer einen Schatz leichtfertig einem Bettler überlässt, da ist's aus mit aller Wohligkeit."

„Kluge urteilen nicht über Dinge, von denen sie wenig wissen."

„Offenbare Narrheiten muss man beim Namen nennen."

Ihre Kampfeslust und mein zwar müder, doch zäher Widerstand hätten das Zeug zu einem herzhaften Streit gehabt. Davor bewahrte uns Beywegh, der heimgekehrt sich in seiner Amtsornat auf seinem Hausherrenstuhl niederließ. Jedem Gezänk abhold, nennt er seine Tochter „Frau Spitzzung", wenn sie ihren Knüppel schwingt. Deshalb verwandelte sie sich flugs in ein Schnurrkätzlein und bedauerte das böse Ende der Reise nach Leipzig. Nachdem sie gegangen war, stellte mir Beywegh die Frage, über die ich schon lange grübelte, nämlich, ob Anton treu sei.

„Mir ist er fast wie ein Sohn", erwiderte ich. „Falls ihm kein Unglück zugestoßen ist, wird er zurückkommen."

„Gott geb's!", murmelte er und nahm die mit Genever gefüllte Karaffe, die mit sechs *Maßgläsern* stets auf einem Silbertablett inmitten des Esstisches stand, schenkte uns von dem Wacholderschnaps ein und wir tranken auf Antons Rückkehr.

August 1679

Silbrig funkelten Tautropfen im Morgenlicht. Unbeschwert von Tagesdüften mischten sich Sonnenwärme und Nachtkühle. In der klaren Luft wippten Halme und Blätter schläfrig im Sommerwind. Grün, grün, überall grün. Es rankt sich hoch, streckt sich mit den Bäumen in den Himmel, als sollte sich das Blau in die Farbe des irdischen Lebens wandeln. Hier in Merhoffen räkelt sich stets meine Seele behaglich im Gleichklang der Natur.

Auf einer Bank unter einer Buche genoss ich den erwachenden Tag und las zum wiederholten Mal einen unerquicklichen Brief Beyweghs, den auch die Zauberkraft des frühen Morgens nicht freundlicher gestaltete. Die in Wiedenbrück gefangenen Kaufleute seien nach Zahlung des Lösegelds wieder in Köln, aber von Anton fehle jedes Lebenszeichen, schrieb er. Wieder schrumpfte meine Zuversicht und musste die Hoffnung auf ein göttliches Wunder wachsen. Bitter war die Enttäuschung über mein Ziehkind. Mein Glaube an seine Ehrlichkeit war lange größer gewesen als die Zweifel. Jetzt war es umgekehrt. Zwar konnte ein Unfall auch Ursache seines Verschwindens sein – gleichwohl, die Diamanten waren verloren.

Ich steckte den Brief ein und sah von meiner Anhöhe herab auf den Reitplatz. Dort zeigte unter Aufsicht von Hennes mein zweiter Sohn, der fünfjährige Adam, seine Reitkünste. Der Knabe ist ein Draufgänger und der Stallmeister ermahnte ihn oft zur Vorsicht. Doch mein Vaterstolz blühte, wenn er bei kühnen Sprüngen sicher im Sattel blieb. Lieb-belle, die unten Adam applaudierte, stieg zu mir hinauf. Obwohl im Äußeren fast Dame, hatte sie ihr kindliches Gemüt bewahrt. Ihr Liebreiz brachte sie letzthin auf Burg Gudenau in den Mittelpunkt der Ballgesellschaft des Kurkölner Adels. Seufzend setzte sie sich neben mich. Auf meine Frage, was sie an dem Sonnentag plage, verzog sie die vollen Lippen so, als wolle sie nur mir zu Gefallen lächeln und klagte: „In Köln ist's lustiger!"

„Na, auf Burg Gudenau war's doch vergnüglich."

„Ja, es war schön und – abscheulich."

„Schön und abscheulich zugleich?"

„Ja, schön zu Beginn, doch dann war ich gottfroh, von all den dummen Leuten wegzukommen." Ein scheuer Blick ihrer dunklen Rehaugen unter der Krempe ihres Florentinerhuts hervor fragte, ob ich über diese Bemerkung verärgert sein könnte.

„So ein Urteil steht dir nicht zu. Alle diese Leute sind unseres Standes", mahnte ich gnädig.

„Sie sind vom Stand meines Vaters, aber nicht von dem meiner Mutter."

Das war ein von Felicitas oft benutztes Argument. Schon seit langem wollte sie in Köln einen Bräutigam für Lieb-belle suchen, während ich auf einen Herrn aus dem Kurkölner Adel bestand. Schickte sie ihre Tochter vor, damit ich meine Suche aufgab?

Kleinlaut fuhr Lieb-belle fort: „Ach Herr Papa! Ja, der Ball war prächtig. Philipp von Cortenbach tanzte mit mir. Weil's im Saal heiß war, schwatzten wir draußen auf der Terrasse. Da kam Frau von Cortenbach mit anderen Damen, nahm mich beiseite und sagte gallig, ich sollt' mich von ihrem Sohn fernhalten, sie wolle keinen Mausdreck im edlen Pfeffer. Dann wischte sie mir mit dem Fächer über die Wange und sagte, der Mausdreck sei selbstredend ich. Mausdreck! Herr Papa, hier kommt eher der Tod als ein Verehrer mit Konfekt. Bitte, lasst mich zum Großvater fahren." Sie wischte Tränen weg.

„Gibt es in Köln denn einen Verehrer?"

Sie senkte stumm den Blick, was fraglos ein Ja bedeutete.

Nach dem Mittagsmahl steckte ich mir in meinem Kabinett eine Pfeife an. Mein Blick wanderte von dem Tisch mit dem Kabinettschränklein über den wuchtigen Raritätenschrank, den im Schachbrettmuster verlegten Fliesen zu dem an der Wand hängenden Holzstich mit den Apokalyptischen Reitern. Bis auf ein farbenfrohes Gemälde eines Festschmauses nackter römischer Götter ist hier alles so, wie ich es von Kindesbeinen an kenne. Die Möbel sind abgestoßen, widersprechen dem heutigen Geschmack, sogar dem gestrigen. Trotzdem gefallen sie mir. Die Jahre haben das Altvertraute beseelt. Manchmal treten auf Zehenspitzen Gestalten aus anderen Sphären ein. Hier betet meine Mutter, Gott möge ihren todkranken Gatten erretten. Er tat es. Hier versucht mein Vater mich von den pekuniären Vorteilen einer Ehe mit Felicitas von Beywegh zu überzeugen, obwohl mein Herz für Marisa schlägt. Felicitas bewahrte uns vor dem Ruin, doch ich bin nun der letzte Herr von Merhoffen, der auf Landtagen des Kurfürsten noch seine Stimme erheben darf. Wegen ihrer bürgerlichen Mutter steht meinen Kindern dieses Privileg nicht mehr zu. Das Adelsprädikat, das sich Kölner Kaufleute zulegen, wenn einer der Vorfahren Bürgermeister gewesen ist, zählt nicht. Warum lieferte ich aus einer toten Tradition heraus meine Lieben den Bosheiten einer Gesellschaft aus, die auf die Kölner Pfeffersäcke verächtlich herabblickt? Gewiss, man war höflich, wies mich nicht sogleich ab. Sprach ich jedoch einen Heiratskontrakt an, zogen sich die Herrschaften wie Schnecken bei einer Berührung zurück. Bleibt also nur Köln! Die erkaltete Pfeife legte ich beiseite und zog mehrere Schubladen des Kabinettschränkleins auf. In einem Geheimfach fand ich ein *Billett* Marisas, das sie mir vor 20 Jahren schrieb, dem Ende unserer Heiratspläne. Die letzte Zeile lautete: *Wenn Träume vom Himmel auf die Erde fallen, werden sie bitter. Es ist Zeit das Haupt zu neigen und in der Erd zu graben.*

Sonnenglut flimmerte über dem flachen ausgedörrten Land. Wüstenwind zupfte an Grashalmen und spielte in kleinen Wirbeln mit Staub. Am Horizont wuchsen schwarze Wolkengebirge auf, umhüllt von höllischem Schwefelgelb. Zum nächsten Bauernhof war es noch ein Stück, aber auf der Ebene zwischen Bonn und Köln rollt die Kutsche zügig. Hennes ließ die Peitsche knallen. Adams Reitpferd, das an der Karosse angebunden war, schlug einen schnelleren Trab an. Erschöpft war der Junge bei Wesseling in den Wagen zu Mutter und

Schwester gestiegen. Ein Reiter auf einem Fuchs trabte uns entgegen – ein stattliches Tier, sein Herr indes ähnelte nicht nur von Ferne einer Vogelscheuche. Die lumpige, um die spindeldürre Gestalt flatternde Kleidung konnte nur vom Feld gestohlen sein. Im Näherkommen erkannte ich Anton. Nach zähem Hoffen, das in tausend Selbstvorwürfen endete, wütete in mir mehr Erbitterung als ein einziger guter Gedanke über ihn. Ich spornte mein Pferd an und galoppierte auf ihn zu. Erschrocken trieb er sein Ross vom Weg ab. Ich rief ihm zu: „He, warum nimmst du Reißaus?"

„Ach Herr, Ihr habt mich bös erschreckt. Das hier ist ein scheues Tier und ich hab's noch nicht im Griff."

„Das glaub ich gern, weil du's irgendwo gemaust hast."

„Nein, es ist ein Geschenk von Herrn von Beywegh. Ich soll's Euch bringen."

Der Kerl log! Damit er mir nicht durch die Lappen ging, winkte ich ihn freundlich heran und fragte: „Warum gab man dir ein solches Pferd und keine besseren Kleider? Du siehst aus wie vom Galgen gefallen."

„Die hab ich aufgeschnallt." Er deutete auf einen Mantelsack hinter sich. „Die sind zu gut für die Landstraß."

„Kerl, wo sind die Diamanten?", brauste ich auf.

„In Leipzig!"

„Leipzig? Ich befahl dir, nach Köln zurückzukehren."

„Mit Verlaub, auf der Straß nach Köln wimmelte es von Osnabrückern, da bin ich nach Leipzig geritten. Auf der Heimreis' packte mich ein wüstes Fieber. Das Pferd überließ ich den Bauern, die mich pflegten. Herr von Beywegh schickt Euch den Fuchs hier als Ersatz. Freut Euch das nicht?" Über hohlen Wangen leuchteten seine blauen Augen stolz.

Mein Herz will ihn umarmen. Mein Kopf warnt mich vor einem Strolch, der auf dem Weg zu Hehlern in Bonn ist, die er noch aus alten Zeiten kennt. Donner rumpelte.

„Herr, wir sollten uns fortmachen", meldete sich Hennes.

Ich ließ die Kutsche passieren und befahl Anton mitzukommen. Schweigend ritten wir nebeneinander her. Bald spielte der Wind nicht mehr mit Grashalmen. Er fegte kühl durch die Kleider und schüttelte Baumkronen. Schräg niedergehende Regenschwaden trieben auf uns zu. Donnergrollen wurde zum knatternden Poltern. Bald waren Blitz und Donner eins. Sich verzweigend zackten die Feuerstrahlen nieder. Die finstere Landschaft leuchtete in geisterhaft kalter Grelle auf. Im Höllentempo schaukelte die Kutsche über die Straße. Ich spornte mein Pferd an, überholte die Kutsche und brüllte Hennes handwedelnd zu, er solle um Himmels willen ein gemäßigteres Tempo anschlagen. Seine Antwort ging im Unwettertosen und Hufeschlagen unter. Böen peitschten uns Hagelkörner entgegen. Wir verließen die Landstraße, um Schutz in einem Wäldlein zu suchen. Auf halbem Weg – ein gleißendes Licht, knallender Donnerschlag. Ein Baum stand in Flammen. Die Kutschenpferde gingen durch. In ihrer Erschöpfung war es nur ein kurzes Davonstürmen. Mit Mühe zügelte ich meinen kopflos dahingaloppierenden Hengst.

In klatschendem Regen erreichten wir den Wald. Die Zugtiere, Schaum vor den Mäulern, ließen die Köpfe hängen. Es raste, sauste, toste, pfiff, knarrte, knackte über uns. Äste fetzten herab. Sturm beugte junge Bäume auf dem Feld, zauste die alten, als sollten sie mit ihm davonsegeln. Blitz und Donnerknall folgten Schlag auf Schlag, Entsetzen durch den Leib jagend. Adam klammerte sich an mich. Alle sahen mehr den Toten als den Lebendigen gleich. Die Hetzfahrt hatten sie mit einigen Schrammen überstanden. Wie durch ein Wunder waren Räder und Achsen heil geblieben. Weniger erstaunte mich, dass Anton das Weite gesucht hatte und mit ihm Adams Pferd. Als der Donner matter wurde, das Brausen des Waldes zum Rauschen wurde, machten wir uns auf den Weg. Die Pferde konnten Kutsche und Fahrgäste nicht mehr ziehen. Felicitas ritt auf meinem Braunen, alle anderen liefen.

Im aufsteigenden Dunst sah Hennes den Bauernhof als Erster. Davor stand eine Karosse. Erlöst beschleunigten wir unsere Schritte. Der Bauer begrüßte uns vor der Tür. Einlassen wollte er uns jedoch nicht. Sein Haus sei voll, behauptete er. Hennes raunzte ihn an: „Ich seh nur eine Kaross'. Ist der Gast so fett, dass er das Haus ausfüllt?"

„Fahrt weiter zu meinem Nachbarn", empfahl der Bauer.

„Kerl, wo hast du deine blöden Augen?" Hennes packte ihn an der Joppe. „Wir sind nass wie die Frösch', die Pferde kommen keinen Schritt weiter!"

„Hättst früher Quartier machen sollen, Eselsschwanz!" Der Bauer stieß Hennes von sich.

„Herr Wirt!" Ich legte die Hand auf den Degenknauf. „Ich mach nur ungern mit der Waffe Quartier."

Er machte kehrt und versuchte ins Haus zu flüchten. Den blanken Degen in der Hand schnitt ich ihm den Weg ab.

„Bitte wartet!", flehte er. „Meine Gäste sind hohe Herren, die unter sich bleiben wollen. Die sind aber im Aufbruch. Dann könnt Ihr hinein, ich schwör's bei meiner Seel!"

Kurios! Welche hohen Herren konferieren in einer rußigen Bauernstube? Doch der Mann schien wahrhaftig verzweifelt zu sein. Ich trat beiseite und ließ ihn ins Haus schlüpfen. Felicitas und die Kinder verkrochen sich vor dem wiedereinsetzenden sanften Regen in der Kutsche. Ich suchte seitwärts unterm Dach Schutz neben einem Holzstapel. Mir gegenüber war eine Scheune und davor stand eine zweirädrige Sturzkarre. Von der schrägen Ladefläche perlten Tropfen in eine Wasserlache.

Das einförmige Plätschern des Regens glättete mein Gemüt. Ich lugte um die Ecke zur Haustür. Nichts rührte sich. Erst als der Regen aufhörte, eilte der Wirt zur Scheune. Er und ein Knecht führten drei gesattelte Rosse heraus. Wenig später stapften zwei Herren durch den Matsch an mir vorbei. Der eine war der Kurkölner *Official* Thomas Quentel, Ratgeber des Kurfürsten Max Heinrich. Die Herren und der Knecht ritten davon und der Wirt bat uns herein. Dort servierte ein Diener einem beleibten Herrn ein Glas Wein so, als befände er sich in einem Schloss, nicht in einem Bauernhaus, dessen rohes Mobiliar auf gestampftem Ton stand. Den Herrn kannte ich. Es war Wilhelm Egon von Fürstenberg, einstmals Minister in Kurköln, den Kaiser Leopold jahrelang in Wien als Reichsverräter in Haft hielt und hinrichten lassen wollte.

„Der Kutscher soll anspannen!“, befahl er dem Diener.

„Seid Ihr auch in bös' Wetter gekommen?“, fragte Adam vorlaut den Fürsten, worauf Felicitas ihn leise zurechtwies.

„Schon gut, Madame!“, beschwichtigte er sie und wandte sich an Adam: „Ich habe mich beizeiten in Sicherheit gebracht.“

„Das hat der Herr Vater vergessen“, erwiderte Adam keck.

„Na, Er hoffte wohl noch vor dem Donnerwetter ans Ziel zu gelangen?“, richtete Fürstenberg das Wort an mich.

„So war es, Ihro Exzellenz“, antwortete ich.

Er fasste mich genauer ins Auge. „Und ich hab die Ehr mit Herrn von Merhoffen?“, fragte er und ich verneigte mich bejahend. „Ich würde mir gern ein wenig die Füße vertreten, vielleicht leistet der Herr mir Gesellschaft?“

Nach dem Marsch durch Nässe und Dreck war mir das Haus zwar lieber, aber einem Reichsfürsten ist man gefällig, auch wenn der Kaiser ihn hinrichten lassen wollte. Fürstenberg stutzte, als sein Fuß im Schlamm einsank, schritt dann aber rasch auf eine Weide zu, an deren Rand wir auf und ab gingen. Dunst dampfte aus der Erde. Herzlich sagte er: „Was für eine Freud, den wohlgeborenen Herrn so unvermutet wiederzusehen, nach sechs Jahren – überaus langen Jahren.“

„Ja, das Schicksal Ihro Exzellenz griff vielen ans Herz.“

„Vielen? Die Herren in Kurköln hätten bei der Nachricht meiner Enthauptung kaum Trauerflor angelegt.“ Er blieb stehen und atmete tief ein. „Ah, die frische Luft! Seine Majestät der Kaiser gewährte mir zwar Bequemlichkeiten während der Gefangenschaft, aber Spaziergänge waren mir lange verboten. Wie bedeutsam Nebensächliches ist, merkt man erst, wenn es fehlt."

„Das verstehe ich durchaus", erwiderte ich höflich.

„Richtig, der Herr war ja auch schon in Gefangenschaft."

„Ja, Ihro Exzellenz ist gut unterrichtet."

„So ist's! Es bricht mir das Herz, wie viel Elend ich hier in Kurköln sehe und der Kurfürst will von der Welt nichts wissen, obzwar sein Land eine starke Hand bitter nötig hat."

Aber nicht deine Hand, dachte ich. Ich schätze Fürstenbergs angenehme Art, seine Glossen zu hoher Politik – eine reizvolle Welt, die ich gern von fern betrachte. Als ein strikter Gefolgsmann Ludwigs XIV. würde er Kurköln ins französische Lager ziehen, was Krieg mit dem Kaiser bedeutete. Wie jeder Kurkölner wünschte ich mir keines von beiden.

„Seine Gnaden soll wie ein Mönch leben", sagte ich.

„Soll?" Skeptisch sah er mich an. „Der Herr ist doch einer der Wenigen, die der Kurfürst überhaupt noch sehen will."

„*Salva venia*, ich hoff, dies ist kein Verhör."

„Gott behüte, nein, lieber Herr von Merhoffen. Nein, dies ist nichts weiter als eine Plauderei über das Wohlergehen des Kurfürsten, dem ich einst so nahe war. Und jetzt ..." Er seufzte tief. „Jetzt weisen mich subalterne Hofräte ab. Manchmal kommt's mir vor, als lebe mein Freund nicht mehr."

„Nun, er trug einen Mönchshabit, als ich ihn vor acht Monaten in Sankt Pantaleon sah. Seine Gesundheit war passabel."

„Das hör ich von Herzen gern. Ach, diese Intrigenspinner! Grausam rauben sie Seiner Gnaden den Freund. Nun, ich will den Herrn nicht weiter mit meinem Lamento beschweren. Eine Bitte habe ich noch. Ich bin inkognito hier als Graf von Berg. Ich wäre Euch dankbar, wenn der Herr meinen wahren Namen verschweigt." Ich verbeugte mich bejahend. „Danke! Nun dann, gelobt sei Jesus Christus!"

„In Ewigkeit Amen“, antwortete ich mich verneigend.

Seinen Schmerz hatte er berührend offenbart, trotzdem gab ich mich nicht der Illusion hin, in seine Seele geblickt zu haben, als ich der fortschwankenden Kutsche nachschaute.

In der Stube trompetete mir Felicitas entgegen: „Wie bescheiden Herr von Fürstenberg geworden ist. Er fährt nimmer sechs-, sondern nur zweispännig.“

„Das war der Graf von Berg“, verbesserte ich sie, bedeutsam zu der am Herd hantierenden Bauersfrau schauend.

„Ach ja? Schlägt man Landesverrätern nimmer den Kopf, sondern ein Stück vom Namen ab“, tuschelte sie mir ins Ohr.

Wir blieben über Nacht auf dem Hof. Nach den Anstrengungen schlief sogar Felicitas auf Stroh gut. Doch am Morgen vermisste sie ihren Koffee, ein neumodischer Trank, bitter, schwarz und teuer wie die Sünde. Übellaunig saß sie in der Kutsche und hatte kein Auge für die Pracht des Sommermorgens, für das Vogelgezwitscher und die Sonne, deren Licht sacht alle dämmrige Blässlichkeit aufzehrt und der Erde Buntheit schenkt, während sich die Nachtkühle unter den langen Schatten der Bäume verkriecht. Sie liebt nur die gezähmte Natur – die im Teppichmuster geordneten Blumenbeete, in Form gestutzte Büsche und bequeme Gartenwege. Marisa hingegen hat mehr Gespür für das Natürliche. Trotz ihrer herben Worte auf der Reise kam sie mir oft in den Sinn – eine wehmütige Träumerei, eine Sehnsucht, die mein Verlangen auf etwas nährte, was es auf der Erde nicht gab. Die Zeiten herzklopfender Liebe waren vorbei und das zärtliche Turteln eines gesetzten Herrn ist eine Rolle, die Komödienschreibern zur Belustigung dient und die ich weder spielen wollte noch als Ehegatte spielen konnte. Der Vernunft gehorchend verdrängte ich sie aus dem Kopf und doch hielt sich ihr Bild in meinem Herzen.

Zum Mittagsläuten erreichten wir Köln. In gewittriger Schwüle warteten viele Fuhrwerke vor der Hahnenpforte.

Schleppend ging es voran. Unentwegt forderte mich Felicitas auf, die Torwächter auf Trab zu bringen, in der Ofenhitze käme sie um. Torwächter bringt keiner auf Trab. Wer sich beklagt, wird gründlich durchsucht und wartet doppelt so lange. Um die Ursache unseres Halts zu ergründen, ritt ich vor. Schimpfworte verfolgten mich, weil jeder meinte, ich wolle mich vordrängen. Kurz vor dem Tor stand ein Bursche mit zwei Pferden: Anton! Frohgemut begrüßte er mich: „Gnädiger Herr, gottlob, dass Ihr heil seid. Ich musst' lang dem Schlingel da nachjagen." Er machte eine Kopfbewegung zu Adams Ross. „Es riss sich los."

Die Leichtigkeit, mit der er Lügengeschichten aus der Luft griff, war bemerkenswert. Immerhin war er dort, wo ich ihn hinbeordert hatte. Ich befahl: „Du reitest mit mir zurück!"

Entsetzt sah er mich an: „Mit Verlaub, hier geht's so lahm voran wie der kleine Zeiger einer Turmuhr."

„Du kommst mit!", kommandierte ich scharf.

Bevor er die Pferde wendete, rief jemand: „Platz da für den ehrsamen Herrn Bürgermeister!" Eine Karosse fuhr vorbei, deren Fenster verhängt waren. „Der Krebs" hörte ich von vielen Seiten, mit Zusätzen wie Krebsgeschwür oder raffgieriger Leuteschinder. Eigentlich hätten sie dem Beschimpften dankbar sein müssen, denn danach ging es hurtig voran.

Das Mittagsmahl im Haus Beywegh war bereits beendet, als wir eintrafen. Arnold war schon auf dem Weg zum Kontor und begrüßte uns sauertöpfisch, wogegen unser Besuch für seinen Vater eine freudige Überraschung war. Anna zog Lieb-belle in ihre Kammer. Felicitas ließ für sich und Adam eine Kanne Limonade in unser Schlafgemach bringen, während Beywegh und ich uns in der Stube an Bier delektierten.

Ich erklärte ihm, in Köln einen Bräutigam für Lieb-belle zu suchen. Bedenklich wiegte er den Kopf: „Schwierig! Die meisten ledigen Herren sind versprochen. Annas Verlobter ist unlängst an einer Seuche gestorben und ich weiß keinen Rat, sie unter die Haube zu bringen. Sie ist leider mit wenig Schönheit gesegnet. Da hat Lieb-belle bessere Aussichten, vielleicht bei einem Witwer."

Ernüchtert ließ ich das Thema fallen und fragte nach Anton. Ein Strahlen ging über sein Antlitz, als sähe er ins Paradies: „Ach, der Teufelskerl hat die Diamanten in Leipzig abgeliefert und mir den Wechsel überbracht. Damit ich wegen des Verlustes seines Pferdes bei meinem lieben Sohn nicht in Ungnad falle, kaufte ich den Fuchs. Hoffentlich ein gleichwertiger Ersatz?"

„Oh danke, ein weitaus höherwertiger!"

„Wie? Ist Anton schon in Merhoffen eingetroffen?"

„Wir begegneten uns auf der Landstraße und ich dachte – ja, ich dachte, er habe das Pferd gestohlen."

„Gott behüt, nein! Ein so treuer Knecht ist Goldes wert."

„Wohl wahr, nur ist Anton recht eigenwillig. Ich hatte ihm befohlen, nach Köln zurückzukehren, stattdessen ..."

„Ja, bravo!", unterbrach er mich. „Knechte, die wie befohlen eselsstur marschieren, sind vortreffliche Soldaten, nur nichts fürs Handelsgeschäft. Selten ist der Herr bei der Hand, da braucht's Witz und Verstand, sich selbst den Weg zu bahnen. Gib ihn frei, lieber Sohn, und ich mache aus ihm einen exzellenten Kaufmann ohne einen Heller Lehrgeld. Ah, aber da kommen ja schon die Speisen!"

Wenig später schmausten wir. Draußen donnerte es. Regen prasselte nieder. Doch in der Geborgenheit der Stube steigerte das Unwetter das Wohlgefühl und das glückliche Ende des Diamantenhandels machte mir das Essen zum Festmahl. Anton hatte wohl das Zeug, ein vorzüglicher Kaufmann zu werden. Andererseits wäre er einmal für meinen verträumten Sohn Alexander auch ein perfekter Verwalter Merhoffens. Aber sollte meine Selbstsucht entscheiden? Als sich die Schüsseln nicht mehr leerten, sprach von Beywegh aufgefordert der kleine Adam ein kurioses Gebet: „Ich bin sticke-wicke voll und dank dem lieben Herrn Gott, dass er alles so gut macht."

Da fiel mir ein, die Wahl ganz Anton zu überlassen, denn aus schlichten Menschen spricht Gott gern. Ich beorderte ihn in Beyweghs Kabinett. Stolz lag in seiner Miene, als er sich verbeugte. Zweifellos würde er die einträglichere Kaufmannslaufbahn wählen. Tadelnd sagte ich: „Es war ein gewagtes Stücklein, befehlswidrig nach Leipzig zu reiten!"

„Vergebung, gnädiger Herr, wie befohlen schlug ich mich in die Büsch. Auf der Flucht verirrte ich mich heillos und stieß schließlich auf Kaufleut, die auf Leipzig wollten. Bei denen blieb ich, was ratsamer war, als allein zurückzureiten."

„Du wählst die Worte geschickt", sagte ich anerkennend.

„Ach, es war so, da braucht's kein Geschick!" Seine blauen Augen blickten erstaunt.

„Nun, alles ist ja zu einem guten End gekommen. Deine Tat hat Herrn von Beywegh so gefallen, dass er dich in eine Kaufmannslehr nehmen will, ohne Lehrgeld zu fordern."

„Ist … ist's so entschieden?", stammelte er.

„Nein, du kannst auch bei mir bleiben."

„Eigentlich bestimmt der Vater, was man lernt, aber meiner ist nit da. Ich mach es, wie's Euch gefällt!"

„Und mir gefällt's, wenn du mir deine Neigung sagst."

„Ich? Ich bin ein Bauernsohn und der wird Bauer. Ich helf gern Herrn Gillis bei den Pachtsachen. Ebenso freut's mich, im Garten zu hacken oder Viehfutter zu machen, damit's jeden Tag Speis gibt. Vom Umherziehen kann man nit leben."

„Manchmal verhagelt ein Wetter die Ernte und damit die Leut nicht Hungers sterben, bringen Kaufleute Getreide von da herbei, wo die Bauern ihre Früchte nicht loswerden. Bedenke, du kannst ein begüterter Kaufmann werden."

„Ja", sagte er gedehnt. „Aber auf Merhoffen ist's schöner."

„Gut, solang wir in Köln sind, wirst du im Kontor dein Brot verdienen, erst dann entscheide."

„Danke!“ Erleichterung ging über sein Hungergesicht: „Ihr seid sehr gut zu mir, gnädiger Herr – wie ein Vater!“

„Das bin ich gewissermaßen ja auch. Deine Eltern vertrauten dich mir an und daher bin ich mehr als nur Brotherr.“

Herbstmonat 1679

Unermüdlich stattete Felicitas Familien mit heiratsfähigen Söhnen Besuche ab. Zahlreiche Soupers und Bankette folgten. Der Zugang zu den Kreisen, in die meine Kinder einheiraten sollten, war für mich allerdings kein leichtes Stück. Diskurse über Handelsgeschäfte sind unter Edelleuten höchst anstößig. Über Politik oder Steuern mag man unter guten Freunden reden, nicht jedoch inmitten einer Tafelgesellschaft, von denen ich die meisten nur flüchtig kannte. Die Kölner hingegen plauschten bevorzugt über Geschäfte und Steuern. So saß ich stets wie ein Schatten bei Tisch. Felicitas sorgte sich, dass die Gäste meine Einsilbigkeit für adligen Hochmut oder gar Blödigkeit hielten und bat, ich solle mich lebhafter zeigen. Sie hatte recht. Um höflich mitreden zu können, lenkte ich die Gespräche von den leidigen Geldfragen weg auf die Festungsbauten in Köln, erzählte von meinen Reisen oder von der zu erwartenden guten Weinernte. Dies trug mir gelangweilte Blicke ein, die sich belebten, wenn einer der Herren mir Empfehlungen für die besten Absatzmärkte für Weine oder Kriegsgerät gab oder über eine Reise zur Frankfurter Messe berichtete. Selbst mein Lob über die Speisen gab Anlass für einen Diskurs zu der Frage, wo die Gewürze für Gesottenes und Gebratenes am günstigsten zu haben waren. Hatte ich ein solches Souper überstanden, disputierten Felicitas und ich oft bis in den Morgen hinein, ob diese oder jene verwandtschaftliche Verbindung vorteilhaft wäre. Ich legte nicht nur Wert auf Ansehen und Vermögen, sondern auch darauf, dass die Herren zu Lieb-belle im Alter und Wesen passten, was üblicherweise keine Rolle spielt. Durch meine Bedenken verflüchtigten sich Namen wie Imstenrath, Pütz, Wedig oder Widenfeldt bald und wir kamen nicht voran. Beywegh schlug den ergrauenden Witwer Johann zum Pütz vor, rühmte ihn als einen klugen und bedachtsamen Herrn. Seine Enkelin rümpfte die Nase. Klug und bedachtsam klangen nach überheblich und schlafmützig. Väterlich mahnte Beywegh: „Was willst du mit einem Hitzkopf, der säuft und herumhurt? Ein würdiger Herr achtet dich mehr als jeder junge Spund."

„Oh ja, Herr Großvater, würdige Herren schätz' ich über alle Maßen, bete sie gar an. Auf Knien bitt ich alle graubärtigen Heiligen in der Kirch, mich vor einem Gatten ihres Alters zu bewahren und mir Michel von Wolfskehl zu geben."

„Anna Christina!", fuhr Felicitas sie an. „Du weißt, er heiratet die Jungfer von den Hoevel, wie's Herr von Wolfskehl deren seligen Vater am Sterbelager versprach."

„Aber die ist hässlich!", schleuderte sie ihrer Mutter entgegen.

„Lass diese anmaßende Art! Wir wissen, wer seine Gemahlin in Ehren hält, wogegen dich nur wilde Triebe beherrschen."

Ihrer Mutter einen störrischen Blick zuwerfend stand Lieb-belle auf und ging. Felicitas sah gequält zum Himmel.

Die Wünsche der Eltern in Ehefragen sind meist Wasser auf das Feuer ihrer Kinder. Liebende sind ungestüme Fohlen, die den Kopf in den Wolken tragen und Sphärenklänge hören. Eheleute hingegen werden zu bockigen Eseln, die nur ein Ohr für ihr eigenes Klagegeschrei haben. Ein gnädiger Gott half Lieb-belle. Die Jungfer von den Hoevel starb und so wurde der junge Wolfskehl im Handumdrehen zum allseits begehrten Bräutigam, gegen den auch ich keine Einwände hatte.

Sofern ich nicht auf meinem temperamentvollen Fuchs ausritt, schlenderte ich in meinen Trödelstunden durch Köln. Stets besuchte ich eine der vielen Kirchen, ging auch zum Ratsplatz, wo die Bürgermeister auf der Veranda der Ratslaube die Beschlüsse des hochweisen Rates in ihren Morgensprachen verkündeten. Blumige Worte schminkten Colonia schöner als sie war. Die Bürgermeister, allesamt Handelsherren, verstanden das Geschäft der Schmeichelei wie auch die Kunst, verführerische Traumbilder zu malen. Umgeben von den Ratsherren verkauften sie von der Ratslaube herab nicht Gewürze oder Kanonen, sondern spendierten entzückend schillernde Seifenblasen. Sie hoben den Stolz der Bürger und ließen Hoffnungen blühen. Keiner verweigerte dieses Geschenk und zischte: Lüge oder Betrug! Hier waren die Bürger gläubig. Das mussten sie auch sein, denn sobald man den Ehrenhof der Stadt verließ, sah man Verfall. Selbst auf den gepflasterten Gassen sammelte sich Schmutz. Die Kirchenportale waren von Bettlern umlagert. Die Almosen, die ich während meiner Ausflüge verteilte, ersparten mir gewiss tausend Jahre Fegefeuer.

Bei einem dieser Spaziergänge sprach mich ein Herr an: „Pardon, wohlgeborener Herr, wenn ich Euch so freimütig anred', erinnert Ihr Euch an Niclaß Gülich?"

Ja, gewiss! Freudig begrüßte ich ihn. Er bat, mich begleiten zu dürfen, was mir mehr als willkommen war und ich sagte: „Ich freue mich, dass die Stadt alle so bald befreite."

Er lachte auf: „Die Stadt? Nein! Wir selbst, Verwandte und Freunde zahlten das Lösegeld. Der Rat versprach uns zwar einen *recompens*, aber die *Sechsherren* verhindern, den zu leisten."

„Wie? Die Stadt hat nichts beigetragen?"

„Keinen roten Heller! Die Stadtschulden zahlten wir. Hingegen ließ sich Herr von Krebs auf Kosten der *Rentkammer* seine Kaross mit Blattgold schmücken!"

Ich blieb stehen. „Will Er etwa behaupten, ein Bürgermeister bereichere sich auf Kosten von Gemeingut?"

„Ja! Auch andere."

„Unmöglich! Wer sagt das?"

„Man hört's an allen Ecken und Enden!"

„Aber ich will nicht hören, was boshafte Klatschmäuler den lieben langen Tag so ausstreuen!“, tadelte ich ihn scharf.

Die Wiedersehensfreude schlug ins Missmutige um, trotzdem blieb er auch am Hafen an meiner Seite. Im Gedenken, dass er mir im Gefängnis das Leben rettete, fragte ich versöhnlich, ob ich ihm einen Gefallen tun könne.

Er nickte: „Ich habe fürwahr eine Bitt'. Als man mir nach vielen Eingaben an den Rat die Zahlung des *recompenses* für das Lösegeld verweigerte, verhieß man mir einen Steuererlass. Wie ich den einforderte, antwortet man jetzt so: Da wir damals die Warnung des Rats in den Wind schlugen und leichtsinnig stracks in die Arme der Osnabrücker liefen, müssten wir für das Lösegeld selbst aufkommen. Könntet Ihr vielleicht bezeugen, wie achtsam wir damals zu Werke gingen?“

„Die Wahrheit bezeuge ich gerne“, sagte ich freundlich.

„Tausend Dank, hoffentlich hilft's! Ach, hundert rachsüchtige Teufel nisten in meinem Leben! Ich bin 35 Jahr' und nichts geht voran. Jetzt lasten wegen des Lösegelds wieder viele Schulden auf meinem Haus auf Obenmarspforten.“

„Das ist doch ganz in der Näh des *Alter Markt*?“

„Ja, das Verhannenhaus hat mir meine Mutter geschenkt. Sie ist eine de Reuss, falls Euch das etwas sagt.“

Ja, der Name sagte mir etwas. Die de Reuss waren reiche Kaufleute. Angesichts dieser Verwandtschaft war Gülich dürftig gekleidet. Seine Hose war gestopft und der dunkle Rock abgewetzt, nur der Hut machte etwas her. Wir schlenderten die endlose Stadtmauer entlang. Rechts glitzerte der Rhein. In Höhe der Kirche Sankt Kunibert war an der Stadtmauer auf Pfählen eine Bühne aufgebaut. Bürger, Mägde, ein Eseltreiber, Karrelzieher, sogar ein Reiter umringten sie. Ein Gaukler warb für das Drama „Julius Caesar“ und gab Kostproben seiner Kunst. Da mir jede Gafferei widerstrebt, ging ich weiter. Gülich blieb zurück. Die Rede des Mörders Brutus begleitete mich eine Weile: „Ich erstach Caesar, nicht weil ich

Caesar wenig liebte, sondern weil ich Rom mehr liebte. Weil ich Cäsar liebte, wein' ich um ihn, weil er tapfer war, ehr ich ihn, aber weil er tyrannisch war, tötete ich ihn. Römer, wer ist so niedrig, dass er Knecht sein will?"

Lockere weiße Wolken zogen ostwärts. Das Wasser reflektierte das Himmelsblau. Wellen blitzten. Ein holländisches Schiff segelte flussab. Mägde boten aus Körben Äpfel und Birnen an. Hier kam man schnell auf heitere Gedanken. Doch Gülichs Klage ging mir nicht aus dem Kopf und ich kehrte um. Einen Steinwurf von der Bühne entfernt saß er am Ufer. Als er mich sah, sprang er auf, kam auf mich zu und rief: „Hörtet Ihr, was der Gaukler sagte?"

„Satzfetzen!"

„Ja, aber was für Worte! Brutus erstach Caesar, weil er Roms Republik mehr liebte als seinen Freund. Caesar wollte Rom unterjochen und Brutus diente einem höheren Ziel."

„Mit edlen Zielen entschuldigt man gerne Frevel", dämpfte ich seine Schwärmerei. „Von wem ist denn das Schauspiel?"

„Willem Schäbbier, ein Engländer."

„Jaja, die Engländer bringen gern ihre Könige um."

„Ach, es mag kommen, woher auch immer. Es steckt Wahrheit darinnen, Wahrheit, nach der ich lang suchte!"

„Lieber Himmel, will Er einen Bürgermeister erstechen?"

„Gott bewahr', aber man muss endlich sagen, dass keiner tragen muss, was wider alles Recht ist!" Gestikulierend redete er so laut, dass Leute stehenblieben. „Ja, man muss es ausschreien, wie die Bürger gepresst und ausgepresst werden."

Ein Bauchladenkrämer rief zurück: „Brav gesprochen!"

„Seht Ihr!", triumphierte Gülich.

„Das eben war ein einfältiger armer Mann!"

„Und von denen gibt es viele." Das sagte er ruhig, fast lauernd, was verstörender wirkte als sein ekstatischer Ausbruch.

„Wer das Volk zum Widerstand aufruft, ist flugs im Turm", warnte ich, wozu er mit den Achseln zuckte.

Am *Alter Markt* begrüßte mich Lieb-belle als Erste und führte mich in die Stube. Ihre Augen steckten voller Glück, als Felicitas verkündete, Herr von Wolfskehl erwäge eine Heirat seines Sohnes mit Lieb-belle. Gespannt schauten mich alle an, sogar Adam machte große Augen. Noch mit dem beschäftigt, was mir der ruinierte Gülich an Üblem über die *Sechsherren* aufgetischt hatte, zögerte ich, zumal Wolfskehl im Ausschuss den Betrug an den Gefangenen angeregt hatte.

„Warum so still?", fragte mich Beywegh.

„Mich freut das Angebot", begann ich und Lieb-belle juchzte leise. „Nur sollte man's nicht überstürzen."

„Welches Haar ist nun in der Suppe?", knurrte er.

„Herr Papa, es ist mein innigster Wunsch!", rief Lieb-belle.

„Gewiss, doch so perfekt und passgenau wie's oft scheint, fügt sich selten alles ineinander. Es schadet nicht ..."

„Genug!", fiel mir Felicitas wütend ins Wort. „Der eine ist zu alt, der andere ein Geizkragen und der Makellose nun zu perfekt. Soll unsere Tochter ins Kloster? Nur frei heraus!"

„Mein Sohn!" Wärme füllte Beyweghs Bassstimme. „Es ist schwer, die Tochter einem jungen Mann anzuvertrauen. Doch warum Attacken reiten, um den Lauf der Welt aufzuhalten?"

„Es ist schnell genommen, nur nicht so bald wieder davongekommen", entgegnete ich.

„Ha, der ewige Zögerer sinkt ohne Tat ins Grab", schalt Felicitas, ihren Vater auffordernd anschauend.

„Es wird sich alles finden", besänftigte er, „vielleicht bald, denn Übermorgen kommen die Wolfskehls zum Souper."

Wolfskehl, seine Gattin, Sohn Michael und die sechzehnjährige Tochter wurden von Beywegh und mir an der Haustür empfangen, wie es hohem Besuch gebührt, und hoch war er. *Rentmeister* Wolfskehl kam mit großem Geleit und übertraf sogar den amtierenden Bürgermeister Cronenberg, der pompöse Auftritte liebte. In der Stube knickste Lieb-belle, ihr Seidenkleid verlegen in den Händen knüllend, als suche sie Halt in dem Stoff. Der junge Wolfskehl begrüßte die Damen mit einer galanten Verbeugung, Alexander fragte dessen Schwester – ein herausgeputztes Mädchen – ob sie Laute spiele. Zum Musikmachen gäbe es Musikanten, gab sie schnippisch zurück und verlor so für Alexander jedes Recht auf weitere Beachtung.

Auf silbernen Platten wurden Kapaun, Wildbret, Hummer und Austern gereicht und in chinesischen Porzellanschüsseln in Mandelmilch gegartes Gemüse. Michel von Wolfskehl machte Lieb-belle zärtlich den Hof. Er hatte die Statur eines Romanhelden. Sein helles Haar fiel sorgfältig gelockt auf die Schultern. Ein Grübchen am Kinn gab seiner Apolloerscheinung eine markante Unregelmäßigkeit. Unter kräftigen Brauen blitzten seine blaugrauen Augen, wenn er lachte. Selbstbewusst, ohne vorlaut zu sein, bot er mir keinen Anlass zur Kritik, außer dass er zweifelsfrei vielen Weibern gefiel. Unangenehm hingegen war Frau Lisbeth von Wolfskehl. Sie war eine welke Schönheit – der frühere Schwanenhals hatte Ähnlichkeit mit der Gurgel eines gerupften Huhns, wie überhaupt ihre Magerkeit den Eindruck ewigen Hungers erweckte. Allzu oft drängte sich ihre Aufmerksamkeit fordernde hohe Stimme in den Vordergrund. Ihr Gemahl hingegen ruhte in sich. Selbst mancher Überheblichkeit gab er im ruhigen Ton den Anstrich, als verkünde er nur Gottgewolltes, was einen geschickten Staatsmann auszeichnet. Alle meine Bedenken zerkrümelten und ich wollte Lieb-belles Herzenswunsch erfüllen. Als sollten bald Hochzeitsglocken läuten, folgte bald die Gegeneinladung. Auch die Wolfskehls hießen uns an der Haustür willkommen. Bevor der Gastgeber und ich den Damen ins Haus folgen konnten, verbeugte sich ein Mann vor Wolfskehl. Demütig redete er ihn an: „Ich bitt untertänigst um Gehör, Eure Herrlichkeit! Der Ratskeller –

ja, der wirft Gott erbarm's wenig ab. Auch nach einem Jahr ist die Summ' nit eingekommen, die ich für die Lizenz an Eure Gnaden und obenauf noch 25 Taler an die werte Frau Gemahlin zahlte. Wir sind in Not! Ich bitt, mir gnädiglich 200 Reichstaler zu erstatten."

Den Blick zu Boden gerichtet hielt der Mann krampfhaft seinen Hut in den Händen. Eine Maus, die sich einem Käse nähert, jederzeit bereit ins nächste Loch zu fliehen, konnte kaum scheuer sein. Wolfskehls Miene wurde hart: „Fabian, was hab ich mit Seiner Misere zu schaffen? Was ich erhielt, hab ich mühselig genug verdient." Er zischte: „Verzieh Er sich, und komme Er mir mit Seinen Klagen nimmer unter die Augen!"

In Büßerhaltung zurücktretend flehte Fabian leise: „Ich bitt von Herzen, Eure Herrlichkeit."

„Pack Er sich fort!", fauchte Wolfskehl ziegelrot, worauf der Mann flüchtete. Er blies die Backen auf: „Der Teufel hol die rotzige Brut! Da hilft man, wo man kann und wird nichts aus den Träumen, verfolgen sie einen und reden übel."

„Der Mann schien wahrhaftig verzweifelt zu sein", erwiderte ich.

„Ach was, der Fabian, der Nichtstuer, will sich auf faule Weis' den Beutel füllen. Kommt, gehen wir ins Haus!"

Die Tafel war reich bestückt, dennoch war man, was Zahl und Qualität der Speisen anbelangte, um ein bescheideneres Maß bemüht als im Hause Beywegh. Die Wolfskehls zeigten Reichtum, vermieden jedoch den Eindruck, sich einschmeicheln zu wollen.

Als das Konfekt gereicht wurde, bat mich der Hausherr in sein Kabinett. Felicitas' und Lieb-belles Augen leuchteten auf, handelten Ehekontrakte die Väter doch unter sich aus. Das Kabinett war derart eingerichtet, als erwarte der Hausherr Kaiser Leopold in persona zu Besuch. Scharlachrote Samtvorhänge am Fenster, vier gleichfarbig gepolsterte Stühle um einen Konferenztisch und das goldblütengeschmückte

Kabinettschränklein im schwarzen chinesischen Lack war sicher der neueste Luxus. Wir nahmen Platz. Während ein Diener Wein einschenkte, betrachtete ich den Raritätenschrank. Intarsien an den Türen stellten Jagdszenen dar: Göttin Diana spannte den Bogen, um einen Hirsch zu erlegen und Venus beweinte den von einem Eber getöteten Adonis. Es roch harzig, als wäre ich tatsächlich im Wald. Den Duft verströmte ein mit einem weißen Tuch verhängtes Gemälde auf einer Staffelei. Wolfskehl erklärte gönnerhaft: „Der Schrank stammt von meinem seligen Schwiegervater! Altväterlicher Kram! Immerhin wird Meister von Rheidt, der ihn gemacht hat, noch immer hoch ästimiert, nun ja!“ Seine wegwerfende Handbewegung sagte, was andere wertschätzen, schert mich nicht.

„Für mich zählt die Schönheit, nicht das Alter. Aber ich nehme an, wir haben Wichtiges zu bereden?“, entgegnete ich.

Seine Augen blitzten auf: „Oh ja, per exemplum Porträts!“

„Gemälde?“ Ich hatte anderes im Sinn.

„Ja!“ Gravitätisch trat er zur Staffelei. „Es ist Brauch, den Senatssaal mit Porträts der Bürgermeister zu schmücken. Da umklammern meine Vorgänger im schwarzen Talar ihren Bürgermeisterstab und blicken in ihrer Kleinbürgerwürde ins Leere. Ich läute eine neue Zeit ein.“ Er schlug das Tuch zurück.

Zweifellos Wolfskehls Porträt, wenn auch schmeichelnd jünger gehalten und die eher grauen Augen waren blau. Der erhobene Kopf und der leicht gesenkte Blick gaben ihm das Fluidum eines Staatslenkers. Vor dem Faltenwurf eines blauen Vorhangs, eine Faust in die Hüfte gestützt, präsentierte sich Wolfskehl nicht wie vorgeschrieben in dunkler Amtstracht, sondern in einem erdbeerfarbenen *Justeaucorps*. In der rechten Hand hielt er eine Reitgerte mit Mittelfinger und Daumen, was an seine Art zu reden erinnerte, wenn er mit feiner Geste seinen Worten Gewicht geben wollte. Hinter ihm knüllte sich die Amtsrobe auf einem Stuhl, gegen dessen Lehne wie ein deplatziertes Requisit der Bürgermeisterstab lehnte.

„Nobel und ungewöhnlich!“, stellte ich nüchtern fest.

„So ist's!“ Er nickte selbstgefällig. „Noch immer klebt den Städten Ziegenstallgeruch an und ihr Einfluss im Reich ist wie der einer Maus auf die Navigation eines Schiffs. Deshalb sollten an ihrer Spitze noble Herren stehen.“

„Graf Cronenberg, Herzog Wolfskehl?“, scherzte ich bissig.

„Warum nicht?“, konterte er ärgerlich. „Die Städte bringen mehr Steuern auf als manche Fürsten.“

„So dürften die Söhne auch nur Edelfräulein heiraten“, gab ich ihm die Gelegenheit, um die Hand meiner Tochter für seinen Sohn anzuhalten, wie es gute Sitte ist.

„Nein, da bleibe ich bei den Kölner Jungfern mit guter *Mitgift*“, sagte er knapp – für mich eine Ohrfeige. Schallend!

Auf dem Heimweg berichtete ich im Rädergeklapper von dem Diskurs. Lieb-belle blieb stumm und Felicitas murmelte erschüttert mehrmals: „Das verstehe, wer will!“

Man wolle nicht kurz nach dem Ableben der Jungfer von den Hoevel eine neue Verlobte präsentieren, begründete Frau Lisbeth später das Nein ihres Gatten. Diese Pietät war verlogen. Sogar Witwer heiraten wenige Monate nach dem Tod der geliebten Gattin, ohne dass jemand Anstoß nimmt. Wolfskehl hatte wohl für seinen Sohn eine andere Braut im Sinn. Dennoch hofften Felicitas und Lieb-belle weiter auf einen Ehekontrakt.

In den letzten Septembertagen löste die Sonne alle Wolken auf und lockte mich vors Tor. Täglich ritt ich mit Hennes und Adam aus. Als wir einmal kurz vor dem Nachtessen heimkehrten, sah ich Beywegh in sein Kontor eilen, obgleich ihm an pünktlichen Mahlzeiten gelegen war. Sein strammer Schritt, das selbstvergessene Kopfschütteln – jede Faser seiner Haltung war zornig. Ich folgte ihm.

Er saß am Kontortisch auf dem ihm vorbehaltenen, hochlehnigen Stuhl, in dem sonst rein nach Nützlichkeit ausgestatteten mit roten Tonfliesen belegten Raum. Auf dem Tisch verteilten sich Geldwaage, Zettelkästen und Tintenschälchen. Auf Wandbrettern lagerten Rechnungsbücher, Bündel mit Schreibfedern, Kerzenständer und Gewichtekästen. Die Wände zierten eine Landkarte und ein Steckbrett mit Briefen, Federmesser und sonstigem Kram. Ein süßlich-aromatischer Duft von Zimt und Nelken erfüllte die Luft. Beywegh spülte einen Genever hinunter und fragte ruppig: „Was gibt's?"

„Ach, ich sorgte mich, dass der Herr Vater so schnurstracks zu später Stund noch ins Kontor lief."

„Ein Ärgernis, ein enormes Ärgernis!" Er hieb auf den Tisch, dass die Geldwaage wackelte. „Ich war eben bei den Zunftgenossen der *Gaffel Himmelreich.* Da stänkert dieser Gülich gegen den Rat wegen des Lösegelds, das er den Osnabrückern zahlte."

„Verständlich, er kam ja für die Schulden Kölns auf."

„Ha, stößt mein nobler Sohn ins gleiche Horn?", brauste er auf. „Der Lump beschimpft unflätig die *Sechsherren* und schwafelt einfältig über Recht und Gesetz."

„Ja, damit untermauert man doch eine Forderung."

„Aber achtungsvoll!" Der sonst maßvolle Mann kippte einen weiteren Schnaps hinunter. „Bei seiner ersten Attacke erinnerte ich ihn daran, den *Sechsherren* untertänig Respekt zu erweisen. Da brüllte er, ja, er brüllte: Er nähme nur sein verbrieftes Recht in Anspruch, seine Meinung zu sagen und als Gaffelmeister sei's seine Pflicht Missständ anzuprangern, wenn andere ihres Eids vergessen, Bürger wegen Stadtschulden nicht auslösten. Dann faselte der Esel von *Verbund- und Transfixbrief,* als habe er die Jurisprudenz mit Suppenkellen gefressen." Er schüttelte den Kopf. „Wie ihn der *Bannerherr* zurechtwies, geiferte er, wenn nur die Armen für Stadtschulden aufkämen, die Reichen keinen Heller gäben, da brüteten nicht nur Kölns Gassen die Pest aus. Nein, das täten die doppelzüngigen *Sechsherren* weit mehr."

„Herr Vater, ist seine Empörung verwunderlich? Die Stadt versprach ihm einen *recompens*, dann Steuererlass und als er schließlich den einforderte, wusste man nichts mehr davon."

Beywegh blickte zu den staubwolkigen Fenstern, durch die milder Abendsonnenschein leuchtete und sagte knapp: „Die Stadt kann weder zahlen noch auf Steuern verzichten."

Weinmonat 1679

Obgleich ich Niclaß Gülich nicht begegnete, war er stets präsent. Überall schwatzte man über ihn. Unerschrocken prangerte er auf allen *Gaffeln* Missstände an. Zu den sonst dürftig besuchten Versammlungen strömten nun die Zunftgenossen. Für die einen – und das waren viele – war er der David, der dem mächtigen Stadtregiment die Stirn bot, für die anderen war er der Kurzweil verheißende Narr, der naiv Kopf und Kragen für ein aussichtsloses Anliegen wagte. Keiner aber belächelte das, was er sagte, denn das war Wahrheit.

Beywegh hielt Gülich weder für naiv noch für dumm. Bei Tisch erklärte er dessen Taktik so: „Der Schelm lobt nun die *Sechsherren* für Wohltaten derart, dass jeder denken muss, sie raubten die Bürger erbärmlich aus."

„Herr Großvater, den Kunstgriff nennt man advocatus diaboli", rief Alexander dazwischen. „Ein advocatus diaboli lobt spöttisch die Äußerungen seines Widersachers und widerlegt so dessen Argumente."

„Advocatus diaboli – Teufelsanwalt!" Beywegh lachte herzhaft. „Weiß Gott, das passt!"

So wurde advocatus diaboli zur gängigen Bezeichnung Gülichs im Hause Beywegh. Der Rat verwarnte den aufsässigen Gaffelmeister wegen seiner „unebenen Worte“ gegen die *Sechsherren*. Das sei viel zu milde, monierte Bürgermeister Cronenberg, der in diesen Tagen Beywegh oft aufsuchte. Sein Credo war, dem Schalk für ewig das Schandmaul zu stopfen. So Unrecht hatte er nicht, denn die nachsichtige Sanktion zeigte keinerlei Wirkung, im Gegenteil, sie ermutigte Gülich sogar. Seht ihr Leut', ich trat dem Löwen auf den Schwanz und er maunzte nur schlaff wie ein Kätzlein!

In diesen Tagen peinigte mich ein böser Zahn und ich wollte den Unruhestifter ausreißen lassen. Der *Barbier* war aber gnädig. Er pinselte ihn nur mit einer Nelkentinktur ein und die Qual ließ nach. Frohgemut wollte ich in der Jesuitenkirche der heiligen Apollonia danken und sie um Verschonung vor weiteren Schmerzen bitten. Als ich in die Marcellenstraße einbog, sah ich Alexander, obwohl er in der Schule sein sollte. Von Bruder Max wusste ich, dass er mehrere Nachmittagslektionen wegen Bauchgrimmens versäumt hatte. Offensichtlich vertrieb er sich die Zeit auf nettere Art als mit Bauchgrimmen, denn er marschierte auf Florentins Haus zu, wo er eingelassen wurde. Bald schallten Lauten- und Geigenklänge aus einem Fenster. Ich stand wie angewurzelt. Zwei Weiber traten vor die Tür ihres Hauses. Eine Dralle, deren Apfelbäckchen mit dem Rot der Hagebutten einer an ihrem Fachwerkhaus hochwuchernden Rose wetteiferten, rief mir zu: „Ist's nit köstlich? So spielen die Englein im Himmel.“

„Gibt's dieses Divertissement denn öfter?“, fragte ich.

„Diverti …? Ach, der Herr meint die Musik! Ja, ein- oder zweimal in der Woch' kommt der Musiklehrer des Fräuleins, da schicken die beiden die Engeltön' zum Himmel.“

„Zweimal in der Woche?“, fuhr ich die Frau an.

„Ei ja!“ Irritiert runzelte sie die Stirn, dann deutete sie hinter mich: „Da, der Herr bekommt Besuch!“

Florentins grobe Magd knickste vor mir: „Der gnädige Herr bittet den wohlgeborenen Herrn herein, wenn's beliebet.“

„Ich dank', aber ich bin in Eil. Meinen geneigten Gruß an Herrn von Kolff und seine verehrte Gemahlin."

Wieder ein knapper Knicks und sie ging.

„Die zieht allweil ein schiefs Maul und redet nie kein Wort viel!", tratschte die rotwangige Nachbarin hinter ihr her.

„Sehr löblich für eine Magd! Ich wünsch den Damen einen vergnüglichen Tag. Gottbefohlen!"

Holdselig nickten sie mir zu. Nach kaum 20 Schritten rief hinter mir jemand meinen Namen. Ich blieb stehen. Alle Würde eines Edelmannes vergessend kam Florentin hinter mir her: „Holla, *mon frère*! Hab ich dich verärgert, weil du so schnöde ohne Anklopfen an meinem Haus vorbeipassierst?"

„Ach nein, ein Zahn ärgert mich, da wär ich nur ein grämlicher Gesellschafter. Dafür ist mein Sohn bei dir zu Besuch."

„Ja, ein Segen! Charlotte war nach schwerer Krankheit lange matt. Mein Neffe Sebastian begegnete Alexander einmal und lud ihn ein und ein Wunder geschah, denn seitdem er sie mit Musik erheitert, erholt sie sich in Windseil."

„Ist dir nicht bekannt, dass auch nachmittags Schul ist?"

„Ja, aber ein Magister ist krank." Da ich vorwurfvoll den Kopf schüttelte, bat er: „*Mon frère*, sei gnädig mit ihm! Er ersparte uns hunderte leidvolle Stunden."

Ich versprach es und verabschiedete mich. Traurig und wütend über meinen Sohn ging ich nach Hause. Ihm fehlte es an Respekt, Fleiß und Pflichtbewusstsein, die drei wichtigsten Eigenschaften, die ein Vierzehnjähriger aufweisen musste. Nach allen Regeln, bei den biblischen angefangen, hatte er Prügel verdient.

Im Schlafgemach setzte ich mich ans Fenster. Draußen ging ein Markttag zu Ende. Händler räumten Nichtverkauftes in Karren. Braune und gelbe Blätter kollerten, Herbstwehmut verbreitend. Die poetisch melancholische Stimmung dämpfte meine Wut und ich nahm mir vor, gnädig zu sein, wie ich es Florentin versprach.

Unten schlug die Haustür zu. Saumselige Schritte auf der Treppe. Zages Klopfen. In Armer-Sünder-Pose trat Alexander ein und fiel vor mir auf die Knie: „Ich bitt um Vergebung."

„Knie vor Gott, nicht vor mir!", befahl ich barsch.

„Herr Vater!" Er erhob sich. „Verzeiht, dass ich heimlich bei Mademoiselle Charlotte war. Die Patres halten uns an, barmherzig zu sein und Kranke zu trösten."

„Und wie oft warst du barmherzig gegen die Schulregeln?"

„Sechsmal – vielleicht", flüsterte er.

„So oft?"

„Ja, aber ich war bei Charlottes Mutter im Wort."

„Und wie steht's mit dem Wort deinem Vater gegenüber?", donnerte ich ihn an. Schlaff hingen seine Arme wie Äste einer Trauerweide herab, obwohl er kräftig war. Streng sagte ich: „Deine Magister sind höchst unzufrieden mit dir. Deine Leistungen in den *artes liberales* sind miserabel, weil dich die Musik auf den Teufelsweg des Müßiggangs lockt."

„Mit Verlaub!" Er hob resolut den Kopf. „Musik ist das Höchste der *artes liberales* in der Schul. Sie hebt die Seel in den Himmel, nicht in die Hölle, sagen die Patres."

„Ja, in Maßen! Aber Unmäßigkeit kommt vom Teufel! Faules Leben und süßes Brot passen nicht zueinander. Ein Tagträumer streicht auf den Gassen die Fiedel, nährt sich von Almosen, balgt sich mit Hunden um Knochen. Ein solcher Kerl endet oft in Kälte erstarrt auf der Straß oder schmählich am Galgen."

„Ich bin kein Lumpenfiedler!", begehrte er auf.

„Aber willst du nicht an Bauerntänzlein kleben bleiben, musst du dich auch in der Poeterei, in Latein und der Mathematik üben. Wer viel will, muss viel lernen. Und, mein Sohn: Jederzeit kann mich Gevatter Tod am Kragen packen. Das, was ich mühsam erhalte, ist bei laschen Wirtschaften bald verzehrt. Nur wenn du dich mit Fleiß auch ungeliebten Aufgaben widmest, kannst du einmal mein Erbe sein. Was also willst du?"

Nachdenklich sah er zu Boden. Dann blickte er auf und sagte fest: „Herr Vater, ich verspreche, jetzt fleißig zu lernen, um einmal gut zu wirtschaften und später heirate ich Charlotte."

„Hola, wünscht das ihre Frau Mutter?", fragte ich amüsiert.

„Nein, aber Charlotte und ich wollen's! Ich hab ihr ein Liedlein geschrieben. Es geht so: Niemand weiß der Sternen Zahl, um des Himmels blauen Saal, ihres Glückes reiche Gaben, können keinen Zähler haben!"

„Gewiss, so ein Unsinn gefällt den Damen."

„Ja, sie lesen Gedichte mit dem Herzen. Der Sternenhimmel macht demütig und glücklich, weil man die Welt vergisst."

„Dir sollte mehr an der Welt und der Schul gelegen sein!", herrschte ich ihn an.

„Ja, Herr Vater!", gab er kleinlaut zu.

„Gut! Zwei Monate geb ich dir. Bleibt's beim alten Schlender, erwartet dich Arrest ohne Musik und jetzt geh!"

Der böse Zahn schmerzte wieder. Ich träufelte das Elixier des Barbiers auf mein Sacktuch und drückte es gegen den Plagegeist. Ein Stich, Eiter ergoss sich. Ich spuckte ihn ins Lavoir und spülte mit Genever nach.

Auf dem Himmelbett liegend blickte ich auf die parallellaufende Maserung der Holzdecke und ließ den Gedanken ihren Lauf. Über Alexanders Heiratswunsch lächelte ich. Die zarte Liebe konnte wie bei Marisa und mir in bittersüßem Schmerz enden, werden Ehen doch nach Stand und Geld geschlossen. Mehr beschäftigte mich, warum Felicitas Alexanders Heimkehr aus der Schule bestätigt hatte und so seine Lügen deckte. Sie war ihm gegenüber unerbittlich streng. Es gab nur eine Erklärung: Auch sie war unterwegs gewesen. Oft hatte ich ihr mangelnde Häuslichkeit vorgehalten und jetzt spielte sie mir die sittsame Hausmutter vor. Überhaupt war sie sehr zerstreut und neuerdings verbrannte sie empfangene *Billetts* sofort. Mein Misstrauen war erwacht.

Schon am nächsten Tag verließ ich zwar wie gewohnt das Haus, bummelte aber nur bis zur nächsten Ecke. Bald nach mir trat Felicitas vor die Tür und ich folgte ihr. Ein Vaterunser lang besuchte sie eine Kirche. Als sie herauskam, trug sie einen alten Mantel und ein Trauerschleier bedeckte ihr Gesicht. Sie durchlief die Mördersgasse, bog in eine schnurgerade, sehr lange Straße ein, die auch so hieß, und huschte in ein Haus mit dem Namen Danzhof.

Für Sonderbares gibt es oft mehrere Erklärungen. Für mich gab es nur eine. In schwarz-feuerroten Satansfarben eines betrogenen Ehemanns malte ich mir das aus, was dort vor sich gehen mochte. Anklopfen, den Kerl niederschlagen, war mein erster Impuls. Nein, klüger war es, sie beim Verlassen des Hauses zur Rede zu stellen, als womöglich vom Gesinde hinausgeworfen zu werden. Das Wirtshaus Zum Silbern Flötgen lag schräg gegenüber. Da wollte ich auf sie warten.

Inmitten der Wirtsstube lärmten Zimmerergesellen. Vor dem Fenster saßen schon zwei abgerissene Kerle. So blieb mir nur ein Platz, von dem aus ich einen eher kleinen Teil der morschen Haustür des Danzhofes im Blick hatte. Sie hing leicht schief in den Angeln. Eine Freundin Felicitas' wohnte in dem vernachlässigten Haus kaum. Bei einem Halbmaß Bier fixierte ich die Haustür und bemerkte, dass die beiden Kerle den Danzhof ebenfalls selten aus den Augen ließen. Die stämmige Gestalt und das von Pocken verwüstete Gesicht des einen machten ganz den Eindruck eines Haudraufs, sein baumlanger blonder Kumpan sah mit einem Narbenwulst am Kinn ebenfalls verwegen aus.

Träge schlich die Zeit dahin und meine Augen wurden von der Ereignislosigkeit müde. Die Zimmerergesellen schäkerten mit zwei Mägden. Die Blutjunge liebäugelte mit mir und strich verschämt über ihr Dekolletee, das wenig zu bieten hatte. Ich schüttelte den Kopf und sie schaute traurig.

Ein Paar tuschelte in einem Winkel miteinander. Der Mann suchte unter ihrem Miederhemdlein nach leiblichen Freuden, sie in seiner Tasche nach Geld.

Wieder starrte ich auf die Tür des Danzhofes. Nichts geschah. Ich orderte ein zweites Halbmaß Bier. Nach ein paar Schlucken machten sich die beiden zwielichtigen Männer auf. Ich wollte ihren Platz einnehmen, um den Danzhof besser im Blick zu haben, da sah ich draußen Felicitas stehen. Ein Herr bot ihr vertraulich den Arm zum Geleit an. Eine buschige Feder an seinem Hut erinnerte mich an den Mann, der sein Gesicht verbarg, als ich nach der Rückkehr aus Wiedenbrück ihn in der Kleinen Budengasse traf. Er kannte mich wohl. Aber wer war er? Das Äußere ändert sich manchmal eher als der Geschmack sich zu kleiden. Üppige Hutfedern, die eigentlich Edelleuten vorbehalten sind, liebte Ferdinand Kannegießer, dessen Charme Felicitas vor unserer Hochzeit erlegen war. Der Herr draußen hob den Kopf. Die vorspringende Adlernase, der dunkle dünne Schnurrbart – ja, das konnte er sein, jetzt ein gealterter Herr, in dessen gelbliche Haut sich scharfe Falten gegraben hatten. Seine leicht gebückte Gestalt erinnerte nicht einmal mehr entfernt an den Jüngling, dem früher alle Weiber nachliefen.

„Hund, der Teufel hol deine schwarze Seele!" Ich wollte hinausstürmen, doch die stämmige Magd hielt mich fest und verlangte die Begleichung der Zeche.

Auf der Straße war das Paar schon weit davonspaziert und bog in die Mördersgasse ein. Die beiden Zechbrüder aus dem Silbern Flötgen, die ein Stück vor mir gingen, preschten plötzlich hinter ihnen her. Es war wohl kein Zufall, dass sie das Wirtshaus geschwind verließen, als sie das Paar sahen. Am Ende der Mördersgasse trennte sich Felicitas rasch von ihrem Galan. Den Zeitpunkt, sie gemeinsam zur Rede zu stellen, hatte ich verpasst. Er lief in Richtung des Ehrentores und die beiden Zechbrüder folgten ihm. Offenbar hegten sie finstere Absichten. Sollten sie den Lüstling nur durchbläuen und berauben, er hatte es verdient. Es waren solche niedrigen Gefühle, die mich spontan dazu bewegten, nicht Felicitas zu folgen, sondern dem verhassten Rivalen nachzugehen.

Kannegießer bog linkerhand in eine Seitengasse ein. Der Neumarkt war wohl das Ziel. Der Weg dorthin führt durch die Klöstergärten der Kapuziner- und Clarissinnen, wo man ungestört eine Attacke wagen kann. Je länger ich den Verfolgern nachging, desto mehr widerte mich ihre Tücke an: Wie sie dem älteren Herrn nachschlichen, sich freudig Zeichen gaben, wenn er die ihnen genehme Richtung einschlug. Nicht Tagesfleiß, sondern die Gewalt eines Augenblicks verschaffte den Nichtsnutzen ein bequemes Leben. Wie tief war ich gesunken, einen arglosen Herrn – und sei er noch so verworfen – in die Falle verwahrlosten Gesindels tappen zu lassen.

Am Franziskanerkloster nahm Kannegießer tatsächlich den Weg durch die Gärten. Sich nur flüchtig umsehend jagten die beiden ihm nach und ich rannte nun hinterher. An dem Weg durch die Gärten wucherte rechts an einer Mauer Unkraut empor. Links standen Büsche. Kannegießer drehte sich nach den Verfolgern um. Die beiden stürzten auf ihn zu. Einer packte ihn und hielt ihn fest.

Ich griff nach dem Degen – da war nichts. Einerlei! Ich hetzte los. Der Blatternnarbige holte aus und rammte mit aller Kraft die Faust in Kannegießers Leib. Der brüllte auf. Bevor er ein zweites Mal zuschlagen konnte, brachte ich ihn jäh zu Fall. Wir stürzten zu Boden und da sah ich einen Dolch in seiner Hand, den er fallen ließ. Er krümmte sich und hielt sich den linken Arm. Ich langte nach dem Messer. Jemand packte mich am Hals und riss mich um. Hart schlug mein Kopf auf. Der Kumpan des Messerstechers warf sich auf mich. Ineinander verkrallt rangen wir. Ich kam obenauf. Seine rechte Hand grapschte nach dem Dolch. Mit beiden Händen hielt ich seinen rechten Arm fest, ließ dann plötzlich los und ergatterte den Dolch. Der Kerl versetzte mir einen kräftigen Stoß in den Leib, kam frei und floh. Sein Kumpan war bereits auf und davon. Benommen saß ich am Wegrand.

Kannegießer lag im Gebüsch, die Beine angezogen. Angstvoll sah er mich an und hauchte: „Gott ... Merhoffen! Habt Ihr die Mordbuben auf mich gehetzt?“

„Gewiss nicht!“ Ich kniete neben ihm nieder.

Sein Gesicht war wachsfahl, knochig ragte die Nase aus eingefallenen Wangen. Ich öffnete seinen Rock. Schon die Weste war blutgetränkt. Da war nur noch die Seele zu retten. Er spürte es selbst, denn er wollte beichten. Seine Hand fassend fragte ich: „Ferdinand Kannegießer, bereust du deine Sünden?“

„Ja, mit ganzer Seel!“, erwiderte er unvermutet laut. „Ich hab betrogen, Krebs und Cronen …“ Seine Stimme zerbröselte.

„Hast du die Ehe gebrochen?“, fragte ich weiter.

„Ja, mit einigen. Ich bereu's!“, murmelte er.

„Auch mit meinem Eheweib?“ Die Frage brannte in mir.

„Felicitas? Mit ihr konnt ich keine Eh' brechen. Gott weiß es!“, flüsterte er, das Gesicht schmerzhaft verziehend.

„Wollust ist eine Todsünde!“, fuhr ich ihn an.

Ermattet schloss er die Augen. Der Schatten dürrer Zweige malten ein Kreuz auf seine Stirn, als habe der Himmel ihm vergeben und ich scheute mich, weiter in ihn zu dringen.

„Gott sei dir gnädig!“ Segnend berührte ich seine Stirn und betete dann das Ave Maria.

Schwach sprach er die Worte: *„Sancta Maria, Mater Dei, ora pro nobis peccatoribus …“* Zu mehr reichte die Kraft nicht.

Als ich endete, drückte er leicht meine Hand, Dank und Abschied in Einem. Er röchelte. Neben ihm kauernd sah ich in dieses angestrengte Antlitz, den geöffneten Mund, wie er sich mühte Luft zu holen und fühlte kein Fünklein Triumph. Eben wünschte ich ihm in Wut und Schmerz noch den Tod. Schaurig rasch wurde mir das erfüllt.

Schritte und Geplapper näherten sich. Ein Paar und ein Jüngling blieben stehen. Der ältere Herr fragte: „Was ist mit dem Herrn?"

„Bitte, einen Priester! Er stirbt!", flehte ich.

„Ich lauf zu den Minderbrüdern", rief der Jüngling.

Wo ein paar Leute stehen, kommen mehr heran. Ich betete, bis sich zwei Franziskaner durch die Menge drängten. Da Kannegießer ohnmächtig war, fragten sie mich, ob er seine Sünden bereut habe. Ich bejahte. Sie besprengten ihn mit Weihwasser. Betend berührte einer Augen, Nase und Mund des Sterbenden mit dem heiligen Öl, dann stockte der rasselnde Atem. Entseelt öffneten sich die Augen halb. Das Ave-Maria-Gemurmel der Umstehenden flirrte in den Ohren. Ihre Blicke spürte ich im Rücken. Meine blutigen Hände, die vom Sturz blutende Stirn, der Dolch neben mir im Gras machten mich verdächtig. Nach dem Amen zischte mir ein Vorwitziger zu: „Zum Henker mit dir!" Ein Mönch forderte mich auf, mit ihm zu gehen. Stumpf folgte ich ihm. An der Klosterpforte verabschiedete ich mich. Er hielt mich zurück: „Wir haben nach den Herren vom Magistrat geschickt. Wartet im Kloster auf sie."

„Hochwürdiger Pater", erwiderte ich. „Ich will jetzt nichts weiter als nach Hause."

„*Salva venia*, mein Herr, die Untat erfordert Eure Anwesenheit, weil Ihr doch dem Verbrechen am nächsten wart."

„Gütiger Gott, ich bin kein Mörder!"

„Gewiss nicht, aber will man die Missetäter erschnappen, muss man ohn Verzug alles wissen." Er berührte meinen Arm. „Kommt! Das Kloster schützt mehr als das eigene Heim."

Er brachte mich in eine muffige, mit einem Tisch und vier Stühlen bestückte Kammer und verließ mich. Der triste Ort drückte auf mein ohnehin desolates Gemüt. Als betrogener Ehemann gedemütigt bis ins Mark und im Verdacht, den Nebenbuhler ermordet zu haben, vernichtete im Nu meine Ehre, die Ehe, vielleicht sogar mein Leben.

Ich rieb mit dem Sacktuch das Blut von der Stirn und öffnete das Fenster. Der Duft frisch geschnittenen Grases stieg mir vom Kreuzgang ausgehend in die Nase. Eine Singstimme rief in der Kirche die Mönche zum Gebet. Der auf- und absteigenden lateinische Psalmengesang war in herrlicher Klarheit zu hören: *Du umschließt mich von allen Seiten und legst deine Hand auf mich.* Der weihevolle Chorgesang löste meine Seele aus ihrer gramvollen Enge. Ruhe kam über mich. Ich fasste wieder Mut. Wie heilsam die geistliche Welt doch ist, wenn die irdische zerbricht.

Die Dielen knarrten im Flur. Zwei Amtswalter des Rats traten ein. Der rundliche Wortführer trug eine Perücke, die in die Mauser ging, denn er zupfte Haare von seinem schwarzen Rock. Sein Adlatus war ein langer Kerl, dessen dünnes Haupthaar seine Magerkeit noch unterstrich. Don Quixote und Sancho Pansa, nur dass Sancho der Herr war und Kerich hieß. Don Quixote richtete sich häuslich ein und notierte meinen Namen in schönen Schwüngen, doch kleiner Schrift – man sparte wohl an Papier. Wohlgefällig verfolgte der vollbackige Kerich die Amtshandlung. Sich bequem zurücklehnend fragte er: „Wohlgeborener Herr! Ist Euch der Herr bekannt, der so grausam ums Leben kam?"

Das Kruzifix an der Wand mahnte zur Wahrheit. Bekannte ich sie, lieferte ich mich den Wölfen aus. Das Christuswort kam mir in den Sinn: Seid klug wie die Schlangen und ohne Falsch wie die Tauben. Mein Leugnen war ohne Falsch, denn es half die wahren Mörder zu fangen. So schüttelte ich den Kopf und erzählte. „Ich eilte dem Herrn nur zur Hilf. Den Mörder warf ich zu Boden, aber sein Kumpan ging mir an die Gurgel."

„Ei ja, ich seh' die Würgemale." Kerich deutete auf meinen Hals. „Hat der Verblichene gebeichtet?"

„Ja, er bereute laut und deutlich seine Sünden. Die Minderbrüder versahen ihn hernach mit der letzten Ölung."

„Das wörtlich vermerken!“, wies Kerich den Schreiber an, mehr um seine Wichtigkeit zu betonen, als dass dies eine Notwendigkeit gewesen wäre, darf doch nur ein von Sünden Befreiter in geweihter Erde seine letzte Ruhe finden. Die Feder des Schreibers kratzte noch, als mich Kerich nach den Missetätern fragte.

„Der eine war groß, hatte helles Haar, der Mörder braunes und ein Allerweltsgesicht voll Pockennarben, Kerbe an Kerbe, als hätt der Teufel drauf Korn gedroschen.“

„Jaja, gut! So sehen viele aus. Wie war die Kleidung?“

„Blaue Jacken, sackfarbene geflickte Hosen.“

„Waren sie jung oder alt? Ein Name vielleicht?“

„Jung, um die 20 Jahr. Namen nannten sie nicht.“

„Gut! Da der Hingemordete gebeichtet hat, kann er in geweihte Erd kommen. Gott sei seiner armen Seel gnädig“, sagte Kerich in einem das Gespräch abschließenden Tonfall.

„Ist denn der Name des Seligen bekannt?“, fragte ich.

„Ei ja, den Brief der Dame!“ Er nickte dem Schreiber zu.

Brief der Dame! Mein Herz steht still, während der Schreiber diensteifrig in seiner Mappe fingert. Ist er von Felicitas, reimt sich sogar der gemütliche Herr Kerich unter seiner mottengeplagten Perücke Naheliegendes zusammen. Mit spitzen Fingern nahm er das blutbesudelte Blatt und ich erkannte Felicitas' Schrift. Er las: „Ferdinand Kannegießer steht hier. Kein Absender. Herzlieber Ferdinand – und die Unterschrift ist Flora.“

„Flora ist eine Göttin!“, sagte ich erleichtert und schnell.

Er lächelte huldvoll und schob mir das Protokoll zu. „Wenn der wohlgeborene Herr die Güt' hätte, es zu unterzeichnen?“

Der Text war so kurz wie belanglos. Ohne Bedenken setzte ich meinen Namen darunter und beeidete die Aussage.

Wenig später lief ich im Takt eines Uhrwerks zum *Alter Markt* und fand allmählich ins Hier und Jetzt zurück. Im Haus Beywegh herrschte Umtrieb. Aus der Stube schollen

Lautenklänge und Stimmengewirr. Das heutige Bankett hatte ich vergessen. Mir war jetzt nicht nach Geselligkeit. In unserem Schlafgemach fiel ich, ohne Hut und Mantel abzulegen, in einen Stuhl und vergaffte mich in den dämmrigen *Alter Markt.* Bald würde sich alles im Schwarz der Nacht auflösen und mich von diesem Elendstag befreien. In zerhackten Bildern kam die Bluttat mir wieder in den Sinn und ich dankte Gott, mein Leben bewahrt zu haben.

Es klopfte. Scheu knickste die Magd Rosina: „Die gnädige Frau bittet Euch in die Stub."

„Entschuldige mich für heut, ein böser Zahn plagt mich."

Die Botschaft missfiel, denn bald hörte ich Felicitas' bestimmten Tritt. Kerzenschein fiel in das süße schützende Dunkel. An der Tür stehend sagte sie: „Es ist unhöflich, wenn der Schwiegersohn des Gastgebers unsere Gäste ignoriert!"

„Die Unhöflichkeit wird zur Albernheit, wenn ich nur komme, um mich zu verabschieden!", entgegnete ich.

„Ach, nur auf ein Glas Wein", bettelte sie.

„Nein, bitte entschuldige mich bei den Gästen!"

„Warum?" Sie kam näher. „Wieso in Hut und Mantel?"

Sie fixierte meine Hände. Blutfleckiger Hemdstoff bauschte sich aus den Rockärmeln hervor. Der schaurige Anblick beendete mein Versteckspiel. Ich pfefferte den Mantel auf den Boden und riss den Hut vom Kopf. Erschrocken trat Felicitas einen Schritt zurück und fragte: „Ein Duell?"

„Nein! Räuber stachen einen Mann nieder und ich stand ihm in seiner letzten Stund bei."

„Mein Gott! Und woher ist die Wunde am Kopf?"

„Ich hinderte den Mörder daran, dass er dem Mann den Dolch ein zweites Mal in den Leib jagte."

„Heilige Maria! Aber sonst keine Blessuren?", fragte sie und ich schüttelte den Kopf. „Wer ist denn das arme Opfer?"

„Du kennst ihn besser als ich!"

„Die meisten Herren, die ich gut kenne, sitzen gesund und

munter in der Stub!“ Ein halbes Lachen war in ihrer Stimme.

„So geschwind ist der Buhle vergessen?“, schlug ich nun zu.

„Buhle? Gott nein! Wer sollte das sein?“

„Ferdinand Kannegießer!“ Reglos stand sie da. Das Licht der Kerze in ihrer Hand zitterte.

Seltsam, keine Freude über die Bestrafung der Ehebrecherin war in mir, aber auch kein Mitleid, nur eine große Trauer und Müdigkeit. „Entschuldige mich bei den Gästen mit Zahnweh oder Bauchgrimmen, beides ist Lüge. Aber zwischen uns gibt's nun eine Lüg' weniger!“

„Ferdinand?“, hauchte sie.

„Ja, der Mann deines Rendezvous im Danzhof.“

Sie starrte mich an: „Meiner Seel, du hast ihn umgebracht!“

Ich schüttelte den Kopf.

Sie stellte die Kerze auf das Tischlein und setzte sich mir gegenüber – mehr ein Fallen als ein Platznehmen. Das Licht schimmerte in einer Fensterscheibe, ein behaglicher Schein aus dem Dunkel, als wolle er uns eine wohlige Abendstunde der Zweisamkeit bescheren. „Was ist geschehen?“

„Heut sah ich meine Gemahlin mit ihrem Galan.“

„Das ist nicht wahr!“ Sie richtete sich auf.

„Ha, mit der Lieb hat ein böser Wind die Wahrheit gleich mit fortgeblasen. Einträchtig spaziertet ihr durch die Mördersgass“, und ich erzählte von der Bluttat.

Starr saß sie da und murmelte dann: „Warum er?“

„Das weiß ich nicht. Vielleicht hatte der Selige neben meinem Eheweib noch andere verheiratete Liebchen?“

„Er war nicht mein Liebhaber!“, behauptete sie.

„Ha, eins und eins vermag ich zusammenzuzählen!“

„Nicht alles ist, wie es aussieht“, wehrte sie sich. „Und wenn's Eifersucht war, dann sitzt sein Mörder vor mir.“

„Das traut mir mein Weib nach zwanzig Ehejahren zu?“

„Welcher Teufel hat's dann getan?“, schrie sie auf und fügte leiser hinzu: „Oder ist das alles ein böses Spiel?“

„Er ist tot, mausetot! Bei seiner Beichte leugnete er den Ehebruch, hielt sich aber vor Gott mit seiner liebsten Flora verheiratet, um nicht mit einer Lüge auf den Lippen abzuscheiden und den Himmel zu verlieren. Felicitas, die Wahrheit?"

Sie schwieg. Gegenseitige Blicke meidend hörten wir das Treppauf, Treppab der Diener und Mägde. Fröhliches Schwatzen und Gelächter der Gäste hallten abwechselnd gedämpft oder laut in unsere Stille. Ein Meer von Worten. Sie gab es auch für uns, nur fiel uns kein Passendes ein. Alle Gedanken kreisten nur um die eigene Bitterkeit. Ich nahm Hut und Mantel.

„Wohin?", fragte sie müde.

„Das weiß ich nicht, aber hier ist's unerträglich."

Die Nachtluft war frostig. Über den schattenhaften Häusern behauptete sich ein Streifen des Abendlichts, das den *Alter Markt* erhellte. Ich bog in die nächste Gasse ein, die ins Herz der Stadt führt, wo ich eine Herberge zu finden hoffte. Hier war es stockfinster. Mich vorantastend verwünschte ich die kopflose Flucht. An der Ecke zur Judengasse half mir eine Öllampe weiter, die ein Marienbild in einer Mauernische beleuchtete. An der nächsten Querstraße fiel Licht aus einem Fenster. Darauf stolperte ich zu und klopfte an.

Schritte. Schlüssel rasselten. Niemand fragte, wer so spät Einlass begehrte. Kerzenschein erlöste mich aus dem Nirgendwo. Der Hausherr grüßte, sich sofort von mir abwendend: „Hast du doch noch heimgefunden?" Da ich stehenblieb, knurrte er: „Nur herein! Bist wohl voll wie 'ne Sau!"

„Mit Verlaub, ich bitt um eine Laterne", sagte ich.

Er drehte sich um. Niclaß Gülich hatte ich um die Laterne gebeten. Er rief freudig: „Herr von Merhoffen! Ich dachte, mein Bruder Theo wär's. Was verschafft mir die Ehr?"

„Ich bitt um Entschuldigung für die späte Stund, aber ich benötige eine Laterne."

„Ei, gewiss! Nur herein, nehmt Platz, ich hole eine."

Ich setzte mich an den Esstisch, auf dem die Kerze stand, die mich hierhergeführt hatte. Die Einrichtung war kümmerlich: der Tisch solide, doch schadhaft, eine wacklige Bank, zwei ebensolche Stühle. Neben und unter der Treppe hatte ein Warenlager Platz gefunden, vor allem Säcke und Fässer.

Gülich entzündete eine Kerze in der Glut des Küchenkamins, in dem ein zerbeulter Kessel hing, und suchte in einem Schränklein herum. Licht umspielte ein Wandgestell, auf dem sich Zinnteller reihten, die ihren jahrzehntelangen Gebrauch nicht verheimlichten. Eigenartig mutete ein Stehpult in einer Ecke an. Überhaupt ähnelte die Küche einer Studierstube. Auf dem Tisch lag Papier, doch nicht die übliche Zettelwirtschaft eines Kaufmanns, sondern Kopien von Ratsbeschlüssen. Der Hausherr grübelte wohl über eine seiner vielen Supplikationen an den Rat, denn zwischen Tonkrug, Noppenglas und Tintenschale lag der Entwurf einer Bittschrift, die er in Denkpausen mit Blumen und Ornamenten verziert hatte.

Mit einer Verbeugung reichte er mir eine Laterne, deren Glas gesprungen war. Mich erhebend griff ich danach, wobei mein blutbesudelter Hemdsärmel ins Licht geriet. Unsanft stellte ich die Laterne auf den Tisch, ein Versuch zu verstecken, was er bereits entdeckt haben musste. Mein später Besuch, die Bitte um eine Laterne, das blutige Hemd – zu viel Seltsames, was ich nicht erklären wollte. Die peinliche Stille überspielend schlug er sich auf die Brust: „Ach, ich bin ein nachlässiger Gastgeber! Wein, wenn's genehm ist?" Ohne die Antwort abzuwarten, holte er ein zweites grünes Noppenglas, schenkte ein und trank mir zu, als sei ich zum frohen Saufgelage gekommen. „Wenn's genehm ist, begleite ich den Herrn zum *Alter Markt*", bot er mir an.

„Danke, so betrunken bin ich nicht", scherzte ich.

„Gott behüt, das meinte ich nicht. Ihr seid nur so aschfahl, als wär Euch der Teufel leibhaftig begegnet, mit Verlaub."

„Auch ohne den war's ein unerfreulicher Tag und die Nacht brachte kaum Besseres. Raubgesindel ist auf Kölns Gassen."

„Nicht nur da", bemerkte er süffisant.

„Jaja, ich sehe, Er schreibt wieder an den Magistrat."

„Allerdings! Ich komme dem hochweisen Rat auf die Schliche, wie er das Recht mit Beschlüssen derart verbogen hat, dass am End das Gegenteil von dem gilt, was unser Stadtrecht will."

„Wie das?", fragte ich, weniger aus Neugier, sondern froh über den Themenwechsel.

„*Verbund- und Transfixbrief*", begann er und ich seufzte innerlich; Juristenkram ist eine Wüste. „Sie entstanden im Abstand einiger Jahrhunderte jeweils nach einem Aufstand gegen ein tyrannisches Stadtregiment der Reichen. Hinfort sollten die *Gaffeln* herrschen, also alle Kölner. Mittlerweil' sind die *Gaffeln* entmachtet und die *Sechsherren* haben den Rat unterjocht. Sie treffen alle Entscheidungen und knechten die Bürger." Er ballte eine Faust: „Es ist Zeit, wieder für die Bürgerfreiheit zu kämpfen!"

„Also Rebellion!" Ich nahm einen langen Zug Wein.

„Gott bewahr', nein!", ereiferte er sich. „Wendet man nämlich *Verbund- und Transfixbrief* ohne all die ihnen widersprechenden Ratsbeschlüsse an, dann füllt sich kein Bürgermeister mehr den Säckel und bringt nach Freund- und Magschaft Leut in den Rat, die ihm schafsköpfig nach'm Maul bähen. Seit vier Jahren mahnen die *Gaffeln* Reformen an. Die Bürger murren wegen der vielen Verbrechen, doch den Rat kümmert's nicht."

„Verbrechen?"

„Ja, Verbrechen", bestätigte er energisch. „Die Lumpen in feinem Tuch verkaufen Ämter der Stadt und stecken's Geld in ihre Tasche. Die Armen aber stoßen sie in Jammer und Not. Man muss sie in den Dreck tunken, den sie tagtäglich schaffen!"

„Wenn Seine Reden den Effekt haben, dann steht Er mit lodernder Fackel im Pulverturm!“, warnte ich.

Er beugte sich vor, in seiner glutvollen Entschlossenheit ein faszinierendes Gesicht: „Und wenn's uns bis zum Mond sprengt!“ Er ballte erneut die Faust.

Inmitten seiner armseligen Behausung ein Mann, den man bewundern – und fürchten – musste. Bündeln sich Eloquenz und Tatkraft in einer tief verletzten Seele, hat der Teufel leichtes Spiel, Unheil in die Welt zu bringen. Scharf entgegnete ich: „Herr Jesus, Leidenschaften sind Blitze! Sie bringen Tod und Zerstörung, aber selten eine dauerhafte Änderung.“

Er runzelte die Stirn und lehnte sich zurück: „Nein, ich will friedlich das Stadtrecht restituieren, damit das Stehlen und Säckeln einiger Bürgermeister ein End hat, sonst bleibt hier wie in Jerusalem kein Stein auf dem anderen. In den *Gaffeln* rumort es deshalb schon lange. Die Bürger müssen wieder regieren.“

„Bürgerregierung? Freund, Fürsten regieren, nicht einfältiges Volk. Jedes Handwerk muss gelernt, jede Wissenschaft studiert sein, so auch die Staatskunst. Keinesfalls darf sie in die Händ von Flickschustern und Pfannenschlägern geraten.“

„Die Zünfte, also die *Gaffeln*, wählen verständige Leut in den Rat, und rechtsgelehrte Syndici gehen ihnen zur Hand. So vereinigen sich Staatskunst und Bürgerwille.“

„Dennoch, die Leut rennen den Schönrednern nach. Sie folgen ihrer Selbstsucht und sehen nicht auf das gemeine Wohl. Wer Zucker verspricht, hat die Macht.“

„Sehen die Fürsten und der Kaiser nicht auch mehr auf ihren Säckel und Ruhm als aufs gemeine Wohl? Beurteilt nicht derjenige den Erfolg einer Regierung besser, deren Effekt er spürt?“

Hitzig ging es hin und her. Republik und Demokratie waren mir allerdings keine so ferne Welt, wie Gülich es vermutlich annahm. Mein verehrter Magister Pater Senfft erzählte mir oft von den Jesuitenmissionen in Südamerika, wo jeder, Indianer wie Pater, in christlicher Weise gleichbehandelt wurde. Jede Arbeit, selbst die geringste, sei für eine Gemeinschaft gleichermaßen unverzichtbar, dozierte er. Schätze man die Bürger und ihre Werke gleich, müssten auch alle gleichen Einfluss auf das Wohl der Gemeinde haben. Gülichs Reden fielen daher bei mir auf beackerten Boden. Sein missionarischer Eifer stieß mich nicht ab, sprach doch mein Magister ähnlich impulsiv. Mitgerissen vergaß ich alle Müdigkeit und disputierte mit ihm, wobei meine Einwände eher darauf zielten, pro und contra umfassend abzuhandeln, als wahrhaft zu widersprechen. Er musste denken, er überzeuge einen Aristokraten von den Ideen der Demokratie. Aus seinem Mund waren sogar *Verbund- und Transfixbrief* kein ödes Juristengewäsch, sondern lebendige Realität. Er beschrieb, wie das alte Recht Vetternwirtschaft verhinderte, das der Rat vor Jahrzehnten über den Haufen warf: „Ja, ein Federstrich, der aus einem Darf ein Muss machte, änderte alles", erklärte er. „Das Gebot, dass Bürgermeister und Ratsherren erst nach drei Jahren wiedergewählt werden dürfen, damit stets andere ins Amt kommen, wandelte man in ein Muss. Nach drei Jahren kommen so ohne Wahl stets die gleichen Leut' in den Rat, ebenso wechseln sich die *Sechsherren* im Bürgermeisteramt ab. Die *Gaffeln* nicken nur noch die vom Rat verfassten Listen ab. Stirbt ein Amtswalter, sorgt Schmiergeld dafür, dass nur genehme Herren gewählt werden."

Wir überhörten die Schläge der zehnten und elften Stunde, verstummten erst, als der Nachtwächter sang: „Hört ihr Herrn und lasst euch sagen, unsere Glock hat zwölf geschlagen, zwölf Apostel blieben treu, einer trieb Verräterei. Menschenwachen kann nichts nützen, Gott muss wachen, Gott muss schützen. Herr durch deine Güt' und Macht, schenk uns eine gute Nacht."

„Guter Freund", sagte ich. „Ich bin sterbensmüd und wär dankbar, wenn Er mir heut Obdach gäbe."

„Gewiss, ganz zu Diensten!", sagte er eilfertig.

Wir stiegen die Treppe hinauf. In einer Kammer mit einer Bettstatt entzündete er ein Licht und wünschte gute Ruh, danach – nichts mehr. Rock und Schuhe zog ich wohl im Schlaf aus.

Eine Taube gurrte. Schlafwarm dehnte ich mich. Vielstimmiges Glockenläuten hallte ins Kämmerlein – Bimmeln, Dröhnen und blecherner Klang in vielen Tonlagen, wild durcheinander, eilig schrill oder behäbig dunkel. Ein wohliger Tagesbeginn. Tagesbeginn? Mittagsläuten, zwölf Uhr! Sofort war ich auf den Beinen, lief treppab. In der Küche saß ein Mann, der Suppe löffelte. Es war wohl Gülichs Bruder Theodor.

„Verzeihung!" Ich deutete eine Verbeugung an. „Der Herr Bruder war nach einer gemeinsamen Zecherei so freundlich, mich zu beherbergen, und ich will mich nun verabschieden."

„Hannche, hol den Niclaß!", befahl er saftlos der Magd – seine Nacht war wohl noch länger als die meine gewesen.

Gülich kam und wehrte meinen Dank ab: „Keine Ursach, ich danke! Der nächtliche Disput war meine Meisterprüfung."

„Ich wünsche Ihm eine Victorie in Güte und Frieden!"

Er lachte: „Herrn von Beywegh freute der Wunsch kaum."

„Mag sein. Aber ich habe nun einmal einen eigenen Kopf. Adieu, guter Freund!"

„Gott behüt Euch, lebet wohl!" Sein herzlicher Blick gab dem Gruß seine eigentliche Bedeutung.

Den Weg zum *Alter Markt* hätte ich mir am liebsten erspart und wäre geradewegs nach Merhoffen geritten. Doch einen solch schnöden Abschied hatte außer meinem untreuen Eheweib niemand verdient. Rosina öffnete mir und plapperte drauflos: „Ach Herr, was bin ich gottfroh, dass Ihr da seid!

Die gnädige Frau liegt malade zu Bett und der Herr kommt nit aus seinem Kabinett und das Mittagsmahl verkocht. Ein Elend!“

Im Kabinett saß Beywegh. Feder und ein Quartblatt lagen jungfräulich weiß vor ihm. Besorgt schaute er mich an.

„Ich komme, um mich zu verabschieden“, sagte ich und seine Miene gefror. „Mein Eheweib hat mich betrogen.“

„Kannegießer ist tot“, murmelte er zusammenhanglos.

„Und meine Gattin vermeint, ich sei der Mörder.“

Irrwitz!“ Verständnislos schüttelte er den Kopf. „Dieser Windhund Kannegießer! Wegen der Verwandtschaft mit meiner seligen Gattin half ich ihm, als er vor einiger Zeit hierherkam und um Geld bettelte. Da spann sich zwischen den beiden wohl wieder etwas an, aber sie besuchte ihn in allen Ehren.“

„Heimlich und allein, in Ehren?“ Ich setzte mich.

„Lieber Sohn, vorschnell sollte man nicht urteilen! Auch wenn's schwerfällt, ich bitte, jetzt nicht kurz vor Arnolds Hochzeit abzureisen, auf die ich so lang hingearbeitet habe und nun in aller Munde ist, das führt nur zu böser Nachred.“

„Großer Gott! Sollen eine Ehebrecherin zusammen mit dem angeblichen Mörder ihres Galans nun auf einer Hochzeit ein glückseliges Ehepaar mimen?“

„Ich glaube meiner Tochter wie meinem Sohn. Warum sollen Eheleut nicht gleichsam einander vertrauen?“

„Weil ich die beiden Turteltäublein innig zusammen sah.“

„Dennoch bitt' ich, trotz des Schmerzes uns den Schimpf der Abreise zu ersparen!“, beschwor er mich. „Bedenke doch, Dreckspatzen und Spottdrosseln picken nach jedem Korn, erinnern sich an Ferdinands und Felicitas' einstige Liaison. Von da ist's zum Eifersuchtsmord nimmer weit!“

Wintermonat 1679

Meinem verletzten Stolz wäre es eine Genugtuung gewesen, Köln endgültig den Rücken zu kehren. Mein Adelsstolz verlangte es sogar. Doch zu sehr war ich bereits in der bürgerlichen Zunft verwurzelt und wollte im ersten Zorn meine Ehe nicht zusammenfallen lassen. Zudem, wer erspart sich nicht gerne die Schande eines gehörnten Ehemanns und gibt der Bequemlichkeit einer dahinplätschernden Ehe den Vorzug? Geht das Herz nicht oft andere Wege als der Verstand? Es hängt sich an verbotene Süße und droht mit Höllenschmerz, wenn man ihm nicht den Willen lässt, während der Kopf zur Treue rät. Felicitas war einer Schwäche gegenüber ihrem früheren Geliebten erlegen, der ihr so viel bedeutete wie Marisa mir. Ein böser, doch ein verzeihlicher Fehler. Den Ehebruch stritt sie allerdings ab, was mir die Vergebung unmöglich machte.

„Die Wahrheit wäre mir lieber", sagte ich scharf. „Es ist zu viel verlangt, wider besseres Wissen etwas zu glauben."

„Und mir geht's mit dem Mord so", entgegnete sie spitz. „Wir können jetzt alles in Stücke schmeißen oder nach außen als Ehegatten auftreten. So halten's viele!"

Ja, so halten es viele.

Die Hochzeit im Hansasaal des Rathauses bezeichneten selbst die Verwöhntesten als grandios. Der sonst dezent auftretende Handelsherr de Groote zeigte diesmal, dass er der reichste Mann der Stadt war, wie es ihm nachgesagt wurde. Buchs- und Zitronenbäumlein, aus denen es golden blinkte, und raffiniert gestaltete Girlanden schmückten verschwenderisch den Saal. An den Tischreihen, dekoriert mit schweren Silberleuchtern und vergoldeten Tafelaufsätzen, nahmen alle Reichen und Mächtigen der Stadt Platz. Keiner der Gäste wollte im Prunk verblassen. Alle hatten sich in glitzernd bordierten Gewändern derart ausstaffiert, als feierten sie ihre eigene Hochzeit. Perlengeschmückt die Damen, die Herren bevorzugten Edelsteine, sogar am Kniebund der Hosen fand Funkelndes Platz. Parfum, in das sich Damen wie Herren gehüllt hatten, füllte den Saal mit Blütenduft. Doch so viel sich jeder plagte, andere an luxuriösem Gepränge zu übertrumpfen, am Ende stachen die bescheiden Gekleideten hervor. Stadtsekretär Gereon Hesselmann trug einen schlichten dunklen Rock und ein kunstloses Jabot um den Hals. Seine graue Hose zierte ein silbernes Hosenband unter den Knien. Unauffällig auch seine Gattin, deren sanftes Gesicht ihr schönster Schmuck war. Leise mokierten sich einige über die skurrile Genügsamkeit des Paares. Jedoch trugen beide die Einfachheit nicht, um aufzufallen, sondern blieben sich selbst treu. Doch da mir die Schönheit des Einfachen mehr als kunstvoller Putz zusagt, mag ich der einzige gewesen sein, der so dachte.

Alle Pracht überstrahlte jedoch die Braut in einem rosaglänzenden, reich verzierten Atlaskleid. Sie war jung und schlank. Ihr dichtes, kunstvoll arrangiertes, aschblondes Haar lenkte von ihren hervorquellenden hellblauen Augen und dem fliehenden Kinn ab. Verführerisch herausgeputzt überwältigte sie den trockenen Arnold, der, entgegen seiner abfälligen Reden über die froschäugige Mademoiselle, stolz wie ein Pfau um sie herumschwänzelte. Seinen mageren Leib polsterte ein blitzender *Justeaucorps* auf. Schneiderkunst und Schminke machten das farblose Paar zum attraktiven Mittelpunkt der illustren Gesellschaft.

Ambra-, Rosen- und Zimtduft, das Rauschen voluminöser Stoffe der Damen, Spitzen, Gold und Silber, helles Lachen im rastlosen Stimmengewirr – die aufgekratzte Lebenslust im Glanz des Luxus betrachtete ich mit einem ähnlich kühlem Blick wie die auf der Stirnseite des Saales in der Wand eingelassenen Statuen in Ritterrüstungen, deren Augen in die

Ewigkeit starrten. Die Prophezeiung Gülichs in seinem rußigen Küchenkabinett vom Niedergang Kölns, falls die *Sechsherren* weiterhin despotisch herrschten, kreiselte mir durch das Hirn. Doch blüht eine Blume nicht in ihrer vollkommensten Schönheit kurz vor ihrem Verwelken? Daran sollte man sich freuen und nicht schon ihr Welken beweinen. Wie sollte auch ein ruinierter Bandwarenhändler der Stadtelite gefährlich werden, die sich hier im festen Machtbewusstsein amüsierte? Ein edler Burgunder hob meine Stimmung wie die aller anderen, sogar der grimmige Maximilian von Krebs zeigte sich charmant. Felicitas schwelgte in Luxus und Schwatz wie eine Forelle im Bach. Ihr Talent, sich ganz dem heiteren Moment hinzugeben, milderte die bissige Kälte zwischen uns. Wir delektierten uns an den Speisen, die allerdings eher kunstvoller Augenschmaus waren als besondere Leckerbissen.

Nachdem die leise Tafelmusik zu munteren Weisen übergegangen war, stellten die Damen und Herren sich in einer Reihe gegenüberstehend auf. Wir tanzten Courante, Sarabande, Menuett, Rigaudon und eine Passacaglia. Die Wechselschritte, die Verbeugungen, die galant einladenden Armbewegungen der Dame gegenüber, die wir Herren umtanzten und die ihrerseits sich um uns drehten, ließen mich in die Welt des leichten Frohsinns gleiten. Es war die flinke Allemande, die Felicitas und mich im stillen Einvernehmen wieder an die Tafel zurückzwang. Unseren Lieblingstanz und Sinnbild alter Harmonie wollten wir nicht für eine erheuchelte Eintracht missbrauchen. Der junge Francis de Groote geleitete Lieb-belle zum Tanz. Ihre natürliche Anmut, die ihr neues Kleid hervorhob – bei dessen Anfertigung Felicitas weder Kosten noch hunderte Scheltworte meinerseits über Geldverschwendung gescheut hatte – zogen die Augen vieler Herren an. Felicitas flüsterte mir ins Ohr: „Wenn das Herz den Ausschlag gäb', hielten die Vornehmsten um ihre Hand an."

„Ja, nur ist der Tanzboden vom Traualtar weit entfernt", sagte ich. „Die meisten Herren, die eine Jungfer umschwärmen, wollen mit ihr nicht in die Kirche, sondern ins Lotterbett."

„Herrje, so reden triefäugige Alte." Sie rümpfte die Nase.

„Gewiss freut's mich, wenn es unserem Töchterlein nicht an Verehrern mangelt. Nur ist das noch kein Heiratskontrakt."

„Wer weiß?" Sie wiegte bedeutungsvoll den Kopf.

Der Tanz hatte die Tischordnung aufgehoben. Die Damen plauderten in Kränzchen, ebenso die Herren. Mit Herrn de Groote tauschte ich Liebenswürdigkeiten aus. Einige Herren gesellten sich zu uns. Man machte höfliche Komplimente, naschte Konfekt, trank den exzellenten Wein, wobei einige die Wertschätzung über ihre Verträglichkeit stellten. Syndikus Arnold Judendunck, ein wendiger kleiner Mann, der mit seiner üppigen dunklen Perücke eine Handbreit an Länge zu gewinnen suchte, hob sein Glas, prostete Gereon Hesselmann zu und verkündete, der geehrte Herr Stadtsekretär habe sich wie kein anderer um das freie Köln verdient gemacht, und auf sein Wohl solle man trinken. Hesselmanns Wangen röteten sich. Die Rent- und Bürgermeister waren noch nicht so berauscht, um ihre Herabsetzung zu übersehen. Krebs murrte, man könne das Loben auch übertreiben. Dennoch erwiesen sie dem Stadtsekretär diese Ehre. Judendunck erkannte seinen Missgriff. Um die Stimmung zu lockern, bemerkte er, bei jeder Hochzeit sei es Sitte, die nächste anzubahnen. Wer wage es den Brauch fortzusetzen? Der Witwer Cronenberg scherzte, in seinem Alter bliebe man seiner seligen Gattin treu, wozu ihm Beywegh beipflichtete. Der nur wenig jüngere, ledige Syndicus Jakob Wissius sagte galant, bei den anmutigen Jungfrauen Kölns fiele ihm die Wahl weiterhin schwer. Den Blick auf mich gerichtet bemerkte Wolfskehl launig: „Nun, bei so wenig Heiratslustigen sollte mein Sohn doch sein Junggesellendasein aufgeben."

Das Blut schoss mir zu Kopf. Wollte der Kerl mir halbtrunken kundtun, nun für seinen Sohn um die Hand meiner Tochter anzuhalten? Verstimmt zog ich mich zurück und traf auf Florentin von Kolff. Er bedauerte, Anlass und Aufwand der Festlichkeit nicht gebührend würdigen zu können, weil er wegen eines Unwohlseins der Gattin schon gehen müsse.

„Aber, lieber Freund, wie kommt's, dass Er noch nicht den Weg in unser Haus gefunden hat?", fragte er mich.

„Umgekehrt ist der Weg genauso lang."

„Gut, wann wär's dir und der Frau Gemahlin denn genehm?"

„Florentin, um's rund heraus zu sagen: Mir wär's eine Freud, wenn wir wie früher ganz unter uns zusammenkämen."

Enttäuscht verzog er den Mund: „Falls es nicht zur Tradition wird, die Damen auszusparen, dann nächsten Montag um elf bei mir, wenn's genehm ist?"

„Perfetto, lieber Freund!"

Auf der Hochzeit hatte sich mir ein Bild geboten, das mich verfolgte: Herr de Groote fixierte mich – ein forschend finsterer Blick, während ein Herr, den Mund nah an seinem Ohr, auf ihn einredete. Zweifellos klatschte man über den Mord an Kannegießer. Daran entzündeten sich meine Grübeleien über die Missetäter, die wohl im Auftrag eines ebenfalls betrogenen Ehemanns den Weiberheld erstachen. Beywegh zu fragen, wen Kannegießer verführt haben mochte, war sinnlos. Vor Unzucht wendete er den Blick ab. Gerieten Gespräche ins Schlüpfrige, gebot er Einhalt. Niemand wäre auf den Gedanken gekommen, ihn mit solchen Dingen zu behelligen. Florentin, der als Repräsentant des Kaisers das Kölner Treiben beobachtete, war unbefangener, scheute auch den Blick in die Gosse nicht, wo die Leute sich ungeschminkt auch am Geschmacklosen ergötzen. Von ihm konnte ich vielleicht etwas über Kannegießers Leumund erfahren.

Heiter empfing er mich zur vereinbarten Stunde. „Mit dem Wein de Grootes wetteifere ich besser nicht, deshalb soll uns heut Würzwein mit Nelken und Muskat erquicken, wenn's recht ist, *mon frère*?", bot er an.

„Danke, aber der mundet besser nach einem Spaziergang. Das Wetter ist ja – angenehm."

„Angenehm?" Am Fenster stehend sah er zum Himmel. Eine ranke Gestalt. „Rauer Nordwind jagt Regenwolken!"

„Es regnet, hagelt und schneit nicht."

„Sehr bescheiden! Gut, wenn mein Gast Wind und Gassentreten einem Wein im Warmen vorzieht, füg ich mich."

Draußen war es wahrhaftig unbehaglich: die nasskalte Luft bissig, Dreckpfützen, die Wege in den Weingärten morastig und dennoch reizvoll. Wie Kinder schaufelten wir mit den Füßen Laub in Rot, Gelb und Rostbraun vor uns her. Sein welker Moder in dunstiger Luft verhieß geröstete Kastanien, Bratäpfel, Most – Leckereien, die wir einst liebten. So plauschten wir auch über Vergangenes, bis Florentin fragte, ob ich ihn nicht mit einem Hintergedanken in die Natur jagte.

Vorsichtig begann ich: „Ja, es ist eine mit hoher Diskretion zu behandelnde Sach."

„Na, über meine eigene Diskretion gilt mein Urteil wenig."

„Die steht außer Zweifel. Es geht um Ferdinand Kannegießer, der letzthin grausam hingemeuchelt wurde."

„Ja, eine grausige Untat, aber ohne sonderlichen Belang."

„Für mich schon. Ich wollte ihm helfen und er starb in meinen Armen. Nun klebt der Mordverdacht an mir."

„Das ist absurd!"

„Nicht ganz! Kannegießer war vor der Heirat ein Verehrer meiner Gattin. Man sagte ihnen sogar eine Liebschaft nach."

„Nach Jahrzehnten tötet der Gatte den Rivalen? Unfug!"

„Böse Zungen drehen schon aus Nichtigerem Henkersseile."

„Gut, und wie kann ich helfen?"

„Die Missetäter zu fangen, wäre das Optimum."

„Und solche Leut sollt ich kennen?"

„Herzfreund, du hast doch im Dienst des Kaisers ein Aug auf die Umtriebe hier – auf Feindschaften oder gar Buhlschaften. Mancher Ehemann wünscht den Verführer seiner Gattin nicht nur zum Teufel, sondern öffnet ihm auch das Tor zur Höll. Du hast doch Zuträger, ums ohne Umschweif zu sagen."

„Das ist gradheraus! Gut, aber mein Augenmerk richtet sich mehr auf Fehltritte des Kurfürsten als auf Schürzenjäger."

„Die Buhlschaften des Kurfürsten ernähren keinen Spatz."

„Gewiss, an dessen Sittenreinheit besteht kein Zweifel. Sein Sündenfall droht eher von Seiten eines Mannes."

„Gott verzeih's! Der fromme Kurfürst und Männer?"

„Nein, ein politischer Sündenfall. Fürstenberg lauert wie die Katz vorm Mausloch, um sein Ministeramt wieder zu ergattern. Gottlob hält sich der Kurfürst ihn vom Hals."

„Trotzdem gibt er nicht auf. So hat er's mir gesagt."

„Der Reichsfürst selbst?" Florentin blieb stehen.

„Ei ja, aber kommen wir auf Kannegießer zurück."

„Das ist rasch gesagt. Die Kölner sind für die Hofleut in Wien kaum von Interesse, aber ich werde mich umhören."

„Seltsam, der Kaiser ist Kölns oberster Herr, da muss er doch wissen, wenn's hier brodelt. Niclaß Gülich zum Beispiel!"

„Ach, der Wirrkopf ist keinen Federstrich wert. Doch jetzt zu Fürstenberg. Meine Antwort zu Kannegießers Liebeshändel reiche ich nach. Mein Wort!" Er legte die Hand aufs Herz.

Gemächlich traten wir den Rückweg an, während ich von meiner Begegnung mit Fürstenberg auf dem Bauernhof erzählte.

Begeistert rief er: „*Mon frère*, ich danke! Dass der *Offizial* Quentel sich für Fürstenberg einsetzt, das schlägt in Wien ein!"

„Die Ehr ein Denunziant zu sein, hab ich bisher gemieden."

„Auch wenn ich's ohne Namensnennung melde."

„Nun gut, einverstanden."
„Tausend Dank!" Er umarmte mich stürmisch und sah zum Himmel: „Es tröpfelt, beeilen wir uns."
Bevor ein Schneeregen niederging, waren wir in seiner Stube und er lud mich zum Mittagsmahl „ganz unter uns" ein.
„Wo sind denn die Damen des Hauses?"
„Meine Liebste ist bei einem Kindbettschmaus und Marisa und Charlotte fuhren gestern nach Bonn zu Bruder Ernst."
„Warum das? Sie sind doch zerstritten."
„Waren! Zwei reumütige Brieflein reichten, obzwar Marisa weiß, dass Ernst unleidlich und seine Gemahlin leidend ist."
„Vielleicht hatte sie Sorge, dir zur Last zu fallen?"
„Kaum, Ernsts adlige Geselligkeiten lockten sie wohl. Sebastian ist jetzt kaiserlicher Offizier und nun sucht sie für Charlotte einen Bräutigam. Ach, *mon frère*, darf ich dich um Botendienste bitten?" Er holte ein Holzkästlein. „Das ist von Charlotte für Alexander. Unter Tränen ist sie gefahren."

Eine bleiche Sonne ließ Pflastersteine glänzen, als ich nach dem verplauderten Tag heimwanderte. Ja, meine Sonne strahlte wieder, zumindest im verhaltenen Novemberlicht.
Im Haus empfingen mich Alexanders Lautenklänge. Nach meiner Strafpredigt spielte er nur noch vor dem Nachtmahl. Seine Tänze, meist auf der Geige in fingerbrechenden Tempi, aber auch besinnliche Lautenmelodien nahmen die Form eines Rituals an, das wie die Abendglocken den Tag festlich dem Ende zuführte. Er erschrak, als ich unvermutet in seine liederliche Kammer trat. Hosen und Hemden der Jungen türmten sich auf einem Schemel. Notenblätter und Zinnfiguren sammelten sich in einer Ecke. Ich gab ihm Charlottes Abschiedsgeschenk. Bestürzt schaute er mich an: „Abschied? Ich soll ihr doch noch Lektionen geben?"
„Daraus wird nichts mehr. Sie ist jetzt mit ihrer Mutter in Bonn."

Perplex schüttelte er den Kopf und öffnete das Kästlein. Er nahm ein Band aus geflochtenem Haar heraus: „Was ist das?"

„Ein Armband aus Charlottes Haar", erklärte ich. „Das geben die Damen ihrem Liebsten. Der trägt's Tag und Nacht, um seine Treue zu beweisen."

Er krauste die Nase: „Wozu? Sie weiß doch, wie ich sie mag. Habt Ihr auch so etwas getragen, Herr Vater?"

„Ja", sagte ich verlegen, denn mein Armband war aus Marisas Haar. „Doch solche Fragen stellt man nicht!"

Als Nächstes zog er ein pergamentfarbenes Tuch aus dem Kästchen. Auf spinnennetzfeinen Linien waren Noten und die Worte eingestickt: *Niemand weiß der Sternen Zahl, um des Himmels blauen Saal, ihres Glückes reiche Gaben, können keinen Zähler haben.* Flüchtig blickte er darauf: „Herrje, warum sticheln die Weiber auf jeden Fetzen etwas hinein? Was soll ich damit?"

„Pfui! Du bist vorschnell! Frauen verehren einem niemals so Sinnvolles wie Degen oder Sporen. Spitzentüchlein und Schleifen sind ihre Gaben. Die muss man hochachten. Sieh dir das Tuch recht an!" Er hielt es hoch. „Mehr Wertschätzung für dein Werk gibt es nicht."

Die Gabe betrachtend summte er sein Lied, dann ließ er das Tuch sinken und fragte: „Mit Verlaub, warum stickt die Frau Mutter keine Tüchlein für Euch? Oder ist das unhöflich?"

„Es ist unhöflich und ja, sie tat es. Aber alles hat seine Zeit. Unsere Tüchleinzeit ist um."

Nicht nur die Tüchleinzeit war für Felicitas und mich vergangen. Außer bei Tisch herrschte das Schweigen der Zwietracht. Sie trug nur noch tote Farben, kein Apfel-, Tannen- oder Moosgrün, die ihre Smaragdaugen so hübsch betonten oder andere freundliche Töne, deren feines Zusammenspiel ihr Anmut verliehen. Aus den Truhen ihrer Mutter holte sie Kleider in dumpfen Trauerfarben. Es befeuerte meine Wut auf den Toten, dessen Lügen ihr Gottes Wort waren und der als Märtyrer verewigt keine Fehler mehr begehen konnte. Trotz der erzwungenen Heirat war unsere Ehe keineswegs wie die eines Freundes, der nach acht Kindern seine Gattin keinen Tag geliebt haben wollte. Zwischen uns war Liebe. Ich war stolz auf meine schöne Gattin, deren Grazie unsere Tochter geerbt hatte. Ihre treffenden Bemerkungen und energische Art gefielen mir. Gewiss, ihre Launen trübten meine Zuneigung und ihre Aufenthalte in Köln dehnten sich. Den Sommer aber verbrachte sie in Merhoffen, wenn in der Stadt Pest und Fleckfieber grassierten, und im Winter war ich vorwiegend in Köln. Dieses gewohnte Eheleben wollte ich retten und im Frieden die Stadt verlassen. Um ihrem vorwurfsvollen Schweigen zu entgehen, schlief ich in Arnolds Kammer, der nun am Heumarkt wohnte. Nur trennte das noch mehr. Ich musste also meine Taktik ändern, wollte ich aus der ehelichen Hölle zwar kein Wonnegärtlein, doch wenigstens einen passablen Nutzgarten machen, der auch seine Schönheiten hat. Eines Abends betrat ich unser Gemach und sagte: „Felicitas, wie Katz und Hund mag ich nimmer leben!"

„Wer hier so ruppig eindringt ...", setzte sie an.

„In unser Gemach dringe ich nicht ein!", kanzelte ich sie ab. „Dieses garstige Nebeneinander muss ein End haben. Wollen wir für alle Zeit im tödlichen Schweigen leben?"

„So ist's jetzt aber!", giftete sie.

„Herrje, welchen grausigen Weg gehen wir? Die Ehe ist nicht dazu da, den anderen stetig zu peinigen!"

„Immerhin spiele ich die artige Gattin, damit mein lieber Gemahl nicht wegen der Mordtat in den Turm kommt."

„Merci, nur hat der Herr Vater uns mehrfach versichert, dass der *Stimmeister* von meiner Unschuld überzeugt ist. Der Mord ist gänzlich unglaubhaft."

„Unglaubhaft?" Sie lachte. „Ein Edelmann, Jäger und exzellenter Degenfechter tötet! So reden die Leut!"

„Gott steh mir bei! Das reden nicht die Leut, so denkt

meine Gattin! Nein, ein solch roher Haudrauf war ich nie. Ich hatte alles Recht, mein Eheweib in Merhoffen zu halten, übte aber nie Zwang aus. Der Dank war Ehebruch! Felicitas, wir nähern uns der Zeit, in der die über Jahre wachsende Liebe die Wollust verdrängt und wir uns an unseren Kindern freuen sollten. Just jetzt wirfst du dich einem anderen an den Hals."

„Warum nur die Untat?", hielt sie kraftlos entgegen. „Ferdinand lebte kümmerlich, kein Mann, der Habgier weckt. Kaum hatte uns mein Gemahl gesehen, war er tot. Er blieb mir treu und heiratete nie. Christoph, der Stich in sein Herz war zugleich einer in meines. Seinen Mörder zu umarmen, das kann ich nicht!"

„Herrje, bei solch närrischer Verliebtheit wird ein verlebter Weiberheld zum Apollo und ich zum mordenden Höllenhund. Nicht nur ich, auch andere gehörnte Ehemänner hätten Ursach gehabt ihm, das Lebenslämplein auszublasen!"

Sie schüttelte den Kopf. Es gab nichts mehr zu sagen.

Selbst Nachforschungen über das verluderte Leben meines Nebenbuhlers anzustellen, um ihr das wahre Wesen ihres Idols vor Augen zu führen, verbot mir mein Stand, deshalb hoffte ich auf eine Nachricht von Florentin. Doch die ließ auf sich warten. Eines Nachts träumte ich, wie ich Kannegießer durch dunkle Gassen folgte – ein Dolch blitzte, stach in seinen Leib, die Eingeweide quollen weiß hervor. Ich erwachte, trotzdem blieb mir das Schauerbild vor Augen und löste sich nur langsam auf.

Ich grübelte, bis der Tag heraufdämmerte. Hatte ich damals nicht im Zorn den Teufel angerufen, der gern Mordwünsche erfüllt? Den Fluch hatte ich gebeichtet. Dennoch erinnerte mich der Allmächtige an die Tat, damit ich die Wahrheit ans Licht brachte, die außer den Mördern nur ich allein kannte.

Gleich am Morgen ging ich zum Gasthof Zum Silbern Flötgen. Ich gab vor, einer der Burschen habe meine Taschenuhr gestohlen. Dies überraschte weder die kindliche

Magd noch den Wirt, der hinzukam. Die beiden armseligen Gäste, an die sie sich sogar erinnerten, waren ihnen eher liederlich als ehrlich erschienen. Der Kerl mit der garstigen Narbe am Kinn habe seinen Kumpan Bert genannt, erzählte das Mädchen. Von ihr erfuhr ich auch, dass der Danzhof einem seltsamen Eigenbrötler gehörte, der mittwochs oft eine Dame mit Trauerschleier empfangen hatte, bevor er ermordet worden sei. Ich dankte ihr mit einem *Fettmännchen*, das sie freudig einsteckte.

Mein nächstes Ziel war das Rathaus. Dort fragte ich nach dem *Stimmeister*. Bitten seien schriftlich zu stellen, versetzte die Wache. Nun dann den Amtswalter Herr Kerich? „Bitten schriftlich!", blaffte er.

Verärgert wollte ich gehen, da sagte jemand: „Kann ich dem wohlgeborenen Herrn helfen, damit Er sich nicht mit dem Degen den Weg bahnt?" Stadtsekretär Hesselmann trat neben die Wache, die der Würde des Herrn raumgebend zurückwich.

„Ich danke, ehrsamer Herr Stadtsekretär." Ich verbeugte mich. „Wegen einer Kriminalsach bin ich hier."

„Kriminal? Nun, da kann ich helfen!", sagte er heiter.

Obwohl uns allen bekannt war, dass er sich nie mit Übeltätern abgab, führte er mich in seine Amtsstube, wo ein Ofen Behaglichkeit verbreitete. Sonst herrschte hier das Zweckdienliche: ein Stehpult, ein Tisch, drei Stühle und ein hohes Wandregal, das säuberlich mit Hunderten verschnürten *Faszikel* gefüllt war. Wie einst Gott Pflanzen und Tieren Ort und Namen zugewiesen hatte, so ordnete der Stadtsekretär Kölns Geschicke in Papierbündeln, aus denen Papierstreifen herauslappten. Wir setzten uns.

Ich hielt mich nicht lange bei der Vorrede auf und sagte: „Herr Stadtsekretär, die Untat an dem seligen Kannegießer führt mich hierher. Da allein ich sie sah, kann man mir leichtlich den Mord andichten. Könnt Ihr mir dazu etwas sagen, obgleich ein anderer mit dem casus betraut ist."

„Nun, Ihr wisst wohl schon, dass die Verdächtigungen gegen Euch als unsinnig ad acta gelegt wurden."

„Ja, nur kann üble Nachrede einem zum Verhängnis werden, abgesehen davon, dass ich als Edelmann ungern ins Gerede komme wie heutzutag' manche Bürgermeister."

Seine blaugeäderten Hände umkrampften jäh den Knauf der Armlehne, als wollte er sich empört erheben: „Ha, denkt sogar Ihr, die Bürgermeister seien Lumpen? Es ist dieser Gülich, der den Ausschuss der *Sechsherren* gottslästerlich schmäht und mittlerweil' viele Bürger aufhetzt."

„*Salva venia*, werter Herr Stadtsekretär, Tadel sollte in einer Republik doch möglich sein, wenn das Volk über Wohl und Wehe seines Gemeinwesens mitbestimmen darf und taugliche Leut' an seine Spitze wählen soll?"

Erstaunt hob er die Brauen: „Sonderbar, dass ein Edelmann so redet. Nun, Republiken sind zerbrechlich, denn das Volk ist mühelos zu betören. Wer martert nach den Alltagsplagen sein Hirn mit Staatsfragen? Da haben Aufhetzer leichtes Spiel, die Herrschaft zu diskreditieren und die gute Ordnung zu zerstören, die doch allein Frieden und Wohlstand bewahrt."

„Wohl wahr, doch sollte der löbliche Rat Gülichs Rügen widerlegen. Der Dialog zwischen Obrigkeit und Bürgern ist doch das Wesen einer Republik und er erhält eher den Frieden als das Schimpfen auf trotzige Mahner."

Misstrauisch sah er mich an und schwieg.

„Seht, als Pachtherr ist mir an gutwilligen Pächtern gelegen. Meint einer, seine Scheune sei baufällig und ersucht mich um Bauholz für eine neue, so gebe ich es ihm oder erkläre ihm die Ursach, warum ich seine Bitte ablehne."

„So sind nicht alle Herren!", murmelte er ein verständnisvolles Lächeln zeigend. „Der Dialog zwischen Regiment und Regierten ist in einer Republik gewiss nötiger als in einer Monarchie. Wieweit das gehen darf, damit die gute Ordnung nicht zerbricht, ist die Frage. Um das herauszufinden, lese ich derzeit Marcus Tullius Ciceros Abhandlung über die Republik."

„Das werde ich auch tun und dann wär es mir eine Freud, den Disput über die Republik fortzuführen."

„Mit Vergnügen!" Seine Augen leuchteten auf.

„Noch eine Bitte habe ich. Ich suche Herrn Kerich. Mir ist sehr daran gelegen, die Wahrheit über den Mord herauszufinden."

„Die Wahrheit? Ob er da helfen kann, bezweifle ich, aber ich führe Euch zu ihm, wenn's genehm ist."

Wir gingen zu dem der Ratslaube gegenüberliegenden Bau, ein altes muffiges Gebäude. In Kerichs spartanischer Amtsstube war nur eine Kerze neu, die in einem über und über mit Wachs betropftem Halter steckte. Eilfertig sprang der behäbige Mann auf, sein Mittagsmahl – Hering, Käs und Röggelgen – mit der Hand verschämt hinter einen Papierstapel wischend.

„Lieber Herr Kerich", sprach Hesselmann ihn huldvoll an. „Der wohlgeborene Herr begehrt Auskunft über den casus Kannegießer. Erfülle Er alle seine Wünsche!"

Kerich verneigte sich und Hesselmann verließ uns. Auf meine Frage nach den Missetätern hob er bedauernd die Hände: „Ach gnädiger Herr, Gott sei's geklagt, trotz aller Mühen sind die entschlüpft. Es war wohl loses Raubgesindel. Der Selige war ein angesehener Bürger. Seine Nichte wusst' jedenfalls nichts von Feinden zu sagen und seine Hauswirtin, die Witwe Kunz, wusst zwar viel zu sagen, aber nichts, was half."

„Wo ist denn die Nichte zu finden?"

Nachdenklich blickte er zu Boden und hob dann den Kopf: „Wenn's beliebet, geleite ich Euch zu ihr. Ich muss der Jungfer noch die Schlüssel zum Haus des Seligen retournieren."

Ich stand auf. Er zögerte, warf einen bedauernden Blick auf Hering, Käs und Röggelgen hinter dem Papierhäuflein. Seufzend steckte er einen Schlüsselbund und Papiere in die

Rocktasche und setzte seine Mottenperücke auf, die ihn als Respektsperson auswies.

Wir passierten den Domhof und bogen in die Goldgasse ein. Gold war in dem zum Rhein führenden Durchgang kaum zu finden, eher das Gold der Goldgräber, wie man die Abtritt- und Kloakenreiniger nennt.

Er klopfte am Haus Zum Lämmlein an. Ein zierliches, dunkelhaariges Mädchen mit blitzblauen Augen öffnete. Er bringe ihr die Schlüssel des seligen Oheims, was die Jungfer quittieren müsse, erklärte er. Sie führte uns in die Stube, die überraschte: ein nobler Esstisch und ein hochlehniger gepolsterter Stuhl standen inmitten ärmlichen Mobiliars. Am Fenster mit Blick auf ein Gärtlein saß spitzenklöppelnd ein Weib an einem schmalen Tisch, daneben lag die Arbeit des Mädchens. Flüchtig aufschauend zeigte die Alte ein vergrämtes Runzelgesicht, das hurtige Mausäuglein belebten. Während Camilla Schreibzeug holte und die Quittung ausfertigte, stellte Kerich mich vor. Dann übergab er die Schlüssel und verabschiedete sich, von wichtigen Diensten schwafelnd, die wohl aus Hering und Röggelgen bestanden.

„Mademoiselle“, sagte ich. „Ich war beim Abscheiden des Oheims zugegen. Mein Beileid zu dem bitteren Verlust!“

„Ich danke, gnädiger Herr! Ich sah ihn nur selten, doch sein grausames End hat mich höchlich bestürzt.“

„Auf grob Deutsch: Der hat sich nie um seine Nichte nit geschert!“, warf die Alte vom Fenster aus ein.

„Ach, nicht solch eine Nachred, liebe *Moen*!“, tadelte die Jungfer die Frau, wozu diese die Achseln zuckte.

„Ein Kaufmann ist viel unterwegs“, half ich Camilla.

„Ja, der war oft unterwegs, um seinen Handel mit leichtfertigen Weibern zu treiben“, pflichtete mir die *Moen* bei.

„Still, er ist doch unter der Erd!“, fuhr Camilla sie an.

„Jaja, ich halt schon's Maul!“, grummelte die Alte. „Aber jetzt lauf und sieh, was der herzliebe Oheim hinterlassen hat, damit's die Gassenwanzen und Lausbuben nit forttragen." Sie warf mir einen scheelen Blick zu, als wäre ich eine Gassenwanze. „Viel wird's nit sein bei dem Sauseleben."

„Ich eil und bet danach in Sankt Ursula für seine Seel."

„Vergebliche Liebesmüh, lieb's Kind. Der schmort für ewig in der Höll. Soll ich nit mitkommen?"

„Ach, gute *Moen*, Ihr fällt's Laufen doch sauer und die Spitzen mit dem Doppelherzgen und den Totenköpflein sollen ja zum Händler. Ich eile! Vielleicht hat der Herr den gleichen Weg und erzählt mir von meinem seligen Oheim?"

„Es ist mir ein Pläsier!", stimmte ich galant zu.

Kopfwiegend brummte die *Moen* Warnungen vor Kavalieren vor sich hin. Zärtlich beruhigte die Jungfer sie. Wenig später spazierten wir zum Rhein, nahmen jedoch den düsteren Weg zwischen der Stadtmauer links und den Häusern rechts. Süßlicher Fäulnisdunst aus Kellern durchwirkte die Novemberluft. Ich ermunterte meine Begleiterin von sich zu erzählen, begierig, etwas über Kannegießer zu erfahren, aber ihr fröhliches Schwatzen ließ mich mehr in das Herz des Mädchens sehen als in die schwarze Seele ihres Onkels. Ihr trauriger Lebenslauf klang nie jammertalig. Stets schien Zuversicht durch Bitteres. Ihre melodiöse Stimme ließ die Worte strahlen. Man sollte sie singen hören, dachte ich. Zuerst entschuldigte sie die *Moen*: „Auch wenn sie brummt und schilt, sie ist mir bis heut eine gute Ziehmutter. Ja, gnädiger Herr, ich hatte in böser Zeit stets das Glück auf gute Leute zu stoßen. Schon als Kind dachte ich, Gott schickt schlimme Tage nicht, um die Menschen zu strafen, sondern damit sie auf einen guten Weg kommen."

Nach diesem Prolog erzählte sie von sich. Die in Köln wütende Pest machte sie mit sechs Jahren zur Waise. Das stattliche Haus ihres Vaters verkaufte der Oheim als Pesthaus unter Wert. Er gab sie bei der *Moen* in Pflege, die Mann und Kinder durch die Seuche verloren hatte, und zahlte Kostgeld, bis sie zehn Jahre alt war. Die Hinterlassenschaft seines Bruders sei nun aufgezehrt, behauptete er. Die *Moen* bestritt das, und es gab nur noch bösen Zank zwischen ihnen, bis sie kein Wort mehr miteinander redeten. Ganz vergaß der Onkel Camilla jedoch nicht. Jedes Jahr schenkte er ihr ein Kleid.

„Am Tag der heiligen Katharina zeigte ich ihm immer mein neues Kleid", zwitscherte sie. „Aber ich plappere lauter nichtiges Zeug, was Euch gewiss langweilt."

„Im Gegenteil, Mademoiselle! Sie versteht's, amüsant und klug zu reden, ich wünschte meine Tochter spräche ebenso aufgeweckt mit mir", sagte ich offen.

„Ach, wir Weiber reden nur, wenn uns jemand auch recht zuhört", sagte sie ohne spöttischen Ton. „Mit Verlaub, ich bin keine Mademoiselle, bloß eine Jungfer. In der Schul der Ursulinen hab ich viel gelernt. In ihrer Kirch bet ich all Abende. Aber wir sind da! Hier ist das Haus meines Oheims."

Es war wie alle Häuser in der Kühgass: spitzgieblig, der erste Stock kragte weit vor und zwei Stufen führten zur Tür.

„Jungfer Camilla, über unser Geplauder vergaß ich von dem Abscheiden Ihres Oheims zu berichten. Sie kann mich am *Alter Markt* im Haus Beywegh aufsuchen", schlug ich vor.

„Erzählt mir oben in der Stub davon!", sagte sie keck.

„Werte Jungfer, ich bin ein fremder Mann."

„Ich vertraue Euch! Ihr habt die edle Art eines Ritters."

„Gerade vor Edelleuten sollte sich eine Jungfer hüten."

„Ich meinte Eure Art, nicht den Stand. Ach, gnädiger Herr, bitte kommt. Gedenken wir des Toten da, wo er lebte."

Länger ließ ich sie nicht bitten. Eine steile Treppe führte zu Kannegießers düsterer Bleibe. In der Stube prangte raumnehmend ein Himmelbett.

Die Treppe krackte. Ein fettes Weib erschien und drängte Camilla beiseite. Schmuddeliges Haar ringelte sich unter der Haube hervor. Ihr fleischiges Gesicht mit dem Damenbart über der Oberlippe erinnerte an einen tapferen Dragoner.

Eine Hand in die Seite gestemmt, fragte sie mich: „Was sucht Ihr hier?"

„Ich bin der Beistand von Jungfer Camilla Kannegießer, die heut das Erbe ihres Oheims in Besitz nimmt."

Sie blitzte mich an: „Bevor man hier einfällt, meldet man sich bei mir!"

„Einfällt? Pardon, die Jungfer ist Ihr doch bekannt und wird der Frau Wirtin noch ihre Aufwartung machen."

„Gut, gut!", sagte sie milder. „Dem Seligen zulieb seh ich heut durch die Finger. Ach, ist's nit ein Elend? Mitten auf der Gass jämmerlich ins Jenseits!" Sie bekreuzigte sich. „Jaja, es musst ein bös End nehmen! Die Leut, die hier bisweilen raufgepoltert sind, denen wollt ich als ehrbare Frau nit allein begegnen. Auch Weibspersonen, zuletzt eine Vornehme mit einem Schleier vorm Maul. An der hat er sich wohl verschluckt ..."

„Madame", unterbrach ich sie. „Wir danken!"

„Ei, gut!" Ein scharfer Blick auf Camilla: „Der Zins für diesen Monat ist noch nit bezahlt!", dann trollte sie sich.

Camilla schloss die Tür und lehnte sich dagegen: „Diese Blitzhex! Aber bitte erzählt mir von meinem Oheim!"

Ich schilderte den Mord, mehr Wert auf das friedliche Abscheiden des Verblichenen als auf die Bluttat legend, die sie dennoch aufs Äußerste verstörte. In Tränen sagte sie: „Habt von Herzen Dank für Euren Beistand in seiner Todesnot. Ist's nit möglich, die Mordbuben noch zu kriegen?"

„Die Amtsleut sagen, die Räuber sind entwischt. Am Raub hab ich Zweifel. Die Kerle stachen sofort zu, so dass es mehr nach einem Racheakt aussah. Hatte er denn viele Feinde?"

„Ich weiß nicht! Vielleicht der Gatte der vornehmen Dame, die ihn zuletzt besuchte? Herren dingen gerne Handlanger."

„Nein, sie töten Rivalen im Duell!", lenkte ich den Verdacht von mir ab, obwohl ein Kaufmann für einen Edelmann als Duellgegner nie in Frage gekommen wäre.

Es war Zeit zu gehen. Aber ganz berauscht so leicht an den Ort gelangt zu sein, wo ich manches über das Lotterleben meines Nebenbuhlers erfahren konnte, fiel mir das Adieu schwer. Glück und Geld wecken stets die Gier nach mehr. So blieb ich und betrachtete die Stube. Sparsamkeit war wohl Kannegießers oberstes Gebot. Kein Bild an den Wänden, nur ein goldener Prunkspiegel hing gegenüber dem verruchten Bett. Den Luxus gönnte sich der eitle Narziss! Draußen holperten Fuhrwerke, Glocken erinnerten an die flüchtige Zeit und das Mädchen fixierte den Spiegel, ohne sich aus ihrem Blickwinkel darin bewundern zu können.

„Jungfer Camilla", sprach ich sie an. „Was nun?"

„Ach, ich find keinen Mut ins Kabinett zu gehen. Mein Oheim duldete das nie. Wie ich einmal hineinspinkste, wurde er fuchsteufelswild. Vielleicht könntet Ihr?" Scheu bot sie mir den Schlüsselbund an – eine zarte Geste des Vertrauens, und ich erfüllte ihre Bitte.

Auch das Allerheiligste enthielt eher Schäbiges als Edles: ein Schreibtisch, ein ramponierter schwerer Eichenschrank, auf einem Tischlein standen ein Glas und eine halbvolle Weinflasche. Darüber hing ein Gemälde: Nackt in Blüten gebettet lächelt die Göttin Flora dem herbeifliegenden nackten Zephyr entgegen. Lasziv räkelt sie sich im Blumenbeet. Ihre grünen Augen waren mir vertraut. Nein, ich bildete es mir nicht ein – von dem Feinmaler meisterhaft getroffen präsentierte sich hier meine Gattin, sogar ihr Muttermal auf der linken Brust war sichtbar und Zephyr hatte Kannegießers Züge. Die Posen Nackter auf Gemälden sind stets züchtig. Die Haltung dieser Flora aber wollte Geilheit erregen. Das Blut schoss mir zu Kopf. Die Scham, meine Gattin als Verführerin für die Genüsse der Venus dargestellt zu sehen, hielt sich die Waage mit der Wut über ihre visualisierte Untreue.

Camilla plapperte: „Wie zierlich alles gemalt ist, man weiß gar nicht, wohin man sehen soll. Nur, wenn die *Moen* das sieht, hat das Lamento über den lüsternen Oheim kein End. Das muss in den Ofen!"

„Nein, dafür ist es zu kostbar. Ich kaufe es!"

„Oh danke, nur muss es hurtig fort!"

„Gut, ich lasse es morgen abholen."

Sie öffnete den Schrank. Papier raschelte auf die Dielen. Auf mehreren Etagen befand sich ein durcheinandergeworfenes Sammelsurium von Papier, Kerzen, Siegelwachs, langen Tonpfeifen, Tabakbeuteln und anderem Krempel. Seltsam, sonst lag hier nichts wie hingeworfen herum, selbst der Hausmantel hing an einem Haken an der Wand.

Wortlos kniete das Mädchen nieder. Ihre schlanken Finger häuften die Blätter aufeinander, die dunklen Locken fielen nach vorne und ich sah ihren Nacken. Die Hand will ich ausstrecken, ihre Haut berühren – ein Verlangen, das mich erschreckte. Ein Dämon hauste in meinem Leben, spaltete Festgefügtes und lockte mich zu Jungfern.

Kaum hatte das Mädchen das Papier geordnet, fegte sie aus dem untersten Fach allen Trödel heraus. Mit fliegenden Händen suchte sie nach Ritzen im Schrankboden. Ihr Onkel habe ihr gesagt, darunter bewahre er sein Testament auf, erklärte sie. Die Schrankbretter waren angenagelt und unter ihnen befanden sich nur noch die Zimmerdielen. Ich legte mich auf die Erde, langte unter den Schrank und versuchte die Bretter des Schrankbodens hochzudrücken. Eines der hinteren gab nach. Die Nagelköpfe im Holz waren nur Maskerade. Camilla holte es heraus, ebenso das lose Nachbarbrett. Durch die Lücke greifend fanden meine Finger Halt in den Löchern zweier Dielenbretter, die nur dünne Spanplatten waren. Sie bedeckten eine Eisenkassette. Ich hob sie heraus und Camilla öffnete sie.

Neben einem Beutel voller Silbertaler lagen auf einem Samttuch Ringe und ein mit drei Perlen geschmücktes Armband. Darunter aber funkelten golden Dukaten. Sich bekreuzigend flüsterte sie: „Heilige Maria!" Sie griff in das Wunderkästlein, klimperte kindlich mit einer Handvoll Goldstücke und wühlte dann in den Münzen. Nein, da gab es keine Silberlinge, sondern nur Dukaten, spanische Dublonen, französische Louis d'or, alles blinkendes Gold. Liebevoll betrachtete sie das Armband, das einst ihrer Mutter gehörte, wie sie sagte. Unter dem Reichtum lag Kannegießers Testament. Es war kurz. Er bat um zehn Seelenmessen. In Anbetracht des Schatzes war das wenig. Jedoch legte er seiner Nichte ans Herz, ihn in ihre Abendgebete einzuschließen. Mehr als mit erkauften Messen erhoffe er sich Gottes Gnade für sein sündiges Leben, wenn sie mit dankbarem Herzen um Erlösung seiner Seele bäte. *Die Welt kann man kaufen, nicht Gott!*, schrieb er und das Ausrufezeichen geriet ihm sehr dick.

In einer Nachschrift stand, der Danzhof sei ihm im März 1679 wohlfeil zugefallen. Auch mir verschlug es die Sprache über den Reichtum dieses angeblich armen Mannes, der sogar die Frechheit hatte, Beywegh um Geld anzugehen. Ferdinand Kannegießer war ein Pfennigfuchser von der Sorte eines nimmersatten Geizhalses. Er lebte kümmerlich, weil er jedem Heller nachtrauerte, der in den Beutel eines anderen wanderte. Wer solchermaßen am Geld hängt, ist unfähig zu lieben. Liebe zählt nicht, sie verschenkt, verschwendet. Ein Knauser hingegen will weder Leben noch Geld mit einem anderen Menschen teilen. Wärme vortäuschendes Metall zog er der Sonne vor und lebte in einer düsteren Höhle. Am Ende beherbergte eine mit grünem Samt ausgeschlagene Kassette den Ertrag seines Daseins. Ein kleines Grab seines Lebenswerks auf moosigem Boden.

Vielleicht lagen darunter Liebesbriefe? Mit einem Federmesser hob ich den Samtboden heraus, und in der Tat, da war es, wonach ich all die Tage suchte: ein Heft, dem er vielleicht die Wahrheit anvertraute und meine kleine Hoffnung auf Felicitas' Treue zerstörte. Camilla blätterte darin und murmelte: „Kurios! Namen und Zahlen", und gab mir das Heft.

Auf wenigen Seiten, aufgeteilt in sechs Spalten, standen Datum, Name, facta, zweimal summa und zuletzt ein Text – wohl etwas Merkantiles. Ich war enttäuscht, trotzdem bat ich Camilla mir das Heft zu überlassen. Geblendet von dem Glanz des Goldes gab sie mir auch den Kalender ihres Onkels. Die Kassette stellten wir zurück, da es uns als das sicherste Versteck erschien. Nur den Beutel mit dem Silbergeld nahm sie an sich und wir verließen das Haus.

Beschwingt von dem unerwarteten Erfolg lief ich mit schnellen Schritten zum *Alter Markt*. Morgen wollte ich Felicitas mit Hilfe des Gemäldes die Augen über ihren Galan öffnen und aus Kannegießers Notizen ließ sich vielleicht entnehmen, wer ihm nicht nur den Tod wünschte, sondern ihm diesen auch bereitete. Kein Fleck eines Verdachts würde mehr an mir haften.

In Beyweghs Kabinett blätterte ich jede Seite umwendend im Kalender, überflog auch die gedruckten Blätter über Messen, günstige Termine für den Aderlass, Astronomisches und Astrologisches. Im Januar stand ganz unten gedruckt: *Ein kalter feuchter Gast ich bin, gar unstet Wetter ist mein Sinn*. Keineswegs unstet waren Kannegießers Notizen. Jeden gottgegebenen Tag schrieb er etwas auf. Marottenhaft begannen die Notate mit Ego. Am ersten Januar hatte Ego sich Latwerge in der Apotheke gegen Leibschmerzen gekauft. Am zweiten war er im Gasthof Zum Heiligen Geist. An drei Tagen der Woche verkehrte er regelmäßig in bestimmten Wirtshäusern. Dort traf er sich wohl mit Kunden, deren Namen und Beruf er hinzufügte. Dahinter standen Einnahmen oder Ausgaben von sechs bis über zweihundert *Gulden*, abgekürzt als fl. Anfang März verehrte Ego einem Hans Most 30 fl.

Jetzt begriff ich, welcher Art Kannegießers Geschäfte waren. Hans Most hatte vor Wiedenbrück am verbissensten gegen meinen Vorschlag opponiert, umzukehren. Offenbar verriet er die Kölner für 30 *Gulden* an die Osnabrücker. Als

Habnit war er frühzeitig freigelassen worden, weil die Osnabrücker angeblich nicht einmal hoffen konnten, das während der Haft aufgelaufene Zehrgeld von ihm zurückzuerhalten. Kannegießer war also ein Spitzel, kaufte und verkaufte informationis, im Fall des Hans Most an die Osnabrücker.

Und die anderen? Ein C ohne jeden Zusatz tauchte häufig auf. Im Januar fand ich die Lösung: *Ego bei Cronenberg.* Im Januar hatte Cronenbergs Amtszeit als Bürgermeister begonnen und Kannegießer suchte C häufig auf. Viermal fand ich auch den Namen Krebs, obwohl der in dem Jahr nur *Rentmeister* war.

Frauennamen kamen spärlich vor und selbst da ging es eher um Geschäfte als um Liebeshändel. Hielt der Kerl seine Schäferstündlein nicht für erinnerungswert? Sein Ruf als Weiberheld war legendär. Offenbar hatte die Legende seine Manneskraft überlebt oder die Befriedigung seiner Wollust war nur das liebe Brot, das sich nicht mehr zu erwähnen lohnte. Jedenfalls gab es keinen Hinweis auf einen Ehemann, der ihm an den Kragen wollte. Das war ernüchternd, denn so blieb der Verdacht an mir hängen.

Über dem Schreibtisch hingen Porträts von Beyweghs Ahnen in altväterlichen Halskrausen. Sie schauten aus ihren Goldrahmen so verdrießlich ins Leere wie ich.

Noch einmal sah ich mir das Notat an Kannegießers Todestag an: *4 Oeckhoven, Neumarkt* und davor: 2 Fl. Das las ich als zwei *Florin,* aber *Gulden* schrieb er stets in kleinen Buchstaben. Es konnte auch zwei Uhr Flora–Felicitas heißen. Bis Juli fand ich zwölf Fl, stets mittwochs.

Es klopfte. Rosina meldete Anton. Wieder bei Kräften sah er männlicher aus. Nur die hellen Locken standen kindlich wild ab.

„Nun, Anton, was gibt's?“, fragte ich.

„Mit Verlaub, gnädiger Herr, die Stadt ist nichts für mich, ich bitt, nach Merhoffen zurückkehren zu dürfen.“

„Welche Dienste verrichtest du denn?"

„Kontor fegen oder im Packhof den Knechten helfen. Lieber geh ich Gillis zur Hand oder arbeite im Stall."

„Übereile es nicht, hab noch ein wenig Geduld."

Schmerzlich verzog er das Gesicht.

Wieder klopfte es. Rotwangig meldete Rosina die Jungfer Camilla, die hinter ihr stand. Sie knickste: „Vergebung, gnädiger Herr, die *Moen* will wegen der vielen Dukaten morgen in aller Früh zur Kühgass. Daher bring ich das hier schon jetzt!" Verschämt hob sie das in ein Tuch gehüllte Gemälde hoch. „Ich schenk's Euch!"

„Ich bewahr' es für Sie auf! Nur sollte die Jungfer künftig nicht so freimütig von Ihrem Vermögen sprechen. Anton hier ist ehrlich, aber das konnte Sie ja nicht wissen."

Anton schoss die Röte ins Gesicht. Verlegen verbeugte er sich vor ihr und sie knickste kokett. Da es dunkelte, trug ich ihm auf, sie heimzugeleiten. Das Bild hatte Camilla auf dem Kopf stehend gegen die Wand gelehnt. Die Arme ausgebreitet lag Zephyr als hilfloser Käfer auf dem Rücken. Seine pompöse Begrüßung der Geliebten wurde zur tapsigen Lächerlichkeit. Alles Bittere sollte man auf den Kopf stellen, um in der Komik seine Nichtigkeit zu entlarven, dachte ich. Nackt hatte sich Felicitas niemals porträtieren lassen. Das schamlose Gemälde musste ihr Herz aus der Treuepflicht zu diesem lüsternen Hansdampf lösen. Wenn nicht, wollte ich Köln verlassen. Lange schon hatte ich die stummen Mahlzeiten satt, in denen alle erlesene Bissen in den Mund schoben und den Blick auf die Leuchter gerichtet tranken, so als speise jeder für sich allein. Arnold hatte es verstanden, mit Reden über gute Märkte Beywegh ins Gespräch zu ziehen. Mein Erfolg war dürftiger und kamen wir auf Gülich zu sprechen, endete die Plauderei oft im Streit, da ich zu viel Sympathie für den Mahner ausgleichender Gerechtigkeit zeigte. Es war Zeit, zusammen mit Adam zu gehen. Seine Haut hatte das

Milchweiß eines Stubenhockers. Hier verlernte er das Reiten, Rennen und Lachen.

Am nächsten Morgen bat ich Felicitas ins Kabinett. Mürrisch folgte sie mir. Lieb-belle und Anna giggelten mit einer Freundin in ihrer Kammer, nur war ihre Fröhlichkeit nicht ansteckend. Das Aktbild hatte ich zwischen die Porträts von zwei Beywegh'schen Ahnenherren gehängt, welche die Nackte zu beäugen schienen.

Entzückt rief Felicitas: „Prächtig! Wie leibhaftig die Schöne in den Blumen liegt!“ Sie trat näher und taumelte zurück. „Woher?“, fragte sie schwach und setzte sich auf den mit grünem Samt bezogenen Stuhl vor dem Schreibtisch.

„Aus Kannegießers Haus.“ Ich nahm ebenfalls Platz.

„Niemals! Er hatte keine Bilder an den Wänden.“

„In der Stube nicht, aber im Kabinett“, und ich erzählte in dürren Worten, wie ich in den Besitz des Gemäldes kam.

Wir schwiegen. Eisregen schlug gegen das Fenster – Kristalle, die sich in Tropfen auflösten und die Scheiben hinabtränten. Entschlossen hob sie den Kopf: „Das Bild kenne ich nicht! Ferdinand schwor mir einst, wie der Wind Zephyr um mich zu sein. Vor meiner Hochzeit gab ich ihm ein Porträt von mir, ließ mich aber nie nackt malen.“

„Ja, so war's! Aber dieser Zephyr weidete an seiner Göttin eher seine Geilheit als zartes Liebesschmachten.“

„Nein, es verherrlicht eine Jugendliebe“, sagte sie streng.

Ich deutete auf das Bild: „Und die Liebe in dieser Art erwachte nach Jahren der Abstinenz wieder zum Leben!“

„Er liebte mich mehr, als seine Wollust an mir auszuleben.“

„Hei, wie grotesk! Er hängt sich ein aufreizendes Bild seiner Geliebten an die Wand und kaum wird der Traum greifbar, spielt er den asketischen Mönch?“

Ein kalter Blick traf mich: „Liebe ist mehr als brünstige Lust! Wir schworen uns ewige Liebe. Da mein Vater mir die Ehe aufzwang, war mir Keuschheit verwehrt und die verlangte ich auch nicht von ihm. Daher kümmert's mich nicht, was die Lästerzungen so reden. Er lud mir keinen Ehebruch auf die Seel. Trotzdem starb er am End von der Hand meines Gatten."

Dazu schüttelte ich den Kopf. Mit Argumenten erreicht man den Verstand, selten das Herz. Sie saß neben mir und war doch meilenweit entfernt. Draußen rauschte in endlosen Fäden der Regen in unser Schweigen.

Am Tag vor meiner Abreise lud mich Florentin in das Brauhaus Heinrich von Krae in der Salzgasse ein. Tabakgebeizt und bierdunstgesättigt war die Luft. Ein Krug frischgezapftes Bier stand bereit, das wir für das beste in Köln hielten.

Florentin prostete mir zu: „Auf dass wir uns hier noch oft lustig machen!", und ich antwortete mit einem trüben „Zum Wohl".

„Ei, warum so verdrießlich, *mon frère*?", fragte er.

„Morgen kehre ich nach Merhoffen zurück."

„Jetzt im Winter? In Köln ist's doch allemal lustiger!"

„Ich neige nun einmal zur Einsiedelei!"

„Ein Jammer! Hab schon auf viele Saufereien und Diskurse über Fürstenberg gespitzt, wie er Köln Frankreich zuschanzt." Diese und andere Allianzen knüpfte er, bis ich ihn nach dem Befinden seiner Gattin und Marisa fragte.

„Meine Liebste leidet: eine Schwangerschaft. Von Marisa kam keine Nachricht. Aber für dich hab ich eine!" Er beugte sich vor und flüsterte: „Kannegießer war Intercedent von Cronenberg und Krebs, die ihn aber aus ihren Diensten entließen."

„Intercedent? Also ein Zwischenträger, ein Makler?"

„Ja, einer, der mit Ämtern und Lizenzen makelt. Wer Torsteher oder Syndikus werden will oder eine Lizenz für eine Seifensiederei benötigt, geht zum Intercedenten."

„Aber dafür wendet man sich doch an den Rat?"

„Ja, nur die Bürgermeister sorgen dafür, dass nur ihr Günstling das Erstrebte erhält. Damit nicht Allewelt bei den hohen Herren anklopft, sammelt der Intercedent die Bitten."

„Dafür erhält der wohl Geld. Und die Bürgermeister?"

Mokant zog er die Brauen hoch: „Wer das Sagen hat, hat volle Taschen." Er klopfte mir auf die Schulter. „*Mon frère*, hier, Bier und Tobak vertreiben Pest und Trübsal. Prosit!"

März 1680

In Merhoffen sind die Abende lang und still. Eiseskälte vergällte mir lange Jagdausflüge. Aber hier war ich frei – frei von der Zwietracht einer ruinierten Ehe, frei von bösen Träumen und lebte, wie es mir beliebte. Die Weihnachtsmesse feierte ich mit Pächtern und meinem Gesinde in der Gertrudiskapelle unweit meines Herrenhauses. Die herzliche Freude der mir vertrauten Menschen tröstete. Adam machte exzellente Fortschritte im Lesen und Schreiben, das ihm Anton lehrte. Abends buchstabierte er mir am knisternden Kamin das Erlernte und ich las ihm aus dem Buch über Don Quichotte von la Mancha vor, bis ihm die Augen zufielen. Mein stummer Diener Jost, dem Marodeure im Dreißigjährigen Krieg die Zunge abgeschnitten hatten, brachte ihn zu Bett. Jost war mit seinen rund 60 Jahren rüstig, doch fiel ihm manches schwerer. Ächzend trug er das schlummernde Kind die Treppe hinauf. Weckte ich Adam, schleppte der Starrkopf dennoch den schläfrigen Knaben. Nur sacht ändern sich hier die Gewohnheiten.

Die Tage fließen ineinander. Die Gesundheit des Viehs, säumige Pächter und Kaufleute, Feld- und Holzwirtschaft sowie Diskurse mit Gillis über Instandsetzungen und Pachtfragen füllen meine Zeit.

Aus Köln trafen nur spärlich Briefe ein. Alexander hielt sich im Mittelmaß seiner Klasse. Im Postscriptum fragte er, ob Charlotte sich über sein Liedlein vom getreuen Herzen gefreut habe, das ich ihr zustellen wollte. Nein! Notenblatt und ein Brief an sie lagen noch im Schrank. Es widerstrebte mir, selbst Hennes in das kolff'sche Natternnest zu schicken. Ernst von Kolffs Intrigen hatten mir vor Jahren fast den Kopf gekostet und sein Vater drohte mir einst, mich von seinen Hunden zerfleischen zu lassen, sollte ich nur einen Fuß auf seinen Grund setzen. Ich kramte Alexanders Noten hervor. Das Lied summend wunderte ich mich, wie ein Fünfzehnjähriger Freude an diesem Poem haben konnte:

Läuft das Glücke gleich zu Zeiten
anders als man will und meint/
ein getreues Herz hilft streiten/
wider alles/was ist feind.
Mir ist wohl bei höchstem Schmerze/
Denn ich weiß ein treues Herze. *(Paul Fleming)*

Ein treues Herz fehlte mir und ich spürte eine starke Wehmut.

In aller Morgenfrühe des nächsten Tages ritt Hennes zu den Kolffs. Spät kehrte er zurück.

„Hast du Brief und Notenblatt übergeben?“, fragte ich ihn.

„Übergeben, wohl ja!“

„Und weiter?“

„Ei Herr, Ihr wisst doch, wie willkommen Leut aus Merhoffen bei den Kolffs sind.“

„Zum Henker, red nicht in Orakeln!“

„Gnädiger Herr, Ihr wollt's also haarklein!“ Der Schalk genoss meine Ungeduld. „Gut, der Quirin wollt mich fortjagen, obwohl wir uns tausendmal im Silbern Stern untern Tisch gesoffen ...“

„Jaja, weiter!“, unterbrach ich ihn unwillig.

„Herr, Ihr wolltet's doch haarklein!“, maulte er. „Also, obwohl das Gesind bei den Kolffs ordre hat, jedem aus Merhoffen als Willkomm eins mit dem Feuerrohr überzubrennen, hat mich der Quirin in der Scheun' versteckt. Da saß ich eine gute Weil in der Kält und hörte den edlen Herrn von Kolff fluchen. Irgendwann ist er weggeritten. Später kam die Frau von Bösinghausen – war sehr ernst, dankte für das Brieflein und das Notenblatt und hat sich gleich wieder fortgemacht. Trinkgeld gab's nit, was ich wohlverdient hätt. Das ist alles, lieber Herr."

Ich entließ ihn. Im mannshohen Kamin aus dunklem Stein loderte ein starkes Feuer. Fichtenholz knallte.

Adam trottete heran. Da mir nicht der Sinn nach Rittergeschichten stand, schickte ich ihn fort. Nur, Kinder hängen an Ritualen. Wieder stand er vor mir, in einer Hand Don Quichotte, in der anderen Kannegießers Heft aus der Dukatenkassette.

„Woher ist das?" Ich nahm ihm das Notizheft ab.

„Es lag im Kabinett beim Ritterbuch."

„Schluss! Du gehst jetzt zu Bett!"

Ich ließ die Küchenmagd Gertraud rufen, der ich am Tag zuvor aufgetragen hatte, Adam zu Bett zu bringen anstelle von Jost. Mit ihr kam ihr Gatte, mein Verwalter Gillis. Sie streckte dem Jungen die Hand entgegen, der sie ergriff und artig mit ihr ging.

„Was gibt's?", fragte ich Gillis.

„Vergebung, gnädiger Herr, dass ich ungerufen komme. Meine Gertraud ist seit der Geburt unseres Jüngsten leidend. Vieles fällt ihr sauer. Ich bitt, ihr neben der Küch nicht noch die Sorg um den jungen Herrn anzuhängen."

„Dann mach du es!", erwiderte ich grantig.

„Ich? Das ist doch Weiberwerk!", fuhr er auf. „Die Jungmagd mag's tun!"

„Gut, und du sorgst dafür, dass sie es auch tut!"

Er nickte, strich sich verlegen über sein sich lichtendes Haar und sagte: „Lieber Herr, wir kennen uns ein Leben lang und wenn die Leut sagen, Ihr seid übellaunig und härter als früher, seh' ich nur Sorg und Traurigkeit, *salva venia.*"

„So ist's!" Ich trank einen Schluck Wein. „Allerhand ist betrüblich, zumal hier viel bunt übers Eck geht."

„Ei ja, die gnädige Frau fehlt und …!" Er stockte.

„Ja, Gillis, sie fehlt", sagte ich leise. „Ihr ist's hier zu einsam. Gewiss, ich bin das Alleinsein gewohnt, doch fällt's schwer, wie ein Mönch zu leben, ohne wahrhaft einer zu sein."

„Ha, da bleibt nur Eines! Holt die gnädige Frau heim! Mit Verlaub, ein Liebchen passt nit zu Euch, wie's viele Herren haben."

„Nein, kein Liebchen! Guter Gillis, gesegnete Nacht!"

„Gott mit Euch, wünsch gute Ruh!", sagte er wie ein Freund und verbeugte sich wie ein Diener.

Felicitas spukte durch mein Hirn. Wut befreite mich anfangs von jeder Sehnsucht. Doch Tag für Tag wuchs die Leere. Ihr Lachen, sogar ihre spitzen Bemerkungen fehlten. Sie machte das Haus lebendig. Hier eine Vase mit Blumen, da eine Schale voll Obst oder Naschwerk, der Rosenduft ihres Parfüms vertrieb alles Starre und füllte die Räume mit Wärme. Das Gesinde erlaubte sich Nachlässigkeiten, die unter ihrem strengen Blick eine Unmöglichkeit gewesen wären. Dieser verfluchte Kannegießer, dieser schmähliche Ämtermakler! Ich schlug auf das Tischlein neben mir. Dabei fegte ich Kannegießers Heft zu Boden und hob es auf. Die Füße dem Feuer entgegengestreckt betrachtete ich die Tabellen auf den doppelseitig beschriebenen Seiten. Ich blätterte.

Weiß, weiß, weiß – und dann stieß ich zwischen zwei aneinanderhaftenden Seiten auf Kannegießers feine Schrift: das Konzept eines Briefes. Es begann mit „*Ehrsamer, löblicher Herr Bürgermeister (Krebs, Cronenberg)*". Was nach der höflichen Anrede folgte, war weder für Krebs noch für Cronenberg löblich und ihre Ehrsamkeit konnte nur spöttisch gemeint sein, denn Kannegießer warf den beiden – außer Hexerei, Mord oder Feuerlegen – eine beachtliche Anzahl Missetaten vor: Betrug, Urkundenfälschung, Veruntreuung städtischen Gelds und Guts sowie Bestechung. Finger abhauen, Henken und Enthaupten hätten sie nach Reichsrecht mehrmals verdient. Für jedes Delikt habe er redliche Zeugen, schrieb Kannegießer. Jetzt verstand ich die Tabellen am Anfang des Buches. Sie enthielten die Zeugennamen, ihren Wohnort, das gezahlte Schmiergeld, den Anteil, den Kannegießer an die Bürgermeister abgab und den Sachverhalt der behaupteten Straftaten nebst der Unterschrift der Zeugen, meist Kreuze. Das Konzept schloss besorgt: „*Der Ehr der Herren Bürgermeisteren will ich nit Abbruch tun, indem ich Anzeigung der Missetaten beim Hochweisen Rat mache. Dahero bitt ich, um Schad von Eurer Herrlichkeit abzuwenden, um Verehrung von 90 Taler, womit ich den Lädierten einen recompens zukommen lass, die für Ämter oder Lizenzen zwar gezahlt, aber kläglich leer ausgingen. Ihro werte Replik baldig erwartend*

Ihr dienstwilliger Mitbürger Ferdinand Kannegießer“

Unter dem Konzept stand: *Abgang 20. septembris 1679.*

Hei, das war ja eine herzallerliebste Erpressung! Tollkühn den Bürgermeistern derart zu drohen, wozu den Knauser nicht nur das Geld verlockt haben mochte, versüßte ihm doch obendrein Rache das Wagstück, da die Bürgermeister ihm den lukrativen Broterwerb des Intercedenten entzogen hatten, wie mir Florentin anvertraut hatte. In summa wollte er seine geprellten Kunden mit 60 Taler abfinden – falls es sein Geiz erlaubte. Seine Forderung schmerzte die Bürgermeister zwar, war aber nicht unverschämt hoch. Nur würde ein Kannegießer kaum mit einer Zahlung zufrieden sein. Die Erpressten konnten sich nur Zeit kaufen. Warum nicht zwei Halunken für ein paar Taler anstiften, das Maul des Kläffers mit Kirchhofserde zu stopfen? Durch die Bluttat verschreckt würden alle Zeugen stumm wie die Fische bleiben.

Dennoch, schon Cronenbergs Greisenwürde verbot diese Annahme.

Heumonat 1680

Felicitas blieb in Köln. Durch die einsamen Sommertage begleitete mich der sechsjährige Adam. Ich gab ihm Fechtlektionen und lehrte ihn schwimmen. Bei Ausritten, Gebeten in der Gertudiskapelle, sogar bei der Jagd war er stets an meiner Seite und belohnte meine Aufmerksamkeit mit zärtlicher Anhänglichkeit. Sein Lesevermögen war staunenswert und dank Antons Eifer schrieb er bereits einzelne Worte. Zweifellos gab es hinter meinem Rücken Getuschel. Einen Herrn, der Kinder hütet, trifft Verachtung und Diener lieben es, alle Marotten der Herrschaft windschnell in alle Welt zu blasen. Gillis, Hennes und Jost, die ich seit Kindertagen kenne, schwatzten nicht, dafür umso emsiger das Gesinde im Hof und auf dem Feld, das mich tagtäglich mit meinem Sohn am Rockzipfel sah.

Mittlerweile trafen mich abschätzige Blicke seltener. Sie hatten sich wohl an diese Absonderlichkeit gewöhnt, wie auch an die, in meinem Weiher zu schwimmen. Obgleich von Schilf und Buschwerk umgeben, wäre es eine Illusion zu glauben, ich bliebe hier unbemerkt. Nach einem staubigen Ritt mit Gillis zu einem Pachthof, erfrischte ich mich eines Nachmittags im Wasser. Frei von aller Erdenschwere schwebte ich auf dem Rücken liegend zwischen Himmel und Erde und glitt in die wohltuende Gedankenlosigkeit, in der man eins wird mit Wasser, Erde, Luft, den Bäumen und den Tanzmeistern des Himmels, den Schwalben.

Hufschlag und Stimmen störten meinen seligen Zustand. Eine Dame ritt über die Wiese zum Weiher. Es war Marisa.

Hinter ihr lief Hennes, der sie aufhalten wollte. Ich schwamm zum Steg. Der war auch ihr Ziel, wo Hemd, Hose, Strümpfe und meine Reitstiefel vor ihren Füßen ausgebreitet lagen. Zweimal rief ich ihr zu sich umzudrehen, bis sie es tat und ich mich aus dem Wasser ziehen konnte, um mich zu bekleiden.

Rau grüßte ich sie. Sie wandte sich um. Mein Erscheinungsbild stellte selbst meine geringe Eitelkeit nicht zufrieden – tropfnasses Haar und das Hemd klebte an der Haut. Höflich übersah sie das und sagte entschuldigend: „Verzeihung, dass ich so ungelegen komme. Die liebe Not zwingt mich. Charlotte ist fort. Seit heut früh suchen wir sie."

Sie sah mich an wie ein Bettelkind, das Almosen heischen soll und zu scheu dazu ist. Fürsorglich nahm ich ihren Arm und geleitete sie zu einer Bank, wo gewöhnlich die Fische ausgenommen werden. Der unreine Sitz kümmerte sie nicht. Wir blickten auf das sich kräuselnde Wasser. Raschelnd neigte sich das Schilf im leichten Wind.

Sie seufzte. „Ich hoffte, Charlotte hier zu finden. Jemand erzählte, der Sohn des Herrn von Merhoffen sei heimgekehrt. Seither quält sie mich, hierher zu fahren, bat sogar meinen Bruder darum, der allein bei dem Wort Merhoffen gottsjämmerlich flucht. Gott, vielleicht ist sie entführt."

„Nein, sie muss noch auf dem Weg sein!" Ich stand auf. „Wir finden sie!"

Die Sonne wanderte gen Westen, als wir mit Hennes, Anton und vier Knechten loszogen. Paarweise ließ ich die Leute freies Feld durchstreifen. Marisa und ich trabten auf der Landstraße. Es war schwül und die Straße atmete noch staubige Mittagshitze aus. In Gehöften fragten wir vergeblich nach Charlotte. Zuweilen durchsuchte ich Holzwege und verlassene Eremitenverschläge.

Rabenschwarze Wolken ließen die Nacht früher hereinbrechen. Wetterleuchten kehrte sich in Blitze, fernes Donnergrollen wurde zum Poltern. Die Schrecken des Gewitters auf dem Weg nach Köln warnten mich. Ich wandte mich an Marisa: „Dort im Wald ist eine Jagdhütte, da nächtigen wir."

„Nein, wir müssen weiter!", begehrte sie auf.

„Keine Widerred! Im Feld lauert der Tod!"

Der Himmel unterstrich knatternd meinen Befehl. Ergeben folgte sie mir in einen verwucherten Waldweg. Donner polterte, erste Tropfen rieselten auf das Blätterdach und als wir bei der Hütte anlangten, prasselte der Regen nieder. Der Unterschlupf war solide. Sogar Stroh war vorhanden. Im Unwetterbrausen befreite ich die Pferde von den Sätteln und versorgte sie.

Als ich tastend die Tür öffnete, zuckte ein Blitz. Die Beine mit den Armen umfangen, kauerte Marisa in einer Ecke. In der geisterhaften Grelle sah ich ihren verstörten Blick. Wie festgefroren beobachtete sie mich, während ich Hut, Degen und Mantel ablegte und im Blitzeflackern und Donnerrattern zwei Strohlager einrichtete. Ein Knall, als wolle der Himmel die armselige Hütte zerschmettern – dann tiefe Dunkelheit, in der wir starr auf den nächsten Schlag aus dem Nichts warteten. Wir überleben, dachte ich. Es gibt tausendmal mehr rettende als vernichtende Momente, die wir Menschen gerne übersehen. Ich setzte mich auf mein Lager. Die Hände gefaltet ertrug ich noch einige Blitze und Donnerschläge im Sturmgeheule, bevor das Gewitter sich rumpelnd entfernte. Um Marisa zu trösten betete ich laut: „Herr im Himmel, dank dir, dass du uns vor allem Unheil beschützt hast. Halt deine Hand auch über alle, die uns am Herzen liegen. Hilf da, wo wir's nicht können, darum bitten wir dich. Amen."

„Amen", hauchte Marisa wie ein fernes Echo.

Ich deckte mich mit dem feuchten Mantel zu, hörte wie das Wüten des Sturms allmählich nachließ und das Donnergrummeln verebbte. Regen durchrauschte die Blätter. Sachte aufs Dach tropfend säuselte er mich in den Schlaf.

Kälte weckte mich. Der Boden war kalt, die Nachtluft bissig. Ich rollte mich ein – es half wenig. Eine Armlänge neben mir wälzte sich Marisa. Sie fror wie ich. Ich richtete mich auf und sagte: „Eh' uns der Tod holt, sollten wir einander wärmen", worauf sie mit einem ungnädigen „Behüt Gott" antwortete.

„Keine Sorg, ich bin artig wie ein edler Ritter."

„Und wär's wie ein Engel, es gibt auch gefallene Engel!"

„Die Dame hat hohe Ansprüche. Aber gut, in der Rabenschwärze stell ich mir vor, ein buckligs Weib mit krummen Beinen, voller Warzen und langgezogenen Brüsten läge neben mir, da vergeht jede Wollust."

„Charmant, aber ich habe gerade Beine und runde Brüste."

„Sieh da, Madame stellt die Eitelkeit über die Tugend!"

„Da braucht's nicht viel Eitelkeit, um nicht die zu sein, deren liebliches Bild der Herr eben gezeichnet hat."

„Gut, dann frieren wir!"

Sie rührte sich nicht mehr, doch hörte ich kein Schlafatmen. Nach einer Weile flüsterte sie: „Wärmen wir uns!"

Sie kroch zu mir. Den Rücken mir zugewandt schmiegte sie sich an mich. Mein Herz wurde federleicht. Meine Hand drängte es zu den runden Schönen. Doch ihr zager Blick im Licht der Blitze bat um Abstand, nicht weil sie mich für einen Lüstling hielt, dazu hatte ich ihr nie Anlass gegeben, sondern weil sie meine Nähe zwar wünschte, nicht jedoch das, was sich daraus entwickeln mochte. Meinen Mantel über uns breitend umfing ich sie mit einem Arm. Sie fasste meine Hand und so schliefen wir ein.

Der nächste Morgen war grau, die Luft nässesatt, von den Bäumen tropfte es und aus der schwarzen Erde stieg der Duft von Harz und modrigem Laub auf. Dunst verwischte die Konturen der Büsche und Bäume, ließ Felder und Wiesen im Wolkengrau enden. Still trabten wir nebeneinander her. In zwei Höfen fragte ich vergeblich nach Charlotte. In Sichtweite des Kolff'schen Anwesens stieg ich ab und zog den Hut: „Madame, weiterzureiten ist mir nicht erlaubt. Deshalb empfehle ich mich hier. Alles, was ich von der Mademoiselle höre, lasse ich Sie stracks wissen. Gott behüte Sie, werte Freundin."

Mir die Hand reichend sagte sie leise: „Saltin, meine harsche Art auf der Reis' bitt ich zu vergeben. Ich dacht, ein scharfer Schnitt wäre das Einzige, um uns vor einer zeitlichen und der ewigen Höll zu bewahren. Aber gute Menschen sind dünn gesät. Ich dank für all die Hilf und bitte um treue Freundschaft."

„Die nehme ich mit Freuden an." Ich verbeugte mich.

Kleiderrascheln, ein hohles Aufstampfen. Sie stand vor mir und flüsterte ein Adieu, doch ihre Arme sind um mich, die meinen um sie, ihre Lippen sind da und einen Moment sind wir ohne Erdenketten im Paradies.

Konfus sah ich ihr nach, wie sie durchs Tor passierte.

Im übermütigen Galopp jagte ich davon – und mein Herz klagte in Glückseligkeit. Ich will ihr nah sein, sie lächeln sehen. Charlotte muss ich finden! Aber alle Höfe an der Straße waren abgesucht. Um mich und mein Pferd zu erfrischen, kehrte ich bei einem Bauern ein, den wir schon befragt hatten.

In der dunklen Stube standen vor dem Herdfeuer zwei Jungen und ein Mädchen. Die Kleine – kaum acht Jahre – sagte, der Vater wäre auf dem Feld, aber sie sei die Hausmutter und zeigte sofort alle Facetten ihrer Macht. Ihr Bruder musste mein Pferd tränken. Dem Kleinsten schlug sie mit dem Stiel eines Quirls auf die Finger, als er ein Stücklein Brot mausen wollte. Während ich hungrig ein Mus einlöffelte, beobachtete ich das Kind, dessen dünner blonder Zopf geradezu ein Sinnbild ihrer zähen Magerkeit war. Rigoros scheuchte sie die Hühner aus dem Weg. Sie trug stets ein Schemelchen, als wäre es Teil ihres Arms und sprang darauf, um im Kessel zu rühren oder am Tisch zu schneiden.

Ich fragte sie, ob eine Jungfer vorbeigekommen wäre. Ihre Augen, die wie ihre Füße gerne hin und her sprangen, wurden starr. Sie schüttelte den Kopf. Als ich skeptisch die Stirne krauste, fragte sie nach meinem Namen. Als ich ihn nannte, sagte sie leise: „Ja, zum Herrn von Merhoffen wollt sie."

„Sie war also hier! Mädgen, erzähl'!"

„Gnädiger Herr, um Gott's Will', sagt dem Vater nichts. Gestern kam das Fräulein. Da Leut nach ihr fragten, versteckte sie sich in der Scheune. Heut früh ist sie weiter. Aber da draußen sind Wölf und böse Leut – mir ist bang um sie."

„Ich werd sie finden und ihr helfen."

„Ei, seid gut zu ihr! Seht, was sie mir gab!" Fröhlich holte sie aus ihrer Rocktasche Ohrringe, an denen Messingkügelchen hingen, und sagte stolz: „Solch Ohrgehäng' tragen Prinzessinnen."

„Ja, es ist gut, etwas zu haben, was dich zur Prinzessin macht. Hab Dank für die Speis, liebs Kind!" Ich gab ihr zwei *Albus*, für die sie vielmals dankte.

Draußen machte Sonnenschein die Welt wieder bunt, so dass mir die finstere Bauernstube wie geträumt vorkam. Doch alles war wirklich und wahr. Jetzt lachte mir das Glück, Charlotte zu finden. Eine Viertel Meile weiter humpelte sie auf einen Stock gestützt einher, einen Strohhut auf dem Kopf. Sie machte eine Bewegung, als wollte sie fliehen. Ich rief sie an, da blieb sie stehen und wartete.

Grußlos sagte ich: „Mademoiselle, die Frau Mutter ist verzweifelt. So mir nichts dir nichts auszureißen, war ein böser Schelmenstreich!"

„Bitte, bringt mich nach Merhoffen zu Alexander! Nur für einen Tag, ich bitt Euch gar schön, lieber Herr!", flehte sie.

„Bedauere, Alexander ist in Köln, nur Adam ist da."

Sie blickte mich ungläubig an. Dann sank sie auf den Boden nieder und legte den Kopf auf die Knie, als wolle sie von der Welt nichts mehr wissen. Durch das Laub sickerndes Sonnenlicht malte helle Flecke um sie herum. Ich stieg ab.

Sanft sagte ich: „Mademoiselle, ich bringe Sie jetzt heim."

„Nein! Ich geh nach Köln zu Oheim Florentin!"

„Der bringt Sie spornstreichs zurück."

„Monsieur!" Sie hob den Kopf. „Ich will nimmer in den abscheulichen Eispalast meines Oheims zurück!"

„Die Schuh sind schon in Fetzen."

Sie musterte ihre Schuhe, die mit Bast befestigt waren und sagte: „Ich geh' zu Alexander, kost' es, was es will."

„Stolze Worte! Blutige Füß lassen sich ertragen, auch Hunger, nicht aber stinkende Landstreicher, die über Sie herfallen."

„Ha, da lach ich!", sagte sie ohne Lachen.

„Keineswegs, ich bewundere Mut, nicht aber unüberlegte Tollkühnheit. Schon nach Bonn sind es gut vier Wegstunden."

„Wie viel Wegstunden sind's bis Köln?"

„Stunden? Bei Ihrem Tempo Wochen. Aber genug geplaudert. Aufs Pferd, Mademoiselle!"

„Gnädiger Herr, könntet Ihr mich nach Bonn bringen?"

„Nein, ich biete keinen Steigbügel für Ihr Verderben. Komm jetzt!" Sie blieb sitzen. „Mademoiselle, kommt mit mir! Die Frau Mutter hat viel um Sie geweint und schließt Sie beglückt in die Arme."

„Kaum und an den Oheim mag ich gar nicht denken."

„Die Freude ist stärker als der Zorn. Kommt nur!"

Kraftlos schüttelte sie den Kopf und ließ sich dann doch in den Sattel helfen.

Das Pferd am Zügel führend trottete ich durch die faule Mittagshitze. Die Luft flirrte über Wiesen und Felder, auf denen die Sonne brütete. Im Wald schwiegen die Vögel. Charlotte seufzte und je näher wir dem Ziel kamen, desto häufiger. Kurz vor dem Tor bettelte sie, ich möge für sie ein gutes Wort bei ihrer Mutter einlegen. Ihre Augen flehten um einen rettenden Engel. Wie oft hatte ich mir einen Engel gewünscht, als ich vor dem Zorn meines Vaters zitterte, und wollte ich vorhin nicht Marisas Freude sehen, wenn ich ihr Charlotte brachte? Ich ging durch das Tor.

Vor den Stallungen traf ich zwei Knechte, die ich bat, mich Frau von Bösinghausen zu melden. Der Ältere grinste: „Ei, weiß der Herr nit, wo's Herrenhaus ist!"

„Die Höflichkeit, der Herrschaft Gäste anzukündigen, ist hier wohl unbekannt?"

„Doch, aber da kommt der gnädige Herr!" Er deutete hinter mich und die diebische Freude auf die Begegnung zweier Erzfeinde sprang ihm geradezu aus allen Knopflöchern.

Trotz seiner Leibesfülle wirkte Ernst von Kolff nicht plump. Forschen Schrittes kam er mir wie ein glorreicher General entgegen, blieb stehen, riss die wasserhellen Augen auf und brüllte: „Galgenvogel, du also hast sie entführt!"

„Unter Edelleuten sollte die Begrüßung eine andere sein als die der Wegelagerer", entgegnete ich kalt.

„Für Halunken ist diese Red angemessen!", reizte er mich. Er zog den Degen. „Taten, kein Geschwätz!"

„Was soll das? Mit meinem Nachbarn schlag ich mich nicht."

„Los, Quirin und du Nichtsnutz, fesselt den Kerl!", kommandierte Kolff, doch die beiden glotzten ihren Herrn nur an. „Was haltet ihr Maulaffen feil? Ich mach euch gleich Beine!"

Zwei Schritte wagten sie. Ich richtete meinen Degen gegen sie und ihr Mut zerbröselte.

Auf mich zuschreitend schrie Kolff: „Ha, seht, wie der Kerl uns bedroht!"

Ich steckte den Degen weg und drehte ihm den Rücken zu. Er vertrat mir den Weg. In unserer Jugend hatte er mich in Übungskämpfen oft besiegt, da ich jünger bin als er. Nun dachte er, jetzt müsse es genauso gehen. Zu gern hätte ich ihn eines Besseren belehrt. Aber auf Duellen steht die Todesstrafe und die Knechte würden Stein und Bein schwören, dass ich ihren Herrn tollwütig angefallen hätte, falls er und nicht ich auf der Strecke blieb. Er schlug mit flacher Klinge auf meine Arme und krakeelte: „Tanz ins Grab, Hosenscheißer! Memme, tanz!"

„Mademoiselle, vom Pferd!“, rief ich rückwärtsgehend Charlotte zu, die noch im Sattel saß.

Er forcierte die Schläge. Plötzlich ein scharfer Schmerz im linken Oberarm und er spottete, ob ich Lust auf noch mehr Hiebe hätte. Das war zu viel. Kaum sah er mich gefechtsbereit, stürmte er los. Seinen Hohnworten vertrauend hielt er mich für eine Memme, obgleich ich seinen Bruder im Duell fast getötet hatte. Jetzt wollte er wohl die Scharte auf der Ehre der Kolffs auswetzen.

Er war in Übung, hatte aber seit der Jugendzeit wenig hinzugelernt, so parierte ich seine Stöße mühelos. Meine lockere Abwehr erboste ihn. Aufbrausende Wellen der Wut machten ihn unberechenbar. Das Tempo wurde schneller, die Hiebe hitziger. Ich trieb seine Klinge hoch. Fast auf Tuchfühlung mit ihm schlug ich mit dem Degenknauf auf seinen Kopf, als wären wir auf einem Schlachtfeld und er stürzte wie ein Mehlsack vom Haken zu Boden. Auf der dickfaltigen Stirne sammelte sich Blut.

Mit einem Aufschrei kniete Quirin neben ihm nieder und jammerte: „Kein Mucks! Er ist hin, maustot!“ Dann plapperte er ein Ave-Maria.

Tot? Kolffs Augen waren nicht halb wie bei Toten, sondern ganz geschlossen. Ich unterbrach das Ave-Maria Quirins, das er wie eiliges Mühleklappern daherschnurrte: „Schweig still! Dein Herr ist nicht tot! Hol eine Leiter und tragt ihn ins Haus!“

Befehle waren dem Mann wohl lieb. Eilfertig lief er mit dem Jungknecht um eine Leiter. Charlotte war abgestiegen und blickte ohne Gemütsregung auf ihren Onkel herab, dann fixierte sie meinen blutigen zerfetzten Hemdärmel.

„Mademoiselle, ich wäre für Verbandszeug dankbar und warte draußen!“, bat ich und sie ging.

Kolff stöhnte und schlug die Augen auf. Dieser kalte Fischblick, in dem ich selten eine seelenvolle Regung sah! Mit schwerer Zunge kommandierte er: „Fort mit dir!“

Ich nahm die Zügel meines Pferdes, da brüllte er: „He, erst arglistig niederhauen, dann hasenfüßig fortlaufen, dafür ist Er ja berühmt!“

Ich drehte mich um: „Haltet dieses rotzige Schandmaul! Ich tat alles, um ein böses End zu verhüten!“ Damit ging ich.

Draußen ließ ich mich inmitten einer Wiese unter einem Baum nieder. Ich sollte fort! Aber die Sonne, das Summen und Gezirpe um mich herum machten träge. Der Arm brannte. Ich löste den Hemdstoff von der Wunde. Blut tropfte ins Gras. Ermattet lehnte ich mich an den Stamm. Sauerampfer beruhigte die trockene Kehle. Ein Habicht kreiste über der Wiese. In der ständigen Wiederholung schmeckt man die Ewigkeit, die nichts für menschliche Augen ist, und ich schlummerte ein.

Stimmen weckten mich. Marisa kniete neben mir nieder, flüsterte tausend Dankesworte, ebenso viele Entschuldigungen und bat mich ins Haus.

„Nein, werte Marisa, kein Strom, ein Meer muss zwischen Ernst und mir liegen, damit Frieden ist“, sagte ich. Sie wollte widersprechen. „Nein, es ist besser so.“

Ich legte meine Hand auf die ihre und unsere Augen küssten sich – liebevoll und traurig. Sie winkte eine Magd heran, die in gebührendem Abstand wartete. Sie verband meinen Arm. Alle Kraft zusammennehmend kam ich zügig in den Sattel. Als ich lostrabte, drehte ich mich um. Grüßend hob sie die Hand.

Alles war weich. Licht drang rosig durch die roten Vorhänge des Himmelbettes. Übelkeit, Fieber und die Wunde hatten mich eine Woche ans Krankenlager gefesselt. Gestern hatte es den lieben langen Tag geregnet. Jetzt weckte die Sonne alle Lebensgeister. Zwei Kissen im Rücken betrachtete ich die auf dem Federbett liegenden Briefe: einer von Marisa, der andere von Felicitas. Nach Dankesworten schrieb Marisa: *„Ernsts unsinniger Hass macht mir groß Kummer. Ich dank* *meinem guten Freund von Herzen, uns vor seinem vorzeitigen Tod bewahrt zu haben. Ich verhoff inniglich auf schnell Genesung meines lieben Freundes und bet alle Tag für Ihn. Der Kuss war ein Abschiedskuss!*" Für mich war es kein Abschieds-, sondern ein Sehnsuchtskuss. Ich lehnte mich zurück und überließ mich schöner Träume, bevor ich Felictas' Brief in die Hand nahm.

Er war weniger empfindsam. Sie teilte mir mit, Herr von Wolfskehl habe nun fest seine Absicht bekundet, einen Ehekontrakt zu schließen. Um das Glück Lieb-belles zu befördern, sollte ich baldmöglichst nach Köln kommen. Mein Schwiegervater wollte wohl nur wenige Sätze hinzufügen, doch in immer kleiner werdender Schrift klagte er über Gülich. Nachdem er lange sein Maul gehalten habe, wiegle der Erzrebell erneut die Bürger gegen die Obrigkeit auf. Er schrieb: *Jüngsthin ist der Gülich auf seiner Gaffel Himmelreich so ungestüm auf Bürgermeister Cronenberg losgegangen, dass die Leut sich allmänniglich darüber entsetzten. Wegen seines grausamen Schmähens und Scheltens hat der Rat erneut einen Prozess gegen ihn begonnen, doch ihn wieder nur verwarnt.*" Seltsam, dass man Gülich immer wieder vorlud, ihn dann aber handzahm ohne Strafe gehen ließ. Dafür gab es nur eine Erklärung: Im Rat bröckelte die Gefolgschaft der Bürgermeister, weil die Kritisierten mehr Dreck am Stecken hatten, als sie ihrem Kritiker an Irrtümern vorwerfen konnten. Auch Wolfskehl war in den dubiosen Ämterhandel involviert, den Gülich anprangerte und mit dem Kannegießer die Bürgermeister erpressen wollte. Das bewies sonnenklar das Erlebnis mit dem verzweifelten Ratskellerverwalter.

Aber ließ eine Republik solche Machenschaften derart leicht zu? Wieder blätterte ich in Pater Senffts Manuskript über die amerikanischen Missionen. Die jesuitischen Patres sahen gegenseitig darauf, dass keiner sich die Taschen füllte. In Köln sollten Rat und *Gaffeln* darüber wachen. Zum hundertsten

Male las ich Pater Senffts Plädoyer, dass jeder Mensch in christlicher Weise gleich geachtet werde, ebenso seine Arbeit, die, wie gering sie auch sein mochte, für die Gemeinschaft ebenso notwendig und nützlich sei wie das Werk der Herren. Deshalb müsse auch jeder über das Wohl und Wehe seiner Gemeinde mitbestimmen. Dieser Gemeinschaftswille habe die Missionen zu Reichtum kommen lassen, an dem jeder teilhatte. Niclaß Gülich träumte von dem gleichen Ideal.

Das musste ich Beywegh schreiben. Ich schlüpfte in die Pantoffeln und ging im Hausmantel hinunter ins Kabinett, stieß das Fenster auf, um den Sommer hinein- und die dumpfe Luft hinauszulassen. Hinter mir rumorte Jost, der mit Anton Holz in den Kamin schichtete. Ich drehte mich um: „Nein, lieber Jost, heut wärmt die Sonne, lass es gut sein!"

Er machte eine besorgte Miene und zog sich zurück, während Anton blieb.

„Was gibt's denn noch?", fragte ich ihn.

„Gnädiger Herr, ich bitt um Erlaubnis, nach Köln zu gehen."

„Soso! Warum der Sinneswandel?"

„Je nun …" Er presste verlegen die Hände zusammen: „Hier vermein' ich stillzustehen und wenn ich die Kniff' der Kaufleut kennenlerne, kann ich Euch einmal besser dienen, als wenn ich jetzt hinterm Ofen hocke."

„Noch auf der Suche nach den Eltern?" Er nickte, aber sein verhuschter Blick sagte, dass er Wichtigeres für sich behielt. „Gut, versuche dein Glück! Werden dir die Bosheiten der Welt zu arg, findest du hier stets ein Zuhause."

Seine Augen wurden still und dankbar.

Herbstmonat 1680

Wie oft schon war ich in Köln am *Alter Markt* begrüßt worden, stets ein wenig anders. An diesem Septembertag hieß mich Alexander als Erster an der Tür willkommen: „*Vivat*, der Herr Vater ist wieder da!“, rief er laut ins Haus.

„Ich bin auch da und Anton!“, meldete sich Adam.

Felicitas’ Augen leuchteten auf, als sie mich sah. Die Begrüßung hingegen fiel hölzern aus.

In der Stube las ich Wolfskehls Brief, in dem er mich zwecks eines Heiratskontrakts um ein Gespräch bat. Lieb-belle lächelte beseligt. Beywegh bot mir in Feierlaune an, einen Gutteil der *Mitgift* zu tragen, weil er aus der Verbindung den größeren Nutzen ziehe.

„Es freut mich, wenn das Liebesglück Lieb-belles sich mit dem Dienlichen so gut zusammenfügt, daher werde ich Herrn von Wolfskehl eilends hierherbitten“, begann ich und Lieb-belle klatschte in die Hände. „Nur, ums kurz und rund zu sagen, Herr von Wolfskehl scheint nicht gar so ehrsam zu sein, wie man ihn tituliert. Er ist wohl in dem anrüchigen Ämterhandel verstrickt, den Gülich anprangert. Warten wir ab bis …!“

„Nein!“, fuhr Felicitas dazwischen. „Außer Warten, Abwarten, Zuwarten höre ich von meinem Gemahl nichts.“

„Im letzten Jahr wollt ich den Ehekontrakt aufsetzen, was Wolfskehl spöttisch abtat. Jetzt mag er sich gedulden.“

„Gedulden? Niemals, der sucht flugs eine andere Braut.“ Hilfesuchend blickte Felicitas ihren Vater an.

„Ehrenrühriges gegen hohe Herren bitt ich hier nicht zu äußern“, sagte Beywegh. „Bald ist der Gülichspuk vorbei.“

„Herr Vater“, flehte Lieb-belle, „ich bitt inständig, Michel und mich zusammenzugeben. Michel sagt schon lang, wir sollten uns unser Recht nehmen und nicht auf unsere Väter hoffen.“

„Was heißt, euer Recht nehmen?“, fragte ich scharf.

„Das Recht der Liebenden!“, erwiderte sie. „Die Lieb bahnt sich wie das Wasser ihren Weg durch Fels und alles Harte.“

„Eine schwülstige Weisheit! Die Lieb ist flatterhaft! Hatte der Herr, was er will, sucht er sich die Nächste.“

„Nein, Michel liebt mich aufrichtig."

„Wertes Kind, aufrichtige Liebe eines Mannes zeigt sich nicht vor, sondern erst nach seiner Prüfung. Drängt er zur Unzucht, so liegt ihm mehr an seiner Wollust als an seiner Herzliebsten. Doch warum so missmutig? Überzeugt mich Herr von Wolfskehl von seiner Ehrenhaftigkeit, feiern wir Verlobung."

„Und wann?"

„Dann mag's schon im Wintermonat sein."

„Oh, in zwei Monaten!", juchzte sie. „Das sag ich Anna!"

Sie lief aus der Stube. Felicitas warf mir einen mürrischen Blick zu und ging ebenfalls.

„Warum die Zweifel an Wolfskehl?", fragte mich Beywegh.

„Kein Rauch ohne Feuer! Und Herr Vater, Ihr wisst doch auch von dem Ämterhandel Wolfskehls und manchen anderen."

„Sei es wie es ist! Bald ist der Maulheld Gülich im Turm, dann verpufft alles Gerede über die Bürgermeister."

„Warum tat man das nicht schon seit langem?"

„Der Fuchs lässt sich schwer fangen! Er rügt nur Ungereimtheiten im Recht, was er als Gaffelmeister noch darf, beschuldigt aber keinen Bürgermeister namentlich, damit man ihm nicht Rebellion gegen die Obrigkeit vorwerfen kann. Sehr spitzfindig, zu spitzfindig für einen einfältigen Klotz."

„Ja, er studiert selbst emsig das Recht."

„Unsinn, Klügere stecken hinter ihm. Konspiration gegen die Obrigkeit gibt's bekanntermaßen alle naslang. Morgen befragen der Herr *Stimmeister* Broich und ich ihn. Broich ist ein doctor iuris, da werfen wir dem rotzigen Eulenspiegel sein Kartenhaus im Hui übern Haufen! Und lieber Sohn, die Abhandlung über Demokratie und Republik, die Er mir aus Merhoffen sandte, haben mich höchst verwundert. Das hätte auch ein Gülich plumper schreiben können. Damit kann jeder Kesselschläger in den Rat gewählt werden und gar Bürgermeister. Lachhaft!“

„Warum sollen Arme ihre Nöte nicht im Rat vorbringen?“

„Dafür gibt es Bittschriften.“

Stolz verließ Beywegh am 10. September das Haus zu Gülichs Befragung. Da er lange ausblieb, ging ich zum Rathaus. Umringt von Herren mit Papierbündeln unter den Armen standen vor der Laube Beywegh und Adam Broich, dessen schwarze Lockenperücke sein blasses längliches Gesicht zu erdrücken schien. Allein ihnen gegenüberstehend – den Kopf erhoben, doch den Blick gesenkt – hörte Gülich zu, was der *Stimmeister* zu sagen hatte, dessen klare Professorenstimme auch ich verstehen konnte.

„Halt Er jetzt still! Viele Ratsfreunde wollen eine *Inquisitionskommission*, die alle Vorwürfe prüft.“

„Gut!“, erwiderte Gülich gedehnt. „Nur will's mir nit ins Hirn, dass genau die Leut, die Bürgerrechte viele Jahr lang höchlich lädierten, auf einmal selbst all die Missständ aufdecken wollen. Ist der Angeklagte zugleich Richter – liebe Leut, was mag da wohl herauskommen? Die *Gaffeln* sollten ...“

„Herrje, allein der Rat hat's Recht, Kommissionen zu bilden, das weiß jedes Kind!“, fuhr Hesselmann dazwischen.

„Nein!“, widersprach Gülich heftig. „Nach *Verbund- und Transfixbrief* bestimmen Rat und *Gaffeln* die Geschicke Kölns. Da Rechte der *Gaffeln* verletzt sind, sind sie zu beteiligen.“

„Zwei Herren auf einem Stuhl sitzen unbequem!“, grollte Hesselmann. „Selbst, wenn man den *Transfixbrief* derart unbedarft auslegt wie Er, so hat sich in 150 Jahren viel geändert.“

„Kaum so, dass das Gegenteil von dem praktizieret wird, was das Stadtrecht will. Ein Blick ins Gesetz hilft der Rechtsfindung, Herr Stadtsekretär!“, stichelte Gülich.

„Liest ein Eselskopp Gesetze, versteht er auch nur Ia-ia, Herr Gaffelmeister von *Himmelreich*!“, raunzte Hesselmann.

„Zum Henker!“ Gülich trat angriffslustig auf seinen Gegner

zu. „Selbst Eselsköpp haben mehr Verstand und Ehr als die fügsamen Vasallen meineidiger Herren!"

„Ruhig Blut!", mahnte Broich. „Über die Exegese von Gesetzen lässt sich trefflich streiten. Nur facta sind zweifelsfrei. Herr Gaffelmeister, benennt endlich die, die Er des Amtsmissbrauchs bezichtigt, wozu Ihn der Rat schon oft aufforderte."

„Es ist nur meine Pflicht, Rechtsbrüch zu monieren, nicht Leut zu denunzieren. Ich kann's erneut explizieren!", sagte Gülich.

Broich hob abwehrend die Hände. Vielgehörtes wollte er nicht erneut über sich ergehen lassen.

Gülich fuhr fort: „Eigentlich ist's müßig, über Übeltaten zu reden, von denen ganz Köln spricht. Nun gut: Das Amt des Viehmarktmeisters wurd' für Geld vergeben. Auch der Ratskellerverwalter Fabian zahlte ein erkleckliches Sümmlein und das Geld klimpert im Beutel eines Herrn."

„Ach ja? In wessen Beutel?", fragte Broich wissbegierig.

„Das dürfte mittlerweil selbst allen Ratsfreunden bekannt sein. Seine Raffgier prangerte vor Jahren ein Gedicht an."

„Pfui, ein altes *Pasquill*!", murrte Broich.

„Die Katz lässt das Mausen nicht!", sagte Gülich schlicht.

„Und die Katz fängt vorwitzige Mäus!", warnte Broich, wandte sich von Gülich ab, sagte etwas zu Beywegh und die beiden gingen in Richtung der Bürgergasse, ohne mich wahrzunehmen.

Auch die anderen Herren zerstreuten sich, nur Gülich blieb zurück. Er sah zum Bauern auf der Laube hinauf, zog grüßend den Hut und kam auf mich zu.

„Das waren harsche Reden, aber er hat sich wacker gehalten", lobte ich ihn.

„Danke, dass ich im Recht bin, kann ich mit *Verbund- und Transfixbrief* beweisen. Die Herren können ihr Unrecht nur gewaltsam durchsetzen. Aber ich weich' keinen fingerbreit!"

„Das kann Ihm den Kopf kosten."

„Möglich, aber ich muss jetzt einen Schritt weitergehen", sagte er ernst, während wir durch die Judengass schlenderten. „Damit Ihr's versteht, will ich ein Märlein erzählen. Es war einst ein Kaiser. Eines Tags kamen zwei Betrüger an seinen Hof und behaupteten, sie machten Kleider aus Stoffen, die nur kluge Leut sähen. Ihre Kleider aber waren Luft. Dieses Nichts präsentierten sie derart, als zeigten sie die köstlichsten Roben. Da der Kaiser und die Höflinge keine Strohköpf sein wollten, bewunderten sie die Luftstoffe. Bald waren die Kleider weitbekannt. Ritt der Kaiser nackt durch die Gassen, lobte jeder sein goldenes Gewand. Weil alle Welt das Nichts pries, wagte keiner die Wahrheit zu sagen. Erst als ein Kind rief: Der Kaiser ist nackt, gab das den Anstoß das zu sehen, was jeder allzeit sah."

„Ich verstehe, aber den Anstoß hat er doch schon gegeben."

„Nicht gezielt genug!" Er blieb stehen und sah mich an – ein feuriger Blick im müden Gesicht. „Ich lüfte nicht nur ein offenes Geheimnis, sondern auch ein böses. Offene böse Geheimnisse werden am sichersten gehütet, weil sie auf die Gewohnheit und Feigheit der Menschen bauen. Alle kennen die korrupten Herren, die den goldenen Schwamm fein auszudrücken verstehen. Das ist derart zur Gewohnheit geworden ist, dass sich kaum einer fragt, ob es rechtens ist und wer es doch tut, der hält ängstlich das Maul."

„Wer drückt denn den goldenen Schwamm aus?"

„Warum fragt Ihr nicht den Herrn Vater?"

„Das tat ich! Nur, wer in tausend Alltäglichkeiten verstrickt ist, verliert leicht den Überblick. Nun – gegen wen richtete sich denn das *Pasquill*, von dem Er eben sprach?"

„Gegen Wolfskehl!"

Ich erschrak, obwohl ich das bei der Nennung des Ratskellerverwalters schon vermutet hatte. Wir waren am Verhannenhaus angekommen. Ich verabschiedete mich und ging im Geschwindschritt zum *Alter Markt*.

Ich hätte mich mehr eilen sollen. Einen Lidschlag lang sah ich einen Kerl vor Beyweghs Haus, bevor er fortrannte. Am Türblatt hingen rote Bändel, ein Zeichen, dass man Beywegh für meineidig, also korrupt, hielt. Ich entfernte sie und rieb den Teig ab, der als Kleister diente.

„De Schand kann Er nit fottwische!" Ein rotwangiges Marktweib mit einem Tragkorb auf dem Rücken sprach mich so an.

„Wer sagt etwas von Schande?", erwiderte ich barsch.

„Ei Herr, jeder! Die Herre zahle nit in de *Rentkammer*, stibitze ävver wie de schimpflichste Dieb viel us ihr erus. Ja, die schwatze allweil vom jemein' Wohl, meine ävver nur ihr eijenes. Allesamt verdiene die Schandbändel!"

„Das ist doch Irrwitz, gute Frau!"

„So is et ävver!", sagte sie bestimmt. „Och wenn et nix nötze tut, is et doch en Trost, dat de Schand en et Leech kummt."

Von weiteren Bändeln blieb Beywegh verschont, dennoch machte sich Unruhe breit. Ratsherren gingen ein und aus. Leise betraten sie das Haus, eilten zum Kabinett. Man tuschelte, verriegelte die Tür. Sie kamen mit sorgenvollen Mienen und gingen kaum fröhlicher. Die Ratssitzungen dehnten sich. Bei den Mahlzeiten waren Beyweghs Gedanken selten am Platz. Danach hüllte er sich neuerdings in Tabakqualm, als wolle er nicht einmal gesehen werden. Keiner fragte, jeder kannte die Ursache seines Rückzugs.

Wolfskehl schlug mir den 19. September für ein Gespräch vor, „wenn es beliebete". Es beliebete.

Im Kabinett wollte ich die Zusage zu Papier bringen. Sacht stieß ich die angelehnte Tür auf. Im grünsamtenen Stuhl saß Beywegh. Er blickte auf: „Ah, lieber Sohn! Recht hat Er. Ja, recht hat Er mit dem Zögern und Zaudern bei der Heirat. Hier!" Er gab mir ein Druckblatt. Ich las:

„Kundt seye/daß in des heiligen Reichs freyer Statt Cölln im Jahr 1680, den 16. Septembris eine General Inquisition von einem Ehrsamen Hochweisen Rath verordnet/und nach laut folgender Registratur zu Beruhigung getreuer Bürgerschafft der Prozess angefangen hat/wie folgt:

TENOR REGISTRATURAE,

LunaeRegistratur 16. Septembris 1680

Auf angehörte Relation werden die Herren Stimmeistere Hr. Adam Broich, Doctor und Herr Johann von Honthumb/ und Herr Weinmeister von Beywegh ersucht mit Zuziehung des Herrn Syndici Judendunck/dem das Directorium Krafft dieses committiert/eine General Inquisition ex officio unausstellig mit allem Ernst bis zur Endschafft zu verfolgen."

„Erneut ein Prozess gegen Gülich?", fragte ich.

Beyweghs Blick, der sich zum Fenster hinaus im Laubwerk des Baumes versponnen hatte, kehrte zu mir zurück: „Gülich? Nein, im Gegenteil. Doctor Broich plädierte für die Einsetzung einer *Inquisitionskommission*, um alle Vorwürf zu prüfen. Nach viel Gegenred beschloss das der Rat mehrheitlich."

„Ihr seid also in einer Kommission, die das zutag fördern soll, was der advocatus diaboli rügt. Und Wolfskehl?"

„Wir sollen die Bürgermeister schonen. Nur, wie will man Missständ rügen, wenn man die Nutznießer verschweigt?"

„Wolfskehl will morgen wegen des Ehekontrakts kommen."

Warnend hob er die Hände: „Nur keine Zusage!"

„Gut, aber die Höflichkeit gebietet, ihn anzuhören."

„Jaja, zumal – so geschwind, wie sich das Blatt gegen ihn kehrte, kann sich es wieder zu seinen Gunsten drehen. Wolfskehl hat viele Freunde im Rat. Halten wir ihn hin!"

Kreuzquer im Irrgarten der Spekulationen streunten die Gedanken Beyweghs wie bei vielen Kölnern. Wenige äußerten sich so frei wie das Marktweib. Doch das Geflüster, die Gerüchte, vornehmlich aber das Schweigen hoher Herren zu der gestern noch undenkbaren Ratsregistratur, ließen den Hauch einer neuen Zeit wehen, in der Täler erhöht und Berge erniedrigt werden. Träumend hofften die Kölner. Dachten sie nüchtern, überwog die Resignation, gespeist aus vielen bitteren Erfahrungen, die Stillstand im Alten prophezeiten. Zu oft war das Trommeln der Bürger überhört worden. Dennoch: Auch wenn das Leben im üblichen Gang trottete, so doch in leichterer erwartungsfroher Luft. Selbst das Stadtregiment spürte dies – als Bedrohung!

Wolfskehl besuchte mich ohne Gefolge. In der Stube begrüßten ihn Felicitas und Lieb-belle, denen er vollmundig versprach: „Heut geben wir die beiden Turteltäubelein zusammen!"

Lieb-belles Lippen lösten sich zu einem Lächeln. „Gott geb's!", flüsterte Felicitas. Obgleich die Sonne sattsam Licht spendete, zündete sie drei Kerzen eines Leuchters an, womit sie die göttliche Dreifaltigkeit anflehte, für einen erwünschten Ausgang des Gesprächs zu sorgen.

Wolfskehl und ich plauderten über die Jagd. Er bevorzuge die fürstliche Tierhatz, brüstete er sich. Das Wild in Scharen vor die Flinten der Herren treiben zu lassen, halte ich für eine Herabwürdigung von Gottes Kreaturen und lobte daher die Pirschjagd.

Verdrießlich wechselte er das Thema: „Wohlgeborener Herr, das edle Waidwerk könnt uns noch manche Stund verkürzen, doch sollten wir nunmehr in medias res gehen. Letzthin zeigtet Ihr Euch geneigt, einen Ehekontrakt zwischen unseren Kindern zu schließen. Von Stand ist die wohlgeborene Jungfer meinem Sohn wohl ebenbürtig …", und dann strich er seine Herkunft derart heraus, als gewähre er mir eine Gnade, wenn er der Heirat zustimmte. Als er meinte, genug Wasser sei mir im Mund zusammengelaufen, schloss er abrupt: „Kurz, wir könnten jetzt den Ehekontrakt konzipieren."

„Hola, da eilt der Herr zu flugs voran", schüttete ich ihm Wermut in den Wein. „Heut wollt ich nur Gewissheit, ob die Ankündigungen keine Seifenblasen sind."

„Jaja", grummelte er. „Mir ist's ernst!"

„Die Werbung um die Hand meiner Tochter freut mich. Dennoch bedarf ein solcher Schritt einiger Bedenkzeit."

„Was ist da noch zu bedenken? Ein standesgemäßer Bräutigam, die Eltern wohlhabend und von hohem Ansehen?"

„Eilige Ehen werfen kein gutes Licht auf die Braut."

„Die Hochzeit mag nächstes Frühjahr sein. Das lässt sich doch in wenigen Tagen beschließen, wenn man sich kennt."

„Dann schadet's auch nicht, wenn wir den Kontrakt im Wintermonat aushandeln", beharrte ich.

Abfällig verzog er den Mund, holte eine Uhr aus der Rocktasche und zog sie mit einem Schlüsselchen auf, das an einem blauen Seidenband an ihr befestigt war. Er erhob sich und wünschte kühl Guten Tag.

Kaum war er gegangen, standen Felicitas und Lieb-belle in der Stube. Felicitas schüttelte verärgert den Kopf, als ich ihr sagte, dass ich wie auch der Vater abwarten wollten, bis die Ratskommission die Ehrbarkeit Wolfskehls festgestellt habe.

Lieb-belle fragte: „Warum müssen die Leut mit den Bürgermeistern zufrieden sein, damit wir heiraten können?"

„Einige Herren werden schmählicher Missetaten beschuldigt, darunter auch Herr von Wolfskehl", sagte ich.

„Unsinn!", brauste Felicitas auf. „Da schreit ein *Pickelhering* Lügen aus und flugs sind ehrsame Herren Strauchdiebe."

„Sind es Lügen, feiern wir Verlobung!"

„Ihr Männer seid Duckmäus'!", schalt Felicitas. „Ich träte für Herrn von Wolfskehl Ehr ein und feierte jetzt Verlobung."

„Das können wir in zwei Monaten tun."

„Dann helf Gott, dass kein weiteres Schandmaul Bosheiten über die Bürgermeister ausstreut!", schmollte Lieb-belle.

Felicitas den Ernst der Lage der Bürgermeister anhand von Kannegießers Erpressungsschreiben zu erklären, wäre vergeblich gewesen. Alles, was an der Ehre des Seligen kratzte, hielt sie für bösartige Gerüchte und Zeugen hatte ich noch nicht. Sogar mein Versuch, Beywegh den Inhalt des Büchleins nahezubringen, scheiterte. Er winkte ab. Von Kannegießer wolle er kein Sterbenswörtlein mehr hören, der habe mündlich wie schriftlich gelogen, der stifte selbst aus dem Grab noch Unheil.

Der *Alter Markt* bot das gewohnte Bild: zehn Verkaufsbuden in einer Reihe, wo es an Markttagen Pfefferkram und die begehrten zarten Hühnchen gab. Zwischen dem turmartigen Brunnenhaus und einem mannshohen Prangerkäfig, Kax genannt, stand die Marktglocke, ganz links ein Wachtturm. Den Platz säumten stattliche vier- oder fünfstöckige Häuser. Auf ihren Giebeln standen eiserne Wetterfahnen, als erlaubten die Gebäude gnädig dem Wind etwas zu bewegen, was sie der Ewigkeit verwehrten.

Windig war es an dem denkwürdigen 26. September 1680. Viele Menschen eilten in Richtung des Heumarkts. Mehrmals schnappte ich Gülichs Namen auf. Neugierig folgte ich ihnen. Nicht der Heumarkt, das Verhannenhaus war ihr Ziel, vor dem sich gut hundert Leute sammelten.

Am Rande des Haufens sah ich Anton in vornehmem Rock und Hose, die ich aus Alexanders alten Kleidern umändern ließ. Sein struppiges Haar fiel in Wellen gebrannt akkurat auf die Schultern. Ein Fenster im ersten Stock des Verhannenhauses öffnete sich. Raunen ging durch die Menge, als sich Niclaß Gülich zeigte. Er begrüßte die lieben Mitbürger und begann eine Rede mit einem Lob auf das Stadtregiment, allen voran die *Sechsherren.* Sie sorgten für eine gute Reputation Kölns, denn sie kleideten sich wie Fürsten und bauten ihre Häuser zu Palästen aus. Zu rühmen sei auch ihr sparsames Wirtschaften, indem sie neue Schulden sogleich in neue Steuern umwandelten. Die Leute kicherten. Nein, das sei nicht zum Lachen, wies er in gespielter Empörung sein Publikum zurecht. Man müsse dankbar sein! Sorgten sich die ehrsamen Herren nicht Tag und Nacht um das gemeine Wohl, wie sie es ohne Unterlass beteuerten? Man habe auch viel getan – ja, viel. Nun, dazu fiele ihm augenblicklich nichts ein, was zweifellos an seiner mangelnden Phantasie läge, aber die hohen Herren verteilten gewiss üppig Almosen. Sich straffend rief er: „Getreue Bürger der Freien Reichsstadt, die ihr unter allerlei Lasten ächzt, die Heller zählt, doch nimmer wisst, wo ihr die Taler hernehmen sollt, um den *Hundertsten Pfennig* an die *Rentkammer* zu zahlen! Liebe Leut, ihr hört wie ich gern das Wort *Generalinquisition*, wie's hier zu lesen ist." Schwungvoll ließ er einige Drucke der Ratsregistratur herabflattern. „Lob und Preis dem hochweisen Rat, der den Schweinestall auskehrt! Doch, liebe Mitbürger, in dieser schönen Erklärung legen die Ratsfreunde nur auf drei Worte wert: Beruhigung der Bürgerschaft. Beruhigt sollen wir werden, damit die Inquisition erst auf die lange Bank geschoben und dann vergessen wird, wie vor vier Jahren. Nun, man sagt, diese Examination wär' damals nimmer nötig gewesen. Ich will's glauben, denn zweifellos hat sich seither viel zum Besseren gekehrt."

Lauthals brüllten einige Burschen: „Nein!"

„Ach, ihr liebe Leut! Die Not ist doch kleiner geworden!"

Ein wütendes Nein riefen viele.

„Die Steuern drücken jetzt weniger!"

„Nein! Nein! Nein!", grölten alle.

„Nun gut, wenn ihr's sagt, so halt auch ich nit mit der Wahrheit hinterm Berg!" Sein spöttischer Ton wurde ernst: „Ja, die Steuern sind artig gestiegen. Das Säckeln mancher Herren geht munter fort und damit's so weiterläuft, gibt's vor den Ratswahlen Sauf- und Fressgelage auf den *Gaffeln*, damit gut Wetter für die den *Sechsherren* genehmen Leut' gemacht wird. Ehrbare Bürger Kölns – jeder hier hat wahrhaftig den Titel Ehrbar verdient, was mir besser schmeckt als das Ehrsam der Ratsfreunde. Ehrbare Bürger, keiner sollt' verschämt Elend und Herzeleid hinter verschlossener Tür allein tragen, sondern frei sagen, was ihn seit Jahr und Tag drückt. Die Zeit ist da, das Eisen für ein gerechtes Stadtrecht zu schmieden. Ergreift die Zange, hämmert's in Form! Wer alles gehen lässt, wie's geht, der bettelt morgen! Buckelt nit! Kämpft für die Bürgerfreiheit wie unsere Vorväter! Macht's Maul auf und wir siegen! Steht stolz wie der *Bor* auf der Rathauslaube und wir siegen! Ich bin treu an eurer Seit, das schwör ich auf Leben und Sterben und bei meiner Seel Seligkeit!" Er legte die Hand aufs Herz.

Der Funke sprang über. Die Menge jauchzte: „*Vivat* Colonia, *vivat* Gülich!" Zaghafte ließen sich mitreißen. Da redete kein Bürgermeister von der Rathauslaube herab vom Guten und Nützlichen. Nein, aus seinem Heim heraus sprach einer der Ihren von ihrer Not und ihrer Ohnmacht. Gülich zitierte aus dem *Transfixbrief* und erklärte ihn einleuchtend. Festigkeit und eine natürliche Würde verliehen seinen Worten Überzeugungskraft. Bewegt sprach er von dem, was ihm einst schwer auf dem Herzen lag und ihm zur Herzenssache wurde. Als *Vivatrufe* wieder einmal seine Rede unterbrachen, hob er Ruhe gebietend die Hände: „Ehrbare Bürger, die Kommission will zuerst die Unsitte der Schmausereien auf den *Gaffeln* vor den Wahlen untersuchen. Löblich! Doch schon bei der letzten Wahl war's verboten ohne sonderliche Wirkung. Der Schuh drückt anderswo. Es ist das Abpressen von Geld durch einige hohe Herren für jede Lizenz, für jedes Amt. Das verbietet der *Transfixbrief* ..."

„Wohlgeborener Herr, was treibt Euch zum Kölschen Plebs?" Ratsherr Matthias Brassart, Schwager des Bürgermeisters de Groote, stellte mir die Frage und ich wandte mich ihm zu.

„Und was bewegt einen ehrsamen Ratsherrn, sich hier mit Krempelkrämern eine Red gegen den Rat anzuhören?"

Brassart blickte sich besorgt um und raunte mir zu: „Den Kerl muss man ernst nehmen. Die Unruhe auf den *Gaffeln* und das blasierte Gebaren mancher Bürgermeister ließen den

Rat in Reformer und deren Gegner zerfallen. Die Gegner haben noch eine Mehrheit, aber nimmer in allen Fragen."

„Pardon, und auf welcher Seite steht der Herr?"

„Ich? Nun, eine Reform wäre wünschenswert, obwohl sie die Not kaum beseitigt. Das wahre Übel sind die immensen Schulden Kölns ..." Der Rest ging im Gejohle unter.

„Wohlan, liebe Mitbürger!", rief Gülich, wie ein Feldherr seine Truppen anfeuernd. „Suchen wir gemeinsam die Herren Kommissärs der *Generalinquisition* auf, klagen das Unrecht an, das uns seit Jahr und Tag auf der Seel brennt!"

Betroffen blickten Brassart und ich uns an. Drohend hob dieser seinen Stock, den er nicht wegen Gebrechlichkeit mit sich führte, sondern weil diese Modetorheit einem Herrn Würde verlieh. „Der rückt doch nicht der Kommission auf den Pelz?"

Just die war aber Gülichs Ziel! Viele scharten sich um ihn und marschierten mit ihm zum Rathaus. Besorgt schlossen wir uns an.

Vor der Ratslaube gebot Gülich Halt und rief: „Werte Mitbürger, diejenigen, die eine Klag vorbringen wollen, mögen mit mir kommen. Alle anderen bitt ich, hier eine Weil auszuharren, bis ich Gutes von der Kommission berichten kann."

Die Leute tuschelten. War es statthaft, ungerufen in das Rathaus einzudringen? Ein gutes Dutzend Männer begleiteten Gülich und mit ihnen schlüpften auch Brassart und ich ins Rathaus.

Die Gruppe ging im Gleichschritt, ein abgehacktes Trommeln in den hohen Räumen. Die Kommission musste uns hören, noch bevor der uns führende Soldat die Tür öffnete. Sofort drängte sich Gülich an ihm vorbei, uns andere im Schlepp.

Der kleine Judendunck sprang auf. Stadtsekretär Hesselmann stand ein Dokument erklärend neben Beywegh, eine Hand auf den Tisch gestützt. In feierlicher Empörung richtete er sich auf.

Gülich deutete eine Verbeugung an: „Ehrsame Herren! Ich weiß, wir Bürger sind hier weder geladen noch willkommen. Nur liegt uns viel an der Arbeit der löblichen Kommission. Der wollen wir heut zur Hand gehen und Klagen vorbringen. Hier Hein Pütz, Tuchhändler, kam wie ich für die Schulden Kölns auf ohne jeden *recompens*. Da Abraham Sax, Handschuhmacher und Anton Meshov, Tuchscherer ...“

„Was erlaubt Er sich!“, schnitt ihm Judendunck harsch das Wort ab. „Verzieh Er sich, bevor wir allesamt arretieren!“

„Arretieren? So leicht ist das nicht, Herr director inquisitionis! Vor dem Rathaus stehen einige mürrische Leut, die nähmen's krumm, wenn man uns ins Loch sperrte.“

Während Gülich sprach, trat Brassart vor.

Verdutzt flüsterte Judendunck: „Ehrsamer Herr Brassart, klagt Ihr auch?“

„Nein! Nur draußen sind wahrhaftig viele Bürger.“

„Das ist Rebellion!“, zischte Judendunck.

„Nun, es sind sozusagen Bittsteller“, wiegelte Brassart ab.

„Ei ja, Bittsteller, soso … gewiss!“, stammelte Judendunck.

„Wenn die Bürger untertänig bitten, geben wir Antwort“, kam *Stimmeister* Doktor Broich Judendunck zu Hilfe.

Judendunck setzte sich, musterte Gülich verächtlich und ließ ihn eine Weile auf seine Antwort warten. Dann spottete er: „Der Herr Gaffelmeister von *Himmelreich* schwingt sich also erneut zum Fürsprech geknechteter Bürger auf?“

„Nur der Not gehorchend“, erwiderte Gülich gelassen. „Ich red auch nicht von *Verbund- und Transfixbrief* !“

Hesselmann stöhnte auf.

„In concreto komme ich auf das, was der hochweise Rat stets von mir zu hören wünschte, nämlich die missbräuchliche Amtsführung gewisser Herren.“

„Unser Auftrag ist die Wahlen zum Rat zu examinieren, nicht die Amtsführung!“, wies ihn Judendunck zurecht.

„Hola, dacht ich's mir schon!" Gülich zog die Ratsregistratur aus der Rocktasche und legte sie Judendunck vor. „*Salva venia*, hiernach soll die Kommission eine *Generalinquisition* unausstellig bis zur Endschaft verfolgen. Diesmal versteh ich's doch recht: *Generalinquisition* heißt alles. Unausstellig bedeutet, nichts ist ausgenommen, so ist auch die Amtsführung zu examinieren."

„Der löbliche hochweise Rat wünscht erst das Generelle, dann die Specialia", erklärte Judendunck unwirsch.

„Mit Verlaub, was der Rat wünscht, steht hier!" Gülich schlug mit flacher Hand auf das Druckblatt.

„Es ist Sach der Kommission, was sie zuerst prüft!", mischte sich Hesselmann ein.

„Herr Stadtsekretär, widersprecht Ihr dem director inquisitionis, der dies Recht dem Rat zuschreibt?", attackierte ihn Gülich. „Sei's drum! Will man die treue Bürgerschaft beruhigen, die da draußen wartet, beginne man auch mit dem, was sie besonders fuchst. Die zwölf ehrbaren Bürger hier wollen ihre Klag vorbringen. Damit sie von hohen Herren nichts zu befürchten haben, wünschen sie striktes Stillschweigen über ihr Zeugnis, wie's bei Inquisitionsprozessen Brauch ist."

„Wir beraten darüber!", kanzelte Judendunck ihn ab.

„Zum Henker, worüber will man noch Rat halten? Hier ist der Ratsbeschluss: alles und unausstellig bis zum End!"

Die Herren sahen sich fragend an. Sie taten es lange – so lange, bis die Antwort überflüssig wurde, weil ein Wachsoldat meldete: „Ehrsame Herren, auf dem Platz schreien viel Leut!"

„Schickt sie heim!", befahl Judendunck.

„Das haben wir getan, aber die hören nit und schimpfen."

Hesselmann bot Judendunck halblaut an, die Leute draußen zu besänftigen, wozu dieser nickte. Auf Judenduncks Order hin verließen alle den Raum.

Im kahlen Vorzimmer flüsterten Gülichs Gefolgsleute miteinander. Ihr Anführer wartete gelassen, bis Hesselmann zurückkehrte, dessen Miene wie stets undurchsichtig ernst war. Wenig später rief der Schreiber alle herein.

Judendunck erklärte hoheitsvoll: „Die Herren können jetzt ihre Klagen vorbringen, über die wir Stillschweigen wahren."

„Mit Verlaub, die Zusicherung gilt doch für alle Kölner Bürger", hakte Gülich nach.

Judendunck blickte zu Broich und Hesselmann, die beide gemessen nickten und versicherte: „Gewiss, dies gilt für jeden, sofern er ein Unrecht zu beklagen hat."

„Ich dank den Herren für diese Entscheidung, die hier genug Zeugen hörten", erwiderte Gülich, drehte sich um und ging.

In gespannter Ruhe wartete draußen die Menge. Gülich verkündete, dass Männer wie Weiber die Stadtelite nun verklagen könnten und alles bliebe vor den Großen Hansen geheim. Die Leute staunten. Dann brach der Jubel los. *Vivat* Gülich jauchzend umdrängten sie ihn, zerstreuten sich jedoch rasch, um anderen von der unerhörten Sache zu berichten.

Gemächlich kam Gülich auf mich zu und fragte: „Was treibt den Herrn unters Volk?"

„Ich will sehen, was die artigen Kölner so treiben – sieh da, so artig sind sie nicht."

„... und manche auch nicht so ehrsam", ergänzte er.

„Nur sollte Er nicht derart gegen die Obrigkeit hetzen."

„Wie wehrt man sich sonst gegen Tyrannei?" Er sah zum Bauern auf der Ädikula auf, lüftete den Hut und erklärte, so sage er stets seinem treusten Verbündeten Lebwohl, sei der *Bor* doch der Schutzheilige der Kölner Fundamentalgesetze.

Er lud mich zu einem Becher Bier ein, was ich gerne annahm.

Die Dürftigkeit von Gülichs Behausung fiel mir diesmal mehr ins Auge als bei meinem nächtlichen Besuch. Das Warenlager unter der Treppe hatte sich ein Stück in die Küche hineingedehnt. Rauchige Wände, der Küchenschrank, das Stehpult, der Esstisch und die Bank präsentierten sich schäbiger, als ich sie in Erinnerung hatte. Doch die Kargheit des

Raumes mit dem zusammengewürfelten betagten Hausrat tat mir wohl, war doch dieses Küchenwarenlagerkabinett ganz Ausdruck des Wesens seines Eigentümers, der mir hier in verzweifelter Lage einmal freundlich Obdach gewährte.

Die Magd brachte Krug und Becher. Wir prosteten uns zu.

Gutgelaunt wischte sich Gülich den Oberlippenbart und sagte: „Lieber Herr, Ihr nehmt Anstoß an meiner Red. Weiß Gott, jeden Tag könnt ich gar zum Aufstand aufrufen – erzählte ich Lügen, scherte sich niemand darum. Redete ich Langweiliges, führte man mich ins Narrenhaus. Nicht ich, die Herren Bürgermeister bringen die Leut auf. Fern wie der kalte Mond stehen sie über uns. Wenn sie nicht hören wollen, tränken wir ihnen ihre Rechtsbrüch' so übel ein wie vor 200 Jahren. Da verloren die Bürgermeister die Köpf."

„Ja, dahin läuft es! Obwohl der Rat die Missständ examiniert, schwingt Er weiter die Peitsche", warf ich ihm vor.

„Ohne sie geschieht nichts!" Durchdringend sah er mich an. „Jetzt entscheidet es sich, ob alles im alten Schlender steckenbleibt. Wer weiß, ob der Spreißel im Fleisch der Herren sie genugsam peinigt."

„Niclaß Gülich ist keineswegs nur ein Spreißel. Seine Reden deuten allein auf die bösen Seiten und hetzen die Bürger gegen die Obrigkeit auf."

„Wie edel die Bürgermeister sind, verkünden die Herren bereits von der Ratslaub herab. Das ist ihre Aufgab, nicht meine." Verärgert griff er nach seinem Becher und trank.

„Volkszorn ist leicht losgetreten, doch schwer zu zügeln."

„Ha, wer weiß, ob die Kölner wahrhaftig Klagen gegen die Herren vorbringen, die ihre Ehrsamkeit vor sich hertragen wie der Priester die Monstranz. Die Gaffelbrüder sagen artig: Man muss den Herren Respekt zollen, die sind klüger als wir. Und die Herren werden nicht müd, mir und meinen Gefolgsleuten mit tausend Strafen zu drohen. Vielleicht machen die Kölner gar nicht ihr Maul auf."

Weinmonat 1680

Die Kölner machten ihr Maul auf! In Haufen liefen Männer wie Weiber zum Rathaus, um Missetaten und deren Urheber anzuklagen. Neugierige zählten die Vielen, die ein- und ausgingen, was sich windschnell in der Stadt verbreitete und selbst Verzagte anspornte, Klagen vorzubringen. Beywegh blieb dem Mittagsmahl oft fern, weil er von der *Inquisitionskommission* zum Rat und danach ins Kontor eilte. Spät abends kehrte er heim. Wie ein schweigsamer Gast lebte er im eigenen Haus. Morgens sprachen nur seine sorgenfurchige Stirn und die matten Augen. Seine Geheimhaltungspflicht verbot ihm, sich die Last von der Seele zu reden.

Als er wieder einmal das Nachtmahl versäumte, ging ich zum Kontor, wo nur noch Anton auf ihn wartete. Ich setzte mich ihm gegenüber an den Kontortisch, auf dem sparsam eine Kerze leuchtete und wir unterhielten uns. Auf meine Frage, ob ihm der Kaufmannsstand nun zusage, antwortete Anton: „Ja, weniger Schmutz- und mehr Schreibarbeit."

„Einen Herrn lässt man auch nicht das Lager fegen. Du hast dich fein herausgeputzt."

„Ja, dank Eurer Hilf."

„Alles wohlverdient. Nur, warum jubelt ein solcher Herr auf der Gass' dem Gülich zu?"

„Die Leut reden viel von ihm, da wollt ich ihn hören."

„Und? Hat er dich überzeugt?"

„Ei ja, er kennt das Stadtrecht wie ein Syndikus und tritt für die Armen ein. Das ist doch christlich und gut?"

„Solang alles friedlich bleibt, gewiss!", bestätigte ich. „Halte dich nur strikt von Tumult und Gewalt fern."

„Nein, Gewalt verabscheut der Gülich", versicherte er.

Wir plauderten über dies und das. Dabei erwähnte ich die Jungfer Camilla. Errötend strich er sich über die akkurat gebrannten Locken. Ich lachte: „Sie also lockte dich hierher?" Er nickte stumm. „Das ist verständlich! Sie ist schön und klug."

„Schön, klug und reich ist sie, und ich bin ein bäurischer Gesell ohne Schul und blutarm", pflichtete er mir bei.

„Und doch schlägst du sie dir nicht aus dem Kopf?"

„Je nun, mein Kopf ist eigensinnig, er weiß, wie hoffnungslos alles ist und will's trotzdem."

Ich taxierte seine kräftige Gestalt und das ernste, inzwischen sehr männlich gewordene Gesicht. „Warum solltest du ihr nicht gefallen?", sagte ich und seine blauen Augen wurden groß vor Freude. „Hast du sie denn aufgesucht?" Er schüttelte beschämt den Kopf und ich verbiss mir ein Lachen. „Nun ja! Man steht auch besser nicht unangekündigt wie ein Bettler vor der Tür, da erhält man auch nur mitleidige Almosen. Vertrau auf Gottes Rat. Bete viel in der Kirch der heiligen Ursula."

„Die heilige Ursula wurde doch hingemordet, bevor sie ihren Liebsten sah. Das möge Gott verhüten."

„Deshalb hilft sie den Liebenden, bete da jeden Abend!"

„Ei, so ein Betbruder bin ich nicht."

„Gut, es findet sich gewiss auch eine andere als Camilla!"

„Für mich gibt's nur Camilla!"

Die Tür klappte. Beywegh kam. Eilfertig rückte ihm Anton den Prinzipalstuhl zurecht, auf den er aufseufzend sank, und stellte Fragen zum Tagesgeschäft. Beywegh antwortete unwillig und befahl schließlich, er wolle jetzt einen Genever und nichts weiter von dem Kram hören. Der Junge kredenzte ihm ein *Maßglas* Genever und auf einen Wink Beyweghs hin verabschiedete er sich, wobei er mir zuflüsterte, er gehe beten.

Beywegh wetterte: „Sackertürken, beten? Hier, der Suff kost dich heut nichts." Er griff in seinen Beutel und hielt ihm eine Münze hin.

„Gnädiger Herr, mit Verlaub, ich bin kein Bettler."

„Ach was, Bettler!", fauchte Beywegh. „Ohne Scheu und Scham nimmt hier jeder nach Herzenslust. Da steht den Genügsamen auch etwas zu, ohne gleich Bettler geschimpft zu werden. Nimm's! Vergnüg dich, wie es jedem Bursch gefällt und wag nicht, das Geld in den Opferstock zu werfen."

„Das ist ein halber Taler, gewiss ein Irrtum."

„Das ist kein Almosen! Du sollst dich vergnügen. Verlustieren! Also, steck's ein und scher dich fort!", befahl Beywegh mit nachhelfender Geste, und Anton gehorchte. Er spülte den Genever hinunter und nörgelte: „Ha, ich weiß, wer den zum Beten schickt. Damit stimmt man den Himmel milde, doch auf der Erd regiert der Teufel." Er griff nach der Flasche. Ich entzog sie ihm. „Sapperment, was soll das?"

„Genug! Ein arger Rausch hilft nicht weiter!"

„Doch! Erbärmlich, was ich all die Wochen hören musste, was Judendunck heut publik machte. Werkleut der Stadt arbeiteten für die Herren gratis mit Material aus Kölns Fundus und der Ämterhandel hat Ausmaße ..." Er schüttelte den Kopf.

„Cronenberg und Krebs sind die Missetäter."

„Ja, und Wolfskehl werfen die Leut die meisten Übeltaten vor. Heut beschloss der Rat, dass die Kommission alle beschuldigten Personen vorladen dürfe. Vergeblich wehrten sich die Bürgermeister. Der 22. Oktober bleibt mir wohl ewig im Hirn."

„Mein Gott, stellt man Wolfskehl vor Gericht?"

„Ja!"

Wintermonat 1680

Novemberwind blies. Es roch nach Schnee und die feuchte Kälte kroch in die Glieder. Dennoch standen die Menschen zuhauf auf dem Heumarkt vor dem Gaffelhaus *Himmelreich* und hörten, was Niclaß Gülich verkündete. Die Bürger sollten couragiert zu ihren Klagen stehen, das allein sei der Weg zu einem aufs gemeine Wohl bedachten Rat. Viele Frauen, darunter auch gut gekleidete, hörten zu, denn auch ihnen stand das Klagerecht zu. Einige mochten dem Charme des wohlgestalteten Freiheitshelden erlegen sein. Seine feurig frische Art, die sparsamen Gesten, die nur zum Höhepunkt seiner Reden leidenschaftlich wurden und die tief aus der Brust kommende Stimme fesselten die Zuhörer, selbst wenn er sich über *Verbund- und Transfixbrief* verbreitete oder Latein einstreute. Je mehr der nimmermüde Antreiber für sie zur Lichtgestalt wurde, desto einmütiger verhöhnten ihn die Vornehmen als dummdreisten Querulanten. Hinter vorgehaltener Hand gaben ihm zwar viele in der Sache recht, doch sorgten sie sich, dass mit der Entweihung der *Sechsherren* und des hochweisen Rats auch die gute Ordnung zerfiele.

Die Fronten verliefen allerdings nicht scharf zwischen Arm und Reich. Sogar unter unserem Dach schieden sich die Geister. Mein Eintreten für den Reformator des Stadtrechts führte bei Beywegh zu einem bisher ungekannt heftigen Zornesausbruch. Die glühendste Fürsprecherin Gülichs war aber die blässliche Anna. Bei einem Nachtmahl widersprach sie einer Bemerkung Beyweghs über den Teufelsanwalt: „Gülich ein Teufel? Herr Vater, wie oft lamentiertet Ihr über die Schmausereien auf den *Gaffeln* vor den Wahlen, womit sich viele dumme Leut Liebkind auf den *Gaffeln* machten oder auch über manche Herren, die trotz übler Amtsführung bis zu ihrem selig End Rent- und Bürgermeister blieben. Gülich muss man dankbar sein. *Vivat* Gülich!“

Beywegh murmelte fassungslos: „Anna, Jungfern mischen sich nicht in solche Dinge, dafür haben sie zu wenig Verstand.“

„Ha, aber genug, um zu merken, wie Ihr die Dinge zurechtdreht. Geht zum Heumarkt, da könnt Ihr die Wahrheit hören!“

„Warst du etwa bei diesem Teufel?“, fuhr Felicitas sie an.

„Ja, alle sind dort, die sich nicht schlafmützig im Altertümlichen sielen. *Vivat* Gülich! *Vivat* die Bürgerfreiheit!“

Noch bevor Beywegh etwas sagen konnte, meldete Rosina

Bürgermeister Wolfskehl. Da niemand antwortete, sah sie irritiert erst Beywegh, dann mich an.

„Jaja, er soll hereinkommen", sagten wir unisono.

Wolfskehl kam hocherhobenen Hauptes herein – kein simples Eintreten, sondern ein Auftritt. Die geräumige Stube war zu klein für die Ausstrahlung dieses Mannes, der den Blick über die Tafelrunde schweifen ließ. Er war bleich. Die Physis zeigte Spuren, die Psyche nicht. In gewichtiger Sache müsse er mit dem Herrn *Weinmeister* sprechen, verkündete er, dafür bemühe er sich auch in dessen Kabinett.

Beywegh ließ sich nie herumkommandieren, schon gar nicht in seinem Haus und bot ihm an, Platz zu nehmen. Sofort verließ Anna die Stube, die anderen folgten. Als ich aufstehen wollte, bedeutete mir Beywegh mit flehender Geste zu bleiben. Er wollte wohl nicht ohne Zeugen sein.

„Ich möchte allein mit Euch sprechen!" drängte Wolfskehl.

„Vor meinem Sohn habe ich keine Geheimnisse."

Wolfskehl hob erstaunt die Brauen: „Plaudert man hier auch über die Beratungen der Kommission?"

„Nie, und so halt ich es auch jetzt!", sagte Beywegh streng.

„Er mag bleiben", erteilte Wolfskehl mir gnädig seine Erlaubnis, als sei ich ein Lakai, dessen stille Präsenz er zu dulden geruhe. „Nun, der ehrsame Ratsfreund Gefasser will die *Gaffeln* in die Inquisition einbinden. Gottlos und frevelhaft genug, Bürgermeister wie Missetäter vor ein Tribunal zu zerren. Jetzt will man uns auch noch dem Abschaum der Gosse preisgeben."

„Die Vertreter der *Gaffeln* sind kein Abschaum", konterte Beywegh heftig. „Bei gewichtigen Beschlüssen entscheiden üblicherweise Rat und *Gaffeln* gemeinsam."

„Sackertürken, nennt man ein übles Spiel nun üblich? Wir Bürgermeister werden wider allen Rechts dem Pöbel ausgeliefert und den rotzigen Gülich stellt man auf ein Podest, auf dem er uns coram publico erlogener Untaten beschuldigen kann."

„Die Kommission wird die Herren in gebührender Ehrerbietung befragen. Jede Demütigung verbietet der Respekt."

„Ehrsamer Herr *Weinmeister*, lehrt beißwütigen Wölfen höfliche Zurückhaltung, dann glaub ich es. Die Schafsköpp von *Himmelreich* wählen Gülich zweifellos zum Deputierten."

„Die Kommission wird ihn ausschließen!"

„Erzählt das kleinen Kindern! Tritt man unsere Ehr in den Dreck, beschmutzt man gleichsam den Ruf Kölns. Nein, sorgt für den Ausschluss der *Gaffeln*!"

Beywegh strich sich übers Kinn. „Ihr wisst so gut wie ich, dass die Mehrheit im Rat die Untersuchung nicht in alleiniger Verantwortung führen will. Die Sach ist zu kitzlig."

„Zum Henker!", fuhr Wolfskehl ihn an. „Muss ich einem *Weinmeister* sagen, wie man Ratsfreunde geneigt macht, eine öffentliche Schmähung der Bürgermeister abzuwenden? Da weiß man nicht, ob man von lauter Schnattergäns' umgeben ist, die vom Fuchs träumen, oder ob manche der ehrsamen Herren gleich drei Bürgermeister ans Messer liefern wollen, damit sie selbst zu hohen Ehren kommen. Nicht wahr, Herr *Weinmeister*!"

„Was erlaubt Er sich!" Beywegh schlug auf den Tisch. „Die Stadt ist in Aufruhr, weil sich drei Bürgermeister schamlos bereicherten. Ja, es geht um Köln, eine Perle des Reichs, deren Glanz trüb ist! Wir wollten die Herren schonen, aber nach all den Verbrechen, soll Recht ..." Er kam nicht weiter.

Aufspringend brüllte Wolfskehl: „Recht? Mord und Totschlag gibt's, wenn Gülich und die *Gaffeln* das Sagen haben! Was zu einem Esel geboren ist, wird zeitlebens kein Pferd. Und ganz gewiss zitiert mich niemand vor ein Tribunal von schwachsinnigen Ochsen, neidischen Giftschlangen und tollen Hunden. Bald wird die von Gott eingesetzte Obrigkeit wieder im alten Glanz die Stadt regieren. Das schwör ich! Vorher gibt's aber Heulen und Zähneklappern und Herr *Weinmeister*," – drohend wies er mit ausgestreckter Hand auf Beywegh, sein Atem ließ die Kerzen flackern – „Er selbst besiegelt Seinen Untergang! Der Kläffer Gülich pinkelt Euch ans Bein, wir aber zermalmen Euch!“ Er ließ die Hand sinken. Im dunklen Rock mit roten Aufschlägen an den Ärmeln kam er mir wie ein Bote Satans vor, der Unheil aus der Hölle ankündigt. Die Tür aufreißend rief er nach Licht. Noch einmal drehte er sich um und höhnte: „Gott befohlen und das ist wahrhaft vonnöten für alle huhnhirnigen Leut hier!“

Er ging, doch in allen Winkeln steckte seine Unglücksprophezeiung. Beywegh seufzte: „Ein Wolfskehl ist kein Lämmlein.“

Felicitas und Lieb-belle kamen und Beywegh erklärte ihnen, Wolfskehls Bitte um Unterstützung abgelehnt zu haben.

„Und die Heirat?“, rief Lieb-belle erschrocken.

Beywegh erhob sich taumelnd: „Liebs Kind, die kann's nimmer geben. Ich bin sterbensmüd und wünsch, trotz aller Betrübnis, gute Ruh.“ Die Dielen ächzten unter seinem Tritt. Dann fiel die Tür ins Schloss.

„Was ist denn geschehen?“, fragte mich Felicitas.

„Der Herr Vater zwickte Wolfskehl mit glühender Zange ins eitle Fleisch!“ Ich erzählte den Hergang und erklärte zum Schluss, Wolfskehl werde die meisten Übeltaten zur Last gelegt.

„Michel ist doch ehrenhaft“, klagte Lieb-belle.

„Herzenskind! Gleich und Gleich heiraten“, sagte Felicitas. „Der Sohn eines so befleckten Herrn ist ehrlos wie ein Henkerssohn. Ewig tuscheln die Leut dir hämisch hinterher!“

„Ha, die Welt redet stets bös aus Neid oder Verachtung. Wir haben uns, da brauchen wir all die falschen Leut nicht!“

„Du redest wie eine Närrin! Es findet sich gewiss ein anderer und mit dem Essen kommt der Appetit, wie man sagt.“

„Warten wir das Urteil ab! Viel mag Wolfskehl entkräften“, tröstete ich, doch Lieb-belle stand auf und ging wortlos.

„Kam bei uns beim Essen der Appetit?“, fragte ich Felicitas.

„Bei vier Kindern hat der Herr Gemahl kaum gedarbt.“

„Das meine ich nicht. Wären wir beide mit anderen Gatten nicht glücklicher geworden?"

„Eine solch papierene Frage ist nur für den Ofen gut!"

„Sie ist theoretisch, aber nützlich. Es liegt kein Segen darin, Kinder in eine Ehe zu pressen."

„Mein Gott, was für krause Hirngespinste! Der klare Blick der Eltern entscheidet in solchen Dingen."

„Der Blick für mehr Geld und Ansehen", wandte ich ein. „Das hat seine Berechtigung, dennoch will ich unsere Kinder nicht in den Jammer stoßen, wie es unsere Eltern taten."

„Wir hatten gute Jahre! Ha, und ich kenne eine Herzensehe, wo die Gatten heut einander so lieben wie die Küh die Fliegen. Man muss aus dem, was man hat, etwas machen!"

„Dann machen wir unsere Sache schlecht!"

„Ja, viel wollt ich bessern, doch weiß ich nicht wie. Merhoffen macht mich trübsinnig. Dann die Mordtat. Wie gern wollt' ich an die Unschuld meines Gatten glauben und komm doch nicht über die Zweifel hinweg."

Sie war schon zu Bett gegangen, da grübelte ich noch über die Ereignisse des Abends. Eine Kerze nach der anderen verlosch. Ein armseliges Lichtlein wehrte sich gegen die Finsternis. Sein Glanz verfing sich als blasser Stern in der Rundung des Fußes eines Silberleuchters. Im stillen Dunkel ging ich in mich.

Felicitas sprach von Besserung. Mit gutem Willen konnten wir wieder einträchtig miteinander leben. Schon die Gewohnheit hatte ein festeres Band zwischen uns geknüpft, als es uns im ersten Zorn bewusst war. Möglicherweise war der verlebte Kannegießer gar nicht mehr fähig gewesen, Ehebruch zu begehen. Auch Felicitas war von meinem angeblichen Eifersuchtsmord nicht mehr überzeugt. Doch zu oft betrachteten wir einander noch in einem Zerrspiegel, in dem ich sie als Flora in den Armen Kannegießers sah und sie mich mit einem blutigen Dolch, den toten Galan zu Füßen. Die

Zweifel kratzten wie ein dorniges Büßerhemd. Vielleicht gab es unter den in seinem Dukatenbüchlein genannten Zeugen einen, der mich von allem Mordverdacht befreite. Die Betrogenen hatten sicherlich auch bei der *Inquisitionskommission* Klage geführt und Beywegh kannte sie womöglich. Gleich morgen wollte ich ihn fragen.

Doch am nächsten Tag lehnte Beywegh nicht allein wegen seiner Schweigepflicht jede Mithilfe ab.

„Lieber Sohn, sei klug, lass die Mordsach ruhen", sagte er. „Du weckst nur schlafende Hunde und bringst dich unnötig ins Gerede", – aber dem Rat wollte ich nicht folgen.

Als Nächstes ging ich zum Goldgässlein. Camillas Vergißmeinnichtaugen blitzten auf, als sie mich sah. In einem Kleid aus blassrotem Atlas tanzte sie leichtfüßig vor mir her.

„Ein neues Hauskleid?", scherzte ich.

„Hauskleid? Man könnt's meinen!", mäkelte die *Moen*, mich mit beiläufigem Nicken grüßend. „Nur Putz hat das Fräulein im Kopp. Mir ließ sie gar ein Gewand maßschneidern, obwohl eins vom Trödler meine gichtigen Knochen genug geziert hätt'. Das Neuste mag sie gar nimmer ablegen."

„Knurr nicht so, liebste *Moen*. Wenn mich ein Herr zum Ball führt, will ich mich darin auch recht bewegen können."

„Ei, wart nur auf deinen Prinz, bis du eine alt Jungfer bist. Der Matthes ist ja nit gut genug", schimpfte die *Moen*.

„Hat die Jungfer schon einen Verehrer?", fragte ich.

„Nein!" Camilla errötete.

„Viele hätt' sie haben können. Der Meister Matthes ist ein achtbarer Schuster, der zieht fein Geld aus seiner Werkstatt!", erklärte mir die *Moen*, als gehörte ich schon zum Hausstand.

Camilla rümpfte ihr Näslein: „Ach, der Matthes missfällt mir arg. Der hat einen kahlen Kopf, dafür wächst ihm Haar aus Nas und Ohren, sogar auf den leimverklebten Händ!"

„Das ist wohl ein älterer Herr. Gibt es keinen jüngeren?"

„Ha, diese großmäuligen Milchbärte und schmalbrüstigen

Habnits sind doch zum Lachen“, ereiferte sich Camilla.

„Dann geh gleich ins Kloster“, grummelte die *Moen*.

„Geht die Jungfer noch in die Kirch von Sankt Ursula?“, wollte ich wissen.

„Seltener, es gibt viel Arbeit! Für den Danzhof such ich Mieter. Aber was verschafft mir die Ehr Eures Besuches?“

„Die Mordtat! Ich will die Übeltäter finden.“

„Nach so langer Zeit?“, fragte sie verblüfft.

„Ja, der Selige stand in Diensten der Bürgermeister Cronenberg und Krebs. Vielleicht machte er sich da missliebig.“

„Ihr meint, die ließen ihn ermorden?“, fragte sie erstaunt.

„Pfui, was für eine lästerliche Red!“, fuhr die *Moen* dazwischen. „Die Bürgermeister lassen niemand ermorden.“

„Oder Gülichleut waren es!“, spekulierte Camilla weiter.

Diese Hypothese war der *Moen* so viel wert, dass sie von ihrer Arbeit aufsah. An Verdächtigen mangelte es mir nicht, aber an Beweisen. Nur konnten die beiden mir da nicht weiterhelfen.

In der Nacht erschreckte mich abermals der Traum von Kannegießers Tod. Im Stockfinstern lag ich lange wach. Wie in Kindertagen lauschte ich den Gesprächen der Gegenstände. Die Truhe knackte, die Dielen antworteten, die eiserne Wetterfahne auf dem Dach räusperte sich knirschend, ein Rascheln irgendwo. Draußen knarrte die Treppe – und noch einmal. War das noch ein Geräusch des regen Holzes? Stille. Da, erneut ein lautes Kracksen, wieder und wieder!

Im Hui war ich aus den Federn. Barfuß tastete ich mich die Treppe hinunter. Ein Luftzug, die Haustür klappte. Als ich sie erreichte, war sie nicht verriegelt. Draußen war nur schwarze Nacht. Wind blies eisig durch das Hemd. Ich lauschte. Nichts! Rosina kam aus der Küche, wo sie ihr Nachtlager hatte. Sie beteuerte, den Riegel vorgeschoben zu haben. Ich sperrte ab und ging wieder zu Bett.

Der nächtliche Besucher beschäftigte uns lange. Früher hätte ein Tadel an die zerstreute Magd genügt. In diesen Tagen aber entging die arme Rosina nur knapp der Entlassung.

Angst hatte sich eingenistet. Rote Bändel zierten tagtäglich die Häuser hoher Herren. Beleidigende Kritzeleien an den Hauswänden, Gassenbuben schleuderten Steine auf Karossen, sogar auf Ratsherrn. Den Bürgermeistern brachte man nachts Charivari-Katzenmusikständchen. Das Gerede, ein Geheimbund wolle das Stadtregiment gewaltsam stürzen, wurde als pure Wahrheit gehandelt. Beywegh bat Felicitas, den Vorfall Frau von Wolfskehl mitzuteilen, da ihr Gatte das Hauptziel der Attacken war. Zwar hatten nach dem Streit zwischen Beywegh und Wolfskehl sich auch die Frauen wenig zu sagen, trotzdem fuhr sie sogleich zu ihrer Freundin, stand aber bald wieder in der Stube, in der Lieb-belle, Anna und Adam Tricktrack spielten und ich las.

„Keiner da!", verkündete sie. „Totenstille! Vielleicht wurden die Wolfskehls allesamt hingemordet!"

„Unsinn!" Ich schüttelte den Kopf.

„Nicht einmal Gesinde ist da. Nur grausige Verlassenheit."

„Ach, Herr Vater, bitte fahren wir hin", bettelte Lieb-belle und mit ihr alle drei Frauen und das so lange, bis ich schließlich, als der Hausknecht kam, um im Ofen Holz nachzulegen, ihm befahl, mir Hut und Mantel zu bringen.

„Und den Degen!", verlangte Felicitas.

„Soll ich mich mit dem Hausgeist schlagen?"

„Das ist nicht zum Scherzen!"

Verstimmt fuhren wir zu den Wolfskehls. Auch nach heftigem Klopfen an der mit roten Bändeln und Galgenmännlein geschmückten Tür öffnete niemand. Keine Magd rumorte, kein Hund bellte, kein Herdfeuergeruch – eine beklemmende Leblosigkeit umgab das Haus. Vier zerbrochene Fensterscheiben verstärkten den unheilvollen Eindruck.

Ich klopfte an der Tür des Nachbarhauses. Eine Magd

erzählte, seit zwei Tagen sei das Haus tot. Viel Gesinde hätten die Wolfskehls nimmer gehabt, weil keiner es ihnen recht machte, aber so leer wäre es nie gewesen.

Erneut fixierte ich den vernachlässigten Prachtbau. Kurzerhand befahl ich dem tabakkauenden Mats durch das Küchenfenster zu steigen. Der ehemalige Seemann, der als Kutscher des Prinzipals nun mit gestutztem Haar manierlich aussah, griff durch eine zerbrochene Scheibe, entriegelte das Fenster, war eichhörnchenbehände im Haus und ließ uns ein. Warm glänzten die in stilisierten Blumenmustern verlegten elfenbeinfarbenen und dunkelbraunen Fliesen in der Eingangshalle. An einer Wand lehnte Wolfskehls Porträt, dessen Annahme der Rat wegen der zur Schau gestellten Überheblichkeit des Abgebildeten verweigert hatte. Lieb-belle wollte treppauf. Ich hielt sie am Handgelenk fest. Gemeinsam stiegen wir zur Stube hinauf. Der riesige Esstisch war nackt. Der ganze Raum war nackt: Kein Bild, kein Silberzeug, sogar der Kronleuchter war verschwunden. In den Kammern fehlten alle Federbetten.

Lieb-belle jammerte: „Sie sind ermordet worden."

„Nein! Nirgends gibt es ein Zeichen eines Kampfes! Das Haus ist halb leergeräumt. Die Wolfskehls sind geflohen!"

Diesmal sparte ich mir den Weg zum Rathaus, um die böse Nachricht zu überbringen. Dafür erhitzte sie Beywegh abends mehr als die Ärgernisse eines Tages in der *Inquisitionskommission*.

„Schreibzeug, Petschaft, Siegelwachs!", befahl er dem Diener, den er unlängst in Dienst genommen hatte – ein Mann mit einem Fuchsgesicht, der stets so tat, als höre er nur die Befehle an ihn. In großzügigen Schriftzügen warf Beywegh ein paar Zeilen an Judendunck aufs Papier. Während er es siegelte, sagte er: „Diese hasenfüßige Flucht ist so gut wie ein Schuldgeständnis." Er sinnierte eine Weile und brummte dann: „Verständlich, dass er sich aus dem Staub gemacht hat.

Summa summarum schuldet Wolfskehl der Stadt fast 40.000 Reichstaler nur für Bauten zum privaten Nutz. So etwas will man nicht vor den *Gaffeln* ausbreiten, noch dazu vor Gülich."

„Gülich? Wurde der nicht aus der Kommission ausgeschlossen?"

„Ja!" Amüsiert lächelte er. „Judendunck zeigte köstlichen Humor. Als sich die *Gaffelkommission* zum ersten Mal versammelte, behauptete er, Gülich sei ein Pestbringer, weil er sich an kontagiösen Orten aufgehalten habe. Es war lustig, wie die Leut von ihm abrückten und er im Hui allein dastand."

„War er an Pestorten?", fragte ich streng.

„Nein, aber brillant, der Pestbeule die Pest anzuhängen."

„Das ist perfide!"

„Herrje – stetig auf der Seite des Aufrührers!"

„Er sagt die Wahrheit. Und schloss man ihn aus?"

„Ja! Doch, er konnt' beweisen, dass Judendunck sich irrte und der Rat setzte uns die Laus wieder in den Pelz."

„Ein bewusster Irrtum ist Lüge!"

„Nicht so verbissen, Herr Sohn! Heut hat der neunmalkluge Gülich den doctor iuris Judendunck gemaßregelt und behauptet, er treibe in seiner Torheit die Kölner zum Aufstand."

„Die Warnung sollte man ernstnehmen!"

Beywegh machte eine wegwerfende Handbewegung.

Die Wolfskehls blieben Köln fern und man hörte nichts von ihnen. Nur Michel schrieb an Lieb-belle und gelobte: *Bald bin ich bei dir, mein Engel! Bis dahin lebst du in meinem Herz und bei jedem Sechsuhrläuten denke ich ganz fest an dich.* Selig küsste sie die Zeilen, ihrer Mutter einen trotzigen Blick zuwerfend.

Der 22. November war ein kristallklarer Wintertag. Die Sonne strahlte auf die Dächer, doch nicht in die Gassen. Die Pfützen waren eisenhart gefroren. Auf dem ungepflasterten bereiften Boden hatten viele Füße braune Pfade in das Weiß getreten. Scharenweise wanderten Eingemummte zum Rathaus, während ich gegen den Strom zum Gasthof Zum Silbern Flötgen lief, um noch einmal nach dem mörderischen Bert zu fragen. Auf halbem Wege kam mir der Wirt des Silbern Flötgens entgegen.

„Wohin des Wegs?“, fragte ich ihn.

„Lieber Herr!“ Er trat näher. „Der Wolfskehl ist fort. Da müssen der Krebs und der Cronenberg doch stracks in die Türm, bevor die auch Reißaus nehmen. Den Ratsfreunden schlägt's Herz nimmer im Leib, sondern in den vollgeschissenen Seidenhöslein. Ha, auf die kloppe wir jetzt!“

„Wie? Soll das Rathaus gestürmt werden?“

„Warum nit? Lebet wohl! Ach noch eins, dieser Bert und sein Kumpan waren nimmer in der Langgass!“

Die so beschwingt vorgebrachte Nachricht über die Seidenhöslein fuhr mir in die Glieder. Ich lief zum Ratsplatz. Trotz der Kälte war er voller Volk. Gut tausend Leute harrten dort aus. Hier, wo sie den Ratsherren das Knie beugend Bittschriften übergaben, standen sie nun mit den Fäusten drohend. Pfiffe und Geschrei übertönten sogar mehrere Trommeln. In Ratsherrentuch gehüllte Strohpuppen baumelten an Dreschflegeln.

Plötzlich flaute der Krach ab. Die Veranda der Laube betraten nicht die Bürgermeister im Kreis der Ratsfreunde, sondern einfach gekleidete Männer. Sie stießen die Kommissare Judendunck, Broich, Honthumb und Beywegh im Ratsherrenornat vor sich her und umringten sie. Die Herren glichen einem Häuflein Galeerensträflinge kurz vor der Deportation.

Abraham Sax, der damals mit Gülich vor der *Inquisitionskommission* eine Klage vorbrachte, schubste Judendunck an die Balustrade, hielt ein Papier hoch und rief im fremdartigen Akzent: „Hier übergebe ich dem ehrsamen director inquisitionis die *postulata* der *Gaffeln*. Der Rat soll sie jetzt beschließen, vorher geht hier keiner heim. Wir fordern: Herrn von Cronenberg zu arretierten!“

„Bravo!“ Die Leute rissen die Arme hoch und brüllten: „Cronenberg ins Loch, Cronenberg ins Loch!“

Sax hob ruhestiftend die Hände: „Zweiter Punkt: Herr von Krebs soll gefänglich festgesetzt werden!“

Noch enthusiastischerer Jubel.

„Dritter Punkt! Die Bonner sollen Jacob von Wolfskehl ausliefern, der hier in den Turm kommt.“

Heidenlärm brach los. Was Sax ansonsten vermeldete, erstickte im Getöse. Man konnte nur noch sehen: Sich tief verneigend, was unter den Umständen höhnisch wirkte, überreichte der Handschuhmacher Sax dem verstörten Syndikus Judendunck das Dokument. Während die Herren die Veranda verließen, grölte ihnen das Volk Spott hinterher, was in einem Hexensabbat endete. „Diebe an den Galgen“, skandierten viele, was sich zu einem „Galgen“ vereinfachte. Strohpuppen schwangen um Dreschflegel. Am Rande der Menge verloderten einige in hellen Flammen als verbrenne man am Ende der tollen Tage König Fastnacht. Närrische Fröhlichkeit breitete sich auch aus.

Ich drängelte mich zur Laube. Die Wachen kannten mich inzwischen und ließen mich passieren. In der Halle wartete ich recht lange auf Beywegh. Die Herren hofften wohl, dass sich das Volk verliefe. Die Machtprobe verloren sie. Die Heiterkeit versickerte. Schmähungen und Flüche wurden laut. Das Stimmengewirr schwoll zum ohrenzerreißenden Krawall an. Rufe, das Rathaus zu stürmen, gellten.

Endlich ließ der Rat die Annahme der *postulata* der *Gaffeln* verkünden. Noch einmal flammte Jubel auf, dann leerte sich der Platz. Erst als es ruhiger wurde wagten sich die Herren aus dem Senatssaal. Im stillen Trauerzug schritten sie die Treppe hinab. Hesselmanns sonst undurchsichtig ernste Miene zeigte Trotz. Krebs’ vom Wohlleben geblähtes Antlitz war kalkig.

Cronenberg schüttelte fassungslos das graue Haupt, taumelte und ein Ratsherr führte ihn die Treppe hinab. Aus dem Dunkel der Eingangshalle schlichen die Herren dem Licht der Novembersonne entgegen. Greisenhaft wirkten sie: kein Mut, nach einer verlorenen Schlacht beherzt die nächste anzugehen.

Jemand murmelte: „Mein Gott, was für ein Werk! Hiervon werden Kinds Kinder noch zu sagen wissen."

Die Gaffeldeputierten, Sax voran, waren dagegen voller Übermut. Gülich fehlte.

Der *Bannerherr* der Brauergaffel Daniel Schleumer trat zu Beywegh und frohlockte: „Herr *Weinmeister*, bald prüfen die *Gaffeln* Empfang und Ausgab der *Rentkammer*."

„Nein, das ist vornehmste Aufgab des Rats!", knurrte der.

„Im *Transfix* steht's anders. Es sind nun andere Zeiten, denen muss man sich accomodieren", trumpfte Schleumer auf – er wusste nicht, dass ihn die neue Zeit einmal das Leben kosten sollte.

Beywegh drückte mir dankbar die Hand und schweigend verließen wir das Rathaus. Erst in der Bürgerstraße begann er zu sprechen: „Cronenberg und Krebs stehen jetzt unter Hausarrest. Ihre Frevel und Wolfskehls Flucht rechtfertigen den Beschluss. Ich hab dagegen gestimmt, weil's nun so aussieht, als wolle man dem Pöbel den Bürgermeisterstab in die Hand geben."

„Das ist heut geschehen!"

„Nein!", widersprach er gereizt. „Die Waage schlägt stets weiter aus, bevor sie das wahre Gewicht anzeigt."

„Wie kam es zu der Posse auf der Laube?"

Er seufzte: „Die Gaffelleute lärmten vorm Senatsaal, weil sie den *Inquisitionskommissaren* weltwichtige *postulata* geben wollten. Wir weigerten uns und mussten dann doch hinaus. Sie trieben uns gewaltsam auf die Laube. Tja, und jetzt muss sich Wolfskehl am 23. November der Kommission stellen, Cronenberg am 27. und Krebs am 29. November."

„Wolfskehl kommt nicht!“, vermutete ich und behielt recht.

Er entschuldigte sich krankheitshalber. Cronenberg und Krebs forderten vor dem Tribunal die sofortige Aufhebung des „gottslästerlichen“ Arrests. Als Oberhaupt Kölns seien sie dem Rat keine Rechtfertigung schuldig. Beweise wischten sie als Fälschungen oder durch Bestechung erlangte Aussagen vom Tisch und verlangten, „nicht weiter mit solch grobem Unfug behelligt zu werden.“ Ihr Hochmut empörte Rat wie Bürgerschaft, wusste doch jeder, wie wahr die Vorwürfe waren.

Christmonat 1680

Frau Amalia war Mutter eines Töchterleins geworden und der stolze Vater lud die de Grootes, alle Beyweghs mit Gattinnen sowie Felicitas und mich zu einem Souper ein. Es fiel in die adventliche Fastenzeit, was die Vielfalt der Speisen wegen des Fleischverbots begrenzte. Aber der Meister zeigt sich in der Beschränktheit seiner Mittel und Florentins Koch bot der verwöhnten Gesellschaft raffinierte Gaumenfreuden. Nach einer würzigen Krebssuppe folgten Rheinfische, delikates Gemüse und Pasteten, in die sich wundersamerweise ein wenig Hühnchenfleisch verirrt hatte. Auf Gottes Großmut vertrauend langten gerade bei dieser Speise alle tapfer zu. Von dem exquisiten Wein beschwingt lagen uns die bösen Kölner Zustände weder auf der Zunge noch auf dem Herzen – nur Lachen, Scherzen und Gläserklirren. Ein Diener flüsterte Florentin etwas ins Ohr. Er warf das Mundtuch beiseite und eilte hinaus. Wenig später komplimentierte er einen Herrn herein, dessen Alongeperücke sich aufsehenerregend hoch bauschte. Das Geplauder verplätscherte.

„Werte Freunde!", sagte Florentin. „Der hochgeehrte kaiserliche geheime Rat, der edelgeborene Graf Öttingen, erweist uns heut die hohe Ehr, unser Gast zu sein."

Jeden an der Tafel stellte er dem Hofrat vor, während die Diener diskret einen Stuhl und ein Gedeck herbeitrugen, so dass Graf Öttingen sich wie ein erwarteter Gast setzen konnte.

Gemütlich plauschte er: „Wir san scho a bisserl in Köln umeinand gfoan. Eine schöne Stadt, imposanter als Düsseldorf, wo ich die Ehr hab, bei seiner Gnoden, dem Herrn Schwiegervotter seiner kaiserlichen Majestät zu weilen, nur redn die Leit am Rhein holderdipolder. Der Herr Neffe, werter Herr von Kolff, hat uns gführt, aber der kommt später, weil er no Quartier macht."

„Sebastian? Was für eine Freud!", erwiderte Florentin.

„Dacht ich mir's doch, dass es a Freid is, und für mich woar der Herr auf der Reis' von Wien nach Düsseldorf a Segn. Sakratürken, in Bayern ist no alles gsittet, aber dann: Unglauben, Missachtung der Fastenregeln, Barbarei, alles jammervoll!"

„Köln ist gut katholisch!", warf de Groote ein, während Florentin den Dienern Zeichen gab, die anstößigen Hühnchenpasteten abzuräumen, von denen eine neben Öttingen stand.

„Lass Er die Pasteten no a Weil da!", protestierte Öttingen, als der Diener die Hand danach ausstreckte. „Salm is oane Leibspeis von mir und Pasteterln die andre!"

„Pardon, sie ist ausgekühlt", intervenierte Florentin.

„Ah, bittschön macht's ka Umständ nit, groad die Pasteten sticht mir ins Aug!", wehrte sich Öttingen und fragte Felicitas, was sie empfehle.

„Alles, bis auf die Pastete", antwortete sie forsch.

„No, da geht der Gschmack denn doch a wengerl auseinand, Madame", entgegnete Öttingen herzhaft lachend.

„Trotzdem hoff ich, der verehrte Herr Hofrat wird sich hier in der Barbarei amüsieren", erwiderte sie kokett.

„No na, bei charmanten Damen mit Witz und Verstand ist selbst die Barbarei a Pläsir!“, schmeichelte er, wobei de Groote und Beywegh konsterniert zu Boden blickten.

„Mit Verlaub, was führt den edlen Herrn Hofrat hierher?“, fragte Felicitas mutig weiter.

Im Handumdrehen fiel Öttingens österreichische Gemütlichkeit ab und er kehrte den Hofrat heraus: „Die Höflichkeit verbietet's, an einer Tafel über Politisches zu reden.“ Er legte eine Pause ein. „Die Herren mögen sich scho denken, was es mit meinem Erscheinen auf sich hat.“

„Da mag ich nicht widersprechen“, sagte de Groote. „Aber, der hochgeehrte edle Herr Reichshofrat ersparte uns eine schlaflose Nacht, wenn Er uns ein Wort über den Anlass seines Besuchs vergönnte.“ De Grootes Stimme erstarb in Ehrfurcht.

„Gut! Kurz und rund: Dem *Reichshofrat* liegt eine *Appellation* des Herrn von Wolfskehl vor. Sie besagt, der Rat Kölns prozessiere wider allem Rechts gegen die Bürgermeister, wozu ihn der Pöbel mit rohem Tumult zwinge. Solch höchst verderbliche Zuständ duldet Seine Majestät in seiner lieben Stadt Köln nit. Die Vorfäll soll ich examiniern. Die kaiserliche Abmahnung in der Sach ist den ehrsamen Herren gewiss schon bekannt.“

De Groote und Beywegh wechselten Blicke, wobei der Rentmeister dem Kommissar Beywegh bedeutete, dem Hofrat zu antworten.

Im Ton eines Trauerredners bei der Leichabdankung erklärte Beywegh: „Hochgeachter edelgeborener Herr Reichshofrat, für die Sorg Seiner Kaiserlichen Majestät um unsere Stadt danken wir alleruntertänigst. Allein, zu unserem tiefen Bedauern ist Seine Kaiserliche Majestät falsch unterrichtet. Seit einigen Jahren sind im Stadtregiment Gebräuch eingerissen, die ganz im Widerspruch zu unserem kaiserlich verbrieften Stadtrecht stehen. Viel muss wieder vom Kopf auf die Füß gestellt werden. Das ist die Aufgab einer *Inquisitionskommission,* in der ich die Ehr hab, Kommissar zu sein. Im

Verlauf der Untersuchung wurden gravierende Verfehlungen einiger Bürgermeister offenbar, so auch solche des Herrn von Wolfskehl. Frevelhaft hat er Stadt- wie Reichsrecht gebrochen. Mit seinen Eiden als Bürgermeister spielte er wie mit Karten, regierte in einer Manier, mit der er die Bürger gegen alles Recht auspresste. Geduldig hat die Bürgerschaft Verachtung ertragen, lang vergeblich um Besserung gefleht. Damit muss ein End sein, sonst richten wir unsere liebe Stadt zugrund. Ein Urteil wird bald gesprochen."

De Groote nickte zu Beyweghs beherzter Rede, während der Hofrat stirnrunzelnd fragte: „Und das alles hat der Pöbel durch Aufruhr zuweg gebracht?"

„Gewiss nicht, der ehrsame hochweise Rat hat die Kommission aus freien Stücken eingesetzt. Und Aufruhr? Wenn der edelgeborene Herr das gesehen hat, mag er's freimütig sagen!"

„Nein, nein! Aber wir langweilen die Damen. Trinken wir auf Klarheit *in brevi* zu all den Differenzen!"

Keineswegs gelangweilt hatten die Damen den Disput verfolgt, die sonst blasse Anna gar mit roten Wangen. Lieb-belle starrte ihren Großvater bestürzt an, als er ihren ersehnten Schwiegervater der Verbrecherzunft zurechnete. Sie stand auf und lief hinaus. An der Tür stieß sie mit Sebastian von Bösinghausen zusammen, der sie auffing und ihr erstaunt nachsah.

„Bösinghausen, nur herein!", rief Öttingen munter. „Der Herr Oheim hat no a Platzerl für Ihn. Diese Pastet ist höchst delikat. Is scho a Wunder, wie flugs sich Fischerln in Henderln verwandeln, wann's in an Teigmanterl gschlupft san!"

Weder Öttingen noch die Abmahnung des Kaisers verhinderten, dass Wolfskehl aller Ämter enthoben und zu einer Strafe von 8.000 *Goldgulden* sowie zur Wiedergutmachung des Schadens verurteilt wurde. Im Anbetracht der criminalia ein milder Spruch.

Felicitas ersetzte nun Michel von Wolfskehl durch Sebastian von Bösinghausen als Bräutigam in spe und versuchte, mich dafür zu begeistern: „Wie anrührend lief Lieb-belle bei dem Bankett in die Arme des Kavaliers. Ein Wink des Schicksals!"

„Romanschreiber mögen das als Beginn einer glückseligen Ehe den Leuten weismachen", dämpfte ich ihren Enthusiasmus.

Bevor sie aber ihr Netz auswerfen konnte, verließ Sebastian Köln im Gefolge von Graf Öttingen. Der Hofrat war überzeugt, alles in der freien Reichsstadt Köln sei in guter Ordnung.

März 1681

Nach Wolfskehl verurteilte der Rat am 6. Februar auch Cronenberg, wobei die Aberkennung aller Ämter und Ehren ihn wohl am heftigsten schmerzten. Trotzdem hielt sich die aufgepeitschte Stimmung. Vor einem Jahr tuschelte man noch über Niclaß Gülichs Ideen und schimpfte unter Freunden über die Bürgermeister. Jetzt brüllten selbst ausgemachte Feiglinge am helllichten Tag Verwünschungen vor dem Haus von Krebs, dessen Urteil noch auf sich warten ließ. Lautstarke Dispute mündeten zunehmend in Beleidigungen und sogar in Schlägereien zwischen den Gülichfreunden und Anhängern des Alten. Während die einen Gülich in Flugblättern als tapferen „Typus Reformationis Coloniensis" feierten, der die Kölner fahnenschwingend zur Freiheit führte, geiferten die Anhänger der Bürgermeister in *Pasquillen* gegen den Lügenmeister und leeren Prahler. Beywegh erhielt anonyme Drohbriefe und wurde als Inquisitionskommissar von manchem Bekannten als „Verräter" geschmäht.

Je mehr sich die Welt bedrohlich verdüsterte, desto enger rückten wir am *Alter Markt* zusammen. So schmolz auch die eisige Ferne zwischen Felicitas und mir. Doch allzu oft drängte sich Kannegießers Ungeist zwischen uns und spornte mich an, in Wirtshäusern und Schänken nach Zeugen zu suchen. Nur säuft ein Edelmann nicht mit Torstehern, um sie nach einem kriminalen Ämtermakler auszufragen. Diese Aufgabe übertrug ich Anton. In Beyweghs Kabinett gab ich ihm einen Zettel, auf dem alles Wissenswerte über die zu suchenden Leute stand. Den Jungen reizte es zwar, eine Mordtat aufzudecken, dennoch willigte er nur zögernd ein, weil er nun seltener in Sankt Ursula beten könne, wie er sagte.

„Die heilige Ursula hat also geholfen?“, fragte ich.

„Ja, deshalb bet ich jeden Abend da.“

„Warum betest du für etwas, was sie dir schon gewährte?“

„Ich dank ihr für die Güte, die Jungfer sehen zu dürfen.“

„Du hast nicht mit ihr gesprochen?“

Er schüttelte beschämt den Kopf.

„Sprich sie an! Courage schätzen die Weibsleut mehr als heimliches Anschmachten. Wenn du jetzt aber den Kirchgang zugunsten der Sauferei in Schänken ein wenig einschränkst, erhältst du neben Zehrgeld auch Lohn.“

„Oh danke, nein, Geld für Bier ist genug.“

„Für deine Müh musst du schon etwas erhalten.“

„Herr, Ihr sagtet einmal, ich sei Euch mehr als ein Knecht, eher wie ein Sohn. Söhne sind dem Vater ohne Geld gefällig.“

„Du machst dir zu viele Gedanken, guter Anton.“

„Wie Ihr meint, gleichwohl bitt ich, meine Dienste nicht zu entlohnen. Wär's nicht nützlicher, wenn ich die Wirte gleich nach den Leuten frag? Die kennen doch ihre Gäst'.“

„Gott behüt, nein! Da bist du im Nu als Spitzel gebrandmarkt. Keiner redet mehr ein offenes Wort. Sei ein lustiger Zechbruder, lass die Leut schwatzen, lenk das Gespräch behutsam auf Kannegießer, so erfährst du ohne viel Fragen vieles.“

Ich gab ihm das Zehrgeld. Als er mich verließ, wurde mir leicht ums Herz. Endlich ging es im casus Kannegießer voran.

Anton war emsig und machte drei der in Kannegießers Büchlein vermerkten Zeugen ausfindig. Alle erzählten dasselbe: Als Kannegießer ihre Wünsche auf ein städtisches Amt nicht erfüllen konnte, gab er ihnen seinen angeblich geringen Lohn zurück und versprach, den Löwenanteil von den Bürgermeistern zurückzuholen. Keiner vergaß, ihn als aufrechten Mann zu titulieren, der seine Pflichten genau nahm. Dieses wohlmeinende Urteil über den Geldwolf war seltsam, stößt doch auch der Diener eines raffgierigen Herrn selten auf verzeihende Herzen und jeder empört sich je nach Temperament und Grad seines Schadens anders über ihn. Der Gleichklang legte nahe, dass ich auf eine verschworene Gemeinschaft gestoßen war. Deshalb wollte ich den nächsten Zeugen selbst befragen.

Bevor ich jedoch dazu kam, erhielt ich ein Erpresserschreiben. Darin stand: „*Wolgeborener Herr, ich hab gesehn, wie ihr Kannegiser das Lebenslämpelein mit einem Stich ins Gedärm im Klostergarten ausplasen habt. Jetzt wo all Übltaten zutag komen, ist's Zeit eure Mordtat ans Licht zu bringen. Wollt ihrs abwenden, kommt allein mit 6 gut Taler am 10. März um die 10. Stund zum Quatermarkt. Ein Laufbursch wird Euch ansprechen. Losungswort ist Kannegiser.*"

Das konnte zwar jeder Lump geschrieben haben, der von dem Mord gehört hatte. Allerdings war mein Name im Zusammenhang mit Kannegießers Tod nicht allgemein bekannt. Ort und Termin der Zusammenkunft hafteten zudem Pikantes an. Da Wolfskehl weder Schadensersatz leistete noch Geldstrafe zahlte, vermietete der Rat dessen Haus an den päpstlichen Nuntius Ercole Visconti. Den Hausrat verkaufte die Stadt just am 10. März auf dem Quatermarkt. Meine Neugier war geweckt und so ging ich zur vorgegebenen Stunde mit Anton dorthin.

Auf einem Gerüst vor dem Kaufhaus Gürzenich reihten sich Truhen, Stühle, Tische, dazu Küchenutensilien und Habseligkeiten von Kleidern bis zum Nachtgeschirr. Auf der Straße prangten zwei Himmelbetten und der Esstisch. Stück für Stück pries ein Marktschreier das Inventar an. Die Zurschaustellung privater Häuslichkeit kam einer Prangerstrafe Wolfskehls gleich, zumal die Menge nicht an Häme sparte. Das Angebot eines „deliziös verbrämten Kleids“ mutierte zum „räudich Fell vun de ahle Zieg' Lisbeth“, dazu riefen einige „meck, meck, meck“. Einen Tragekorb nannten sie „Wolfskehls *Dukatenbüggel*“.

Mich von Raff- und Gaffgier fernhaltend, schlenderte ich am Rande der Menge herum. Hinter mir fragte jemand: „Wohlgeborener Herr, tragt auch Ihr Euer Schärflein zur Minderung der Stadtschulden bei?“

Es war Niclaß Gülich.

„Nein“, sagte ich. „Aber der Bezwinger der meineidigen Bürgermeister gönnt sich wohl eine Trophäe?“

„Himmel, nein! Selbst eine Mausefall' des Schindhunds wollt ich nit im Haus dulden. Aber ein Stücklein Gerechtigkeit erquickt schon. Nach endlosem Ackern auf Felsboden doch ein Zeichen, eine Schlacht gewonnen zu haben.“

„Eine Schlacht? Die alten Bürgermeister sind am Boden, bestechliche Ratsfreunde dürfen nicht mehr gewählt werden. Die Kommission reformiert das Stadtrecht, wie es Niclaß Gülich stets anmahnte. Da ist doch eher der Krieg gewonnen.“

„Ha, alles nur Flickwerk!“, brummte er. „Die Teufel sind wir los, die Bösen sind geblieben. Noch immer hätschelt man das Alte. In der Kommission geben sich Judendunck und Hesselmann als Lamm und sind doch Fuchs und Wolf zugleich. Judendunck verunglimpft mich. Hesselmann schreibt ins Protokoll, was ihm gefällt und alle kleben an seinem Maul, als verkünde ein Mose Gottes Wort, obzwar er das Recht kläglich verbiegt.“

„Trotzdem, wie man hier sieht, geht's voran!“

„Gott geb's? Ich geh bald auf eine Handelsreis', da mögen sie ihren Quark allein machen.“ Seine Miene hellte sich auf, er wies auf jemanden hinter mir. „Sieh da, meine guten Freunde!“

Ich drehte mich um. Abraham Sax grüßte mich in seinem seltsamen Akzent – man sagte, er stamme aus England. Der andere hieß Anton Meshov und hatte das Gesicht eines verschlagenen Gassenbuben. Dagegen schien der stämmige Handschuhmacher Sax von rauer, doch aufrichtiger Gemütsart zu sein. Sein gerötetes Antlitz und die hellen Augen unter dicken Lidern täuschten Behäbigkeit vor, obzwar er ein Antreiber war. Er hieb Gülich auf die Schulter und tönte: „Deine Red und unsere Schläg hauen sie in Stücke!"

Jemand zupfte mich am Ärmel. Ein Bettelknabe sah zu mir auf und sagte das Losungswort „Kannegießer". Ich verabschiedete mich und folgte dem Jungen durch das Gewühl. Er führte mich in eine enge Gasse, in die wohl nur im Hochsommer Sonnenschein fiel. Sie war menschenleer, weil das Spektakel viele anlockte. In einem Haus brüllte gottserbärmlich ein Säugling. Kindsgeschrei, Hundebellen und das ferne Stimmengewirr vom Quatermarkt begleiteten uns. Die Verlassenheit machte mich beklommen. Ich blickte mich um. Anton spazierte in einigem Abstand hinter uns her.

Wir bogen um eine Ecke und betraten nach wenigen Schritten ein Kirchlein. Auch hier Leere. Im Dämmer glühte rot auf dem Altar das ewige Licht. Der Knabe wies auf einen Beichtstuhl, dann bückte er sich, hob neben dem Opferstock ein *Fettmännchen* auf und lief davon. Ich blieb in der Nähe der Tür stehen. Anton ließ auf sich warten.

Aus dem Nichts kommend, forderte mich eine leise Männerstimme auf, im Beichtstuhl meine Sünden zu bekennen. Das hallende körperlose Flüstern klang teuflisch. Trotzdem kniete ich am Beichtstuhl nieder. Die Stimme wisperte: „Gelobt sei Jesus Christus!" Kaum hatte ich „in Ewigkeit, Amen" erwidert, fragte der Priester nicht nach meinen Sünden, sondern hielt eine Predigt. Es sei lästerlich über die ehrsamen Bürgermeister Gericht zu halten, sie gar gegen alles göttliche und weltliche Recht zu verurteilen. Trotz dieser Merkwürdigkeit konnte wegen der salbungsvollen Worte ein Priester im Beichtstuhl sitzen. Während er sprach, betrat jemand die Kirche. Endlich ist Anton da, dachte ich und fühlte mich wohler.

Der fromme Mann kam bald zum Punkt: „Patrioten, die mehr Verstand haben als der schreckhafte Rat, werden Gottes Zorn von Köln abwenden. Herr von Beywegh muss die Verurteilung Bürgermeister Krebs verhindern. Tut er's nit, erwartet ihn neben der ewigen Verdammnis schon eine Höll auf Erden."

„Der Rat urteilt, nicht der *Weinmeister*!", fuhr ich ihn an.

„Herr von Beywegh ist Kommissar und hat viel Einfluss. Hört er nicht, treten wir seine Ehr in den Schmutz!"

„Kerl, was wagst du!" Ich wollte aufspringen, da drückten mich von hinten Hände nieder, mein Degen wurde aus der Scheide gerissen und ich spürte eine Spitze im Rücken.

„Es ist bitterernst!", sagte der falsche Priester. „Wir streuen in Köln aus, dass der Herr den Kannegießer hinmeuchelte."

„Den Unsinn glaubt niemand!"

„Wird die Liebschaft Eures Weibes mit dem Seligen bekannt – gewiss. Unser Arsenal ist mit vielerlei Waffen gespickt. Habt acht auf Eure Lieben! Und nun die sechs Taler!"

„Mein Bettelgeld könnt ihr haben!" Ich griff in meine Rocktasche und warf meine Almosen von mir.

Die Geldstücke klackerten über den Boden. Einer der Kerle stürzte sich darauf, der andere hielt mir ein Messer an die Kehle. Der Münzsammler meldete: „Kaum zwei *Albus*."

„Sein Eselshochmut wird Ihm noch vergehen!", giftete der Mann im Beichtstuhl. „Rettet der Herr Vater nicht die Ehr von Bürgermeister Krebs, tilgen wir ihn und seine Brut aus und jeder lausige Bettler spuckt auf sein Grab. Gott befohlen!"

Das Gesicht hinter der Stola verbergend stieg er aus dem Gehäuse, während mich die beiden Schurken festhielten. Er schob den Türriegel zurück, den seine Kumpane vorgelegt hatten.

Als die Burschen mich fesseln wollten, drehte ich mich blitzartig um und rammte einem den Ellbogen in den Leib. Ich war frei. Ein Sprung, ich ergriff meinen Degen, den sie zu achtlos beiseite geworfen hatten. Die beiden Maskierten wichen zurück und flohen. Ich ließ sie laufen und setzte mich auf die Erde. An eine Säule gelehnt verband ich mit meinem Sacktuch eine Wunde am Handgelenk, die ich mir im Gerangel zugezogen hatte. Die Kapelle erfreute sich keiner Beliebtheit. Ich blieb mutterseelenallein, bis der Glockenzieher zum Mittagsläuten kam. Dann trollte ich mich.

Anton war nirgends zu sehen. Nach langem Suchen fand ich ihn gefesselt und geknebelt auf dem Friedhof der Kirche. Die zwei Kerle hatten auch ihn von hinten angefallen. Ich befreite ihn. Wir gingen zum Quatermarkt. Der Verkauf war beendet. Einige Schwatzende standen noch herum. Wind spielte mit Stoffschnipseln, die wie in einer Schneiderwerkstatt verstreut lagen – rote, blaue, braune Flicken. Anton hob einen auf und gab ihn mir. Es war die Leinwand eines Bildes. Zwei Finger hielten etwas Dunkles. Es war die Reitgerte auf Wolfskehls Amtsporträt. Ich öffnete die Hand und überließ den Fetzen dem Wind.

Die Drohung des Priesters ängstigte sogar Beywegh, der stets Gleichmut predigte. Mein Verdacht, Krebs hätte den Mann auf uns gehetzt, wies er zurück. Rohe Gewalt passe nicht zu ihm. Der schüre eher mit Wolfskehl beim Kaiser in Wien das Feuer, auf dem das Giftsüpplein für seine Heimatstadt brodle.

April und Mai 1681

Länger als beabsichtigt blieben wir in Köln, denn Beyweghs Gesundheit war untergraben. Er fieberte, verfiel beängstigend rasch und bald war alles zu befürchten. Erst Anfang April besserte sich sein Zustand. Zu schwach noch, um sich ins kühle Kontor oder zu hitzigen Disputen ins Rathaus zu wagen, erledigte er in der Stube, den Kachelofen im Rücken, seine Korrespondenz. Anton fungierte als sein Sekretär. Beywegh diktierte ihm, als ich unsere mehrmals verschobene Abreise für die kommende Woche ankündigte.

„Lieber Sohn", sagte er, „ich dank für die Hilf und Lieb! Er hat mehr getan, als ich gewagt hätte zu erbitten. Aber einen Rat in heikler Sach möcht ich noch haben." Er räusperte sich. „Cronenberg schrieb mir einige *Billette* – recht klägliche. Krank und verfolgt von rasenden Leuten wage er sich nimmer auf die Straß und er bittet mich um eine Visite. Wir waren zwar nie enge Freunde, dennoch verdanke ich ihm manches. Andererseits bin ich in der *Inquisitionskommission*. Sein Urteil ist zwar gefällt, doch erst wenn der casus Krebs erledigt ist, ist das Verfahren beendet."

„Ein Richter sollte keinen vertrauten Umgang mit Angeklagten pflegen, sonst meint man, er sei bestechlich."

„Ja, so bequem könnt ich es mir machen. Doch er ist jammervoll tief gefallen und voller Reue. Da möcht ich den gepeinigten Mann ungern nur mit Tintenworten abspeisen."

„Die Beichte nehmen Priester ab!", sagte ich kühl.

„Gewiss, gleichwohl!" Bittend sah er mich an.

„Ah, daher pfeift der Wind! Ich soll den Bösewicht also trösten. Herr Vater, nicht mich, den Kommissar Beywegh will er sehen!" Ich lachte.

Dabei kam mir ein Gedanke: Cronenberg war vielleicht ein Anstifter des Mords in den Klostergärten. Ihn nach Kannegießer zu fragen, war zwar nicht die Glückskugel, die alle Kegel umwarf, aber seine Reaktion konnte aufschlussreich sein, ob das die richtige Fährte war. So ließ ich mich von Beywegh nicht lange bitten. Gerührt ergriff er meine Hand, dankte mir herzlich und ließ Anton, der mich begleiten sollte, einen Brief an Cronenberg siegeln.

Das Haus des verfemten Bürgermeisters war stattlich, doch weniger pompös als das der Wolfskehls. Ein Diener öffnete die Tür einen Spalt und nur zögernd ließ er uns eintreten. Er führte mich in die Stube, wo Cronenberg mich grämlich begrüßte. Es war ungewöhnlich warm. Der Diener musste gar noch Holz nachlegen, obwohl sein Herr einen pelzbesetzten braunen Hausmantel trug. Gealtert, doch immer noch von imposanter Statur, schien er bei guter Gesundheit zu sein.

„Was verschafft mir die Ehr, dass Ihr Euch selbst per pedes hierher begeben habt?“, stichelte er, weil es ihm wohl lieber gewesen wäre, wenn ich auffällig hoch zu Ross gekommen wäre.

„Der Herr Vater ist krank. Was er zu sagen hat, steht in dem Brief, den mein Diener übergab. Doch wollte er auch eine Stimme an den Adressaten richten. Deshalb bin ich hier.“

„Gott ja, im Alter gibt’s allerlei Beschwerden.“ Der Diener schenkte Rotwein in bauchige Römergläser ein und Cronenberg prostete mir zu. „Wohlgeborener Herr, Euer Kommen ist mir eine Freud. Um mich ist es einsam geworden – die schrecklichste Straf für einen alten Mann und das nur, weil mich neidzerfressendes Gesindel diffamierte – armselige Stadtwerker, die weder schreiben noch lesen können. Eselsköpp belehren heutzutag Professoren, was Recht ist. Ruchlose Narren regieren und beschmutzen die Bürgermeister abscheulich.“

Auf diese Weise erging er sich längere Zeit in Beschimpfungen von Gülich bis hin zu den treulosen Freunden. Sein altersmildes Antlitz passte wenig zu seiner hassgepfefferten Rede. Er unterließ es, sein gelähmtes Augenlid gelegentlich zu heben. Das mochte ihn daran hindern, die Wahrheit zu erkennen. Sein Leid sah er scharf, war aber blind für die eigenen Übeltaten, darunter Untreue, Unterschlagung von Steuern, Erpressung und Fälschung von Ratsprotokollen, um seinen Ämterhandel betreiben zu können. Die Stadt betrachtete er als sein Eigentum, ihre Einwohner als Diener, obwohl er den Bürgern einen Treueschwur leistete, nicht umgekehrt. Einst nahm er an einer reich gedeckten Tafel Platz, devote Amtsleute dienten, Bürger überreichten scheu Bittschriften, alles beugte das Haupt und irgendwann vergaß er, das Haupt vor dem Gesetz zu beugen. Aber was ist schon das Gesetz? Ein vergilbtes Stück Papier! Wer sollte über ihn richten? Etwa die sich vor ihm Bückenden? Oder die Dienstbeflissenen, die jeden seiner Wünsche erfüllten, ohne nach dem Recht zu fragen? Geduldetes Unrecht begriff er jetzt als Recht. Kein Zweifel trübte sein Gewissen. Er mäkelte: „Alles grober Undank!"

„So ist die Welt", sagte ich frostig. „Dennoch, mit *Pasquillen* gegen den Rat zu hetzen, steht einem Bürgermeister schlecht an." Ich deutete auf ein Flugblatt auf dem Tisch, auf dem Judendunck und Broich eselsohrig abgebildet waren.

„Die Pest über die und zur Höll' mit allen!", grollte er.

„Ja, dahin geht Köln. Letzten Monat bedrohte man uns, damit mein Herr Vater für einen Freispruch von Krebs sorgt."

„Ha, denkt Ihr etwa, ich hab's befohlen?"

„Nein, nur sind das die Früchte solcher *Pasquillen*. Schmähung steigert nur den Hass der Anhänger und der Gegner. Auf dem Dung wuchert die Gewalt und verdrängt jedes Gespräch."

„Das Übel kommt vom Gülich, nicht von mir", maulte er.

„Wenn das ein Übel ist, sollte man dieses Mittel meiden. Lass dich nicht vom Bösen überwinden, sondern überwinde das Böse mit dem Guten, steht in der Bibel."

„Na, die Weisheit schafft nur Märtyrer!", sagte er belustigt und fügte hinzu: „Tragt besser einen Mönchshabit!"

„Warum nicht? Besonders betrübt es mich, wenn hohe Herren sich wie Straßenköter ineinander verbeißen. Sollten nicht besser die Verdienste in Erinnerung bleiben als garstige Pamphlete, von denen jeder weiß, aus welcher Feder sie stammen?"

Abfällig verzog er den Mund: „Was der Steinmetz mit Hammer und grobem Meißel schafft, fällt mehr Leuten ins Auge, als das Werk eines Goldschmieds, der das Graviereisen führt."

Volltönend drang das Angelusläuten in die überheizte Stube. Cronenberg blickte auf seine ineinandergelegten altersfleckigen Hände. Über ihm hing in einem Goldrahmen ein Bild, das den zwölfjährigen Jesus im Tempel zeigte: Rechts im Profil vor dunklem Hintergrund und alleinstehend wies der rotlockige Junge mit einer Hand zum Himmel, links beugten sich eine Vielzahl von Köpfen bärtiger Gelehrter über Bücher und Schriftrollen oder sahen sich verblüfft an. Es erinnerte mich an Gülich, wie er allein gegenüber Beywegh und Broich auf dem Rathausplatz stand. Worte der Wahrheit zu sprechen, hängt nicht von Stand oder Alter ab, sie können aus jedem Mund kommen. Tagtäglich sah Cronenberg dieses Gemälde, ohne seinen Sinn zu erkennen.

Cronenberg schaute auf: „Der Herr Vater war der Einsichtigste unter denen, die auf der falschen Seit standen. Mit ihm hab ich Frieden gemacht. Ich bin alt, hab nimmer viel Zeit … nein sagt nichts, es ist so! Aber was immer man mir auch übel nachreden mag, nichts – und das beteuert dem Herrn Vater – nichts rechtfertigte, mich schimpflich aus dem Amt zu jagen."

„Ich werd's berichten", versicherte ich. „Doch eine Frag hab ich noch. Ferdinand Kannegießer, ein Verwandter meines Herrn Vaters, ist vor einem Jahr hingemordet worden. Er war Euer Intercedent. Ich will Licht in die Untat bringen. Vielleicht kennt Ihr Leut, die dem Seligen feind waren."

Als ich Kannegießer erwähnte, stutzte er, sagte dann aber stoisch: „Feinde hatte der boshafte Mann gewiss. Er stand in meinen und Herrn von Krebs' Diensten, unterschlug manches und als wir ihm die Tür wiesen, schrieb er Briefe, um uns mit lächerlichen Anschuldigungen zu erpressen. Was erhoffte sich der fade Wurm? Wir sind die Stellvertreter des Kaisers."

„Habt Ihr ihm das geschrieben?"

„So ein Wisch bleibt stets ohne Antwort", sagte er verächtlich – ein Gebot, das er wohl mehr achtete als das Stadtrecht.

Es war schwer vorstellbar, dass Cronenberg, dieser seiner Macht bewusste Bürgermeister, sich um einen Wadenbeißer wie Kannegießer scherte, gar Mörder dingte. Krebs war noch kaltblütiger als sein Kollege. Andererseits, in der aufgewühlten Stadt waren vielleicht selbst Pfeile fader Würmer gefährlich. Diese Gedanken irrlichterten durch mein Hirn, als ich – im Ohr die eigenen Schritte – mit Anton zum *Alter Markt* spazierte. Rauch und der Geruch von Kohl- und Rübeneintopf war allgegenwärtig. Die Schläfrigkeit des verdämmernden Tages breitete sich aus. Die wenigen, die uns begegneten, beachteten uns kaum und lauschten wie wir in sich hinein. Mich aus den Grübeleien lösend fragte ich: „Nun, Anton, hat die heilige Ursula weitergeholfen?"

„Ja, aber schlecht!", erwiderte er seufzend.

„Ei, wie das?"

„Letzte Woch' fasste ich mir ein Herz und bot der Jungfer an, sie heimzugeleiten. Erst rümpfte sie die Nas, als wär ich ein lästiger Bittsteller. Wie ich sie aber daran erinnerte, sie einstmals als Euer Diener begleitet zu haben, nahm sie mein Angebot an. Wir plauderten, aber bald fragte sie nach Euch."

„Nach mir?"

„Ja, wie's Euch erginge und derlei Zeugs. Mit Verlaub, ganz entzückt sprach sie von Eurer Ritterlichkeit und klugen Reden." Er blieb stehen und sah mich scheu an. „Gnädiger Herr, ich kenne mich mit Frauenzimmern nit recht aus, aber das war wie Schwärmerei – für Euch."

Ich lachte und klopfte ihm auf die Schulter: „Anton, sie sieht in mir einen Vater, da stehen dir doch alle Türen offen." Ich ging weiter. Allerdings erschienen mir nun zwei Besuche Camillas in einem anderen Licht. Sie brachte mir völlig belanglose Dokumente ihres Onkels. Beim dritten Mal empfing sie Felicitas. Ihrer Frostigkeit begegnete sie zwar jugendlich unbekümmert, dennoch betrat sie danach unser Haus nicht mehr.

„Was soll ich nun tun?", fragte Anton.

„Nichts!"

„Und das soll helfen?"

„Immerhin ist das besser als ihr hinterherzulaufen. Begegnet man einer Person nach langer Zeit wieder, ist deren Blick aufmerksamer und dann, wer weiß?"

„Woher wisst Ihr, dass sie mich dann liebt?"

„Gewissheit in der Liebe? Nein, die Liebe ist flüchtig. Selbst wenn man ein Herz und eine Seel ist, kann sie davonfliegen. Schwärmerei, Rausch, das ist Liebe, aus der sich lebenslange zärtliche Zuneigung entfalten kann. Irgendwann triffst du die, die deinem Herz gefällt und deines dem ihren."

„Ich will nur Camilla und die will Euch und ist sie enttäuscht, geht sie ins Kloster", fabulierte er.

„Unfug! Deine Angebetete schaufelt das Leben in großen Löffeln ein. Ein tirilierender Vogel gräbt sich nie in die Erd wie ein Maulwurf. Aber, was weißt du mittlerweil über ihren Oheim?"

„Ach, die Leut kommen haufenweis zu mir. Jeder, dem's an Geld mangelt, erzählt mir ein Märlein über Kannegießer."

„Die Spreu lässt sich also nimmer vom Weizen trennen."

„Doch! Mit Eurer Liste schon. Einen hab ich gestern gefunden, der darauf steht. Jakob, der Sackträger aus der Neugass."

„Gut, schicke den zu mir!"

„Da ist nur ein Haken! Er will einen Taler."

„Nein, drei *Albus*, sonst mag er zum Teufel gehen."

Jakob, dem Sackträger waren die drei *Albus* lieber als der Teufel. Zwei Tage später stand er in Beyweghs Kabinett. Seine blaue Jacke war verschlissen und gewiss störten ihn Löcher in den Taschen nicht, weil nichts herausfallen konnte. Er hatte die starken Arme eines Henkers und ein junges Gesicht mit hungrigen Augen. Ehrerbietig verbeugte er sich und glättete unnötigerweise sein schnurgerades Haar. Jakob wollte zum Butterwäger aufsteigen. Sein Ehrgeiz war allerdings größer als seine Qualitäten. Ein Butterwäger sollte zahlen- und schriftkundig sein, was bei Sackträgern selten vorkommt. Trotz des herben Verlusts von zwei Talern erzählte er mir die bekannte Geschichte: Kannegießer sei ein edler Mensch, denn er erstattete auch ihm nach dem Fehlschlag seinen Vermittlerlohn zurück.

„Wie viel zahlte er dir zurück?", wollte ich wissen.

„Acht *Albus*", erwiderte er leise.

Ich lachte: „Ein Achtel Taler von zwei? Verflucht wenig."

„Ei, der wollt ja allet vom Krebs zeröckholle."

„Jakob, der machte dir blauen Dunst vor."

„Ja!" Er kratzte sich am Kopf. „Vermaledeiter Rappschnabel! Spetzbov! Der Schmierlapp brat in der Höll!"

„Das liegt bei Gott! Aber ich kann dir vielleicht helfen." Er riss die Augen auf. „Ich will die Ursach seines Tods herausfinden und die Wahrheit wär mir einen Taler wert. Einiges weiß ich über die Mordgesellen bereits. Also, versuch nicht, mich hinters Licht zu führen."

„Oh, Herr, nein! Der Kommission han ich schon vun dem Beschess verzählt. Ävver, wat nützt et, wann all opjeschrieve wird und ich nit dat krije tu, wat se mer jestohle han."

„Richtig, deshalb ist unser Handel besser. Also erzähl mir, ob's nicht doch ein Gemurmel gab, über einen, der Kannegießer an den Kragen wollte?"

Er dachte nach und redete dann in seiner einfältigen Art, vieles bunt durcheinanderwerfend, mit Zeit- und Ereignissprüngen. Kannegießer hatte einige wütende Kunden auf dem Hals, weil er ihre Wünsche nicht mehr erfüllte, aber das Geld einbehielt. Da die Betrogenen sich schämten, auf ihn hereingefallen zu sein, blieb er eine Weile unbehelligt, bis einer doch das „Muul optat" und mit einem sprach, der in die gleiche Falle gegangen war. Das ging dann schnell von

Mund zu Mund. Im Vollen Fass in der Rheingasse rotteten sich die Geprellten zusammen. Eines Abends lauerten sie dem Ämtermakler in der Kühgass auf und zwangen ihn, sie in sein Heim mitzunehmen. Kannegießer erklärte, die Bürgermeister seien zwar mächtig, indes nicht allmächtig, so dass nicht jeder Handel zum gewünschten Ergebnis führe. Der Kerl habe alle dumm und stumm geschwatzt, meinte Jakob. Die Worte füllten allerdings den Beutel nicht. Rabiat überzeugten ihn die Betrogenen von ihrer Ansicht eines ehrlichen Handels. Kannegießer erstattete jedem seinen Vermittlerlohn und versprach, den Löwenanteil von den Bürgermeistern zu holen, sofern seine Kunden bereit wären, öffentlich zu schwören, für das Amt gezahlt zu haben. Da die Betrogenen nun die Schuld weniger bei ihm als bei den inzwischen verfemten Bürgermeistern sahen, willigten sie ein. Er schrieb Namen und Wohnort der Leute in ein Heft und alle unterzeichneten.

„Und wie lange waren alle damit zufrieden?“, fragte ich.

Nachdenklich schob er die Hände in seine Hosentaschen: „Nit lang, doch der Piepvugel huckte stets op'n andern Zwig.“

„Er war also nie daheim?“, fragte ich und er nickte. „War unter den Betrogenen ein Bert oder einer mit einer fetten Narb?“

„Ja, do eröm.“ Er deutete auf seinen linken Kinnknochen, dort, wo auch einer der Mörder Kannegießers eine Narbe hatte.

„Wie hieß der Mann?“, fragte ich.

„Sev!“

„Sev? Also Severin. Und wie war der ganze Name?“

„Sev Lachnit! War Kranknecht ...“, und dann schwatzte er wieder über alles und nichts. Erst als ich meinen Beutel öffnete, verstummte er. Seine Augen wurden gierig. Ich gab ihm einen Taler für seine Ehrlichkeit. Glückselig küsste er mir die Hand und nach hundert Segenswünschen verließ er mich, während Alexanders Lautenklänge durchs Haus zogen.

Der Tag verdämmerte – die beste Zeit zum Sinnieren. Ich kannte jetzt den ganzen Namen eines Täters, sogar die Hintergründe des Mords. Offenbar hatten Bert und Severin Lachnit selbst Rache genommen. Andererseits: Niemand schlachtet die Gans, die noch goldene Eier legen kann. Ein toter Kannegießer konnte nichts zurückzahlen. Dann das Auflauern, die Freude, als ihr Opfer den ihnen genehmen Weg einschlug, wohin sie es wohl gelockt hatten. So geplant töten Leute ihres Schlags meist nur für Geld. Also doch Krebs?

Es klopfte. Felicitas kam. Ihren Taftrock raffend setzte sie sich zu mir und sagte gedämpft: „Cronenberg ist gestorben – ein zweiter Schlagfluss."

„Gott sei seiner Seel gnädig." Bei meinem Stoßgebet wechselte Alexander unpassend zu munteren Tänzen.

„Verschieben wir die Abreise nach Merhoffen?", fragte sie.

„Ja, bis zur Leichenfeier Cronenbergs."

„Nicht länger? Es sind so schwere Zeiten für den Vater."

„Auch für uns sind die Zeiten schwer."

„Das Vergangene steht nun mal fest wie ein Berg."

„So fest wohl nicht! Der Sackträger, der eben bei mir war, erzählte, der selige Kannegießer habe viele Feinde gehabt."

„Sackträger? Was soll der von Ferdinand wissen."

„Viel! Er versprach ihm das Amt des Butterwägers für zwei Reichstaler und der Tropf erhielt nichts."

„Jaja, auch wenn's Florentin von Kolff und all die anderen Neunmalklugen behaupten, dass er ein Ämterkrämer war, ich kannte Ferdinand besser als sie. Er war ein armer, aber ehrbarer Kaufmann."

„So ehrbar wohl nicht", widersprach ich und ihre grünen Augen schossen Pfeile. „Hier, das Büchlein enthält das Konzept eines Erpresserbriefs." Ich hielt es ihr hin. Unwillig nahm sie es, las und – frohlockte: „Ferdinand wollte Geschädigten zu ihrem Geld verhelfen. Das ist doch edel."

„Herrgott, das ist doch offenbar eine schnöde Erpressung.

Einen erklecklichen Teil hätte er eingestrichen. Hier vorne stehen die Beträge der Betrogenen, was summa summarum weit weniger ist als das geforderte Erpressungsgeld."

„Nein!", brauste sie auf. „Abscheulich, wie mein Gemahl einem Toten am Zeug flickt", schimpfte sie, stand auf und eilte davon.

Aus dem Erpresserschreiben selbst konnte man mit gutem Willen zwar noch eine selbstlose Robin-Hood-Tat herauslesen. Erst sein Gewinn zeigte seine wahre Intention.

Cronenbergs Trauerzug mit Trommlern und Pfeifern war für einen Bürgermeister kurz. Das morsche Schiff der Anhänger des Alten dümpelte einer Sandbank zu, während den Neuerern eine günstige Brise die Segel blähte. Da war es opportuner, öffentliche Bekenntnisse für das Alte zu meiden. In kluger Voraussicht hatten Cronenbergs Anhänger für Staffage gesorgt. Dem fürstlich geschmückten Leichenwagen folgten ungezählte Nonnen und Mönche, deren Orden gewiss reichlich Spenden für Seelenmessen erhielten und so den Mangel an Trauernden kaschierten.

Krebs floh vor Aushändigung seines Strafurteils am 2. Mai aus Köln und im Verborgenen begann das Drängeln um die drei verwaisten Ämter. Die besten Aussichten hatten die Mitglieder der *Inquisitionskommission*, deren täglich Brot das war, was die Stadt am meisten bewegte. Beywegh war voller Zuversicht. Anstelle Wolfskehls wählte der Rat jedoch Johann Honthum zum Rentmeister, ein unauffälliger Mann, der keine Partei erzürnt hatte und bei dem jede Fraktion hoffen konnte, ihn auf seine Seite ziehen zu können. Die Konkurrenten gratulierten freudlos. Nun hoffte Beywegh auf den Bürgermeisterstab von Krebs, doch der Professor iuris Adam Broich erhielt ihn. Am 5. Mai aber wählte der Rat Gerwin von Beywegh für den seligen Cronenberg zum Präsidenten der *Rentkammer*. Damit war er turnusgemäß der designierte

Bürgermeister für das Jahr 1682. Diese Ehre feierten wir mit einem Bankett. Auch Hesselmann war dabei, mit dem ich ins Gespräch kam und ihn fragte, warum er sich wüste Wortgefechte mit Gülich liefere.

Nach einer Denkpause erwiderte er: „Er ist zu stürmisch. Ich bin gottfroh, dass er jetzt auf Reisen ist."

„Geht denn die Arbeit voran?", wollte ich wissen.

„Gewiss, ich schreibe eine *Relation* über den Prozess des Rates gegen die Herren Cronenberg, Krebs und Wolfskehl."

Ich lachte: „Na, wenn der Herr Stadtsekretär sich mit abgeschlossenen Prozessen die Zeit vertreibt, geht die Reform des Stadtrechts ja im Schneckengang voran."

„Keineswegs! Der Kaiser widerspricht den Amtsenthebungen, weil er meint, die Bürgermeister ständen über dem Rat. In meiner *brevis expositio* lege ich dar, dass in einer Republik die Bürgerschaft, ob arm oder reich, der Souverän ist und die Amtsgewalt auf den Rat, nicht auf die Bürgermeister, überträgt. Bei schlechter Amtsführung kann der Rat sie abberufen."

„Seltsam, diese Ansicht vertritt auch Niclaß Gülich. Warum in aller Welt bekämpfen sich die Herren bis aufs Blut?"

„Das Lospoltern! Das Missachten aller Ordnungsregeln!", seufzte er. „Er weiß einiges übers Stadtrecht, ohne die Feinheiten zu kennen. Besessen von der Bürgerfreiheit peitscht er den rohen Streit an. Jeden Morgen betete ich, Gott möge Köln vor Mord und Brand behüten. Abends dankte ich ihm dafür, dass er's tat. Am Morgen blickte ich erneut in den Abgrund."

Wintermonat 1681

Das Glück des nahen Bürgermeisteramts war Beywegh bald mehr Bürde als Segen. In seinem ersten Brief an mich nach Merhoffen, in das wir im späten Frühjahr endlich zurückgekehrt waren, glänzte noch der Stolz. Kleinmütig war der nächste, dann folgten nur noch Jammerberichte über die „Kölner Bedrängnisse“, vor allem, da die Zahl der Gülichanhänger im Rat wuchs und der Ton schärfer wurde. Von seiner Reise zurückgekehrt, lieferte sich Gülich mit Hesselmann wie gewohnt wilde Dispute, wobei der Stern des Stadtsekretärs allmählich sank. Nach einer heftigen Attacke Gülichs entzog der Rat Hesselmann das Amt des Protokollführers der Kommission. Zudem verwarf er Hesselmanns *brevis expositio*, insbesondere die Feststellung, die Bürger, gleich ob arm oder reich, seien der Souverän. Die Kölner Verhältnisse wurden immer undurchsichtiger, auch für Kaiser Leopold. Er sandte den Hofrat Johann Christoph Jodoci nach Köln, der erneut den kaiserlichen Befehl überbrachte, Krebs und Wolfskehl wieder in ihr Amt einzusetzen. Beywegh schrieb mir: „*Neben der aufmüpfigen Bürgerschaft, dem wankelmütigen Rat, macht uns nun auch noch der Jodoci die Höll heiß.*“

Mühte sich Beywegh mit Rat und Hofrat, plagten mich häusliche Ärgernisse. Felicitas war mehr ergeben als gern nach Merhoffen gefahren. Ihre Launen setzten mir so zu, dass ich sie bereits im Heumonat sehr erleichtert wieder nach Köln ziehen ließ. Lieb-belle begleitete sie. Adam besuchte nun eine Lateinschule in Bonn und wohnte bei meiner Schwester Sophia und ihrem Gatten Andreas Frohen, einem Kurkölner Kammerrat. Mit ihrem fünfjährigen Sohn Johann Christoph führten sie mir vor Augen, was eine gute Ehe ist. Ihr trautes Heim hatte ich im Jahr zuvor gemieden, zu bitter erinnerte es mich an meine schönen Ehezeiten. Inzwischen hatte ich mich mit den Tatsachen besser arrangiert und besuchte die beiden fleißig. Zum Nachtmahl luden sie oft Gäste ein, mal mit, mal ohne Damen. Aber gleichgültig, wer bei Tisch saß, stets verhakte sich das Gespräch in das Treiben der Kölner. Die Bonner schüttelten die Köpfe über das gottslästerliche Werk, die Bürgermeister zu verurteilen und dem Hanswurst Gülich Narrenfreiheit zu gewähren.

Mein behutsamer Versuch während eines dieser Soupers, Verständnis für Gülichs Rechtsliebe zu wecken, löste allseitiges Befremden aus.

Tags drauf maßregelte mich Sophia: „Herzbruder, vergiss nicht, mein Gatte ist kurfürstlicher Kammerrat und dein Loblied auf einen Rebellen schadet seinem Ruf. Selbst wenn Gülich kein Possenreißer ist, rühme ihn in Köln. Hier hilft ihm das nichts."

„Verzeih, Schwesterlein, ich halt jetzt still, auch wenn die Leut unsinnig's Zeug reden. Wer ist denn heut geladen?"

„Vier collegae von Andreas. Einer bringt zwei weitere Gäste mit. Wer sie sind, wusste Andreas nicht zu sagen. Er hört nimmer gut, will's aber nicht zugeben. So ist's eine Überraschung."

Es war in der Tat eine Überraschung – für beide Seiten! Der Kammerrat, der die neuen Gäste einführte, stellte mir Wolfskehl und dessen Sohn vor. Mir gefror das Blut und Wolfskehl schoss es ins Gesicht. Wir verbeugten uns steif, als wären wir uns unbekannt.

Plötzlich löste ein höhnischer Zug Wolfskehls eiserne Miene auf und er fragte mich: „Tanzt der Herr Vater nun artig nach Gülichs Pfeife?"

In völligem Unverständnis fixierten ihn alle verdutzt.

„Das ehrenvolle Amt meines Herrn Vaters lässt ihm wenig Zeit für Tanz, dem Ihr Euch ja nun jeden Tag widmen könnt", entgegnete ich.

Wolfskehl hob pathetisch die Brauen: „In der Tat, da hab ich wahrhaftig das Glückslos gezogen. Leere Kassen, ein flatterhafter Rat, die *Gaffeln* in Aufruhr und Tumult auf den Gassen, da kommt gewiss keine einzige Stund des Frohsinns auf."

„Immerhin plündern die neuen Herren die *Rentkammer* nimmer aus, da wird sich die Stadtcassa wieder füllen."

„So? Hoffen und Harren hält manchen zum Narren. Unterschätzt nicht die Macht der wahren Bürgermeister. Bis ins kaiserliche Kabinett penetrieren wir. Bald hat der Herr Vater viel Zeit zum Tanz, falls man ihm nicht den Kopf abschlägt."

„Ich dank für den frommen Wunsch!", erwiderte ich kalt.

„Werte Freunde!" Schwager Andreas hob sein Glas. „Sprechen wir nicht vom Kopfabschlagen, sprechen wir dem Wein zu. Aufs Wohlsein, prosit!"

Alle tranken. Während des Mahls schaute Wolfskehl angestrengt an mir vorbei, dafür suchte sein Sohn umso emsiger mein Auge. Als man die Pfeifen ansteckte, waren mir Wolfskehls Missachtung und die Hundeblicke seines Sohnes unerträglich geworden. Ich entschuldigte mich und ging zu Sophia, die im Kabinett ihre Ausgaben in ein Haushaltsbuch eintrug.

„Was gibt's?", fragte sie besorgt. „Ist das Souper zu karg?"

„Keineswegs, alles exzellent und reichlich, lieb Schwesterlein, nur muss ich mir ein wenig Luft verschaffen."

„Ei, warum das? … Nanu, hat's nicht geklopft?"

„Ja, da pocht jemand. Herein!"

Michel von Wolfskehl trat ein, der mich offenbar nicht nur mit den Augen verfolgte. Er bat, mich allein irgendwo zu sprechen. Wortlos erhob sich Sophia und ging.

„Pardon, Monsieur", entschuldigte er sich. „Nach den Boshaftigkeiten vorhin weiß ich's hoch zu schätzen, wenn ich noch Euer Gehör find."

„Danke, genug der Höflichkeiten!"

„Gut, keine Höflichkeiten! Ich bitte, die bösen Worte meines Herrn Vaters zu entschuldigen und sie mir nicht zuzurechnen. Ich liebe Mademoiselle Anna Christine von ganzem Herzen."

„Mag sein, aber meine Tochter schreibt fröhliche Briefe und hat sich mit dem Verlust ihres Verehrers abgefunden."

„Dass sie fröhlich ist, verwundert mich nicht. Ich war lange in Köln. Noch vorgestern habe ich mit ihr gesprochen."

„Wie, Er hat sie heimlich aufgesucht?", fuhr ich ihn an.

„Durch einen Zaun hindurch sprachen wir miteinander in allen Ehren. Ich schwöre es!“ Er legte die rechte Hand aufs Herz. „Wohlgeborener Herr, Ihr wünscht keine umschweifigen Reden, deshalb bitt' ich Euch nur noch um Eines, zwingt die Mademoiselle in keine Ehe. Sollte sie sich einmal einen anderen von Herzen wünschen, trage ich mein Unglück willig und ihr Glück wird mir ein Trost sein. Aber brecht nicht ihr Herz, indem Ihr sie gewaltsam von mir reißt.“ Die theatralischen Worte sagte er so ernst, dass sie ehrlich empfunden klangen.

„Die Bitte ist auch mein Wunsch“, erwiderte ich und er lächelte erlöst. „Ein Wolfskehl sollte sich aber von Köln fernhalten.“

„Ja! Mein Herr Vater weiß auch nichts davon. Er denkt, ich wäre die ganze Zeit in Düsseldorf gewesen. Nach seiner Ansicht darf ein Wolfskehl nur mit Ehrengeleit Köln betreten. Bitte, behaltet ihm gegenüber Stillschweigen darüber.“

„Die Möglichkeit, dass ich mit ihm auch nur noch ein Wort wechsle, ist denkbar gering.“

„Innigster Dank!“ Er verneigte sich und ging.

Die Begegnung mit Wolfskehl bescherte mir die einzigen verdrießlichen Stunden im Goldenen Sattel in der Bonner Sternstraße, denn das Haus meiner Schwester und ihres Gatten füllten sonst Harmonie und Herzlichkeit. Alles, was man an Schönem sieht, weckt das Verlangen, es selbst zu besitzen. So wuchs meine Sehnsucht nach traulicher Zweisamkeit, von der ich meilenweit entfernt war. Mit Gattenmacht und Befehl hatte ich kläglich Schiffbruch erlitten und saß nun in Merhoffen bei allen Mahlzeiten allein bei Tisch, starrte auf den altbekannten, eine Wildschweinjagd darstellenden Gobelin oder in die träge flackernden Flammen des Kamins, und selbst der Blick aus einem der die Feuerstelle umrahmenden Fenster in den Winterhimmel war niederdrückend.

Ich machte mir allerlei Gedanken, die meist in Köln endeten, wo ich stets den größten Teil der Winterzeit mit Weib und Kindern verbracht hatte. Ich fühlte mich einsam. Daneben quälte mich, dass man mir nachsagen konnte, nach Strauchdiebsart einen unbewaffneten Mann niedergestochen zu haben, was neben der Untat ein schwerer Makel auf meiner Ehre war. Das Kölner Stadtregiment mochte an meine Unschuld glauben, andere hegten nicht ganz grundlos Zweifel daran, wie mein Erlebnis mit dem falschen Priester zeigte. Abends ersäufte ich meine Melancholie in Wein und stand spät morgens in tieferer Trübsal auf. Der Spiegel zeigte nicht mehr das stolze Gesicht eines Herrn, sondern die Züge eines Vergrämten. Es gab zwei Wege: den bequemen der Lethargie, der mich weiter in den Jammer führte oder ich raffte mich auf und tat etwas.

Warum führte ich die Suche nach Zeugen des Mordkomplotts nicht fort, obwohl ich erfolgreicher gewesen war, als ich es mir zuvor träumen ließ? Gewiss, die Täter würden sich in Köln nie wieder blicken lassen, mein Eheweib war unbelehrbar und hielt sogar Kannegießers Erpressungsschreiben für eine edle Tat und mich für seinen Mörder. Gerade ihre falsche Beschuldigung spornte mich aber an, Kannegießer wenigstens seine Niedrigkeit nachzuweisen. Anstelle auf das ewige „Unmöglich“ und „Sinnlos“ zu setzen, sollte ich mein Glück versuchen. Nur wer dem Glück eine Chance gibt, dem kann es auch lächeln. Der Gedanke packte mich, nun inkognito selbst dem liederlichen Leben Kannegießers nachzuspüren und in Schänken nach Zeugen zu suchen. An diesem Punkt angelangt, fackelte ich nicht mehr lange und ritt tags darauf wieder nach Köln. Dort bat ich Beyweghs Kutscher Mats, mir Knechtskleider zu besorgen und mein Saufbruder zu sein. Flüchtig kam Unsicherheit in seinen Blick, mich missverstanden zu haben, dann nickte er. In Beyweghs *Remise* verwandelte ich mich zum Knecht Stoffel.

Die Ausflüge in die grobianische Welt der Schänken, in der ich nicht als Herr skeptisch beäugt wurde, sondern zu einem Teil von ihr wurde, hatte seinen Reiz. Laut und offen waren die Leute. Betrügereien verschwieg man nicht, sondern feierte sie als Heldentaten. Seufzer über Alltagsplagen wurden gern mit einem „Suff us“ beendet.

Das Volle Fass in der Rheingasse war die Kaschemme, wo ich am ehesten die gesuchten Leute zu treffen hoffte. Sie war verkommen und rußig. Zwei Weinfässer dienten als Würfeltisch, ansonsten zierten die Wirtsstube Tische und Bänke, deren Schadhaftigkeit das Schummerlicht der Talgkerzen gnädig im Dunkeln ließ. In einem Kessel, der in der Wirtsstube unter einem Rauchfang hing, brodelte stets die gleiche Kraut- und Rübensuppe mit wenigen flachsigen Fleischbrocken. Da ihr ein hohes Sättigungsmaß angedichtet wurde und sie wenig kostete, saß man dort beengt, die Ellbogen stets im Gefecht mit dem Arm des Nachbarn. Im Lärm kämpften Qualm und Suppendunst gegen Kloakengerüche an.

Hier war ich nun schon zum vierten Mal, ohne jedoch Nennenswertes erfahren zu haben. Am Tisch protzten ein Kranknecht, drei Karrenpacker und ein Wollwäger damit, wie oft lose Weiber ihrer „*Sackpfeif*“ zu Diensten waren. Er solle mit seiner welken Möhre nicht so großtun, hänselte der Wollwäger den Karrenpacker. Es kam zu einer Rangelei. Bevor sie jedoch ausuferte, übertönte eine laute Stimme allen Krach: „Hört, Fründe! Hört!“ Anton Meshov stand an der Tür mit acht Mitstreitern, die im Chor echoten. Der Lärm verebbte!

Meshov breitete die Arme aus: „Fründe! Die hart Arbeit is zu End, aber dä *Büggel* is no schlaff als hätt' er die Zehrsucht. Die meisten von euch ston im Dienst des löblichen Rats. Ävver, is et löblich, wenn die Löhn grad fürs leev Brot jenöje?“ Beipflichtendes Gemurmel kam auf. „Niclaß Jülich fordert mih Lohn!“ Alle lachten über den höheren Lohn und einer rief, der Rat habe kein Geld. „Kein Jeld? Leeve Lück, is Not bei de Ratsfründ'? Die sorje sich nit ums tächlich Brot, die han Brade von eurer Händ Arbeit. Nit Almose, sondern dat, wat ihr verdeent, sollt ihr han. Bröder, macht's Muul op! Kütt zom Ratsplatz, wenn meer rufe. *Vivat* Jülich!"

„*Vivat* Jülich!", brüllten die Zecher.

Einer von Meshovs Leuten drängelte sich mit einem „rötsch ens e Stöck" zwischen die Karrenpacker.

„Der Jülich hat en breits, jroß Muul", schalt der Kranknecht.

„Die Bürjermeistere han et och übel jetriebe!", sagte ich. „Der Sev war Kranknecht wie du, und hat dem Krebs für en Sack voll nix vier Taler jezohlt."

„Ja, so sin se", erwiderte der Angesprochene einsilbig.

„Kennst du den Sev Lachnit und den Bert?"

„Ha, dat Lumppack! Wor froh, wie de fott sin."

„Wohin sin sie?"

Er zuckte stumm die Achseln.

„Die Tröpf schulden mir einigs. Die am Schlafittche zo packe', wär mer e halve Taler wert", bot ich an, aber bevor er mir antworten konnte, stimmten Meshovs Kumpane ein Lied an:

„Bürjermeister Rackerpack,
Schelme stecken't Jeld em Sack,
losse Bürjer darbe
jitt nit mal milde Jabe.
Vivat Freiheit, *vivat* Jülich!
Domit Kölle wird no iehrlich!"

Unermüdlich schmetterten die Saufbrüder das Vivat auf die Freiheit. Beim letzten Wort „ehrlich" stampften sie mit Bechern und Krügen auf den Tisch. Und ich war einer von ihnen. Die bierselige Ausgelassenheit der grölenden Männer und der Rauch des Herdfeuers mit den sich wechselseitig übertrumpfenden Gerüchen vernebelten mir gnädig den Sinn der Worte. Ich sang nach Herzenslust mit, bis Wirtshausradau die Stimmen weniger unentwegter Sänger überlagerte.

Würfel klackerten, Kartenspieler stritten, Geschrei, Spucken und um Meshov herum wurde heftig disputiert.

Der Kerl neben mir stieß mich an, deutete auf meine Finger und sagte achtungsvoll: „Feine Händ'!“ Auch der Bursche aus Meshovs Phalanx musterte mich argwöhnisch. Sie rochen wohl das fremde Wesen. Mir wurde unbehaglich. Die mich verzaubernde Atmosphäre verflog. Ich war wieder der Edelmann, der auf die ungehobelten Manieren des gemeinen Volkes herabzusehen hatte. Mats erhob sich sofort, als ich ihm zuraunte, gehen zu wollen.

Draußen brachte mich die Kälte einer klaren Sternennacht vollends zu Verstand. Kaltes Licht eines Halbmonds erhellte die Gasse. Gedämpft drang der Schänkenlärm in die große Ruhe. Rauch durchzog die Luft, während wir durch die Gassen wanderten. Unsere Schritte hallten seltsam – wie ein verzögertes Echo. Abrupt blieben wir stehen. Es war kein Widerhall. Jemand verfolgte uns. Während wir weitermarschierten wies ich Mats an, allein weiterzugehen, weil ich den Kerl erschnappen wollte. Er machte ein bedenkliches Gesicht, folgte mir aber.

Ich hielt mich im Dunkel der überkragenden Häuser und drückte mich in eine Türnische. Eine Katze huschte vorbei. Dann sah ich den Verfolger im Schatten der Häuser. Er bemerkte wohl, dass ein Mann fehlte und blieb stehen. Ein paar schnelle Schritte. Ich packte ihn und drängte ihn gegen die Hauswand. Er wehrte sich heftig. Im Gerangel fielen wir und wälzten uns im Gassenkot. Ich kam obenauf und drückte ihn zu Boden. Mats leuchtete ihm ins Gesicht. Es war der von Meshovs Leuten, der an meinem Tisch gesessen hatte.

„Was schleichst du uns hinterher?“, raunzte ich ihn an.

„Will nur heim.“

„Lüge! Du verfolgst uns seit dem Vollen Fass! Also?“

„Muul op!“, drohte Mats und ritzte den Hals des Kerls.

„Erbarme!“, jammerte er und fragte mich: „Kann ich et dir allein saje?“

Mit einer Kopfbewegung schickte ich Mats fort. Bevor er ging, drohte er: „Alter Schwed, halt dich manierlich, sonst bist du klabatz beim Teufel!"

Wenige Schritte von uns entfernt ließ er die blinkende flache Klinge des Messers mehrmals in seine linke Hand fallen. Ich erlaubte dem Mann aufzustehen, packte ihn an der Jacke und herrschte ihn an: „Also, wer schickt dich?"

„Der Meshov. Der will wisse, wer nach Sev un Bert fragt."

„Sind das Freunde vom Meshov?"

„Ne!" Er rieb sich den Hals. „Die ware Mal im Dienst vum Krebs un wer nach dene fragt, is verdächtig."

Mehr war nicht aus ihm herauszubekommen und ich ließ ihn gehen. Immerhin nährte die Auskunft, die Mörder seien Bürgermeister Krebs treuergeben, meinen Verdacht, dass dieser der Anstifter war. Aber viel weiter half mir das auch nicht.

In der *Remise* wurde ich diesmal nicht der, der ich war. Ziegenmistgestank hatte sich bei der Balgerei auf meiner Haut eingenistet. Trotz Seife und Parfüm nahm Felicitas' feines Näslein ihn am nächsten Tag wahr. Beim Frühstück spürte ich ihre irritierten Seitenblicke. Kaum waren wir allein, fragte sie: „Was für ein seltsamer Kotdunst hängt hier in der Luft?"

„Ich bin gestern Nacht auf der Gass gefallen", erklärte ich.

Erstaunt zog sie die Brauen hoch und rührte in ihrem Koffee. Vor unserem Haus spielte der Jahreszeit zum Trotz ein Leiermann das Liedlein „Sommer kommt ins Land gezogen". Das schleppende Tempo verbreitete eher frostige Friedhofstrauer als sonnige Heiterkeit. Das Lied hatte ich schon mehrmals vor unserem Haus gehört, diesmal aber nahm das Geplärr der Leier kein Ende. Ich öffnete das Fenster. Der Bettler blickte zu mir auf, zog jedoch sofort den Kopf ein, als hätte ich ihn beim Mausen ertappt. Ich warf ein *Fettmännchen* hinunter. Er hob es auf und ging ohne Dank und den üblichen Segenswunsch davon. Ich schloss das Fenster.

Als ich mich umdrehte, sagte Felicitas: „Was soll dieses nächtliche Herumstrolchen und dieser ekelhafte Geruch nach Gasse und armen Leuten?“

„Ich bin noch immer auf der Suche nach Kannegießers Mördern und meine Fährte führt zu den Schänken am Hafen.“

„Ferdinand mengte sich nie unter solch’ Saufpack.“

„Oh doch, da am Hafen blühen tausend Träume von einem besseren Leben, die Kannegießer zu erfüllen versprach.“

„Ach was! Bitte, lass die Schänkenlauferei! Die Leut sind jetzt so hitzig und schnell mit dem Messer bei der Hand.“

Ihre plötzliche Besorgnis rührte mich. Ich legte eine Hand auf ihre Schulter, sie schaute bittend zu mir auf. Sie hatte recht. Nachdem ich gestern schon aufgefallen war, stieg die Gefahr enttarnt zu werden, was ich unbedingt vermeiden wollte. So versprach ich ihr, die Schänkenbesuche einzustellen.

„Danke!“, flüsterte sie erleichtert. „Wir sollten Frau von Bösinghausen zum Souper einladen.“

Verblüfft setzte ich mich. Jede Begegnung mit meiner früheren Liebe hatte sie bisher vermieden.

„Sie ist wieder in Köln“, fuhr sie fort. „Alexander sagte, es gab zu viel Unfrieden bei Ernst von Kolff und ihr Sohn Sebastian ist mit dem kaiserlichen Hofrat Jodoci ebenfalls hier.“

„Ah, daher weht der Wind. Es geht also um Eheanbahnung.“

„Ja, ein junger Herr aus altem Adel in kaiserlichen Diensten wäre doch der perfekte Bräutigam für Lieb-belle.“

„Wir werden sehen“, sagte ich ohne Enthusiasmus, denn ich fürchtete, meine einzige Tochter mit einem solch überheblichen Tunichtgut ins Unglück zu bringen, wenn mich auch die Verbindung als solche mehr freute als jede andere.

Beywegh erfüllte ihr gern den Wunsch, Florentin und seinen Anhang zu einem Souper zu bitten. Felicitas gab sich viel Mühe, ein perfektes Fest auszurichten. Das Feinste war gerade gut genug für den Speisezettel. Sie lieh sich sogar

Tafelschmuck, obschon der Beywegh'sche Hausrat keinesfalls schlicht zu nennen war. Um die Gäste auf ihr Ziel einzustimmen, sollte Charlotte von Alexander begleitet ein Liebeslied vortragen.

Die Tafel verband harmonisch Prunk und Geschmack: edles chinesisches Porzellan, hauchdünne venezianische Gläser, ein goldener Blumenkorb als Tafelaufsatz und apfelgrüne Spitzenbänder auf einem blütenweißen Damasttischtuch. Fünfarmige Tischleuchter aus getriebenem Silber ließen Burgunder dunkelrot in den Gläsern schimmern.

Die Gäste plauderten angeregt, als Beywegh den Vortrag des werten Fräulein Charlotte mit seinem Enkel Alexander ankündigte. Alexander ließ ein kurzes Vorspiel hören, lächelte seiner Sängerin zu, die mit luftiger Stimme sang: *Zefiro, Zefiro* und Alexander antwortete mit leicht raspelndem Timbre: *Zefiro torna.* Der zärtliche Frühlingswind ließ Wiesenblumen tanzen und bei jedem der vielen jauchzenden Anrufe Zephirs warfen sich die fünfzehnjährige Sängerin und ihr ein Jahr älterer Begleiter feurige Blicke zu.

Felicitas und ich hingegen erstarrten in Winterkälte. Das unselige Gemälde vor Augen verstreute Kannegießers Geist anstelle Blüten spitze Dornen und Nesseln. Als die beiden vom Ende aller Frühlingslieblichkeit in Zephyrs blätterrauschendem Reich sangen, suchte Marisa meinen Blick, aber nicht traurig, sondern voll strahlendem Mutterstolz.

Im Applaus verbeugte sich der Lautenspieler galant vor seiner Solistin. Sie: grazil, in einem glänzenden hellroten Kleid und zartvioletten Überrock – er: groß, in einem neuen hellblauen *Justeaucorps.* Frei fielen die kastanienbraunen Locken über seine Schultern.

So sehr die zärtliche Harmonie zwischen den beiden Musikern sie zu einem Paar machte, so wenig waren es ihre älteren Geschwister. Griesgrämig saß Lieb-belle neben Sebastian, als übte sie, eine übellaunige alte Jungfer zu werden. Ihr

Tischherr hingegen sah sich herausgefordert ihre abweisende Wortkargheit in Schwärmerei zu verwandeln. Die prachtschillerndsten Pfauenräder schlagend erzählte er von sich und dem Kaiserhof und prahlte mit künftigen Heldentaten im Kampf gegen die heidnischen Türken. Gelangweilt ließ Lieb-belle den Redeschwall wie Wasser durch ein Sieb laufen und verzog verächtlich ihre Korallenlippen.

Das Auftragen der Speisen beendete bald den eitlen Monolog und leitete zum Plausch über. Felicitas zeigte sich gegenüber Marisa beeindruckt über die Karriere ihres Sohnes in kaiserlichen Diensten, wobei sie die Frage einflocht, ob er verlobt sei, was Marisa verneinte. Beyweghs Augen schweiften von Sebastian zu Tochter Anna. Oh, die liebe Kuppelei – jetzt ganz unbeschwert in weinseliger Fröhlichkeit!

Florentin hingegen blieb ernst und zeigte nur hin und wieder ein Höflichkeitslächeln. Als Näschereien gereicht wurden, wandte er sich an mich. Er wisse, dass ich mit Gülich noch Umgang pflege, sagte er im leisen Ton und bat mich, ich solle „als Freund" Gülich Mäßigung anraten. In Wien sei man mittlerweile höchst besorgt über die Kölner Zustände. Weiter kam er nicht. Eine Fensterscheibe zerklirrte und eine Schüssel mit kandierten Früchten zersprang auf der Tafel. Ich war als Erster am Fenster und riss es auf. Unten standen drei Männer. Der Größte hielt eine Laterne. Windschnell ruderte ein anderer mit einem Arm, in der Hand eine Schleuder. Ich duckte mich. Ein Stein flog und prallte gegen eine Fenstersprosse. Die Drei schrien: „Wolfskehl und Krebs holt zurück, dat bringt Kölle Glück!" Dann liefen sie davon. Als Florentin neben mich trat, war nur noch der Laternenschein zu sehen.

Beywegh fluchte: „Vermaledeite Gülichhalunken!"

„Nein, die ließen Wolfskehl und Krebs hochleben", sagte ich.

„Herrje, wir sitzen zwischen allen Stühlen", brummte er. „Die *Gaffeln* fordern schnelle Reformen und der Kaiser wie einige Ratsfreunde wollen ebenso rasch die Rückkehr zum Alten und alle schütten eimerweis Schimpf und Spott auf diejenigen, die die Last des Stadtregiments tragen."

„Der Kaiser verunglimpft niemand", protestierte Florentin.

„Werter Herr von Kolff, des Kaisers allerhöchste *Mandate* zeigen wenig Verständnis für unsere Lag", konterte Beywegh.

Januar 1682

Felicitas konnte weder mich noch ihren Vater von ihrem Hochzeitsvorhaben überzeugen. Beywegh meinte, eine Ehe zwischen Hund und Katz verspräche mehr Glückseligkeit als die zwischen Sebastian und Lieb-belle. Er hatte inzwischen erfahren, dass die Bösinghausens so gut wie ruiniert waren. Vor allem war es jetzt wenig opportun, sich verwandtschaftlich mit dem kaiserlichen Repräsentanten Kölns zu verbinden, denn das Verhältnis Kölns zum Kaiserhof verschlechterte sich atemnehmend rasant. So beharrlich wie der Kaiser die Rückkehr von Krebs und Wolfskehl befahl, so beharrlich lehnte der Rat dies ab und Gülichs Reformbegehren fanden immer mehr Zustimmung.

Anfang Januar wurde Beywegh turnusgemäß Bürgermeister. Würde und Bürde hätte er nach dem *Sechsherrenprinzip* mit Henrich de Groote teilen sollen, aber der Rat votierte für den Syndikus Jacob Wissius. De Groote zog sich verstimmt auf eines seiner Güter zurück und die Gülichanhänger feierten dies als Sieg des Stadtrechts über die üblen Gebräuche, was wiederum ihre Gegner in Rage brachte. In Sorge um den Kölner Frieden erfüllte ich nun nur zu gern Florentins Wunsch, Gülich Mäßigung anzuraten. Ich wollte ihm ein gutes Neujahr wünschen, aber das Verhannenhaus war stets bevölkert. 1682 war bereits einige Tage alt, als ich abends bei ihm anklopfte.

Heiter begrüßte er mich: „Nur herein, wohlgeborener Herr, zu gewohnt später Stund!"

„Es soll keineswegs Tradition werden, guter Freund, dass ich Ihn zu nachtschlafener Zeit aufsuch', aber ich wollt Ihm privatim ein selig's Neues Jahr wünschen. Doch ich stör bei Studien?"

Auf dem Tisch häufte sich wieder Papier.

„Nein, das ist eine Eingabe an den Rat", erwiderte er. „Nehmt Platz! Die Nacht ist lang und für ein Gläslein ist stets Zeit."

Das Konzept zog mein Auge an. Seine Denkpausenbildlein am Rand waren diesmal Schlangen, teils züngelnd, teils sich drohend windend, teils nur angedeutet, als kämen sie aus dem Nirgendwo. Der Text war gespickt mit lateinischen Worten zur Demokratie und Volksherrschaft, wie status democraticus, prinicipatus populi. Er reichte mir das altbekannte Noppenglas und prostete mir zu: „In prosperitatem magistratus!"

„Auf das Wohl des Rats?", fragte ich überrascht.

„Ja, auf eine bessere Einsicht, damit die Ratsfreunde nimmer Gotts, ihrer Eide und Pflichten vergessend in der Finsternis tappen." Wir tranken. „Hier in meiner Klagschrift zähl ich auf, was seit Jahr und Tag unerledigt liegenbleibt. Ich nenn's, untertänige *deductio loci defensionis et denuntiationis publica ex officio deputati*."

„Die Lateinkenntnisse sind bemerkenswert!"

„Ja, ich darf nicht wie ein einfältigs Schaf daherblöken."

„Gewiss, aber es geht doch voran. Zum ersten Mal hat der Rat den designierten Bürgermeister de Groote nicht gewählt. Ist's nicht Zeit, Frieden zu schließen?"

„Frieden? Mit den Leuten?" Er lachte auf. „Die Macht bleibt weiterhin bei den *Sechsherren*. Weil Hesselmann in seiner *expositio* den *Gaffeln* ihre Fundamentalrechte zugestand, verwarf der Rat sein Werk. Die bauen ein Haus aus bröckelndem Stein, das sich geschwind wieder einreißen lässt."

„Warum die Zweifel an der eigenen Überzeugungskraft, wenn sogar ein Hesselmann Gülich'sche Argumente vertritt?"

Er schüttelte den Kopf: „Der Rat hat kein Herz und keinen Sinn für die Republik. Sie sind Nattern, die jedes Reformwerk vergiften. Seht!" Er nahm sein schlangenumrandetes Konzept, tauchte die Feder ins Tintenschälchen, umrahmte eine Natter mit einem Rechteck und zog horizontale Linien, so dass es aussah, als stecke sie in einem Käfig.

„Ratsherren sollen eingesperrt werden?", fragte ich. Er nickte. „Wohin treibt Köln! Schon das gewaltsame Trauerspiel von Sax auf der Ratslaube ..."

Mich unterbrechend hob er die Hand. „Ja, das war nicht schön, aber damit setzte Sax die Arretierung von Krebs und Cronenberg durch – eigentlich selbstverständlich, nachdem Wolfskehl getürmt war. Seit sieben Jahren mahnen die *Gaffeln* Reformen an und immer noch versprechen die Herren viel, halten nichts und treiben den alten Esel. Die Freunde der frevelhaften Bürgermeister machen jede Reform zunichte." Er beugte sich vor und sagte eindringlich: „Nur eine Reform im Sinn unserer Fundamentalgesetze schafft die bösen Gebräuch' ab, die dem Kränzlein Reicher den Zugang zum Rat sichern. Nur sie bringt Freiheit!"

„Der Kaiser befiehlt aber, die Gebräuche beizubehalten."

„Die Vorväter des Kaisers haben *Verbund- und Transfixbrief* als Kölner Recht bestätigt und kein Kaiser hat's bisher übern Haufen geworfen. Das muss auch Kaiser Leopold achten."

„Freund, Macht zählt mehr als Papier!"

„Nein, Papier begrenzt die Macht. Alles andere ist Willkür!", brauste er auf, mir einen zornigen Glutblick zuwerfend.

„Gut, aber Meshov wiegelt das einfältige Volk auf und die Leut packt die Höllenmusik. Bald kommt es zum Hauen und Stechen zwischen den beiden Lagern."

„Mit Gottes Hilf verhüt' ich das!", erklärte er bestimmt.

Heumonat 1682

Noch im Januar war ich allein nach Merhoffen zurückgekehrt, ritt aber im Juli wieder nach Köln, um für drei *Fuder* Wein einen besseren Preis herauszuschlagen als Gillis erhandelt hatte. Felicitas zeigte sich erneut mir gegenüber betont kühl, weil sie mir das Scheitern ihres Hochzeitsplans mit Sebastian von Bösinghausen übelnahm. Beywegh dagegen war in Hochstimmung. Gülichs Anhängern hatte er die Rute gezeigt: die Forderungen der *Gaffeln* habe der Rat auf sein Betreiben zurückgewiesen. Gülich und Hesselmann wurden aus der *Inquisitionskommission* ausgeschlossen. Hesselmann wehrte sich dagegen mit der Folge, dass er sogar das Amt des Stadtsekretärs verlor und nun ohne Salär war.

„Wie kann der Rat einem verdienten Herrn wie Hesselmann so eine Schmach antun?“, fragte ich Beywegh.

„Hesselmann hofiert auf einmal die *Gaffeln*. Sprach ihnen Rechte zu, die der Rat ausübt. Der Narr!“

„Das war das Ergebnis seiner juristischen Examination.“

„Schluss mit der umsichfressenden Unordnung, zu der Hesselmann ein Gutteil beitrug. Fort mit dem Unflat!“ Erstmalig lag kein Seufzer, sondern Schärfe in seiner Stimme.

„Hesselmann suche ich morgen auf!“, erklärte ich, wozu er die Stirn runzelte, als hätte ich angekündigt, mich zu einer stadtbekannten Hexe zu begeben.

Für die drei *Fuder* Wein schlug ich am nächsten Tag einiges mehr heraus. Gutgelaunt spazierte ich zu Hesselmanns Haus, ein schlichter Bau, der zu seinem Eigentümer passte. An der Haustür traf ich ihn. Er war auf dem Weg zu Groß Sankt Martin, um dort zu beten und danach die Abendmesse zu hören. Über meine Begleitung freute er sich. Sein Schritt war weder der eines älteren Herrn noch eines Mannes, den die Melancholie zu Boden drückte, sondern zügig und fest.

„Seitdem ich in Ungnad bin, ist's einsam um mich, deshalb schätze ich Euren Zuspruch hoch!", dankte er. „Hat der wohlgeborene Herr die Wahrheit über die Mordtat aufgedeckt?"

„Nein, aber wir wollten doch über Cicero und die Republik disputieren. Ich hoff, der Herr hat's nicht vergessen."

„Nein, aber die Republik hat keine Zukunft."

„Köln ist doch eine Republik."

„Alle Gesetze sind nur so gut, wie sie gelebt werden. Heutzutag denken wir monarchisch und so wird Köln auch regiert. Wer heut für die Republik streitet, geht unter."

„Gülich hat Erfolg."

„Ja, trotzdem wird sein Kopf rollen."

„Wie das?"

„Jeder Rebell endet so!" Trocken, ohne Häme sprach er die Worte, ein Faktum wie der Sonnenauf- und -untergang.

Wir betraten die Abteikirche Groß Sankt Martin. Die steinerne Kühle und der stumpfe altehrwürdige Weihrauchduft ließen das Weltgezänk zum Nichts werden. Hesselmann kniete vor der Holzskulptur von Christus als Schmerzensmann nieder. Tief neigte er das Haupt und bedeckte sein Antlitz mit den Händen. Der fast nackte Christus, die Dornenkrone in die blutige Stirn gedrückt, den Mund in Qual halbgeöffnet, die Hände derart gefesselt, dass die Adern an den Armen hervortraten, schaute ergeben auf den Betenden herab, der ihn ungebunden um Hilfe anflehte. Respektvoll wandte ich mich ab, legte Hesselmanns Haltung doch die Seelenpein dieses zurückhaltenden Mannes offen.

Nach der Messe verließen wir gemeinsam die Kirche. Auf der Mühlengasse drängten sich drei Männer, zwei mit Spießen bewaffnet, durch die Kirchenbesucher. Ich spürte, wir waren gemeint. Hesselmann hingegen fragte arglos, ob er mir mit einem Trunk in seinem Haus gefällig sein könne. Da packte ihn ein Bewaffneter am Arm und rief laut: „Gereon Hesselmann, im Namen des ehrsamen hochweisen

Rates der Freien Reichsstadt Köln, Er ist verhaftet!"

Verängstigt wichen die Kirchgänger zurück, einen Kreis um uns bildend. Einer raunte: „Jetzt geht's dem Stadtsekretär an den Kragen, man mag's kaum glauben."

„Ich hab nichts verbrochen!", stotterte Hesselmann.

Es half nichts. Die drei eskortierten ihn zu seinem Haus und ich folgte ihnen. Vor der Tür sprach ich Hesselmann an: „Die Einladung zu einem Glas Wein nehme ich gerne an."

Er drehte sich um, aschfahl im Gesicht. An seiner Stelle antwortete einer der Gewaltrichter: „Der Herr wird ohne Kommunikation in Arrest gehalten."

Hesselmann reichte mir die Hand: „Es würde mich freuen, den wohlgeborenen Herrn wiederzusehen", sagte er gefasst.

„Ich komme!", versprach ich.

Der Hausarrest genügte nicht. Fünf Tage später wurde Hesselmann im „Loch" unter dem Rathaus festgesetzt. Niemand protestierte, niemand forderte für den bejahrten Amtswalter zumindest Linderung der Kerkerhaft. Beywegh bedauerte ihn zwar, wollte ihm aber nicht helfen. Das Stadtregiment gehe nun mit Härte gegen die seuchenartig um sich greifende Bürgerfreiheit vor, die sogar den Stadtsekretär infiziert habe. Den *Gaffeln*, die sich dem Rat gleichstellen wollten, drohe man nun saftig. Sollten sie sich fortan Rechte anmaßen, könnten sie Hesselmann im Loch Gesellschaft leisten. Das sei wie Pflaumenmus in einem trägen Darm, resümierte er in der Stube den letzten Bissen eines knusprigen Hühnchens auf der Gabel.

„Um die *Gaffeln* einzuschüchtern, wirft man den Stadtsekretär in den Kerker?", fragte ich.

Er nickte kauend und antwortete dann: „Hesselmann büßt für seine Dummheit, die *Postulate* Gülichs und der *Gaffeln* noch juristisch untermauert zu haben."

„Dummheit, wenn einer die Wahrheit sagt? Was wirft man ihm denn en détail vor?"

„Stadtverrat und Diebstahl von Akten."

„Warum soll er Akten stehlen, wenn er jederzeit Zugriff zu ihnen hatte?"

„Es stand wohl Unliebsames darin!" Er wollte aufstehen.

„Halt, Herr Vater, und was ist mit dem Stadtverrat?"

„Der Rat hat's so beschlossen", wiegelte er abermals ab.

„Was hat's mit dem Verrat auf sich?", beharrte ich.

„Gut! Um Köln vor den Franzosen zu schützen, nahmen wir kurkölnische Soldaten auf, Hesselmann dagegen plädierte für kaiserliche Truppen, die nicht so bald kommen werden. Da liegt der Verdacht nahe, dass er der Krone Frankreichs hilft."

Ich lachte lauthals: „Der Kaiser ist das Oberhaupt Kölns, da sollte man doch für seine Truppen plädieren."

„Der Kaiser hätt' uns dann gewaltsam Wolfskehl und Krebs aufgezwungen und der Kurfürst bot die Soldaten umsonst an."

„Umsonst? So wirft der Teufel seine Köder aus! Wer Soldaten hat, hat die Macht. Die ist nun beim Kurfürsten, den jetzt der Franzosenfreund Fürstenberg berät. Hesselmann ist der einzige, der nicht zum Verräter wurde!"

„Wirfst du mir Verrat vor?", donnerte er mich an und riss sich das *Jabot* vom Hals, als müsse er sich Luft verschaffen. „Mein Sohn sollte nicht der Fahne von Aufrührern nachlaufen!"

„Das tue ich nicht! Aber wirft man einen Amtswalter in den Kerker, weil er rechtstreu einen Rat gibt, der dem Stadtregiment missfällt, ist das Tyrannei! Gülich ..." Ich kam nicht weiter.

Beywegh stand und brüllte: „Es sind die Notwendigkeiten, die uns zwingen. Davon weiß der Hanswurst Gülich nichts, davon weiß der Pöbel nichts!" Die Tür zuschlagend ging er.

In dieser Stunde wurde die schwelende Zwietracht zum Brand. Ich verstand ihn nicht. Warum erklärte niemand den Bürgern die Notwendigkeiten? Warum wies man die *Gaffeln* roh ab, anstelle gemeinsam die Last zu tragen? Warum tat man nicht, was nichts kostete und reformierte das Stadtrecht? Die Antwort lag auf der Hand: Man wollte keine Änderung.

Winter- und Christmonat 1682

Nach dem misslichen Besuch in Köln blieb ich in Merhoffen. Das Korn, voll praller Ähren, stand dicht wie Schilf. Zu Michaelis gingen die Pachtablieferungen zügig ein und der Verkauf von Wein, Roggen, Weizen und Hafer füllte den Beutel so, dass der sonst zur Sparsamkeit mahnende Gillis mir freudig zustimmte, einen Hof in Muffendorf zu kaufen. Nach der Rührigkeit der Tage liebte ich die stillen Abende in der Laube oder vor dem Kamin, schmauchte ein Pfeiflein, ein Buch in der Hand und meinen Lieblingshund zu den Füßen. Ich hatte das Alleinsein akzeptiert und warf die Last ab, vergangenes Eheglück zurückholen zu müssen. Oft besuchte ich Sophia in Bonn und freute mich über die Fortschritte meines aufgeweckten Jüngsten. Doch als die Herbstwinde aufkamen, um das Haus pfiffen und an den Läden rüttelten, wurden meine Gedanken dunkler und mich befiel die Furcht vor der Einsamkeit des Winters. Von Felicitas erhielt ich einen Brief, in dem sie mich in einem ungewöhnlich bittenden Ton nach Köln einlud. Die Gewohnheit lockte, die Winterzeit mit Frau und Kindern zu verbringen. Aber nach den Zwistigkeiten widerstand ich dem Kitzel, alte Wege zu gehen.

Alexander schrieb als Nächster. Er habe für ein „drama festiva mixta musica“ Texte seines Magisters für Rhetorik vertont und darin auch eine schöne Sinfonia eingeflochten. Das Drama würden Schüler des *Tricoronatum* am 24. November aufführen. Meinem Sohn die eines Magisters würdige Aufgabe anzuvertrauen, erfüllte mich mit Stolz. Nicht nur mich. Um ihm das Tonsetzen zu erleichtern, hatte Beywegh ein Cembalo gekauft. Es ersetzte das alte *Virginal* in der Stube, das seit langem nur Möbelstück war, weil seine Geistertöne keiner hören wollte.

Nach einem längeren inneren Kampf verzichtete ich auf

jede Prinzipienreiterei und ritt nach Köln. Beywegh hieß mich freundlich willkommen, doch die giftigen Streitereien lagen noch in der Luft. Bemüht jeden politischen Disput zu vermeiden, tasteten wir uns hölzern wie zwei schlechte Schauspieler von Satz zu Satz, jeder bestrebt, den richtigen Text zu sprechen, obwohl uns ein ganz anderer auf der Zunge lag. Felicitas dagegen verhielt sich mir gegenüber anbiedernd herzlich. Als ich mich in Arnolds Kammer zurückzog, kam sie mir nach und sprach überstürzt von ehelicher Eintracht. Grob drosselte ich ihren Redefluss: „Hola! Ist die Treue zu Kannegießer auf einmal Schall und Rauch?"

„Ich muss Abbitte tun, liebster Gatte." Verblüfft sank ich auf das Bett nieder. Sie setzte sich auf einen Schemel und erzählte: „Ach, manchmal sind es Kleinigkeiten, die beiläufigen Worte, ohne jede Absicht gesprochen, die einem die Augen öffnen. Bei mir war's ein Schwatz mit Freundinnen über diese Camilla – das Weib, das meinem Gatten nachrennt wie die Schaf' dem Salz. Früher arm wie eine Kirchenmaus, kaufe sie sich jetzt die köstlichsten Kleider und wolle den Sohn eines Bürgermeisters heiraten, sagten sie. Der Geldsegen käme von dem seligen Oheim. Er habe ihr gar ein Haus vererbt. Das war seltsam, denn Ferdinand behauptete, ein armer Kaufmann zu sein, der mir keine Geschenke machen könne. In der Kirch sah ich die herausgeputzte Jungfer. Ein Zweifel kam zum anderen. Im *Schreinsbuch* stand wahrhaftig, dass der Danzhof einst ihm gehörte. Das Florabild wurde schmutzig. Jetzt weiß ich, er war ein Lügner und ein Ämterkrämer, der viele Feinde hatte. Liebster, mit Herz und Seel bitt ich um Vergebung für meine Blindheit, für all die Anklagen, die ich heftig bereue."

Das Geständnis war skurril. Sie umgarnte mich wohl, damit ich in Köln blieb. Besser einen ungeliebten Gatten an der Seite als gar keinen. Gallig fragte ich: „Kommt das aus ehrlichem Herzen oder weil's gerade im Dachstuhl brennt?"

„Gott steh mir bei, soll es keine Versöhnung geben?"

„Wenn meine Gattin dem Klatsch mehr traut, als dem, was ich seit Langem beschwör', da ist alles Eheglück in Scherben!"

„Ach, ich war in meiner Verwirrung verblendet. Was nützt uns all der Zwist? Ich bitt um Gnad' und Frieden."

„Nach zwei Jahren wüstem Krieg müssen wir jetzt in Ruinen leben. Vielleicht gelingt es uns mit den alten Steinen wieder ein bescheidenes Haus bauen, das aber nur in Merhoffen."

„Ich komme nach Merhoffen", hauchte sie.

Es folgte ein langes Gespräch, das mit vielen guten Vorsätzen ihrerseits und gedämpfter Zuversicht meinerseits endete. Meine vielen fruchtlosen Mühen um Versöhnung hatten die Hoffnung auf eine passable Ehe weitgehend aufgezehrt und ihre Kehrtwende war zu bizarr, als dass ich an sie glauben konnte. Sollte kommen, was wollte, ich würde es ohne Murren hinnehmen.

Gülichs Name fiel im Hause Beywegh nicht. Dafür war er sonst in aller Munde. Am nächsten Tag kehrte ich nach einem Spaziergang in ein Brauhaus ein und hörte Wirres. Gülich sei mit seinem Bett ins Gaffelhaus *Himmelreich* gezogen. Ein anderer behauptete, er befinde sich im Alexianerkloster am Neumarkt. Beides klang nach Fastnachtsscherz. Wer logiert schon im Versammlungshaus seiner Zunft? Gülich als Mönch war ebenso zum Lachen. Die Alexianer hatten allerdings auch Wahnsinnige in ihrer Obhut. Möglicherweise wollten ihn seine Gegner durch ein solches Gerücht lächerlich machen. Felicitas bestätigte mir jedoch das Unglaubliche. Der Rat habe Gülich ins Narrenspital der Alexianer gesteckt, wo jeder hingehöre, der sich mit seiner Bettstatt in einem Gaffelhaus häuslich niederlasse. Der Herr Vater wisse darüber mehr.

In diesem Moment betrat Beywegh die Stube und fragte launig: „Was weiß ich besser als Frau Naseweis?"

„Was mit Gülich ist", antwortete Felicitas.

„Ei ja, der Gülich!", sagte er, als habe er den Namen vergessen. „Der schreibt aus dem Kloster klägliche Briefe an Bürgermeister und Rat, um freizukommen."

„Man hat ihn eingesperrt?", fragte ich. „Warum?"

„Eine närrische Sach! Wir ließen die *Inquisitionskommission* einschlafen. Niemand protestierte. Keiner wollte sich mit Hesselmann, dem Lobredner der Gaffelherrlichkeit, im Loch vergnügen. Nur Gülich sträubte sich. Da sein Geplärr nichts nutzte, schaffte er eines Tags seine Bettstatt nach *Himmelreich*, hielt da seine Schandreden zum Fenster hinaus und forderte den Fortgang der *Inquisitionskommission*. Weil er alle Ordres heimzugehen ignorierte, brachte Obrist Kirberin ihn zu den Alexianern. Nun ist alles friedlich."

„So einfach ist das?" Ich staunte.

„Ja! Man muss nur die richtigen Leut in die Pfann' hacken."

Ruhe war in Köln in der Tat eingekehrt. Auf der Fahrt zum Theaterspektakel klapperten keine Kieselsteine mehr gegen die Kutsche. Wie in alten Zeiten zogen die Leute den Hut, was sie zuvor oft vergessen hatten. Die Jesuitenkirche Mariae Himmelfahrt war überfüllt. Ehrerbietig bildeten die Versammelten eine Gasse, durch die Beywegh mit Tochter Anna schritt und wir folgten. In vielen Gesichtern lag feindlicher Trotz, in zu wenigen Ehrerbietung. Vor der Bühne begrüßte uns der Direktor des Gymnasiums. Ein Schüler drückte mir eine *Perioche* in die Hand, deren Überschrift lautete: „Kurzer Inhalt der Umkehrung göttlicher Vorsehung über den Patriarchen Joseph." Es ging also um den biblischen Josef, das Hätschelkind der Eltern, das auf seine hart arbeitenden älteren Brüder herabsieht. In ihrer Wut verkaufen sie ihn als Sklaven nach Ägypten. Dort führt er zur Strafe für seine Arroganz ein klägliches Leben, bis sein Talent der Traumdeutung ihm den Weg zum Stellvertreter des Pharaos ebnet.

Das Spiel begann mit einem Trommelwirbel. Dann plötzliche Stille. Ein filigraner Geigenton schwebte und schwoll an. Stehend im Licht eines Standleuchters spielte Alexander. Nach und nach gesellten sich die Klänge der anderen Instrumente dazu: Cembalo, *Theorbe*, Violinen, Viola, *Gambe* und Flöte. Die Musik verklang. Schlafend lag ein Junge in einem antiken Gewand vor dem Vorhang, auf dem schattenhafte Traumgestalten erschienen, die engelhafter Chorgesang begleitete. Josef erwachte, lief zu seinen Eltern und sonnte sich in ihrer Bewunderung. An Effekten wurde nicht gespart. Nicht nur die *laterna magica* zauberte Traumwesen auf den Vorhang, Wind heulte, Donner krachte und Engel flogen. Beiläufig hörte ich hinter mir Antons Stimme. Er flüsterte mir zu, ein Herr wolle mich nach der Vorstellung beim Franziskus-Xaverius-Altar sprechen und ich nickte dazu. Zitternde Flötenklänge untermalten die Angst der heimtückischen Brüder vor Josefs Rache, als sie ihn in Ägypten in dem Stellvertreter des Pharaos erkannten. Josef verzieh ihnen. Die Schönheit der Vergebung wurde zum Schluss mit prunkendem Chorgesang gefeiert – eine Traumwelt, weit entfernt vom Alltag, in dem selten Großmut regiert und selbst kleine Verfehlungen auch kleinlich abgerechnet werden. Der Applaus setzte tobend ein. Ein kleiner Junge überreichte Alexander einen Lorbeer. Verlegen bot er den Zweig dem magister musicale an, für den er wohl bestimmt war. Der reichte ihn an den *Gamben*spieler weiter. So machte der Zweig den Weg durch die Hände aller Musiker. Diese Geste befeuerte den Applaus. Nur wenige verließen sogleich die Kirche. Klatsch ist der Leim, der die Leute zusammenhält. Felicitas sonnte sich in den Glückwünschen ihrer vornehmen Freundinnen zu den Violinkünsten ihres Sohns, während ich einen kurzen Schwatz mit Bruder Max hielt und einen längeren mit Marisa und den Kolffs. Antons fragender Blick erinnerte mich an seine Bitte zum Franciscus-Xaverius-Altar zu gehen.

Im Halbdunkel des verdämmernden Tages erwartete mich Abraham Sax. Tief verneigte er sich und kam stracks zu seinem Anliegen: „Wohlgeborener Herr, Niclaß Gülich bittet Euch, bei Herrn von Beywegh für ihn ein gut's Wort einzulegen, um ihn aus beschwerlicher Haft zu befreien."

„Da muss er sich an den Rat wenden", wies ich ihn ab.

„Das tat er hundertmal. Weniger als nichts ist darauf erfolgt. Nur der Herr Bürgermeister kann die Sach vorantreiben."

„Ich rede meinem Vater nicht in seine Amtsgeschäfte rein."

„Gewiss, gewiss! Aber die *Gaffeln* nehmen die Schmach der Haft ihres Gaffelbruders nimmer hin. Ihr, ein edler Herr, versteht's zierlicher als ich, dem ehrsamen Herrn Bürgermeister das Gesuch von Niclaß schmackhaft zu machen."

„Sollt mein Herr Vater mich fragen, rat ich ihm stets in seinem Interesse, nie anderen zu Gefallen!"

„Jaja, das ist ehrenhaft! Aber habt doch die Güt', ihm das zu geben." Er hielt mir einen Brief hin. „Untertänigst bitt ich! Der Rat weist alles ab, was von ihm oder den *Gaffeldeputierten* oder *Bannerherren* kommt. Sie haben sogar ein Versammlungsverbot der *Gaffeln* erlassen." Ich sah ihn verblüfft an. „Ja, wir dürfen nicht einmal mehr zusammenkommen."

„Gut, den Brief kann ich ihm geben."

„Ich dank Euch von Herzen, großmütiger Herr!"

Ich nahm den Brief und wir trennten uns.

Beyweghs gute Laune sprang ihm geradezu aus allen Knopflöchern. Daheim ließ er zu Ehren seines Enkels den besten Wein aus dem Keller holen. Die Gunst der Stunde nutzend gab ich ihm Gülichs Schreiben und erzählte von Sax. Alle Fröhlichkeit verpuffte. Ungeöffnet zerknüllte er den Brief und brüllte, er kenne den Unsinn zur Genüge, mit dem der Wirrkopf den Leuten die Zeit stehle. Nein, der *Pickelhering* Gülich bleibe da, wo er hingehöre, im Narrenhaus, basta! Auch die aufgeblasenen Querköpfe der *Gaffeln* hätten ihre „limites" überschritten und erhielten keinerlei „informationis" mehr.

„Lieber Vater, Sprachlosigkeit zwischen harten Gegnern führt zur Gewalt", gab ich zu bedenken.

„Wo bleibt die Loyalität zu mir, Herr Sohn?", wütete er. „Er verbündet sich mit Aufrührern wie dem Sax. Der Feind sitzt wohl schon inmitten meines Hauses!"

„Feind?" Ich stand auf. „Einen Feind mute ich meinem Herrn Vater nicht zu. Morgen reise ich ab!"

Ich nahm Gülichs Brief und verließ die Stube. Felicitas lief mir nach. In meiner Kammer beschwor sie mich zu bleiben.

„Mich hält nichts in Köln!", sagte ich bestimmt.

„Am liebsten ging ich mit! Aber der Herr Vater ..."

„Der braucht uns nicht, der sitzt ja fest im Sattel!"

„Ach, wie heut im Spiel ist auch hier vieles Schein. Was die Leut nicht laut sagen, zeigen sie in Grobheiten. Vorgestern Nacht setzten sie uns einen Misthaufen vor die Tür. In ihm stak ein Ast, auf dem eine Puppe im Ehrenkleid eines Bürgermeisters befestigt war. Darunter stand: Der löbliche Rat!"

Es klopfte. Beywegh kam. Er erklärte, seine Strenge gegenüber den *Gaffeln* diene allein dem Frieden. Nur mit Schärfe ließe sich die Ordnung aufrechterhalten. Abgehackt kamen die Sätze über seine Lippen wie Gebote, an denen selbst ein Gott nicht zu rütteln hatte. In einen warmen Ton wechselnd bedauerte er, im Eifer mir gegenüber zu weit gegangen zu sein. Er hielt mir seine Hand entgegen. „Trotz allem, lieber Sohn, die Stadtquerelen sollten unser herzliches Verhältnis nicht ruinieren, darum bitt ich."

Ich ging auf ihn zu und wir umarmten uns.

Dann sagte er: „Liebe Kinder, dieser schöne Tag, der uns bisher mit so viel freudigem Stolz erfüllte, sollte doch einen frohen einträchtigen Ausklang in der Stube finden."

Die Bitte konnte ich ihm nicht abschlagen. Die Freude über Alexanders Erfolg reichte nicht nur für ein Versöhnungsmahl. Der Gewittersturm reinigte die verpestete Luft zwischen Beywegh und mir. So erfüllte ich auch den Wunsch aller, Weihnachten in Köln zu verbringen, ließ später sogar Adam per Schiff aus Bonn kommen, damit er an der Weihnachtsfreude teilhaben konnte.

Am nächsten Tag las ich Gülichs Brief an Beywegh. Geschickt verwob der advocatus diaboli den Gewaltakt seiner Arretierung im Gaffelhaus *Himmelreich* mit einer Missachtung der Rechte und Ehrenschändung seiner Zunft, ja sogar aller *Gaffeln*. Untertänig bat er Beywegh die Haftgründe zu klären und ihn auf freien Fuß zu setzen.

Während ich darüber grübelte, klang draußen das Lied „Sommer kommt ins Land gezogen" im bekannten stolpernden Rhythmus. War es Zufall, dass der Bettler länger als ein Jahr immer wieder das gleiche Lied vor demselben Haus spielte? Ich sprang auf, riss die Zimmertür auf und eilte die Treppe hinab. Das Dideldudei brach ab und als ich die Haustür öffnete, war der Kerl davonmarschiert. Auch an den folgenden Tagen versuchte ich ihn zu erwischen und kam stets zu spät. Da nur mir die Sache seltsam vorkam, kümmerte ich mich nicht weiter darum, gab es doch Gravierenderes.

Gülichs Brandbriefe zeigten Wirkung. Die *Gaffeldeputierten* und die *Bannerherren* forderten nun die Fortsetzung der *Inquisitionskommission*, die Entfernung der Verwandten und Freunde der abgesetzten Herren aus dem Rat und Gülichs Freilassung. Unverdrossen stellten sich Rat und Bürgermeister taub. Das Gerücht eines Donnerschlags gegen den Rat lief um.

Am 5. Dezember zog sich die Ratssitzung wie so oft lange hin. Allerdings wurde das, was noch im Alltäglichen lag, in diesen fiebrigen Tagen der Spannung zwischen Rat und *Gaffeln* zum Beängstigenden. Die Gattinnen der Ratsherren Brassart und Pyrot kamen voller Sorge um ihre Männer zu Felicitas. Schon lange sei es stockfinster und ihre Eheliebsten blieben immer noch aus. Im Dezember ist es bereits vor fünf Uhr dunkel, trotzdem häuften die drei Frauen eine unheilvolle Spekulation auf die andere, bis jede davon überzeugt war, ihre Liebsten seien todgeweiht.

Zu ihrer Beruhigung ging ich mit Beyweghs Diener zum Rathaus. Es war bitterkalt. Schneeflocken blinkten im Laternenschein. Matt leuchteten die Fenster des Senatssaals. Einer der Wachen versicherte mir, es sei alles ruhig. In diesem Moment schallte hinter mir: „Freiheit für Gülich!“ Fackeln und Laternen flimmerten in der Portalgasse. Gut hundert Mann marschierten auf uns zu. Im Nu formierten sich 20 Soldaten vor der Ratslaube. Obrist Kirberin stellte sich vor sie und gebot der Meute, stillzustehen. Der Lärm erstarb. Er fragte, warum die Leut den Nachtfrieden störten. Einer aus dem Haufen rief, dass alle Zünfte in ihren Gaffelhäusern versammelt seien und dort verharrten, bis der Magistrat beschließe, die Rechte der *Gaffeln* zu achten und Gülich auf *Himmelreich* zu restituieren.

„Darüber disputiert jetzt der ehrsame Rat. Also, leev Lück, geht friedlich heim!“, kommandierte Kirberin.

„Mer jon, wenn mer den Beschluss han!“, tönte der Anführer und die Horde echote: „Beschluss, Beschluss!“

Trommeln dröhnten. Beyweghs Diener stupste mich an und fragte, ob es nicht ratsam wäre, zu gehen. Ratsam ja, nur waren wir umzingelt und die bewaffneten Männer warteten nur auf einen Anlass, um über die Handvoll Soldaten herzufallen. Selbst der raue Kirberin suchte sein Heil in der Gemütlichkeit und rief: „Leev Lück, morgen habt ihr den Beschluss. Wozu also do friere, wenn Zehuus die Biersupp wartet?“

„Bürjerfreiheit!“, brüllte der Mob und rückte vor.

„Haltet ein!“, befahl Kirberin. „Ich schick zum Rat!“

Der Anführer der Horde riss die Arme hoch, gebot Halt und rief: „Herr Obrist, mer warte! Viel Jeduld han mer nit!“

Die Leute krakeelten „Magistratsbeschluss“ und ein Echo antwortete mit „*Vivat* Gülich“. Aus der Judengasse kam noch eine Schar. Flattriger Fackelschein erhellte die Nacht. Qualm lag schwer in der Luft.

Im brüllenden Pulk stand ein Mann seltsam unbeteiligt da. Ein Narbenwulst am Kinn hatte sich in der Kälte bläulichrot verfärbt. Ohne Furcht vor dem Henkersseil und ganz im Vertrauen auf mächtige Gönner hatte sich Severin Lachnit unter die Leute gemischt. Kerl, dich krieg ich! Ich ging auf ihn zu, doch mehrere hielten mich fest.

„Hiergeblieben, Ratsfreund!“, herrschte mich einer an.

„Ich bin kein Ratsfreund. Sieh hier!“ Ich öffnete den Mantel, so dass sie meinen rostroten Rock sehen konnten.

„Wess man, ob einer der Rabenvögel sich en bunts Wämslein überjezoche hat? Der Herr blev brav do!“

Ich ging zu meinem alten Platz zurück. Dort wartete nur noch die Laterne. Beyweghs Diener war entschlüpft.

Lange blieb ich nicht allein. Die Menge schob sich vor und nahm mich in die Masse auf. Als die Spieße der Soldaten die vor mir Stehenden fast berührten, brüllte Kirberin: „Rückzug!“ Windschnell fegten die Soldaten ins Rathaus und schlugen die Tür zu. Siegesgejohle und Rufe wie „Hackt sie zu Mus!“ gellten. Der Druck der Menge wuchs. Einen Knaben, der niedergetrampelt zu werden drohte, packte ich und versuchte Platz zu schaffen – vergeblich, die Enge wurde noch atemnehmender.

Aus großer Not rettete uns ein vielstimmiger Ruf: „Da ovve! Hört, hört!“ Das Lärmen verebbte. Der Druck lockerte sich.

Beyweghs Stimme verkündete, der Rat bestätige die Rechte der *Gaffeln*, die er nie schmälern wollte, und werde das Recht reformieren. Nach einer Pause sagte er das, worauf alle warteten: „Gnädiglich gestattet der Magistrat, dass Niclaß Gülich sich heim...“ Im aufbrausenden Jubel ergänzte jeder den Rest selbst. Das Jauchzen währte nur kurz, was nicht allein an der Kälte lag. Resignation machte sich breit. Man sehe sich bald wieder, der „Lügenrat“ werde nichts auf besseren Weg bringen, hörte ich.

An eine besinnliche Adventszeit im Hause Beywegh war nicht zu denken. Schon am nächsten Tag störte Judendunck das Mittagsmahl. Es gehe um Gülich, sagte er.

Beywegh knurrte: „Gülich ist frei, er kann heimgehen!“

„Ei ja, das hat er schriftlich, aber er will nicht!“

„Dann mag er bei den Alexianern bleiben. Steht ihm wohl an, bis ans End seiner Lebtag’ auf Knien Gott um Vergebung für seine tausend Sünden zu bitten!“

„*Salva venia*, er will ehrenhaft restituiert werden.“

„Was will er?“, fuhr Beywegh auf.

„Er vermeint, seine Ehr sei verletzt, weil der Kirberin ihn gefesselt an einen Stuhl ins Narrenspital brachte, als sei er von Sinnen. Um das zu heilen, sollen Obrist Kirberin und die Stadtsoldaten ihn nun *cum honore* mit Trommeln nach *Himmelreich* geleiten.“ Judendunck legte Beywegh einen Brief vor.

„Das ist wohl schon auf allen *Gaffeln* bekannt?“

„Es ist anzunehmen!“, erwiderte Judendunck kleinlaut.

„Kreuzsapperment“, schimpfte Beywegh. „Warum wird jeder Furz, den dieser Teufel lässt, gleich überall gerochen?“

„Seine Anhänger sind überall. Eine Vielzahl Mäus kommt an jeden Käs, trotz zahlloser Fallen.“

„Maus? Eine Hydra ist der Kerl, der zwei Köpf nachwachsen, wenn man einen abschlägt. Dem streut der Magistrat keine Rosen. Der mag im Kloster verschimmeln!“

Judendunck ging mit skeptischer Miene. Mürrisch machte sich auch Beywegh auf den Weg ins Kontor.

„Bekommt er das Geleit?“, fragte mich Felicitas.

„Gewiss, sonst gibt’s wieder einen Tumult.“

„Wegen einer derart geringfügigen Sach?“

„Gering? Mit dem Ehrengeleit demütigt sich der Rat vor Gülich und den *Gaffeln*. So kommt’s, ich wett!“

Die Wette gewann ich. Die Kölner strömten zur nächsten Ratssitzung auf den Ratsplatz und forderten schrill die Ehrenrestitution Gülichs. Eilfertig beschloss der Rat, Gülich *cum honore* zum Gaffelhaus *Himmelreich* geleiten zu lassen. Der Vollzug wurde drei Stunden nach Verkündung abends um 7 Uhr angeordnet.

Trotz der kurzen Zeitspanne gaben die Bürger nicht Ofen und Nachtmahl den Vorzug, sondern der nächtlichen Kälte. Und ich war dabei! Angelockt von fernem Trommelschlag bog ich von einer Abendmesse meines Bruders Max kommend nicht zum *Alter Markt* ab, sondern lief bis zur Schildergasse. Ich wusste, was die vielen laternen- und fackeltragenden Menschen entlang der Gasse bedeuteten. Für einen Schwiegersohn Beyweghs war es anstößig für Gülichs Triumphmarsch Spalier zu stehen. Doch diesmal folgte ich nicht der Pflicht, sondern meinem Herzen.

Eine Atmosphäre der Freude und Zuversicht füllte die Straße. In erwartungsvoller Ruhe leuchteten die Gesichter der Menschen im Flackerschein. Pfeifen und Trommeln näherten sich. *Vivat* Gülich rufend lief junges Volk vorneweg, dahinter trugen zwei Soldaten den Stuhl, auf dem vor drei Monaten der gefesselte Gülich zum Neumarkt gebracht worden war. Fackelträger, die Niclaß Gülich umrahmten, und hundert Soldaten folgten.

Als habe jemand den Zapfen aus dem Spuntloch eines vollen Fasses gezogen, so ungestüm brach der Beifallssturm der Leute los. Fenster wurden aufgerissen, jeder schrie und winkte dem Bürgerbefreier zu. Überall Freude, Trubel, Vivat-Gülich-Rufe. Neben mir posaunte einer: „Is et nit zum Verwundere, dat en einzig Minsch den hohen Rat bezwingt?“, dazu jauchzten einige im Chor „Rats-Meister, Rats-Meister!“ Eine alte Frau streckte die Arme nach Gülich aus und rief: „Jott segne dich, du Herzemann!“ Gülich dankte, winkte und hatte Augen für jedermann. Bei mir blieb er stehen und raunte mir ins Ohr: „Sagt ich's nit, ein friedvoller Sieg!“

Kein König konnte enthusiastischer bejubelt werden – ein grandioser Erfolg nach drei dornigen Jahren. Auf den *Gaffeln* hatte man ihm applaudiert, ihn jedoch ebenso oft als Don Quichotte, *Pickelhering* oder Kümmelspalter beschimpft. Die Syndici bespöttelten seine juristischen Ausführungen als solche, die eines Einfaltspinsels würdig seien. Judendunck schmähte ihn gar als „eingebildeten Hundsfotz". Unbeirrt und mutig kämpfte der verlachte Narr, um in dieser Dezembernacht zum Helden zu werden.

Mit Rücksicht auf Stand und Verwandtschaft marschierte ich am Ende des Triumphzuges, trank auch keinen Branntwein, der mir angeboten wurde, und doch berauschte mich diese Stunde seelenschmeichelnder Glückseligkeit.

Im Gaffelhaus *Himmelreich* am Heumarkt war ein Fenster erleuchtet. Von da aus dankte Gülich allen, Überschwang in der Stimme. Nach unzähligen *Vivat*-Gülich-Rufen zerstreuten sich die Leute.

Die Weihnachtsmesse feierten wir alle in Groß Sankt Martin. Ein wehmütig an Gereon Hesselmann erinnernder Ort, der weiterhin im Loch des Rathauses litt. Er war ein Vergessener und wenn jemand von ihm sprach, dann über den Verräter, käuflichen Lumpen, willfährigen Steigbügelhalter der Großen Hansen. Man dichtete dem einstigen Kämpfer für die Reichsfreiheit Kölns an, er habe die Stadt nicht nur den Franzosen, sondern sogar dem Kurfürsten ausliefern wollen – für jeden Kölner eine Untat, die noch vor Hexerei, Mord und Totschlag stand. Keine Absurdität war zu phantastisch, um sie ihm nicht nachzusagen. Es fiel mir schwer, die Gedanken von dem Alten im kalten Verlies in die Weihnachtsfreude zurückzuzwingen, obwohl Obrigkeit und Bürger so einträchtig wie lange nicht mehr das Friedensfest feierten. Vor allem die Ratsherren setzten milde Mienen auf.

Während der Messe schob Felicitas ihre Hand in die meine und zeigte heimlich Zärtlichkeiten. Ihre Liebkosungen gefielen mir, denn nicht alles war Kalkül, um mich in Köln zu halten, dafür kannte ich sie zu gut. Das Herz lässt sich zwar leicht verführen, hat aber ein besseres Gedächtnis als der Kopf. Trotz mancher süßer Nacht im Ehegemach kam mir ihre Tändelei mit Kannegießer immer wieder schmerzlich in den Sinn. So wechselten Zeiten alten Eheglücks mit solchen der Abwehr.

Nicht nur für mich war es eine Zeit großer Unsicherheit. Die ganze Welt schien zu wanken. Der zwanzigjährige Waffenstillstand mit den Türken lief aus und die Hohe Pforte rüstete sich, um Österreich oder gar das ganze Reich zu unterjochen. In Kurköln hatte Wilhelm Egon von Fürstenberg wieder das Ruder in der Hand und sofort sammelten sich dort französische Soldaten, um im geeigneten Moment die Schwäche des Kaisers auszunutzen. Sie bedrohten auch Köln. Das Stadtregiment seinerseits war stets in Gefahr, entweder von den *Gaffeln* oder von Wolfskehlanhängern gestürzt zu werden. Gegen die Welt ist man machtlos, nur im Kleinen kann man barmherzig sein und gegen das Böse ankämpfen. So wurde mein Wunsch, Hesselmann zu helfen oder ihm wenigstens Trost zuzusprechen, immer drängender. Doch ein Gefangener sieht nur die ihn Verhörenden und bisweilen einen Priester. Es bedurfte eines langen Atems, um Hesselmann beistehen zu können.

Januar und Hornung 1683

Meine Fragen nach Hesselmann beantwortete Beywegh stets mit einem Satz: Der Verdacht wegen Hochverrats rechtfertige die überlange Haft. In puncto Hesselmann verhielt sich auch Bruder Max maulwurfartig. Blind- und Taubheit vorgebend verkroch er sich unter der Erde, sobald ich den Namen erwähnte. Da die Jesuiten alle Gefangenen betreuen, respektierte ich sein Schweigen, wenngleich mir das Thema stets auf der Zunge lag.

Als wir wieder einmal auf den harten Bänken des Besuchsraums des Kollegs beisammensaßen, setzte ich mich über das Tabu hinweg, fragte nach Hesselmann und entschuldigte mich sogleich: „Max, mich treibt keine Neugier, nur Mitgefühl."

„Lass es gut sein", winkte er ab. „Gott hilft!"

„Und gerade Gott treibt mich an. Ich hab's erlebt, wie's ist, im kalten Dunkel auf Rettung zu hoffen, die man nirgendwo sieht. Hesselmann hat keinen Fürsprech und sieht nur Leut, die eifrig nach Zeugnissen suchen, um ihn hinrichten zu lassen."

„Hesselmann erhält seelischen Beistand."

„Ja, an Gott und an den Priester klammert man sich. Dennoch ist jeder Trost aus der Welt außerhalb des Kerkers höchstes Glück – von einem, der sagt: Du bist unschuldig!"

„Bruder, wie ein junger Tollkopf spintisierst du über Dinge, die nicht deine Sach sind. Erst diese sinnlose Suche nach einem Mörder, jetzt willst du auch noch zu Hesselmann!"

„Haargenau! Erinnerst du dich daran, wie du damals in einer Soutane verkleidet zu mir in den Bayenturm gekommen bist?"

„Ha, ein Schülerstreich eines einfältigen Knaben!"

„Für mich war's ein Licht, das mir bis heut leuchtet. Lassen wir uns stets von der Unmöglichkeit einschüchtern, bleibt nur Trübsinn. Gott berührt uns, wenn wir Grenzen überschreiten."

„*Bene*, du willst also in der Soutane zu Hesselmann?"

„Wenn es keinen anderen Weg gibt? Ja!"

„Entdeckt man dich, hat das für Beywegh und Hesselmann böse Folgen, und, lieber Bruder, missbraucht auch nur ein Jesuit das Privileg, Gefangene aufzusuchen, bleiben in Zukunft hunderte Seelen in Köln ohne Zuspruch. Das lade ich weder dir noch mir aufs Gewissen."

Ja, daran war nicht zu rütteln, und mein kleiner Hoffnungsfunke, christliche Barmherzigkeit würde ihn dazu bewegen, mich zu unterstützen, verlosch. Aber es bedurfte nun einmal viel Geduld, um an Hesselmann heranzukommen. Ihm zu helfen, war noch schwerer.

Auf dem Heimweg kam ich am Verhannenhaus vorbei. In der Küche schwatzte die Magd Hannche mit einer Frau.

Gülich sprach wohl auf einer der 22 *Gaffeln*. Die Wetterwendigkeit politischen Glücks trieben ihn dazu, seine Popularität durch Agitation bis zum Äußersten zu nutzen, denn nach wie vor gab es keine Reformkommission.

Auf dem *Alter Markt* hörte ich eine Leier. Vor Beyweghs Haus stand der Bettler, dessen Dudelei mich so oft plagte. Den Hut lüftend verbeugte er sich galant – zu galant für einen, dessen Nachtlager in den Verschlägen der Stadtmauer sein musste. Das reizte meine Neugier. Ich stellte ihn nicht gleich zur Rede, sondern folgte ihm.

In der Nähe des Hafens verschwand er in einem Stapelhaus, in das nach und nach mehrere Männer spazierten, von denen einige gut gekleidet waren. Von heimlichen Konventen von Verschwörern, die das Stadtregiment stürzen wollten, hatte ich schon gehört. Abenteuerlust war dabei, als ich hinter zwei Herren das Haus betrat, denn der Schwiegersohn Beyweghs war hier kaum willkommen.

Laternenlicht und Stimmengewirr empfingen mich. Links lagerten Fässer, rechts stapelten sich Säcke. Ich drückte mich ins Dunkel der Kornsäcke. Ein großer Herr trat ein und ging an mir vorbei. Sein Parfüm durchwirkte die kotige Luft des Raumes. Alles übertönend rief eine schrille Diskantstimme: „Da ist der ehrsame doctor Köpgen!"

Köpgen? Köpgen war Wolfskehls Advokat. Ein Knecht schlurfte zur Tür und schob den Riegel vor. Es wurde still. Ich ließ mich auf die eisige Erde nieder, wo sich der Schlamm des Frühjahrshochwassers verkrustet hatte. Die Diskantstimme fragte, ob jemand ein Anliegen habe. Hesselmanns Name fiel.

„Hesselmann?", wiederholte der Diskant. „Der Erzlump tat alles für das Schandurteil gegen die Bürgermeister und untermauerte noch nach Gülich'scher Manier die Frechheiten der *Gaffeln*. Für jeden Patrioten ist Hesselmann tot, tot, tot!" Zustimmendes Raunen bekräftigte sein Urteil. „Und jetzt spricht der ehrsame doctor iuris Köpgen zu uns."

Über die Säcke hinweg warf ich einen flüchtigen Blick auf den eleganten Herrn in seiner Perücke, der zwischen Heringsfässern und spinnwebenverflochtenen Säcken stehend an seinen Spitzenmanschetten zupfte – eine Marotte, über die sich Beywegh einmal mokierte. Er rief: „Aufrechte Patrioten! Ich stimme dem ehrsamen Herrn Murckens zu: Hesselmann mag im Loch verrotten!" Nachdem er so kurz und bündig den Stab über den Stadtsekretär gebrochen hatte, dozierte er über den Appellationsprozess von Krebs und Wolfskehl in Wien. Schon die Vorrede geriet zu weitschweifig, und heillos verzettelte er sich in juristischen Finessen. Die gelangweilten Zuhörer tuschelten, scharrten mit den Füßen und ich bereute, für diese Faselei zusammengekrümmt hier zu frieren. Am Schluss des öden Sermons rief er dazu auf, den Gaffelaffen das Maul zu stopfen, und zündete noch eine Feuerwerksrakete: „Hochgeehrte Freunde! Geschützt durch ein kaiserliches *protectorium* wird der ehrsame Herr Bürgermeister Krebs am Samstag zu Mittag durchs Hahnentor einreiten. Kommt alle, begrüßt ihn gebührend! Sagt's jedem guten Patrioten!"

Die Zuhörer zischelten Zustimmung. Als sich die Ersten auf den Weg machten, huschte ich hinter ihnen hinaus. In klarer Nachtluft dehnte ich mich, wischte mir Spinnweben von der Stirn und dachte betrübt an Hesselmann. Er war der Letzte gewesen, der den Dialog zwischen den beiden Parteien aufrechterhalten hatte. Jetzt gab es nur noch Weiß oder Schwarz. Wer ein Argument für die Gegenseite wagte, galt als Verräter. Verebbt der Dialog, folgt die Gewalt.

Im Dunkel einer Toreinfahrt spähte ich zum Stapelhaus. Die Männer traten vereinzelt heraus. Der Leiermann plauderte mit Doktor Köpgen. Zum Abschied legte ihm der Advokat die Hand auf die Schulter – erstaunlich für einen Herrn, der Bettlern bestenfalls spitzfingrig ein Almosen in den Hut warf.

Dem Leiermann folgte ich. Am *Alter Markt* blieb er stehen,

kramte in seiner Tasche und zog etwas heraus. Von hinten auf ihn zugehend wünschte ich ihm Guten Abend. Er fuhr herum. Rotgesiegelte Briefe flatterten zu Boden.

„Potz Blut, Ihr habt mich zu Tod erschreckt!", schalt er.

„Ich wollt nur wissen, wer uns tagtäglich mit Sommerliedlein malträtiert." Er stierte mich an. Jetzt erst erkannte ich in dem verlotterten Mann Michel von Wolfskehl. Er bückte sich und sammelte seine Briefe ein. Auch ich hob einen auf. Er war an „Mademoiselle Anna Christina" adressiert. „Hola, der Herr trägt Briefe an seine zahlreichen Angebeteten aus?"

„Alle Briefe sind nur an Eine!", erwiderte er gekränkt.

„Warum so viele?"

„Wenn man jeden Tag einen Brief schreibt und keinen übergeben kann, so sammeln sie sich in der Tasche."

„Wär's nicht klüger, sich eine Unmöglichkeit aus dem Kopf zu schlagen, als eselsstur an ihr zu kleben?"

„Ich bau auf die Möglichkeit, dass ein Traum wahr wird."

„Will Er sich nachts an meine Tochter heranmachen?"

„Nein, ich wollt' einen Brief unter die Tür klemmen", sagte er kleinlaut. „Aber es ist sinnlos! Die Frau Mutter duldet keine Briefe und das Gesinde ist mehr ihr als mir ergeben. Lasst Ihr mich arretieren, wenn ich wieder vorm Haus spiele?"

„Spielt unbesorgt, nur haltet mehr den Takt", scherzte ich.

„Ja! *Salva venia*, Ihr könntet zwei Verliebten den Himmel bereiten, wenn sie sich einmal aus der Näh sehen dürften."

„Der Abstand von drei Stockwerken hilft der Tugend."

„Es stärkt die Tugend, wenn sie sich bewähren darf."

„Gelegenheit macht eher Diebe! Freund, diese Liebschaft bringt nur Herzeleid auf beiden Seiten."

„Und wenn sich das Herz nicht bekehren lässt – beiderseits?"

„Sind die Hindernisse zu hoch, siegt die Vernunft!"

„Mag sein, bis dahin muss aber meine arme Liebste leiden. Vielleicht könntet Ihr ihren Kummer lindern und ihr ein Brieflein geben? Briefe geben keine verbotenen Küsse."

„Herrje, schlag Er sich diese Liebe endlich aus dem Kopf!"

„Jeder der einmal liebte, versteht!", flüsterte er. „Uns leitet das Herz, das doch ein Rest des Paradieses in uns ist."

„Hass kommt auch aus dem paradiesischen Herzen."

„Unsere Gefühle sind nicht von so böser Art. Ach bitte, seid so gut, nehmt einen Brief und ich bete, dass Euer Herz bald den kalten Verstand besiegt und meine Liebste ihn erhält!"

Aufgefächert hielt er mir einige Briefe hin. Ich lachte, nahm Einen und warnte: „Gut, aber erhoff Er sich nichts davon!" Trotzdem wurde sein ungepflegtes Bettlergesicht jugendlich fröhlich. Dieser Wandel berührte mich und ich fragte: „Hat Er denn ein Obdach?"

„Gewiss, in der Langgass im Danzhof!"

„Im Haus des seligen Ferdinand Kannegießer?"

„Ja, davor war Doktor Köpgen der Eigentümer."

„Und der Doktor Advokat verschweigt dem Herrn Vater, wo sein Filius herumstreunt?"

„Nach einem bösen Streit weiß er mittlerweil, wo ich bin."

„Also auch, dass sein Sohn in Köln vom Betteln lebt?"

„Nicht nur, für Doktor Köpgen fertige ich Kopien an."

„Trotzdem ein elendes Leben."

Er lächelte wehmütig und blickte hinauf zur Venus, die als einziger Stern am nachtblauen Himmel stand. „Wenn sie mir eine in einen Zettel gewickelte Münze hinabwirft, auf dem steht: Mein Herzliebster, mein Schatz – ha, das ist jede einsame Stunde in Gesellschaft eines kalten Ofens wert."

„Jeder Träumer baut sich eine Lebenshölle!"

„Vielleicht? Trotzdem: Lieb-belle und ich bauen auf Euch."

„Auf mich? Genauso wie Verliebte die Welt aus den Angeln heben wollen, verteidigt ein Vater das Glück seiner Kinder."

„Und deshalb werdet Ihr uns den väterlichen Segen geben."

„Eselsköpfig und unbelehrbar! Gut, nun endlich adieu."

„Adieu, lebet wohl!" Er verbeugte sich tief.

Der Einzug von Bürgermeister Krebs in Köln war fürstlich. Hinter Trommlern, Fanfarenbläsern und Stabträgern ritt Krebs auf einem Schimmel. Ebenfalls zu Pferd folgten sein dicker Sohn Gerwin und Krebs' Schwiegersohn. Dahinter eskortierten Stadtbedienstete eine Kutsche, aus der Gattin und Tochter hoheitsvoll winkten. Viele Getreue marschierten hinter ihnen her.

Beywegh, Felicitas, Anna, Lieb-belle und ich beobachteten am Stubenfenster die Demonstration alter Macht. Anna schüttelte den Kopf und fragte: „Warum schickt der Rat seine Bediensteten, um den Übeltäter ehrenvoll zu empfangen?"

„Keiner hat ihnen das erlaubt!", knurrte Beywegh.

„Ha, am Tor hätt' man ihn gefangen nehmen sollen!"

„Halt dein los Maul!", kanzelte Beywegh sie ab. „Der Kaiser hat den Einzug befohlen. Dem widersetzt man sich nicht!"

Am Ende des Zuges befand sich Michel von Wolfskehl, diesmal rasiert und annehmbar gekleidet, neben ihm eine Dame im pelzbesetzten Mantel. Er blieb vor unserem Haus stehen und schaute hinauf. Die Dame packte ihn am Arm und zog ihn mit sich. Ich erkannte Camilla Kannegießer. Obwohl ihr Wolfskehl nicht den Arm gereicht hatte, konnte man bei diesem öffentlichen Anlass denken, zwei Verlobte hätten sich dem Ehrengeleit angeschlossen.

Lieb-belle verließ sofort die Stube. Zum Nachtmahl erschien sie nicht und drei Tage später rief Felicitas gleich zwei Ärzte. Sie schwangen das Harnglas, lasen aus der Urinfärbung Melancholie der eine, eine böse Leber und zu viel Galle der andere. Immerhin verordneten sie einmütig einen Aderlass, das Allheilmittel Theriak und empfahlen, die Kranke von Anna zu separieren. Doch nichts half. Ihre Brüder wollten sie aufheitern. Adam versuchte es mit Latein. Doch dessen mysteriöse Worte versagten. Alexanders Niederlage war noch vernichtender, denn seine lustigen Tänze ließen sogar ihre Tränen rinnen. Die Enttäuschten suchten bei mir Rat.

„Ihr könnt doch alles, Herr Vater!“ Adam blickte bewundernd zu mir auf. „Ihr holt Lieb-belle aus dem Cholerischen.“

„Melancholischen!“, verbesserte Alexander. „Ja, sie ist in arger Schwermut. Gibt's dagegen kein Mittel?“

Adam hielt mir sein Lateinbuch hin: „Ich hab nur die falschen Wörter ausgesucht, Ihr findet gewiss die richtigen.“

„Strohkopf!“, rüffelte ihn Alexander, „Latein macht jeden schwermütig, der halbwegs bei Verstand ist.“

Ich nahm Adams Buch und sagte: „Alexander, du spielst in eurer Kammer und ich versuche mit Latein mein Glück.“

Adam jauchzte. Alexander verzog säuerlich das Gesicht, weil der lateinische Unsinn bei mir Gnade gefunden hatte. Ich ging zu Lieb-belle. Sie schrieb in Arnolds Kammer, in die sie wegen ihrer Krankheit einquartiert war. Störrisch gerade bedeckten die Buchstaben das Blatt, das sie flugs umdrehte. Die Geige schallte von oben. Aufheiternd sagte ich: „Wie schön, dass du wieder deine Korrespondenz erledigst. Aber, warum schaust du immer noch so traurig in die Welt?“

„Ach nichts, Herr Vater, ein wenig Bauchgrimmen, ein wenig Hauptweh, Herzklopfen, ein wenig Mattigkeit.“

„So vielerlei Wenig kann eine böse Krankheit sein.“

„Ja, die Leber und zu viel Galle, sagen die doctores.“

„Nicht eher das Herz, wenn's so klopft?“

„Seit wann seid Ihr ein Arzt?“, fragte sie trotzig.

„Gegen Gram heilen Worte besser als Arznei, vor allem, wenn er Michel heißt.“ Trotzig schob sie die Unterlippe vor. Von oben schmeichelte die Violine seelenvoll – für mich verträumt, für sie wohl traurig. „Lieb-belle, du hast Wolfskehl im Gefolge von Krebs gesehen?“ Eisig schaute sie an mir vorbei. Ich legte meine Hand auf die ihre: „Dazu die Jungfer Kannegießer. Liebs Kind, lass ihn gehen! Da ist nur unnütze Qual.“

„Nicht ich quäl mich. Es quält mich – die Lieb!“

„Quantum oculis animus tam procul ibit amor, schrieb der Poet Properz, das heißt: So weit die Lieb aus den Augen kommt, so weit geht sie aus dem Herzen."

„So verspielt ist unsere Lieb nicht!"

„Ja ja, er spielt oft auf einer Leier vor unserem Haus."

„Woher wisst Ihr das?", fragte sie erschreckt.

„Nach einem seiner Ständchen hatte ich ihn am Kragen."

„Was hat er gesagt?"

„Falsche Liebesschwüre!"

„Ihr mögt ihn halt nicht!", sagte sie schmerzlich.

„Doch, aber man greift nicht nach den höchsten Kirschen, wenn's in Armlänge auch schmackhafte gibt."

„Herr Vater, Liebe ist kein Kirschzweig, von dem man entweder die eine oder andere Frucht pflückt. Für mich gibt's nur den einen und Ihr verspracht mir einmal, mich in keine Ehe zu zwingen."

„Das heißt nicht, dass ich einer unpassenden zustimme."

„Wenn die Lieb an einem hängt, sind alle anderen Zwang."

„Finde dich endlich mit der Niederlage ab! Ein junger Herr mit großer Auswahl legt kein Keuschheitsgelübde ab. Liebs Kind, lass ihn laufen! Manchmal ist's ein Segen, vor der Erfüllung seiner Wünsche bewahrt zu werden."

„Hat er das Herz, mir das Schlimmste anzutun, sag ich Adieu. Aber solang ich's nicht weiß, quält mich die Lieb!"

Ich hätte nun die Untreue des lästigen Verehrers weiterspinnen können – ob wahr oder unwahr. Aus der Intrigenapotheke ist dieses Mittelchen am wirksamsten. Doch das träufle ich niemandem ein, schon gar nicht meiner Tochter.

„Gut, schreib einen Brief, und er erhält ihn", bot ich ihr an.

„Ihr wisst, wo er logiert?", fragte sie. Ich nickte. Ihre Augen leuchteten auf. „Darf ich mitkommen?"

„Gott bewahre, du bist krank. Schreib nur!"

Ihren Brüdern meldete ich: Latein habe ihre Schwester aus dem Trübsinn geholt und die Musik sie erheitert. Alexanders Blick war skeptisch, aber Adam strahlte, ganz von der Macht des geheimnisvollen Lateins überzeugt.

Wie die Menschen haben Häuser nicht nur Namen, sondern auch einen Ruf. Für mich war der Danzhof das Haus, in dem die Untreue wohnte. Obwohl sich der Fachwerkbau bieder gab und die morsche Tür durch eine neue ersetzt worden war, kamen mir nur Worte wie Sündenpfuhl oder Lasterhöhle in den Sinn, als ich ihn wiedersah. Ein Barbier hatte sich dort einquartiert, wie die an einer Stange befestigte Barbierschale anzeigte. Eilfertig öffnete er mir die Tür. Ich fragte, ob hier ein junger Herr wohne. Jaja, unterm Dach sei er zu finden, nuschelte er ernüchtert, keinen Kunden eingelassen zu haben.

Ich stieg die altersmüde knarrende Treppe hinauf, dann führte nur noch eine Leiter zu einer Falltür. Auf mein Klopfen hin zog Wolfskehl die Lade zurück, und bat mich mit einem „Entrez, s'il vous plait!" herein, als empfinge er mich in einem Schloss. Das finstere Stübchen war kalt, obwohl ein Ofen es wärmte. Auf einem Tisch brannte neben Schreibzeug eine Kerze. Unter einem vereisten Fenster stand das Bett. An zwei Wandhaken hing die Habe des Sohnes des einst mächtigsten Mannes Kölns. Er bot mir seinen Stuhl an und setzte sich auf einen Hocker, von dem er Krug und Waschschüssel räumte. Gespannt sah er mich an.

„Ich sah den Herrn beim Einzug von Krebs", begann ich.

„Ei ja? Für einen Wolfskehl war das eine Pflicht."

„Und zusammen mit der Jungfer Kannegießer ein Spaß!"

„Die Jungfer bat mich, sie und ihre Muhme zu begleiten."

„Nur war Er in inniger Nähe zur Jungfer ohne die Muhme."

Er erschrak: „Die Muhme war krank. Und innig? Von meiner Seite gewiss nicht."

„Meine Tochter sah es aber so. Hier ist ein Brief von ihr!"

Ehrfürchtig löste er das Siegel, las ein „Gott, nein!" vor sich hinmurmelnd und ließ den Brief sinken. „Meine arme Liebste! Wie kann sie an mir so zweifeln?"

„Wenn der Herr mit einer Jungfer Arm in Arm über den *Alter Markt* spaziert, ist das eher zwangsläufig als ein Wunder."

„Ach, es war nur eine Gefälligkeit. Die Jungfer lässt mich hier zum Gotteslohn logieren und bat mich um die Begleitung." Er blickte traurig auf den Brief. Irgendwo tropfte es. In der Nähe des Betts stand ein Kübel, in den Tropfen vom undichten Dach plantschten. Wolfskehl sah auf: „Anna Christine ist mein Engel. Mehr Opfer als das elende Leben hier kann ich ihr nicht bringen, ich kann's nur noch beenden."

Die dramatischen Worte klangen sachlich – keine Ankündigung eines Verzweiflungsschritts, sondern eine logische Konsequenz, und in diesem einen Moment glaubte ich ihm. Um Lieb-belle zu trösten, bat ich ihn, ihr zu antworten.

Erfreut fragte er: „Hat sie schon den Brief, den ich Euch am *Alter Markt* gab?"

Wortlos zog ich das versiegelte Schreiben aus der Rocktasche. Er öffnete es, fügte einige Sätze hinzu und gab es mir. Mehrfach beteuerte er, sein Umgang mit der Jungfer Kannegießer sei in allen Ehren. Ich blieb zurückhaltend und hielt den Abschied kurz.

Von dem Barbier ließ ich mich rasieren. Barbiere hören viel, sind zudem oft schwatzhaft. Der Bursche war jedoch einsilbig und als ich ihn nach seinem Mitbewohner fragte, sagte er keck: „Habt Ihr den Kehl nit eben selbst gesprochen?"

„Ich will ihn als Sekretär in meine Dienste nehmen, da genügt mir sein Eigenlob nicht."

„Ei, der ist sehr schweigsam. Mehr weiß ich nit", und mehr erfuhr ich auch nicht.

Wolfskehls Liebesschwüre halfen Lieb-belle aus ihrer Schwermut, verstärkten aber auch den Liebeszauber. Sie hoffte auf eine ehrenvolle Rückkehr des Bürgermeisters Wolfskehl nach Köln, was alle Heiratshindernisse beseitigt hätte. Nur standen die Sterne für die alten Bürgermeister schlechter als je zuvor. Nächtliche Schmähgesänge, eingeschlagene Fenster, sogar tätliche Angriffe vertrieben Krebs bald aus Köln. Auch Bürgermeister und Ratsherren waren

Drangsalierungen ausgesetzt. Man beschimpfte sie, spuckte sogar vor ihnen aus. Wolfskehlfreunde wurden geschubst und bedroht. *Bannerherren* und die *Gaffeldeputierte* verlangten Reformen, die sie in 80 Klagepunkten präzisierten. Der Rat opponierte. Zu Hunderten sammelten sich die Bürger auf dem Ratsplatz. Zum ersten Mal war auch Gülich unter den Tumultierern, die ein Ende des Versammlungsverbots der *Gaffeln* und Reformen forderten. Wieder gab der Rat nach und hob das Versammlungsverbot auf. Als Einziger wurde Gülich wegen Tumultierens vor den Rat zitiert. Wiederum krümmte ihm keiner ein Haar.

Hesselmann dagegen blieb im Loch. Schutz konnte ihm nur noch der Kaiser bieten. Deshalb bat ich Florentin um eine Unterredung. Er empfing mich in seinem Kabinett und kündigte mir noch einen weiteren Gast an. So kam ich sofort zum Thema Hesselmann, wozu er verdrossen die Stirn runzelte. Es sei nun mal eine gnadenlose Zeit und ich solle mir keinen unnützen Kummer aufladen, sagte er.

Es klopfte. Der Diener meldete den kaiserlichen Hofrat Johann Christoph Jodoci. Gemessen trat er ein und erwiderte ebenso Florentins Willkommensgruß. Ein stolzer Blick aus hellen Augen musterte mich, der schmale Mund lächelte sparsam. Der bürgerliche Jodoci war straffer als der gesellige Graf Öttingen. Die Locken seiner Perücke fielen so akkurat wie steingemeiselt über die Schultern und seine maßvoll eingesetzten Gesten gaben ihm ein aristokratisch reserviertes Wesen. Als sich das Gespräch in die Kölner Tumulte verhakte, wandte er sich entschuldigend an mich: „Das Gezänk bestimmt unsere Diskurse leider Gotts mehr als uns lieb ist."

„Auch ich wär gottfroh, wenn es ein Mittel gäb, Stadtregiment und Bürger zu versöhnen", stimmte ich ihm zu.

„Die Unruh könnt geschwind gestillt werden, wenn man die Rädelsführer flugs aus dem Weg räumte. Nur ist das Stadtregiment zu ängstlich", plädierte Jodoci für die harte Hand.

„So leicht ist das nicht! Die dritte Macht ist die Bürgerschaft“, nahm ich Beywegh in Schutz. „Sie würde Rat und Bürgermeister hinwegfegen, legte man Hand an einen Volkshelden.“

„Volkshelden?“, sagte er verächtlich. „Ein scharfes Edictum, wonach jedem, der den Gülich unterstützt, der Strick droht und Gnad den Fügsamen anbietet, würd’ alle Not wie Butter in der Sonn schmelzen lassen.“

„… oder zum gewaltsamen Aufstand reizen“, ergänzte ich.

Jodoci stutzte: „Wohlgeborener Herr, der Wankelmut des Rats stärkt die Rebellen, sonst wären die Herren Krebs und Wolfskehl wieder im Amt und Recht und Ordnung wiederhergestellt.“

Oder nicht, dachte ich, sagte aber: „Ja, das Recht sollte wieder etwas gelten, auch das Recht des Gereon Hesselmann, der seit vielen Monaten im Kerker ist. Mich wundert, dass der Kaiser kein Wort für seinen einstigen Streiter einlegt.“

„Über Hesselmanns Haft entscheidet allein die Stadt. Da kann der Herr Schwiegervater eher helfen als Seine Majestät.“

„Gewiss, aber eine Nachfrage könnt’ die Sach beschleunigen.“

Zweifelnd zog er die Brauen hoch, sagte dann aber bestimmt: „Wir müssen uns jetzt Gewichtigerem widmen, wollen ihm aber beistehen, obgleich er den Aufrührern das Wort redete.“

Widerspruch lag mir auf der Zunge. Florentin warf mir einen warnenden Blick zu und lud uns eilig zu einem „kargen Imbiss“ mit Gattin Amalia und seiner Schwester Marisa ein.

So karg war der Imbiss denn nun nicht. Jodoci ließ es sich schmecken und erzählte von Kaiser Leopold, den er den Großen nannte. Der Kaiser, bekanntlich klein und schmächtig von Gestalt, verdanke seine Größe seiner klugen Herrschaft. Frieden sei sein Ziel. Trotz pflichtbewusster Härte sei er von mildem Wesen, insbesondere der Tonkunst zugetan und schreibe sogar Ballettmusik. Von bürgerlichen Räten umgeben, führe er das Kaisertum wieder zu alter Stärke.

Während der Elogen auf Kaiser Leopold wechselten Marisa und ich Blicke. In unseren Augenspielen war die alte schöne Vertrautheit. Neuerdings bevorzugte sie helle, freizügigere Kleider. Vielleicht winkte ein neues Eheglück. Wenngleich ich bloß verlor, was ich allenfalls in meinen Träumen besaß, bohrte ein Eifersuchtswürmlein.

Mai und Brachmonat 1683

Außer Alexander, der das *Tricoronatum* weiter besuchen sollte, kehrten wir Ende Februar nach Merhoffen zurück, Felicitas ergeben, Lieb-belle rebellisch, Adam freudig, dessen Begeisterung sich jedoch eintrübte, als er erfuhr, in Bonn wieder zur Schule gehen zu müssen. Anton, der Köln aus Liebeskummer auch den Rücken kehren wollte, schickte Beywegh auf eine Handelsreise nach Holland, wobei ihm wegen eines Krankheitsfalles sogar die Leitung der Geschäfte zufiel, die er aufs Beste tätigte. Nach der Devise, eine erfolgreiche Hand tröstet ein bekümmertes Herz, widmete er sich fortan mit Feuereifer dem Kaufmannsberuf.

Dies war das Einzige, was uns der Wonnemonat an guten Botschaften aus Köln bescherte, denn der Machtkampf zwischen Rat und *Gaffeln* tobte. Jakob Wissius und Beywegh waren weiterhin im Amt, weil an Wahlen nicht zu denken war.

Eines Tages brachte mir Felicitas einen Brief Gerwins an mich ins Kabinett. Er schrieb, Gülich habe mehrere *Gaffeln* dazu bewegt, trotz des Verbots des Rates Mitglieder für eine neue *Inquisitionskommission* zur Reform des Stadtrechts zu wählen. Der Vater habe einige aufmüpfige Gaffelvertreter vor den Rat zitiert. Wenige seien erschienen und das nur, um die Ratsherren zu verspotten. Zur Ordnung gerufen, höhnte einer: „Der Herr Bürgermeister halte besser Sein falsch Maul! Die gute Ordnung bestimmen nun die Bürger, nicht Lügenbürgermeister, nicht meineidige Ratsfreunde, nicht rechtbrechende Syndici". Jodoci dränge jetzt, ein Edikt des Rates aufzusetzen, worin jedem, der Gülichs Kommissionsunwesen anhänge, die Hinrichtung angedroht werden sollte. Judendunck habe schon einen Entwurf erstellt. Er, Gerwin, befürchte nun Schlimmes für den Herrn Vater und bat mich, nach Köln zu kommen. Ich erschrak. Wenn Bürger sogar im Senatssaal die Ratsherren beleidigten, trieb ein solcher Erlass sie eher zum Aufstand, als dass er sie einschüchterte. Gülich würde alle Register ziehen, um sein Leben und, was ihm wohl gleich galt, die Reform zu retten. Ich gab Felicitas den Brief. Während sie las, schaute ich in das Maigrün der Bäume, deren Wipfel den Himmel berührten. So frei stand auch der Kölner Bauer auf der Ratslaube als Symbol eines Versprechens der Obrigkeit an die Bürger, das inhaltsleer geworden war und dessen Erfüllung die Kölner nun einforderten. Felicitas regte sich und sagte: „Der Herr Vater sollte den Gülich hinrichten lassen".

„Dann gibt's einen Aufstand, wenn nicht schon mit dem Erlass des Edikts. Ich reite nach Köln. Kommt's bös, bitt ich Gülich um Gnad für den Herrn Vater."

„Gnad bei Gülich?" Entgeistert schaute sie mich an und sagte bestimmt: „Ich fahre mit!"

„Nein! Schon jetzt sind alle Beyweghs in großer Gefahr."

„Gott steh dem Herrn Vater bei!", flüsterte sie schmerzlich.

Nur das Nötigste nahm ich mit und war bereits am Nachmittag des nächsten Tags in Köln. Beywegh war außer Haus. Im Sonnenschein glänzte der polierte Eichentisch in der Stube, den sonst eine bunte Brokatdecke oder zu den Mahlzeiten ein weißes Tuch bedeckte. Auf ihm lag ein Druckblatt in Folioformat. Ich las: „*Wir Bürgermeistere und Rath dieser des Heyligen Reichs freyer Statt Cöllen/thun hiermit kundt … demnach sich innerliche Unruhe und Empörungen auff einigen Zünfften dahier verspüren lassen/daß Niclaß Gülich wider Uns Bürgermeistere und Rath alß ordentliche Statt-Obrigkeit Bürgeren und Einwohnern dahier allerhand böse impressiones macht …*", und ganz unten stand: „*Conclusum in Senatu 18. Maij 1683*". Da war es also, das von Jodoci betriebene und schon beschlossene Edikt.

Es war ein Meisterstück politischer Raffinesse. Von der Liebe der Obrigkeit zu den Bürgern einer ordentlichen Stadt war die Rede. Väterlich warnte man vor Gülichs hochärgerlichsten Exzessen. Er spiele sich als Meister von Hab, Blut und Gut der Kölner auf, flechte sie als blinde Werkzeuge in sein böses Spiel gegen die Obrigkeit ein. Satan blieb zwar ungenannt, doch selbst dem Einfältigsten musste er in Gestalt Gülichs vor Augen kommen. Am Schluss bot man gütig all denen Straffreiheit an, die von Gülich verführt zwar auf den *Gaffeln* für dessen Kommission votiert hätten, nunmehr aber Bürgermeister und Rat folgten, ansonsten drohten Leib- und Lebensstrafen.

Unten fuhr eine Kutsche vor. Lärmen begleitete sie. Eine Meute schimpfender Männer und Weiber umringten Beyweghs Wagen. Ich lief die Treppe hinab und rempelte mich durch den Pulk. Vor dem Kutschenschlag schaffte ich mir mit dem Degen Platz und rief: „Warum fallt ihr wie gottlose Wegelagerer die Kaross an?"

Aus dem Geschrei entnahm ich nur die Worte „Namen" und „Ratsedikt". Armfuchtelnd bedeutete ein Kerl aus der Rotte den Radaubrüdern, sich zu verziehen, was sie im Nu befolgten. Ruhe kehrte ein, Beywegh stieg aus und umarmte mich, „Gott segne dich!" flüsternd. Als er mir in der Stube einen *Genever* kredenzte, zitterten seine Hände. Auf dem Tisch lagen neben dem Edikt meine Reiterpistolen. Verstohlen legte ich sie beiseite.

„Wir werden uns an sie gewöhnen müssen!", bemerkte er.

„Ja, und die Ursach ist dieses unselige Edikt?"

„Jodoci und ich wollten den Leuten den Irrsinn vor Augen halten, gegen die Obrigkeit zu rebellieren."

„Viel Dankbarkeit erntet ihr damit nicht."

„Ha, es sind stets dieselben Unruhstifter!", wiegelte er ab.

„Herr Vater, die sind nur der Schaum auf der Welle des Unmuts. Warum keine Reform gemeinsam mit den *Gaffeln*?"

„Weil nicht Hinz und Kunz auf den *Gaffeln* über das Wohl Kölns entscheiden können, sondern Bürgermeister und Rat."

„Jetzt ist's umgekehrt! Warum brüllten die Leut eben: Namen und Edikt?"

„Der Sax stürmte gestern mit Spießgesellen in die Ratssitzung und wollte den Namen des Konzipisten des Edikts wissen. Wir weigerten uns. Jetzt schickt er mir Raufbolde auf den Hals."

„Gülich war im Rat nicht dabei?"

„Nein, aber bald ist der Tag da, wo er gerichtet wird!" Jedes Wort betonend sprach er den Satz, was mir grotesk vorkam, denn die Gülich oft prophezeite Schlinge hatte sich stets enger um den Hals des Stadtregiments zusammengezogen.

Am 31. Mai 1683 fand die feierliche Eröffnung der kaiserlichen Kommission statt, welche Ordnung in Köln schaffen sollte. Hofrat Jodoci hatte dazu den Rat und alle *Bannerherren* der *Gaffeln* eingeladen, ausdrücklich auch Niclaß Gülich, der aber selbst nach einer scharfen Ermahnung nicht erschien. An seiner Stelle sonnte sich Abraham Sax in der allgemeinen Aufmerksamkeit.

Das Ereignis war für Beywegh eine kleine Feier wert. Er bat seinen Kollegen Jakob Wissius und Syndikus Judendunck zu einem abendlichen Souper. Trotz seiner karpfenartig aufgeworfenen Lippen und einer plumpen Nase hatte Wissius ein kluges Gesicht. Seine hohe Stirn, die aufmerksamen Augen unter den hochgeschwungen Brauen, gaben ihm einen offenen gradlinigen Ausdruck. Der brillante Jurist war mehr auf Ausgleich bedacht als sein Kollege. Deshalb legte Beywegh selbst bei außeramtlichen Anlässen auf die Anwesenheit Judenduncks wert, der ihm mit geschliffenen Argumenten beisprang, wenn Wissius zu viel Verständnis für Reformen äußerte.

Nach dem Mahl frohlockte Beywegh, Gülich habe das Edikt in die Knie gezwungen. Zur kaiserlichen Kommission habe er sich nicht gewagt, wo er doch an hoher Stelle sein Jammergeschrei über lädierte Bürgerrechte hätte feilbieten können. In seiner abwägend leisen Stimme entgegnete Wissius: „*Salva venia*, ein Rückzug ist für uns noch kein Sieg. Jetzt schwingt sich Sax zum Führer der Gaffelpartei auf. Gleich zweimal unterbrach er heut tumultig die Ratssitzung, um sich mit der Frage nach dem Konzipisten des Gülich-Ediktes wichtigzumachen. Nicht Gülich, Sax liebt Tumulte."

Vielleicht hatte Wissius zu viel von Tumulten gesprochen, denn mir war, als mischten sich Stimmen in seine Rede. Judendundcks hohe Stimme überdeckte das Geraune von draußen.

„Der Sax ist mit dummer Impertinenz gesegnet", sagte er. „Er meint, nur weil die *Sarwörter* ihn widerrechtlich zum Commissarius ihrer *Gaffel* wählten, habe er jetzt Narrenfreiheit."

„An die *Gaffelkommissare* wird sich der Rat gewöhnen müssen", stichelte ich und stand auf.

„Nein!", widersprach Judendunck. „Nur der Rat kann Kommissionen einsetzen. Schon pro forma kann es keine geben."

„Gut, pro forma, aber hier: die facta!" Ich öffnete das Fenster und Durcheinandergerede von gut zweihundert Protestierenden flutete herein, Rufe nach Beywegh gellten auf.

Judendunck drängte mich beiseite und schlug das Fenster zu. Schrilles Wutgeheul folgte. Die Herren starrten bei sich Rat suchend auf das weiße Tafeltuch, auf dem Rotwein- und

Fettflecke noch an das gute Mahl erinnerten. Dann wechselten sie Blicke, Wissius irritiert, Judendunck angstvoll, Beywegh zornig. Der Lärm schwoll bedrohlich an. Schläge krachten gegen die Haustür.

Beywegh stand auf und öffnete das Fenster. Es wurde leise. Er brüllte: „Was soll das Lärmen?"

Unten standen wie Hauptleute vor der Truppe drei Männer vor der Meute, in der Mitte Sax. Er rief: „Wir fordern Antwort auf die Frag, wer's Edikt gegen Niclaß Gülich aufsetzte!"

„Da der Rat es beschlossen hat, müsst ihr auch den Rat fragen, nit mich", rettete sich Beywegh.

„Der ehrsame Herr Bürgermeister hat also keine Kundschaft, wer's geschrieben hat? Man sollt wohl besser die Esel und Böck fragen, was Sach ist?", konterte Sax unter Beifallgejohle.

„Rotziger Lump!", flüsterte Beywegh. Laut erwiderte er: „Werte Mitbürger, gewiss kann ich zu dem Edikt manches sagen, doch muss sich ein Bürgermeister an die gute Ordnung halten und darf dem hochweisen Rat nit vorgreifen."

„Sonderbar, wenn ein Bürgermeister nit mal den Namen des Ediktschreibers zu nennen vermag", höhnte Sax.

Judendunck hüstelte. Sein Gesicht hatte alle Farbe verloren.

Beywegh blieb gelassen: „Gute Leute, was wollt ihr mit dem Namen des Konzipisten? Es ist ein Edikt des Rats, nicht das des Schreibers! Also, fragt den Rat!"

Sax drehte sich zur Menge und spottete: „Wat han wir for armselige Bürgermeistere!" Alles lachte. „Liebe Fründe, wenn der ehrsame Herr von Beywegh zu dieser hochbedeutsamen Sach ohne Rat kein Wörtlein nit zu sage weiß, dann muss der Rat zusammentreten. Wollt ihr heut noch eine Ratssitzung?"

„Ja!", schrien alle lauthals.

„Bis morgen hat's wohl Zeit!", herrschte Beywegh ihn an.

„Was erlaubt Er sich!", schnauzte Sax zurück. „Morgen ist kein Ratstag. Heut wollen wir Antwort, heut! Heut und

Amen!“ Im Takt eines Trommlers krakeelten alle: „Heut, heut!“

Ratsuchend wandte sich Beywegh nach Wissius um, was die Menge als Missachtung deutete. Das Geschrei potenzierte sich. Unten splitterte Glas, Geschirr zerscherbelte, spitze Schreie der Mägde, Getrampel auf der Treppe. Die Augen angstgeweitet flehte Judendunck: „Ich bitt, Ihr Herren Bürgermeistere!“

Ich sprang auf, schob den Riegel vor und ergriff die einzige Waffe in der Stube: Beyweghs Bürgermeisterstab, der dort einen Ehrenplatz hatte. Tritte krachten gegen die Tür. Der Riegel gab nach. Ein Kerl stürzte herein. Ich schlug ihm mit dem Stab auf den Kopf und er fiel. Den Degenstoß des Nächsten wehrte ich so heftig ab, dass ihm die Waffe aus der Hand sprang. Er und ein weiterer Mann flohen. Der Blessierte taumelte ihnen hinterher. Ich schlug die Tür zu und lehnte mich dagegen.

Nach längerem Schweigen zog Wissius verächtlich die dicken Lippen hoch: „Gut, berufen wir extraordinarie den Rat ein!“

Wortlos stand Beywegh auf, trat ans Fenster und versprach, den Rat stante pede zu versammeln, sofern alle still heimgingen.

Sie gingen – nicht still, sondern jubelnd. Die Faust hebend drohte Sax noch: „Herr Bürgermeister, wann's nit so geschieht, machen Ihm bald mehr Leut die Höll heiß!“, worauf Beywegh den Bürgern mehr ruppig als würdig den Rücken kehrte.

Die Tischrunde schwieg. Beywegh schenkte jedem einen Genever ein. Diese sorgende Geste des Hausvaters löste die Erstarrung. Judendunck erhob sich und sagte, er wolle die ordre für eine Ratssitzung weitergeben. Beywegh schlug hart auf den Tisch: „Unfug, die Ratsfreunde scheucht man nicht wie Hühner zusammen, damit ein Handschuhmacher besser schläft.“

„Aber Ihr habt Euer Wort gegeben!“, rief Judendunck.

„Einem Erpresser! Der Gewalt beuge ich mich nicht.“

Judendunck, Ziel des Unmuts, zwang die Furcht um Leib und Leben zu klarerer Sicht auf die Gefahr. Er insistierte: „Bedenkt, morgen geht’s uns allen an den Kragen!“

„Wir wollen der Sach nicht mehr Gewicht geben, als ihr zusteht. Punctum!“, beendete Beywegh den Diskurs.

Judendunck sank in sich zusammen. Hilfeflehend sah er Wissius an. Der beachtete ihn nicht und dankte mir für mein Eingreifen gegen die Übeltäter. Er fragte mich nach meiner Meinung. Beyweghs Miene verdüsterte sich, deckten sich unsere Ansichten doch selten. Zu viel stand jetzt jedoch auf dem Spiel, um aus familiärer Rücksicht ihm nach dem Munde zu reden. So antwortete ich: „Sich der Gewalt zu beugen, ist misslich. In der Not ist das nun aber geschehen und ein Wortbruch sät nur weiter Hass, vor allem aber steigert die Missachtung der Wünsche der Bürger die Wut. Beides führt zu mehr Gewalt. Diesen fatalen Weg sollt’ man nicht gehen!“

„Ich leist’ dem Pöbel keinen Gehorsam!“, wütete Beywegh. „Jetzt sorgen Soldaten für Ordnung!“

„Besser wir halten Wort, ohne den Wunsch von Sax zu erfüllen“, erwiderte Wissius sanft. „In der Nacht kommen zu wenige Ratsfreunde, um einen Beschluss zu fassen“, dann rang er ruhig seinem Kollegen die Zustimmung ab, den Rat um elf Uhr einzuberufen, und wie er prophezeit hatte, war er nicht beschlussfähig.

Mich bekümmerten die Rohheiten der Tumultierer, mich bekümmerten die schäbigen Winkelzüge der Obrigkeit und mich ängstigte das Fehlen jeder Kompromissbereitschaft, die doch Voraussetzung für ein friedliches Ende eines Konflikts ist.

Nach der fehlgeschlagenen Nachtsitzung wagte sich Beywegh am nächsten Tag nicht mehr aus dem Haus. Aber selbst dort fand er keine Ruhe. Vom *Alter Markt* schollen Flüche und Beleidigungen herauf. Beängstigend viele liefen zu den Gaffelhäusern der Schmiede und der Leinenweber. Bei uns gingen Boten ein und aus. Etwas war im Gange, doch kein Wörtlein entschlüpfte Beyweghs Lippen.

Nach einem verdrießlichen Mittagsmahl mit Judendunck wollte ich vor die Tür, um frische Luft zu atmen.

Hinter mir sprang Anton die Stufen hinunter, eine Botentasche umgehängt. Er jammerte: „Ich muss zu hundert Leuten! Zum Cölnhof, zum Kirberin, zum Doktor Wissius, ach, und zum Rathaus muss ich gleich zwei Briefe bringen."

Am Sonntag zum Rathaus? Die Emsigkeit der Herren kannte keine Grenzen. Neugierig geworden nahm ich Anton diesen Gang ab. Schon vor dem Ratsplatz hielten mich Wachen auf. Beyweghs Siegel ebnete mir den Weg zum Stadtsekretär.

Es war Hesselmanns Amtsstube und auch wieder nicht. Das Mobiliar bis hin zum Kerzenhalter war das gleiche, in den Stellagen reihten sich die penibel geordneten *Faszikel*, aber auf Tisch und Stühlen türmte sich Durcheinandergeworfenes. Meinen Botendienst erklärte ich dem Stadtsekretär, als der besonderen Lage geschuldet. Er dankte ehrerbietig, las Beyweghs ordre und sagte, es werde so geschehen.

Der zweite Brief war an den *Stimmeister* gerichtet. Auf dem Weg zu ihm sah ich einen Priester in Begleitung eines Soldaten, der eine Laterne trug, zum Ausgangsportal gehen. Der muntere Schritt war der meines Bruders Max. Die Laterne des Soldaten erinnerte mich an Hesselmann, der hier ja im Loch saß. Jetzt begriff ich, warum Max jedem Gespräch über ihn auswich – er selbst war dessen Beichtvater.

Als der blutjunge Soldat zurückkam, sprach ich ihn barsch an: „Alles geht hier kreuz und quer!" Ich hielt ihm Beyweghs Briefsiegel unter die Nase. „Ich hoff', Er ist der rechte Mann. Da, der Geißbock, das Wappen von Bürgermeister Beywegh."

„Jaja, ich kenn's und womit kann ich dienen?", fragte er.

„Ich suche den Gefangenen Gereon Hesselmann."

„Ei, den bewach ich!", erwiderte er stolz.

„Gott sei Dank! In einer Geheimsach soll ich den befragen."

Verwirrt sagte er: „Aber keiner darf zu ihm!"

„Wohlgeborener Herr, kann ich helfen?", fragte ein dünner langer Herr, in dem ich den Schreiber erkannte, der damals mein Zeugnis über Kannegießers Tod zu Protokoll nahm.

„Ich danke, der Herr hier weiß den Weg!"

„Nun, dann wünsch' ich einen guten Tag", und damit war er mit fliegendem Rock davon.

Die Wache sah achtungsvoll den Edelmann an, den man hier nach seinen Wünschen fragte. Ich raunzte ihn an, mich nun zu Hesselmann zu bringen. Wie bei jedem Soldaten wirkte der Befehlston auch bei ihm.

Wir stiegen in den Keller hinab. Er öffnete eine eisenbeschlagene Tür. Vor uns: ein dunkler Gang.

„Recht trostlos hier!", bemerkte ich, während wir den Gang entlanggingen.

„Ja, hier ist's wie im Grab, deshalb lasse ich vorne stets die Tür halb auf, wenn ich hier unten bin, dann ist's nit so grauslig." Er sperrte das Vorhängeschloss des Verlieses auf.

Hesselmann stand – eine schwarze Gestalt in feuchten engen Mauern. Hoch über ihm ließ spärliches Licht eines Fensterlochs sein weißes Haar in der Trostlosigkeit leuchten. Erschreckt fragte er: „Zum Verhör?"

„Nein!", sagte der Soldat und entzündete eine Kerze, die auf dem Tisch stand. Er wandte sich an mich: „Wenn Ihr gehen wollt, klopft!", dann schloss er uns ein.

Argwöhnisch musterte Hesselmann mich. Seine bleichen eingefallenen Wangen ließen ihn kraftlos erscheinen und das weiße Haar machte ihn älter als er war. Sein Blick war jedoch lebendig.

„Ich komme, weil ich den Herrn wiedersehen wollte", sagte ich, in seiner Banalität ein unpassender Satz mitten im Grauen.

Doch gerade die alltäglichen Worte gefielen ihm. Erfreut bot er mir seinen Schemel an und setzte sich auf ein Feldbett – immerhin kein Strohlager. Auf einem Tischlein lagerte sein

Speisevorrat, in der Enge nicht allzu weit entfernt von dem Eimer für die Notdurft. Erfreut fragte er: „Sendet Euch der ehrsame Herr Vater?“

„Nein, und ich bitt, mein Kommen geheim zu halten.“

„Heimlich? Mein Gott, ich bin der Konspiration mit Frankreich verdächtig.“

„Keine Sorg“, beschwichtigte ich. „Jetzt ist das Augenmerk der Obrigkeit ganz auf die rebellischen Bürger gerichtet.“

„Rebellion? Herr Jesus, bitte erzählt! Zu mir dringt nichts!“

Eigentlich wollte ich ihm Mut zusprechen. Doch das, was ich erzählen konnte, war niederschmetternd. Ihn, den gelehrten Mann, der die Stadt besser kannte als ich, mit Märchen abzuspeisen, hätte sein Misstrauen geweckt, was dem Zweck meines Besuches ganz und gar entgegengelaufen wäre. Sein gespanntes Gesicht verlangte nach Wahrheit und die sagte ich ihm auch. Als ich zu dem letzten Tumult am *Alter Markt* kam, rief er erschrocken: „Der grobe Sax? Helf' Gott!“

„Ich wünschte, ich hätte Angenehmeres berichten können!“

„Nein, es ist gut so! Heut war einer meiner schwärzesten Tage. Es ist die Unruh überall! Man bekommt gute Ohren, wenn man tausend elendlange Stunden im Dunkeln sitzt. Heut hörte ich befremdlich viele Schritte, Rasseln von Ketten, Rufe und Klopfen, als zimmere jemand ein Schafott.“ Er seufzte. „Über mir kreist ein todbringender Vogel, von dem ich nicht weiß, wann er auf mich herabstürzt. Ich hoffe, aber mehr angstvoll als zuversichtlich. Selbst schlechte Nachrichten, mit denen man sich abfinden kann, sind besser als das Grübeln in dieser Ungewissheit!“

„Wie kann ich helfen?“

„Gar nicht! Alle Vorwürf gegen mich mussten die Herren in den zahllosen Verhören zurücknehmen. Nichts blieb! Nichts, was eine Anklage vor dem kurfürstlichen Gericht rechtfertigte. Sie hätten mich schon lange freilassen müssen. Dass das nicht geschieht, ängstigt mich. Immerhin sitze ich hier nicht mehr völlig im Finstern wie zu Beginn meiner Gefangenschaft."

„Könnte man nicht um Erleichterung der Haft bitten?"

„Wie sehr wünscht ich das! Aber nur ein Verbrecher bittet um Gnad. Ich fordere mein Recht, sonst nichts!"

„Gibt es niemanden, der helfen könnte, ein hochgestellter Freund, der vielleicht einen Anstoß gibt?"

„Freunde?" Versonnen fixierte er die rohen Steine seines Kerkers und dachte wohl an freundliche Gesichter, warme Hände. Er räusperte sich und sprach dennoch mit belegter Stimme: „Lieber Herr, Argwohn ist das erste Gebot eines Gefangenen. Oft fragte man mich nach Freunden, um auch sie in diese Hölle zu schleppen. Deshalb kommt mir kein Name über die Lippen. Und die hohen Herren? Ich war zu wenig ihr Diener, zu sehr Diener des Rechts. Schmeichelei schafft Freunde, Ehrlichkeit Feinde. Auch wenn sich Gülichanhänger und die Wolfskehlgetreuen bekämpfen, im Hass gegen mich sind sie sich einig. Zu heftig wandte ich mich gegen Gülichs Rechtsexegese, zu explizit unterstützte ich ihn darin, den *Gaffeln* ihre Rechte zurückzugeben. Kurfürst Max Heinrichs Versuche, Köln seiner Herrschaft einzuverleiben, vereitelte ich. Auch von da droht mir nur Unheil. Bleibt der Kaiser! Auf ihn hoff' ich, dass das Böse in Köln nicht zur Gewohnheit wird und noch das Recht gilt, wonach ein Beschuldigter freizulassen ist, wenn man keinen Makel findet."

„Dann muss ich mich wohl an Jodoci wenden", sagte ich, obwohl mich dieser allzu dünne Strohhalm enttäuschte.

„Danke!", flüsterte er so vertrauensvoll, dass es ins Herz schnitt. „Unser Gespräch war mir ein großer Trost, mehr als ich es mit Worten ausdrücken kann. Aber bitte geht jetzt!"

„Kann ich nicht doch noch etwas tun?"

„Nein – oder doch, sagt meiner Gattin, ich bete für sie und die Kinder und wenn ich an sie denke, wird meine Stub hier hell und warm. Sagt ihr – sagt ihr Schönes." Er senkte den

Kopf. „Und wenn Ihr in Groß Sankt Martin seid, sprecht ein Gebet vor dem Schmerzensmann für mich. An ihn denke ich oft."

Ermutigend berührte ich seine Hand: „Ich tue, was ich kann!", und doch wusste ich, wie verzweifelt wenig es war.

Wir erhoben uns. Beidhändig drückte er meine Hand. Seine hageren Finger zögerten, loszulassen. Seine Augen hatten die Lebhaftigkeit des unerschütterten Geistes verloren, die mich während des Gesprächs über seine Knochigkeit und den leiblichen Zerfall hinwegtäuschte. Leise sagte ich: „Gott behüt Euch!", wozu er nickte. Erst als ich an der Tür klopfte, damit die Wache öffnete, hörte ich ein sachtes „Lebet wohl!"

Strahlender hätte die Sonne die Welt am 2. Juni 1683 nicht erfreuen und Beyweghs Miene kaum düsterer sein können. Während des Frühstücks stand er zweimal auf, schaute zum Gaffelhaus der Schmiede und sagte jedes Mal: „Sie wagen's nicht!" Anna und ich wechselten fragende Blicke. Wir wussten zwar, dass er sich vor einem Tumult fürchtete, aber die Art, wie er den Satz äußerte, klang eher drohend als ängstlich.

Nachdem er zum Rat gegangen war, machte ich mich auf, um Hesselmanns Gattin zu besuchen. An diesem herrlichen Sommertag war die Stadt ruhig. Mägde holten Wasser, Karrenschieber und Boten waren unterwegs, die Bettler gingen ihrem Tagwerk nach – trotzdem kam mir die alltägliche Beschaulichkeit bedrohlich vor. Beyweghs Worte „Sie wagen's nicht!" steckten in meinen Ohren und blieben da.

Das Haus des Stadtsekretärs war nur noch wenige Schritte entfernt, als ich dumpfe Töne hörte. Ich lauschte: Trommeln im Marschtakt! Herrje, sie wagen es. Sie wagen es! Ich ließ das Haus Hesselmanns links liegen und lief den Trommeln entgegen.

In der Hohen Pfort-Gasse vor dem Haus der *Gaffel* Wollenamt sammelten sich die Zunftbrüder. Alle waren mit seltsam altertümlichen Waffen armiert. Hellebarden, die nur noch Nachtwächter trugen, Musketen und wahre Ungetüme von Schwertern. Eine ausgeblichene, zerschlissene Fahne war am Gaffelhaus aufgesteckt. Anton Meshov beorderte die Männer in Reih und Glied, als sollten sie in eine Schlacht ziehen. Er gebot den Trommlern Schweigen und feuerte die Leute an, für die Bürgerfreiheit zu kämpfen und zum Wohl von Weib und Kind heldenmütig dem verlogenen Stadtregiment stolz die Stirne zu bieten.

Die Flut martialischer Worte wirkte. Die Mienen der Männer zeigten finsteren Trotz. Nach einem Trommelwirbel setzte sich der Zug in Marsch. Ein Pulk der Schilderer- und Sattelmacherzunft drängte aus der Schildergasse hinzu und löste alle Ordnung auf. Aus jedem Gaffelhaus hingen alte Fahnen und vor dem Verhannenhaus schallten die *Vivat*-Gülich-Rufe bis zum Rathaus. Auf dem *Alter Markt* sammelten sich zahllose, von überallher strömende Bewaffnete. Ein Kerl fragte mich, zu welchem Fähnlein ich gehöre. Da ich das nicht verstand, brüllte er: „Welche *Gaffel*?"

„*Himmelreich*", sagte ich.

„Dann steh nit bei uns Fleischmengern müßig rum! Lauf zum Cambroun!" Er wies zum Wachturm.

Ich begriff. Philipp Cambroun war neben Niclaß Gülich Fähnleinführer der Bürgerwehr von *Himmelreich*. Um Beywegh höchst besorgt, gliederte ich mich in dessen Haufen ein. Unter Trommelschlag fast im Gleichschritt liefen wir zur Portalgasse, von der aus man die Frontseite des Rathauses im Blick hat. Über die Bürger- und Judengasse marschierten zwei weitere Kolonnen zum Ratsplatz. Ein Alter neben mir mühte sich mit einer Streitaxt. Ich wollte ihn von der Last befreien, was aber sein Stolz nicht zuließ. Ich fragte ihn, wo Gülich bleibe. Der sei nur mit dem Maul unterwegs, sagte er abfällig. Sax und Meshov dagegen gäben mannhaft ihren Argumenten mit Degen und Spieß Gewicht, das wisse doch jeder auf *Himmelreich*. Er selbst käme zwar selten zu den Versammlungen, aber als Patriot wäre er dabei, wenn man den dummstolzen Bluthunden auf den Pelz rücke.

In der Portalgasse versperrt uns die *Gaffel* der Schmiede den Weg, die von den *Sarwörtern* drängen nach. Der Zugang zum Ratsplatz ist mit Gittern versperrt. Nichts geht voran. Die Trommeln verstummen. Die Sonne steht senkrecht über uns, ein greller Ball, brennend und die Kehle dörrend. Der Leib wird schlaff und die Beine schwer. Die Menge ist stiller. Friedvoll schallt das Mittagsläuten über die vielen Köpfe hinweg. Vorne schreit einer Unverständliches und aus der Antwort entnehme ich das Wort „Schießen". Einige treten den Rückweg an und werden unflätig beschimpft. In dem Wirrwarr werde ich weiter nach vorne geschoben und habe bald beste Sicht auf siebenhundert gut gerüstete Stadtsoldaten, vor denen Obrist Kirberin postiert. Den Ratsplatz versperren Gitter, die mit Ketten befestigt sind. Da ist kein Durchkommen und wer vorne steht, ist hilflos den Kugeln der Soldaten ausgeliefert. Ich will mich zurückziehen, was die hinter mir Stehenden verhindern, für die ich ein Schutzschild bin. Plötzlich spüre ich ein Messer im Rücken und einer faucht mir ins Ohr: „Steh oder lieg für ewig!" Einer klappert mit einem Dreschflegel und ruft auf die Statue des Bauern auf der Laube weisend den Soldaten zu: „Hier is de *Bor*, kummt ze uns!" Viele stimmen ein. Kirberin droht seinen Leuten mit dem Strick im Fall von Fahnenflucht. Wie festgenagelt stehen sich Soldaten und Bürger in brütender Hitze gegenüber.

Der Schweiß brennt in den Augen. Der Durst quält. Ich könnte jetzt an meinem Weiher faulenzen, aber ich habe nicht das Wunschhütlein des Fortunati, das mich flugs dorthin tragen könnte. Die Glocken schweigen. Meshovs laute Stimme kommandiert: „Platz da!" Es wird eng. Mehrere

Männer schieben eine Kanone aus dem städtischen Zeughaus nach vorne und richten sie auf das Rathaus. Jubel kommt auf. Nur weiß niemand, wie man sie lädt und selbst ein kundiger Artillerist würde das altertümliche Stück nur unter Bedenken abfeuern. Die Schmiede beginnen die Ketten an den Gittern mit Zangen und Feilen zu bearbeiten. Geschrei feuert sie an. Obrist Kirberin streicht sich über den Schnurrbart. Die entfesselte Bürgerschar, die Kanone – der Mob in der Glutsonne ist bald nicht mehr zu halten. Mit Stentorstimme befiehlt er den Soldaten anzulegen. Gut zweihundert Feuerrohre richten sich gegen die Bürger an den drei Zugängen. Die anderen stehen für die nächsten Salven bereit. Entsetzte Stille! Kirberin befiehlt den Bürgern: „Zurück!"

„Bürgerfreiheit! Bürgerfreiheit!", ist die Antwort.

Die Schmiede zertrennen die erste Kette. Kirberin hebt einen Arm. Totenstille. Ich bekreuzige mich – Gott sei meiner Seel gnädig! Kirberin schlägt den Arm nieder.

„Feuer!" Kein Schuss! Starr stehen Soldaten wie Bürger.

„Feuer!" brüllt Kirberin lauter – und nichts.

Die erste Reihe der Soldaten wirft die Waffen von sich. Die nächste folgt. Gewehre, Spieße, Degen poltern zu Boden. Jauchzend laufen die Soldaten den Bürgern entgegen und lösen die Schlösser an den Ketten. Obrist Kirberin steht inmitten eines Waffenarsenals. Er muss zusehen, wie die Gitter fallen. Über sie hinweg flutet das Volk juchzend. Sie schreien Siegesfreude heraus, in dem unsagbaren Glück, einem Massaker entronnen zu sein. Jeder fällt jedem in die Arme, gleichgültig ob Bürger oder Soldat – ein Fest in Traum und Wirklichkeit.

Erst als ich im Schatten der Laube stehe und Fähnleinführer Cambroun Obrist Kirberin gefangen nimmt, beginne ich das Wunder als wahr zu begreifen. Das Rathaus wird lärmend, aber friedlich besetzt. Den Senatssaal betreten nur *Gaffelkommissare*. Dort verlangt Sax im Namen der *Gaffeln* die

Einrichtung einer *Inquisitionskommission* sowie die Auslieferung Hesselmanns und des Konzipisten des Gülich-Ediktes. Schließlich ruft er so laut, dass jeder in der dem Senatssaal vorgelagerten Prophetenkammer es hören kann: „Die ehrsamen Herren dürfen die Ratsstub erst verlassen, wenn sie die Forderungen der *Gaffeln* beschlossen haben.“ Nachdem die *Gaffelkommissare* den Senatssaal verlassen hatten, werden die Türen verschlossen und Wachen postieren sich davor. Der Gluthölle entkommen, rufen die Leute nach dem Ratswein. Es dauert, bis ein Fass herangerollt und angestochen wird. In Kannen mischt man Wasser und Wein. Sax und Meshov stießen als Erste auf den Sieg an. Meshov mahnt: „Leeve Lück, sufft! Sufft üch ävver nit doll und voll!“

Die Kannen gehen von Mund zu Mund. Man trinkt und lässt die Bürgerfreiheit hochleben. Auch ich erfrische mich.

Es war die Siegesstunde der Pfannenschläger, Grobschmiede und Flickschuster, die erstmals in ihrem Leben die Säle des Rathauses durchstreifen konnten. Da Beywegh in Sicherheit war, verließ ich die Prophetenkammer, um nach Hesselmann zu sehen.

Im anschließenden Hansasaal lärmte viel Volk. Vor zwei Jahren feierten wir hier Arnolds Hochzeit mit Mademoiselle de Groote, bei der jeder Wolfskehl und Krebs hofierte und Judendunck den Stadtsekretär Hesselmann hochleben ließ. Moschus- und Rosenduft waren verflogen. Dort wo damals die Herren die Damen galant zum Tanz führten, kreisten Krüge unter lumpigem Volk. Einer urinierte in einer Ecke.

Plötzlich schrien einige *Vivat* Gülich. Jetzt erst erschien der Reformator. Er sah mich an – ein aufatmender Blick, als wollte er sagen: Gott Lob und Dank, dass alles ein gutes Ende genommen hat, dann wandte er sich ab, ging weiter und ich verließ den Saal. Menschen überall. Im Eingangsbereich wurde es einsamer. Unbemerkt lief ich die Treppe zu Hesselmanns Verlies hinab. Das Vorhängeschloss der Kerkertür war aufgebrochen, der Riegel aber zugeschoben. Hesselmann saß auf seinem Bett. Sein hageres, strenges Gesicht lockerte sich, als er mich erkannte. Er fragte: „Gott, was ist geschehen?"

„Die *Gaffeln* haben das Rathaus besetzt."

„Ein Umsturz also", flüsterte er.

„Ja! Kommt, wir müssen fort!" Er blieb sitzen. „Herr Stadtsekretär. Auf! Wir müssen eilen!" Er regte sich nicht.

Was zögerte er noch? Wortlos streckte er den Arm aus und wies auf seinen Schemel. Die offene Hand zitterte, doch eisern blieb sein Arm in der Schwebe. Notgedrungen nahm ich Platz. Mit mürber Stimme sagte er: „Wohlgeborener Herr, ich will Euch nicht lang der Gefahr aussetzen, hier aufgespürt zu werden."

„Ja, deshalb sollten wir auf der Stell gehen!"

„Nein, keine Flucht!"

„Herr Jesus, die Türen sind offen, da geht man."

„Die Tür brach Gesindel auf. Ich gehe erst, wenn der Rat mich ehrenvoll freilässt."

„Gott, da ist die Freiheit! Von den neuen Herren ist kaum mehr Gerechtigkeit zu erwarten als von den alten."

„Das weiß ich, trotzdem keine feige Flucht! Mein Leben ist Köln. Man mag mich demütigen, meine restlichen Lebenstage zur Höll machen, mich hier in dem Pfuhl langsam krepieren lassen, aber von meinem Werk, meiner Ehr als Stadtsekretär nimmt mir kein Geiferer ein Körnlein: kein Gülich und keiner der Speichellecker. Bis zum letzten Atemzug kämpf ich für meinen guten Ruf, den ich in langer Amtszeit erworben habe."

„Denkt doch an die Frau Gemahlin, an die Kinder."

„Just das tue ich! Bei einer Flucht verlören sie alles, sogar das Dach überm Kopf – deshalb: nein!"

„Aber sie hätten Gatten und Vater bei sich, der mehr Stütze und Freud ist als Geld und Gut."

„Stütze? Seht hier, das Haar ist greis und der Leib gleicht

sich dem Haupt an. Nur langsam vermag ich zu gehen. Wer nimmt einen gebrechlichen Alten in Lohn und Brot? Etwa der Kurfürst von Köln?“ Er lachte bitter.

„Ein Amt fände sich auch anderswo. Der Leib wird gesunden. Ob Er hier aber den Winter überdauert, ist ungewiss.“

„So ist's!“ Er sah mich fest an. „Ich bitt Gott, mich vor dem grausamen Winter aus dem Verlies zu erlösen. Eine Wendung, Rettung – ja, das hoffe ich. Aber meine Redlichkeit ist das Einzige, was mir geblieben ist. Sie war hier meine Quelle gegen die Verzweiflung und daraus werde ich weiterhin Kraft schöpfen.“ Er hielt mir seine Hände hin, in die ich meine legte. Er drückte sie fest und sagte: „Ich dank Euch für Eure Lieb und Fürsorg, werter Freund! Worte sind zu wenig, um das auszudrücken, was mir Euer Besuch bedeutet. Da Ihr aber einst selbst in gleicher Drangsal wart, könnt Ihr ermessen, wie groß mein Herzensdank ist.“ Er entzog mir seine Hände.

„Es schmerzt, nicht helfen zu dürfen, aber Honorigkeit und Opfermut sind rar in Zeiten wachsender Selbstsucht, Lug und Trug“, sagte ich und er schaute mich gütig an.

Gebrüll schallte von draußen in unsere Stille.

„Geht jetzt, bitte!“, drängte er.

„Jesus Christus steh Euch bei! Ich bete vor dem Schmerzensmann für Euch. Gott behüt Euch!“ Ich stand auf.

Als ich schon aus der Tür war, rief er: „Spürt den Mördern des Kannegießers nimmer nach. Die Welt will die Wahrheit nicht wissen und lässt sich auch nicht retten!“

Ohne nach dem Warum dieses seltsamen Rates zu fragen, eilte ich davon. Der Rat tagte noch und ließ ein letztes Mal die künftigen Herren in der Prophetenkammer, dem Antichambre des Senatssaals, warten. Unmut machte sich breit. Man solle die eidbrüchigen Herren durchbläuen, forderte ein Heißsporn. Bevor das ein disputwürdiger Punkt wurde, erschien der Ratssekretär und verlas den Beschluss. Der Rat nehme die Forderungen der *Gaffeln* an, verfüge die Verhaftung Arnold Judenduncks als Konzipisten des Edikts und übergebe ihn und Gereon Hesselmann den *Gaffelkommissaren.* Judendunck trat als Nächster aus dem Senatssaal. Als ihn Soldaten ergriffen, wehrte er sich und rief: „Zur Höll mit euch, ihr habt kein Recht, euch Justitia anzumaßen."

„Justitia habt ihr zu eurer Hur' gemacht, ihr Leuteschinder!", brüllte einer aus der Menge. „An den Galgen mit ihm!"

Einige attackierten Judendunck. Gülich sprang auf einen Tisch, eine Kanne umstoßend, und donnerte mehrmals: „Ruhe!" Es wurde still. „Treumeinende Patrioten, die Väter des wildwuchernden Unrechts erhalten jetzt ihre Straf. Das versprech ich! Wie, das bestimme nicht ich, und auch nicht du oder du", er deutete auf einige Männer, „denn der eine meint, sie sollen mit Ruten gestrichen werden, der andere will ihre Enthauptung oder sie hängen sehen. Darüber müssen wir uns einigen. Und, liebe Mitbürger, jeder soll nur für wahre Untaten nach dem Gesetz bestraft werden." Wieder wies er auf einen in der Menge: „Oder willst du gehenkt werden, weil's dein Nachbar wünscht?" Alles lachte. „Wir wollen Gerechtigkeit, dafür haben wir gekämpft und dafür gab Gott uns die Siegespalme. Wer jetzt sagt, was schert mich das Gesetz, der redet wie Wolfskehl und Krebs. Die Willkür, wie's viele Jahre allhier zuging – zur Höll damit! Noch heut werden die *Gaffelkommissare* auf *Himmelreich* alle Untaten gegen die Bürgerfreiheit examinieren. Doctor Judendunck mag als Erster seine Rechtsliebe dartun zusammen mit Gereon Hesselmann. Wohlan, auf ans Werk!", und alle brüllten *Vivat* Gülich.

Im Gedränge taumelnd trieb Judendunck dem Ausgang zu. Die Prophetenkammer leerte sich. Ich stieg zum Senatssaal hinauf. Betäubt saßen die Ratsherren auf ihren Bänken. Als Beywegh mich erblickte, erhob er sich und verließ mit Wissius den Saal.

Judendunck saß im Bayenturm und Obrist Kirberin im Gereonsturm. Beywegh würde wohl bald folgen. Am nächsten Tag gab er kleinlaut zu, manches hätte besser bedacht werden sollen. Am Stubenfenster stehend blickten wir auf den friedlichen *Alter Markt* hinab. Nach dem blauen Montag gingen die Leute wieder ihrer Arbeit nach. Erst jetzt mutete ich Beywegh mein Abenteuer in der Portalsgasse zu.

Betroffen sagte er: „Ich ließ das Rathaus von den Stadtsoldaten schützen, weil ich den Aufmarsch der *Gaffeln* ahnte. Dem Himmel sei Dank, dass kein Schuss fiel." Er presste die Lippen aufeinander. Tröstend legte ich eine Hand auf seine Schulter. Er seufzte: „In der Welt käm' manches anders, wenn man mehr mit christlicher Demut agierte als mit Wettern und Härte. Jetzt muss ich die Folgen tragen. Heute brachte ein Bote diesen Brief der commisarii der *Gaffeln*." Er griff in die Rocktasche und gab ihn mir. Ich las, dass die *Generalinquisition* der *Gaffeln* ihn am 6. Juni, Schlag 10 Uhr zum Gaffelhaus *Himmelreich* zum Verhör beordere. Er goss Genever in zwei Gläser, reichte mir eines und sagte: „Das ist nichts, worauf man trinken kann, trotzdem: ein Gläslein fürs Gemüt!" Wir prosteten uns zu. „Lieber Sohn, so übel alles ist, aber eine arge Last bin ich los. Für Köln stets das Richtige zu tun, die Ratschläge der Treuen und der Falschmeinenden, die Wolfskehlpartei, die Gaffelpatrioten, die Gülichleute, die mit- oder gegeneinander agieren, dann der Kaiser, die Franzosen, die Schulden, die Fragen um *Verbund- und Transfixbrief* – diese Bürden liegen nimmer auf meiner Seel. Jetzt mag Gülich zeigen, wie er mit all den Bällen zu spielen versteht."

Beywegh war nie gefühlsselig, doch als er am 6. Juni zum Verhör auf *Himmelreich* ging, umarmte er mich und Anna lange. Zu unserer großen Freude kehrte er zurück, stand jedoch unter Hausarrest, weil man ihn, Wissius und Judendunck der Urheberschaft des Gülichedikts beschuldigte. Der wahre Initiator, der kaiserliche Hofrat Christoph Jodoci, genoss hingegen Immunität und war Beyweghs wie Hesselmanns letzter Hoffnungsanker. Noch am gleichen Tag suchte ich ihn auf.

Mit frostiger Höflichkeit begrüßte er mich in seinem Haus am Heumarkt. Am Ende des Tisches, an dem wir saßen, stapelten sich *Faszikel.* Sein Audienzzimmer sei zur Kanzlei mutiert, weil so viele Unglückliche um Hilfe bäten, entschuldigte er sich. Er selbst sah nicht nach einem Kanzleischreiber aus. Aus feinster Spitze das *Jabot*, spitzenbesetzt die Manschetten seines Hemdes, dessen Stoff sich üppig aus den Ärmeln eines mit Silberfäden verbrämten Rockes bauschte. Distanziert kalt blieb sein Blick.

An höfischer Schmeichelei hatte ich es bisher wohl fehlen lassen, so lobhudelte ich: „Die Arbeit zum Wohle Kölns ziert diesen Ort, hochgeehrter Herr Reichshofrat. Die knappe Zeit will ich nicht mit umschweifiger Red verschwenden. Meine Sorg kennt Ihr gewiss."

„Die kann ich Euch nehmen. Ein kaiserliches *Mandat* zur Freilassung aller Arrestierten erwarte ich in Kürze."

„Auch für Gereon Hesselmann?" Er nickte hoheitsvoll. „Das freut mich sehr. Wann wird es dem Rat präsentiert?"

„Bald, allerdings ist Wien wegen der Türken in Aufruhr. Großwesir Kara Mustafa marschiert mit einem gigantischen Heer gegen den Kaiser. Da sitzen wir in Köln noch bequem."

„Ich weiß, nur größeres Unheil bringt keinen Trost."

„Gewiss!" Nachdenklich fixierte er mich. „Möglicherweise müssen wir uns allein gegen die Rebellen wehren."

„Wen meint Ihr mit uns?"

„Nun, wie viel ist Euch an Eurem Herrn Vater gelegen?"

„Fraglos, sehr viel", erwiderte ich verblüfft.

„Warum dann die Freundschaft mit dem Aufrührer Gülich?"

„Wir waren beide in Wiedenbrück in Gefangenschaft."

„Das allein erklärt noch nicht den engen Umgang?"

„Aber ist der jetzt nicht opportun? Das Gespräch mit ihm begehrt sogar Ihr, hochverehrter Herr Reichshofrat. Von kaiserlicher Seit wurde ich sogar ersucht, mit ihm zu sprechen. Mein Freund Herr von Kolff hat das gewiss nicht verheimlicht."

„Nein!", sagte er ruppig und das Gespräch stockte.

Die feindliche Stimmung war jetzt fast körperlich spürbar. Draußen bellte beharrlich ein Hund, als wolle er mich vor weiteren Sticheleien warnen. Steif sagte ich: „Die Botschaft über das kaiserliche *Mandat* wird den Herrn Vater freuen. Ich danke ergebenst, hochgeachteter Herr Reichshofrat, und empfehle mich."

Er lächelte bedauernd, als täten ihm seine Aversionen gegen mich leid, und verabschiedete mich freundlicher, als er mich willkommen geheißen hatte. Beim Hinausgehen gab ich dem Ratsherrn Mockel die Klinke in die Hand, der im Vorzimmer wartete. Mockel, ein Neffe des abgesetzten Bürgermeisters Krebs, suchte offenbar auch um kaiserlichen Schutz nach. Was hinter Jodocis Worten steckte, sich allein gegen die Rebellen zu wehren, war mir nun sonnenklar. Alle Hilfesuchenden waren Feinde Gülichs. Jodoci sammelte sie wohl für eine Revolte gegen die *Gaffeln*. Wegen meiner Nähe zu Gülich schloss er mich aus.

Die beiden Soldaten vor Beyweghs Haus, die darauf achteten, dass der Gefangene keinen Schritt vor die Tür setzte, erklärten mir, entweder ich füge mich selbst in strengen Hausarrest oder ich nähme anderswo Quartier. Für Beywegh war ich hilfreicher, wenn ich außerhalb logierte. Im Gasthof Zum Springenden Hirsch fanden Alexander und ich Obdach. Die Speisen waren miserabel. Aber allzu oft stocherten wir nicht im Wirtshausfraß, denn Florentin lud uns fast täglich zum Nachtmahl ein. Als ich mich für das weidliche Ausnutzen seiner Gastfreundschaft entschuldigte, wehrte er ab: „Die heiteren Stunden mit dir sind mir weitaus kostbarer als die

Ausgab für Speis und Trank, so gewinne ich nur. *Mon frère*, genießen wir sie leichten Herzens!“

Bei den Schmausereien traten die Alltagsnöte in den Hintergrund. Bisweilen verlor ich mich in den lichtgrauen Augen Marisas. Gelöst, ohne Koketterie hielt sie meinem Blick stand, neckte mich gar mit Scherzworten. Das Herz streichelnd machte mich die harmlose Tändelei fröhlich.

In diesen Tagen erfüllte ich Hesselmanns Wunsch, seiner Gattin Mut zuzusprechen. Er sei bei passabler Gesundheit, erzählte ich ihr, und dass ein kaiserliches Mandat seine Freilassung bald bewirken werde. Die puppenhaften Hände im Schoß ineinander gepresst, folgte sie meiner Einladung zu Traumtänzereien. Der Kaiser werde ihren Gatten befreien, sagte sie im gläubigen Vertrauen. Ein Kind lag in der Wiege. Ein fünfjähriger Knabe stand neben ihr, als hätte er das Lachen verlernt, obwohl er nur den Kummer der Mutter, nicht das Elend des Vaters kannte. Bei meinem Abschied versicherte ich, ihr nach Kräften beizustehen. Auf der Gasse lief mir ihr Sohn nach. Mit großen ernsten Augen sah er mich an. Ich versprach ihm, seinem Vater zu helfen. Er strahlte und lief davon. So machten wir in einem Satz das Resultat des langen Gesprächs mit seiner Mutter ab.

Schon am 16. Juni präsentierte Jodoci das angekündigte kaiserliche Mandat, wonach alle Arrestierten gegen Kaution aus der Haft zu entlassen seien und die Annahme der kaiserlichen Kommission befohlen wurde. Beides lehnte die *Gaffelkommission* ab, die bis zur nächsten Ratswahl die Stadtgeschäfte führte.

In der Gasthofkammer schrieb ich einen Brief an Felicitas, als Alexander aus der Schule kommend die Tür hinter sich zuwarf und rief: „Herr Vater, sie sperren den Großvater in den Turm!“

Bestürzt stierte ich ihn an. „Ja, eben traf ich Herrn von Kolff, der auf dem Weg zu Jodoci war, und der sagte mir das.“

Ich raffte Degen, Mantel und Hut auf. Zusammen eilten wir zum *Alter Markt*, wo nach wie vor zwei Soldaten Beyweghs Haus bewachten. Regenschauer fegten nieder. Im Schutz des Gaffelhauses der Schmiede hielten wir frierend aus. Als sich die Wolken verzogen und ich schon dachte, die schlechte Nachricht sei falsch, marschierte ein Trupp auf. Vier Männer gingen in Beyweghs Haus. Wenig später kamen sie heraus – Beywegh in der Mitte. Der Schreck zog mir das Blut im Bauch zu einem Klumpen zusammen. Ich eilte auf ihn zu. Zwei Kerle hielten mich auf. Wir folgten ihnen bis zum Gaffelhaus *Himmelreich*. Er ging durch eine der zweiflügligen Türen, die oben ein muschelartiges Fenster im Halbrundbogen bekrönte. Durch sie wurden bald auch Wissius und zwei Syndici eskortiert. Keiner kam mehr heraus. In den Pfützen auf dem Heumarkt blinkte die Abendsonne, da begriff ich: *Himmelreich* war zur Hölle für die Herren geworden.

In Köln wehte nun ein anderer Wind. Ein neuer Rat, neue Bürgermeister wurden gewählt und an allen Ratssitzungen nahmen als Oberherren zur Wahrung der Bürgerfreiheit *Gaffeldeputierte* teil. Die Gebühr zum Erwerb des Bürgerrechts wurde gesenkt, so dass auch Arme in den *Gaffeln* Aufnahme fanden. Für in Köln Geborene war sie sogar gratis. Beyweghs Bürgermeisterstab holten zwei Büttel ab. Von nun an war sein Leben ständig bedroht.

Heumonat 1683

Zu viel Wahrheit stand in meinem Brief an Felicitas. Aber wer kann gefällig die Verhaftung des Vaters in den Wirren eines Umsturzes beschreiben? Nichts hielt sie mehr in Merhoffen. Am 2. Juli traf sie mit Lieb-belle in Köln ein. Zu den trüben Berichten musste ich ihr noch sagen, dass Beywegh erkrankt war, obwohl ich ihm jeden Tag Speisen ins Gaffelhaus sandte. Erschöpft von der Reise nahm sie alles stoisch hin.

Am nächsten Morgen war sie immer noch lethargisch, ganz im Gegensatz zu ihrem Bruder Arnold, der vor Plänen sprühte, die andere auf den Weg bringen sollten. Als er und Gerwin uns nachmittags aufsuchten, zog er gleich gegen mich vom Leder. Mir wachse wohl Schimmel unter den Füßen, weil ich es nicht für nötig hielte, den aufgeblasenen Bettlerkönig Gülich zur Vernunft zu bringen.

„Werter Schwager", erwiderte ich kühl. „Gülich hat sich bisher weder vom löblichen Rat noch vom Kaiser den Weg weisen lassen. Da wird er meine Ratschläg gewiss hoch ästimieren. Wer's besser weiß, richte selbst eine Supplik an ihn."

„Bittschriften an den Irren?", fuhr Felicitas auf.

„Lieb Schwesterlein, dämpfe deinen Hochmut!", warf Gerwin ein. „Gülich mausert sich zum Fürsten. Der neue Rat ist ihm in Hundsdemut ergeben, da die meisten ihm das Amt verdanken. Er soll sogar Syndikus werden."

„Ha, Syndikus!", höhnte Arnold. „Grotesk, ein Syndikus ohne Studium der Jurisprudenz. Das hat die Welt noch nicht gesehen. Aber dieser Rat voll zager Mäus, deren Sinn nur nach Käs steht, schluckt auch das. Die wählen auch zwei Katzen zum Bürgermeister! Ham, ham, alle Tag ein Dutzend Ratsmäus!"

„Für Scherze ist die Sach zu ernst", rügte ihn Felicitas. „Die Frau vom Bürgermeister von Mülheim kenne ich ..."

„Ei, ei, geschätzte Schwester! Ich kenn den und den, der hilft – die Zeiten sind passé!" Arnold prostete ihr spöttisch zu.

„Soll der Herr Vater auf dem Richtplatz enden?", fragte sie entrüstet. Alle schwiegen. Sie riss die Augen auf: „Gott helf mir, meint ihr wahrhaftig … ?"

„So weit ist es lang nicht", besänftigte ich sie.

„Ha, so weit ist es durchaus!", fuhr mir Arnold über den Mund. „Die Ratsmäuselein segnen artig jedes Todesurteil ab, was die Gaffelmeute und ihr Großmogul Gülich wünschen."

„Du bist vielleicht ein Prophet, aber Gülich kein mordender Tyrann!", widersprach ich. „Rechtsliebe trieb ihn an. Jetzt soll er das Recht beugen?"

„Herzbewegende Vergötterung Gülichs!", stichelte Arnold.

„Ich achte die hohe Sinnesart, die du Gülich zuschreibst, lieber Schwager", äußerte sich Gerwin ähnlich bedächtig wie sein Vater. „Gülich wagte Kopf und Kragen, um sein Hasardspiel zu gewinnen. Wer derart rücksichtslos gegen sich selbst ist, geht so auch gegen seine Feinde vor."

„Immerhin gibt es noch Gesetze!", entgegnete ich.

Skeptisch wiegte Gerwin den Kopf: „Freundschaft verstellt dir den Blick. Aber die ist jetzt unser Hoffnungsstrahl. Christoph, bitte sprich mit Gülich, kitzle seine Eitelkeit, damit der Herr Vater nicht noch im Turm krepiert!"

Alle starrten mich an. In Arnolds Blick lag Spott, in Gerwins Ernst, in Felicitas', Annas und Lieb-belles Angst.

„Ich war nicht so untätig, wie Arnold vermeint!", sagte ich. „Mehrmals bat ich Gülich vergeblich um ein Gespräch. Er kennt also meinen Wunsch. Vermutlich kann er nichts tun."

Arnold stand auf: „Länger hör ich mir die Lobreden auf diese Bestie nimmer an! Adieu!"

Kaum war er zur Tür hinaus, überbrachte Rosina mir einen Brief – von Niclaß Gülich.

„Mädgen, wann kam denn der Bote?", fragte ich sie.

„Gleich nachdem Herr Arnold gekommen war, aber der befahl mir, nit wegen jedem Quark in den Diskus zu platzen."

Alle lachten, nicht nur über den „Diskus".

„Bring mir nur stets alle Briefe sogleich!", wies ich sie an.

In flüchtiger Schrift entschuldigte sich Gülich für seine späte Antwort. Ich sei ihm willkommen, und da er meine Vorliebe für Besuche zu später Stund kenne, auch nachts. Seine Anspielung auf meine nächtlichen Besuche verstand nur ich, aber sogar nachts vom advocatus diaboli empfangen zu werden, war ein Vorzug, den jetzt alle hochschätzten.

Es war schon dunkel, als ich Gülich in seinem Küchenkabinett aufsuchte, und die Zeit stand still. Wieder füllte er die grünen Noppengläser mit Wein und auf dem Esstisch lag die übliche Zettelwirtschaft. Mühen und Plagen merkte man ihm nicht an. Erfolg macht wohl jeden Mühlstein zur Feder. Huldvoll sagte er: „Wohlgeborener Herr, gleich vorweg: Morgen wird Herr von Beywegh wohl freikommen."

„Gottlob und tausendmal Dank!"

„Nun ja, ich bin kein König und auf die Mehrheit der *Gaffeldeputierten* und Ratsfreunde angewiesen. Die meisten wollen Kaiser Leopold so unseren guten Willen zeigen, auch wenn wir Jodocis Kommission weiterhin ablehnen."

„Also keine Versöhnung mit dem Kaiser?"

„Wozu eine Kommission? Über Justiz- und Regimentssachen entscheidet nur der Rat. So will's das Recht!" Darauf trank er und fuhr dann fort: „Wir erklären selbst dem Kaiser die Umständ ohne Kommission."

„Guter Freund", sagte ich sanft. „Um die Sach nicht in langen Episteln und reitenden Boten zwischen Wien und Köln zu klären, sandte der Kaiser Jodoci. Warum lehnt man das ab?"

„Jodoci fordert völlige Kapitulation, um sich bei Hof für Höheres zu empfehlen. Wir aber haben jetzt rechtmäßig das Schwert, nicht er! Das schrieb ich dem Kaiser." Er schenkte Wein nach, während draußen späte Zecher *Vivat* Gülich johlten.

„Ja, das Schwert und die gepriesene harte Hand! Die liebte mein Herr Vater gleichermaßen", sagte ich. „Jetzt sagt er, vieles käm in der Welt anders, wenn man mehr mit christlicher Demut regierte als mit herrischem Wettern. Das war lange meine Bitt an ihn und die richt' ich nun auch an seinen Gegner."

„Ihr wolltet Herrn von Beywegh mäßigen?"

„Ja, aber es endete in Zank und Streit."

„Wie Ihr wisst, will ich eine friedliche Reform."

„So? Nach vielen Tumulten und einem rabiaten Umsturz?“

„Drei Jahr’ lang hat der alte Rat die Leut mit Versprechungen abgespeist und zuletzt das Wenige, was er tat, rückgängig gemacht. Wen wundert’s, wenn die *Gaffeln* die Geduld verlieren? Jetzt endlich wird das wüst verbogene Recht reformiert und damit nichts verspringt und in die Irr läuft, hoff’ ich morgen zum syndicus specialis gewählt zu werden, quasi als *protector Coloniae* des Rechts. Ja, wie Ihr runzeln viele die Stirn! Aber nur in dem Amt kann ich die Bürgerherrschaft sichern.“

„Da wünsch ich Glück, dass Er ein gerechter *protector Coloniae* wird, und an den wende ich mich mit einer Bitte.“ Ich stockte.

„Nun, was ist’s?“, fragte er ungeduldig.

„Ich bitt um Gerechtigkeit für Gereon Hesselmann. Seit einem Jahr ist er in scharfer Haft, ein grausames Los, sonderlich für einen Mann seines Alters.“

Gülichs Lippen wurden schmal. Er betrachtete das Öllämplein zwischen uns. Winzige Nachtflügler umschwirrten es, die in Scharen ihr Leben der Schönheit des Leuchtens der Flamme opferten. Leise sagte er: „Ja, die Sach eilt!“

„Er ist einer der wenigen Herren, der sich bekehrte.“

Er sah auf – ein harter Blick: „Das macht nicht ungeschehen, was er zuvor als Liebediener der *Sechsherren* tat. Nicht ich, der Rat wird bald ein gerechtes Urteil fällen.“

Den Kopf auf dem Esstisch war Felicitas in der Stube eingenickt. Meine Botschaft der Befreiung des Vaters wischte alle Schläfrigkeit fort und sie fiel mir freudig um den Hals. Doch am nächsten Morgen ließ Beywegh auf sich warten. Kaskaden von Verwünschungen ließ sie auf den Schelm Gülich niederregnen, während sie ausschauhaltend am Stubenfenster stand. Das opulente Mittagsmahl zerkochte und auf dem Weiß der Festtafel welkten die Blumen, doch standhaft weigerte sie sich, ohne den Vater zu speisen. Als er endlich kam, war ihm nicht nach Essen zumute. Fiebernd legte er sich zu Bett.

Lange war er krank, länger blieb er mutlos und ruppig. Selbst seine gut gehenden Handelsgeschäfte munterten ihn kaum auf. Ein weiteres Strafmandat des Kaisers gegen Köln, das am 9. Juli verkündet wurde, ließ ihn noch trübsinniger werden. Der Kaiser forderte wiederum bedingungslose Unterwerfung und Freilassung der Gefangenen und drohte sogar mit der Reichsacht, durch die die Kölner Hab und Gut verlieren würden, manche sogar das Leben. Trist bemerkte Beywegh dazu, das mache die Sache nur schlimmer, und er behielt Recht. Bei seinem einzigen Auftritt vor der kaiserlichen Kommission lehnte Gülich im Namen des Stadtregiments die Kommission ab und kündigte die Verfolgung aller Herren an, die Stadtrecht gebrochen hätten.

Bereits am nächsten Tag, wir saßen gerade beim Frühstück, stand Arnold unerwartet in der Tür und schmetterte: „Herr Vater, Ihr müsst auf der Stell Köln verlassen! Der Rat beschloss letzte Nacht, fast alle Herren des alten Rats zu verhaften. Proskriptionslisten mit 80 Namen hängen schon auf den *Gaffeln* aus. Ihr steht darauf. Alle fliehen und das müsst Ihr auch tun."

Gleichmütig legte Beywegh den Löffel beiseite und entgegnete gallig: „Ich laufe nicht wie ein räudiger Hund davon!"

„Dann sperren sie Euch ein. Krebs und Wolfskehl waren so verständig, sich zeitig davonzumachen", insistierte Arnold.

„Ha, in die Gesellschaft dieser befleckten Herren begeb ich mich nicht. Ein Bürgermeister bleibt bei den Bürgern."

„Ein abgesetzter Bürgermeister seid Ihr, malträtiert von den braven Bürgern, die Euch den Tod an den Hals wünschen!"

„Es sind noch genug Gutwillige da und Gülich soll wissen, dass es Leut gibt, die für die gute Ordnung eintreten."

Kopfschüttelnd verschwand Arnold so plötzlich, wie er gekommen war. Felicitas legte nun ihrem Vater die Flucht nahe.

Er ließ sich ihre Rede gefallen, blieb aber bei seinem Nein. Er fragte mich: „Warum sagt mein lieber Sohn nichts?"

„Ich bete, dass der Allmächtige Schlimmes verhüten möge."

„Beten? Weiß Gott, das tue ich! Warten und beten."

Gemeinsam warteten wir auf das, von dem wir hofften, dass es nicht einträfe: das Klopfen der Gewaltrichter. In Kleidern legte sich Beywegh in seinem Gemach auf das Bett. Der trübe Tag neigte sich dem Abend zu. In der Stube brannten die Kerzen und Gläser und Teller lagen zum Nachtmahl bereit, als er auf seinen Hausherrenstuhl Platz nahm. Ich schaute auf den *Alter Markt*. Im Regengrau marschierten vier Männer auf unser Haus zu. Ich drehte mich zu ihm um. Er las mir von den Augen ab, was ich gesehen hatte und seufzte ergeben.

Diesmal betrat Anton Meshov die Stube und verkündete: „Herr von Beywegh, im Namen des Rates und der *Gaffelkommissare*, Ihr seid in scharfen Hausarrest ohne Kommunikation gesetzt. Missachtung zieht Turmhaft nach sich!" Ein Nicken, dann waren sie aus der Stube und trampelten die Treppe hinunter.

„Wohin treiben wir?", seufzte Beywegh.

Wer bleiben, wer das Haus verlassen sollte, disputierten wir am nächsten Tag. Felicitas wollte ihrem Vater beistehen. Anna und Lieb-belle fügten sich widerwillig in den Hausarrest. Selbst dem verträumten Alexander war er ein Graus, aber er sollte an meiner Stelle die Frauen und den Großvater schützen, da ich für Hilfe sorgen musste. Die Stube wurde nun allen zum Gefängnis. Ich blickte in die kläglichen Gesichter meiner Lieben, sah die Sorgenstirn Beyweghs und draußen lockte ein heißer Julitag zum Spazierengehen am Rhein oder zu einer Plauderei in den Gartenlauben befreundeter Familien. Nur ich war frei.

Ich logierte mich abermals im Gasthof Zum Springenden Hirsch ein und suchte sofort Florentin auf. Er empfing mich in seinem Kabinett, das, im Erdgeschoss gelegen, angenehm kühl war. Eine Wand zierte ein Gobelin, das Urteil des Paris darstellend. Die nackten Göttinnen gaben dem Bild einen warmen Roséton. Aphrodite, Athene und Hera den Rücken zukehrend schaute ich in ein herrschaftliches Lustgärtlein. Halb versunken in rotblühenden Rosenbüschen stand eine Bank. Inmitten eines buchsbaumumsäumten Beetes plätscherte ein Springbrunnen. Aufsprühendes Wasser im Blick, ein Bier genießend, hörte ich Florentin zu, wie er über die Missachtung kaiserlicher Befehle schimpfte. Leise fügte er hinzu: „Hesselmann hat man in den Kunibertsturm geworfen!"

„Mein Gott!"

„Die *Gaffelkommissare* wollen ein Todesurteil!"

„Weswegen?"

„Wegen nichts, zumindest nichts Todeswürdiges."

„Warum?"

Florentin hob die Hände: „Wer weiß, warum der Wind weht?"

„Jodoci muss dem Einhalt gebieten."

„Jodoci? Der ist machtlos!" Er nahm eine Postzeitung von seinem Schreibtisch, gab sie mir und ich las von dem blutrünstigen Feldzug der Türken in Österreich. Dazu sagte er: „Das ist nicht übertrieben. Die Heiden bringen jeden um, das Kind in der Wiege, den jungen Mann bis zur alten Frau. Aus Wien kommt jetzt keine Hilfe."

„Dann kann nur das kurfürstliche *Hohe Weltliche Gericht* das Bluturteil aufhalten, aber Max Heinrich und seine Hofräte lieben Hesselmann wie freche Kinder die Rute."

„Wohl wahr, und Ratgeber ist nun Wilhelm von Fürstenberg. Dem Franzosengünstling ist Hesselmanns Kaisertreue mehr als ein Dorn im Auge." Er nahm einen Zug Bier und wir schwiegen.

Eine Amsel pickte im Garten. Sonnentrunken taumelten zwei weiße Schmetterlinge über sie hinweg, stiegen hoch, tändelten in ihrem wankenden Flug miteinander und fanden nach dem Tanz süße Speise in den Blumen. Einmal nur die nächste Blüte im Sinn haben, sich von warmer Luft tragen lassen, sich freuen ohne Gedanken an den morgigen Jammer – nichts weiter.

Jodoci und Fürstenberg um Hilfe für Hesselmann und Beywegh zu bitten, erschien mir sinnlos. Der eine tat, was er konnte, war aber machtlos. Der andere hatte Macht, kalkulierte jedoch eiskalt. Für Fürstenberg hatten in den Waagschalen Justitias primär politische Vorteile ihren Platz, erst danach eine recht biegsame Gerechtigkeit. Wollten die Kölner den Kopf eines seiner zähesten Kölner Kontrahenten abschlagen, unterstützte ein Fürstenberg eher ihren Wunsch, als sich für die unerwünschte Gerechtigkeit einzusetzen. Und Gülich? Sein Gerechtigkeitssinn ließ sich zwar eher wecken als den des Mathematikers der Politik, nur war er ein heißblütiger Verfechter der Bürgerfreiheit. Eine Ikone der alten Ordnung hinzurichten, demonstrierte die Macht der neuen Herren, ihn freizulassen, hätte die Kölner empört. Für Hesselmann konnte ich nur beten und seiner Frau beistehen, die ich in dieser schweren Zeit mehrmals besuchte. Sie hatte Jodoci angefleht, ihren Gemahl zu retten, wozu jener nur schlaffe Worte fand, zu kraftlos, um daraus den geringsten Tatwillen zu entnehmen. Gnädig hörte sie sogar der Kurfürst an und empfahl, auf „Gottes Gnad und Hilf" zu vertrauen. Ein Hofrat Ducker, der ihr die Sache erklären sollte, hielt ebenfalls mehr von Gottes Hilfe als von kurfürstlicher. Sie klagte: „Ach, wohlgeborener Herr, als Einziger weckt Ihr noch meinen Mut. Bei den wenigen Freunden, die hierherfinden, verspür ich eher Neugier als Hilfsbereitschaft."

„Nur kann ich nichts Handfestes bieten, Madame!"

„Oh doch, Eure Red überzeugt die Herren eher als meine Tränen. Bitte geht zu Hofrat Ducker oder vielleicht zu Herrn von Fürstenberg. Der könne helfen, sagte der Ducker. Mein Gatte hatte mit dem Fürsten zwar einen bösen Streit, aber das war vor Jahrzehnten. Er selbst ist ja lang in Wien gefangen gewesen. Gott, wenn man verzweifelt ist, klopft man überall an."

„Nicht auch bei Niclaß Gülich?"

„Nein! Kein Fußfall vor dem!", erklärte sie resolut.

Zwar baute auch ich mittlerweile mehr auf Gottes Güte als auf die Gunst der Welt, doch zum Trost der armen Frau bemühte ich mich um Audienz bei Wilhelm Egon von Fürstenberg. Der aber ließ mich warten.

Rastlos streifte ich durch Köln auf der Suche nach Neuigkeiten. Doch die Stadt erzählte nur alte Geschichten – aus meiner Jugend bis hin in die jetzigen Tage. Anheimelnd waren Johannes- und Marcellenstraße, Heu- und Neumarkt, die Kirchen Groß Sankt Martin, Mariae Himmelfahrt, Sankt Kunibert, der Dom, die noblen mehrgeschossigen verputzten Gebäude, aber auch die Backstein- und Fachwerkhäuser, welche sauren Mostdunst und die Süße von feuchtem Korn ausdampften. Mehrmals am Tag schlenderte ich über den *Alter Markt,* blieb stehen, sah zu den Fenstern unseres Hauses hinauf, die leer blieben. Jeden Abend lauschte ich Alexanders Violinspiel vor dem Nachtmahl, ein Ritual, das er beibehielt und mich mit ihm und meiner Familie verband. Anstelle fedriger Klänge bevorzugte er jetzt rasende Tonfolgen. Gereizte Bienenschwärme, galoppierende Pferdeherden, sich auf ein Beutetier stürzende Wölfe hörte ich heraus, so als wollte er der zäh dahinfließenden Zeit Dynamik abringen. Langsames versandete in Klagliedlein – dürre Töne, an Klappern erinnernd.

Nach einem Souper bei Arnold ging ich noch einmal über den *Alter Markt.* Zu dieser späten Stunde schwieg die Geige, aber ich glaubte, in der Kammer der Mädchen den Schatten Lieb-belles zu erkennen. Ich sah hinauf, bis das Licht erlosch. Obwohl es dunkelte, trieb es mich in die Kirche Sankt Alban, um für die vielen auf Gottes Gnade Angewiesenen zu bitten, denn nur wer betet, kann erhört werden. Zwar erzählt der von Menschenhand aufgeschichtete Stein nichts von der Buntheit der Werke Gottes, dennoch bin ich hier meinem Schöpfer nahe – klein an Gestalt und groß im hallenden Tritt im majestätisch hohen Raum. Die weihrauchdurchwirkte Luft und die Stille im Dämmerlicht scheiden jeden Eintretenden von der lauten Welt, deren Freuden die Seele zwar erheitert, selten aber berührt. Vor einem Marienaltar vertiefte ich mich in mich selbst und legte meine Bitten vertrauensvoll in die Hände desjenigen, den ich nicht kannte und der mich doch anhörte. Als ich mich steif geworden erhob, kniete seitlich im Finstern noch jemand. Laute Tritte vermeidend ging ich. Draußen wies mir die silberne Mondsichel mehr schlecht als recht den Weg. Die Kirchentür knarrte. Gülichs Stimme fragte: „Benötigt der Herr eine Laterne?"

„Danke, heut hat Petrus sie vor die Himmelstür gehängt."

„Ha, von weit her ein Lichtlein, da kann ich mit Hellerem dienen." Er hielt seine Laterne hoch und lud mich zu einem Schlummertrunk ein.

Während wir die wenigen Schritte zu seinem Haus gingen, fragte er: „Betet der Herr oft in Sankt Alban?"

„Ja und in anderen Kirchen. Ich glaube fest an Gottes Hilfe gegen die rohe Selbstsucht der Menschen."

„Ich auch!", stimmte er mir lebhaft zu. „Bevor ich mein Werk begann, hab ich viele Nächte auf Knien vor einem Kruzifix die Gottesmutter in meiner Kammer um Rat angefleht."

„Man sagt sogar, die Muttergottes selbst gab Ihm ein, wie er alles zum glücklichen End bringen könne", spöttelte ich.

Er lächelte. „Bildhafte Worte, mal scharf, mal sanft, überzeugen die Leut mehr als laue Red. Mut fand ich aber im Gebet und die Gottesmutter half, des Unrats Väter zum Teufel zu jagen."

Er sperrte die Tür des Verhannenhauses auf und bat mich hinein.

Während er eine Kerze entzündete und die grünen Noppengläser füllte, schmeichelte ich: „Der Herr eilt ja von Sieg zu Sieg und die Feinde sind am Boden. Meinem armen Herrn Vater gönnte man leider nur recht kleinlich die Freiheit."

„Alle *Gaffelkommissare* wollten es so. Ich konnte ihm nur das Turmverlies ersparen."

„Für die Gnad danke ich", sagte ich ernst. „Aber warum wirft man so viele Opponierende in den Kerker?"

„Die Parteigänger von Wolfskehl und Krebs schüren weiter das Feuer. Sie haben Geld und Waffen und beides reichlich!"

„Werter Freund, was ist die Bürgerfreiheit wert, wenn man zahllos Leut in die Türm' wirft? Man hisst die Fahne der Freiheit und setzt Segel in Richtung der Unterdrückung?", reizte ich ihn und seine Augen wurden schmal, bereit für ein Dementi.

„Das ist frei heraus!", sagte er leise. „Wir sind im Krieg. Da gelten andere Gesetze. Bei einem Wolfskehlfreund fand man ein riesiges Waffenarsenal. Wir müssen Ordnung schaffen, sonst fällt hier jeder über jeden her."

„Und wie steht's im casus Hesselmann? Führt man auch gegen ihn Krieg?"

„Schon wieder Hesselmann!", nörgelte er. „Der Rat hat heut seine delicta als criminal und todeswürdig anerkannt. Die Auslieferung ans *Hohe Weltliche Gericht* ist beschlossen."

Bestürzt setzte ich mein Glas ab: „Ein Todesurteil, also!"

„Das ist zu erwarten! Weihen Amtsleut ihren Dienst weniger dem Recht und mehr der untertänigen Dienstbarkeit, dann sind sie böse Ratgeber. Treten sie das Recht gar mit Füßen, ist es criminal. Jeder Hühnerdieb wird gehenkt. Soll man etwa Herren schonen, die Ursach für den Schaden so vieler waren? Nein, deshalb hab auch ich die Auslieferung befürwortet."

„Danach müsste man viele Amtsleut Kölns hinrichten."

„Ja, viele", sagte er ganz selbstverständlich.

„Sollen nun Blutfluten die Bürgerfreiheit krönen?"
„Nein, nur müssen wir ein Exempel statuieren."
„Ausgerechnet Hesselmann, der wegen Unterstützung der Gülich'schen Reform schon viel zu lang im Kerker büßt."
„Deshalb musste der casus auch rasch entschieden werden."
„Aber doch gerecht? Das alte Stadtregiment suchte lang vergeblich nach Beweisen gegen ihn und mehr wird das neue in einem Monat auch kaum gefunden haben. Nur mit einem Sack voll Lügen bringt man ihn zur Strecke!"
„Lügen?" Er schlug auf den Tisch. „Auch er erhielt seine Ämter durch Bestechung. Selbst in der *Inquisitionskommission* schmückte er allerliebst Unrecht zum Recht!"
„Bestechung war zum bösen Brauch geworden. Ohne sie erhielt keiner ein Amt. Irrige Rechtsansichten zu vertreten, ist nicht strafbar. Unrecht begingen eher die Schreiber, die Protokolle fälschten, Stadtwerker oder die Leut in der *Rentkammer*."
„Ja, hundert Urteile gegen Schreiber und Stadtwerker könnt man fällen", sagte er feurig. „Viel Blut würd' fließen – für nichts. Der Kopf bestimmt den Weg, die Glieder müssen folgen. Alle gelehrten Herren, die Tyrannen zur Hand gehen, sind Teil des Unrechts. Was ich sah und tat, das konnte der Herr Stadtsekretär schon lange sehen und tun."
„Bringt man einen Mann aufs Schafott, der keine strafbare Missetat beging, ist das haarfein die tyrannische Willkür, gegen die Niclaß Gülich stets kämpfte!"
„Nein!", fuhr er mich an. „Ein von allen Kölnern begehrter Akt der Gerechtigkeit. Seid froh, Beywegh trifft's ja nicht."
„Neben Judendunck ist er der Nächste!"
„Nein, wir wollen Reformen, keine Metzelei!"
„Gott geb's!", flüsterte ich, worauf er mir einen giftigen Blick zuwarf. Traurig sagte ich: „Hatten wir nicht einst dasselbe Ziel?"
„Ja, wir sind auf dem Weg dahin. Bei guten Winden kann

man leicht Kurs halten, nicht im wilden Sturm. Nur Mut, wir werden unser Ziel erreichen. Prosit!"

Im Hemd, die Nachtmütz auf dem Kopf, empfing mich nach langem Klopfen mein Wirt recht ungnädig. Ich war schon auf dem Weg zu meiner Kammer, da rief er mir nach, mein Sohn habe sich dort einquartiert, das koste extra Logiergeld. Wahrhaftig, Alexander lag auf einem Strohlager. Reuig bekannte er, die Gefangenschaft nimmer ertragen zu haben.

„Und wer erlaubte die Flucht?", herrschte ich ihn an.

„Mir die Frau Mutter – Lieb-belle tat's heimlich."

„Was, Lieb-belle ist auch auf und davon?"

„Ihr Geplärr wegen Wolfskehl war reine Marter. Jetzt erfreut sie Charlotte damit. Sie schläft in ihrer Kammer. Nur schickt es sich nicht, wenn ein Mann bei Jungfern nächtigt."

„Ja, du Mauskopf, ein Mann solltest du sein! Ein Beschützer! Stattdessen nimmst du Reißaus wie ein Spielkind."

Enttäuscht und zornig hielt ich ihm eine Strafpredigt, bis ich abgekämpft ins Bett sank. Florentin war so generös, Lieb-belle aufzunehmen. Charlotte freue sich über die holde Gesellschaft und eine Kelle Wasser zusätzlich in die Suppe könne er sich leisten, beteuerte er – obwohl sich auf seiner Tafel noch nie Wässriges eingeschmuggelt hatte. Lieb-belle sah jedoch eher der heiligen Kümmernis gleich als einer holden Gesellschafterin, denn Wolfskehl war verschwunden. Im Danzhof war sein Dachstüblein leer und vom Barbier hatte Alexander erfahren, dass er ihn schon lange nicht mehr gesehen habe. Er war wohl so klug gewesen, sich in Bonn in Sicherheit zu bringen.

Für die Audienz bei Fürstenberg ließ ich mich von dem Barbier rasieren. Während er klappernd die Seifenlauge bereitete, schaute ich durch die Fenstersprossen auf das Wirtshaus Zum Silbern Flötgen, auf die wellenformenden Holzbalken des Fachwerks. Wie unschuldig war die Zeit gewesen, bevor ich es betrat. Kein Mord, Ehezwist, Aufruhr und Umsturz.

Der Barbier seifte mich ein. Draußen scholl Lachen, die Treppe knarrte, Kinder plapperten, eine Frauenstimme mahnte zur Ruhe.

„Na, mittlerweil' hat sich das Haus ja belebt", sagte ich.

„Jaja, die Jungfer Kannegießer! Hübsch, aber mit jedem Wucherer nimmt sie's auf." Er gab mir die Schale in die Hand und bevor er anfing zu schaben, fragte ich ihn nach Wolfskehl. Nach einer Weile bedächtigen Schabens sagte er: „Besser, Ihr nehmt den nit in Eure Dienste. Leut vom Magistrat fragten nach dem. Da hatte er sich aber schon davongemacht. War ein seltsamer Vogel! Der kümmerte sich nit um die Welt und die Welt nit um ihn. Nur die Jungfer Kannegießer kam manchmal wegen des Mietzins' und einmal brachte ein Bote einen Brief." Er beendete sein Werk und fragte: „Noch ein Aderlass?"

„Nein danke, aber wie sah der Bote denn aus?"

„Mit Verlaub, Eure Fragen nach allerhand Leut sind weitaus zahlreicher als die nach meinen Diensten. Ja, der Bote ... der hatte eine hässliche Narb am Kinn. Mehr weiß ich nit."

Der Danzhof zog wohl alle Übeltäter an, sogar einer der Mörder des Vorbesitzers ging hier ohne Scheu ein und aus.

Im Cölner Hof, dem altertümlichen Palast des Kurfürsten von Köln, empfing mich Fürstenberg. Aus einem muffigen Flur kommend, dessen rissiger Wandputz teilweise rohes Mauerwerk hervorschimmern ließ, erschlug mich die Pracht des Kabinetts der alten und neuen rechten Hand des Kurfürsten. Schwere Möbel, goldgerahmte Bilder und Silberzeug gaben dem ganz à la mode ausstaffierten Raum königlichen Prunk. Nur die schmalen Fenster erinnerten an die Jahrhunderte, die das Gebäude überdauert hatte.

Fürstenberg trug ein schlichtes dunkles Gewand mit einem breiten weißen Beffchenkragen und blühte in seiner wiedererlangten Machtfülle als Obristhofmeister. Stehend wie vor einem regierenden Fürsten brachte ich mein Petitum vor. Im Ton spöttischer Schadenfreude sagte er: „Die Kölner pochten stets auf ihren Reichsstand, allen voran der Herr Stadtsekretär Hesselmann, da mengen wir uns jetzt nicht in ihre Affairs."

„Das bedeutet ein Todesurteil für Hesselmann?"

„Nun ja, bisher waren alle *examinationes* des Kölner Rates musterhaft, so dass ein solches Urteil wahrscheinlich ist."

„Es dürfte Ihro Exzellenz bekannt sein, dass die Vorwürf gegen Hesselmann kaum Füß haben, darauf zu stehen."

„Woher wollt Ihr das wissen? Aber gut, wenn es so ist, wie Ihr sagt, spricht das Gericht Hesselmann frei. Andernfalls überlassen wir die Hinrichtung den Kölnern. Sie wird in Köln vom Kölner Henker vollzogen, also nicht auf Kurkölner Territorium, und auch das kurfürstliche Gericht wird ihr fernbleiben."

„Mit Verlaub, will etwa der Kurfürst wie Pilatus seine Händ in Unschuld waschen?"

„Monsieur, für haltlose Anwürf' ist meine Zeit zu knapp."

„*Salva venia*, wenn's Brauch wird, den Herren des Stadtregiments wegen angeblich falschem Rat die Köpf abzuschlagen, muss auch mein Herr Vater mit der Hinrichtung rechnen."

„Nein! Hesselmann ist zwielichtig. Sein Todesurteil bedeutet daher keineswegs, dass andere sein Schicksal teilen."

Es klopfte. Ein Diener meldete den Herrn *Official*. Thomas Quentel, seinen Steigbügelhalter am kurfürstlichen Hof, ließ Fürstenberg nicht warten und er entließ mich.

August 1683

Fürstenberg spann alles äußerst fein und reißfest, gewiss auch das Todesurteil gegen seinen härtesten Stadtkölner Gegenspieler. Mit einem gerechten Urteil des *Greven* und der Schöffen des *Hohen Weltlichen Gerichts* des Kurfürsten war kaum zu rechnen. An diesen dürftigen Strohhalm klammerte sich aber Frau Hesselmann. Mehrmals sagte sie: Liebten die Richter den Himmel mehr als die Hölle, in die sie kämen, wenn sie ein das Recht höhnendes Todesurteil sprächen, dann müsste ihr Gemahl bald frei sein. Meine Hoffnung beschränkte sich auf ein Wunder.

Wunder sind selten, doch in Hesselmanns Fall schien es eines zu geben. *Greve* und Schöffen beugten sich nicht den Wünschen Kölns und Kurkölns. Zu dürftig waren die Anklagen, zu offensichtlich war der Komplott gegen den Stadtsekretär. Auch nach zehn Tagen hatte das sonst zügig arbeitende Gericht sich noch nicht zu einem Unrechtsurteil durchgerungen, die Hoffnung auf einen Freispruch wuchs. Jeden Tag ging ich vor dem Angelusläuten zu dem hinter dem Dom gelegenen Margarethenkloster, wo das Gericht tagte, um das Resultat der Beratungen zu erfahren. Durch einen Laufjungen ließ ich Frau Hesselmann eine Nachricht zukommen. Es war ein *Billett,* auf dem das Wort „Nichts" stand. Ein Urteil wollte ich ihr selbst mitteilen.

Der Domhof war ein stiller Bezirk. Doch am 8. August hörte ich Gebrüll. Mein Herz begann angstvoll zu klopfen. Auf dem Platz vor dem Kloster tobte ein Haufen meist junger Leute. Sie johlten „Todesurteil". Nach dem ersten Schrecken begriff ich, sie feierten kein Todesurteil, sondern riefen danach. Drohend richteten sie Degen, Spieße, ja sogar Gewehre auf die Fenster im ersten Stock, wo das Gericht beriet. Die den Platz umgebenden Gebäude verstärkten noch das grausame Geschrei. Hesselmann, der im nahegelegenen Trankgassenturm saß, nahm den Lärm mit den feinen Ohren des Gefangenen möglicherweise wahr und spürte die Angst vor dem über ihn kreisenden todbringenden Vogel, von dem er mir im Loch des Rathauses erzählt hatte.

Die Glocken schlugen sechs. Das Gericht bewies Mut und wagte sich vor die Tür, um das Kloster zu verlassen. Die

Krakeeler versperrten ihnen den Weg und richteten ihre Waffen gegen sie. Die Schöffen wichen zurück. Der *Greve* Andreas von Francken-Sierstorf hingegen blieb stehen und herrschte das Gesindel an, was das solle. „Urteil, Urteil!", brüllten alle. Das gäbe es noch nicht, erwiderte er. „Todesurteil", forderte die Menge. Einer schoss, andere stießen mit Spießen in seine Richtung. Der *Greve* zuckte und hielt sich den Oberarm. Anton Meshov rief: „Herr *Greve*, Ihr geht erst heim, wenn's Todesurteil verkündet ist. Eilt, sonst kommen Leut zu Euch hinauf, die Euch die rechten Gedanken eingeben!"

Notgedrungen zog sich der Greve zurück und schloss die Tür. „Todesurteil" grölte die Meute ihm hinterher. Wie ich erträumte auch er sich eine Kompanie Stadtsoldaten, die dem Spektakel ein Ende bereiteten. Mit Ausnahme des Umsturztages hatte aber bisher kein Kölner Stadtregiment Soldaten gegen Tumultierende eingesetzt, so dass meine Hoffnung rasch sank, zumal Rat und Gaffeln ein Todesurteil wünschten. Stundenlang überhörte das Gericht Schmährufe und rohe Drohworte aufgebrachter grober Kerle. Vornehmere Bürger standen am Rande des Pulks, mehr neugierige Kiebitze als laute Verfechter eines Justizmordes. Ich fragte sie: „Wie könnt ihr's im heiligen Köln zulassen, dass die Gosse gewaltsam ein Todesurteil erzwingt?"

Die Antworten glichen sich im Ergebnis: „Zeit, dass einer der Großen Hansen seine wohlverdiente Straf' erhält!" oder „Das gottlos' Pack hat uns lang genug bis aufs Blut gepresst, sollen sie jetzt ihr eigen Blut schmecken!" In ihrer Wut über das lang ertragene Unrecht sahen sie nicht die Missachtung der Bürgerrechte, für die Gülich kämpfte, der jedoch nirgends zu sehen war.

Nach drei Stunden verkündete der bis zum Höllenlärm sich steigernde Krach den Belagerten: Unsere Geduld ist am Ende! Gebrüll, Pfiffe, Trommeln und Schüsse. Steine flogen. Fensterscheiben splitterten.

Endlich öffnete sich ein Fenster. Der *Greve* zeigte sich. Totenstille. Mit steinerner Miene gab er kund: Gereon Hesselmann werde wegen Verrats und anderer hochstrafbarer delicta am Donnerstag, dem 12. August, auf dem Heumarkt mit dem Schwert vom Leben zum Tod gerichtet. Der Wunsch „Gott sei seiner armen Seel gnädig" ging im Jubel unter. Man ließ die Bürgerfreiheit hochleben. Meshov nahm, auf den Schultern eines Mannes reitend, die Ovationen des Pöbels entgegen. Ich floh, eilte zum Haus von Frau Hesselmann, denn das lange Ausbleiben einer Nachricht war für sich schon ein böses Zeichen.

In großer Sorge hatte sie auch das Haus verlassen. Ich traf sie und ihre Magd auf der sich eindunkelnden Gasse. Atemlos fragte sie: „Was ist geschehen?"

„Madame, das sollt ich besser im Haus sagen!", erwiderte ich.

„Sie haben ihn verurteilt!", sagte sie den Satz, den sie am meisten fürchtete und ich nickte.

Stocksteif stand sie, nach und nach den Riss des letzten zähen Hoffnungsfadens begreifend. Langsam gingen wir zu ihrem Haus.

In der Stube trat die kleine Frau ans Fenster und schaute ins Finstere. Gedämpft berichtete ich von den Ungeheuerlichkeiten und suchte nach Trostworten, fand aber in meiner Erregung keine. Nach langem Schweigen sagte sie im spröden Ton: „Danke! Bitte erlasst mir mehr Worte!"

„Gott tröst Euch, Gott helf Euch Madame, wenn ich es nicht kann, wie ich's gern will."

„Gott?" Sie drehte sich jäh um. „Wo ist Gott?"

„Überall, nur lässt er den Menschen viel Freiheiten, die sie übel nutzen. Aber er hilft. Selbst dem Herrn Gemahl bot er ein Schlupfloch. Er hätte fliehen können."

Erstaunt sah sie mich an. Sanft am Arm nehmend geleitete ich sie zum Tisch, schenkte ihr einen Genever ein und erzählte vom Tag des Aufstands, an dem Hesselmann die Möglichkeit zur Flucht ausschlug, was ich ihr verschwiegen hatte.

„Warum? Er wusst' doch, wie alle gegen ihn sind", sagte sie. „Sein Lebenswerk ist in Köln und er hat nimmer die Kraft sorgenvoll in der Fremde herumirren." Sie stützte die Arme auf den Tisch, ihr Gesicht in den Händen verbergend. „Madame, sein Beschluss war wohlüberlegt, auch Sie sollte ihn billigen."

„Ja, ich muss es wohl, kann's ja nimmer ändern. Den Weg des Abschieds muss er allein gehen – wie auch ich."

Nochmals sicherte ich ihr meinen Beistand zu, worauf sie nur schwach nickte. Schweren Herzens verließ ich sie.

Im Trauerschritt folgte ich dem über die Pflastersteine schwankendem Licht der Laterne, die mir Hesselmanns Magd mitgegeben hatte, und ordnete meine Gedanken. Niclaß Gülich hatte den Lorbeerbaum einer gerechten Republik aus Utopia nach Köln verpflanzt. Aber das, was er mir als langlebigen Lorbeer andiente, war eine schnellwüchsige Kürbisranke, unfähig, ihre Früchte zu tragen. Der Ruf von der Gasse „Kreuzige ihn" war noch nie ein Merkmal eines gerechten Staates, und auf ein akzeptiertes Unrecht passt nahtlos das nächste. Meine bittere Enttäuschung schlug in Wut um. Geradewegs marschierte ich zum Verhannenhaus, wo ich Gülich die Trümmer meines Traumes vor die Füße werfen wollte, sofern er seinen schmutzigen Triumph über seinen Rivalen nicht irgendwo feierte.

Im Verhannenhaus brannte Licht. Ich sah Theodor Gülich und Meshov im Küchenkabinett. Stimmen weiterer Personen waren zu hören. Die Laterne nach Diebsart unterm Mantel verbergend lauschte ich.

Meshov sprach gestenreich zu einem Unsichtbaren. Donnernd gebot Gülichs Stimme Schweigen, dann redete er aufgebracht von Bürgerrechten. Meshov warf ihm Laschheit vor, man werde von den Gegnern bald überrannt. Junges Volk kam die Gasse hinunter. Sie pochten an die Scheiben und schrien solange „*Vivat* Gülich", bis Meshov das Fenster öffnete. Sie luden ihn und den Herrn Syndikus zu einem Trunk ein. Gutgelaunt nahm Meshov an, musste er doch seine Klientel bei der Stange halten.

Das Haus leerte sich. Gülich blieb allein zurück. Auf den Tisch gestützt stand er da. Er nahm eine Kerze und ging zum Stehpult. Die Schreibfeder an die Lippen gelegt, stierte er ins Schwarze. Nur den Kopf, die Feder, die Hände sah ich, den Leib verschluckte die Dunkelheit. Ich klopfte.

Träge öffnete er und fragte barsch„Was wünscht Ihr?"

„Viel, wenn man heut am Margarethenkloster war."

Er machte eine Geste, als wollte er sagen: Was kann ich dagegen tun? Dann trat er zurück und ließ mich ein.

„Ist Niclaß Gülich wahrhaftig bereit, seine Herrschaft mit einem von der Gasse diktierten Justizmord zu beginnen?", wollte ich wissen.

„Ich hab dem Herrn bereits expliziert, warum Hesselmann den Schuldspruch verdient", verteidigte er sich.

„Das also ist die Bürgerherrschaft! Der Kurfürst ließ seinem Gericht die Freiheit, Recht nach dem Gesetz zu sprechen, nicht aber die Verfechter einer gerechten Republik."

„Nun ja", sagte er so kraftlos, als treibe ein Windhauch eine Flaumfeder vor sich her. Draußen johlten Kerle im Siegesrausch wieder „*Vivat* Gülich!"

„Warum duldet der *protector Coloniae* das?"

„Der blasierten Uneinsichtigkeit der Herren folgt nun die Wut der Unterdrückten", sagte er ernst, setzte sich an den Tisch und vergrub das Gesicht in den Händen: „Ich wollte eine friedliche Reform, weil jedem, der Lesen kann, das Unrecht der Obrigkeit sonnenklar sein musste. Drei Jahre lang forderte ich die Anwendung unserer Fundamentalgesetze, schrieb unzählige Bittschriften. Ränkevoll verhinderten sie jede Reform, bis die Bürger zu den Waffen griffen." Er sah auf. „Jetzt erwarten die Kölner ein härteres Urteil, als es der alte Rat über Cronenberg, Krebs und Wolfskehl fällte."

„Mir scheint eher, Sax und Meshov treiben ihr Spiel gegen

Meister Gülich." Er schwieg und ich sagte eindringlich: „Herr Syndikus, schützt das Recht, pfeift die Bluthunde zurück!"

„Was hilft's?" Schlaff hob er die Hände. „Das Urteil ist gesprochen."

Ja, das Urteil war gesprochen. Niemand begehrte auf. In den Wirtsstuben, wo ich mich, meines Heimes beraubt, viel herumtrieb, feierte man das abgepresste Urteil als gerechten Sieg. Keiner wagte ein kritisches Wort dagegen zu äußern. Dass Hesselmann in der Stadt vom Kölner Meister Hans enthauptet werden sollte, stärkte den patriotischen Stolz. Auf dem Heumarkt, wo Zimmerleute das Schafott errichteten, standen stets Schaulustige.

Das Hämmern begleitete ein Mittagsmahl in Arnolds Haus. Mir fuhr die Unheilsmusik in den Magen. Arnold hingegen ließ es sich schmecken und nahm die Sicht der kaiserlichen Kommission ein: Die Hinrichtung stille den Rachedurst des Volks und rette das Leben der anderen Inhaftierten. Er bot mir an, das „Spektakel" bequem aus seinem Fenster anzusehen.

„Nein, ich bleibe am *Alter Markt* und schütze den Vater, falls den Leuten eine Bluttat zu wenig ist", lehnte ich indigniert ab. „Beim Bürgeraufstand von 1513 wurden beide Bürgermeister im Abstand weniger Tage hingerichtet."

Er zuckte mit den Schultern. „Ach was, das ist alter Kram!"

Nach einem verregneten Mittwoch folgte sonnig der 12. August, Hesselmanns Todestag. Alles war auf den Beinen. Aufgeteilt in *Gaffeln* zogen die Bürger zum Heumarkt. Teuer verkauften die Anwohner dort jeden Fensterplatz, sogar auf Dächern saßen Gaffer, die für ihren Logenplatz zwar keinen Heller gaben, dafür allerdings in Kauf nahmen, mit dem Leben zu bezahlen.

Nach den Exzessen am Margarethenkloster konnte Hesselmann auf seinem Weg zur Richtstätte eher Schimpfworte erwarten als Segenssprüche, die man Todgeweihten meist zuruft. Um ihm Trost zuzusprechen, suchte ich mir zwischen Fischpförtgen und Bollwerk einen Platz, an dem nur wenige standen. Deutz am gegenüberliegenden Ufer lag wie hingewürfelt da. Duftige weiße Wolken zogen ostwärts. Die weite glitzernde Wasserfläche, Sommerwind und Sonnenwärme trösteten mich nur wenig.

Die Glocken begannen zu läuten. Zum Mittagsläuten verlässt ein zum Tod Verurteilter sein Gefängnis. Es dauerte lange, bis sich der Zug mit dem Delinquenten an der Spitze am Bollwerk vorbeizwängte. Von Weitem erkannte ich Hesselmann. Er trug einen schwarzglänzenden Umhang. Sein Silberhaar schillerte unter einem schwarzen Hut hervor. Sein Schritt war unregelmäßig – ein langsamer, hinkender Gang. Ihn begleiteten mein Bruder Max in der Soutane und ein zweiter Priester. Seinen Hut haltend schaute der Verurteilte oft zum Himmel, teils bittend, teils schien es, er wolle nach der Düsternis in kahlen Wänden Licht und das Himmelsblau noch einmal auskosten. Er hielt ein Kreuz in der Hand, auf das er immer wieder blickte und betete: „Erbarme dich meiner!" – nichts als das flehende „Erbarme dich meiner!". Weder in sich gekehrt noch stolz war sein Auftreten, sondern gottesfürchtig und mild der Welt zugewandt. Keine Schmähungen, sondern Segenswünsche riefen ihm die den Weg säumenden Leute zu. Er dankte mit einem Blick oder Neigen des Kopfes. Seine fragile Gestalt, sein feines kalkbleiches Kergesicht und diese freundliche Gefasstheit überwältigten jeden. Tapferkeit und Haltung waren von einem Herrn zu erwarten, nicht aber Herzensgüte, was ihm den Anschein von Leichtigkeit gab, mit der er dem Tod entgegenschritt. Einige Frauen schluchzten. Er näherte sich. Als er mich sah, zögerte er, schaute mich an, schloss die Lider und nickte mir dezent zu, als wollte er sagen: so ist's nun, lieber Freund. Das übliche „Gott sei deiner arm Seel gnädig" war mir ein zu abgenutztes

Wortgeklingel. Stumm, die gefalteten Hände an die Brust gepresst, schloss ich die Augen, ein Zeichen für ihn, zu beten. Als ich aufsah, zeigte er ein verstehendes Lächeln, während er an mir vorbeihinkte. Ihm folgten zwei Begardenbrüder. Hinter ihnen trug ein Amtsdiener das Richtschwert, dann kam der Kölner Henker. Im Kontrast zu dem feingliedrigen, vergeistigten Delinquenten wirkte er in seiner massigen Leiblichkeit so grotesk wie das riesige Schwert.

Ganz am Ende des Zuges passierte ich das Fischpförtlein. Erneutes Glockenläuten zeigte an, dass sich der Verurteilte der Richtstätte näherte. Als ich am Beywegh'schen Haus Posten beziehen wollte, sah ich bei der Butterwaage, wie zwei Frauen eine andere festhielten. Ich erkannte Frau Hesselmann und ging auf sie zu. Sich wehrend rief sie: „Eine Frau steht am Sterbebett ihres Gatten!"

„Achte seinen letzten Wunsch!", fuhr ein Mann sie an.

Ich trat dazwischen: „Was soll das? Lasst die Dame los! Ist sie nicht genug im Jammer?"

Die Frauen ließen von ihr ab. Verzweifelt streckte Frau Hesselmann ihre Hände nach mir aus. Ich bot ihr meinen Arm, den sie nahm und wollte sie wegführen. Ein Mann vertrat uns den Weg und schimpfte: „Was erlaubt Er sich! Meine Schwester tut das, was ihr Gemahl und ich wünschen."

„Niemand befiehlt Leidtragenden etwas!", erwiderte ich.

Frau Hesselmann drängte vorwärts. Begleitet von den Frauen, dem Herrn sowie Hesselmanns kleinen Sohn gingen wir zum Heumarkt. Ich fragte sie leise: „Warum will Sie den letzten Wunsch Ihres Gatten nicht erfüllen?"

„Weil mein Herz mir sagt, jetzt an seiner Seite zu sein!"

„Wenn er Sie sieht, ist's für ihn eine weitere Qual, seiner Gattin das Entsetzliche vor Augen führen zu müssen."

„Muss er's nit schlimmer durchleiden?"

„Nur eine kurze Zeitspanne! Madame, aus Liebe erfüllt ihm den Wunsch. Bis jetzt schonte er sich nicht und wandte sich versöhnend den Menschen zu, obwohl doch vor dem Tod sich jeder seiner Seel widmen will. Gönnt ihm das und nehmt ihm alle Sorg um seine Liebsten von den Schultern."

„Für mich gibt's keinen anderen Platz als da, wohin man ihn jetzt bringt!", widersprach sie entschlossen.

„Doch es gibt einen! Da am Heumarkt ist sein Leib, seine Seel ist an einem anderen Ort."

Sie blieb stehen: „An welchem Ort?"

„Vor seiner Verhaftung betete er vor dem nackten Christus in Groß Sankt Martin. Wenn ich ihn suche, dann dort."

„Ja", flüsterte sie. „In Groß Sankt Martin war er oft."

„Dann gehen wir dahin, um ihm nah zu sein."

„Wollt Ihr nit zum Heumarkt?", fragte sie mich.

„Das war nie mein Wunsch."

„Ich dacht, Ihr seid ein Freund?"

„Ja! Und im sanften Blick des Schmerzensmanns finde ich ihn wieder. So will ich seine Seel in der Sterbestund stärken."

Sie blickte auf das Getümmel. Bruder Max bestieg das die unzähligen Köpfe überragende Schafott. Sein Gewand reffend folgte Hesselmann. Die Menge applaudierte. Frau Hesselmann wandte sich ab und flüsterte in Tränen: „Gehen wir zur Kirch!"

Ihre Verwandten und ich waren die einzigen, die zu Groß Sankt Martin liefen. Als ich den Frauen in die Kirche folgen wollte, hielt mich Hesselmanns Schwager zurück.

„Verzeiht meine Grobheit", bat er.

„Keine Ursach, es sind schwere Stunden."

Von fern hörte man das leiser werdende Lärmen der Tausenden auf dem Heumarkt.

Der Schwager lehnte sich an die Kirchentür. „Ich kann da noch nicht hinein. Ich muss bei ihm in der Nähe bleiben." Ein vielstimmiger Aufschrei vom Heumarkt unterbrach ihn, danach ein leiseres Jammern, aus dem Wutrufe zu hören waren. „Heilige Maria, er haut ihn in Stücke!", rief er mit einer

Hand die Augen bedeckend. „Gott sei Lob und Dank, dass meine Schwester nit …!“ Er presste die Lippen aufeinander: „Mein armer Schwager hatte Recht!“

„Womit?“ Ich legte eine Hand auf seine Schulter.

„Beim Abschied tröstete er alle und – und er bat meine Schwester dringlich, sich vom Schafott fernzuhalten. Wie sie zur Tür hinaus war, flehte er mich noch einmal an, sie die Enthauptung nicht ansehen zulassen. Er ahnte wohl, dass er qualvoll ...“

Ich reichte ihm mein Schnupftuch und er trocknete sein Gesicht. „Gehen wir zu ihr!“, sagte ich sanft.

Das Ave-Maria flüsternd knieten die Frauen vor dem Schmerzensmann.

Das Totenglöcklein begann für den Stadtsekretär zu läuten.

Gereon Hesselmann erwies ich am Friedhof von Klein Sankt Martin die letzte Ehre. Den Leib bedeckte ein schwarzes Tuch. Eine blutkrustige Wunde am Schädel zeugte vom Fehlschlag des Henkers. Tief verbeugte ich mich vor dem Toten.

Danach suchte ich Bruder Max auf. Von dem Erlebten gezeichnet sagte er matt: „Es war eine Metzelei, obwohl der kurfürstliche Henker der Nachrichter war.“

„Aber Kölns Meister Hans marschierte doch im Zug mit?“

„Das musste er pro forma. Die Hinrichtung lehnte er aber ab. Da der Kurkölner Scharfrichter alle Todesurteile vollstrecke, sei er nicht in Übung, sagte er. So leicht ließe sich die Kunst des Enthauptens mit einem Streich nicht wiedererlangen. Gott, auch dem Kurkölner missriet’s, wohl weil er lange unterm Blutgerüst versteckt warten musste … Gottlob, beim dritten Hieb war der arme Stadtsekretär nimmer bei sich.“

Zum Abschied umarmte ich Max. Einen Moment lehnte er den Kopf an meine Schulter, dann ging er in die Kirche, um von einem anderen aufgerichtet zu werden.

Wieder auf der Straße träumte ich von Merhoffen, sehnte mich nach der Stube am *Alter Markt*, nur nicht nach der dumpfen Kammer des Springenden Hirschs, wo die Fliegen zu Hunderten unter der Decke kreiselten. Ich ging in den Dom, erfrischte mich in einer Bierstub und trottete schließlich durch das Goldgässlein in Richtung Rhein. Ein Fuhrwerk holperte heran. Ich trat beiseite. Schon lange war es an mir vorbeigefahren und noch immer stand ich ganz vertieft in die Betrachtung des Hauses der Jungfer Kannegießer. Es war allerliebst anzusehen: ein Stufengiebel, darüber der Schüttboden mit einer Lade, den Eingang schützte ein kunstvoll geschnitztes Dächlein. Schräg einfallendes Sonnenlicht spielte mit den Farben des verwitterten rötlichen Backsteins und spiegelte sich in einem der drei Fenster im überkragenden Stockwerk. Zwei Hunde durchschnüffelten die Gasse – eine pittoreske Welt bürgerlicher Unschuld, wie man sie an allen Ecken Kölns findet. Doch aus dieser Welt konnte das Grauen aufsteigen, wenn man sie mit Hesselmanns Augen sah. Die vielen Hunderte, die ihm vorhin Gottes Segen wünschten, wünschten ebenso seinen Tod.

Die Tür des Hauses öffnete sich. Michel von Wolfskehl trat heraus, Lederranzen und Drehleier umgehängt. Ich erschrak über seinen Leichtsinn, sich noch in Köln aufzuhalten. Er fuhr auch wie ein ertappter Dieb zusammen, als ich ihn ansprach, freute sich jedoch mich zu sehen und lud mich in sein Quartier ein.

Wir marschierten zum Rhein, wo ein angenehmes Lüftchen wehte. Schiffe wurden entladen. Der Kran drehte sich. Reiher flogen. Die Umtriebigkeit des Hafens verlassend schlenderten wir an der Stadtmauer entlang südwärts. Linkerhand lag das Werthchen, eine langgezogene Rheininsel voller Gestrüpp. Wolfskehl wies in Richtung des Franckenturms: „Da logier ich!“

„Der Eingang zum Turm ist auf der anderen Seite.“

„Turm? Behüt Gott, nein! Ich leb auf dem *Niederländer!*“

Er deutete auf ein Schiff, das in Höhe des Franckenturms ankerte. „Ein Quartier, das bald zu Brennholz wird, mich aber vor den Häschern Meshovs schützt. Kommt, seid mein Gast!"

In einer Nussschale von Kahn ruderte er zum *Niederländer*. Über eine an der Bordwand angebrachte Leiter kletterten wir an Deck.

„Willkommen in meinem Palast", rief er übermütig. „Da leben meine Untertanen." Er wies auf drei mit Planen überdachte Kähne. „Dort schläft ein Haufen armer Leut."

„Warum werfen die nicht den Herrn aus seinem Palast?"

„Mich schützt ein Fluch! Einer wurd hier jämmerlich ums Leben gebracht und sein Geist spukt herum. Wer sich hier zur Ruh legt, liegt am nächsten Tag tot im Wasser. Ich hoff, der Geist ist weiterhin so artig, mich zu verschonen."

„Und im Winter?", fragte ich, während wir die baufällige Kajüte betraten, die bis auf ein Strohlager leer war.

„Da residieren die Wolfskehls wieder in Köln!"

„So Gott will! Und derzeit will er wohl gar nicht!"

„Ordnung ist gottgewollt, so hat die Kölner Wirrnis bald ein End!", prophezeite er und entledigte sich der Drehorgel.

Aus dem Ranzen holte er Brot, Käse und eine Flasche Wein, breitete ein Tuch auf dem Boden aus, segnete mit drei Kreuzen das Brot und schnitt davon Scheiben ab. Dann öffnete er die Flasche und bot sie mir zum Willkommenstrunk an.

„Ich will den Herrn nicht berauben!", wehrte ich ab.

„Ach was, trinkt und esst! Wer bescheiden lebt, lebt zufrieden. Ja, hier bin ich kein seidengekleidetes Anhängsel des Herrn Vaters. Alles Alte liegt jetzt fern im Nebel …"

„Ist meine Tochter auch im Nebel?" Ich nahm einen Schluck.

„Oh nein! Sie ist im Herzen, der Lohn aller Plagen, sobald der Name Wolfskehl wieder geachtet ist." Durstig trank er.

„Dass dies so kommt, ist derzeit unwahrscheinlich."

„Recht findet stets einen Knecht! Ich bin kein alts Weib, das auf bessere Tage hofft wie der wohlgeborene Herr."

„Ich rate, die Worte besser zu wählen!“, erwiderte ich eisig. „Wer jetzt mit Hauen und Stechen die alten Bürgermeister zurückholen will, kann nur blutig scheitern.“

„Jodoci ist da anderer Meinung“, brauste er auf.

„Jaja, Jodoci hetzt Bürger gegen Bürger auf, gleichgültig, wie viele am End krepieren.“

„Ja, so schwanzwedelt ein Hündlein vorm Gülich! Ha, all die Schaf, die blöken Frieden, werden ihn vom Schlachter kriegen.“

„Bevor der Herr sich in weiteren Ausfällen ergeht, empfehle ich mich“, sagte ich verärgert und stand auf.

Er hielt mich fest, wirre Entschuldigungen hervorsprudelnd.

„Gut, vergessen wir all die galligen Worte. Trotzdem will ich gehen!“, beendete ich seinen Redeschwall.

„Ach, ich dank Euch für Eure Nachsicht!“, seufzte er erlöst. „Und sagt meiner Liebsten, dass wir bald heiraten.“

„Meine Tochter ist doch aus den Augen, aus dem Sinn?“

„Gott, nein!“, rief er, die Wangen rauschrot. „Für sie tue ich ja all die tollen Dinge! Sie lebt in mir. Ich spreche mit ihr. Sie ist mein Morgen- und Abendstern, meine Sonne, selbst wenn die Wolken sie bedecken, weiß ich, sie ist da.“

„Und auch die Jungfer Kannegießer?“, unterbrach ich sein Liebesschmachten. Er sah mich verständnislos an. „Nun, sie ist hübsch und Er geht bei ihr ein und aus.“

„Oh ja, sie ist hübsch, doch Schönheit allein fängt kein Herz.“

„Leere Worte!“, knurrte ich, die Kajüte verlassend. Er folgte mir und ich bat ihn: „Bitte, setzt mich jetzt über.“

„Wie Ihr wünscht, nur seid mir nimmer gram und sagt meiner Liebsten, ich schicke ihr tausend Küsse.“ Er ergriff die Leiter. „Sagt ihr, bald sind wir vereint und sagt ...“ Er wollte den Fuß auf eine Sprosse setzen, verfehlte sie und stürzte ins Wasser.

Mein Herz blieb stehen. Wild um sich schlagend kam er an die Oberfläche, schrie und versank wieder. Ich warf Wehrgehänge und Rock von mir, streifte die Schuhe ab und sprang ihm nach. Wieder stieg er nach oben, schrie grugelnd und ging unter. Ich tauchte. Im Wirbel trüben Wassers sah ich seinen Kopf, packte ihn und riss uns nach oben. Der erste Atemzug spuckend und keuchend noch in Not. Wolfskehl zappelte und schnappte nach Luft. Seinen Kopf über Wasser haltend, legte ich mich auf den Rücken. Nach einigen Atemzügen in Ruhe schwamm ich dem Ufer zu. Allein wäre es ein Leichtes gewesen, dahin zu gelangen. Ohne Armbewegung, Wolfskehls Kopf haltend, war es mühsam. Ich kam nicht voran, im Gegenteil, wir trieben in die Gegenrichtung. Die Strömung zog landab. Klüger wäre es, mit ihr auf das Werthchen zuzuschwimmen, dachte ich. Aber die Stadt war so nahe. Ich musste sie doch erreichen können. Meine kräftigeren Beinschläge nützten nichts. Als hielte mich ein Seil zurück, blieben wir auf der Stelle. So musste ich die Richtung ändern und auf das Werthchen zuhalten. Die Strömung half. Das Stadtufer entfernte sich. Meine müden Beine ruderten aus Leibeskräften und die lahmen Arme umklammerten Wolfskehls Kopf. Jedoch auch das Werthchen rückte nur wenig näher, denn seine Nordspitze biegt sich sichelartig zum Strom hin. Verfehlten wir die Insel, endeten wir im freien Gewässer des Rheins, aus dem auch ich nicht lebend entkommen konnte. In Todesangst strample ich, schlucke Wasser. Heiliger Christophorus, heiliger Achatius, helft! Fern ist der Himmel über mir. Ich brülle Michel an: „Schlag mit den Füßen auf und ab!“ Nichts! Er bleibt ein Mehlsack. Gebe ich meine Last frei, überlebe ich. Ein verführerischer Gedanke. Ich schreie ihn an: „Streck dich!“ Nichts. Weit weg ist das Stadtufer, doch 20 Schritt trennen uns noch vom Werthchen. Keine große Entfernung, aber die Beine sind so bleiern. Immer wieder überspült mich das Wasser und nimmt mir den Atem. Die gnadenlosen Fluten drücken uns immer rascher zum Rheinstrom hin. Wolfskehl ist verloren! Ich muss mein Leben retten. Die tauben Hände öffnen sich. Einen Moment schwebt er, versinkt und kommt im Todeskampf um sich schlagend nach oben. Wieder ergreife ich sein Haupt, rufe: „Streck dich!“ Er macht den Rücken grade. Das macht mir Mut und mit letzter Kraft, obwohl sie doch schon verbraucht ist, treibe ich uns voran. Jetzt sind es nur noch fünf Schritte bis zum Werthchen. Ein Strauch neigt sich weit über das Wasser, uns hilfreich die Äste entgegenstreckend. Seinen Zweigen schwimme ich entgegen. Wie Treibholz verfangen wir uns im Buschwerk. Unsere Füße finden Boden. Wir kriechen an Land. Warmer Sand nimmt uns auf. Wolfskehl hustet und speit. Auf diesem wohligen Bett des vom Rhein umschlossenen Stücklein Wildnis bete ich voller Dankbarkeit. Das schönste Abendrot leuchtet über die Dächer Kölns. Schon dunkel ist die meilenlange Stadtmauer. In ihrem Schatten liegt der braune Uferweg. Auf ihn starre ich lange, doch kurz vor Toresschluss spaziert niemand mehr den Rhein entlang. Wohl oder übel müssen wir auf dem Werthchen nächtigen.

Ein Laut weckte mich. Ein eiförmiger Mond stand am Himmel. Sein Feenlicht, die Ruhe der lauen Sommernacht und die unzähligen Sterne über mir hätten meinem schlaftrunkenen Kopf wieder Träume schenken können. Doch da war ein Geräusch außerhalb des sanften Grillengezirps und dem Rascheln der Ratten im Gebüsch – ein gedämpftes, rhythmisches Plätschern. Ruderschläge! Ich richtete mich auf. Buschwerk versperrte mir die Sicht auf die Deutzer Rheinseite, woher das Geräusch kam. Der Geisterkahn entfernte sich nach Süden. Ich legte mich wieder hin. Doch Ruhe fand ich nicht. Oft ist es Trägheit, die einen ins Unglück führt – und im Dunkeln lauert oft der Tod. Wolfskehl atmete neben mir im friedlichen Takt. Ich ließ ihn schlafen und lief zu der Deutzer Seite des Werthchens.

Der Mond breitete einen Silberteppich auf dem schwarzen Rhein aus, dessen Wellenspiel ihn nach Lust und Laune blitzen ließ. Sand schmeichelte meinen Fußsohlen, Wellen schwappten sacht und in ein Elfenreich entrückt wanderte ich am Ufer entlang durch die Sommernacht. Der Kahn, den das Mondlicht in einiger Entfernung in erdenfernem Weiß ummalte, passte so selbstverständlich in den berauschenden Schatten- und Lichtzauber, dass ich unbedenklich auf ihn zumarschierte.

Fast hatte ich ihn erreicht, da drangen Männerstimmen durch das eifrige Grillenzirpen! Erschrocken duckte ich mich. Sie saßen hinter Büschen verborgen. Um Mitternacht versammeln sich selten Fromme an einem gottverlassenen Ort. Jeden Laut vermeidend kroch ich unter Gestrüpp. Sie sprachen leise. Nur wenn einer die Stimme erhob, verstand ich. „Bert, du Erznarr, der Hurensohn Sax … wir prügeln sie wie die Gassenhund … Jodoci hilft Murckens … Was ist das Zeichen, ehrsamer Herr?"

Ehrsamer Herr? Ein Ratsherr spricht nachts auf dem Werthchen mit Gesindel, das sich bei Tag nicht durchs Tor traut? Weitab von der schlafenden Stadt lauschte ich den verschwörerisch gedämpften Tönen. Mehrmals wurden Gülich und Murckens genannt. Obwohl auch der Ratsherr viel verflüsterte, konnte ich wegen seiner kantigen Aussprache einiges verstehen. Er sagte: „Bert, Merhoffen steht nit an 32 Stadttoren, musst keine Sorg vorm Galgen nit han ... Tötet ihn, dann lasst's euch woanders gut sein." Gemurmel folgte, worauf der Ratsherr sagte: „Nur Gülich, wir sind keine Barbaren!"

Etwas berührte meine Stirn. Es abwischend schlug ich gegen Zweige. Die Plauderrunde verstummte. Sie sprangen auf, stachen ins Geäst. Dem Kopf mit den Händen schützend lag ich da. Um mich herum schnellten die Zweige. Endlich sprachen sie von einer Ratte und trennten sich. Einige liefen zu dem weißen Kahn, die anderen zur Hafenseite.

Als ich Ruderschläge hörte, drehte ich mich auf den Rücken und sah zu den Sternen. Da waren sie wieder, Kannegießers Mörder, denn nur einen Severin und einen Bert konnte ich an den Galgen bringen. Diese Knechte der alten Bürgermeister sollten nun auch Gülich ermorden. Was half das? Die *Gaffeln* fanden doch rasch einen neuen General. Eintöniges Grillengezirp wiegte mich in den Schlaf.

Gegen Morgen wurde es kalt. Mehrmals wachte ich auf, war aber zu müde, um zu Wolfskehl zurückzugehen. Es dämmerte. Feurig ging die Sonne über dem weiten Land bei Deutz auf. Golden glänzte das Wasser. Rufe von weit her kamen näher. Wolfskehl suchte mich. Ich stand auf und dehnte mich. Er trottete heran. Bleich und schmutzig stand er vor mir. Bleich und schmutzig war wohl auch ich. Er habe mit seinem Hemd drüben einem Mann zugewunken, der Zeichen gab, uns zu holen, sagte er.

Wir setzten uns ans Ufer und blickten über das spiegelglatte Wasser auf die Stadtmauer, hinter der eine Vielzahl Türme aufragten. Um sie scharrten sich die dunklen Dächer der Häuser, auf denen die Feuchte der Nacht silbrig glänzte.

„Ich träumte, ein Mann erstach Gülich!“, sagte ich versonnen.

„Der Traum wird hoffentlich wahr!“, brummte er.

„So weit also sind die Pläne bereits gediehen?“

„Pläne? Nein!“, behauptete er und schaute lange auf die Stadt, bis er sich zu einer Erklärung bequemte: „Wir Gutwollenden sind nach Hesselmanns Hinrichtung jetzt ständig in Gefahr, da wagen wir nichts.“

„Oder ihr wagt jetzt alles!“ Er zuckte, schüttelte aber den Kopf. So kam ich nicht weiter, ich musste ihn reizen: „Dann hält Ihn also nur noch die Jungfer Kannegießer in Köln?“

„Ihr wisst doch, wer mich hier hält!“, fauchte er, ruhiger fuhr er fort: „Damit Ihr nicht denkt, die Jungfer und ich seien in Liebeshändel verstrickt: Sie ist eine Gutwollende.“

„Das bedeutet nicht, dass Er bei ihr ein und aus gehen muss.“

„Wir sind Boten. Sie verkauft ihre Klöppelwar und kommt so in viele Häuser. Ebenso halte ich es als Hausierer und hole Briefe bei ihr ab. Bitte verratet uns nicht."

„Nein, ich bring keinen ins Unglück. Zum Boten ist der Herr von Wolfskehl nun also gesunken."

„Treue Boten schützen viele Herren vor dem Tod."

„Aber wenn ein Wolfskehl bei solchem Dienst entdeckt wird, schlägt schon der Plebs Ihn wie einen Hund tot. Ich rate dringend, Köln endlich den Rücken zu kehren."

„Mit dem wilden Bart erkennt mich hier niemand", und dann schwärmte er von der goldenen Zukunft als Kölner Handelsherr mit Lieb-belle an seiner Seite.

Sein jugendliches Ungestüm weckte väterliche Instinkte in mir. Ich legte ihm ans Herz, sich vor Murckens gewalttätigen Plänen zu hüten. Mein Wissen über Murckens flößte ihm Respekt ein, meine väterliche Ermahnung wohl weniger.

Endlich hielt ein Kahn auf uns zu und erlöste uns aus der Inseleinsamkeit. Vier Albus erfreuten unseren Retter und fürsorglich warnte er uns vor dem unseligen Geist auf Wolfskehls Schiff. Das Gespenst hatte jedoch auch seine guten Seiten. Es schützte unsere Sachen vor Dieben. Nur den Käse und ein Gutteil des Brots hatten die Ratten verspeist.

Noch am gleichen Tag schrieb ich Gülich und warnte ihn vor einem Mordanschlag. Er antwortete nicht und tat auch nichts zu seinem Schutz. Als ich ihm einmal begegnete, erkundigte ich mich, ob er mein *Billett* erhalten habe.

Eisig fragte er: „Seid Ihr in einem Kränzgen von Mordbuben?"

„Nein, ich hörte es durch Zufall!"

„Soso, Zufall?", sagte er abfällig, drehte sich um und ging.

Herbstmonat 1683

Die Größe Hesselmanns – sanft vergebend und stark im Angesicht des Todes – und die Scheußlichkeit seiner Hinrichtung kühlten die Hitzigkeit der Bürgerschaft. Die Stadtquerelen verblassten sogar angesichts eines 130.000 Mann starken Türkenheers, das Wien belagerte. Die Postzeitungen erzählten haarsträubende Gräueltaten. Die Einwohner von Baden, Schwechat, Inzensdorf, Favoriten, Perchtoldsdorf und Mödling seien allesamt abgeschlachtet worden. In den Kirchen betete man für die seit Mitte Juli hungernden und unter grausamen Kanonenbeschuss stehenden Wiener. Mit Hilfe des polnischen Königs Jan Sobieski III. schlug ein Heer aus kaiserlichen, bayerischen, sächsischen, badischen und württembergischen Truppen am 12. September die Türken vernichtend am Kalenberg bei Wien.

Die Nachricht des Sieges erreichte Köln eine gute Woche später. Doch just an diesem 12. September, der eigentlich als Freudentag im Gedächtnis bleiben sollte, stellte Jodoci allen *Gaffeln* eine weitere kaiserliche Bannandrohung zu, in der erneut die Freilassung der Bürgermeister und aller Ratsherren und die Unterwerfung unter die kaiserliche Kommission befohlen wurde, sonst verlören die Bürger Haus und Hof oder gar Leib und Leben. Wie in einem überhitzten Milchtopf schäumte die Wut auf. Sollten die Kölner etwa nach Türkenart niedergemetzelt werden? Man bezweifelte, dass der verehrte Kaiser den Unfug angeordnet haben sollte. Alle Verbitterung häufte man auf Reichshofrat Jodoci, den man für einen Betrüger hielt. Damit wuchs für Beywegh die Gefahr einer Hinrichtung.

Immer öfter lief ich zum *Alter Markt*. Bei jedem Angelusläuten stand Felicitas nun am Stubenfenster. Starr schaute sie auf mich herab und ich zu ihr hinauf, aus Angst, jedes Winken könnte dem Vater das Leben kosten.

Schwager Arnold bat am 24. September seinen Bruder Gerwin und mich zu einem Imbiss. Seine Angebote, bei ihm zu logieren, hatte ich stets höflich abgelehnt. Schon die Mahlzeiten in seinem Haus waren zermürbend, posaunte er doch ewig das Liedlein, ich solle Gülich überreden, den Vater freizulassen, der so schmerzlich im Kontor fehle. Im alttestamentlichen Zorn verfluchte er die Gaffelesel und kam auch diesmal mit seiner alten Bitte. Gereizt hielt ich ihm die Aussichtslosigkeit seines Wunsches vor, war doch die Freilassung selbst eines einzigen Gefangenen eine Prinzipalfrage Kölns im Streit mit dem Kaiser, bei der sich die *Gaffeln* bisher unnachgiebig gezeigt hatten.

Während Gerwin seinem Bruder davon abriet, unerfüllbare Wünsche an den *protector Coloniae* heranzutragen, stand ich am Fenster und schaute auf den Heumarkt. Herbstwind hob den Mägden ihre wadenkurzen Röcke und ließ die schwarzen bodenlangen Mäntel mehrerer Herren wie Krähenflügel flattern. Es waren *Gaffeldeputierte*, die mit diesen altväterlichen Gewändern ihren Rang als Oberherren des Rats demonstrierten. Gerwin trat neben mich, deutete auf die Männer und schimpfte: „Da laufen die Teufel in ihr Höllennest *Himmelreich*! Über die Befreiung der Gefangenen zerbrechen die sich gewiss nicht den Kopf!"

„Alle Forderungen des Kaisers kann man nicht abweisen", entgegnete ich und Gerwin lachte auf.

Arnold schickte ein hämisches Gekicher hinterher und spottete: „Die *Gaffelkommissare* ersäufen die Vernunft mitsamt dem Respekt vor dem Kaiser in ihrem Hochmut!", und dann erging er sich in Jammerei.

Gerwin, wie ich der Jeremiaden müde, bot an, mich in der Beywegh'schen Kutsche zu meinem Quartier zu bringen, was ich angesichts des trüben Wetters freudig annahm. Während Gerwin noch Abschiedsworte mit Frau Anna wechselte, saß ich bereits in der Karosse. Ein Mann schlenderte über den Platz. Er blieb stehen, warf einen Blick auf *Himmelreich*, drehte sich um und ich erkannte Severin Lachnit! Das konnte nur bedeuten, dass der Mordanschlag auf Gülich bevorstand. Gerwin stieg ein und setzte sich mit einem Seufzer der Erleichterung mir gegenüber. Ein Diener schloss den Schlag. Wir rollten schon, da bat ich Gerwin, mich aussteigen zu lassen. Kopfschüttelnd klopfte er dem Kutscher.

Im Handumdrehen stand ich im bleichen Regenwetterlicht am Ende des zugigen Heumarkts, der so leer und friedlich dalag, dass mir die Erscheinung des Mordgesellen wie ein Gaukelspiel meiner Einbildung vorkam. Dunkel waren die Fenster und nirgendwo lauerten finstere Gestalten an den Ecken. Trotzdem wollte ich das Ende der Versammlung auf *Himmelreich* abwarten. Um nicht wie ein auf eine gute Gelegenheit spannender Dieb herumzulungern, zog ich mich in einige der vom Heumarkt abgehenden Gässlein zurück, ließ aber *Himmelreich* nur selten aus den Augen.

Es schlug sieben. Kerzenschein erhellte den ersten Stock des Gaffelhauses. Regen nieselte und ich stellte mich in eine Toreinfahrt. Es schlug acht. Der Platz belebte sich. Mir gegenüber warteten drei Männer vor einer Haustür. Ein Nachtwächter trottete über den Platz, blieb stehen und hob seine Hellebarde. Plötzlich strömten von mehreren Seiten des Heumarkts Bewaffnete heran und scharten sich um ihn. Die Horde marschierte auf *Himmelreich* zu. Sie klopften artig an. Kaum war jedoch die Tür geöffnet, stürmten sie mit Feldgeschrei ins Haus. Das Licht im Versammlungssaal erlosch. Ich lief auf *Himmelreich* zu. Krachen, Rumpeln umfallender Bänke, Pistolenschüsse knallten, Berserkergebrüll und Angstschreie der Überfallenen – ein Getöse, als sollte die Decke einstürzen. Ein Fenster wurde aufgerissen. Ein Mann sprang. Er wollte aufstehen, kam aber nicht auf die Füße. Kriechend versuchte er zu fliehen. Ich ging auf ihn zu und er flehte: „Helft mir fort, um Gotts Wille!“ Es war Niclaß Gülich. Als er mich erkannte, flüsterte er: „Euch schickt die Muttergottes!“

Ich half ihm auf. Arm in Arm wie zwei Zechbrüder schwankten wir voran. Rufe hinter uns! Wir bogen in die nächste Gasse ein. Sie war finster und bot viele Nischen sich zu verstecken. Die Kerle blieben uns auf den Fersen. Gülich drängte voran – zu kopflos, denn er stürzte. Er setzte sich auf die Stufe eines Hauseingangs und ich zog den Degen. Mit blanken Degen kamen zwei Rabauken heran, zweifellos, um uns Gute Nacht für ewig zu wünschen. Einer trug eine Laterne. Es war Sev mit dem Narbenwulst. Er leuchtete Gülich an, der, den Kopf auf die Knie gelegt, sein Gesicht verbarg, und fragte: „Na, wer hinkt da so kläglich einher? Zeig's Maul!“

„Ach, der ist stockhagelvoll!“, sagte ich im Plauderton.

„Wozu der bloße Degen?“, fragte mich der andere.

„Wenn zwei mit blanker Waffe hinter mir her sind, wär' ich ein Narr, den Bettelmönch zu spielen. Verzieht euch!“

„Schelm, dir stopf ich's Maul!“, schrie Sev, mich angreifend, und ich schlug ihm die Waffe aus der Hand.

Fuchsteufelswild drang sein Gefährte auf mich ein. Er war ein ungelenker Bauernfechter. Leicht parierte ich seine Attacken. Anstelle das Weite zu suchen, geriet er immer mehr in Rage. Meiner ersten Finte ging er auf den Leim. Ich stach zu. Er fiel. Sev, der es im Degenfuchteln nicht gewagt hatte, seinem Freund beizustehen, nahm Reißaus. Zusammengekrümmt saß der Verletzte im Gassendreck, die Hand gegen die Brust gedrückt. Die zurückgelassene Laterne beleuchtete das pockennarbige Gesicht des Bert, den Mörder Kannegießers.

Hinter mir bat Niclaß Gülich, ihm fortzuhelfen. Ihn stützend ging ich bis zur nächsten Querstraße, dann blickte ich zurück. Ein Mann beugte sich über den Verletzten.

Gülich bat gepresst: „Bitte, zu den Schmieden.“

Er meinte das Gaffelhaus der Schmiede am *Alter Markt*. Also gingen wir auf der Parallelstraße wieder zurück. Klaglos humpelte er neben mir her.

Der *Alter Markt* war ein hellgrauer Fleck am Ende der Gasse. Es regnete. Immer langsamer kamen wir voran – er glitt aus und riss mich zu Boden. Trotz seines Protests nahm ich ihn auf den Rücken. Tropfnass erreichten wir das Gaffelhaus. Ich klopfte, während Gülich neben der Tür lehnend wohl betete, dass sich hier noch keine Feinde eingenistet hatten. Oben öffnete sich ein Fenster. Jemand fragte: „Wer da?"

„Georg, um Himmels willen, mach auf!", rief Gülich.

Stimmen. Jemand polterte die Treppe hinunter und entriegelte die Tür. Den Degen in der Hand ließ uns der Kommissar der Kaufmannsgaffel Schwarzhaus, Georg Mertens, ein. Mertens war ein Rädelsführer des Aufstands und hatte neben Gülich und Sax eine gesonderte kaiserliche Bannandrohung erhalten. Ungestüm umarmte er Gülich. Weitere Herren kamen die Treppe herunter und begrüßten Gülich freudig. Von mir wandten sie sich ab. Wegen ihrer Einigkeit, mich zu ignorieren, öffnete ich die Haustür. Wind trieb Regen herein.

Gülich drehte sich nach mir um: „Wohlgeborener Herr, es wär uns eine Ehr, wenn Ihr uns mit Eurer Anwesenheit erfreutet!"

Sein inniger Blick lud mich ein, in den Augen aller anderen war dagegen nur Widerwillen. Feindseliges Schweigen umgab uns. Als bemerke er das nicht, wies er mir mit einladender Geste den Weg zur Treppe. Wie wenig mir die Gesellschaft auch zusagte – und ich ihr – so war dies wohl die letzte Möglichkeit, ihm einen Freundschaftsdienst zu leisten, bevor man ihn in den Turm warf. So folgte ich seiner Aufforderung.

Im halbhoch getäfelten Versammlungsraum der *Gaffel* prangte eine Tafel, an die wir uns setzten. Von der zünftigen Schmauserei waren Brot, Röggelgen, Käse, wenig Schinken und vom Salm nur noch Krümel da.

Gülich hob sein Glas: „Auf das Wohl meines Freundes, der mir heut' das Leben rettete!", prostete er mir im herzlichen Ton zu, und höflich tranken mir auch die anderen zu.

Herb und würzig rann der Wein durch die Kehle. Gülich erzählte von dem Überfall und lobte Sax. Hurtig habe er alle Kerzen gelöscht, so dass die Mordbrenner schwer zwischen Freund und Feind unterscheiden konnten, was ihm die Flucht ermöglichte. Mertens, der ebenfalls aus *Himmelreich* entkommen war, meinte, der Ratsherr Thomas Murckens sei als Erster hereingestürmt und der Anführer gewesen. Hinter Murckens stehe der kaiserliche Hofrat Jodoci und der habe Köln jetzt im Griff, vermutete ein anderer. Beklommenes Schweigen folgte.

Ein Gaffelbruder trank, knallte seinen Becher auf den Tisch und rief: „Niclaß, das war's mit der Gaffelherrlichkeit! Jodoci hat's Schwert in der Hand und die Achterklärung in der Tasche. Freunde seid klug, kriecht beim Jodoci zu Kreuz. Sind wir erst einmal in der Acht, dann helf' uns Gott." Er schwang die Beine über die Bank und ging.

Kein Wort fiel. Die Stufen knarrten und die Haustür schlug unten zu.

„Der Schwarz hat Recht", sagte ein anderer. „Jetzt können wir noch in die Sonn der kaiserlichen Gnad zurück. Sonst sammelt Kaiser Leopolds Schwiegervater in Düsseldorf Truppen, um über uns herzufallen. Ich bin kein Eselskopp! Und wer sein Hirnhäuslein nit vom Krempelmarkt hat, geht zum Jodoci!"

Gülich, der die Rede des Schwarz noch schulterzuckend abgetan hatte, reizte jetzt das Beifallsgemurmel der Zunftbrüder. Er polterte los: „Ihr Memmen! Gestern noch redete ihr allesamt anders! Eine Handvoll Strauchdiebe haben uns hinterrücks angefallen und schon duckt ihr euch wie Häslein vor flatternder Wäsch? Kriecht nur hintern Ofen! In Köln gibt's genug Männer, die sich vor Gesindel nit fürchten!"

„Die gibt's nimmer!", sagte einer trocken.

„Doch! Keiner will Wolfskehl und Krebs zurück, wie's der Kaiser fordert. Die beiden Geldwölf könnt ihr dann nimmer mit Silbertaler schmieren, sondern nur noch mit *Gold-dukaten*."

„Dagegen können wir uns noch allemal wehren", rief einer.

„Mit eurem Mäusemut? Wie? Der Kaiser legt ein Regiment Soldaten in die Stadt, die ihr füttern dürft und Wolfskehl und Krebs schalten und walten stolzmütiger als zuvor."

Stille. Von draußen hörte man Stimmen. Einer öffnete ein Fenster. „*Vivat* Leopoldus, *vivat* der Kaiser" scholl es herein.

Außer Gülich standen alle auf und starrten auf den *Alter Markt*. Ein Trupp mit Pechfackeln und Spießen marschierte auf Beyweghs Haus zu. Der Erste hielt wie ein Zeremonienmeister einen weißen Stab in der Hand, der im Fackellicht seinen zitternden Schatten auf die Pfützen warf. Jemand flüsterte: „Murckens bringt Beywegh den Bürgermeisterstab."

Sprachlose Verzagtheit herrschte. Einer nach dem anderen ging. Viele Worte machte keiner. Einige legten Gülich tröstend die Hand auf die Schulter, gute Nacht wünschend, andere schlichen still davon.

Nur der *Bannerherr* der Schmiede und Mertens blieben zurück. Die Ellbogen auf den Tisch gestützt, das Kinn auf die gefalteten Hände gelegt saß der *protector Coloniae* da. Seufzend sagte er: „Eine Schlacht ist verloren!"

„Eine Schlacht?" Mertens schüttelte den Kopf. „Nein, alles ist hin! Die Leut haben uns verlassen."

„Zum Henker!", fuhr Gülich auf. „Warum der Kleinmut, Georg? Wer will Herren, die's gemeine Wohl nur im Mund führen, deren Händ' jedoch allein dem eignen Beutel dienen? Nein, die wollen dich und mich!"

„Wollen ja, aber die Bannandrohung macht sie mutlos."

„Macht dich mutlos, Georg!", blaffte Gülich.

„Ja, mein Freund, gegenüber einem Stärkeren: dem Kaiser!"

„Und der Kaiser weiß Recht vom Unrecht zu trennen!"

„Herrje!" Mertens schlug auf den Tisch. „Der Kaiser sieht nur Rebellion! Alle unsere Ratsbeschlüsse sind null und nichtig, so schrieb er's. Was wir tun, ist für ihn ein Furz in der Luft!"

„Duckhas!", kanzelte Gülich ihn ab. „Kristallklar steht alles im *Transfixbrief*! Nur: Jodoci und die Hoflakaien in Wien brauen ihr eigen Süpplein, würzen's mit Lügen und kredenzen's so dem Kaiser. Wir selbst müssen Seiner Majestät erklären …"

„Niclaß, der Kaiser verhandelt nicht! Er befiehlt!", unterbrach ihn Mertens. „Er befiehlt Unterwerfung und hat alle Mittel, uns in die Knie zu zwingen. Nie wird er sagen, er sei im Unrecht und der Krämer Gülich im Recht. Niemals! Gott geb, dass er dich heut zu besserer Einsicht bringt." Er stand auf und stapfte zur Tür, die er so sanft hinter sich zuzog, als verließe er das Sterbezimmer eines Freundes.

Gülich machte eine wegwerfende Geste und bat den *Bannerherrn* der Schmiede, ihm für diese Nacht im Gaffelhaus Obdach zu gewähren. Mehr ergeben als erfreut war er Gülich gefällig und verzog sich. Ich hatte nicht das Herz, dem von Gott und der Welt verlassenen Mann den Rücken zu kehren, obwohl er kerzengerade dasaß und kämpferisch wirkte. Gewohnt allein gegen unüberwindbare Widerstände anzufechten, hunderte Rückschläge zu ertragen und am Ende trotzdem siegreich zu sein, war ihm auch diese Niederlage nur eine Etappe auf dem Weg zur Bürgerfreiheit.

Unten klopfte es. Ich lugte aus dem Fenster. Es war Abraham Sax – durchnässt und vor Kälte zitternd. Auch er wagte sich nicht zu Weib und Kind nach Hause und suchte Zuflucht bei den Schmieden. Während er Mantel und Rock ablegte klagte er: „Ich dacht, sie bringen uns um." In eine Decke gehüllt setzte er sich auf die Ofenbank. „Niclaß, war's nit stets meine Red: Man muss Furcht verbreiten und alle Feinde einsperren."

„Ich will Freiheit, nicht Knüppel!", winkte Gülich ab.

Sax spuckte auf den Boden: „Ha, um zur Bürgerfreiheit zu kommen, braucht man Knüppel, schonungslos!" Gülich wandte sich ab. „Ja, das willst du nit hören, aber jetzt sind wir am End, ratzekahl am End! Jodoci bringt uns aufs Schafott."

Gülich widersprach dem Trostlosigkeitsprediger nicht. Er sank in sich zusammen. Es war das erste und letzte Mal, dass ich den agilen Mann völlig gebrochen erlebte. Zwei Kerzen des fünfarmigen Tischleuchters verglühten. Der vor sich hin grübelnde Handschuhmacher neben dem Ofen war noch zu erkennen, die gedankenleeren Augen Gülichs gut zu sehen, und in der Schwärze um sie herum lauerten aasfressende Raben. Jedes stärkende Wort hätte in ihren Ohren verlogen geklungen. So blieb mir als Abschiedsgruß an Gülich nur ein „Gott behüt Ihn, guter Freund."

In der Beywegh'schen Stube brannte noch Licht. Dort fiel mir Felicitas um den Hals und jubilierte: „Der Murckens brachte dem Herrn Vater vorhin den Bürgermeisterstab. Ein Festtag!"

„Das freut mich!" Ich drückte sie an mich.

„Ha, und der tollwütige Gülich ist krepiert! Ach, morgen fahr ich den ganzen Tag in der Stadt umher. Die Pyrots, die Brassarts und die guten Murckens will ich besuchen!"

Wie wilde Pferde stürmten ihre Gedanken aus der Tristigkeit des Stubenalltags in die Welt der Vergnügungen. Nur einmal unterbrach sie sich und fragte nach den Kindern. Dass Gülich lebte, verschwieg ich wohlweislich.

Im Gegensatz zu seiner vor Eifer sprühenden Tochter war Beywegh ein gebrochener Mann. Den Bürgermeisterstab hatte er ins Schlafgemach verbannt, mehr Geißel zur Selbstkasteiung als Zeichen stolzer Würde. Ein gepolsterter Armstuhl stand neuerdings am Fenster der Stube, in dem er oft saß. Statt die Dankmesse der Befreier im Dom zu besuchen, wollte er zum Entsetzen Felicitas' ins Kontor. Lang genug habe er seinen Brotberuf vernachlässigt, wehrte er sich gegen ihre Vorwürfe. Mitten in dem sinnlosen Streit – er ließ sich von seiner Tochter nie etwas sagen – machte mir Anna heimlich Zeichen, die Stube zu verlassen. Ich folgte ihr und sie zog mich in ihre Kammer.

„Was gibt's denn?", fragte ich sie.

„Herr Schwager, gestern Abend habt Ihr einen Mann zu den Schmieden getragen. War das Gülich?“

„Ei, meine Schwägerin spioniert mir nach?“, scherzte ich.

„Nein, wenn man eingesperrt ist, schaut man den lieben langen Tag auf den *Alter Markt*, wo das Leben ist. Macht man abends kein Licht, kann man länger etwas sehen. Bitte, was ist mit Gülich geschehen?“, fragte sie drängend.

„Er ist in Sicherheit.“ Ich legte den Finger auf den Mund.

Sie lächelte. Felicitas öffnete die Tür, stutzte, als sie mich bemerkte und sagte barsch: „Auf Wunsch des Herrn Vaters fahren wir alle zur Dankmesse des neuen Regiments!“

Auf der Fahrt zum Dom betrachtete ich Felicitas: ein verkniffener Mund, betonte Sorgenfalten. Ihre Stimme hatte einen grellen Befehlston angenommen, mit dem sie sogar ihren Vater zu lenken verstand. Die angstvollen Monate der Gefangenschaft sah man ihr an. Leicht berührte ich ihre Hand. Ein Lächeln milderte ihre Strenge und ihren Blick erwiderte ich zärtlich.

Die Messe plätscherte an mir vorbei. Meine Gedanken kreisten um Krebs und Wolfskehl, die bald zurückkehrten, um im Dreijahreswechsel Bürgermeister zu sein. Lieb-belle konnte nun Michel heiraten. Gewiss, sein Vater war ein Schurke, aber ein vom Kaiser rehabilitierter, nobler Schurke und war sein Sohn kein Schürzenjäger, dann gab ich gern meinen Segen zu dieser Ehe.

Das Haus am *Alter Markt* füllte sich. Lieb-belle und Alexander kehrten zurück. Jakob Wissius kam zu Besuch. Kalkweiß und abgezehrt von der Haft in *Himmelreich* erzählte der einst Wohlbeleibte, wie Murckens und seine Gefährten ihn und andere aus der Gefangenschaft erlösten. Der Befreiungsschlag stehe jedoch auf tönernen Füßen, befürchtete er und sagte: „Obrist Kirberin und seine Stadtsoldaten kommen gegen tumultierende Bürger nicht an. Wer weiß, für welche Partei sie sind.“

„Wer soll für welche Partei sein?“, fragte Beywegh irritiert.

„Nun, für wen die Bürger sind, für Gülich oder für uns.“

„Der Pöbel führt keine Staatsgeschäfte! Er ist ihr Gegenstand!“, knurrte Beywegh. „Er war nur die dreizackige Teufelsgabel Gülichs und seiner Höllenhunde.“

„Ja, den Gülich sollten wir arretieren.“

„Er ist doch tot“, behauptete Beywegh so lasch, dass die Feststellung fast wie eine Frage klang.

„Ein Gerücht! Das macht ihn noch nicht zur Leich!“

„Mundtot ist er, da hält das Volk still“, brummte Beywegh.

Hätten die Herren aus dem Fenster zum Gaffelhaus der Schmiede geblickt, wo sich Gülich stets bevorzugt aufgehalten hatte, wäre ihnen vielleicht der Gedanke gekommen, es durchsuchen zu lassen. Aber das Naheliegende sparten sie wohl absichtlich aus. Hand an den Bürgerhelden zu legen, konnte den Volkszorn entfesseln. Beide Parteien glaubten mehr an ihre Schwäche als an die eigene Stärke.

Kaum war Wissius gegangen, wollte Felicitas ausfahren. Mit einem Schmollmund ging sie über die Bitte ihres Vaters hinweg, heute noch zu Hause zu bleiben. Auch ich verbot es ihr nicht, sah ich doch eher die Notwendigkeit zu erfahren, wie Murckens seine Herrschaft sichern wollte, als mich im Haus zu verkriechen. So besuchten wir beide die Pyrots.

Dort litt ich Qualen, denn der Hausherr verstand unter einem erheiternden Diskurs, eimerweise platten Hohn über Gülich und die *Gaffeln* auszuschütten. Von ihm erfuhren wir, Judendunck habe nach seiner Befreiung aus dem Bayenturm Murckens mit seinen Gefährten bewirtet und viele Herrschaften von Dignität seien hinzugekommen. Diese Börse von Klatsch und Selbstlob war unser nächstes Ziel.

Judenduncks Haus am Eigelstein war so neu, dass man den feuchten Mörtel fast noch riechen konnte. Der Hausherr hatte sich bereits zurückgezogen, aber seine Gemahlin empfing uns mit den heißen Wangen einer emsigen Gastgeberin. Sie ließ Kannen und Krüge ein weiteres Mal füllen, um die vielen zu bewirten, die das Wunder sehen wollten, dass derjenige, dessen Hinrichtung schon nahe schien, sich in Freiheit guter Gesundheit erfreute. Unermüdlich disputiere man über das Mirakel des „Spinnrädchenumsturzes", der gleichförmig schnurrend wie von selbst die Gaffelherrschaft beendete. Krebs und Wolfskehl erwähnte man ohne Lob und Tadel. Gülich schwieg man so tot, als hätte es ihn nie gegeben.

Angeödet von den Laudationes auf Murckens und dem „stets habe man ja prophezeit, dass es so komme", betrachtete ich am Fenster stehend die Gesellschaft in ihrer Freude, die Welt wieder zurechtgerückt zu haben. Ein Diener brachte mir ein Glas Wein, obzwar Bier an diesem Ort passender gewesen wäre. Nebenan im Haus Zum Kessel wurde gebraut wie in vielen Häusern hier. Malzgeruch würzt am Eigelstein stets die Luft.

Ratsherr Brassart gesellte sich zu mir. Unten belebte sich die Straße. Auf Passanten deutend bemerkte er: „Da bekommt der Kirberin doch noch Zulauf! Der hat sich ja am Eigelsteiner Tor niedergelassen."

„Es können auch Gülichanhänger sein", wandte ich ein.

„Ha, die wagen nichts mehr!" Er trank einen Schluck. „Selbst Wohltaten der *Gaffelkommissare* verdammte der liebe Gott. Gestern berieten sich auf *Himmelreich* über die Bedingungen zur Freilassung von Gefangenen, da überfiel sie der Murckens." Er deutete auf einen Herrn, der auf Judenduncks Haus zueilte. „Wenn man vom Teufel spricht, da kommt Herr Murckens!"

Kurzatmig stand Murckens in der Tür, die er furios aufgestoßen hatte. Viele drehten sich nach ihm um. Sein rotes Gesicht, die verstörten Augen ließen das Geplauder abflauen. Ein Damenkränzchen zischte man zur Ruhe. Er stammelte: „Der Kirberin, der Narr! Der trompetete, er sei nun Herr der Stadt und wolle Köln unter kurfürstliche Herrschaft bringen." Ein Aufschrei unterbrach seine Rede. „Einer fragte den Kirberin, ob er's wahrhaft so meine. Da rief er: Weil der Kaiser Köln auspresse, der löbliche Rat nur Wirrnis ausbrüte, müsse jeder verständige Kopf sich den Kurfürsten herbeisehnen. Er sei solch ein verständiger Kopf und wolle Seiner Gnaden Köln zu Füßen legen, wenn der Kurfürst ihm Soldaten zu Hilf schicke. Das lief hurtig durch alle Gassen und jetzt fallen sie über den Kirberin her."

Eselsschwanz, Strohkopf, vermaledeiter Idiot – die Entrüstung über den stumpfsinnigen Obristen, der glaubte, im Handstreich den Kölnern die Reichsfreiheit zu nehmen und sie dem Kurfürsten auszuliefern, brandete kräftig, aber kurz auf. Sehr bald dämmerte es den Herren, dass Kirberins Fehlgriff die Kölner in die Arme Gülichs treiben musste, der geradezu eine Symbolfigur stolzer Eigenständigkeit der Stadt war. Sich länger im Haus eines Mannes aufzuhalten, den *Gaffeln* und Rat bald wieder in den Bayenturm werfen würden, war unklug. So stellten die Anhänger des alten Regimes vornehm ihre Gläser beiseite, eilten zur Tür und unten rempelten sie sich in heller Flucht aus dem Haus, liefen aber nicht zum Eigelsteintor, um Kirberin beizustehen, sondern flohen in die Gegenrichtung, einige ihre Frauen mit sich ziehend.

Brassart kommentierte grimmig: „Da seht, die Maulfechter hat der liebe Gott mit flinken Füßen gesegnet. Nicht sie, Judendunck sollte fliehen. Ich sehe nach ihm und vielleicht kümmert Ihr Euch um die Damen?"

Zwei ältliche Jungfern nahmen mein Angebot freudig an, sie in der Kutsche heimzubringen, und wir brachen sofort auf. Auf der Gasse lief eine Schar zum Eigelsteintor. Plötzlich wies Felicitas auf den Haufen: „Da, Anna! Meine Schwester! Ist sie des Teufels! Geschwind, um Gott's Wille, rette sie!"

Ich bezweifelte, dass die stille Anna darunter war. Aus Verehrung zu Gülich hatte sie zwar einige seiner Reden angehört und im Kreis der Familie eiferte sie mit Aufsässigkeiten ihrer scharfzüngigen Schwester nach, ansonsten war sie sittsam. Doch Felicitas hatte das Vertrauen in das Festgefügte verloren. Von überallher Unheil erwartend klammerte sie sich in wahrer Verzweiflung an mich, wild flehend, ihre Schwester zu retten. Widerwillig überließ ich die Frauen nun Kutscher Mats und machte mich auf den Weg zur Eigelsteinpforte.

Dem Trupp, in dem Felicitas Anna vermutete, waren schon Unzählige gefolgt. Bald steckte ich im Gewühl fest. Vor dem zinnenbewehrten Eigelsteintor, mehr Burg als Tor, sammelte sich das Volk. Schüsse knallten. Im ohrenbetäubenden Lärm skandierte die Meute: „*Vivat* Leopoldus!“. Auch *Vivat*-Gülich-Rufe schallten. Im Kampf gegen den Kurfürsten waren ja der Kaiser und der Rebell Waffengefährten. Steine prallten gegen das altersdunkle Mauerwerk. Man legte Leitern an, um die Torburg zu stürmen. Sie waren zu kurz und wurden im Gedränge umgerissen. Gebrüll war das Einzige, das die Entschlossenheit der Kölner demonstrierte, jeden zu zerhacken, der ihre Stadt unter Fürstenherrschaft zwingen wollte.

Weiber hielten sich am Rande der rasenden Masse auf. Jeden Frauenkopf fasste ich zweimal ins Auge, meist Mägde oder grobe Weiber. Nur einen Lidschlag lang sah ich ein schmales ängstliches Gesicht. Ich erschrak. Es war Camilla Kannegießer. Als stadtbekannte Unterstützerin der alten Bürgermeister hätte sie sich von deren wutschäumenden Gegnern fernhalten müssen. Ich kämpfte mich zu der Stelle, wo sie gestanden hatte. Mittlerweile war sie die Stadtmauer entlang weitergegangen. Ich folgte ihr stadteinwärts in die Plackgasse, die vorwiegend durch Weingärten führt, nur an ihren Beginn reihen sich einige Häuser. Dort schlüpfte Camilla in ein Weinhauerhäuslein. Nicht nur die Sorge um das törichte Mädchen, auch mein Entdeckungsdrang war nun geweckt, obwohl mein Schlummer in mancher Nacht sanfter gewesen wäre, hätte ich ihm bisher weniger eifrig gehuldigt.

Ich klopfte an. Ohne hereingebeten zu werden, öffnete ich die Tür. Es war ein Elendsquartier, das der Anzahl der Strohsäcke nach etlichen Taglöhnern Obdach bot. Inmitten der Hütte lag ein Mann. Neben ihm kniete Camilla. Ein umgedrehter Korb diente als Tisch, auf dem sich Krug und Becher sowie ein spärlich leuchtendes Öllämplein befanden. Ich trat näher und mein Atem stockte. Der Mann auf dem Strohlager war der blatternnarbige Mörder Kannegießers.

Grußlos fragte ich: „Jungfer Camilla, weiß Sie, wen Sie da pflegt?"

„Was geht's Euch an!", antwortete sie rotzig.

„Sein Name ist Bert!" Sie zuckte stumm die Achseln. „Er ist der Mörder Ihres Oheims!"

„Bert? Niemals!" Ein böser Blick traf mich.

Ich trat näher. Sie neigte den Kopf zur Seite, als sei ich ihr widerwärtig. Eindringlich mahnte ich: „Jungfer Camilla, Murckens ist gescheitert. Gestern wollte der Kerl da Gülich an die Gurgel und Leut, die Verbrecher verstecken, kommen flugs in den Turm. Ich begleite Sie jetzt heim."

„Nein!", brauste sie auf. „Es wär schlimmer Dank, einen Hilflosen zu verlassen, der brav gegen die Rebellen kämpfte."

Grölen scholl von draußen herein. Mucksmäuschenstill rührten wir uns nicht. Kaum hatte sich das Geschrei entfernt, kam die nächste Horde heran. Auch sie tobte vorbei. Als wir schon erleichtert aufatmen wollten, näherten sich erneut Schritte. Drei Kerle stießen die Tür auf. Berauscht vom Schnaps und von dem anarchischen Fluidum des Abends gafften sie uns an.

Die Hand am Degengriff fuhr ich sie an: „Verzieht Euch, hier ist ein Pesthaus!" Ich wies auf den Verletzten, dessen engmaschig weißen Blatternnarben im fieberroten gedunsenen Gesicht wie Pusteln erschienen.

Erschrocken wichen zwei zurück, aber einer ging auf das Mädchen zu.

Ich warnte: „Hüt' dich vor dem pestalischen Atem der Jungfer."

„Sie ist so schön", säuselte er verzückt, sie anstierend.

„Fort, fort oder ihr alle seid des Todes!" brüllte ich eruptiv.

Wie von Teufeln gehetzt stürzten die Männer davon, nur der Vernarrte blieb und flüsterte: „Sie ist so schön."

Ich packte ihn und beförderte ihn hinaus. Es gab keinen Riegel, so hielt ich die Tür zu. Er machte nur einen schwachen Versuch einzudringen und trollte sich dann.

„Ich bringe Sie jetzt heim!", befahl ich Camilla.

Den Blick gesenkt sagte sie tonlos: „Ich kann nicht, seht!"

Sie schlug die Decken auf. Auf dem blutigen Hemd hob sich schwarz der Stich meines Degens ab. Die Kehle wurde mir eng. Mehr als das Mädchen hatte ich jetzt die heilige Pflicht, dem Verwundeten beizustehen, dessen Leben ich wohl vorzeitig beendet hatte. Leise sagte ich: „Jungfer Camilla, ich verspreche, für ihn zu sorgen." Störrisch schüttelte sie den Kopf. „Sie weiß doch, worauf das Gesindel eben aus war."

„Was wollt Ihr tun?", fragte sie.

„In der Nähe ist das Kloster Corpus Christi. Die guten Brüder pflegen ihn und sorgen für sein Seelenheil, besser als Sie es kann." Sanft legte ich ihr den Mantel auf die Schultern. „Gehen wir! Es ist die bessere Wahl."

Reglos sah sie auf den Kranken, seufzte und stand endlich auf. Im bleichen Licht eines Halbmonds gingen wir still nebeneinander her – sie missgelaunt, ich bekümmert. Ihr junger Liebreiz, der mich bei unserer ersten Begegnung so bezaubert hatte, war verflogen. Vielleicht aus Liebe zu Wolfskehl oder aus dem Ehrgeiz heraus, wie einst ihre Eltern der Stadtelite anzugehören, hatte sie sich in das Netz der Verschwörer verstrickt. Ihre Zukunft war düster und sie konnte nur hoffen, dass das *Gaffelregiment* nicht alle Unterstützer des alten Rates in die Türme sperrte. Freundlich sagte ich ihr im Goldgässlein Lebwohl, das sie mit einem knurrigen „Gut Nacht" erwiderte.

Wieder zurück im Weinhauerhäuslein flößte ich Bert Wein ein. Seine leeren Augen beseelten sich. Meinem Ave-Maria lauschte er andächtig.

Ich fragte ihn, ob er den Mord an Ferdinand Kannegießer bereue, da verlor er alle Gottesfurcht und schrie mehrmals: „Geh weg, du Teufel, Satan!" Völlig außer sich steigerte er sich in ein wahres Satansgeschrei hinein.

Aus Angst, Passanten oder Nachbarn könnten vom Geschrei angelockt hereinkommen, verließ ich die Hütte. Erst dann beruhigte er sich. Es eilte, einen Geistlichen zu holen. Ich lief zum Kloster Corpus Christi. Doch diesmal hatte wahrhaftig der Teufel die Hand im Spiel. Niemand öffnete. Tumult und Raserei mussten den Brüdern derart in die Glieder gefahren sein, dass sie das eigene Wohl nun über die Barmherzigkeit stellten, denn was hilft's der Welt, wenn die Guten erschlagen werden? Vergeblich rief ich, pochte und schlug gegen die Pforte.

Ich ging wieder zurück und wanderte die Plackgasse entlang. Der Mond strahlte friedlich auf die Reihen hingeduckter Weinstöcke. Hinten sah ich schon die schwarzen Gehöfte. Ein Hund jaulte, andere Hunde antworteten bellend und jaulend. Esel stießen hörbar luftholend ihre heiseren Klaglaute aus. Ziegen meckerten, ein Pferd wieherte schrill. Heute tumultieren sogar die Tiere, dachte ich. Rauch stieg mir in die Nase – und dann: Wie aus einem Drachenmaul züngelte auf dem Dach des Weinhauerhäuslein Feuer auf.

Die Flammen stießen so plötzlich und heftig in den Himmel, dass ich an eine Täuschung glaubte und stehenblieb. Es war böse Wirklichkeit. Ich rannte und schrie: Feurio! Ein Mann im Hemd kam aus einem Gehöft, brüllte mit mir „Feurio" und rief nach Eimern. Ich riss die Tür der Hütte auf, machte zwei Schritte hinein. Rauchumhüllt lag quer über dem umgedrehten Korb eine schwarze Gestalt. Dahinter standen Strohsäcke in hellen Flammen. Der Luftzug ließ das Feuer auflodern, gab den Deckenbalken neuen Zunder. Holz prasselte herab. Mich duckend wich ich aus und fiel zu Boden.

Vor mir glitzerte etwas, daneben lag eine Schnur. Ich ergriff das Glitzernde. Ich schaute auf. Bert lag zwei Schritte von mir entfernt auf dem Bauch über den Korb. Da raschelte es über uns. Ein glühendes Gewebe fiel aufleuchtend von der Decke auf die reglose schwarze Gestalt – sie wie ein rotfunkelndes Leichentuch bedeckend. Ich sah den schwarzen Kopf und das glimmende Tuch, majestätisch in seiner Schauerlichkeit.

Die zum Dachboden führende Leiter brannte. Ein glühendes Holzstück fiel herab, Feuer, Hitze und Qualm aufstäubend. Kaum noch bei Atem floh ich hinaus. Mein Rock hatte Feuer gefangen. Jemand schüttete Wasser über mich. Hustend mit zitternden Knien stand ich an die Mauer eines Nachbarhauses gelehnt. Aus dem Dach lohten Feuergarben in die Nacht, versprühten rote und grellweiße Funken, die wie Sternschnuppen verlöschten. Es knisterte und krachte. Pfützen schimmerten glutrot. Der Qualm verschleierte den Mond. Das Hirn weich umnebelt starrte ich auf das dämonische Spektakel, zieht der Zauber des Bösen das menschliche Auge doch mehr an als die vielen Schönheiten in Gottes Schöpfung.

Der Blechklang der Sturmglocke rief die Kölner zusammen. Viele Weiber und Mannsleut eilten mit ledernen Eimern herbei. Niemand machte sich die Mühe, das Weinhauerhäuslein zu löschen. Die Eimer, die von Hand zu Hand gingen, dienten allein der Befeuchtung der Dächer der Nachbarhäuser. Unersättlich verzehrten die Flammen ihre Lebensgrundlage und ließen den Leib des Bert zu Asche zerfallen. Durch meinen Stumpfsinn drang das Bild der Gestalt im funkelnden Tuch, deren Seele im läuternden Feuer frei wurde.

Krachend fiel der Bau in sich zusammen. Funkenkaskaden stoben auf. Die Menschen schütteten Wasser über sich, um nicht zur Fackel zu werden. Vor Glimmendem und Verkohltem, aus dem noch vereinzelt Flammen züngelten, huschten dunkle Gestalten hin und her, zertrampelten oder zerschlugen mit Dreschflegeln Glutnester.

Halb betäubt machte ich mich auf den Heimweg. Gleichgültig kühl schimmerte der Mond, obwohl mir war, er müsse schon längst untergegangen sein, so viel war in kurzer Zeit geschehen.

Für Felicitas dagegen dehnte sich die Zeit. Auf ihrer Heimfahrt hämmerten Fäuste auf die Karosse, was hysterische Schreie ihrer Begleiterinnen auslöste. Zu Hause empfing sie Anna. Der Vater war schon zu Bett gegangen. Ein Genever stärkte Felicitas' Gemüt, bis eine Meute vor dem Haus Schmähworte skandierte und *Vivat* Gülich brüllte. Unter Alexanders Leitung bewachte das Gesinde Tür und Fenster mit Degen, Bratspieß und Schürhaken. Sie selbst hielt in der Stube Ausguck, inständig auf meine Heimkehr hoffend. Als ich endlich kam, eilte sie treppab, umarmte mich und hauchte mir „dem Himmel sei Dank" ins Ohr.

Nach dem gescheiterten Umsturz konnte man Beyweghs Lage nur noch verzweifelt nennen. Wir waren noch bei der Morgensuppe, als Anton die Botschaft brachte, die Tore seien trotz des Aufruhrs offen und die Anhänger der alten Bürgermeister und deren Angehörige flüchteten in Scharen. Beywegh hörte ihn an, blieb jedoch bei seinem kategorischen: Ein Bürgermeister verlässt seine Stadt nicht in der Not. Niemand von uns wollte ihn verlassen, obwohl die Gefahr, dass sich der Zorn der Kölner auf die wenigen in der Stadt Verbliebenen wild entlud, immens gewachsen war, zumal Gülichs mäßigender Einfluss auf die *Gaffeln* zugunsten des kämpferischen Sax stetig sinken musste. Jederzeit konnten sich Leute auf dem *Alter Markt* zusammenrotten, um uns allen den Garaus zu machen. Wir saßen in der Stube und spürten die Angst der Füchse, die das Blasen der Jagdhörner hören. Ohne uns abgesprochen zu haben, begann ein unruhiges Auf-und-

Niedersetzen. Stets schaute jemand zum Fenster hinaus, aber nur trister Regen war zu sehen. Die Ereignislosigkeit, das fade Grau des leeren Platzes schürte noch die Angst. Im Geheimen sammelte das Böse seine Kräfte und konnte schlagartig den Tod bringen.

Endlich! Eine Kutsche holte den sich auf einen Stock stützenden Niclaß Gülich ab. Gefolgt von den *Gaffeldeputierten* in ihren langen Mänteln fuhr er in Richtung des Rathauses.

Zur Mittagszeit kam Schwager Gerwin. Auf dem Weg hierher sei er beschimpft und angespuckt worden, erzählte er. Im Kontor sei jedoch alles in guter Ordnung. Anton werde mit vier Knechten die Nacht dort verbringen. Dringlich legte er seinem Vater ans Herz zu fliehen, merkte aber bald die Vergeblichkeit und ging.

Beywegh saß in seinem Armstuhl am Fenster, als Gülich zurückkehrte und ins Gaffelhaus hinkte. Als habe er der Ratssitzung beigewohnt verkündete er: „Jetzt ist's entschieden! Die Tore sind geschlossen, eine neue Proskriptionsliste ist erstellt und wer nicht geflohen ist, kommt ins Loch!" Er befahl, ihm das Nachtmahl in seinem Schlafgemach zu servieren, wo er sich angekleidet aufs Bett legte und gottergeben dem Schicksal seinen Lauf ließ.

Mit bangem Herzen warteten wir. Doch nichts geschah. Die Ruhe konnte nur eine Ruhe vor dem Sturm sein.

Trommelschlag aus verschiedenen Richtungen kündigten ihn an. Lumpige Gesellen sammelten sich am Gaffelhaus der Schmiede. Meshov rückte mit einer Horde Bewaffneter an. Sax hielt vor den gut vierzig Leuten eine Rede und zog mit Meshov und der Meute los. Alexander schüttelte den Kopf und fragte: „Wozu brauchen die für Verhaftungen so viel Leut?"

„Solch Pack schlägt nur tot", erregte sich Felicitas.

„Sax mordet nicht!", besänftigte ich sie.

„Warum nicht? Der Lump presste dem Herrn Vater 60 Taler dafür ab, damit es beim Hausarrest blieb und er ihn nicht in den Turm werfen ließ. Der hat jetzt einen Haufen arger Haudraufs zusammengetrommelt, gallig vor Neid, und diese Teufelsbrut bringt jetzt alle Vornehmen um."

„Ich muss sehen, wie wir mit heiler Haut davonkommen."

„Der Wunsch ist für die Katz!" Sie lachte bitter auf.

„Das ist kein Wunsch. Wir haben hier lang genug ängstlich herumgesessen. Ich gehe jetzt dem Trupp nach."

„Gott steh mir bei, nein! Ich bleib hier nicht allein."

„Holde Gattin, gegen vierzig Mann hilft nur Duldsamkeit oder Flucht. Was besser ist, muss ich herausfinden."

„Nein, bitte, Liebster, ein Knecht soll gehen!"

„Etwa der bleichwangige Diener, der schon vor einer Spinne schlottert?" Ich umarmte sie und sie klammerte sich an mich. „Wo finde ich Murckens' Haus?", fragte ich leise. Sie blieb stumm. „Wo ist Murckens' Haus?", wiederholte ich streng.

„Unter Sporenmacher", hauchte sie.

Bevor ich mich aufmachte, zog ich meinen angesengten Rock an und roch, als käme ich geradewegs aus der Hölle. Doch wer nach Satan duftet, den rührt keiner gerne an.

Murckens' Haus in der Straße Unter Sporenmacher musste ich nicht lang suchen. Leinenzeug leuchtete weiß durch den Gassendreck. Die Haustür war aufgebrochen, tausend Scherben und ein aus den Angeln gehobenes Fenster lagen auf der Straße. Durch ein Fensterloch sah ich, wie zwei Kerle die verwüstete Küche nach Verwertbarem durchstöberten. Sie fluchten wie die Kesselflicker, weil sie wenig Brauchbares fanden. Während einer eine Blechschüssel in einen Sack steckte, fragte ich ihn, ob ich mich hier auch gratis bedienen könne. Ja, ja, mit dem Segen der Obrigkeit sei heute alles gratis, antwortete er, nur habe der Murckens sein Haus bereits selbst leergeräumt, deshalb werde er jetzt sein Glück beim Judendunck suchen, der habe ja kaum mehr als sein Leben mitnehmen können. Er schulterte seinen Sack und eilte mit seinem Komplizen davon.

Man plünderte also die Häuser der Gegner. Im Eilschritt lief ich zu Judenduncks Haus, um Sax zu fragen, ob auch Beywegh derart heimgesucht werden sollte.

Am Eigelstein hörte ich bereits von Weitem Geklirr, zerberstendes Krachen und Geschrei. Zerhackte Tische und Stühle warf man aus Judenduncks Haus auf die Straße, wobei man sich die Mühe sparte, die Fenster zu öffnen. Ein Spiegel zerschmetterte auf der Gasse. Bettfedern rieselten wie Schnee, ein Seidenkleid segelte hinterher. Weindunst stieg aus dem Keller auf. Zimt, Nelken und andere süßliche Aromen aus fernen Ländern würzten den Dreck der Straße. Tagwerke vieler Menschen zerstörten die rohen Hände in Augenblicken. Als die von Wein und Übermut berauschten Halunken endlich fortzogen, verloren sie vieles, weil die Gier größer war als ihre Taschen. Wenige Schritte weiter sammelte sich die Meute. Jemand schlug gegen eine Haustür. Aus dem Giebelfenster beugte sich der Hausvater, und fragte, was man wolle. Sax rief: „*Bannerherr* Daniel Schleumer, dein Haus ist der Plünderung preisgegeben. Öffne!"

„Warum? Was soll das?", begehrte der Mann auf.

Als Antwort begann ein Kerl, mit einem Beil auf die Tür einzudreschen. Schleumer bettelte um Gnade, was keinen kümmerte. Die Tür hielt stand. Der Mann ließ das Beil sinken, um Kräfte zu sammeln. Von oben hörte man ein schabendes Geräusch. Ein dicker Balken stakte aus dem Giebelfenster. Zoll für Zoll schob der Verzweifelte das Kantholz durch das Dachfenster, langsam genug, um den Untenstehenden Zeit zur Flucht zu geben. Ein Warnruf, alle stoben auseinander. Das Holz kippte, polterte herab, streifte den Burschen mit dem Beil, der aufschrie. Schleumer beugte sich aus dem Fenster, um zu sehen, ob er die Marodeure vertrieben hatte. Fünf Büchsen krachten. Der *Bannerherr* brach zusammen. Ein brachialer Beilschlag öffnete die Tür. Die Plünderer stürzten ins Haus. Frau Schleumer rief um Hilfe. Da nur noch ich auf der Straße stand, flehte sie mich an, ihr und ihren Kindern beizustehen. Ich versprach es. Es klirrte und rumpelte im Haus, als sollte alles mit Stumpf und Stiel vernichtet werden. Den Degen in der Hand ging ich hinein. Scheppernd krachte in der Küche das aus der Wand gerissene Tellerregal zu Boden.

Sax traf ich an der Treppe. Er brüllte Befehle in den Keller. Ich fragte ihn, ob bei Beywegh auch geplündert werden sollte. Knapp sagte er: „Nein, heut nur Murckensleut und befreite Gefangene!"

Ungehindert gelangte ich ins Obergeschoss. Aus der offenen Dachluke spähte Schleumers Sohn nach mir und ließ eine Leiter hinab. Der Vater lag blutend auf dem Boden. Drei Kugeln hatten ihm das Leben gekostet. Der Junge und ich setzten uns neben den Toten zu seinen Geschwistern und der Mutter. Wir sprachen mehrere Ave Maria und verstummten, als die Tritte und Stimmen der Plünderer im Stockwerk unter uns so fassbar nah schallten. Versteinert hörten wir ihr Juchzen, wenn Holz oder Fensterglas splitterte oder etwas zu Boden polterte.

Endlich rief Sax das Gesindel auf, zum Krey nach Sankt Columba zu gehen. Das Wüten verebbte. Die Witwe, das Mädchen und der Kleinste fielen in haltloses Weinen. Der zehnjährige Sohn schaute starr zu Boden. Auch als die Horde fortgezogen war, streiften noch Plünderer durchs Haus.

Als alles ruhig war, stieg ich die Leiter hinunter. Bierdunst füllte das Haus. Man hätte die Luft trinken können. Der Boden war übersät mit Trümmern. Federn staubten bei jedem Schritt auf. In der Küche klapperte es. Mitten im Gerümpel ertappte ich eine Frau, wie sie einen Zinnteller in einen Sack steckte. Verschämt setzte sie ihn ab und begann über die Verwüstung des Hauses zu jammern. Unsere Stimmen lockten die Hausfrau und die Kinder an. Die verhinderte Diebin umarmte Frau Schleumer. Die unglückliche

Frau bat, ihren toten Gatten mit einem Tuch zu bedecken. Alles Leinenzeug lag jedoch im Keller in einem Biersee.

„Frau Nachbarin, ich hol Ihr ein reins Laken und mein Mann richtet die Tür, damit Sie heut Nacht nit Furcht han muss“, versprach die bekehrte Diebin.

„Gott segne Sie“, stammelte Frau Schleumer.

„Eine hilfreiche Frau“, lobte ich die Nachbarin, nachdem sie gegangen war.

„Ja“, schluchzte Frau Schleumer. „Ein guter Mensch und ich dacht' immer, sie sei neidisch – ach, mein armer Herzliebster!“

Ihr Töchterchen trottete heran, offerierte mir eine Puppe und sagte: „Marie ist heil. Für dich!“

„Liebs Kind, warum willst du sie mir schenken?“, fragte ich. Stumm hielt sie mir die Puppe entgegen. „Dank dir! Aber der Marie seh ich an der Nasenspitz an, dass sie bei dir bleiben will!“ Sie lächelte verschmitzt, nickte und lief davon.

Als die Nachbarin ein Laken brachte, bedeckte die Witwe liebevoll den Toten und wir beteten für seine Seele. Die Nachbarin und ich verabschiedeten sich, während Mutter und Kinder die Totenwache hielten. Der Mann der Nachbarin begann die Tür instand zu setzen, und seine Frau schaffte im Haus Ordnung.

Am *Alter Markt* saßen mit Ausnahme Beyweghs alle beim Nachtessen. Gespannt richteten sich die Blicke auf mich.

„Sie plündern! Murckens' und Judenduncks Häuser liegen in Scherben“, sagte ich ernst.

„Gott steh uns bei!“ Felicitas bedeckte ihr Gesicht.

„Heute sind wir noch sicher“, beruhigte ich sie.

„Und morgen?“, fragte Lieb-belle furchtsam.

„Jodoci und die Bürgermeister werden sie schonen“, behauptete ich. „Man wird den Kaiser nicht unnötig brüskieren!“

„Darum bet ich!“, flüsterte Felicitas so, als betete sie bereits.

„Ich gehe zu Gülich und bitte um Hilfe!“, sagte ich und

wandte mich an Alexander. „Du beziehst mit dem Hausknecht Posten an den Fenstern und der Tür. Rücken Horden an, flieht alle auf den Dachboden!"

Gülich schrieb in einer Kammer des Gaffelhauses. Er war gespenstisch blass, das Haar fiel strähnig auf die Schultern, die Augen gerötet, doch voller alter Kraft. Ich setzte mich ihm gegenüber. Herzlich dankte er mir erneut für seine Rettung und fragte, welchen Dienst er mir erweisen könne.

„Ich komme wegen der viehischen Plünderei", sagte ich.

„Ach, daher die Leichenbittermiene!", bemerkte er sachlich.

„Ja, sie haben *Bannerherr* Schleumer erschossen!"

Erschrocken barg er das Gesicht in den Händen. „Gott, *Bannerherr* Schleumer", murmelte er. „Niemand sollte an Leib und Leben Schaden nehmen." Dann hob er den Kopf und hörte mir in der Art eines stolzen Angeklagten zu.

„Nach dem Justizmord an Hesselmann liegen nun Recht und Gesetz endgültig in Trümmern. Eine gute Obrigkeit schützt ihre Bürger, befiehlt keine Plünderungen. Kein Richter hörte die so hart Bestraften an, kein Gericht fällte ein Urteil. Ist dies die demokratische Bürgerherrschaft? Sie tritt das Recht gröber mit Füßen als die *Sechsherren* …"

„Nein!", unterbrach er mich und redete dann mit feurigen, hin- und herspringenden Blicken: „Sie haben uns überfallen, Gefangene befreit. Wer sich so kriminal zum Meister aufschwingt, muss stante pede bestraft werden, sonst fegen sie uns in den Kehricht! Oder ums mit den Worten von Sax zu sagen: Wir müssen Furcht verbreiten – ja, Furcht."

„Furcht soll Arm und Reich verbinden? Da blüht nur Zwietracht. Was nützen die hehren Ziele eines Staates, wenn die Bürger in Angst leben? Wer in Angst lebt, wird nie Baumeister einer Republik sein. Lieber Freund, nicht an den Zielen, allein an den Mitteln erkennt man den Geist eines Staates."

„Wer Frieden will, rüste für den Krieg", schmetterte er mir Worte Ciceros entgegen. „Das Netz der alten Bürgermeister und ihrer Helfer ist dicht und stahlfest gesponnen. Die Reichen verhindern jede Reform. Lieber Herr, es gibt nun mal die zwei feindlichen Parteien – die Anhänger des Alten und die des Neuen. Die starke Seite dominiert, die schwächere rebelliert. Diese böse Zeit muss zum Nutzen aller durchgestanden werden. Die Verräter wollten auf kriminale Art die Macht wieder an sich reißen und erhalten jetzt unsere Antwort."

„Die Antwort auf Gewalt ist gröbere Gewalt."

„Leider ist's zum gewaltsamen Umsturz gekommen, was ich vermeiden wollte. Jetzt muss ich mit den Pferden pflügen, die ich habe. Anstelle die Murckensleut an Leib und Leben zu strafen, beschränken wir uns auf Hab und Gut. Lang ließen wir die Tore offen, damit die Verbrecher fliehen konnten. Die Reichen hier werden aber weiterhin gegen uns sein. Doch aus Sorge um ihre Habe werden sie jetzt einen satten *Obolus* an die *Rentkammer* zahlen!" Dazu verdrehte ich die Augen. Er sah es. „Lieber Herr, es ist eine Notwendigkeit! Der Kaiser braucht Geld für den Türkenkrieg."

„Dem Kaiser werden die Plünderungen so wenig schmecken wie die Abpressung dieses – *Obolus*!"

„Kümmert's den Kaiser, aus welcher Tasch das Geld kommt? Für ihn sind wir doch allesamt Pfeffersäck."

„Aber den *protector Coloniae* muss es kümmern!"

„Sobald die Stadt befriedet ist, wird's so sein!", versicherte er. Nach einer Pause fuhr er eindringlich fort: „Es gibt nur diesen Weg. Wir wollen die Steuern mindern, deshalb muss Geld im Stadtsäckel sein. Geringe Steuern locken weitere Reiche an, die für Arbeit und Brot sorgen. Viele begüterte Protestanten sind aus Köln nach Mülheim gezogen, weil der Rat sie kleinlich knechtete! Protestanten und Juden sollen sich in Köln wieder ansiedeln und frei ihre Religion ausüben. So fließt Geld in die *Rentkammer* zu aller Nutzen." Sein Gesicht nahm einen gesunden Ton an, als er sich selbst begeisternd das Schlaraffenland einer gerechten Bürgerregierung malte. Dabei gab er mir Einblick in seine Kunst rhetorischer Bezauberung. Den nüchternen Blick für das Machbare ließ er beiseite, denn in der kühlen Vernunft erstarrt die Leidenschaft. Stattdessen sang er das Lied vom Glauben an eine gute Zukunft. Er schloss mit den Worten: „Die Reichen leben christlicher und besser, wenn ihre Diener genug haben und ihren Herren nichts mehr hinwegfüchseln."

„Ein schönes Ziel! Nur, wie soll man die Pläne aus Utopia in Köln verwirklichen?", ernüchterte ich ihn. „Taglöhner im Rat schlachten lieber die Kuh als sie zu füttern. Einen Ausgleich zwischen Arm und Reich zu schaffen, sich weder vom Neid noch vom Geld leiten zu lassen, dazu bedarf's gebildeter Leute."

„Ha, ist Moral ein Privileg der Doktoren? Führten die einstigen Herren ein weitsichtiges und gerechtes Regiment?"

„Jetzt macht es die andere Seite noch schlechter."

„Legt die Messlatte nicht in der Umbruchzeit, sondern später an! Bis dahin rate ich Herrn von Beywegh sich von Murckensfreunden strikt fernzuhalten, dann geschieht ihm nichts."

In greller Hässlichkeit widersprach auf dem *Alter Markt* die Realität Gülichs Utopien. Die Plünderer kehrten zurück – laut, betrunken, mit wohlgefüllten Säcken. Selbst in die Geborgenheit unseres Heims war die wilde Welt eingebrochen. Als die Köchin mir ein verspätetes Nachtessen bereiten wollte, merkte sie, dass Brot, ein halber Braten und ein faustgroßes Stück Käs verschwunden waren. Das war zwar viel, aber nichts Bedrohliches. Für Felicitas hingegen lauerte nun überall Anarchie und das gesamte Gesinde stand unter Verdacht, das Haus auszuplündern. In unserem Schlafgemach beruhigte ich sie. Erschöpft schlief sie auf dem Himmelbett ein. Da Alexander bei der Küche und Haustür auf Wachtposten gestanden hatte, verdächtigte ich ihn, die Lebensmittel genommen zu haben und stieg zu seiner Kammer hinauf. Der Riegel war vorgeschoben. Zögernd ließ er mich ein. Hatte ich an diesem Tag bereits einige Tiefen durchschritten, so erwartete mich nun die ernsteste aller Gefahren: Michel von Wolfskehl, das Gesicht voller Schrammen. Ihm gegenüber saß Lieb-belle auf einem Bett. Sich verbeugend stotterte er: „Vergebung, ich wollt nur einen Brief überbringen."

„Und in dem warmen Nest ist der Herr gleich geblieben. Das kann uns alle in den Turm bringen!", donnerte ich.

„Wohlgeborener Herr, verzeiht! Ich will keinen ins Unglück bringen und gehe!" Er stand auf.

„Halt!", kommandierte ich. „Draußen laufen Gaffelleut scharenweis herum. Ist Ihm jemand auf den Fersen?"

Er schüttelte den Kopf. Er habe zwar mit Murckens Gefangene befreit, sich aber nicht am Überfall auf *Himmelreich* beteiligt. In sein Versteck bei Sankt Columba sei er mit Müh und Not Plünderern entwischt. Als Lebenszeichen wollte er Lieb-belle einen Brief bringen. Alexander habe ihn aber eingelassen. „Es war dumm, hierherzukommen!", schloss er seinen Bericht. „Aber heut Nacht flieh ich über die Stadtmauer."

„Ein schweres Stück!", warnte ich. „Er bleibt jetzt mucksmäuschenstill hier, bis es draußen ruhig ist."

Kleinlaut dankte er mir. Lieb-belle leuchtete mir die Treppe hinab und ich bedeutete ihr, ins Kabinett zu gehen. Draußen windete es. Astspitzen kratzten totenfingergleich an den nachtschwarzen Fensterscheiben. Lieb-belle jammerte: „Es ist eine gar so garstige Nacht, kann Michel nicht hierbleiben?"

„Mädchen, nach Murckensfreunden sucht man primär bei Gülichfeinden!", fuhr ich sie an. „Wer hat Michel hier gesehen?"

„Alexander und ich, auch Rosina."

„Wer sonst?"

„Niemand, und Rosina schweigt!"

„Gott geb's! Gib mir den Brief, von dem er eben sprach!"

„Ach Herr Vater, es ist der Einzige, den ich noch habe, die Frau Mutter hat schon alle verbrannt“, flehte sie.

„Den Brief!“, befahl ich – zögernd gehorchte sie und ich hieß sie zu Bett zu gehen.

Felicitas schlief noch in ihren Kleidern auf unserem Himmelbett. Ich weckte sie und sagte ihr, das Haus noch einmal zu verlassen. Schlaftrunken nickte sie.

Dann stand ich am Fenster der Stube. Auf dem *Alter Markt* kämpfte ein Nachtwächter gegen den Wind an. In der Mitte des öden Platzes blieb er stehen. Sein Mantel tanzte um ihn herum, während er auf unser Haus starrte, als wäre es ihm suspekt. Ich wandte mich ab. Wolfskehls Brief musste ich verbrennen. Vielleicht eine übertriebene Maßnahme, aber übersehene Kleinigkeiten sind oft die heimtückischsten Fallstricke des Lebens. In Sorge, die Verliebten könnten hinter meinem Rücken unbedacht Pläne schmieden, las ich das unversiegelte Schreiben: *Meine Herzallerliebste, mein Engel, mein Schatz!* Dem banalen Fanfarenstoß folgten zärtliche Worte. Er sorgte sich um ihr Wohlergehen, schilderte seine zahllosen Mühen, sie zu sehen, schwor, mit der Jungfer Camilla zusammen nichts weiter als die ehrenvolle Restitution seines Vaters zu betreiben. Die letzten Zeilen lauteten: *Liebste, der Trennungsschmerz zerwühlt unsere beiden Herzen. Wir haben die gleiche Sehnsucht nach einem Kuss. Aber das, was uns plagt, verbindet uns. Sei gewiss, mein trauriges Herz ist stets bei dir.* Theatralische Worte, doch für einen jugendlichen Liebhaber berührend.

Wie auch immer, die Zeit drängte, den Tollkopf aus der Stadt zu schaffen. Ich warf den Brief in den Ofen und stieg zur Kammer hinauf. Wolfskehl schlummerte. Auf seinem blassen Gesicht lag die Unschuld eines Kindes, das auf eine gute Welt vertrauend sich den Träumen überlässt. Ich weckte ihn und wir schlichen die Treppe hinunter. Der Sturm hatte nicht nachgelassen und spärliches Licht eines verschleierten Monds lag auf dem leeren *Alter Markt*. Windbrausen im Ohr führte ich ihn zu Beyweghs Kontor. Ich klopfte und Wolfskehl trat beiseite, um nicht gesehen zu werden.

Anton öffnete, hinter ihm stand ein Knecht mit einem Spieß. Ich müsse ihn vertraulich in der *Remise* sprechen, erklärte ich. Ohne ein Wort holte er einen Schlüsselbund. Er ging vor und Wolfskehl folgte uns wie ein Schatten. In der Remise verschwammen im Laternenlicht Karren und die Kutsche zu schwarzen Ungetümen. Der Wind pfiff ums Haus und ließ die Tür klappern. Regen trommelte aufs Dach. Ich stellte meine Laterne ab und wies auf Wolfskehl, der an der Tür im Dunkeln stand: „Er muss heimlich aus der Stadt."

„Also einer vom Murckensgesindel!", sagte Anton abfällig.

„Schmähungen lassen wir beiseite!" Ich zog Wolfskehl ins Licht.

Anton trat einen Schritt zurück, als sähe er einen Dämon: „Der Wolfskehl! Ein wahrer Sohn eines ehrlosen Vaters."

Wütend wollte Wolfskehl ihm an die Gurgel. Ich packte ihn: „Ruhig Blut! Kopfloses Dreinschlagen hilft nichts. Anton hat mir einst aus den Festungswerken Bonns hinausgeholfen und es gibt keinen Geschickteren, der dich aus Köln bringt."

„Nein!" Anton verschränkte trotzig die Arme vor der Brust.

„Du verweigerst mir den Dienst?", herrschte ich ihn an.

„Ha, der Kerl hat mit Murckens Gefangene befreit und will sich seiner Straf' entziehen, pfui!" Er spuckte vor Wolfskehl aus, den ich mit Mühe zurückhielt, sich erneut auf ihn zu stürzen.

„Anton, der Kaiser befahl die Freilassung der Gefangenen. Willst du weltklüger sein als der Kaiser?", wies ich ihn zurecht.

„Gnädiger Herr", sagte Wolfskehl ruhig. „Ich weiß, Ihr meint's gut. Aber von dem Rüpel will ich keine Hilf. Lebet wohl und sagt Eurem Fräulein Tochter, sie soll mir vertrauen, es kommt alles zu einem guten End!"

„Vertrauen? Du Betrüger!", rief Anton. „Du hast ein weites Herz und machst auch der Jungfer Camilla den Hof."

„Kerl, was lügst du!“ Erneut wollte Wolfskehl Anton an den Kragen – ich vertrat ihm den Weg.

„Schluss, ihr Hitzköpf!“, brüllte ich beide an. „Michel, ohne Hilf kommt kein Gaffelgegner aus Köln heraus. Und du, Anton, hilfst uns jetzt, denn auch Niclaß Gülich will den Kaiser nicht damit reizen, den Sohn des Mannes hinrichten zu lassen, der in Köln wieder Bürgermeister sein soll.“

Anton kratzte sich am Kopf: „Ja, nur ist mir das Murckensgesindel arg zuwider, schon ganz und gar ein Wolfskehl.“

„Herrje, sieh nicht fortwährend Murckens und Wolfskehl, sondern einen Mann deines Alters, der in Not ist.“ Die Hände in den Hosentaschen starrte er störrisch zu Boden. „Vielleicht reicht deine Zuneigung zu Herrn von Beywegh und mir aus, mir zu sagen, wie man am besten über die Stadtmauer kommt.“ Er fasste Wolfskehl ins Auge, der sich an der Tür postiert hatte. „Nun?“, drängte ich.

„Euch zulieb helf' ich. Seht!“ Er malte mit einer Peitsche den halbkreisförmigen Umriss Kölns auf den Boden. „Am Hafen sind keine Festungsbauten vorgelagert. Dort im Süden bei den Weingärten kann man heimlich über die Mauer kommen.“

„Dazu brauch' ich dich nicht!“, höhnte Wolfskehl.

„Dann weiß der Herr auch, wie Er über die fast viermannshohe Mauer kommt“, konterte Anton.

„Mit einer Leiter!“

„Leiter?“ Anton lachte. „Das müsst schon eine lange Sturmleiter sein. Die haben wir nicht. Besser ist's, morgens im Haufen der Hafenknechte zum Tor hinaus zu laufen.“

„Ein guter Rat eines guten Gülichfreunds! Jeder Torsteher erkennt mich jetzt!“, sagte Wolfskehl. „Ich gehe besser, sonst bin ich noch vor Morgengrauen im Turm.“

„Ich verrat' niemand!“, schnauzte Anton. „Stöbert man hier einen Wolfskehl auf, ergeht's auch meinem Prinzipal übel.“

Wolfskehl öffnete die Tür. Eine Böe schlug sie wieder zu.

Ich legte die Hand auf seine Schulter: „Er kann uns vertrauen. Anton ist mir wie ein Sohn. Er wird nichts tun, was mich in Gefahr bringt. Heut Nacht bleibe auch ich hier. Ohne Hilfe kommt keiner über die Mauer."

Lange hörten wir nur den Regen, dann nickte Wolfskehl und sagte schlicht: „Danke!"

Wolfskehl brachten wir in einer mit allerhand Kram vollgestopften Rumpelkammer der *Remise* unter. Ich verbrachte die Nacht auf Stroh im Kontor.

Am Morgen bat mich Anton zum Frühstück. Bierkrüge, Brot, Speck und sogar Schinken standen auf dem Kontortisch. Unter den scheelen Blicken eines Schreibers ließen wir es uns schmecken. Draußen herrschte Nebel.

Ich deutete zum Fenster: „Schönes Wetter!"

Anton nickte.

Wenig später gingen wir zur *Remise*. Verschlafen blinzelte uns Wolfskehl entgegen. Anton gab ihm ein Säcklein gefüllt mit Brot, einer Flasche und Speck. Wolfskehl trank durstig, während Anton ihm verkündete: „Wir bringen den Herrn jetzt über die Mauer aus Köln hinaus!"

Wolfskehl setzte die Flasche ab: „Am helllichten Tag?"

„Hell ist's, aber im Nebel kaum licht!"

„Gott sei Lob und Dank!" Wolfskehl sprang auf.

Er musste aber noch warten. Ein Planwagen wurde bereitgestellt, zwei Ballen Tuch geladen, zur Tarnung, falls wir ihn doch durchs Tor schmuggeln mussten. Die Knechte murrten, was der Aufwand solle, wenn die Tore geschlossen seien. Als Lohn für ihre Mühen schickte Anton sie ins Kontor zum Frühstück, was sie mit Hola-Rufen ausgelassen begrüßten.

Während Anton das Fuhrwerk mit einer Leiter und einem Seil, das einst wohl dem Glockenläuten diente, belud, schlüpfte Wolfskehl in den Karren. Der Schreiber kam gelaufen und beschwerte sich über die schmausenden Knechte – ein Kontor sei schließlich kein Wirtshaus. Munter entgegnete Anton: „Wer da schläft, der mag da auch speisen!“, stieg auf, knallte mit der Peitsche und der Gaul zog an.

„Versteht Ihr das?“, fragte mich der Schreiber. „Die Tore sind zu und der Narr führt den *Barchent* fort, den niemand will.“

„Da hat Er wohl den Auftrag überhört wie auch die Nachricht, dass die Tore bald offen sind“, behauptete ich. Verschwörerisch flüsterte ich ihm zu: „Über den Missgriff schweige ich, nur Er kann's noch ausplaudern.“

„Gott steh mir bei, ich plaudere nichts aus!“, rief er.

Außer Sichtweite des Kontors wartete Anton auf mich und ich stieg zu ihm auf den Bock. Im einhüllenden Weiß zockelten wir südwärts zur Stadtmauer. Die Lautlosigkeit im feuchten Wolkendunst machte still und andächtig. Die Mauer verschwand halb im Nebel. Rechterhand zeigten sich Konturen von Rebstöcken, schemenhaft ein einsames Haus. Irgendwann hielt Anton an und spannte das Pferd aus. Gemeinsam schoben wir den Wagen hart an die Mauer, arretierten die Räder und deckten die Plane ab. An die Mauer gelehnt stellte Anton die Leiter auf die Ladefläche, stieg hinauf und kam mit bedenklicher Miene herab.

„Nun?“, fragte Wolfskehl ungeduldig.

„Es ist ein Wagstück! Man muss sich auf die letzte Sprosse stellen, dann kann man sich auf die Mauer ziehen.“

Wolfskehls Lippen wurden schmal: „Wohlan!“, sagte er. Weitere Worte verschwendete er nicht.

Anton band das eine Ende des Seils Wolfskehl um, sich das andere und stieg mit einer Hacke die Leiter hinauf. Im dichten Dunst sahen wir ihn nicht. Am Kippeln der Leiter spürten wir aber, wie er sich mithilfe der Hacke aufrichtete und auf die Mauerkrone stieg. Wolfskehl folgte ihm. Für ihn war es leichter, mit Antons Unterstützung von der obersten Sprosse auf die Mauer zu gelangen.

Anton kletterte herab, um mit mir zusammen das Gegengewicht zu ihm zu bilden. Wir strafften das Seil. „Jetzt!“, rief

Wolfskehl leise. Dann ein Ruck, als er sich von der Mauer löste. Stück für Stück ließen wir ihn ab.

Plötzlich gab das Seil blitzartig nach, so dass Anton rücklings auf mich fiel und ich auf die Stoffballen. Das Seil war gerissen.

Anton kam als Erster auf die Beine und rief zweimal laut: „Hola ho, seid Ihr heil?" Stille. Das ausgefaserte Ende des Seils betrachtend murmelte er: „Da hat der Schelm, was er verdient."

„Was soll das? Er hat dir kein Leid getan."

„Ach Herr, einen Wolfskehl verabscheut jeder."

„Und du hilfst mir jetzt, ihn zu suchen!"

Griesgrämig machte er unser Gespann reisefertig. Wir fuhren zur Neckelskaulenpfort. Sie war geöffnet. Eingehend untersuchten die Torsteher den Karren, bevor sie uns ziehen ließen. Im Milchweiß war nur das Schmatzen der Rheinwellen zu hören. Anton führte das Fuhrwerk stromseits, während ich an der Stadtmauer entlanglief.

Es war ein Marsch im Zauber des Nirgendwo. Alles verschluckte das Weiß. Fortwährend rief ich nach „Michel" und als ich ihn fand, hörte ich ihn, bevor ich ihn sehen konnte. Er kauerte neben einem Busch. Sein Arm sei bei dem Sturz gebrochen, und auf unsere Rufe habe er nicht geantwortet, weil Leute in der Nähe waren, erzählte er. Ich half ihm auf. Die Schultern hochgezogen als friere er hinkte er zum Fuhrwerk den rechten Arm mit dem linken stützend. Wir zogen ihm Mantel und Rock aus. Der Arm war unterhalb des Ellbogens unblutig, doch sichtbar gebrochen.

Ich hatte einmal zugesehen, wie ein Barbier einen Bruch mit einem Ruck richtete. In der Not nahm ich im Wagen die Prozedur vor, bei der ich mehrere Stöße benötigte. In seinen Rockärmel beißend stieß Wolfskehl einige grässliche Laute aus. Den Unterarm banden wir auf einem Brett fest, das Anton am Rheinufer aufgetrieben hatte.

Wolfskehl schlummerte erschöpft, als wir losfuhren. Hoch oben schimmerte die Sonne als blasser Fleck durch die

Schwaden und löste den Nebel auf. Am Bayenturm brach sie durch den Dunst und zeigte wieder das Grün der Bäume und Wiesen, die sich in der Ferne in diesiger Luft verloren. Wir hielten und ich gebot Anton, Wolfskehl nach Bonn zu fahren. Heftig sagte er: „Nein, das ist gegen mein Gewissen!"

„Lasst's gut sein, wohlgeborener Herr!" Wolfskehl lugte aus dem Wagen. „Nach Bonn find ich allein. Lieber Herr, habt Dank für Eure Güte und all das, was Ihr für mich getan habt. Helft mir nur vom Wagen, laufen kann ich."

Wir halfen und ich steckte ihm all meine Almosen zu, die in meiner Rocktasche klimperten. Er machte eine abwehrende Geste, doch konnte er sich in der Not keinen Stolz leisten. Ein um den Hals gebundenes Tuch hielt das Brett, das er wie einen Bauchladen vor sich hertrug. Er hinkte los – langsam, schrecklich langsam. Kalt schaute Anton zu, wie er sich fortquälte.

„Anton! Wenn man etwas tut, tut man's ganz. Und das hier ist nicht einmal eine halbe Sach. Du fährst Wolfskehl nach Bonn!", befahl ich. Bockig sah er zu Boden und schwieg. „Nun?"

„Gnädiger Herr", antwortete er endlich, „allein Euch zulieb hab ich geholfen. Lahm und allein ist der Wolfskehl jetzt, das ist Gottes Straf. Dagegen begehr ich nicht auf."

„Gottes Straf?? Die überlass Gott! Der barmherzige Samariter fragte auch nicht nach den Sünden des Hilflosen."

„Der Samariter half aber keinem Verbrecher zur Flucht."

„Verbrecher? Wer kann sagen, wer der Verteidiger der wahren Ordnung ist? Murckens und der Kaiser oder Gülich und die *Gaffeln*? Hüte dich, einem feind zu sein, nur weil er anders denkt. Sprich mit ihm, das macht die Welt friedfertiger."

„Niclaß Gülich liegt mir mehr am Herzen als die Welt."

„Sitzt der Sohn Wolfskehls im Turm, hilft das Gülich? Lauf nicht wie ein Schaf in der Masse mit. Denke!"

Den Blick ins Feld gerichtet stand er eine Weile da. Schließlich seufzte er: „Euch zulieb!“, ergriff das Zaumzeug und wir gingen zu Wolfskehl, der unweit am Straßenrand rastete.

Es bedurfte keiner Überredung, ihn von einer Kutschfahrt zu überzeugen. In Tränen dankte er mir, während Anton finster danebenstand. Ein Lebwohl, dann marschierte ich zum Bayentor, während die beiden den Weg nach Bonn nahmen.

Felicitas empfing mich erbost wegen meines langen Ausbleibens. Stadtbüttel hätten morgens das Haus vom Keller bis zum Dach nach einem Gefolgsmann des Murckens durchstöbert. Weiß der Himmel, wer den Unsinn verbreitet habe, ereiferte sie sich.

Mir wurde angst und bange. Womöglich war ein Denunziant unter unserem Gesinde, der Wolfskehl gesehen hatte – der Diener, die Köchin oder gar die fröhliche Rosina? Dann verbot sich jedes offene Wort. Lieb-belle kam herein. Ihre Augen fragten nach dem Liebsten. Ich flüsterte ihr zu, Wolfskehl sei auf dem Weg nach Bonn. Irritiert wollte Felicitas wissen, was ich damit meine. Ich legte einen Finger an die Lippen und bat sie in unser Gemach. Leise erzählte ich ihr da alles.

Schon der Name Wolfskehl machte sie fuchsteufelswild und sie schalt: „Dieser nichtswürdige Bube schleicht sich hier ein, obwohl die halbe Welt hinter ihm her ist.“

„Die Liebe bahnt sich ihren Weg!“

„Und damit sie nicht den falschen nimmt, sorgen wir jetzt für eine standesgemäße Heirat mit Sebastian von Bösinghausen.“

„Der Herr ist bitterarm, hochfahrend und starrsinnig. Das verspricht mehr Unbill als eheliches Wonneleben.“

„So redet ein Bauer! Der junge Herr avanciert bei Hofe und die Sorg um die *Mitgift* überlass mir“, wetterte sie, überzeugt, ihren Vater zur Großzügigkeit zu überreden. „Wir sollten Florentin und die Bösinghausens noch einmal zu einem Bankett bitten!“

Es war aber nicht die Zeit für Bankette mit kaiserlichen Würdenträgern. Jodoci galt als Komplize von Murckens. Da auch

Florentin zu seinem Kreis zählte, mied jeder gute Kölner auch ihn. Beywegh, stets mit einem Fuß im Gefängnis, hielt sich strikt von allen Jodocivasallen fern. Zudem lebte er in ständiger Angst vor Plünderung. Der Rat, der die Anträge der *Gaffelkommissare* nun so willig beschloss wie früher die der *Sechsherren*, forderte von allen vor der Murckensrebellion Inhaftierten eine hohe Kaution. Das war also der von Gülich angekündigte *Obolus*. Jeder wusste, dass er sein Geld nie wiedersehen würde, trotzdem legten viele noch ein Sümmlein drauf, um die *Gaffeln* milde zu stimmen. 30.000 Taler kamen der Stadt zugute. Angesichts der Schulden war dies allerdings nur ein Trostpflaster.

Weinmonat 1683

Anton kehrte nach einer Woche zurück. Die zwei Tuchballen *Barchent*, die Beywegh nie losgeworden war, hatte er einträglich verkauft. Jakob von Wolfskehl habe seinen verlorenen Sohn zwar brummig, dennoch dankbar aufgenommen, erzählte er.

Ich gab ihm zwei Reichstaler, die er annahm. Inzwischen schätzte er klingende Münze wohl höher als Sohnesdank. Meine Gedanken erratend sagte er: „Gnädiger Herr, denkt nicht, ich sei raffgierig!“ Er senkte den Blick. „Ich will heiraten.“

„Da wünsch ich von Herzen Glück dazu.“

„Damit hat's noch Zeit. Es ist noch eine heimliche Sach. Aber wir mögen uns sehr.“ Seine Augen leuchteten.

„Recht so, Liebesdinge sollte man hüten. Aber ich kenne ja seine Herzensdame bereits.“

„Vielleicht, aber es ist nicht die Jungfer Camilla. Die trägt die Nas recht hoch und arg missfiel mir ihr Umgang mit dem Wolfskehl- und dem Murckensgesindel.“

„Ach du heilige Einfalt! Gülich und Murckens entscheiden sogar über Liebschaften.“

„Nein, aber es entzauberte sie. Nur eine wehmütige Erinnerung an den Abend, da ich sie heimgeleitete, ist geblieben."

„Und wie kam Er mit Michel von Wolfskehl aus?"

„Na ja, der ist in Euer Fräulein Tochter vernarrt, jedenfalls klagte er, sein Herzlieb in Gefahr gebracht zu haben."

„Na, wenn die Herren über ihre Liebschaften sprachen, haben sie sich gut verstanden."

„Nicht so recht! Aber – von fern Gehasste mag man nimmer hassen, wenn man ihnen nah kommt."

Nach den zweitägigen Plünderungen kehrte der Alltag ein, nicht jedoch das geruhsame Leben. Nach den Ausschreitungen drohte die Reichsacht nun sehr real. Jeder Bürger spürte den wankenden Boden, auf dem Köln stand. Die Aussöhnung mit Kaiser Leopold drängte. Eine Delegation von Ratsherren sollte das höchste Oberhaupt in persona in Wien von der Rechtmäßigkeit des Kölner Stadtregiments überzeugen. Diese Aufgabe übernahm Abraham Sax. Ihm zur Seite standen Anton Meshov und andere Herren.

An dem denkwürdigen 18. Oktober, dem Tag des Ausritts, regnete es Bindfäden, so dass die Delegation erst nachmittags mit Pauken und Trompeten am Ratsplatz ihre Reise antrat. Auf dem *Alter Markt* rief viel Volk Segenswünsche und mehrere schlossen sich dem Begleitzug bis zum Hahnentor an. Als Beywegh die nach allen Seiten winkenden Herren auf ihren Rossen sah, spottete er: „Seit wann setzt man Esel auf edle Pferde? Da, Notar Kramer, der hat nicht einmal einen Rock, der den Hintern bedeckt. Dort, Hupert Scheurmann, unser Schmied. Dahinter ein ehrloser Gerber. Und allen voran Handschuhmacher Sax und Tuchscherer Meshov, die sich gut auf unflätige Reden verstehen. Solche Leut legen für Köln wahrhaft Ehr am Kaiserhof ein!"

„So geht's, wenn die hohen Herren sich von dem Willen der Bürger meilenweit entfernen, bis sich der Unmut Bahn bricht. Dann werden Esel zu Leittieren", entgegnete ich.

„Vielleicht überzeugt Sax den Kaiser", warf Anna ein.

„Dummes Zeug", tadelte Beywegh sie. „Ein Hirt fragt nicht die Schafe, wohin er sie führen soll und kein Kaiser lässt sich von einfältigem Volk belehren."

Im Brauhaus Heinrich von Krae in der Salzgasse hatten Florentin und ich hin und wieder gezecht, was in den Wirren ins Stocken geraten war. Den Brauch wollten wir wiederaufleben lassen. Beywegh wiegte dazu bedenklich den Kopf, zählte ja auch Florentin zum Verräterkreis Jodocis.

Ich lachte und fragte: „Warum soll ich mich nicht mit einem alten Freund lustig machen. Lieber Herr Vater, Übervorsicht macht Häslein, die im Verstecken ihr Heil suchen und leichte Beute der Hunde sind."

„De facto sind wir nun einmal die Häslein", sagte er leise.

Beyweghs Besorgnis vergaß ich hurtig. Wie immer begrüßte mich der Wirt des Brauhauses freudig. Wie immer erwartete mich Florentin an unserem Tisch. Wie immer stand ein Krug schaumiges Bier bereit. Zwei Ratsherren riefen uns Scherzworte zu und wir tranken alle auf den Erfolg der Kölner Delegation in Wien, worunter Florentin verstand, dass die Kölner sich wie gute Untertanen endlich jeder aufsässigen Besserwisserei enthielten und sich unterwarfen. Das lag auf der Hand. Im Vergleich zum Kaiser war der Bänderhändler Gülich ein Nichts. Doch bisher blies der lokale Wind in Köln stärker als der Sturm aus Wien.

Einige Tage nach dem vergnüglichen Abend überbrachte mir Gülichs Magd, das Hannche, ein *Billett* ihres Brotherrn, der mich am Abend in sein Haus bat. Neben seinem Namen hatte er *protector Coloniae* geschrieben, ein Hinweis auf Offizielles. Ich trug Hannche auf, ihrem Herrn zu sagen, ich wolle ihn nach dem Nachtmahl aufsuchen. Aus der kindlichen Magd war eine hübsche Jungfer geworden. Gülich hatte sie mit einem makellosen Rock mit weißer Schürze, einem blütenweißen Hemdlein, das aus dem roten Mieder hervorblitzte, adrett ausstaffiert.

Für sie hatte er besser gesorgt als für sich selbst. Er begrüßte mich in dem schlichten braunen Rock, den ich schon lange kannte. Die Armseligkeit des Syndikus wurde oft belächelt, putzte sich doch jeder kostbarer heraus, als es die Mittel zuließen. Luxus hatte zwar keinen Einzug ins Verhannenhaus gehalten, dennoch bemerkte ich Veränderungen. Die Fensterläden waren geschlossen. Griffbereit hingen Spieß und Degen neben der Tür. Wie alte Freunde schwatzten wir. Schließlich sagte ich: „Der *protector Coloniae* hat mich kaum zu einem Plauderstündlein eingeladen?"

„Ich wünscht', es wär' so!", sagte er. „Die *Gaffelkommissare* nahmen Anstoß an Eurem Umgang mit Herrn von Kolff."

„Florentin von Kolff ist *Resident* des Kaisers."

„Eben! Nach dem Überfall auf *Himmelreich* haben wir ein Aug' auf konspirative Stelldicheins im Dunst Jodocis."

„Konspirativ?" Ich lachte. „In aller Öffentlichkeit unterhielten wir uns. Solche Sauferei gab's schon oft."

Begütigend hob er die Hände: „Ich habe keinen Zweifel an Eurer Lauterkeit. Nur, wenn Beyweghs Schwiegersohn mit einem Spitzel Jodocis zecht, wird er als Mittelsmann zwischen zwei unserer scharfen Feinde gesehen. Beywegh sollte schon vor die *Gaffelkommission* geladen werden. Ich versprach, Euch zu bitten, Geselligkeiten mit Herrn von Kolff zu unterlassen."

„Herrje, überall wittert man Komplotte. Jeder belauert jeden. Muss jeder Satz erst auf die Goldwaage, erstickt das freie Wort. Dafür gibt's aus Angst nur uniformes Geschwätz."

„Zum Henker!", polterte er los. „Wollen wir die Bürgerherrschaft festigen, müssen wir zumindest unseres Lebens sicher sein, und Jodoci will uns an die Gurgel und hintertreibt alles!"

„Freund, wär's nicht hilfreich, sich Jodoci anzunähern?"

„Jodoci?" Er lachte. „Da nähere ich mich eher dem Teufel, der ist verlässlicher als dieser durch und durch falsche Hund."

Der leidenschaftlich von seiner Sache beseelte Gülich und der ebenso eifrig dem Dienstherrn ergebene Hofrat waren gleiche Pole zweier Magneten, die sich naturgemäß gegenseitig abstießen. Für Jodoci war Gülich ein aufrührerischer Possenreißer und umgekehrt war für diesen der kaiserliche Hofrat ein doppelzüngiger Ränkeschmied. Da konnte nur Hohn und Hass gedeihen.

Ich schwieg und Gülich fuhr fort: „Mein Freund Sax wird um Audienz beim Kaiser nachsuchen. Liest seine Majestät den *Verbund- und Transfixbrief*, wird er uns ehrlichen Herzens rechtgeben."

„Nur ist die Rechtsfrag längst eine Prinzipienfrag."

„Wahrheit bleibt Wahrheit! Wie auch immer: Haltet Euch vom Kolff fern, der liebdienert vor dem Jodoci."

„Ich weise keinen Freund ab, weil's grad opportun ist."

„Das ist ehrenvoll! Nur, gehören die Freunde feindlichen Parteien an, muss man einen fallen lassen."

„Nein, besser man redet beiden ins Gewissen."

„Dann verliert man beide!", scherzte er.

Wir wurden unterbrochen. Gülichs Bruder Theodor kehrte heim. Er torkelte. Sich am Handlaufstrick hochziehend erklomm er die Treppe. Er war kaum der Mann, der dem Gülich'schen Handel aufhelfen konnte. So lebten der Bürgerbefreier und Bruder Liederlich weiter in Schäbigkeit.

Ich versprach Gülich, den *Gaffelkommissaren* keine Handhabe mehr zu bieten, mich des Verrats zu verdächtigen. Dann plauderten wir über Vergangenes, träumten von einem demokratischen Staat mit unbestechlichen Herren an der Spitze.

Zu später Stunde verließ ich das Verhannenhaus, trotzdem brannte am *Alter Markt* in der Stube noch ein Licht. Beywegh saß in seinem Armstuhl, ein Buch auf dem Schoß. Er langte nach einem Glas Rotwein, das auf dem Fensterbrett stand und fragte, was der advocatus diaboli gewollt habe.

Ich setzte mich zu ihm und sagte: „Gülich hat mich freundschaftlich gewarnt!“ Zweifelnd zog er die Brauen hoch. „Er hält die Hand über alle Beyweghs, das ist gewiss!“

„Ich bin schon froh, wenn die Hand des *protector Coloniae* mir nicht an die Gurgel will“, grollte er.

„An meiner Sauferei mit Florentin nahmen die *Gaffelkommissare* Anstoß, deshalb kehre ich nach Merhoffen zurück, aber bevor ich reite, sage ich Florentin Adieu!“ Dazu wiegte er bedenklich den Kopf. „Courage! Nach dem Besuch verlass ich Köln, damit keiner sagen kann, ich vermittele Umsturzpläne.“

„Hoffentlich überzeugt das die Kommissare“, seufzte er.

„Man muss auf des Messers Schneide balancieren, will man in wirren Zeiten ein redlicher Mensch bleiben.“

Schlaff schüttelte er den Kopf. Um auf des Messers Schneide zu balancieren, fehlten ihm Kraft und Wille. Pflichtbewusst war er in Köln geblieben, achtete nun aber kleinlich darauf, nirgends anzuecken und bestärkte uns, bald nach Merhoffen zurückzukehren. Nach dem Grauen der letzten Monate gefiel dies sogar Felicitas. Nur Alexander sollte in Köln bleiben, da er sich auf die Schulabschlussprüfung, das Baccalaureat, vorbereitete.

An einem sonnigen Tag nahmen wir Abschied. Felicitas und Lieb-belle fuhren voraus, während ich auf meinem Fuchs zum Haus Zum Kuckuck trabte. Marisa empfing mich herzlich und dabei fuhr mir durch den Kopf: Warum ist Felicitas nicht wie sie? Gleichzeitig schämte ich mich für den untreuen Gedanken, gab sich Felicitas doch jetzt Mühe, mir eine gute Gattin zu sein. Florentin war noch unterwegs. Wie selbstverständlich lief unser Gespräch zu Gülich hin. Sie hielt ihn für einen wahnsinnigen Unruhstifter.

„Falls er nicht den Ruin Kölns will, muss er nachgeben.“

„Ja, nur kann er das nicht“, sagte ich. „Da der Kaiser kompromisslos das *Sechsherrenregiment* fordert, muss er das ebenso kompromisslos ablehnen, will er nicht alles aufgeben. Außerdem wünscht sich kein Kölner Wolfskehl zurück."

„Wolfskehl lebt nicht mehr!", sagte sie lapidar. Erstaunt sah ich sie an. Sie nickte: „Ja, er ist am 12. dieses Monats verschieden."

Hufeklappern, Fußgetrappel und Geschrei hallten von der Straße herauf. Wir eilten zum Fenster. Florentins Karosse hielt. Weiber mit Stöcken und bewaffnete Burschen umzingelten sie. Aus Kreischen und Gebrüll hörte ich „Lügenmeister" heraus. Florentin stieg aus und drohte mit dem Degen. Die Weiber stellten sich ihm mit Stöcken entgegen. Alle lachten über den Edelmann, der sich im Duell mit Weibern messen wollte. Kaum hatten sie ihren Narren in der Mitte, widmeten sie sich auch der Narretei. Grimassen schneidend verbeugten sich einige vor ihm, andere tanzten und sangen: Falsche Brief und Lug und Trug sind Jodocis Ehrenschmuck. Florentin steckte den Degen weg und half seiner Frau aus der Karosse. Sie schützend umfassend schritt er zur Haustür. Den Spottvers grölend machte das Volk Platz.

Sie lärmten noch, als Florentin mich in der Stube begrüßte. Frau Amalia, Tränen in den Augen, wiederholte mehrmals: „Welche Niedertracht!" Marisa brachte sie in ihr Gemach.

„Lieber Freund, verlass Köln!", schlug ich Florentin vor.

„Zuerst muss das wohl Jodoci tun. Ein paar Hühnerfänger verprügelten vor dem Rathaus seinen Sekretär. Gott, so tief ist das Ansehen des Kaisers gesunken."

„Mehr das von Jodoci."

„Ja, das Pack sang eben: falsche Brief. Irrwitz! Jodocis kaiserliche Beglaubigungsschreiben sind unstreitig alle echt."

„Florentin, kommt alle nach Merhoffen!"

„Danke, *mon frère*! Sollte es vonnöten sein, dann nur die Frauen! Ich muss dienstschuldig hierbleiben und wie es in Köln fortgeht, weiß der Teufel – nur nicht schnell!"

Das Haus Zum Goldenen Sattel in Bonn war unser erstes Ziel, wo uns Adam glückselig begrüßte. Sophia umhalste sogar Felicitas, obwohl sie sich wenig mit ihrer kapriziösen Schwägerin verstand. Beim Nachtmahl sprang die mit Klatsch gewürzte Plauderei fröhlich hin und her, fernab von Tumulten und Kommissaren. Felicitas lachte, ebenso Lieb-belle, deren trübes Gesicht wieder mädchenhaft frisch leuchtete. Ein erquickendes Bad in Eintracht. So sollte es nach den vielen elenden Monaten bleiben!

Am nächsten Tag besuchte ich die Wolfskehls. Auch wenn ich Jakob von Wolfskehl wenig schätzte, so gefiel mir mittlerweile sein Sohn, der offensichtlich Lieb-belle aufrichtig zugetan war. Die Liebenden zu verbinden, war nun nicht mehr abwegig. Je mehr die Gaffelherrschaft dem Kaiser Anlass bot, ihr ein Ende zu setzen, desto näher rückte die Rehabilitierung der alten Bürgermeister. Ohne hohe Mitgift meine Tochter in gesichertem und ehrenhaftem Ehestand zu wissen, der sogar ihrer Neigung entsprach, war mir nun ein Anliegen. Für Felicitas hingegen blieben die Wolfskehls ehrlose Verbrecher. Um unsere eheliche Harmonie nicht zu stören, wartete ich, bis sie eine ihrer exilierten Kölner Freundinnen aufsuchte, bevor ich der Witwe mit Lieb-belle meine Aufwartung machte.

Sie empfing uns frostig. Ihre Knochigkeit, das Trauerkleid, ihr welkes verbittertes Gesicht klagten an und verurteilten in Einem.

Ich verbeugte mich steif: „Madame, viel Widerwärtiges ist in den letzten Jahren vorgefallen, doch unsere Kinder schlugen opferwillig stets Brücken. So ist's mir ein Wunsch nach dem Abscheiden des seligen Gemahls, Ihr und dem Herrn Sohn Trost zuzusprechen."

„Schöne Worte klingen falsch, wenn die Taten ihnen widersprechen", kanzelte sie mich ab. „Der Herr Vater half fleißig, meinen Gemahl ins vorzeitige Grab zu bringen. Beileidsbezeigungen von solchen Leuten wünscht sich keine Witwe."

„Mit Verlaub, alle schonten den seligen Gemahl nach bestem Vermögen in einer Stadt, in der Empörung und Tumult täglich mehr um sich griffen. Mein Herr Vater kann die Not des Seligen nachempfinden. Ehrenschändung und Gefangenschaft ruinieren auch seine Gesundheit."

Katzenartig kniff sie die Lider zusammen, was ihr nichts Gemütliches, sondern etwas Lauerndes gab, hob den Kopf und bat uns in die Stube, wo sie ihr Unglück beklagte.

„Es sind wüste Zeiten! Die frechen Verleumdungen und der Raub unseres Hauses marterten meinen Gemahl zu Tode. Und die unsinnige Lieb zu der Mademoiselle machte meinen Sohn zum Krüppel!" Lieb-belle sah sie entsetzt an. „Ja, die Mademoiselle lockte ihn mit Jammerbriefen und Lügen in das verfluchte Köln. Jaja, lauter Lügner, böse Lügner!", brabbelte sie.

„Ich lüge nicht!", wehrte sich Lieb-belle.

„Nein, wir lügen nicht!" Die Worte kamen von der Tür.

Dort stand Michel von Wolfskehl. Den Arm in einer Schlinge kam er auf uns zu. Lieb-belle sprang auf. Sie fielen sich um den Hals. Frau von Wolfskehl starrte entgeistert auf das hübsche, doch so unmögliche Paar, das sich zögernd voneinander löste.

Michel verbeugte sich vor mir: „Wohlgeborener Herr, Mademoiselle Anna Christine und ich sind uns einig ..."

„Nein, kein Wort mehr!", schnitt ihm seine Mutter schroff das Wort ab. „Diese Leute trugen erklecklich dazu bei, dem Herrn Vater Ehr, Hab und Gut und Leben zu nehmen!"

„Frau Mutter, was will Sie dagegen tun?" Er zog Lieb-belle an sich und füchselte ihr einen Kuss ab.

„Was erlaubst du dir?", fauchte die Witwe. „Du spuckst auf das Grab des seligen Vaters!"

„Madame, ich bitt um ein Wort ganz unter uns", sagte ich, bevor es zu einem Eklat kommen konnte.

Wieder kniff sie die Augen zusammen. Dann wies sie mich mit herrischer Geste in das anstoßende Kabinett.

Beengte die Stube schon allerhand Mobiliar, so war hier noch weniger Platz. Wir zwängten uns an ein Tischlein, das vier Stühle umringten. Mir gegenüber hing ein Porträt des verblichenen Hausherrn in Edelmannpose wie er es liebte.

„Nun?“, fragte sie barsch. „Was hat mir der wohlgeborene Gülichfreund zu sagen?“

„Lassen wir Gülich beiseite, da mutiert schon ein Haar zur Giftschlange. Nur so viel: Wäre ich ein strikter Gaffelanhänger, hätte ich nicht Kopf und Kragen riskiert, den werten Herrn Sohn aus Köln hinauszuschaffen.“

„Jaja, wer jeder Partei gefällig ist, fällt stets weich.“

„Als Kurkölner muss ich mich bei keiner Seite angenehm machen. Mir lag daran, den Herrn Sohn vor Hammer und Amboss politischer Wirren zu bewahren.“ Zweifelnd wiegte sie den Kopf. „Ich bin offen. Die Zuneigung zwischen unseren Kindern hielt ich lange für Schwärmerei. Doch ihre Verbundenheit ist standhaft. Die Hingabe des Herrn Sohnes ...“

„Ist der Starrsinn eines Esels“, fiel sie mir ins Wort. „Mein Gatte vererbte ihm deshalb nichts, und da folge ich ihm.“

„Madame, das Leben ist wechselhaft und wehrt sich gegen das Statische der Toten.“

„Nun, ich lebe und lehne diese Ehe strikt ab. Heiratet er heimlich, erhält meine Tochter alles und er keinen Heller.“

März 1684

Die Welt tobte und wir sonnten uns im Frieden Merhoffens fern von Machtkämpfen, frei von *Pasquillen*, frei von Bedrohung. Sogar für Felicitas gewann die ländliche Idylle den Glanz, den Köln verloren hatte. Wir hatten erkannt, wie sehr wir aufeinander angewiesen waren und wollten nun nicht nur die Fassade unserer Ehe glätten, sondern auch inwendige Risse und das Patinagrün zahlloser Ehealltage beseitigen. Dankbar genoss ich, Felicitas um mich zu haben, ihren weiblichen Duft, ihre ordnende Hand, die oft übersehenen von ihr arrangierten kleinen Schönheiten, welche das Haus lebendig machten. Hin und wieder kam sie zu mir ins Kabinett. Wir umarmten uns und sie seufzte – erleichtert, wie ich meinte. Der Seufzer konnte allerdings auch dem verlorenen Paradies in Köln gelten. Es war gleich. Für mich waren es die alten vertrauensvollen Momente.

Doch sie schwanden. Der in Herz und Hirn sitzende alte Groll spritzte Galle ins Blut. Selbst unbedeutende Anlässe führten zu anhaltendem Hader. Das Geben, wozu auch das Nachgeben gehört, kam uns hart an. Nicht lächelnd ließen wir dem anderen seinen Willen, sondern knurrig, und in zu vielem waren wir uns uneinig.

In Stein und Bein frierender Kälte kämpfte sich Michel von Wolfskehl über schneeverwehte Wege bis Merhoffen durch. Kaltschnäuzig wies ihm Felicitas die Tür, denn wer es hierherschaffte, könne auch den gleichen Weg zurückreiten, meinte sie. Ich gab ihm eine Kammer und einen Platz an unserer Tafel, wozu sie grummelte, in der Küche ließe es sich gleich gut speisen. Lieb-belle musste stets an ihrer Seite bleiben, damit die beiden kein ungehörtes Wort miteinander sprechen konnten.

Am nächsten Morgen führte ich Michel in die Jagdkammer und ließ Lieb-belle rufen. Sie fielen sich in die Arme, standen ineinander versunken da, bis ich mich räusperte. Er nahm ihre Hand und bat mich um meinen Segen für eine Heirat.

„Wovon will Er Weib und Kind ernähren?“, fragte ich.

„Ich habe zwar nicht viel, aber als Kaufmann werde ich gutes Geld verdienen“, behauptete er.

„Mit nicht viel kann auch ich dienen, denn die *Mitgift* ist mager.“

„Ach, ich weiß mich zu bescheiden!“, beteuerte Lieb-belle.

„Wertes Kind, ich kenne genug Kaufleut, die armseliger

leben als mancher Bauer. Vom kargen Lohn des Gemahls die Kinder zu nähren, heißt in einer kalten Stub' Wolle spinnen. Da ist die Lieb bald zum Schornstein hinaus. Besser der junge Herr einigt sich mit seiner Frau Mutter. Ihr Geld und Seine Kraft sind für beide Seiten von Vorteil."

„Ja, das sagt die Vernunft", erwiderte er. „Nur will sie auf Biegen und Brechen eine Seidenmanufaktur aufbauen. Das war ein Traum meines Vaters. Dafür hat er in Krefeld ein Haus gekauft. Ich aber will nach Köln."

„Köln? Davor bewahr Ihn alle Heiligen. Dort wird jedem Wolfskehl das Leben zur Höll auf ewig gemacht. Aber warum keine Seidenmanufaktur? Erfüllt den Traum des seligen Vaters, so ist die Frau Mutter eher gewillt der Heirat zuzustimmen."

„Ihr kennt die Hartleibigkeit meiner Mutter nicht." Bockig stierte er zu Boden. „Herrje, Krefeld! Und gegen französische Seide wetteifern? Da scheitert man leichter als man gewinnt."

„Tausend Bedenken eines alten Mannes! Courage!"

„Herr Vater, das dauert Jahre!", jammerte Lieb-belle.

„Gut, wenn ihr einen besseren Rat habt, wie man zu einem angemessenen Broterwerb kommt, sagt ihn mir."

Den hatten sie nicht. Der Weg zu dieser Ehe blieb dornig. Zumindest war die Rehabilitierung der Wolfskehls nahe. So dachte ich. Es kam anders.

Unangekündigt erschienen an einem Märztag Gäste. Als Erste stieg Marisa aus der Kutsche. Entzückt über das plötzliche Wiedersehen eilte ich ihr entgegen und hätte sie fast umarmt. Frau Amalia befreite sich aus den Pelzen und ich half ihr aus dem Wagen. Ihr folgten Charlotte und die Kindsmagd mit dem dreijährigen Töchterchen.

Im Speisezimmer wärmten sich die Damen am Kaminfeuer. Die zierliche Charlotte war mittlerweile so groß wie ihre Mutter. An mich gewandt sagte Frau Amalia knapp: „Wir bitten um Asyl."

„So übel steht's in Köln?", fragte ich.

„Ja, der Sax kehrte im März aus Wien zurück. Ein Unglückstag! Wie ein sieghafter Feldherr verkündete er, er habe den Kaiser selbst von den Reformen überzeugt, die Abschaffung von Jodocis Kommission stehe bevor. Das Volk bejubelte die Lügen. Erbost über die Falschheit stellte Jodoci dem Rat ein kaiserliches *Mandat* zu, das während des Aufenthalts von Sax in Wien ausgefertigt worden war und in dem der Kaiser befahl, sich stracks der Kommission zu unterwerfen. Die Leut rasten. Sie halten Jodoci nun endgültig für einen Betrüger. Er musste Köln verlassen und logiert in Mülheim. Mein Gemahl hält nun allein in Köln aus, bittet aber für uns hier um Obdach!"

„Die Damen sind uns herzlich willkommen", sagte ich, wozu Felicitas lächelte, obzwar ihre Augen bei Frau Amalias Monolog argwöhnisch zwischen Marisa und mir hin und her gingen.

Brachmonat 1684

Obwohl die hübsche Amalia ihr angenehmer war, hofierte Felicitas Marisa mit dem Hintergedanken, endlich eine Ehe zwischen ihrem Sohn Sebastian und Lieb-belle zu stiften. Doch als sie endlich die Katz aus dem Sack ließ, winkte Marisa ab. Ihr Sohn sei Offizier, da sei eine Heirat kaum ratsam. Kein Soldat müsse Ehelosigkeit geloben, entgegnete Felicitas. Marisas zurückhaltendes Nein überhörte sie, bis diese endlich erklärte, Sebastian wäre bereits bei einem Edelfräulein im Wort, und falls er heirate, dann diese Dame.

Als Felicitas erkannte, an Hartnäckigkeit ihren Meister gefunden zu haben, wurde Marisa Luft für sie. Jede ihrer Bemerkungen überging sie und auf Fragen antwortete sie ihr unwirsch. Meine Bitte, unseren Gast höflicher zu traktieren, ignorierte sie. So hörte ich Marisa besonders aufmerksam zu und zog sie ins Gespräch, was wiederum die Eifersucht meiner Gattin nährte. Es entspann sich ein verdeckter Kleinkrieg, der tückischste Feind häuslichen Friedens.

Während eines Mittagsmahls entlud sich die gespannte Atmosphäre in einem Donnerwetter. Wir sprachen über die Kölner Feuersbrunst und Marisa bot an, meinen versengten Rock auszubessern, worauf Felicitas spottete: „Ach, sind Edelfrauen jetzt Flickschneiderinnen?"

„Eine Edelfrau wird nicht zur Flickschneiderin, wenn sie als Dank für die Gastfreundschaft ein nützliches Werk verrichtet", entgegnete Marisa gelassen.

„Ja, der arme Adel muss sich bescheiden, da ist Flickschneidern feiner als Betteln vor Bürgertüren", höhnte Felicitas.

Marisa zog die Brauen hoch: „Adlig ist man durch Geburt, und eine Edelfrau zeichnet sich durch Höflichkeit aus."

„Na, wenn das Stopfen der abgelegten Röck' meines Gemahls adlige Höflichkeit ist, kann Sie morgen im Schweinestall ..."

„Genug!", fuhr ich Felicitas an und wandte mich an Marisa. „Ich danke für Ihre Offerte, Madame. Eine Gegengabe für die Gastfreundschaft sollte es aber nicht sein. Wir waren stets geschätzte Gäste im Haus des Herrn Bruders. In gleicher Weise schätzen meine werte Gattin und ich unsere Gäste."

Die werte Gattin warf mir einen galligen Blick zu, begriff aber, die Grenzen guter Manieren in Siebenmeilenstiefeln überschritten zu haben und nickte gehorsam. Um das peinliche Schweigen zu vertreiben, begann sie über Kleider zu plaudern. Jost holte meinen angekohlten Rock und legte ihn vor Marisa auf den Tisch. In der Art eines behutsamen Arztes prüfte sie jede versengte Stelle. Das weckte die Neugier. Frau Amalia, Charlotte und Lieb-belle beugten sich über das Kleidungsstück, am Ende sogar Felicitas. Voller Inbrunst widmeten sich die Feinstickerinnen auf einmal Stopfgarn, Futterstoff, dem Kaschieren von Löchern und erörterten, was neu bordiert und gesäumt werden musste, um dem Rock seinen alten Glanz zurückzugeben. Eifriger wurde nie diskutiert. Marisa ließ sich die Flickschneiderei nicht nehmen und zog sich bald zurück.

Während ich mit Hennes im Jagdzimmer die Siebensachen für eine Pirsch zusammenkramte, kam Jost und bedeutete mir, Marisa aufzusuchen. Besorgt, dass die Bosheiten meiner Gattin sie aus unserem Haus trieben, stieg ich zu ihrer Kammer hinauf.

Sie saß am offenen Fenster und sah mir heiter entgegen. Draußen raschelte der Wind durch Baumwipfel. An einer Wand wiegten sich die Blattschatten. Obwohl hier noch die Mittagshitze brütete, gaukelte das Schwingen, Winken, das Knispeln und Raspeln des Laubs Frische vor. Marisa legte meinen Rock auf den Tisch, an dem sie gerade ein Loch in der Tasche vernähte.

Freundlich rügte ich sie: „Das Loch kann fürwahr eine Magd stopfen."

„Nur ist es besser, wenn ich finde, was sich in die Taschen des Herrn so verirrt. Hier!" Auf flacher Hand hielt sie mir ein gerissenes Goldarmband entgegen, das sie auf den Tisch legte.

„Woher kommt das?", fragte ich.

„Aus dem Rocksaum. Durch ein Loch in der Tasche ist es zwischen Stoff und Futter geglitten. Ein köstliches Kleinod."

„Das habe ich nicht eingesteckt!"

„Oh, dann hatte eine reiche Dame die Hand in der Tasche", scherzte sie und widmete sich wieder ihrer Näharbeit.

Reiche Dame? Das Wort vertrieb meinen Stumpfsinn. Die Dame, die ich zuletzt in dem Rock begleitet hatte, hieß Camilla Kannegießer, und das Goldarmband, das drei Perlen zierten, fanden wir einst in der Dukatenkassette ihres Onkels. In der Feuernacht hatte ich im Weinhauerhaus etwas Goldenes eingesteckt. Der Flammentod des blatternarbigen Bert hatte diesen flüchtigen Moment verschüttet. Alle Details meiner Abenteuer kamen mir nun in den Sinn. Hatte ich bei Tisch nur erzählt, dass ich einen Mann aus dem Feuer retten wollte und weiterhin für mich behalten, dass ich ihn zuvor in Verteidigung von Gülich verletzt hatte, drängte mich jetzt das glitzernde Armband, rückhaltlos alles zu schildern, was mich mit dem Schmuck verband. Leise und nachdenklich begann ich, kam dann in einen Redefluss, in dem ich haarklein fast wie bei einer Beichte Marisa alles offenbarte, was ich so noch niemandem anvertraut hatte: der Mord an Kannegießer, die Bekanntschaft mit Camilla, der Anschlag auf Gülich und schließlich der Feuertod des Mörders. All die ineinandergreifenden Glieder der Unheilskette zogen an mir vorüber, während draußen die Vögel zwitscherten und Sommerwind in den Bäumen fächelte.

Reglos, den Blick gesenkt hörte Marisa mir zu. Als ich geendet hatte, flüsterte sie: „Was für eine finstere Geschichte!“ Sie berührte das Armband. „Seltsam, wie kam's nur in die Hütte?“

„Vielleicht hat Camilla es bei unserem Weggang verloren.“

„Mag sein, aber es ist zerrissen, und dass man Perlen und Kette zweimal übersieht, ist wenig wahrscheinlich.“

„Ja, bei meiner Rückkehr zum Bert hätte ich's wohl sehen müssen. Dann wäre die Jungfer aus der Goldgass noch einmal zum Bert gelaufen. Aber warum sollte sie das tun?“

„Weil sie ihn so ungern allein ließ. Just das wundert mich sehr. Nachts neben dem Bett des Attentäters auf Gülich zu sitzen, war doch höchst gefährlich. Wenn ihr am Wohlergehen des Mannes gelegen war, müsste sie das Angebot, dass sich ein verlässlicher Herr um ihn kümmert, sehr willkommen gewesen sein. Stattdessen schlug sie es aus und kam sogar noch einmal zurück. Vielleicht legte sie den Brand?“

„Niemals! Die Jungfer ist kindlich, liebenswert, steigt über alles Leid wie ein Engel.“

„Ach ihr Mannsleut! Kaum seht ihr eine schöne Frau, verdorrt der Verstand. Schönes Kleid ziert auch böses Herz! Und, lieber Freund, wer oft über Leid steigen muss, dem wird das Herz hart gegen sich selbst und gegen andere."

„Nein, der Kranke stieß das Licht um. Das Wagnis, beim hochstrafbaren Feuerlegen ertappt zu werden, war doch immens größer, als dass der arme Teufel ihr gefährlich werden konnte."

„So sagt's die Logik. Doch die Menschen handeln in Not oft konfus. Ach, überlassen wir es Gott, hier zu strafen, wenn's kein Unfall war."

Sie schob mir die Goldkette zu. Ihre Hand berührte die meine. Wir lächelten uns zu und verhakelten uns dann doch noch in die Frage, ob das Goldkettlein schon auf dem Boden lag, als ich mit dem Kranken betete, aber eigentlich genossen wir einfach das unbeobachtete Beisammensein.

Der Spruch „Schönes Kleid ziert auch böses Herz" kreiselte während der Jagd durch mein Hirnhäuslein. Die Hasen konnten Camilla dankbar sein. Ich traf nicht einen einzigen.

Auf dem Heimweg fragte Hennes: „Was ist mit Euch? Heut hättet Ihr keinen Elefanten geschossen, die doch dick und riesig sein sollen."

„Ich bin zu sehr in Gedanken."

„Jaja, ein Haus voller Weiber ist kein leicht's Los. Die gehen nit nur auf Samtpfoten und gurren wie die Täubelein."

„Nein, mir geht unser Ziegenstall durch den Kopf."

„Ziegen? Na, so scharf riechen die Damen nit."

„Ich will wissen, ob man im Kerzenlicht eine Goldkette übersehen kann."

„Aha", sagte er mit offenem Mund. „Eure Gedanken gehen da weniger in Ziegen- als in Bocksprüng' durcheinander!"

„Hennes, in einem Weinhauerhäuslein in Köln fand ich einen Kranken und ging einen Priester holen. Wie ich zurückkehrte, brannte es. Der Mann war tot, und bevor ich aus den Flammen floh, sah ich ein Goldkettlein auf dem Boden, weiß aber nicht, ob es schon vorher da lag. War derjenige, dem es gehörte, nach mir dort, legte er womöglich den Brand. Zur Prob will ich das in unserem alten Ziegenstall nachstellen."

„Wie Ihr wünscht – aber Feuer leg ich da nit!"

„Nein, das ist nicht vonnöten."

Der Ziegenstall war zwar kleiner als die Weinhauerhütte, entsprach aber sonst den dortigen Gegebenheiten. Auf einem umgekehrten Korb platzierte ich eine Öllampe. Hennes legte sich auf einen Strohsack. Mehrmals rief er mich herein, ohne jedoch die Kette auf den Boden zu legen. Als ich aufgebracht zum fünften Mal eintrat, stöhnte er gottserbärmlich: „Ach, lieber Herr, mir ist so elend."

„He, du Schalk, soll ich dir zum Spaß die ganze Nacht hier raus- und reinwandern." Ich packte ihn an der Jacke.

„Nein, mir ist sterbenskotzelend. Ruft die Gertraud!"

„Ich ruf den Großknecht, der drischt Korn auf dir."

„Erbarmen!" Er riss die Augen auf wie ein Fisch, begann zu röcheln und schrie: „Gott, Wasser … Wasser!"

Ich drehte mich um. Auf dem Boden glänzte das Armband. Ich bückte mich, sofort erstarb Hennes' Wehgeschrei.

Ich brüllte: „Du Galgenschwengel, du bringst mich heillos in Schrecken!"

„Vergebung, gnädiger Herr, damals seid Ihr wegen des Kranken auch hitzig weggerannt. Jetzt könnt Ihr gewiss sein, dass Ihr das Kettlein gesehen hättet, wenn's da gewesen wär."

„Gut, mehr Beweis bedarf's wohl nimmer. Ich hoff', du verstehst dich auch aufs Schweigen?"

„Ha, das wisst Ihr doch! Und den Neugierigen sage ich, Ihr habt ein Drama geschrieben, in dem der Held eine liebliche Jungfer aus einem Ziegenstall rettet, und ich hab die Schöne tragiert." Grienend strich er über seine stoppligen Wangen.

Der ungeheuerliche Verdacht gegen die Jungfer Camilla quälte mich. Die schwarze Gestalt in den Flammen, das Goldene, wonach ich griff, der Strick, der durch meine Finger glitt – all das verfolgte mich lange.

Da Spekulationen ohne Beweis Spekulationen bleiben, freundete ich mich mit Marisas Rat an, alles Gott zu überlassen und gab mich den schönen Dingen des Lebens hin, von denen die Sommerzeit genug bot. Bei Sonnenschein fuhren alle Damen nach Bonn und ich begleitete sie zu Pferd. Nach dem Eklat vermied Felicitas jedes Picken und Hacken auf Marisa. So genoss ich die Ausflüge in der Illusion allseitiger Harmonie. Lieb-belle nahm in Bonn Briefe in Empfang, die Wolfskehl an Sophia sandte, die hinter dem Rücken Felicitas' den Postillion d'Amour spielte. Er war nach Italien gereist, um die Seidenmanufaktur kennenzulernen. Einem seiner Briefe lag eine Nachricht an mich voll sprühendem Optimismus bei. In Como habe er ein in der Seidenspinnerei und Weberei erfahrenes Ehepaar dazu gewonnen, ins kalte Deutschland zu kommen. Er sei nun begierig, die „Seidenkrämerei" auf die Beine zu stellen.

Wintermonat 1684

Nachdem die kaiserliche Kommission sich in Mülheim niedergelassen hatte, verblasste Florentins Nähe zu Jodoci und man erwies dem *Residenten* des Kaisers wieder Respekt. Anfang des *Wintermonats* kam er nach Merhoffen, um seine Lieben abzuholen. Am Tag vor der Abreise hatten wir uns abends am Kamin in ein Schachspiel verbissen. Zu später Stunde einigten wir uns auf ein Remis. Er nahm einen guten Schluck Würzwein und streckte wohlig die Beine zum Feuer hin aus.

„Wärme werde ich morgen im Sattel vermissen", sagte er.

„Bleib und lasst es euch alle hier gut sein, ohne Tumulte."

Die Flammen betrachtend versetzte er behäbig: „Tumulte gibt's nimmer! Allmählich dreht sich der Wind. Die *Gaffelkommissare* zerren zu eifrig auch viel einfaches Volk vor ihr Gericht. Vor zwei Monaten wollte der Rat die *Gaffelkommission* schon abschaffen. Die *Gaffeln* waren aber noch dagegen."

„Und Niclaß Gülich?"

„Dem laufen sie weiter nach wie die Gänslein ihrer Mutter. Bürgerfreiheit führt er dauernd im Maul."

„Für Gülich ist die Bürgerfreiheit Religion: Wer fest glaubt, stellt das, woran er glaubt, nie in Frage."

„Ein kluger Kopf und doch ein Narr!", sagte er nachdenklich.

Als uns die Freunde am nächsten Tag verließen, dachten wir, sie so bald nicht mehr wiederzusehen. Doch ein Dämon hauste in unserem Leben. Nachdem Alexander die Abschlussprüfungen bestanden hatte, erkrankte er schwer. Besorgt machten Felicitas und ich uns auf den Weg nach Köln. Lieb-belle blieb in der Obhut meiner Schwester in Bonn zurück, um sie keiner Ansteckungsgefahr auszusetzen. Felicitas legte Sophia ans Herz, Wolfskehl, der aus Italien zurückgekehrt war, das Haus zu verbieten. Sophia nickte artig, ich wusste aber, dass der junge Mann ihr willkommen war. Daher nahm ich sie beiseite und bat, ein Auge auf die Verliebten zu haben, damit nichts Unziemliches geschehe. Sie wisse schon, warum der Kater um die Katze herumschleiche, sagte sie augenzwinkernd.

Bei frostigem Nordwind erreichten wir Köln. Kreidebleich empfing uns Beywegh. Alexander habe die Pocken und ginge der crisis entgegen, sagte er. Er hatte ihn in unserem geheizten Gemach unterbringen lassen.

Die Ärzte rieten, sich von ihm fernzuhalten. Wir waren aber gekommen, um ihm beizustehen, damit er gesunde oder, wenn es Gott gefiel, ihn bis zum letzten Atemzug zu begleiten. Felicitas blieb an der Tür stehen, ich setzte mich an sein Bett. Er sah erbärmlich aus, dicht an dicht Knötchen und Flecken, an den Armen und auf der Stirn.

„Herr Vater, geht weg!", sagte er krächzend.

„Keine Sorg, die Plage hat mich bislang verschont, obwohl ich schon manchem Kranken nahe war."

Es war still im Hause Beywegh. Freunde hielten Abstand. Violine, Laute und Cembalo schwiegen. Ein Priester versah den Kranken mit den Sterbesakramenten. Für gutes Geld umsorgten ihn zwei arme Weiber Tag und Nacht. Raste das Fieber, fiel er ins Delirium. Da der Tod im Dunkeln lauert, wachte ich bis tief in die Nacht an seinem Bett, oft im Gebet, während die Wärterin neben dem Ofen schlief. Schlug er die Augen auf, erkannte er mich oft nicht. Als einmal Geist in seinem Blick war, flüsterte er: „Vater, will – will nicht nur Knospe sein!"

„Du wirst der Welt zeigen, was du kannst", sagte ich, obwohl sein wabenartig pustelbesetztes Gesicht wenig Hoffnung zuließ. „In einem goldenen Saal trägst du mit Charlotte *Zefiro torna* vor und Kaiserin und Kaiser applaudieren mit ihren feinen Händen."

Ich strich ihm über das Haar. Er lächelte und schlummerte ein. Mir liefen die Tränen.

An einem dieser kummervollen Tage meldete der Diener beim Frühstück Mademoiselle von Bösinghausen. Unwillig wollte sie Beywegh sofort aus dem „Pesthaus" schicken. Ich eilte nach unten.

Im Flur warteten das Mädchen und eine Magd, die einen Packen Noten trug. Charlotte gab mir einen Brief ihrer Mutter. Ich schob die beiden in die warme Küche. Am Fenster stehend las ich: *„Lieber Freund, ich will den Wunsch meiner Tochter erfüllen, bei böser Krankheit Zuversicht zu spenden, wie es Alexander einstmals bei Charlotte tat. Ich kenne die schrecklichen Tage und Nächte und will neben Gebeten nach bestem Vermögen helfen. Charlotte wünscht, jeden Tag für Alexander auf der Laute zu spielen. Ihr Wunsch ist auch der meine, wobei ich bitte, sie nur den geringsten Gefahren auszusetzen."* Ich ließ den Brief sinken. Sie bot mir das wertvollste Geschenk an, das sie machen konnte. Ja, vielleicht half die Musik.

Wieder zogen Lautenklänge durch das Haus – gezupft, geschlagen, sommerfröhlich oder nachtverträumt. Während sie in der Stube spielte, sah ich nach Alexander. Durch den harzigen Kampfergeruch drang der Verwesungsgestank der nässenden Pusteln. Lange blieb ich an seinem Bett stehen auf eine Regung hoffend, aber Töne erreichten den fieberglühenden Kranken nicht, auch nicht die seiner eigenen Kompositionen. „Mir ist wohl bei höchstem Schmerze, wenn ich weiß ein treues Herze“, sang Charlotte. Versteinert blieb sein Gesicht. Er hörte nichts und war nur noch in Klängen gegenwärtig – Noten auf verderblichem Papier geschrieben, die dennoch einen Menschen überleben können. Langsam und unendlich traurig stieg ich die Treppe hinab.

In der Stube sah mich Charlotte fragend an. Meine Miene musste ihr schon alles sagen und die Wahrheit verschwieg ich ihr auch nicht. Trotzdem kam sie am nächsten Tag wieder. Nach einer Nacht, in der Alexander gegen Fiebermonster gekämpft hatte, weckten mich die Lautenklänge. Ihre Art zu spielen war weicher als die Alexanders, doch schimmerte seine Manier durch – für mich war es Trost und Schmerz zugleich.

Die Tage, in denen die Kräfte seines Leibes mit denen der Seuche rangen, verschwammen ineinander. Der Verwesungsgestank der berstenden Blasen nistete sich in meiner Nase ein. So trug ich das Elend meines Sohnes stets mit mir herum. Ich roch es draußen, beim Essen, es drang durch den Weihrauch, wenn ich in Groß Sankt Martin oder Sankt Alban um ein Wunder betete. Die Heiratspläne, die Sorgen um Beywegh, die ganze Zukunft waren abgelegte Geschichten. Mein Sinn richtete sich einzig auf Krankenstube und Altäre. Als ich einmal blind für die Welt zu Sankt Alban ging, hörte ich Antons Stimme. Er verabschiedete sich an der Tür des Verhannenhauses und kam auf mich zu.

„Nun, Anton, weiterhin ein braver Gefolgsmann des *protector Coloniae*?“, fragte ich.

„Ja, das ist auch nötig. Aus Bosheit behauptet Sax, Gülich habe Ratsprotokolle fälschen lassen.“

„Ei ja", murmelte ich gleichgültig.

„Sax meint, er kann alles besser, deshalb schrie er diese Lüge wild heraus." Stumm schaute ich zu Boden. Leise sagte er: „Ich bete für Herrn Alexander und hoff, es hilft."

„Danke, guter Anton!" Grußlos setzte ich meinen Weg fort.

Gott und alle Heiligen, die ich um Beistand anflehte, halfen. Waren wir zuerst schon für jede Stunde dankbar, die der Kranke überlebte, hofften wir bald in Tagen. Wir freuten uns, wenn er den Lautenklängen lauschte, was wir ihm lange vom Gesicht ablesen mussten. Als wir sein erstes Wort hörten, ging mitten im Winter der Frühling durchs Haus. Wir dehnten die Glieder wie aus schwerem Schlaf erwacht. Mein Geist – nicht mehr in Gebet und Krankenwache eingesperrt – öffnete sich wieder für die Welt.

Wenig hatte sich geändert. Wie früher schimpften die Leute. Sie schalten über die hohen Steuern, über höhere Bürgermeistergehälter, weil sich sonst niemand gefunden hätte, das Amt zu übernehmen. Sie beschwerten sich über die Verlängerung der Amtszeit des Rates auf zwei Jahre – und überhaupt, wo blieb die von Sax angekündigte Abschaffung der kaiserlichen Kommission, vor allem aber die Rücknahme der Achtandrohung?

Auffällig viele Kähne fuhren über den Rhein nach Mülheim, wo Jodoci residierte. Auch Arnold und Gerwin ließen sich bei widrigem Winterwetter dorthin rudern, um sich protectoria, also Schutzbriefe, ausstellen zu lassen. Darin stand, dass der Inhaber die kaiserliche Kommission unterstütze, nicht aber den Kölner Rat. Im Fall der Achterklärung war man so vor Strafen geschützt.

Nach ihrem Besuch bei Jodoci kehrten die beiden Brüder bei uns ein. Zuerst begrüßten sie die grünen Kacheln des Ofens, auf die sie ihre kalten Hände legten. Beywegh schmauchte in seinem Armstuhl in der Stube ein Pfeifchen. Felicitas stickte und ich las aus der Postzeitung einen Absatz über den Türkenkrieg in Ungarn vor. Arnold schwatzte: „Der

Rhein führt nur wenig Eis, aber die spitzige Kälte atmet man schon und im Mülheim stehen haufenweis Leut bei Jodoci um ein protectorium an, sogar ein Ratsfreund war darunter.“

Gerwin nahm die Hände von den Kacheln, kramte in seinem Lederranzen, entnahm ein gesiegeltes Dokument und bot es feierlich Beywegh an. „Hier, lieber Herr Vater, für Euch erwarben wir auch einen Schutzbrief.“

Beywegh betrachtete das Blatt wie eine giftige Kröte, legte bedächtig die Pfeife beiseite, nahm es und riss es in kleine Stücke. Die Fetzen ließ er zu Boden flattern.

„Herr Vater, ist das ein Treueschwur zu Gülichs Pöbelregiment?“, fuhr Arnold ihn entrüstet an.

„Nein! Es ist Ehrlichkeit.“

„Aber Ihr seid doch für Jodoci!“, wandte Gerwin ein.

„Nicht in allem. Im Gegensatz zu Jodoci meine ich, dass die Urteile des Rates gegen Cronenberg, Krebs und Wolfskehl richtig waren. Und das hier“, er wies auf das zerfetzte Dokument, „das hier ist ein infames Geschäft!“

„Herr Vater, mit dem Schutzbrief unterwerft Ihr Euch der kaiserlichen Kommission und ohne ihn verliert Ihr alles, sobald der Kaiser die Acht über Köln verhängt“, insistierte Arnold.

„Wahrhaftig?“ Beywegh krauste die Stirn. „Keiner schlachtet eine gute Milchkuh, mein Sohn. Der Kaiser will unsere Steuern, nicht die Ruinierung Kölns. Aber behaltet nur Euer protectorium, wenn's dem Nachtschlaf dient. Zu mehr ist's nicht nütze!“ Er paffte Rauchwölkchen.

Seine Söhne standen da wie nach einer Strafpredigt in Jugendtagen – Gerwin schuldbewusst, Arnold bockig. Grußlos gingen sie.

„Meine Brüder meinten es gut, Herr Vater. Den Schimpf haben sie nicht verdient!“, murrte Felicitas ihren Stickrahmen aufnehmend.

„Ich bin vielleicht ein verdrießlicher Alter, aber wenn Feigheit zur Geldquelle wird, schießt mir die Gall ins Blut.“

„Wie meint Ihr das?“, fragte Felicitas.

„Jodoci verkauft kaiserliche Gnade. Entweder weiß Jodoci, dass der Bittsteller dem Kaiser treuergeben ist, dann bedarf's keines solchen Wisches. Weiß er es nicht, verkauft er auch Gülichanhängern Gnade. Pfui Teufel!“

So war es. Aber Jodocis protectoria-Handel war ein schlauer Schachzug, führte er doch den *Gaffeln* ihre bröckelnde Macht vor Augen. In einer Rede drohte Gülich drastisch, wer sich Schutzbriefe verschaffe, verdiene, dass ihm Nase und Ohren abgeschnitten werden. Doch was half's? Ein Schutzbrief beruhigte. Hatte Hinz einen, wollte Nachbar Kunz auch einen haben. Gülich und die *Gaffelkommissare* drängten den Rat, die Ungetreuen zwar nicht zu verstümmeln, sie aber von den Bürgerrechten zu suspendieren. Der Rat und die meisten *Gaffeln* sperrten sich jedoch dagegen, steckten doch in den Schubladen von zu vielen bereits die ominösen Dokumente. Immer mehr *Pasquillen* gingen von Hand zu Hand, in denen man Abraham Sax als bocksbeinigen Satan vor einer Horde Teufel betrachten konnte, wobei man sich den Spaß gönnen mochte, herauszufinden, welcher *Gaffelkommissar* unter dem Gefolge Luzifers auszumachen war. Die Priester verkündeten unverblümt von den Kanzeln, dass jeder Christ sich dem Gaffelregiment zu widersetzen habe, sei doch jede Rebellion gegen die von Gott eingesetzte Obrigkeit pures Teufelswerk. Allein die Unterwerfung unter die kaiserliche Kommission könne Köln noch vor dem drohenden apokalyptischen Unheil retten.

Wenngleich das „*Vivat* Gülich“ seltener gerufen wurde, so begeisterte der *protector Coloniae* weiterhin die Kölner. Nach wie vor ging er bescheiden gekleidet durch die Gassen. Nur half sein Sparsinn nicht aus städtischer Geldnot und minderte ebenso wenig die hohen Steuern, unter denen die Kölner weiterhin litten. „Freiheit wird nicht geschenkt, sie muss erkämpft und stetig verteidigt werden!“, rief er. Die vom alten Stadtregiment aufgehäuften Schulden müsse man tilgen, und er, Niclaß Gülich, schwöre bei seiner Seel Seligkeit, dass jeder Heller allein dem Nutzen Kölns diene. Wer vom Unterwerfen unter die Jodoci-Kommission rede, der rede alter Misswirtschaft durch arrogante Herren das Wort, die alles andere als christlich mit ihren Untertanen umgingen. Seine frische Stimme hatte den Klang tiefster Überzeugung, vertraute er doch auf himmlischen Beistand, der ihn so wundersam zum Sieg getragen hatte. Vor ihm zogen die Kölner weiterhin devot den Hut, wie ich es am Stubenfenster stehend oft sah, wenn er auf das Gaffelhaus der Schmiede zuschritt. Doch gerade diese Huldigung empfand ich als beklemmend. Beywegh, Hesselmann und viele andere hatte ich von solcher Höhe in Verderbnis stürzen sehen.

An einem schneereichen Tag liefen drei Männer im bedrohlich raschen Tritt auf ihn zu. Einer Ahnung folgend eilte ich vors Haus. Da hatten sie Gülich schon in den Schnee geworfen. Schreckensstarr sah sein Begleiter zu, wie sie auf ihr Opfer eintraten. Den brutalsten Kerl packte ich und schleuderte ihn zu Boden. Beyweghs Hausknecht war mir nachgekommen. Er griff sich den zweiten und die Raufbolde liefen davon.

Gülich richtete sich auf. Blut tropfte in den Schnee. Sein Begleiter wollte ihm aufhelfen, was er abwehrte. Taumelnd kam er auf die Beine.

Ich gab ihm seinen Hut und sagte: „Das Gesicht ist voll Blut, kommt mit mir!“

Er schaute zur offenstehenden Tür von Beyweghs Haus.

„Danke, guter Freund, mein Platz ist bei den *Gaffeln*, nicht bei diesem Bürgermeister!“ Er wischte sich mit seinem Sacktuch das Blut ab, und schritt, den Hut in der Hand, den Leuten entgegen, die ihm aus dem Gaffelhaus entgegenliefen.

Christmonat 1684

Hatte ich in der schönen Sommerzeit den Verdacht gegen die Jungfer Camilla, Berts Tod verursacht zu haben, in die dunkelste Ecke meines Hirnhäusleins verkramt, beschäftigte er mich im trüben Winter wieder derart, dass ich ihr Armband sogar im Tohuwabohu des eiligen Aufbruchs nach Köln nicht vergaß. In der Tasche meines Alltagsrockes erinnerte es mich sogar in Alexanders Krankentagen daran, ob ich wirklich alles Gott anheimstellen und Hesselmanns Rat folgen sollte, Dreck lieber im Dunkeln zu lassen, weil die Wahrheit in der Welt nichts ändere. Aber solche bequemen Wege waren mir stets suspekt und das Unglück meines Sohnes sah ich zunehmend als eine Gottesstrafe für meine Trägheit an, das Seelenheil der möglichen Mörderin des Berts durch Beichte, Reue und Buße zu salvieren. In jedem Gebet um Schonung des Lebens meines Kindes gelobte ich, mein Bestes zu tun, Licht in diese Sache zu bringen. Jetzt, da Gott meinen innigsten Wunsch erfüllt hatte, wollte ich aus dankbarem Herzen und voller Feuer mein Versprechen einlösen.

Lange grübelte ich über die Brandnacht und verfing mich in hunderterlei Spekulationen, die mich am Ende zu der Ansicht brachten, dass Camilla und der Bert mehr verband als nur die Treue zu den alten Bürgermeistern. Womöglich hatte sie schon der Mord an Kannegießer zusammengebracht. Mein Herz wehrte sich zwar vehement gegen solche Verdächtigungen des engelsgleichen Wesens, aber viele Facti nährten mein Misstrauen, war sie doch die Einzige, die der Mord reich machte.

Ich durchblätterte Kannegießers Kalender. Die Notiz „Oekhoven Neumarkt“ musste der Schlüssel sein, denn auf dem Weg zu ihm war Kannegießer erstochen worden. Oekhoven war ein seniler Ratsherr, der gewiss zu keiner listigen Freveltat mehr fähig war und bestenfalls als Lockvogel diente. Camilla die Wahrheit zu entlocken, würde ein schweres Stück sein, musste sie doch Folter und Hinrichtung fürchten, wenn ich mein Wissen der Obrigkeit offenbarte.

Sorgfältig vorbereitet machte ich mich eines Tages auf den Weg ins Goldgässlein. Nach mehrmaligem Klopfen ging die Tür so schleppend auf, dass ich meinte, die *Moen* öffne sie. Es war jedoch Camilla im schwarzen Kleid. Grämlich bat sie mich in die Stube. Am Fenster lag keine Klöppelarbeit.

„Jungfer Camilla, die Frau Mutter, die Frau *Moen* …?"

„Sie ist im *Weinmonat* selig gestorben", sagte sie leise.

„Gott sei ihr gnädig! Eine überaus gutherzige Frau, die trotz manchem Schweren nie den Mut verlor." Sie nickte dankbar und saß mir dann so gottergeben gegenüber, dass mir Annahme, sie habe Feuer gelegt, absurd erschien. Ich zog das Armband aus der Rocktasche und legte es auf den Tisch.

„Mein Armband!", rief sie erstaunt. „Woher habt Ihr's?"

„Sie erinnert sich an das Weinhauerhäuslein in der Plackgass?" Ihre Augen wurden groß. „Just da fand ich es. Das Häuslein brannte und ich wollte den Bert retten. Doch er war tot." Sie senkte den Blick. „Warum ist sie damals noch einmal zurückgegangen, nachdem ich Sie heimgeleitet hatte?"

„Ich blieb zu Haus!", behauptete sie resolut.

„Nein, die Kette lag nicht auf dem Boden, als ich nach dem Kranken sah, sehr wohl aber später beim Brand."

„Unfug! Ich hab's vorher verloren."

„Nein, hier, die Kette ist gerissen wie bei einem Kampf. Jungfer Camilla, ich bin weder als Stadtbüttel noch als Richter hier. Ich kann aber mein Wissen an den *Stimmeister* weitergeben. Beim Wort Feuerlegen hat man äußerst feine Ohren. Dann findet sich bald der ein oder andere, der Sie beim Weinhauerhäuslein sah, und die Folter zwingt Sie zum Geständnis."

„Wollt Ihr mich denunzieren?", fragte sie erschreckt.

„Nein, sofern Sie mir die Wahrheit sagt. Jungfer Camilla, eine böse Tat begleitet Sie Stund für Stund."

Die Ellbogen auf dem Tisch und das Kinn auf die verschränkten Finger gestützt, hörte sie mir störrisch zu.

„Nachdem wir uns in jener Nacht in der Goldgass Lebwohl gesagt hatten, kehrte Sie zum Bert zurück und wartete, bis ich die Hütt' verlassen hatte. Drinnen faselte der Kranke vielleicht von seiner Angst vor Turm und Folter. Aus Furcht, er könne etwas ausplaudern, legte Sie ihm einen Strick um den Hals, würgte ihn, er wehrte sich, riss Ihr das Armband ab. Danach legte Sie Feuer."

Ruckartig hob sie den Kopf.

„Mädchen, das alles weiß ich und eine göttliche Macht drängt mich, Sie zu Reue und Buße zu bewegen."

Ihre Miene wurde eisern.

„Mit dem hochstrafbaren Brandlegen wollte Sie nicht nur das factum verdecken, einen Mann zu pflegen, der Gülich an den Hals wollte, sondern auch ihren Beistand zum Mord an dem Oheim. Ist's denn nicht an der Zeit das Herz zu erleichtern? … Nein? Tagtäglich hörte Sie das Lamento der *Moen* über den verworfenen Oheim. Irgendwann sah Sie das Armband ihrer Mutter in seinen Händen und wusste, jedes Wort der *Moen* war wahr." Sie kniff die Lippen zusammen. „Er hortete Dukaten, und in der Goldgass klöppelte man von früh bis spät, um nicht zu verhungern. Gewiss gab er Ihr Geld."

Sie lachte auf: „Ja, einen Taler! Als Steuern und Schulden uns fast erwürgten, flehte ich um Geld. Er gab mir den Taler und höhnte, das wäre mein Reisegeld, um zur Höll zu fahren, ihm aber nimmer vor Augen zu kommen. Zwei Ringe trug er an einem Finger, nur einer hätt' uns aus der Not geholfen."

„Ja, er war reich und kaufte sogar den Danzhof, wo er sich oft aufhielt. Der Sev hat's Ihr wohl gesagt."

„Nein, das wusst' ich schon lang, ohne dem Oheim nach dem Leben zu trachten, worauf der Herr wohl hinauswill."

„Gut! Den Danzhof sah Sie sich wohl an, hielt auch einen Schwatz mit Nachbarinnen. Die sagten, dort wohne ein seltsamer Herr, der mittwochs stets eine verschleierte Witwe empfange. Jungfer Camilla, es war fürwahr schwer, die Klagen der *Moen* im Ohr den raffgierigen Oheim zu ertragen, der auf Freiersfüßen ging. Eine Heirat hätte Ihr das Erbe ganz entzogen. Damit ihre Komplizen ihn in den Weingärten unbemerkt erstechen konnten, lockte Sie den Oheim mit einem falschen *Billett* des Ratsherrn Oeckhoven zum Neumarkt!", behauptete ich.

„Woher ... woher wisst Ihr das?", stammelte sie.

„Mit viel Fleiß bin ich allen Umständ der Mordtat nachgegangen und hab genug, um Sie an den Galgen zu bringen. Das Armband kennen gewiss viele, und wenn ich dem *Stimmeister* erzähle, wo ich's fand, ist Sie schnell im Turm, zumal Sie im Geschwätz ist, Murckens geholfen zu haben."

„Ihr denunziert mich also doch!"

„Nein, sofern ich jetzt die Wahrheit höre!"

Misstrauisch blickte sie mich an: „Schwört Ihr's?"

„Mein Wort muss genügen!"

Die Augen niedergeschlagen überlegte sie. Es war klüger, ohne Zeugen zu gestehen, denn sobald der *Stimmeister* Wind von der Sache bekam, war sie verloren. Bedächtig begann sie zu sprechen: „Der Betrug an meinen herzlieben Eltern, der Hohn dieses Unmenschen, vergällten mein Leben und das der *Moen*! Nichts an ihm war ehrlich. Die *Moen*, gottsfürchtig und barmherzig, war im Elend und der Satan lebte fröhlich, wie's ihm gefiel. Er hoffte, mich vorteilhaft zu verheiraten und sorgte jedes Jahr für ein guts Kleid. Als er mir einmal Geld für den Schneider geben wollte, rumpelte er im Kabinett herum, da linste ich hinein. Die Schrankbretter lagen auf dem Boden. Neben allerlei Kram stand die Kassette voller Dukaten, und daneben lag das Armband meiner seligen Frau Mama. All das hatte er gestohlen. Als wir den *Hundersten Pfennig* nimmer zahlen konnten und die *Moen* krank lag, flehte ich ihn um Gotts Wille an, uns auszuhelfen, da warf er mir einen Taler vor die Füß – das Reisegeld zur Höll. Unten auf der Gass traf ich auf den Bert und den Sev. Die fragten nach dem Kannegießer. Ja, sagte ich, der ist mein Oheim und dem wünsch ich Rad und Galgen an den Hals. Sie lachten und meinten, das sei auch ihr Wunsch, vorher wollten sie ihn aber noch durchklopfen. Tut's nach Herzenslust, rief ich und ging. Die beiden kamen mir nach. Der Sev plapperte davon, wie gut der Oheim vom Geld vieler armer Leut lebe. Wenn ich das Geschwisterkind von ihm sei, der nie kein Weib hatte, käme bei seinem Tod doch alles auf mich. Für 30 Taler würden sie dem Tod nachhelfen. Ich wollt davon nichts wissen. Nach einem Tag, an dem die Gläubiger Hausrat wegschleppten und die *Moen* nur noch weinte, bedrängten mich die beiden wieder. Da gab ich ihnen den Taler meines Oheims und schloss den Handel. Alles war grob gewebt und wär's fehlgegangen – bei meiner Seel – niemalen hätt ich Ähnliches ins Werk gesetzt. Aber Gott half."

„Gott? Nicht der Teufel?"

„Gott half auf der Erd vieles grad zu rücken! Aber als die beiden ihr Blutgeld durch die Gurgel gejagt hatten, kam der Sev wieder und bettelte mich an. Aus Furcht, man könnte ihn hier beim Stehlen erwischen und alles käm' ans Licht, nahm ich ihn in meine Dienste. Arbeit gab's haufenweis. Die vornehmen Herren der Gülichgegner brauchten grobes Volk als Spitzel, die in lustiger Gesellschaft auch mal ein böses Wort über Gülich fallen ließen und Botendienste verrichteten. Der Sev war geschickt. Einer der Gülichgegner überließ ihm und anderen die Weinhauerhütte als Unterschlupf."

„Ratsfreund Murckens?", warf ich ein.

„Ja! Zur Murckensrebellion kam auch der Bert nach Köln. Tags drauf lag er arg lädiert im Weinhauerhäuslein. Sev gab ihm einen Trank, der ihn in drei Tagen heilen sollte. Ich sollt' ihn solang pflegen, weil er gegen die Gülichleut kämpfen wollte. In Wahrheit floh er aus Köln. Jetzt wisst Ihr alles!"

„Nicht ganz! Warum ging Sie in der Brandnacht zum Bert zurück?“

Stumm zupfte sie an ihrem Rock.

„Jungfer Camilla, Sie hat bekannt, zwei Lumpen zum Mord an dem Oheim angestiftet zu haben, was macht's nun so schwer, den Rest zu beichten?“

Sie stand auf und trat mir den Rücken zukehrend ans Fenster: „Ein Strafgericht musste nach dem Murckensumsturz folgen. Mit der Wunderarznei konnte der Bert heil werden. Da er in Murckens Hütt' lag, wär er bald gefunden worden. Auf der Folter hätte er auch den Mord an meinem Oheim gestanden.“

„Da wär's doch ratsam gewesen, das Dukatenkistlein zu nehmen und aus Köln zu fliehen?“

Sie drehte sich um: „Ha, die kranke *Moen* konnt' ich nicht im Stich lassen und der Name Kannegießer sollt' hier in Köln wieder etwas gelten.“

„Wohl eine Ehe mit Herrn von Wolfskehl?“ Dazu lächelte sie nur geheimnisvoll. „Dafür also musste der Bert sterben?“

„Nach viel Martern wär er hingerichtet worden. Die einzig gnädige Art war, sein armseligs Leben schnell zu enden. Wie ich daheim in der Herdglut eine Kerze anzündete, wusst ich, was zu tun war. Feuer vertilgt alles. Den Qualen des Feuertods wollt ich den Bert nicht aussetzen. Der Henker erdrosselt ja die Hexen gnädigerweis zuerst, bevor er sie brennen lässt. Ja, hier in der Stub am hellen Tag schaudert's einem vor solcher Tat, aber für mich und den Bert gab's nur noch diesen Weg. Ich nahm eine Schnur und lief los. Als Ihr fortgegangen wart, schlich ich in die Hütt' und fragte den Bert, ob er seine Sünden bereue. Er sagte ja. Da dachte ich an Judith, die ein gutes Werk tat, als sie dem Holofernes den Kopf abschnitt, und schlang die Schnur um seinen Hals. Wie ich zuzog, gurgelte er und riss an meinen Armen. Seine Not ertrug ich nicht und ließ los. Im Gerangel hatte mein Mantel am Öllämplein

Feuer gefangen. Ich warf ihn ab, da flammte Stroh auf. Ich brachte den Bert auf die Beine, aber er fiel auf den Korb und ich nahm Reißaus."

„So war es!", sagte ich. „Jetzt verlangt Gott Reue und Sühne."

„Zur Straf nahm er mir die *Moen*", flüsterte sie traurig.

„Seine Güte gab der *Moen* Zeit, sich an dem Schatz zu freuen, falls sie nicht wusste, wie ihr Ziehkind ihn erlangte."

„Nein, das war mein Geheimnis!"

„Aber plagt Sie denn nicht diese grauenvollen Taten?"

„Jeden Abend bet' ich für meinen Oheim. Für den Bert ebenso. Gnädiger Herr, nicht ich, Habgier grub den beiden das Grab."

„Nein, Ihr Hass und Ihre Habgier waren es!"

„Nein, es war Verzweiflung in großer Not. Und Hass? Hass schreibt man bösen Menschen zu, aber man vergisst, wie lang der Hassgeplagte unter Unrecht und Verachtung leidet und auf Gerechtigkeit hofft, die ihm die Welt verweigert."

„Im Gegenteil, gewaltlose Duldsamkeit bekehrt die Welt, wie die Beispiele Jesu und vieler Märtyrer zeigen."

„Sind wir Schlachtvieh? Öffnen wir dem Bösen nicht erst Tor und Tür, indem wir das Böse fügsam ertragen?"

„So scheint es. Es war ein teuflisches Verbrechen und der Teufel gibt nur Strohtaler. Jungfer Camilla, Sie tauschte ihre Not gegen die stete Angst vor Entdeckung ein und der Mord zog die nächste Barbarei nach sich. Mädgen, Gottes fünftes Gebot, du sollst nicht töten, ist ein stählernes Gesetz."

„Ha, warum sollen auf der Erd die Bösen gut und Gute schlecht leben? Warum werden David und Judith hochgelobt?"

„Weil sie im Krieg ihr Volk retteten. Erschlüge jeder im Frieden nach Gutdünken den Nachbarn, wäre keiner mehr seines Lebens sicher. Wie kann Sie nur eine teuflische Freveltat zur göttlichen Gerechtigkeit zurechtbiegen? Beim Jüngsten Gericht wirft Christus das Leben zweier Menschen auf die eine Waagschal und auf die andere – Geld?"

Stoisch sagte sie: „Meine Schuld trag ich willlig für das Wohlergehen der *Moen* in ihren letzten Jahren. Der Oheim sühnte seine tausend Sünden. Mein Lebtag lang bet' ich für sein Seelenheil. Das werft in die andere Waagschal."

„Schöne Worte! Nur gräbt man tiefer, dann wollte die Jungfer Haus und Geld in Besitz nehmen. Ihr Oheim war geizig, so konnten es auch seine Dukaten gewesen sein, die er zusammenraspelte. Mädgen, nimm Rosenduft und Seide von der Bluttat, in die du sie gehüllt hast! Sieh sie dir nackt und bloß an! Neid! Zorn! Habgier! Die drei Todsünden trieben Sie zum Grausigsten, was die himmlische und die irdische Macht aufs Schärfste verurteilen." Meine laut gewordene Stimme dämpfend sagte ich: „Hat der Oheim mit seinem Tod seine Schandtaten gesühnt, wie steht's nun mit Ihrer Sühne, auch für den Bert, den sie ohne Beichte in ewige Verdammnis stieß?"

„Er bereute seine Sünden", entgegnete sie trotzig.

„Ob ein Ja genügt, weiß nur ein Priester. Jungfer Camilla, Sie muss sich der irdischen Gerechtigkeit stellen!"

„Nein!", schrie sie auf. „Was wollt Ihr, das ich tue?"

„Die Untaten bereuen, und wer solch schwere Sünden wahrhaft bereut, geht in ein Kloster."

„Gott behüt! Ich will nicht mein Lebtag lang eingesperrt in Armut leben. Arm war ich lang genug." Sie schluchzte.

„Gewiss, es ist ein karges Leben! Aber mancher Dank erfreut die Seele mehr als Dukaten. Böse Taten kann man nicht aus der Welt schaffen, ihnen aber einen guten Sinn geben, wenn sie der Anfang dafür sind, die Welt schöner zu gestalten." Leise fügte ich hinzu: „Zwei Männer starben durch Sie. Sie hat ihr Leben noch. Will Sie es wahrhaftig in Lustbarkeiten vergeuden, die Sie mit dem so ruchlos ergatterten Geld bezahlt? Kehre Sie um! Das Goldkettlein, das indicium für Ihre Missetaten, behalte ich." Ich steckte die Kette ein, erhob mich und schaute traurig auf sie herab.

Angstvoll flehend sah sie mich an. Kein Wort fiel mehr.

Ich hatte nicht vor, sie Folter und Tod preiszugeben, was sie allerdings nicht wissen konnte. So musste sie in ein Kloster gehen oder in der Fremde ihr Glück suchen.

Sie verließ Köln. Den Danzhof schenkte sie den Kölner Ursulinen. Nach ihrer Abreise dankte sie mir in einem Brief, sie nicht verraten zu haben. Erneut beteuerte sie, nur die Not habe sie zu der Untat getrieben. Die Dukaten hätten ihren Eltern gehört, denn kein einziger wies ein Prägedatum nach deren Tod auf. Was ich ihr ans Herz gelegt habe, überdenke sie noch. Eine Last hätte ich ihr abgenommen und durch die Klarsicht eine neue aufgeladen, so endete ihr Schreiben.

Camillas Beichte befreite mich von einer Bürde, deren Schwere ich erst erkannte, als sie von meiner Seele war. Mit Gottes Hilfe gesundete Alexander nun rasch. Einige Pockennarben blieben, was ihm ein männliches Aussehen verlieh. Sein Bettzeug wurde verbrannt, das Gemach ausgeräuchert und mit Essigwasser gereinigt. Charlotte kam weiterhin. Sie war ein angenehmer Gast, leise, aber nicht verhuscht. Mit ihrer unaufdringlichen Treue wuchs sie uns ans Herz. Da es sich nicht schickt, eine Jungfer liegend zu empfangen, hörte Alexander ihr bald in der Stube zu. Ihn außerhalb der Krankenstube zu sehen, beglückte uns alle und der Dank für seine Rettung war lange Teil des Tischgebets. Er war erbärmlich abgezehrt und schweigsam. Selbst die Augen schienen nach Art der Mönche ins Innere gekehrt zu sein. Sein abweisendes Wesen vertrieb sogar Charlotte.

An einem glasklaren Wintertag bat er überraschend, mich auf einem Spaziergang begleiten zu dürfen. War die Kälte seiner Gesundheit zwar kaum zuträglich, so konnten Sonne und blauer Himmel ihm wenigstens aus seiner Stubentrübsal helfen. Draußen war Markt. Zum Ende der adventlichen Fastenzeit wuselte viel Volk um die Stände. Wir bummelten zum ruhigeren Heumarkt.

„Herr Vater, nach der Schul geht ein Herr doch auf eine Kavalierstour“, sagte er.

„Ja, du wirst im Mai nach Paris reisen.“

„Nicht Italien – Rom, Venedig, Florenz?“

„Die Musik zieht dich wohl dahin?“

„Ja, die hervorragendsten Musiker sind Italiener. Monteverdi, Frescobaldi, Corelli, Marini, sogar Jean Baptiste Lully, der Hofkomponist Ludwigs XIV., ist aus Florenz.“

„Dann genügt Paris!“, entgegnete ich.

„Oder vielleicht auch Wien? Sebastian von Bösinghausen wird dort ein vornehmes Fräulein heiraten. Ich könnte Charlotte und ihre Frau Mama dahin begleiten.“

„Das wundert mich. Du warst so frostig zu der Mademoiselle, dass sie gar nimmer kommt.“

„Ja“, sagte er bedauernd. „Sie fehlt mir grausam. Wir haben den gleichen Rhythmus und sie versteht meine Musik.“

„Seltsam! Sie wirft dir verliebte Blicke zu und du sprichst von Rhythmus und Musikverständnis?“

„Ja, ich weiß, was Ihr meint: Die Liebe, über die Poeten in affige Schwärmerei geraten. Davon bin ich geheilt. Eine Base eines Freundes gefiel mir nach Poetenart. Sie war hübsch und tat so liebreizend, dass mein Herz sprang, wenn sie mich nur anschaute. Ich vertonte für sie ein Liebessonett.“

„Und gefiel's?“

„Sie meinte, es sei galant, aber wir sollten die Zeit besser nutzen – das haben wir dann auch getan.“

„Was getan?“

Er blieb vor dem Gaffelhaus *Himmelreich* stehen. „Sie verstand die Griff', mich zu verzaubern.“

„Gut“, brummte ich, legte die Hand auf seinen Rücken und animierte ihn, weiterzugehen. „Und, war sie ein treues Herz?“

„Nein, sie war eine junge Witwe und tändelte auch mit anderen. Wie ich's erfuhr, war ich voll Trübsinn!“

„Dann ist sie dir noch im Herzen?“

„Nein, sie war falsch. Nur kann ich jetzt Charlotte nimmer in die Augen sehen. Wir sind nimmer eins, sondern zwei."

„Möchtest du mit ihr wieder eins sein?" Über sein Gesicht ging ein Hauch Freude. „Dann sag's ihr in einem Gedicht."

„Ach, ich bin ein armseliger Poet! Sie wird mich auslachen."

„Dann willst du ihr also während der Reis' näherkommen?" Stumm nickte er. „Gut, ich überlege mir die Sach."

Mit dem Gedanken einer Verbindung von Marisas Tochter und Alexander hatte ich schon gespielt. Nun wurde mir das zum Wunsch. Da Charlottes *Mitgift* spärlich sein würde, lag mir viel an Beyweghs Zustimmung. Sebastian war kaiserlicher Geheimrat geworden und mit dem Niedergang der Gaffelherrschaft überstrahlten verwandtschaftliche Verbindungen zum Kaiserhof nun alles.

Beywegh versprach, dem jungen Paar etwas zukommen zu lassen und Felicitas widersprach nicht. Zum ersten Mal nach langer Zeit lächelte Alexander dazu glücklich.

Januar 1685

Am 1. Januar fuhr ich in der Kutsche zu Florentin. Schneeflocken wirbelten im tollen Tanz. Genauso übermütig sprangen meine Gedanken im Hochgefühl, eine Liebesheirat zu stiften.

Florentin empfing mich in seinem Kabinett. Wir stießen auf ein glückliches Jahr an und ich vertraute ihm meinen Wunsch an. Ihm gefiel mein Vorschlag, er holte sogleich selbst Marisa und ließ uns allein. Sie sah mich erwartungsvoll an.

„Mein Sohn erzählte mir von einer Reis' nach Wien und äußerte den Wunsch, die Damen zu begleiten", begann ich.

„Das wär mir eine Freud'", stimmte sie zu. „Im Mai heiratet Sebastian das Fräulein Hocher von Hohenkrän, eine Tochter des kürzlich verstorbenen kaiserlichen Kanzlers Paul Hocher."

„Eine hohe Ehre, da wird sich gewiss auch bald ein Bräutigam für Mademoiselle Charlotte einstellen?", preschte ich vor.

„Gott sei's geklagt, nein. Ihre *Mitgift* ist zu dürftig."

„Werte Freundin, mein Sohn ist Mademoiselle Charlotte sehr zugetan und auch sie hat wohl Gefallen an ihm gefunden. Es wäre eine standesgemäße Ehe. Auf eine gute Mitgift schiele ich nicht, denn Merhoffen steht auf solidem Fundament. Vielleicht könnten wir heute eine Herzensehe einfädeln."

Ungläubig schaute sie mich an, dann lächelte sie. „Ja! Eine Liebesheirat wünschte ich mir für meine Tochter. Nur hat der Herr Sohn wohl eine andere im Sinn."

„Nein, er begehrt allein Mademoiselle Charlotte zur Gattin, so wie ich ..." Ich stockte. Den Moment verlegener Stille überbrückend schlug ich vor, Charlotte zu fragen.

Das Mädchen wurde gerufen. Die Hände im Schoß hörte sie mir zu. Als ich fragte, wie ihr eine solche Verlobung gefiele, sagte sie spröde: „Der junge Herr ist wohl froh, mich aus den Augen zu haben."

„Oh nein, im Gegenteil! Seine Schwäche setzte ihm nur zu", beruhigte ich sie.

„Wir sollten ehrlich miteinander sein", mischte sich Marisa ein. „Wir hörten, dass Herr Alexander mit einer Jungfer sehr vertraut war, als wir in Merhoffen waren und dass die alte Zuneigung deshalb vergangen ist."

„Alles müssen die Eltern nicht klären", wich ich aus, wollte ich mich doch nicht über Liebschaften meines Sohnes verbreiten. „Vielleicht begleiten mich die Damen zum *Alter Markt*, um Licht in die Sache zu bringen, wenn's genehm ist. Ich kann ihn aber auch holen lassen."

Beide scheuten die Winterkälte nicht. Schneeflocken wirbelten noch vom Himmel, als wir zum *Alter Markt* fuhren. In der Stube spielte Alexander Cembalo. Verlegen begrüßte er die Damen. Bei Würzwein, Schokolade und Lebkuchen erklärte ich ihm, dass Marisa und ich eine Liebesheirat zwischen Charlotte und ihm wünschten, nur gäbe es ein Gerücht, dass er mit einer anderen tändle.

Seine Pockennarben glühten. Beschämt sah er Charlotte an: „Liebste Mademoiselle, es ist wahr. Eine Dame trieb ein böses Spiel mit mir und ich will sie nie wiedersehen. Ich – ich verzeihe mir selbst die Treulosigkeit nicht. Von Herzen bitt ich um Vergebung!"

„Einen Mann, der extra geht, will ich nicht!", sagte sie fest.

Marisa zuckte zusammen und wollte intervenieren. Ihr einen warnenden Blick zuwerfend schüttelte ich den Kopf. Charlotte nippte an ihrer Schokolade, während Alexander schwor: „Das werde ich auch nie mehr. Auf meine Ehr!" Doch daraufhin folgte nur kaltes Schweigen. Bittend fuhr er fort: „Mademoiselle, für Sie schrieb ich ein Gedicht und hab's in Töne gesetzt."

Aus einem Notenstapel zog er ein Blatt hervor und bot es ihr an. Sie reagierte nicht. Ein verzweifelter Blick auf mich. Ich winkte ihn ans Cembalo. Er schlug die ersten Töne an – dissonant. Was fiel ihm ein? So gewinnt man keine Liebe. Doch aus dem Chaos stieg die Musik in liebliche Höhe, schmeichelte, und ging leichtfüßig angenehm ins Ohr. Er ließ die Hände sinken. Leise fragte Charlotte: „Wie sind die Worte?"

„Die müssen klingen, sonst sind sie nichts wert!"

„Mademoiselle, vielleicht singt Sie es?", schlug ich vor.

„Ich bin nicht bei Stimme", weigerte sie sich.

„Dann vielleicht die Frau Mutter?"

„Gott bewahr! Charlotte, tu uns die Lieb und versuch's!"

Unlustig nahm das Mädchen das Notenblatt. Er spielte, sie summte zuerst und sang dann:

Das Glück ward mir zum Feinde/
als falschen Mund ich küsst/
in höllenhartem Leide

das lose Herz nun büßt/
Ach Liebste/ ist doch alle Freud/
allein in Herzenseinigkeit.

Das Lachen, Küssen, Klingen
ist alles, was mir gilt/
Es kann nur Wonne bringen/
mit der/die dies auch liebt/
Ach Liebste/ist doch alle Freud/
allein in Herzenseinigkeit.

Aus ruppigem Ernst blühte Lebenslust auf. Luftspringend krönte die Melodie des Kehrreims die Herzenseinigkeit. Es musste gefallen, und es gefiel. Im Eifer, es perfekt vorzutragen, wiederholte Charlotte das Lied. Dennoch blieb sie kühl, lobte die Musik und kritisierte den Text. Der Reim holpere und die „Liebste“ sei schwer im Takt zu halten. Alexander widersprach: Hier beuge sich die Kunst dem Inhalt, die Adressatin, die Liebste, müsse genannt werden. Er sagte dies nüchtern, nur dem Wort „Liebste“ gab er einen zärtlichen Klang.

Nach diesem Besuch gingen Brieflein hin und her, von Enttäuschung, Empörung, Zerknirschung, Katzenjammer und Gewissensbissen handelnd. Bald war Alexander wieder tagtäglich im Haus Zum Kuckuck zu Gast, sie gelegentlich bei uns. Sie lachten, musizierten, und manchmal war es auch still.

August 1685

Alexander fand bald zu alter Kraft zurück und reiste nach Wien. Sein Brief von dort war glücksprühend und voll prallen Stolzes. Unterstützt von Hofmusikern habe er Kaiser Leopold, dessen Gemahlin und den Hof mit zwei seiner Triosonaten erfreut, die „viel Effekt“ gemacht hätten, ebenso

Charlottes Vortrag von Monteverdis *Zefiro torna*. Kaiser Leopold habe ihm ein Medaillon mit seinem Porträt verehrt und ihn ermutigt, weiter das Tonsetzen zu pflegen. Die Kaiserin schenkte Charlotte einen Ring. Von Sebastians Hochzeit schrieb er nur, sie sei prunkvoll gewesen. Marisa hatte zwei Zeilen hinzugefügt. Sie bete darum, dass sich unsere einstigen Träume bei den Kindern erfüllten. Auch ich empfand diese Verbindung als ein Geraderichten von Missglücktem. Es war ein Selbstbetrug, weil Eltern sich gerne der Täuschung hingeben, ihre Kinder seien eine Fortsetzung ihres Lebens. In Wahrheit konnten wir nur die Lehre ziehen, dem Willen der Brautleute mehr Gewicht zuzubilligen als der Aussicht auf Ansehen und Wohlstand.

Am 1. August erfüllten sich unsere Wünsche. Sechs Tage lang feierten wir Alexanders und Charlottes Hochzeit auf Merhoffen. Sebastian von Bösinghausen reiste aus Wien an, aus Köln kamen Bruder Max, Florentin und Frau Amalia sowie Gerwin und seine Frau. Beywegh scheute sich, Köln zu verlassen. In seinen Hochzeitsgaben zeigte er sich aber überaus großzügig. Zu dem Fest fanden sich auch einige Kurkölner Edelleute ein, war doch die Braut aus altadeligem Haus und ihr Bruder in Wien zu hohen Ehren gekommen. Das Brautpaar entzückte weniger durch Putz als durch ihre Tanzkunst, in der sie ihre Zuneigung in selbstverständlicher Beschwingtheit zum Ausdruck brachten. Die besten Musiker Bonns spielten. Diesmal ließen Felicitas und ich sogar die *Allemande* nicht aus. Elegant zeichneten unsere Hände Wellen im Takt der Musik, wir drehten uns, sie lag schließlich lächelnd in meinen Armen. Lieb-belle tanzte mit einem Witwer, kaum jünger als ich, ein stattlicher Mann, dessen Lippen wollüstig und die Hände besitzergreifend waren. Ihr Lächeln war starr, wie aufgemalt. Ringsum umschmeichelten die Herren, die ihr vor drei Jahren auf Burg Gudenau noch den Hof gemacht hatten, jetzt ihre Gattinnen. Felicitas seufzte, als wir am Tisch sitzend die Tanzenden beobachteten: „Lieb-belle ist ein verblassendes Veilchen zwischen frischen Rosen. 22 Jahr und kein Bräutigam!“

„Doch, Michel von Wolfskehl!“

„Gott steh mir bei, der Sohn eines Verbrechers?“

„In einem Jahr ist Lieb-belle ehrbar verheiratet!“

„Wenn nicht, was dann?“, fragte sie ungehalten.

„Dann überlasse ich die Wahl des Zukünftigen der Frau Mutter, sofern er Lieb-belle nicht zuwider ist“, versprach ich.

„Sie wird sich schon fügen, wenn ihr Herr Vater sie nimmer bestärkt, auf ihren Hirngespinsten zu beharren!“

Es wurde ein ausgelassenes Fest, bei dem der Übermut der Jugend die Älteren entweder mitriss oder verjagte.

Nach den Feiern machten sich die Vermählten sowie Marisa, Felicitas, Lieb-belle und ich auf den Weg nach Köln. Sebastian ritt nach Mülheim, wo er Hofrat Jodoci in einer „Geheimsach“ zur Hand ging. Beywegh lud zu Ehren des jungen Paares zu einem Bankett ein, an dem Florentin mit Frau Amalia und Jakob Wissius teilnahmen wie auch amtierende Ratsherren mit ihren Gattinnen. Wäre eine solche Tafelgesellschaft im letzten Jahr noch undenkbar gewesen, lebte man jetzt freier. Rat und *Gaffeln* hatten die *Inquisitionskommission* abgeschafft, so dass man nicht Sorge haben musste, in einem der Kölner Türme sein Nachtmahl zu verzehren, weil man mittags die falschen Gäste bewirtet hatte. Fehlte es auch an Herzlichkeit, so war der Ton unter den opponierenden Parteien freundlich. Vor allem die Ratsherren hatten Ursache, sich angenehm zu machen, saßen sie doch auf einem leckgeschlagenen Schiff, über dem sich ein Unwetter zusammenbraute, denn alle Kölner Appelle hatte der *Reichshofrat* negativ beschieden.

In der Mittagszeit des nächsten Tages kam Florentin. Sehr ernst wünschte er, Beywegh zu sprechen, der noch im Kontor war. Ich führte ihn ins Kabinett. Ganz in Gedanken stellte er sich ans Fenster und sah durch das Laub des Baumes auf das Grau einer Hauswand. Als ich gehen wollte, wandte er sich um: „Pardon, *mon frère*! Ich bin quasi in geheimer Mission hier. Herr von Beywegh soll wissen, was heut ein Notar im Auftrag der kaiserlichen Kommission im Rat kundtut. Da du das ohnehin bald erfährst, hier, bitte sehr!"

Er hielt mir ein Schriftstück entgegen – die Kopie einer Bannandrohung des Kaisers, datiert am 25.6.1685 in Wien. Sie richtete sich an alle *Gaffeln*, den Rat, die Bürgermeister, die Syndici und, damit keiner vergessen wurde, an alle „Officianten" Kölns. Wer sich nicht binnen acht Tagen der kaiserlichen Kommission unterwerfe, verfiele des „Reiches Acht und Aberacht", was die Einbuße aller Privilegien Kölns bedeute und für die Bürger Verlust von Hab und Gut. Namentlich wurde der Bann Gülich, Sax und Meshov angedroht.

Nachdenklich bemerkte ich: „Ein Ultimatum, das ist wohl mehr als nur Drohung!"

„Ja, jetzt fegt der eiserne Besen. Nur wenn Köln stracks alle Forderungen erfüllt, kann es die Acht noch abwehren. Doch, *mon frère*, sobald der Gülichspuk vorbei ist, wird der Herr Vater wieder Bürgermeister sein. Dies soll ich ihm sagen."

„Gottlob, dann ist der Herr Vater wegen der Verurteilung von Wolfskehl und den anderen nicht mehr in Ungnad!"

„So ist es!", stimmte er zu, während Beyweghs Tritt schon auf der Treppe zu hören war.

Als er eintrat, verließ ich das Kabinett. In der Stube deckte Rosina den Mittagstisch. Ich setzte mich auf Beyweghs Stuhl am Fenster. Es war August, aber auf dem *Alter Markt* sah ich Schnee. Niclaß Gülich kniete da und Blutstropfen fielen in das Weiß.

Nur zwei Tage benötigten die *Gaffeln*, um für die Annahme der kaiserlichen Kommission zu stimmen. Sie hofften, noch mit dem Kaiser verhandeln zu können. Bereits drei Tage später wurde die Acht über Niclaß Gülich, Abraham Sax und

Anton Meshov erklärt und ihre Auslieferung angeordnet. Mehrmals seien sie vergeblich aufgefordert worden, sich in Mülheim zu rechtfertigen, mehr Nachsicht könnten sie nicht erwarten, begründete Jodoci die vorzeitige Acht. Sofort unterwarfen sich die Bürgermeister Walram von Rodenkirchen und Johann Jakob von Bilstein der Kommission. Der Rat versicherte jetzt seinen unbedingten Gehorsam gegenüber dem Kaiser, weigerte sich aber, die Geächteten auszuliefern, da er gemäß *Verbund- und Transfixbrief* ihnen Schutz gewähren müsse. Jodoci folgte nicht dem Stadtrecht, sondern der Logik: Erst wenn Punkt für Punkt alle Forderungen erfüllt seien, nenne er das Unterwerfung. Gezwungenermaßen beschlossen Rat und *Gaffeln* die Verhaftung der Geächteten. Sax floh in ein Kloster. Gülich hingegen spazierte noch am 17. August, dem Tag, an dem seine Verhaftung angeordnet war, über den *Alter Markt*. Spürte er nicht die Schlinge um seinen Hals? Warum floh er nicht? Zu viel lag ihm an denen, die ihm vertrauten – und denen er vertraute. Stets hatten die Kölner zu ihm gehalten.

Diesmal nicht! Schon am folgenden Tag standen er und Meshov unter Hausarrest. Drei Tage später verließ Sax sein Klosterasyl und man warf alle drei in Verließe, Gülich in den Eigelsteinturm. Trotzdem gab es Gerüchte von Befreiungsplänen, woraufhin der Rat ihn im Bayenturm festsetzte, wo ihn am 8. Oktober die kaiserliche Kommission verhörte. Diesmal gingen die Kölner nicht Protestieren, sondern ihrem Tagwerk nach, wollte man Weib und Kind doch nicht für eine verlorene Sache zu Witwe und Waise machen. Davon hörte ich erst in Merhoffen, wohin ich mit Charlotte und Alexander Ende August zurückgekehrt war. Felicitas blieb in Köln, um die Einführung ihres Vaters in sein Bürgermeisteramt zu erleben.

Winter- und Christmonat 1685

Lange hielt der Rat schützend seine Hand über die Geächteten und ich hoffte, man ließe Gülich heimlich entkommen. Doch nach einem weiteren Machtwort des Kaisers beschloss er am 3. November, sie der kaiserlichen Kommission zu übergeben.

Jodoci verlor keine Zeit. Gleich am nächsten Tag wurden die Geächteten nach Düsseldorf abgeführt. Dass Gülichs Schicksal nun völlig in der Hand seiner Feinde lag, bedrückte mich. Aber weder dies noch die Winterzeit ließ mich in Schwermut fallen, denn das junge Paar sorgte für Abwechslung. Aus Bonn kutschierten gelegentlich Herren und Damen zum Musizieren nach Merhoffen, dann klang es im ganzen Haus. Alexanders Können zog auch kunstfertige Musiker an, die nur für Speis und Logie spielten. Das sprach sich schnell herum. Insbesondere Hofbeamte baten darum, zuhören zu dürfen und zu tanzen, denn Kurfürst Max Heinrich, der 1684 aus Sankt Pantaleon in seine Bonner Residenz zurückgekehrt war, verstand unter Geselligkeit das Feiern heiliger Messen. So wurde der Zulauf immer größer. Daraus entwickelte Charlotte monatliche musikalische Divertissements. In dieser Zeit ging ich auch oft auf die Jagd oder ritt aus.

Nach einem sonnigen Novembertag im Wald ölte ich in der Jagdkammer das Schloss meiner Lieblingsbüchse im Kerzenschein und Hennes goss Kugeln. Jost meldete mir mit seinen hohlen Lauten Anton. Ich dachte, mich verhört zu haben. Warum sollte sich der wohlbestallte Kaufmann in Merhoffens Einsamkeit verirren? Doch er war es, gefolgt von Gülichs Magd Hannche, das stupsnasige Gesicht von der Kälte rotwangig. Sie war schwanger. Er verneigte sich, sie knickste. Sie umfassend sagte er: „Gnädiger Herr, Ihr sagtet einmal, wenn mir die Bosheit der Welt zu arg werde, könnte ich hier unterkriechen. Jetzt bitt ich für mich und meine Angetraute um Obdach."

„Angetraut? Dann wünsch ich Gottes Segen für viele gute Ehejahre“, sagte ich erfreut. „Ihr seid mir beide willkommen. Nur, was treibt dich aus dem einträglichen Dienst in Köln hierher?“

„Ja, alles war da vortrefflich, nur – mit Verlaub!“ Sein Blick ging zu Hennes, der auf meinen Wink hin die Kammer verließ. Dann fuhr er fort. „Nun, wir haben ein wenig vor dem priesterlichen Segen Hochzeit gefeiert. Wie wir die Folgen merkten, traten wir vor den Altar. Danach gab's ein Gemurmel, Niclaß Gülich hätt' das Hannche in gesegnete Umständ gebracht. Gnädiger Herr, es ist erbärmlich! Flugschriften zeigen Gülich jetzt nicht mehr als plumpen Ochsen, sondern als geilen Bock, und die Schandlügen machen meine Liebste zur Hur'.“

„In der Pasquillenflut ist vieles bald vergessen!“

„Nicht Hure mit einem Bankert, das klebt an wie Pech.“

„Wohlgeborener Herr“, ergriff Hannche das Wort. „Nach Köln wollen wir nimmermehr und bitten, hierbleiben zu dürfen. Als Küchenmagd bin ich zu gebrauchen, wie Ihr wisst.“

„An gutem Gesinde mangelt's immer. Nur habe ich keinen Bedarf an einem Kaufmann!“

„Ich mach Knechtsarbeit!“, sagte Anton bestimmt.

„Gut, dann bleibt, solang's euch beliebt. Jost soll eine Kammer bereitmachen.“

Beglückt gingen sie und bestürzt blieb ich zurück. Der Angriff auf Gülichs Sittlichkeit war perfide. Ein Herr, der seine Magd schwängert, frönt der Wollust. Nichts wird im heiligen Köln mehr verabscheut und sorgsamer verheimlicht als gerade diese Todsünde. Auf einen Schlag riss man nicht nur den Nimbus des Volkshelden in Fetzen, sondern beraubte auch seine Person aller Würde.

Es klopfte. Anton stand in der Tür.

„Gibt's Klagen über das Quartier?“, scherzte ich.

„Nein, nur Dank, gnädiger Herr. Aber da ist noch etwas.“

Ich schob die Flinte beiseite und bedeutete ihm, sich zu

setzen. Leise sagte er: „Ich wurde als Rebell denunziert. Ein Freund warnte mich und Herr von Beywegh lieh uns das Fuhrwerk."

„Lieber Himmel, was hast du getan? Geplündert?"

„Nein! Nur, jetzt ist in Köln alles ein Elend. Die Türme sind voll. Die Urteile sind hart. Gülichanhänger werden mit Ruten geschlagen und aus der Stadt gewiesen. Nachtwächter, Sackträger, Torsteher und viele andere verlieren ihren Broterwerb. Wir hätten kämpfen sollen!" Er ergriff einen Spieß und rief: „*Vivat* Gülich, *vivat* die Bürgerfreiheit!"

„Mit dem Spieß gegen Kanonen? Ein paar hundert brave Bürger gegen 10.000 wohlgerüstete kaiserliche Soldaten?"

„Ja, das ist Kinderkram!" Er stellte den Spieß zurück, beugte sich zu mir vor und senkte die Stimme: „Ich soll von Herrn von Beywegh ausrichten, dass ein Bote der *Subdelegierten* der kaiserlichen Kommission nach Euch fragte, weil Ihr am 6. Dezember als Zeuge vor der *Subkommission* in Köln erscheinen sollt … Gnädiger Herr, könntet Ihr mit Eurem Zeugnis Niclaß Gülich nicht helfen? Euer Wort hat doch Gewicht."

Ich lächelte wehmütig: „Selbst, wenn ich mit Engelszungen redete, bewirkte das nichts. Sie sind nicht auf der Suche nach der Wahrheit, weil sie ihre Wahrheit aus Wolfskehls Berichten schon kennen und Gülich kann nicht abstreiten, Urheber einer Rebellion zu sein. Damit steht das Urteil fest."

„Ja, was wollen sie dann von Euch?"

„Denunziation! Hinweise auf Gülichs Hinterleute."

„Ach, das also!" Bedrückt senkte er den Blick und fragte dann leise: „Werden sie Gülich hinrichten?"

Ich zuckte die Achseln – ein Ja vermeidend. Lange hatte ich mir selbst blauen Dunst vorgemacht, aber nach drei Jahren Aufruhr, Verjagung der kaiserlichen Kommission aus Köln und vielmaliger Zurückweisung der Unterwerfung musste der Kaiser zumindest gegen die Galionsfigur des Aufstands ohne Gnade vorgehen. Jedes Wort für den Mann, der dem Kaiser widersprach, musste wie Glockenklang vergehen und erreichte nicht einmal das Ohr des Gefangenen.

Da ich niemanden anschwärzen wollte, beabsichtigte ich, mich krankheitshalber zu entschuldigen. Doch Beywegh schickte mir einen reitenden Boten, der mir die Ladung zur kaiserlichen *Subkommission* mit der Bitte überbrachte, den Herren gefällig Red und Antwort zu stehen. Nach vielen Demütigungen seien die Kaiserlichen jetzt äußerst kitzlig und mein Versäumnis rechne man auch ihm als Aufsässigkeit an. Beyweghs Furchtsamkeit hatte sich bisher als begründeter erwiesen als meine Forschheit. Deshalb tat ich ihm den Gefallen und überließ erstmals Alexander die Herrschaft über Merhoffen.

Nach dem heiteren Merhoffen kam mir Köln erstarrt vor. Kleinmut überall. Nach der fehlgeschlagenen Rebellion würde der Kaiser gewiss neue Steuern ausschreiben – er wollte ja stets Geld. Viele Aufständische saßen in den Türmen harte Strafen erwartend. Viele, die sich noch in Freiheit befanden, konnten ihnen bald Gesellschaft leisten.

Den Saal, in dem die drei Herren der *Subkommission* mich befragten, kannte ich. Dort hatte ich einst dem Ausschuss der *Sechsherren* von dem Überfall bei Wiedenbrück berichtet. Der Vorsitzende der *Subkommission*, ein gütiger weißhaariger Herr, saß vor dem wärmenden Kamin an dem Platz, an welchem damals Cronenberg präsidierte. Nach einer huldvollen Begrüßung fragte er ohne Umschweif nach Niclaß Gülichs Helfern, die er als zügellose Rechtsbrecher bezeichnete.

Darauf konnte ich nicht devot antworten, so sagte ich: „Warum sieht der hochgeehrte Herr Präsident in den Kölnern wilde Bestien? Die Rebellion war ein Hilfeschrei gepeinigter Bürger, für deren Not das Stadtregiment weder Herz noch Blick hatte."

Die kleinlaute Kriecherei gewohnten Herren zuckten zusammen. Der Vorsitzende schüttelte den Kopf: „Wie kann ein Edelmann und Schwiegersohn eines Bürgermeisters einer Rebellion gegen die gottgewollte Obrigkeit das Wort reden?“

„Mit dem Amt vertraut Gott der Obrigkeit auch die hohe Pflicht an, es zum Nutzen des Volkes zu verwalten, so wie ein guter Hirte sich um das Wohl seiner Schafe sorgt. Missachten stolzmütige Herren dieses Gebot jahrelang, müssen die Bürger sie auf einen besseren Weg bringen. Das ist die gute Nuss, die in der ungenießbaren Schale der Rebellion steckt.“

„Was fällt Euch ein!“, brauste der Vorsitzende auf, alles gütige Freundlichkeit vergessend. „Das gemeine Wohl liegt nicht da, wo der Pöbel es in seinem Unverstand vermutet.“

„Gewiss, nur müssen Bürgermeister und der hochweise Rat sich an das halten, was in dem kaiserlich konfirmierten *Verbund- und Transfixbrief* steht. Dagegen verstießen sie.“

„Wie könnt Ihr's wagen!“, brauste ein Beisitzer auf.

Der Vorsitzende gebot ihm mit einem Wink Schweigen und sagte streng: „Zu Eurem Besten wird diese Red nicht zu Protokoll genommen. Dass selbst ein Edelmann den Verführungskünsten dieses Gülichs erlegen ist, zeigt, wie nötig es ist, ihn hart zu strafen. Wie übel es hier unter seiner Ägide zuging, liegt doch klar zu Tag. Auf *Himmelreich* hielt er unrechtmäßig Gericht über viele ehrenhafte Herren, war Kläger, *Examinator* und Richter in einem. Mit seinen Zunftbrüdern rief er zu Plünderung und Tumult auf. Überall himmelschreiende Gewalt!“

„Die traurigen Ereignisse, die Ihr nanntet, hochgeehrter Herr Präsident, waren Gegenschläge der *Gaffeln*. Gülich verlangte nur, dass *Verbund- und Transfixbrief* so angewandt werden, wie sie kaiserlich konfirmiert waren.“

„Jaja, die Irrlehren dieses Prinzipalrebellen!“ Er lehnte sich zurück und sagte gönnerhaft: „*Verbund- und Transfixbrief* sind altes Recht, das im Lichte unserer Zeit auszulegen ist. Der Kaiser ist danach Kölns Oberherr im statui monarchico. Der status democraticus, den der Erzaufrührer herauslesen will, ist dem völlig konträr und mit ihm unvereinbar. Damit bleibt es beim statui monarchico, auch was die Bürgermeister anbelangt, die klar über dem Rat stehen."

Widerrede lag mir auf der Zunge. Den sich daraus entspinnenden Diskurs hätte ich gern mit Gereon Hesselmann geführt, nicht aber mit diensteifrigen kaiserlichen Kommissaren. Gegen den Backofen dampft niemand erfolgreich. So schwieg ich und bedauerte höflich, außer mit Gülich keinen Umgang mit Rebellen gehabt zu haben.

Am 12. Dezember, einem frostigen Mittwoch, verlas der Stadtsekretär von der Rathauslaube herab das kaiserliche Restitutionsmandat, das drei Jahre aus Kölns Chronik löschte. Ihn umgaben die Herren der *Subkommission* sowie die Mitglieder des neuen Stadtregiments. Mit Ausnahme Judenduncks erhielten alle durch die Revolte im Juni 1683 abgesetzten Amtswalter – Bürgermeister, Ratsherren, Syndici und Sekretäre – erneut ihre Würden auf Kosten derjenigen, die während der Gaffelherrschaft ihr Amt innehatten. An Gottes Ratschluss hingegen konnte auch der Kaiser nichts ändern. Gnädig ersparte er den Kölnern die Demütigung, Maximilian von Krebs huldigen zu müssen, der ein halbes Jahr nach Wolfskehl im März 1684 gestorben war. Da auch Ferdinand von Kollen kürzlich verschieden war, bestand der Ausschuss der *Sechsherren* neben Beywegh nur aus Adam Broich, Johann Honthumb und Jakob Wissius. In einer würdigen Zeremonie überreichte der Präsident der *Subkommission* Beywegh und Wissius die Bürgermeisterstäbe. Die weißen Stangen wirkten wuchtig in den Händen der Herren, an deren Leib die Stadtkonflikte gezehrt hatten.

Pragmatisch leisteten die Bürger den Mächtigeren Gehorsam. Still räumten sie den Schauplatz kaiserlicher Macht, den

Ort, den sie jahrelang jubelnd als Sieger gegen den Kaiser verlassen hatten. Im Geheimen aber glänzte der Stern des *protector Coloniae*, der die korrupten Herren verjagte. Alte Flugblätter, die ihn als tapferen Reformator feierten, machten unter der Hand die Runde.

Dennoch war die Bürgerfreiheit in den Staub getreten. Nur Niclaß Gülich blieb ihr in seinen Verhören im Rathaus zu Düsseldorf treu. Florentin war ihm als Zeuge gegenübergestellt worden und hörte wie er sagte, er bedauere, dass man den Kaiser falsch unterrichtete und er ihn deshalb ächtete. Mehr bedauere er nicht. Er habe nichts weiter getan als den Fundamentalrechten Kölns Geltung zu verschaffen.

Florentin schimpfte: „Mit seiner Bürgerfreiheit hat dieser starrsinnige Schaumschläger nur Chaos hervorgebracht und eine Schreckensherrschaft errichtet. Welche teuflische Macht er auf seine Anhänger ausübte, zeigt Meshov, der von Gülich verführt und hart unterdrückt wurde. Der arme Mann zerfließt vor Reue. Auf das Ende der tyrannischen Anarchie sollten wir jetzt trinken, *mon frère*!"

Er prostete mir zu. Ich ließ mein Glas stehen.

„Lieber Freund, in einem gebe ich dir Recht und trotzdem erhebe ich nicht mein Glas auf deine Red!", erwiderte ich. „Meinen Beifall für die Bürgerfreiheit dämpften die Plünderungen von Sax und die Erzwingung des Urteils gegen Hesselmann."

„Und die Angriffe auf uns Kaiserliche!", ergänzte er.

„Auch die! Doch: Die Wirren waren die Folge des Umsturzes, denn das Alte weicht nie friedlich. Mehr als ein Jahrhundert war Köln eine wohlhabende Republik. Jetzt ist es eine arme Aristokratie. Und Gülich? Das, was du Starrsinn nennst, nenne ich Standhaftigkeit in großer Not. Meshov will nur seine Haut retten. Sein falsches Geplärr ist widerlich. Du siehst, unsere Meinungen gehen da auseinander."

Er lachte: „Nun, dann trinken wir auf unseren Dissens!"

Wir hoben die Gläser und tranken auf den Dissens.

Hornung 1685

Im Februar sollten die Urteile über die Geächteten gefällt und vollstreckt werden. Um Gülich auf seinem Weg zur Richtstätte beizustehen, blieb ich in Köln. Von Florentin erfuhr ich, dass er und Sax zum Tode durch das Schwert verurteilt worden waren, während Meshov mit Rutenschlägen und Landesverweis davonkam und ihm aus kaiserlicher Gnade und „erheblichen dazu bewegenden Ursachen" das Leben geschenkt wurde. Dieser nebulöse Halbsatz bedeutete wohl, dass Meshov den Herren der *Subkommission* Argumente für die Verurteilung seiner Leidensgefährten geliefert hatte. Um Tumult und womöglich einer Befreiung der Verurteilten vorzubeugen, war Mülheim der Exekutionsort. Sogar der Tag der Vollstreckung, der 23. Februar, war weder Zufall noch Fügung. Man wählte den Fastnachtsamstag, damit sich nicht allzu viele Kölner vor dem Schafott sammelten.

Für Florentin war es eine dienstliche Obliegenheit, bei der Hinrichtung zugegen zu sein, und er lud mich ein, ihn nach Mülheim zu begleiten. Am Tag vor der Vollstreckung ließen wir uns stromab nach Mülheim rudern. Es war ein frühlingshafter Morgen. Eisschollen pochten leise gegen die Bordwand und um uns herum war das Blau des Rheins und des Himmels. Am anderen Ufer lagen papieren Schneereste im fahlen Grün. Ein Wolkenvogel, die weißen Schwingen ausgebreitet, zog über die wärmende Sonne.

Die schöne Welt half mir nicht aus dem Albdruck der bevorstehenden Hinrichtung. Mir war, als sähe ich der eigenen Exekution entgegen. Mit dem vier Jahre jüngeren Gülich verbanden mich viele übereinstimmende Ansichten, und der gegenseitige Beistand in mancher Not wie auch mancher Zank festigten unsere Freundschaft, erkennt man doch im Streit wie ein Mensch wahrhaftig ist.

Mülheim war noch ein Stückweit entfernt, als Florentin den Hals reckte und auf eine Mühle wies. Davor arbeiteten Männer auf einem bühnenartigen Gestell: das Schafott. Sie brachten an der Köln zugewandten Seite ein Brett an, damit die Köpfe nicht in das Publikum rollen konnten. Der letzte Blick der Verurteilten würde sich also auf ihre Heimatstadt richten, auf die Stadtmauer, auf die Türme von Sankt Kunibert, Groß Sankt Martin, den Stumpf mit dem Kran des unfertigen Doms und den massigen Ratsturm. Florentin betrachtete die Hinrichtungsstätte wohlgefällig, war ihm doch die Errichtung aufgetragen worden, was keine leichte Aufgabe war, denn solch ehrenrühriges Gewerk nahmen die Mülheimer Zimmerleute den ungeliebten Kölnern nur gegen fürstliche Bezahlung ab.

Kaum an Land eilte Florentin zu der Mühle, während ich mit seinem Diener, der unsere Habseligkeiten trug, zum Gasthof Zum Gulden Berg ging, wo Florentin und ich uns eine Kammer teilten. Nach dem Mittagsmahl schlenderte ich durch das Städtchen und spähte nach Gülichs Aufenthaltsort. Doch Türme gab es hier nicht und nirgendwo standen Wachen vor einem Haus. Allmählich füllten sich die Gassen mit Vermummten, die auf die Fastnacht tranken und ich ging zum Gulden Berg zurück. Im Hof des Gasthofs standen Karossen. Florentin unterhielt sich abseits der Haustür mit zwei Herren, von denen der eine der weißhaarige Präsident der kaiserlichen *Subkommission* war, den ich durch mein Eintreten für Gülich in meinem Verhör verärgert hatte. Hofleute wittern überall Verrat und Florentins Vertrautheit mit einem Gülichfreund konnte Zweifel an seiner Verlässlichkeit als kaiserlicher *Resident* wecken. Eilig zog ich mich in unsere Kammer zurück.

Als Florentin kam, erzählte ich ihm von meinem Auftritt vor der *Subkommission.* Betroffen sank er auf sein Bett nieder: „*Mon frère*, wozu dieser unnütze Streit? Ich hielt dich für klüger."

„Die Einseitigkeit und das Zerrbild Gülichs waren unerträglich! Ohne Protest hätte ich meine Selbstachtung verloren."

„Noble Torheit! Kennst du den Spruch nicht: Je mehr generelle Zustimmung, desto beherzter trommelt man, je mehr Widerstand, auf desto leiseren Pfoten geht man. In puncto Gülich sind schon Mauspfötlein zu laut!"

„Florentin, morgen in aller Herrgottsfrüh schleiche ich mich zur Hintertür hinaus."

„Dich verstecken? Da verlöre ich meine Selbstachtung!"

„Das kann dich dein Residentenamt kosten und Frau Amalia schätzt Wohlleben."

„Steht dein Gülichlob nicht im Protokoll, wie du sagst, ist die Gefahr gering, und meine Amalia würde diese Entscheidung gutheißen. Sie hält viel von dir!" Ich lachte und er fuhr fort: „Ja, sie lobte dich als einen aufrechten Mann, bei dem man sich beschützt fühlt."

„Genug, genug!", wehrte ich die Komplimente ab.

„Doch, so sagte sie, aber ihr Entzücken liegt wohl daran, dass wir uns so ähnlich sind", spaßte er, denn in Aussehen und Gestalt sind wir sehr verschieden. „Auf, *mon frère,* allons! Komm und sieh, dass die Kaiserlichen keine Kinderfresser sind."

Die Mitglieder der *Subkommission* und wir waren die einzigen Gäste im Gulden Berg. Unbefangen stellte Florentin mich dem Präsidenten vor. Dessen gütige Miene verfinsterte sich, dennoch begrüßte er mich huldvoll. Florentin erhielt den Ehrenplatz neben ihm, während ich mich zwischen zwei Sekretäre setzte. Die vielen Worte – höflich, launig, gelehrt, auch geschwätzig – rauschten an meinen Ohren vorbei. Die würzigen Speisen würdigte meine Zunge nicht. Immerhin lockerte der Wein sie und ich verlor die Scheu vor den Herren in den sorgsam gekräuselten Perücken, die gewiss ohne Rachsucht formsicher ihre Pflicht erfüllten. Trotzdem fühlte ich mich in dieser Gesellschaft wie ein Verräter an Gülich. Aber vielleicht erlaubten sie mir, als letzte Gnade ihm Trost zusprechen zu dürfen. Wie ein kalter Fisch wollte ich deshalb nicht bei ihnen sitzen. In eine Runde findet man am besten hinein, wenn man Fragen nach Reizvollem aus der Lebenswelt der Tischgenossen stellt. Daher erkundigte ich mich nach dem Kaiserhof. Vom Wiener Prunk wie von dem anderer Höfe wusste jeder zu berichten. Nach meinem „Hofeleben" gefragt, wechselte ich schnell vom modrigen kurfürstlichen Schloss in Bonn zum Hof Ludwigs XIV., wo ich mich in jungen Jahren zeitweilig aufgehalten hatte. Zwar ist der französische König kein Freund Kaiser Leopolds, aber was Zeitgeist und Mode anbelangt, ist seine Hofhaltung tonangebend in Europa. In königlicher Pracht schwelgend entschlüpfte ich der dumpfen Wirtsstube und doch wich Gülichs Todesengel nie von meiner Seite.

Spät fanden Florentin und ich zu Bett. Als ich schon dachte, er schliefe, meldete er sich aus dem Stockdunkeln: „Christoph, ich seh, wie arg der Kummer an dir nagt. Bedenke aber, die Geächteten trotteten trotz vieler Warnungen eselsstur auf dem fatalen Weg weiter und brachten viele ins Unglück."

„Gewiss, Gülich ist der Sündenbock, der auf dem Altar kaiserlicher Ordnung geopfert wird. Aber lassen wir das. Gleichwohl, lieber Freund, ich würde mich glücklich schätzen, morgen einige Trostworte an ihn richten zu dürfen."

Stille. Dann flüsterte er: „Da du die Frag' jetzt erst stellst, weißt du wohl, wie müßig sie ist! Keiner darf zu ihm, der ihn womöglich über Fluchtpläne instruiert! Lass uns schlafen!"

Schlaf? Mein sich in vielen Gedankenfäden knäuelnder Geist hielt ihn mir lange fern. Kaum war ich in unruhigen Schlummer gefallen, weckten mich die morgendlichen Geräusche. Eine Tür kreischte, die Haustür schlug zu, Stimmen, hin und her tappende Füße. Florentin stand auf, wusch sich

Gesicht und Hände. Sein Diener kam, entstaubte den Rock, puderte die Perücke und half ihm beim Ankleiden. Banal nahm der Tag seinen Anfang, den ich so gerne aufgehalten hätte. Ich erhob mich. Am Horizont glänzte das Morgenrot sich mit dem dämmrigen Grau mischend. Jetzt verlas man ihm das Urteil. All sein Tun würde verdammt werden. Als Abschaum stieß man ihn aus dem Kreis der Guten und aus dem Leben. Solche grausame Verlassenheit in Angst vor einem brutalen Ende ist ein Gethsemane – der Garten, wo Christus in Todesangst betete.

In der Wirtsstube löffelten die Herren die Morgensuppe. Angespannt wie ihre Gesichter war auch die Stille, die nur leise Worte unterbrachen. Ich zwang mich, einige Bissen zu mir zu nehmen. Ein Bote kam. Kopfschüttelnd gab der Vorsitzende die Nachricht bekannt. Gülich wolle sich nicht „zum Tode schicken" und er fragte den Boten, was das heißen sollte.

„Mit Verlaub, er meint, das Urteil sei nicht echt, weil alle Vorwürf unwahr wären, daher brauche er nicht zu beichten."

„Keine Beichte? Hat der Priester mit ihm gesprochen?"

„Nein, der Gülich schrie ihn an, er soll sich verziehen."

Die Herren sahen sich perplex an. Ohne Beichte mit allen Sünden beladen zu sterben, führt die Seele geradewegs in die Hölle. Dagegen steht einem Delinquenten, der reuig die Todesstrafe verbüßt, wieder das Tor zum Paradies offen. Trotz aller Übeltaten durfte eine Kommission des weltlichen Hauptes der Christenheit einen Katholiken nicht gnadenlos dem Teufel preisgeben, sondern musste sich um Seelenrettung bemühen. Man war sich sofort einig, dass alle Subkommissare den Todgeweihten zur Annahme des Urteils und zur Beichte bewegen sollten. Sie machten sich sofort auf den Weg.

Es endete im gegenseitigen Gebrüll. Fassungslos eilten die Subkommissare zur Morgenmesse. Später hielten sie in der Wirtsstube erneut Rat, während Florentin und ich auf einer Bank im Hof warteten. Die Februarsonne wärmte. Hennen pickten behaglich glucksend. Der Hahn reckte den Hals, spreizte die Federn, ließ sein langgezogenes Kikeriki hören und jagte eine Henne durch den Matsch des Hofs.

Der Schreiber kam und bat uns in die Stube. Das milde, sonst von Ärgernissen scheinbar unberührte Gesicht des Präsidenten war sorgenvoll. Man wolle den Verurteilten nicht ohne Beichte und Kommunion enthaupten, sagte er. Daher sei man übereingekommen, mich zu bitten, ihn zu besänftigen. Nur solle ich bedenken, dass bei einem Befreiungsversuch ich der Erste sei, auf den der Verdacht fiele, dem Vorschub geleistet zu haben.

„Das zu überdenken, ist wahrhaftig ratsam!", versetzte ich verärgert. „Versteh ich's recht, so droht mir für eine barmherzige Tat vielleicht Ehrverlust und Tod. Sind etwa Kurkölner Edelleut der Verschwörung gegen den Kaiser verdächtig?"

Die Herren machten betroffene Gesichter.

„Na … nein!", stotterte der Vorsitzende. „Solche Annahmen drängen sich aber auf, da der wohlgeborene Herr nie einen Hehl aus seiner Freundschaft zu dem Verbrecher gemacht."

„Ja, und genauso offen sage ich, ich unterstütze keinen Komplott gegen den Kaiser. Ich komme gerne der Bitte nach, einen Verzweifelten zu trösten, sofern man mir vertraut."

Stumm blickten sich die Herren an. Einer nach dem anderen nickte. Feierlich erklärte der Präsident, die Überzeugung der *Subkommission* von meiner Kaisertreue erlaube, dass ich zur Beruhigung des Verurteilten mit ihm spräche. Sorgsam protokollierte das der Schreiber. Man gab mir sogar Gülichs Todesurteil zu lesen. Viel Zeit ließ man mir nicht, trotzdem verstand ich, was den protector Coloniae zu Raserei gebracht hatte. Er wurde als Despot dargestellt und Unwahres stand darinnen. Abschließend las ich: „*… zu wohl verdienter Straff und andern zum abscheulichen Exempel ist Niclaß Gülich dem Nachrichter an die Hand zu geben, die zwei fordere Finger an der rechten Hand sind ihm auff einem Stock abzuschlagen, er* *soll mit dem Schwerd vom Leben zum Todt gerichtet werden, der Leib ist auf dem Galgen-Platz an Müllheim zu begraben, der Kopff aber soll auf einer eyserne Stange in die Höhe auff den Bayen-Thurn in Cölln auffgesteckt, dessen alleinge Güter dem kayserl. Fisco zu guten eingezogen werden, desselben Wohnbehausung ist niederzureissen, der Platz nimmer erbauet, sondern darauff ein Säul gerichtet, und zu des Aechtern ewiger infamie, desselben Verbrechen darauf beschrieben werden.“*

Sein Tod reichte nicht. Alles was freundlich an ihn erinnerte, sollte der Vernichtung anheimfallen und Abscheu bleiben. Ich kämpfte noch mit den Tränen, als mich ein bewaffneter Knecht zu einem altersgrauen Steinhaus führte, vor dem ein vor eine Sturzkarre gespannter Gaul stand. Davor spielten Kinder Haschen. Sie blieben stehen und starrten uns ängstlich an. Ihre Blicke verfolgten mich bis ins Haus. In der Stube saßen mehr als zwanzig Soldaten. Ihr Hauptmann las die Order und befahl seinem Leutnant, mich zu Gülich zu bringen.

Wir stiegen in den Keller hinab. Die Wache schloss die mittlere von vier Türen auf. Im Dunkeln auf einem Strohlager sitzend blinzelte uns der Gefangene entgegen. Wir traten ein und die Wache versperrte die Tür wieder von außen. Der Leutnant stellte seine Laterne auf ein Tischchen, auf dem noch die Morgensuppe stand und ließ sich auf dem Hocker nieder. Er wies mich an, mich zu dem Häftling auf das Strohlager zu setzen.

Gülichs verwahrlost stoppeliges Gesicht wirkte eingefallen. Die Augen waren gerötet. Er hatte wohl geweint, doch er saß aufrecht und seine Miene war eisig. Seine Hände umklammerten die Knie und an den schorfigen, entzündeten Gelenken sah man, dass ihm die Ketten erst vor Kurzem abgenommen worden waren.

„Ich bin gekommen …“, begann ich.

„Um den falschen Herren gefällig zu sein“, fauchte er. „Ha, bis zum letzten Atemzug schrei ich heraus, mit welchen Tücken und infamen Lügen sie die Bürger unter ihr Joch zwingen."

„Ich habe das Urteil gelesen, nichts stimmt."

„Ja! Nichts!", fiel er mir freudig ins Wort. „Lug und Trug bemäntelt ihr Unrecht. Alles Willkür! Sie wollen gar mein Haus abbrechen. Ha, die Kölner prügeln sie zum Tor hinaus!"

„Lieber Freund, die Stadt hat sich dem Kaiser ergeben."

Er riss die Augen auf. „Ihr seid also im Auftrag der Tyrannen hier, um mein Hirn weichzukneten!" Seine Hände zitterten – Zeichen einer gehetzten Seele, die den Kampf doch hinter sich lassen sollte, um sich auf den Himmel vorzubereiten.

„Ja, sie schicken mich, aber ich komme als Freund zu einem mir sehr werten Freund. Mein Freund verfolgte ein gutes Ziel und wurde zwischen *Gaffeln*, der kaiserlichen Kommission und Missgünstigen zerrieben. Ein gutes Ziel bleibt aber gut, wie sehr andere es auch verurteilen."

Er trank meine Worte geradezu, die mir vom Herzen auf die Lippen kamen. Nachdenklich sagte er: „So viel Lügen. In hundert Verhören hab ich ihnen meine intentiones expliziert, auch gesagt, was ich tat und was nicht. Sie verurteilen mich für delicta zum Tod, die ich nie beging. Dahinter steckt Jodoci!"

„Jodoci? Nein, Wolfskehl und Krebs verstanden es, den Wiener Hof, vor allem die Hofräte, für sich einzunehmen."

„Nein! Sax hat den Kaiser selbst überzeugt und die Hofräte tun das, was der Kaiser will."

„Das mag sein. Gleichwohl drei Jahre Widerstand gegen viele kaiserliche Befehle wiegen schwer. Jetzt straft man pars pro toto das Haupt der Auflehnung für diesen Ungehorsam."

„Strafen ja, aber gerecht!", murmelte er. Draußen trampelten Tritte. Er überhörte sie und sagte ruhig: „Haben wir Bürger kein Recht, redliche Anwendung unserer kaiserlich verbrieften Fundamentalgesetze einzufordern? Ist's nicht die Pflicht eines jeden, ihre Verletzung anzuklagen oder muss man in alle Ewigkeit ein alles Recht höhnendes Regiment dulden?"

„Ja, mein Freund, das ist und bleibt Unrecht!"

Ich drückte seine Hand. Er erwiderte den Druck und sah mich mit einem unendlich schmerzlichen Blick an. Für einen Augenblick verbanden sich seine und meine Seele, während draußen Schlüssel rasselten.

Drei Kerle stürzten herein und schleppten ihn fort. Ich war allein. Auf dem Tisch stand unberührt die Morgensuppe. Im Haus gellten Durcheinanderrufe und Schreie. Ich stand auf, nahm die Laterne und stieg langsam die Treppe hinauf. Im Flur lag Gülich gefesselt auf dem Boden. Zwei Männer griffen ihn unter den Achseln und an den Beinen, trugen ihn hinaus und warfen ihn im Bogen auf die Sturzkarre, um die vorhin die Kinder spielten. Sofort setzte sich der Zug in Bewegung. Die Bewaffneten folgten – zwischen ihnen ging sehr gefasst Sax. Gülich protestierte gellend gegen die „Gewalt". Volk lief zusammen. Überall roch es nach Gesottenem und Gebratenen. An vielen Ecken quiekte der *Rummeltopf*. Fastnachtsstimmung herrschte und den gegen „Gewalt" aufbegehrenden Mann auf dem Karren hätte man für einen Teil des närrischen Spektakels halten können, wären da nicht die Soldaten im trommelnden Gleichschritt gewesen.

Beim Gasthof Zum Gulden Berg hielt die Kolonne und man führte Gülich in die Stube, wo ihn die Herren der *Subkommission* am Tisch sitzend erwarteten. Eine fast weihevolle Stille herrschte. Im sanften Ton erklärte der Präsident: Da der Verurteilte in seiner Erregung das Urteil nicht recht verstanden habe, werde es gnadenhalber noch einmal verlesen, damit er sich füglich mit seinem Schicksal akkommodieren könne. Der an den Händen gefesselte Gefangene hörte reglos zu. Der Schreiber erhob sich und las: „Nicolaus Gülich, Hauptrebell des Aufstandes!"

„Rebell? Nein, ich nahm nur meine Rechte als Bürger und Pflichten als *Gaffelmeister* wahr", begehrte Gülich auf.

„Der Verurteilte hat zu schweigen!", gebot der Präsident.

„Er ist seiner vielfältig verübten hochstrafbaren Misshandlungen überzeuget worden", fuhr der Schreiber fort.

„Ich protestiere!", rief Gülich dazwischen. „In keinem Punkt überzeugten mich die Herren Subkommissare!"

„Er hat auf offenen Straßen und *Gaffeln* aus dem *Verbund-* und *Transfix* vorgelesen, denselben verkehrter Weis' ausgelegt, dadurch das unwissende Volk verführet und auf einem Irrweg in Hass gegen den Rat gebracht."

„Nein, alles steht kristallklar im *Transfixbrief*, da bedarf's keiner Auslegung!"

„Wie sich aus Seinen Briefen ergibt, wollt er sich zu einem *protector* aufwerfen, der die Macht haben sollte, die Gemeinde zu versammeln, den Rat übern Haufen zu werfen. Die Intention hat er damit bekräftigt, dass Er selbst die Stadttore nach Belieben öffnen und sperren ließ."

„Unwahr, Verdrehungen!", rief Gülich.

„Durch seine alleinige direction hat er Kanonen auf dem Ratsplatz gegen den Rat pflanzen lassen, die Gemeinde unter Strafdrohung auf den Zünften mit Gewehr zu erscheinen genötigt, das Rat- und Zeughaus einnehmen lassen."

„Unwahr, ich war damals gar nicht auf dem Ratsplatz!"

„Er hat gegen Bürgermeistere und Rat höchstärgerliche Schmähungen und verkleinerliche Nachreden öffentlich geführt, den Stadtkommandanten ohne Recht in Haft nehmen lassen."

„Nein, das hab ich nicht angeordnet!", protestierte Gülich.

„Schweig Er still!", fuhr der Präsident Gülich in solcher Schärfe an, dass seine collegae zusammenschraken. „Der Verurteilte sollte dem kaiserlichen Urteil den allerschuldigsten Respekt erweisen und die unziemlichen Widerreden lassen. Bis zu dieser Stund widersetzt Er sich allerhöchster Jurisdiction in heilloser Weis' und beweist so, dass er als Verletzer kaiserlicher Majestät rechtmäßig am Leben gestraft wird!"

„Ich achte Seine kaiserliche Majestät, nicht aber ein Urteil voll falscher Anklagen einer parteilichen Kommission. Ich protestiere gegen jede und alle Positionen, fordere Gerechtigkeit und unparteiische Richter", widersprach Gülich.

Die Herren schauten an ihm vorbei, als sei er bereits aus der Welt. Der Schreiber leierte weiter. Gülich habe auf dem Gaffelhaus *Himmelreich* eigenmächtig ein Gericht „formiert", vor das er Bürgermeister und Ratspersonen zitierte, wo er selbst als Kläger, Examinator und Richter fungierte und nach Belieben Geldstrafen verhängte. Das nannte Gülich freiweg Lüge. Keine Strafen, sondern Kautionen habe nicht er, sondern eine *Inquisitionskommission* den Herren auferlegt. Bei dem Wort unwahr blieb er bei allen weiteren Vorwürfen. Nach Verlesung des Urteils mahnte der Vorsitzende ihn väterlich, sich in das Unvermeidliche zu fügen. Den Kopf stolz erhoben würdigte der Verurteilte ihn keines Blickes. Auf einen Wink des Vorsitzenden zerrten die Soldaten ihn fort und warfen ihn wieder auf den Wagen.

Man hatte es nun eilig. Der Marschtakt war kürzer. Sax begleitete jetzt ein Priester. Den Bewaffneten folgten einige Bürger und am Schluss die Karossen der Subkommissare. Die Sonne hatte sich hinter den Wolken verkrochen. Es war feuchtkalt. Auf dem kahlen Feld flogen kreischend Rabenvögel auf. Meine Füße liefen mechanisch. Ich nahm nur noch den Marschtritt und das Rumpeln der Wagen wahr. Rechter Hand floss bleiern der Rhein und Köln kam unter grauwolkigem Himmel in Sicht. Jemand begann zu singen: Te deum laudamus! Nicht der Priester, Niclaß Gülich stimmte das Gotteslob an, so als wollte er sein eigenes Totenlied singen. Es klang aber nicht nach Totenklage, sondern zuversichtlich.

Als das Schafott vor der Mühle sichtbar wurde, bei dem ein Haufen Schaulustiger warteten, verebbte sein Gesang. Am Galgenplatz hielt das Gefährt. Ruhig stieg Gülich von dem Fuhrwerk. Bis zur völligen Hoffnungslosigkeit hatte er für seine Sache gefochten, jede Möglichkeit ausgeschöpft, seinem Anliegen Geltung zu verschaffen. Vor dem Blutgerüst inmitten einer Horde Soldaten war der Kampf zu Ende. Er bat um die Kommunion, die ihm die Subkommissare gewährten. Außer Hörweite, doch unter vielen neugierigen Blicken, beichtete er. Weder brach er in Schluchzen aus noch zeigte er eine dramatische Gemütsbewegung. Mehrmals wischte er sich übers Gesicht. Nach Gebet und Absolution kniete er nieder, um die Hostie zu empfangen, hob aber plötzlich abwehrend die Hände, stand auf und redete aufgeregt auf den Priester ein. Beschwichtigend legte dieser ihm eine Hand auf die Schulter, die andere auf sein Herz etwas gelobend. Gülich kniete nieder und kommunizierte. Als er sich erhob, hatten die Soldaten einen Gang zwischen ihm und dem Schafott formiert, auf dem der Henker mit dem Richtschwert wartete. Langsam schritt er an den Soldaten vorbei und bestieg das Gerüst, hinter ihm der Geistliche. Er sah zum trüben Himmel auf und zog den Rock und auch das Hemd aus. Der Henker bedeutete ihm die Stelle, wo er enthauptet werden sollte. Willig trat er dorthin. Kein Blick mehr auf Köln. Er kniete nieder, band sich ein schwarzes Tuch vor die Augen, das ihm ein Knecht reichte, zog das Haar nach vorne, um dem Scharfrichter den bloßen Nacken zu bieten und faltete die Hände. Totenstille. Mühlsteine pressten mein Herz. Der Scharfrichter holte aus. Der Streich ging glatt durch Genick und Gurgel. Der Kopf schleuderte zu Boden, Blut spritzte aus dem Hals, der Rumpf fiel vornüber. Die Menge applaudierte dem Scharfrichter. Das bluttriefende Haupt hob ein Knecht auf und ließ es in einen Korb fallen. Danach schlug der Henker dem Toten auf einem Klotz die beiden Schwurfinger ab. Den Leichnam legten Knechte neben dem Schafott ab und bedeckten ihn mit einem sackartigen Tuch.

Als Sax sich auf dem blutbesudelten Gerüst zum Tode bereitete, kam Florentin zu mir. Er deutete auf die Karossen, in denen die Subkommissare die Exekution verfolgten: „Komm! Du musst nicht mit dem Volk laufen."

Ich schüttelte den Kopf und da alles Drängen nicht half, ging er. Ein Schrei. Brüllend, dann gurgelnd wimmernd wand sich Sax auf dem Schafott. Das Richtschwert war ihm unter dem Nacken in den Rücken gefahren. Der Scharfrichter trat auf seinen rechten Arm, um ihn zu fixieren und versuchte, den Kopf vom Hals zu trennen. Fünfmal hieb er zu, bis das Werk getan war. Die Menge murrte. Die Kölner hätten den Düsseldorfer Nachrichter nach dieser Schlachterei totgeschlagen.

Kaum war Sax' Haupt vom Leib getrennt, fuhren die Karossen gen Mülheim. Die Schaulustigen zerstreuten sich hurtig. Anton Meshov sollte noch flussab aus Mülheim geprügelt werden. Aber vielleicht wollten sich die Leute lieber in der Fastnacht des Lebens freuen oder flüchteten vor den rachsüchtigen Geistern der Hingerichteten.

Sax' Schreie noch im Ohr grauste es mir vor dem Gerüst. Trotzdem trat ich zu Gülichs Leichnam. Das ihn bedeckende Tuch hatte sich mit Blut vollgesogen und zeichnete die kräftigen Schultern ab, an denen der Kopf fehlte – ein Bild, das mich lange verfolgte. Ich bat Gott, seine Seele in Güte aufzunehmen, hatte er von den Menschen doch wenig davon erfahren. Halblaut sagte ich: „Guter Freund, hab Dank für deine Hilfe! Verzeih, falls ich zu hart zu dir war!" Ich schloss die Lider und sah sein Gesicht, seine begeistert funkelnden Blicke während unserer nächtlichen Dispute im Verhannenhaus.

Neben mir rumpelte es. Die Knechte schmissen Sax' Leichnam auf eine Schubkarre und kippten sie in eine Grube unweit des Schafotts. Zwei Ave-Maria konnte ich noch sprechen, dann holten sie Niclaß Gülichs Rumpf, warfen ihn auf Sax' Leiche und schaufelten Erde auf sie. Der Priester trat zu mir. Da den Toten kein christliches Begräbnis zustand, fragte ich, was ihn hier noch hielte.

Leise sagte er: „Es ist nicht verboten, hier zu beten. Aber zuvor gehe ich spazieren."

„Wenn's recht ist, leiste ich Euer Hochwürden Gesellschaft, weil ein Gebet auch mir ein Anliegen ist."

Er nickte. Im lehmigen Licht gingen wir den Rhein entlang. Ob wir stromauf oder -ab spazierten und ob einer von uns etwas sagte, das weiß ich nicht mehr. Nur an dieses müde gelbliche Licht und das träge Plätschern des Rheins erinnere ich mich. Bei unserer Rückkehr traten die Knechte schon das zuvor abgestochene Gras auf der Grabstelle fest. Nichts sollte an die letzte Ruhestätte zweier Menschen erinnern. Dann packten sie ihre Gerätschaften in die Schubkarre, auf der auch der Korb mit den Köpfen Platz fand. Sie gingen davon und wir traten an das Grab. Ein Kreuz bildend legte ich zwei Äste darauf. Wir baten Christum, sich ihrer Seelen anzunehmen und machten das Stücklein Erde zu einem heiligen Ort, denn dort, wo sich zwei in Christo Namen versammeln, ist er mitten unter ihnen, steht in der Bibel.

Still traten wir den Heimweg an. Kurz vor Mülheim fragte der Priester: „Was verbindet Euch mit den Enthaupteten?"

„Niclaß Gülich ist – nein, war ein Freund. Und warum habt Ihr an seinem Grab gebetet, Hochwürden?"

„Muss man nicht die, welche todeswürdig gefehlt haben, der Gnade Gottes besonders anempfehlen?" Er blieb stehen und blickte zum Himmel. „Ja, dieser Niclaß Gülich – ein seltsamer Mensch, voller Zweifel und Argwohn."

„Wenn Ihr eine Nacht Zeit hättet, seine Geschichte zu hören, würdet Ihr ihn verstehen. Die Nacht ist gut dafür!"

„So dunkel ist seine Lebensbeschreibung?"

„Ja, trauerschwarz mit sternfunkelnden Siegen! Er eiferte christlichen Idealen nach, die in der Welt scheiterten. Doch Hochwürden, warum meint Ihr, er sei ein Zweifler?"

„Als ich ihm auf dem Richtplatz die Hostie reichte, sagte er: illa hostia non est de pane tritino. Erst als ich bei meiner Seel Seligkeit schwor, es sei der Leib Christi, nahm er sie. Nur ein Ungläubiger kann denken, ein Priester wäre so perfide, eine ungeweihte Hostie nach der Beichte anzubieten."

„Er war gläubig", sagte ich. „Nur den Glauben an die Obrigkeit hatte er verloren. Ihm lag die Gerechtigkeit am Herzen. Einer seiner letzten Sätze an mich war: Strafen ja, aber gerecht. Und ob der Kaiser ihn zu Recht verdammte, bezweifle auch ich."

Entsetzt trat er einen Schritt zurück und sagte streng: „Der von Gott eingesetzte Kaiser fällt nur gerechte Urteile."

„Da liegt der Fehler, Hochwürden! Der Kaiser mag gute Gründe haben, die Verursacher des Aufstandes per exemplum hart zu strafen. Ob es aber wahrhaft gerecht ist, Bürger hinzurichten, die sich gegen eine böse Herrschaft wehren, die Frag geht mir wohl noch lang im Kopf herum."

Die aufwühlenden Ereignisse beschäftigten mich lange, allerdings mehr mein Herz und Gemüt, als dass ich über ihre Hintergründe nachdachte. Mir blieb auch wenig Muße für Grübeleien. Ich erhielt gleich zwei Brandbriefe, die am Tag vor den Hinrichtungen in Köln eintrafen. Gillis beschwerte sich diesmal nicht über meine Pächter, sondern über den „jungen Herrn". Er gebe für Lustbarkeiten Unsummen aus. Lieb-belle schrieb von Gelagen mit lasterhaften Volk. Nach einem Streit sei sie zu Tante Sophia nach Bonn gefahren. Zornig über meinen liederlichen Sohn ritt ich am Rosenmontag nach Merhoffen.

Im Stockdunkeln kam ich an. Mehrere Karossen standen im Wirtschaftshof. Wohltuender Harzgeruch von gespaltenem Holz erfüllte die Luft. Musik und Lärmen schallten aus einem offenen Fenster des hell erleuchteten Rittersaals. Hennes begrüßte mich einsilbig, nahm mein Pferd am Zügel und wünschte, „wohl zu ruhen", eine sinnige Empfehlung angesichts der Lustbarkeit. Aus der Ferne hörte ich das gedehnte

Huhuu eines Käuzchens. Seinen Rufen lauschend und das Holzaroma in der Nase blieb ich auf die Brüstung des Ziehbrunnens gestützt stehen.

Geist und Leib erschlafften und ich sehnte mich nach der Ruhe des Waldes. War ich schon ein alter Mann, der Vogelrufen nachhorchend, Nachtschatten und Stille liebt und jugendliche Ausgelassenheit verdammt? Solche Exzesse waren doch ein Kontrapunkt gegen die hunderterlei Bosheiten der Welt. Am Krankenbett Alexanders war mir der Gedanke gekommen, den Freuden des Lebens mehr Raum zu geben – allerdings maßvoll. Aber gab es denn ein Maß für Schmerz und Freude, für Unrecht und Gerechtigkeit?

Ich löste die Hände vom Brunnenrand. Mich von Waldduft und Nachtstille verabschiedend ging ich dem Kreischen und Gegröle entgegen zum Herrenhaus. Im Speisezimmer leuchtete eine Kerze auf dem Esstisch. Die Tür zum Kabinett war versperrt, obwohl sie weder Schloss noch Riegel hatte. Ich stemmte mich dagegen. Federnd widerstand sie. Bevor ich sie gewaltsam aufstieß, öffnete sie sich von selbst. Ein Paar stürmte heraus – sie halb entblößt, er hielt sich die Hose. Eine Maske und eine Harlekinkappe ließen sie zurück.

Ich stieg zum Rittersaal hinauf und geriet in eine außer Rand und Band gelaufene Lustbarkeit. Paare tanzten taumelnd, andere poussierten in den Ecken. Frauen schimpften wie Marktweiber. Feixend animierte mein Sohn die Musiker, geschwinder zu spielen. Ich legte die Hand auf seine Schulter, er wandte sich um und ich befahl ihm mitzukommen. Im Speisezimmer schmetterte ich Kappe und Maske auf den Tisch und warf ihm vor, rohes Volk zu beherbergen, das seine Wollust in meinem Kabinett auslebe. Reuig nickte er und sorgte rasch für Ruhe.

Obzwar er herzhaft in meinen Beutel gegriffen hatte, hielt ich tags darauf kein donnerndes Strafgericht nach Hausvätermanier. Die Sache war zu ernst und mit Appellen an seine Vernunft hatte ich bisher mehr erreicht als mit Härte. Nüchtern führte ich ihm vor Augen, sich in die Fänge eines frivolen Haufens begeben zu haben. In der Fastnacht gehe es nun einmal lustig zu, wehrte er sich und Lieb-belle habe ihn diffamiert, weil sie seine Freunde nicht mochte.

„Und just diese Freunde will ich hier nimmer sehen! Zerstreuung muss nicht in Zügellosigkeit und Prasserei auf Kosten eines Geldbeutels enden!“, hielt ich ihm entgegen und machte ihm anhand des Rechnungsbuches klar, dass der flüchtige Spaß Jammer für viele Jahre bedeuten konnte. Die Kassa war nicht für vergnügliche Kurzweil wohlgefüllt, sondern für Zeiten schlechter Ernten. Betroffen gelobte er Sparsamkeit.

Charlotte wollte ebenfalls nichts Unsittliches bemerkt haben, obwohl ich später von Lieb-belle erfuhr, dass sie das Ausufern der Festivitäten ihrem Liebsten sehr wohl vorgeworfen hatte.

März und April 1686

Kurz vor meiner Ankunft in Merhoffen hatte Hannche nach langer Pein einen Sohn geboren. Anton trug mir die Gevatterschaft über Christoph Nicolaus an, die ich freudig annahm. Nach der Taufe fuhr ich nach Bonn, um Lieb-belle heimzuholen. Schwager Andreas lag fiebrig im Bett und Sophia scheuchte die Mägde herum, selbst weder Ruhe noch Rast findend. Lieb-belle und ich zogen uns in ein Kämmerlein zurück, in das Sonnenschein allmählich hineinfand und das filigrane Netz farnkrautartiger Eisblumen am Fenster zergehen ließ und Behaglichkeit in alle Winkel streute. Auf einer Truhe sitzend erzählte Lieb-belle stolz von der Seidenweberei ihres Herzliebsten, die ihm satten Gewinn beschere, weil er gutes Tuch billiger feilbot als die französischen Manufakturen. Zwar müsse er noch Seidenfäden aus Italien importieren, weil leider viele Seidenraupen vorzeitig eingingen, aber es seien schon weitaus weniger als zu Beginn.

„Du sprichst wie eine Kaufmannsfrau“, rügte ich sie freundlich.

„Und die will ich auch sein. Die Wolfkehls sind rehabilitiert. Der Kölner Rat gab ihnen sogar ihr Haus zurück. Herr Vater, was spricht noch gegen die Heirat?“

„Nichts!“

„Nichts?“

„Nichts! Es freut mich, wenn ihr Euch weiterhin einig seid, obwohl er mit der Jungfer Camilla tändelte.“

„Ach, pfui! Ihr wisst doch, dass er mir treu ist!“

„Das kann nur er selbst wissen.“

„Ich glaube ihm! Wer liebt, der glaubt, sonst liebt er nicht!“

„Dann sollte er um deine Hand anhalten.“

„Heiraten?“ Ich nickte. Juchzend fiel sie mir um den Hals und jubelte: „Ich bin ja so froh, so froh, so himmelhoch froh!“

„Voraussetzung ist aber, dass auch seine Mutter zustimmt.“

„Ach je!“, stöhnte sie. „Wir brauchen sie nicht. Michel hat eine glückliche Hand in Handelsgeschäften.“

„Wertes Kind, auch ein geschickter Kaufmann bleibt mit wenig Mitteln ein armer Schlucker und kein Beywegh hilft einem Wolfskehl. Ich bewahre dich nur vor sorgenvoller Not.“

„Ach, aber Frau von Wolfskehl ist kalt und hart wie Eis.“

„Leider, und in früher Morgensonne schmilzt kein Eis. Behutsam müssen wir ihr Vertrauen gewinnen. Ich lade sie zu einem Divertissement nach Merhoffen ein.“

„Zu uns kommt sie nicht!“

„Sie wird kommen! In der Fastenzeit empfiehlt sich geistliche Musik – für eine Witwe eine erbauliche Abwechslung.“

Lieb-belle machte ein skeptisches Gesicht. Auch ich hatte Zweifel, obwohl die Einladungen zu unseren weit bekannten

Divertissements höchst begehrt waren. Doch meine Schwester half. Sie kannte zwei Freundinnen der Witwe, die versprachen, sie mitzunehmen. Doch Frau von Wolfskehl war eine überzeugt leidende Witwe, die jeder Verlockung widerstehend ihre Anklage gegen die böse Welt ostentativ vor sich hertrug. Sie ließ meine Einladung unbeantwortet und erschien auch nicht. Das geistliche Divertissement gefiel allseits, besonders Alexanders Lautenspiel. Zwar schickt sich ein fast öffentlicher Auftritt als Musikus für einen verheirateten Edelmann nicht, gleichwohl war diese Extravaganz usus geworden und viele kamen vor allem, um ihn zu hören.

Die Freundinnen der Witwe Wolfskehl beteuerten ohne Ende, welche Wonne er ihnen bereitet hatte und beklagten, nur zu zweit gekommen zu sein.

„Mesdames, auch ich wollte die Witwe aus ihrer Trübsal holen, aber sie scheut mein Haus“, sagte ich.

„Ja, ein Jammer!“, bedauerte die Jungfer mit imposantem Doppelkinn, wozu ihre magere Freundin nickte.

„Dann versuchen wir es ein zweites Mal!“, schlug ich vor.

„Wir dürfen wiederkommen?“, fragte die Magere.

„Ja, und es wär mir eine besondere Freud, alle drei Damen willkommen zu heißen.“

„Avec plaisir!“, flöteten sie und schworen, der Witwe gut zuzureden.

Das Rare schätzt man mehr als das stets Verfügbare. So ließ ich mir mit dem Divertissement für die Witwe bis Anfang Mai Zeit und lud dazu von Gülich aus Köln vertriebene Bekannte der Wolfkehls ein. Henrich de Groote und seine Gattin und andere sagten zu, um deren Freundschaft sich die Wolfskehls einst bemühten. Die Freundinnen nannten der Witwe en passant die Namen der illustren Musikliebhaber. Sie antwortete mir diesmal, sie wolle kommen, „wenn's die Umständ zuließen“, was freilich nach höflicher Absage klang.

Vor dem Divertissement ritt ich noch einmal nach Köln, denn um Beyweghs Gesundheit stand es erneut schlecht. Die Bürgermeisterwürde hatte ihn aufgerichtet und aus dem gequält unduldsamen Mann war wieder der in sich ruhende Herr geworden. Doch bald hagelten abermals Beschwerden. Als er wieder leidlich bei Kräften war, eröffnete ich ihm meinen Verlobungsplan, der ihn höchst verdross. Er wetterte, dass er aus tiefster Seele diese „ehrlosen Geldwölf" verabscheue. Wie könne ich als Edelmann nur eine solche Schandheirat wünschen. Keinen Heller werde er zur Mitgift beisteuern, tobte er. Das war zu verschmerzen, falls die Witwe Wolfskehl ihren Sohn nicht enterbte. Felicitas nahm jedoch mein Vorhaben ergeben hin, in der Hoffnung, dass die „Gewitterhex" die Heirat ablehne.

In dieser Zeit begann der Verkauf des Inventars des Verhannenhauses, dessen Abbruch der Rat angeordnet hatte. Viele kamen, wenige kauften. Zu alt, zu dürftig, zu schadhaft war das meiste selbst für bescheidene Ansprüche. Zu einem letzten Abschied ging ich dorthin.

Noch einmal stand ich in Niclaß Gülichs Küchenkabinett, stieg die Treppe hinauf, unter der sich kein Warenlager mehr befand, und setzte mich auf das Bett, in dem ich vor langer, langer Zeit einmal schlief und der Hausherr mir Gute Ruh wünschte. Das Haus war erfüllt von seinem Wesen. Doch Stück für Stück wurde es gesichtsloser und sein Charakter, das Heim des *protector Coloniae* zu sein, zerschmolz. Die grünen Noppengläser waren einem Käufer einen halben Taler wert. Die Umstehenden lachten über den hohen Preis. Das Stehpult wollte niemand. „Mehr als Feuerholz is dat nit", sagte einer. So wurde es als Feuerholz verscherbelt. Eine Truhe war einem einen halben Taler wert. Als man sie wegtrug, lagen darunter Papiere. Ich hob sie auf und las in Gülichs Handschrift *Relation.* Es war eine Darlegung wie man Kölns Finanzen „aufhelfen" könne, indem man reiche Protestanten und Juden ansiedelte, ein kluger Weg aus der Not – und eine Unmöglichkeit im katholischen Köln. Die Denkpausenverzierungen waren diesmal Münzen und ein Karren voller Geld. Die *Relation* war das einzige, was ich mitnahm – für mich das lebendigste Andenken an Niclaß Gülich, ließen seine Gedanken in seiner Schrift ihn doch überall auferstehen.

Der Wonnemonat Mai 1686

Der von Lieb-belle sehnsuchtsvoll erwartete Tag des Merhoffener Divertissements hatte begonnen, das diesmal nicht auf Tanz und Hörgenuss beschränkt sein sollte wie alle bisherigen. Schlafkammern waren für die Herrschaften bereitet. Im Rittersaal bedeckte makellos weißes Leinenzeug eine lange, aus mehreren Tischen zusammengestellte Tafel. Zehn silberne Armleuchter schmückten sie, dazu silbernes Besteck, venezianische Weingläser und Teller aus chinesischem Porzellan, welche Beywegh zur Vermählung von Charlotte und Alexander gestiftet hatte. Eine Karosse nach der anderen rollte in den Hof, als sollte Hochzeit gefeiert werden, dabei feierten wir nur die Hoffnung auf eine Verlobung.

Zuletzt trafen die Wolfkehls ein. Die Witwe ganz in Schwarz erwiderte sauertöpfisch meinen Willkommensgruß, reckte den sehnigen Hals, musterte abfällig die Tafel und den spielenden Lautenisten, obwohl es an beiden nichts auszusetzen gab. Ihr Sohn hob resignierend leicht die Hände. Immerhin verbesserte Gesottenes und Gebratenes ihre Laune. Sie schwatzte mit Freundinnen und plauderte mit den de Grootes.

Herr de Groote fragte mich: „Ich hatte in Köln einmal die Freud, den Herrn Sohn spielen zu hören. Wird er uns auch heut das Vergnügen machen?“

„Oh ja!“, unterstützte die dralle Freundin der Witwe de Grootes Bitte. „Auf der Geige soll er wahre Mirakel vollbringen.“

„Mein Sohn spielt nur im kleinen Kreis“, wich ich mit Rücksicht auf die Witwe aus, die mich aber so erwartungsvoll anschaute, als wünschte auch sie ein Ja.

„Eine Ausnahme wär doch möglich?“, bat Frau de Groote.

„Wenn es Ihr Wunsch ist, wird er gern gefällig sein.“

Als das Mahl beendet war, nahm ich Alexander beiseite und sagte: „Unsere Gäste wollen dich auf der Violine hören. Versuche, das Herz der Witwe zu rühren.“

„Das ist schwer, Herr Vater! Die alte Krähe liebt Boshaftes und alles, was der dunklen Seite des Gemüts schmeichelt.“

„Jedes hornhäutige Herz hat auch eine weiche Stelle. Tu's für das Glück deiner Schwester.“

Er versprach es. Nach einer schwungvollen Sinfonia erhob ich mich und sagte: „Werte Freunde, hochgeehrte Gäste! Mein Sohn wurde gebeten, auf der Geige seine Kunst zu zeigen. Dem Wunsch will er gerne nachkommen, wenn's genehm ist.“

Alle applaudierten. Alexander stellte sich mit seiner Geige neben den Cembalospieler und warf mir einen beklommenen Blick zu, ging es doch um mehr als um eine musikalische Erlustigung. Begleitet von Cembalo und Viola da *Gamba* spielte er eine Triosonate mit Namen „La Follia“, was Verrücktheit bedeutet. Damit führte er seine Virtuosität mit Doppelgriffen und Triolen vor. Im letzten Satz konnte der Gambist nicht mehr mithalten. Wild, mit springendem Bogen kam Alexander zum Schlussakkord. Das Stück, bei dem die Schönheit hinter der Fingerakrobatik zurückblieb, fand jubelnden Beifall. Die Witwe Wolfskehl nickte anerkennend.

Als Nächstes kündigte er zwei Lieder an. Ausnahmsweise werde sie seine Gemahlin zu Gehör bringen, da er nicht gut bei Stimme sei. Die Pocken hatten seine Stimme geschädigt. Charlotte sang eine seichte Hymne voll Sonne und Wonne auf die Liebe. War das Liedlein auch ohne Belang, so gaben die lockenden Blicke Charlottes auf ihren Gatten, der sie liebevoll erwiderte, dem Schwulst Wahrheit. Selbst die Witwe lächelte, wohl in angenehmen Erinnerungen schwelgend.

Als Nächstes kündigte Alexander ein Lied an, das er in Gesellschaft noch nie vorgetragen hatte, weil es eigentlich nur für die Ohren von Einer bestimmt sei. Der Prolog steigerte die Erwartung. Selbst die schon Bezechten reckten die Hälse, damit ihnen nichts entginge. Ein graziles Vorspiel. Charlotte warf ihrem Gatten einen selbstbewusst koketten Blick zu und sang: „Das Glück wurd' mir zum Feinde, als falschen Mund ich küsst …" Schmiegsam schlüpfte die Musik den Zuhörern ins Ohr. Viermal mussten sie das Lied wiederholen. Beim dritten Mal flocht Alexander mit raspelndem Timbre eine zweite Stimme ex tempore ein und „so ist doch alle Freud, allein in Herzenseinigkeit" schmetterten sie so mitreißend, dass die jugendlichen Gäste mitsangen. Das war der Witwe zu viel. Sie ging, aber lange noch scholl die „Herzenseinigkeit" durch das Haus. Spät fanden wir zur Nachtruhe.

Morgensonne weckte mich. Leise zog ich mich an und ließ Felicitas schlummern. Schlafstille herrschte im Haus. Auf der Treppe roch es säuerlich. Berauschte hatten es nicht mehr geschafft, sich draußen zu übergeben.

Im Esszimmer saß die Witwe Wolfskehl und wartete auf das Frühstück. Ich setzte mich zu ihr und fragte sie, wie ihr das Divertissement gefallen habe.

„Gut, bis auf das letzte Lied", sagte sie gleichgültig.

„Gerade das erhielt starken Applaus."

„Wer zuckrige Honigsüße mag, dem mag's schmecken!"

„Ein hartes Urteil für meinen Sohn."

„Ach, er ist der arme Poet, der für diesen Anlass das rührselige Lied zusammenschustern musste", stichelte sie.

„Keineswegs! Er schrieb's schon vor längerer Zeit."

„Am End' ist's doch nur ein heuchlerisches Hochzeitslied!", trumpfte sie auf.

„Wo ist da Heuchelei? Sollen Ehegatten in Liebe einander

zugetan sein, wie's die Kirche will, so kann das Fundament dafür doch nur die Herzenseinigkeit sein!"

„Ihr streckt wohl nie die Waffen!", brummelte sie.

„Nein, mir will's nicht in den Kopf, warum zwei aufrichtig Liebende von guter Herkunft nicht heiraten sollten."

Sie kniff die Lippen zu einem Strich zusammen und schwieg.

Eine Magd brachte die Morgensuppe. Der unangenehme säuerliche Geruch von der Treppe stieg mir wieder in die Nase. Ich stand auf und stieß das Fenster auf. Morgenwind wehte Blütenduft und das Zwitscherkonzert der Vögel herein.

„Bitte schließt das Fenster, sonst kommen die pesthaften Ausdünstungen der Erd herein", verlangte hinter mir die von Schreckgespenstern umgebene Frau.

„Derzeit gibt es keine Pest. Bitte, Madame, kommt zu mir!"

„Gott behüte! Die Luft ist kalt."

„Es wäre an der Zeit, den Blick der schönen Welt zuzuwenden. Verstorbene wünschen sich ein langes Gedenken, nicht aber, dass sich die Angehörigen zu Lebzeiten selbst beerdigen."

„Was geht's Euch an?", sagte sie spitz.

„Weil übermäßige Trauer das Leben unnütz vergällt."

„Ah, Ihr walkt mich solang, bis die Hochzeitsglocken läuten."

„Bitte, Madame, kommt ans Fenster!"

Widerwillig trat sie neben mich, zwinkerte in die Helle, sich einen Zipfel ihres Umschlagtuchs vor Mund und Nase haltend.

„Madame, seht das Feuer des Tagesbeginns! Seht wie sich alles bewegt. Dort weiden trächtige Kühe. Die vormals kahlen Bäume schmücken Millionen Blätter. Blumen in allen Farben! Alles tönt, regt und ändert sich." Folgsam wanderten ihre Augen durch den erwachenden Maitag. „Da, wo wir toten Stein auf toten Stein setzen, bricht irgendwann das Grün hindurch, wäscht der Regen den Mörtel aus den Mauern, lässt das Holz unserer Häuser faulen und sie zerfallen, wenn wir nicht Balken erneuern, Fugen frisch ausstreichen. Gottes Wirken will keinen Stillstand. Was stillsteht, vergeht, wird überwuchert und so lange Leben in uns ist, sollten auch wir uns regen, vorangehen und nicht im Alten verharren."

Andächtig betrachtete sie den luftigen Blütenprunk und Maiduft drang wohl auch durch ihr Tuch. Dann sagte sie leise: „Ein feiner Besitz! Gehört das Feld da drüben dazu?"

„Gewiss, auch das Weideland dahinter."

Sie hob bewundernd die Brauen, drehte sich um und ging. Ich seufzte. Nur einen Augenblick befreite ich sie aus ihrem freudlosen Schneckenhaus. Aber eine Kaufmannsfrau beeindruckt wohl eher Besitz als die Natur. Insofern wertete ich ihre anerkennenden Worte als Erfolg. Nicht so Michel und Lieb-belle. Sie wollten nun ohne den Segen der Mutter heiraten, was ich verbot. Es musste einen anderen Weg geben.

Wunderbarerweise öffnete sich dieser Weg von alleine, denn bereits nach wenigen Tagen kehrte Wolfskehl zurück, so frohgemut wie nie zuvor. Im Speisezimmer erzählte er Lieb-belle, Felicitas und mir eine sonderbare Geschichte. Seine Mutter habe ihn am Vortag gebeten, mit ihr nach Godesberg zu fahren. Während der Fahrt habe sie ständig zum Fenster hinausgeschaut. In Godesberg nahmen sie in einem Gasthof ein schlechtes Mahl zu sich. Auf der Heimfahrt lehnte sie sich gar aus dem Fenster. Kopfschüttelnd berichtete er: „Es war so kurios, dass ich an ihrem Verstand zweifelte. Sie fragte, ob mir die Fahrt gefalle. Was sollte mir daran gefallen, sinnlos über schlechte Straßen zu holpern? Für sie sei es ein Erlebnis, das neue Gedanken bringe. Sie überlege gerade, ob's nicht ratsam wäre, wenn ich Mademoiselle Anna Christine heiratete, ein Edelfräulein, dessen Vater, Herr eines stattlichen Anwesens sei und von hohem Ansehen."

„Du hast Ja gesagt!", rief Lieb-belle dazwischen.

„Ja!" Er erhob sich, verneigte sich vor mir. „Ich bitte den wohlgeborenen Herrn um die Hand Seiner werten Tochter Mademoiselle Anna Christine, die ich von Herzen liebe und ehre!"

„Dazu gebe ich meinen Segen, lieber Sohn." Ich schloss ihn in die Arme und das tat zögernd auch Felicitas.

Heumonat 1686

Lieb-belle und Michel wünschten sich ein Liebesfest. Liebe sei still, sagte sie. Deshalb sollte es eine stille Hochzeit sein. Für die Trauung wählten sie eine Kapelle im dörflichen Kessenich. Es störte sich nicht, dass sie dem heiligen Nikolaus geweiht war, obwohl ein Träger dieses Namens ihre Heirat jahrelang verhindert hatte. Auch die Festlichkeiten auf Merhoffen hielten sich im bescheidenen Rahmen. Florentin und Frau Amalia kamen sowie bürgerliche Hofbeamte, außerdem Bruder Max, Schwester Sophia und Schwager Andreas mit ihrem Sohn Johann Christoph. Beywegh entschuldigte sich. Dieser Ehe applaudiere er nicht, schrieb er. Er hoffe, dass eine höhere Macht seine Enkelin für ihren Eigensinn nicht strafe und wünsche ihr Gottes Segen für den Ehestand. Arnold blieb ebenfalls fern und Gerwin war in Straßburg, wo er mit den Franzosen über die Lieferung von Waffen verhandelte, die neben Wein und Gewürzen den Großteil des Beywegh'schen Handels ausmachten. Marisa war in Wien. Charlotte hatte ihr mit der Einladung zur Hochzeit mitgeteilt, in gesegneten Umständen zu sein. Daraufhin kündigte ihre Mutter ihren Besuch an, traf aber nicht ein.

Der Hochzeitstag war sonnig, die Braut mädchenhaft, trotz künstlicher Lockenpracht und Schminke. Auf der Fahrt zur Kirche spielten Licht und Schatten Haschen auf den Falten ihres silberglänzenden Satinkleides, das unter dem Mantel hervorkam. Ein durchsichtiges Tüchlein umschmeichelte ihren Hals. Es erinnerte mich an den Tag ihrer Geburt, an dem ich ihr den Namen Lieb-belle gab, als sie winzig in meinen Armen lag – die Augenlider wie Flügel einer Libelle. Leichtfüßig ging sie nun ihrem neuen Leben entgegen, das sie mir für immer entzog. Als der Priester die ineinandergelegten Hände der Brautleute mit seiner Stola bedeckte und ihren Lebensbund schloss, weinte und lachte mein Herz wie ein Sonne und Regen vereinigender Regenbogen.

Das Fest im vertrauten Kreis war heiter. Vor dem Mahl trug Alexander eine für das Brautpaar komponierte Fantasie vor. Sie begann mit dem Sommerlied des Leiermanns in dessen unrhythmischer Weise, so dass sich die Zuhörer irritiert fragten, ob nicht der Musikus berauscht wäre. Nur Lieb-belle und Michel verstanden. Zärtlich sahen sie sich an und er zog sie an sich. Als in der Variation des stammelnden Themas die Geige schmeichelnd ein Hochzeitslied sang, hörten sie engumschlagen zu, ihre Gesichter voller Glück. Auch während des Festes fanden ihre Hände immer wieder zueinander und manchmal fielen sie sich in die Arme, als begrüßten sie sich nach einer langen Reise.

Höchst zufrieden hielt die Witwe Wolfskehl Hof im Kreis alter Freunde, war doch niemand mit dem Namen Beywegh erschienen. Doch hinter ihrem Rücken wetzten einige die Schnäbel, nicht nur über die Witwe, sondern auch über Camilla Kannegießer und den Bräutigam. Das Geschwätz hörte Lieb-belle nicht, und wäre es ihr zu Ohren gekommen, hätte sie es abgetan, getreu ihrer Maxime: „Wer liebt, der glaubt – sonst liebt er nicht!"

Ich hob mein Glas und trank auf die Liebe.

Schon am Tag nach den Feierlichkeiten wollten die Vermählten nach Krefeld reisen, doch Felicitas hatte Abschiedswehmut gepackt und erbettelte einen Tag Aufschub. Michel und ich vertrieben uns die Zeit auf dem Schießplatz, wo er ein wahrer Meister war. Nach dem Nachtmahl saßen wir mit der Tabakspfeife in der an der Ostseite des Herrenhauses gelegenen weinberankten Laube bis die Glühwürmchen, die sich in den Blumenkübeln eingenistet hatten, funkelten und sich am Himmel die Sterne zeigten. Hannche brachte frisches Bier und ließ das Windlicht nicht ausgehen. Michel gefiel die umsichtige Magd und fragte, ob ich sie nicht freigäbe, damit sie Lieb-belle zur Hand ginge.

„Ja, nur ist sie verheiratet", sagte ich.

„Ein Knecht wär mir auch willkommen."

„Knecht? Ihr Mann ist eigentlich ein guter Kaufmann!"

„Aber, Herr Vater, so einen suche ich doch seit Langem! Ich sitze hier auf heißen Kohlen, weil ich meinem Prokurator nicht recht traue. Und Ihr benötigt doch keinen Kaufmann!"

„Doch! Beim Verkauf von Vieh und Früchten bringt er mir ein erkleckliches Sümmlein mehr ein als Gillis aushandelt. Trotzdem ließe ich ihn ziehen, nur wird er dir kaum genehm sein."

„Oh nein, ganz im Gegenteil!"

„Der Mann ist ein Gülichanhänger und du kennst ihn."

Er schwieg, zog an seiner Pfeife und sagte endlich gedehnt: „Ihr sprecht von Anton!"

„Ja, Hannche ist sein Weib. Sie ist sehr anstellig. Zuvor war sie Niclaß Gülichs Küchenmagd."

„Herrje, da lockt der Teufel in schöner Gestalt."

„Nein, die beiden sind für jeden Herrn ein Gottesgeschenk! Einen klügeren, fleißigeren und treueren Kaufmann als Anton wirst du schwerlich finden. Beywegh hofft auf eine kaiserliche Amnestie, um ihn wieder in Dienst nehmen zu können."

„Amnestie für Rebellen?", murmelte er verstimmt.

„Es ist an der Zeit, Frieden zu machen. Deine Frau Mutter hat es schon mit ihrer Zustimmung zu Eurer Heirat getan und du kannst mit Anton beginnen."

Michel schwieg. Wir lauschten den leisen Tönen der Nacht. Fledermäuse huschten im lautlosen Flug über uns hinweg. Als Hannche mit einem neuen Krug kam, bat Michel sie, ihren

Gatten zu holen. Sie knickste folgsam. Anton erschien in seiner Feldarbeitsjacke und verbeugte sich vor mir.

„Lieber Anton, es war der Wunsch meines Schwiegersohnes, dich zu später Stund zu sprechen", sagte ich.

Steif wandte er sich Wolfskehl zu.

„Eben erfuhr ich, dass Er hier in Diensten ist", sprach Wolfskehl ihn an. „Nun, ich suche für meine Gemahlin eine Magd, die das Gesind in guter Zucht hält, und für meine Seidenmanufaktur einen Kaufmann, der als Prokurist Freud daran hat, meinem Handel gegen den französischen Konterpart auf die Beine zu helfen. Ein Häuslein und guten Lohn biete ich. Wenn der Dienst Ihm zusagt, können wir handelseinig werden."

Das war verlockend. Er bot den Eheleuten nicht nur weitaus höherwertige Tätigkeiten als bisher an, sondern sogar ein Haus. Anton schnappte jedoch nicht nach dem fetten Köder. Grob sagte er: „Ich dank für die Offerte, hier aber hab ich eine ehrenhafte Herrschaft."

„Bauernknecht bleibt Bauernknecht!", fauchte Michel.

„Haltet ein!", gebot ich. „Anton, als Gatte und Vater sollte man nach einem guten Broterwerb streben. Bedenke, du erhältst ein Haus und weit besseren Lohn, als ich je zahlen kann."

„Solch einem Herrn dien' ich nicht!", erwiderte er schroff.

„Was soll das heißen?", fuhr ich ihn an.

„Ihr wisst, was zwischen uns steht!"

„Ja! Alte Geschichten, nicht zwischen dir und ihm, sondern zwischen Jacob von Wolfskehl und Niclaß Gülich."

„Gnädiger Herr, so ist's nicht! Es geht um einen Mann, der gegen habgierige Despoten himmelschreiende Missständ anprangerte und dafür sterben musste. Das ist keine alte Geschichte. Sie lebt – in mir und anderen."

„Du vermengst Personen und Taten. Michels Vater, nicht er, brach Recht und der kaiserliche Hofrat verurteilte Gülich."

„Ich bin dem Herrn auch nit gram: dennoch nein!“, bockte er.

„Anton!“, mischte sich Michel ein. „Auf der Reis’ nach Bonn rettetest du mir das Leben, als Kölner Schiffsknechte in Wesseling über mich herfielen. Du lehrtest mich, die Menschen nicht allein nach der Sache zu beurteilen, für die sie streiten. Was missfällt dir also?“

Anton stand wie angewurzelt, verbeugte sich dann und stapfte davon.

Michel fluchte hinter ihm her: „Ha, kein Wort hält dieses prätentiöse Knechtlein für nötig. Gülichpack!“

„Darauf hatte er keine passende Antwort, weil du recht hast.“

Hannche kam und meldete Michel, die Herrin verlange nach ihrem Gemahl. Sofort war er seiner Liebsten zu Befehl.

„Wünscht Ihr noch etwas?“, fragte mich Hannche.

„Nein, geh nun auch zur Ruh.“

„Damit hat’s noch Zeit, der kleine Tyrann Christoph Niclaß will bald noch einmal Speis haben.“

„Dann setz dich!“ Sie stutzte. „Ja, setz dich!“ Scheu nahm sie mir gegenüber Platz. „Hannche, weißt du, worüber wir vorhin sprachen?“ Sie schüttelte zaghaft den Kopf. „Mein Sohn bot Anton guten Lohn an und stellte gar ein Haus in Aussicht.“

„Ein Haus?“ Glückseligkeit ging über ihr Gesicht.

„Nur, er will wegen Gülich für keinen Wolfskehl arbeiten.“

„Warum? Mein seliger Herr schimpfte nur auf den alten Wolfskehl.“ Sie blickte zum Sternenhimmel. „Einmal sagte er, ich sollt von der bös Welt vom Schönen so viel nehmen, wie das Gewissen es grad noch erlaubt. Er könnt’s halt nit und dafür hätt’ er viel Sorg aufm Hals und sein Lohn sei Schimpf. Ach, über ein Häuslein wär ich gottfroh!“

„Hannche, red deinem bockbeinigen Gatten gut zu!“

„Das tue ich“, versprach sie.

Am nächsten Morgen goss es wie aus Kannen. Die Reise musste verschoben werden. Das gab mir Gelegenheit für einen weiteren Versuch, die beiden Gegner geschäftlich zu vereinen. Lieb-belle freute sich, dass Hannche mit ihr nach Krefeld gehen wolle, denn sie verrichtete bei ihr auch Dienste einer Kammerjungfer, was Michel milde stimmte. Er wollte über Antons Frechheiten hinwegsehen. Den störrischen Knecht beorderte ich ins Kabinett.

Er war demütiger als am Tag zuvor und entschuldigte sich für seine gestrigen scharfen Worte.

„Dein Nein war auch übereilt, sind doch die Vorteile weitaus gewichtiger als der einzige Nachteil“, gab ich zu bedenken.

„Nur die Art bedauere ich, alles andere war wohlüberlegt!“

„Anton, das Bauernleben ist hart und sorgenschwer.“

„Dafür freue ich mich darüber, wie unter meinen Händen alles aus Gottes Erde wächst und gedeiht. Die Früchte des Kaufmanns sind kaltes Metall. Je besser die Lügen, desto reicher wird er. Und einem Wolfskehl fülle ich gewiss nicht die Taschen.“

„Herrje, du hast Weib und Kind und willst der Welt dein Können zeigen, dich bewähren, da greift man doch zu!“

„Jaja, gewiss!“, sagte er eifernd. „Die Seidenmanufaktur reizt mich auch. Schon oft dachte ich, dass man hier vieles fertigen könnt’, was die Kaufleut von weit her herankarren. Dennoch!“ Er presste die Lippen zusammen. „Seht! Einmal beorderte mich Herr von Beywegh in sein Haus. Als ich kam, verabschiedete sich ein Subkommissar von ihm und durch die angelehnte Tür hörte ich, wie der sagte, die Berichte des seligen Herrn von Wolfskehl über Köln werden vom *Reichshofrat* in Wien wie die Bibel gelesen. Der Judendunck könne froh sein, das Leben zu behalten. Ja, sogar Judendunck, der dem Jodoci fleißig zur Hand ging, hat der Wolfskehl in Wien heillos in Misskredit gebracht. Ich kann keinem Wolfskehl zu Reichtum verhelfen, während Niclaß Gülich schmählich hingerichtet wurde.“

„So voll leidenschaftlichem Hass?“

„Hass? Nun ja, damals hätt’ ich den Sohn dieses Dämons am liebsten auf der Straß verrecken lassen! Auf der Fahrt nach Bonn kamen wir uns näher. Er ist wohl ein grader Kerl. Doch der unredlich erworbene Reichtum seines Vaters fördert seinen Wohlstand und in seinem Dienst käm der auch mir zugute. Für mich ist das Verrat!“

„Du bringst Niclaß Gülich große Opfer.“

„Opfer? Nein, Ihr sorgt gut für uns! In allen Gebeten danken Hannche und ich Gott mehr, als dass wir etwas erbitten.“

„Das freut mich, doch wie soll’s fortgehen?“

„Mir macht’s Freud, Eure Früchte vorteilhaft zu verkaufen. Das Geld, das Ihr mir dafür gebt, sparen wir. Vielleicht braucht Ihr eines Tags einen Pächter. Damit hat’s aber keine Eil. Geld für Vieh, Gesinde und Hausrat muss genug im Beutel sein. Hannche zieht auch kein schiefs Maul, weil sie sich noch auf ihr Haus freuen muss. Auch ihr gefällt’s hier.“

„Dann mag alles so bleiben, was nur zu meinem Vorteil ist.“

Begleitet von tausend Segenswünschen verließ das junge Paar Merhoffen. Lange winkten wir ihnen nach.

Wenige Stunden später rollte Marisas Karosse durch den Torturm. Alle herrschaftliche Würde vergessend eilte ich ihr entgegen und umarmte sie. Während ich sie ins Haus geleitete, erzählte sie, ihre Reise habe sich wegen einiger Missgeschicke derart verzögert, dass sie die Hochzeit nun versäumt habe. Sebastian sei vor zwei Monaten Vater einer Tochter geworden, so lebhaft, wie man es sich nur wünschen könne. Jetzt hoffe sie auf eine solche zweite Gnade. Sie bitte, bis zur Niederkunft hierbleiben zu können, und werde darauf bald zu Florentin fahren.

„Warum? Wäre es nicht schöner, hier länger zu verweilen?“, fragte ich, als wir das Speisezimmer betraten.

„Ja, schöner“, sagte sie leise. Ihr Blick wanderte von den

Wandtapisserien zum Kamin. „So wenig hat sich verändert. Mein Bruder Ernst hat alles umgestaltet, vieles ist neu und nichts steht mehr am alten Platz. Aber hier ist's behaglich!"

„Frau Mama!" Charlotte kam herein und begrüßte ihre Mutter stürmisch.

Felicitas folgte und hieß sie kühl willkommen und ich verstand Marisas Scheu, sich hier lange aufzuhalten.

Weinmonat 1686

Charlotte gebar am 5. Oktober einen gesunden Sohn. Er erhielt den Namen Maximilianus, Henricus, Christophorus, Felician. Kurfürst Max Heinrich übernahm die Gevatterschaft und sandte einen Ring als Taufgeschenk mit einem Rubin, den der hohe Herr selbst geschliffen hatte. Zum Kindbettschmaus scharten sich viele Freundinnen Charlottes aus Bonn um die stolze Mutter, die sie sogleich zum nächsten Divertissement einlud.

Trotz Geselligkeit und Tanz wurde Felicitas stetig schwermütiger. Sogar die glückliche Geburt, die alle in Freude schwimmen ließ, war nur ein Lichtstrahl in ihre Düsternis. Ihre alten Freundinnen waren inzwischen von Bonn wieder nach Köln gezogen und sie klagte über Einsamkeit. Trotzdem bekämpfte sie gerade das, was Umtrieb und Kurzweil nach Merhoffen brachte und es zu einem munteren Ort machte. Es erbitterte sie, dass der Glanz der Divertissements auf Charlotte fiel, nicht auf sie selbst. Deshalb setzte sie alle Macht der Hausmutter ein, die musikalischen Erlustigungen abzuschaffen. Das ließ ich nicht zu, was zu häuslichen Unfrieden führte. Wieder einmal beschwerte sie sich bei mir über Charlottes „unziemliche Pläne" für das nächste Divertissement, als ein reitender Bote aus Köln einen Brief Beyweghs an sie überbrachte. Er sei sehr elend und bitte sie um einen

Besuch, schrieb er. Seine sonst großzügige Unterschrift war klein und zittrig. Schon am nächsten Tag fuhr sie nach Köln voller Hoffnung, ihm auf die Beine zu helfen. Eine Woche später erhielt ich einen Brief, in dem sie Beyweghs jämmerlichen Zustand schilderte. Zerfallen habe sie ihn angetroffen und sein zeitliches Leben zählten die Ärzte jetzt in Tagen. Wollte ich Abschied nehmen, sollte ich geschwind kommen.

In großer Sorge brach ich früh am nächsten Morgen auf. Herbstwind fegte übers Land, beutelte die Blätter von den Bäumen. Flattrig wie die Welt war auch mein Inneres. Immer wieder gab ich dem Fuchs die Sporen, hetzte ihn über holprige Wege und ließ die Pfützen spritzen. Als ein Schneeregen niederging, gönnte ich meinem Pferd in einem Dorf Rast und Futter.

In der Wirtsstube wärmte ich mich auf, ließ aber den Kraut- und Rübeneintopf nach wenigen Bissen stehen und ging in die Dorfkapelle. Sie hatte kleine Fenster und wehrhaft dicke Mauern. Weihrauchduft mischte sich mit erdigem Schimmelgeruch. Im Halbdunkel kniete ich vor dem Altar nieder. In der weihevollen Stille fiel der angstvolle Drang zum Jagen und Hetzen ab. Ich vertiefte mich in das Altarbild. Ein von einem ungeschickten Feinmaler dargestellter Christophorus trug das Christuskind über den Fluss. Sein zu lang geratener Arm, der den kleinen Jesus umfasste, war verwischt, so als wäre er nicht aus Fleisch, sondern eine rosige Wolke. Die titanische Kraft, die nebelhaft sanft das Kind barg, rührte mich an, insbesondere der gutmütige Gesichtsausdruck des groben Mannes, dessen nur leicht scheinende Last seine äußersten Kräfte forderte. Krampfhaft stützte er sich auf seinen Wanderstab. Klares Wasser umrauschte seine baumstarken Beine, die einzuknicken drohten. Sein Blick war starr auf das blumengeschmückte Ufer gerichtet. Windröschen, Margeriten, Mohn- und Glockenblumen waren so natürlich gemalt, das ich meinte, inmitten der Wiese zu sitzen und in einen faulen Sommertag hineinzuträumen. Irgendwo knackte es. Ich schaute zur Seite. Ein Mann kam auf mich zu. Obwohl sein Gesicht im Schatten einer Kapuze lag, wusste ich, wer es war. Er kniete neben mir nieder. Voller Wiedersehensfreude wollte ich „Herr Vater“ rufen, aber eine Scheu hielt mich davon ab. Als ich es doch tat, stand er auf und wandelte, ohne mich anzusehen, lautlos davon. Die Tür klappte und ich lag auf dem Boden, wo ich eingeschlafen war. Die Erscheinung war jedoch kein Traum! Zu leibhaftig hatte ich sie gesehen. Ich wusste, Beywegh hatte sich mit aller Seelenkraft von mir verabschiedet. Lange betete ich für ihn.

In Köln klagte Rosina als Erste. Felicitas umarmte mich schluchzend. Der Vater sei mittags gottselig verschieden. Er lag in seinem Gemach. Frieden lag auf dem mageren Antlitz des Toten. Alle Kinder umstanden das Himmelbett. Wir beteten.

Später nötigte mich Gerwin zu einem Imbiss in die Stube. Niemand goss den Willkommensgenever ein. Leer stand der Armstuhl am Fenster. Am Totenbett trauerte ich, hier spürte ich den Verlust eines lieben Teils meines Lebens. Während ich speiste, stierte Gerwin vor sich hin, hob plötzlich den Kopf und sagte: „Der Herr Vater war lebenssatt.“

„Lebenssatt? Er war noch kein Greis.“

„So waren aber seine Worte. Er habe gekämpft, gewonnen und verloren, Schönes und Leid erfahren. Seine Kraft sei erschöpft, da vertraue er sich gern Schlafes Bruder an.“

„Pragmatisch, wie er war, tröstete er auch.“

„Mag sein, doch er verteilte nie leeren Trost. Oft fragte er nach Christoph Salentin – zu spät sandten wir den Boten.“

„Ach, ich war mit ihm bis zum Schluss im Gebet verbunden.“

„Im Gebet verbunden?“, wiederholte er irritiert, fuhr aber gleich fort. „Für den Herrn Vater wollen wir 50 Seelenmessen lesen lassen ...“ Seine Ausführungen über die Feierlichkeiten der Leichabdankung gingen nahezu gänzlich an meinem Ohr vorbei. Er erhoffte sich von mir wohl Hilfe, denn Felicitas war völlig gebrochen, Arnold wie immer gleichgültig und Anna unerfahren. Im Wortschwall über Begräbnisgedichte und Leichenschmaus dachte ich an meine Emmaus-Begegnung mit Beywegh in der Kapelle. Das Erlebnis behielt ich für mich. Ihn hätte es zu Tode erschreckt, dass sein Vater als Gespenst umging.

Die Nacht hindurch hielten wir Totenwache. Einmal noch waren wir – Anne, Arnold, Gerwin, deren Gattinnen, Felicitas und ich – eng beisammen, bevor alles auseinanderfiel, weil der Mittelpunkt fehlte. Wir beteten, die Frauen weinten, und als sich nach Mitternacht das Gesinde zurückgezogen hatte, hielten wir uns mit Geschichten wach, in denen der Selige lebendig wurde, was tröstlich und schmerzlich zugleich war.

Der Trauerzug war lang. Die Stube voller Gäste half Felicitas aus ihrem lähmenden Leid. Sie war eine umsichtige Gastgeberin und genoss die ihren Vater lobenden Trauerreden und Gedichte, obwohl sie sich bis zur Unerträglichkeit ähnelten. Ansatz war stets Beyweghs Todestag, der 24. Oktober, der Tag des heiligen Märtyrers Evergislus, dem fünften Bischof Kölns. Mit ihm wurde der Selige als Dulder unter grausamen Wütereien gepriesen, ein Bollwerk gegen die Fluten barbarischer Pöbelherrschaft. Die verzerrenden Reden wie auch das wendige Sich-auf-die-Seite-des-Siegers-stellen mancher Herren stießen mich ab. Doch diese Einmütigkeit ließ mich auch zweifeln. Thesen und Antithesen führten in meinem Hirn einen wilden Tanz auf.

Wintermonat 1686

Die Ecke Quartermarkt – Obenmarspforten mied ich, begaffte schon gar nicht Gülichs aufgespießtes Haupt auf dem Bayenturm oder das von Sax am Kunibertsturm. Erst ein Tag bevor Felicitas und ich Köln verlassen wollten, besuchte ich den Ort, wo sich einmal das Verhannenhaus befand.

Mitten auf dem kotigen Platz steht nun blütenweiß und glatt verfugt die Schandsäule. In Augenhöhe verkündet eine Bronzetafel: „*Stehe, der du vorbeigehst, und schaue diese säul, lese und lern, dass dieses die gerechte straf des aufruhrs sei, desselben haupt und urheber Nicolaus Gülich gewesener bürger und lintenkrämer hierselbst solches wohl verdienet …*" Und am Schluss steht: „*Also müssen diejenigen zu schanden werden, welche mit verachtung ihre römischen kaiserlichen maiestaet allergnädigster befehle diese stadt Cöllnische republic durch aufrührische händel zu zerstören trachten.*" Auf dem Kapitell der Säule ist eine Stange aufgepflanzt, auf der aus Bronze Niclaß Gülichs Kopf und Hals bis zum Schulteransatz prangt. Aus dem Haupt ragt das Heft eines Schwertes heraus, so als durchstoße die Klinge den Kopf. Gülichs Antlitz, stolz und ergreifend menschlich, steigert noch die Brutalität des Mahnmals. Diese Rohheit machte die Schandsäule für mich zum Kreuz eines Märtyrers. Ich schloss die Augen und betete für ihn. Als ich sie öffnete, stand mir gegenüber Niclaß Gülich: ein schmales Gesicht, aufmerksame Augen unter den abfallenden Brauen, aber er hatte weißes Haar und war alt. Der Mann war kein Geist, sondern aus Fleisch und Blut. Er kam zu mir und sagte: „Mit Verlaub, es freut mich, dass einer hier so traurig an ihn denkt."

„Ja, ich betete für ihn so innig, dass ich den Herrn für einen Augenblick für den seligen Niclaß Gülich hielt."

„Gülich ja!", brummelte er. „Nur lebendig. Niclaß war mein Ältester, oft …", seine Stimme brach. Er schluckte und sagte dann: „Oft komm ich hierher. Ach, ich sollt's nit tun! Er wollt nur, dass das Recht so wieder in Gebrauch kommt, wie's aufgeschrieben ist. Was ist ein Gesetz wert, wenn man's staucht und knickt wie's gefällt. Ich bin ein einfältiger Hutmacher und weiß wenig von der Staatskunst, aber das will mir nit in den Kopf. Doch mich freut's, wenn jemand für ihn betet – ja, mich freut's, habt Dank!" Er verneigte sich und ging, müde und gebeugt.

Ein Paar sah ihm nach. Sie tuschelte: „Da geht der Andreas Gülich. Der trägt schwer an der Schand seines Sohns."

„Jaja, der Schalksnarr brachte Köln ins Unglück", erwiderte der Mann. „Besser, man vergisst alles." Er sagte mehr, aber das Vergessen blieb mir schmerzhaft im Ohr. Alle wollten vergessen: die Kölner aus der Scham der Besiegten heraus und der Kaiser verlangte ein Vergessen des langen Widerstands der Stadt gegen ihn. Keiner der Großen des Aufruhrs konnte mehr die Stimme erheben. Judendunck und Meshov waren aus Köln verbannt. Hesselmann, Broich, Gülich, Sax, Beywegh, Cronenberg, Wolfskehl, und Krebs lebten nicht mehr. Wissius war ein kranker Mann.

Zum Abschied zog ich wie Niclaß Gülich einst vor dem Bauern auf der Ratslaube den Hut und verneigte mich.

In Beyweghs Haus standen Stühle im Flur. Gerwin sollte bald einziehen. Weniges Mobiliar brachte er mit und doch würde das Wenige vieles ändern. Töpfeklappern schallte aus der Küche. Felicitas saß im Dämmerlicht am Fenster unseres Gemachs. Eine Reisetruhe stand halbgefüllt neben der Tür. Kleider lagen auf dem Bett. Auf den *Alter Markt* blickend sagte sie: „Wie friedlich es ist, als wär alles nur ein böser Traum gewesen."

„Ja, alle wollen, dass die alte Zeit ohne Kerbe weiterläuft."

„Warum nicht? Ach, und Anna bat mich, bei ihr zu bleiben!" Empört schaute ich sie an. „Nur bis März und – in Merhoffen logiert ja jetzt Frau Marisa."

„Ja, bis Frühjahr ist sie Gast, dann fährt sie nach Wien."

„Nur Gast, nicht auch Mätresse?", provozierte sie mich.

„Was soll das!", fauchte ich sie an.

„Nun, weit hergeholt ist's nicht", ereiferte sie sich. „Als die werte Freundin aus Wien anreiste, lief mein Gatte wie ein verliebter Jüngling auf sie zu und umhalste sie. Dann die Galanterie und bei Tisch das Wechselspiel der Blicke."

„Galanterie? Sie ist eine alte Freundin, aber wir überschritten nie eine Grenze."

„Oh ja, nichts weiter als züchtiges Liebäugeln, und ich sitze dabei und muss über das schweigen, was ich sehe."

„Herrje! Felicitas, uns verbindet doch tausendmal mehr als Freundschaft. Aber die eheliche Liebe will gepflegt sein. Ständige Kratzbürstigkeit verprellt den Gatten. Groll nistet sich ein und das traute Heim wird zum Kampfplatz. Davon nimmt jeder gern Urlaub und blickt in die gutherzigen Augen einer anderen."

„Mit Marisa und ihrer anmaßenden Tochter lebe ich nimmer unter einem Dach", murrte sie. „Bleiben wir doch in Köln!"

„Merhoffen ist unser Heim oder wir gehen getrennte Wege!"

Ich sagte das ernst, ohne jede Schärfe. Nachdenklich sah sie zum Fenster hinaus.

Nach einer Weile schaute sie mich an: „Ich bleibe hier!"

„Dann soll es so sein!", erwiderte ich leise.

Wir sprachen nicht von einem Bruch, aber es war Zeit, uns von einem Zwang zu befreien, der uns schon lange quälte. Sie liebt den Kölner Umtrieb, ich die beschauliche Ruhe Merhoffens. Endlich akzeptierte auch ich, wogegen ich mich – aus sittlichen Gründen, Stolz und Gewohnheit – lange gewehrt hatte. Am nächsten Morgen umarmten wir uns zu einem langen Adieu. Als ich fortritt, wurde mein Herz leicht. Frei war nun meine Sehnsucht nach Marisa und die Freude auf ihre Erfüllung.

Christmonat 1687

Vor Jahresfrist, im Christmonat Anno 1686, begann ich aus einer schlafraubenden Unrast heraus meine Aufzeichnungen. Umständlich, Schritt für Schritt verfasste ich diese Chronologie, um zu verstehen, warum es zur Kölner Rebellion kam, wo Fehler, wo Recht und Unrecht lagen. Lehrreiche Perlen wollte ich aus dem Schlamm der Katastrophen fischen und fand sie auch. Aus Bequemlichkeit überhörten Bürgermeister und Rat das Donnergrollen. Sie beruhigten die Gemüter mit leeren Versprechungen, sprachen zu den Bürgern, nicht aber mit ihnen. Das Pulverfass war prall gefüllt, als Niclaß Gülich nicht den devoten Geist ansprach, sondern die Herzen voller Empörung. Je mehr der Disput über Reformen eintrocknete, je mehr Schmähung und Diffamierung aufblüten, desto stärker wurden die Fanatiker und Gewaltbereiten in beiden Parteien. Der gewaltsame Umsturz brachte zwar Änderungen, besiegelte aber gleichzeitig das Ende der Bürgerfreiheit.

Im Mai 1687 beendete eine kaiserliche Amnestie alle Verfolgungen. Mit ihr stülpte der Kaiser einen Deckel auf jede Kritik. „Üble, eigentätige Ausdeutung der Stadt Fundamentalgesetze“ verbot er sogar den *Gaffeln*. Die Ratsbeschlüsse seit anno 1680 annullierte der *Reichshofrat*, konfirmierte aber alle dem Stadtrecht widerlaufende Statuten. Wieder herrschen die *Sechsherren*, die je nach Grad ihrer Macht- und Habgier schlechte oder gute Regenten sind.

Aber wer kann gegen den Backofen dampfen? Im Winter blüht keine Blume, trägt kein Baum Früchte. Doch jedem Winter folgt ein Frühling. Öffnet im milden Klima ein neuer Reformator die vom Altgewohnten verklebten Augen, dann werden in einer guten Ordnung die Menschen furchtlos Argumente und nicht Schmähungen austauschen. Ein frei gewähltes Regiment wird nach Abwägung von pro und contra zum Nutzen des gemeinen Wohls Gesetze erlassen, die kein hoher Herr brechen darf. Dafür bewahre in meinem Raritätenschrank das Manuskript Pater Senffts auf, darauf lege ich Niclaß Gülichs *Relation* und meine Chronik.

Historie und Fiktion

Die von Nikolaus Gülich (30.10.1644–23.2.1686) initiierte Rebellion habe ich historisch korrekt dargestellt, angefangen von der Reise nach Leipzig, die in Wiedenbrück endete, bis zu seinem Tod. Ausschmückungen erlaubte ich mir nur in wenigen Details, so die Prügelei im Wiedenbrücker Verlies. Bei dem Überfall des Ratsherrn Thomas Murckens auf *Himmelreich* sprang Gülich zwar aus dem Fenster, hinkte aber allein und unbehelligt zum Gaffelhaus der Schmiede. Da keine Reden Gülichs überliefert sind, schrieb ich sie für ihn. Ich hoffe, er wäre mit mir zufrieden gewesen. Alle politischen Akteure sind historische Personen, die damals auch so handelten. Die fiktiven Gespräche dienen dazu, die Motive für ihr Verhalten deutlich zu machen. Im Privatleben der Beyweghs nahm ich mir dagegen viel Freiheit, zumal nichts davon bekannt ist. Der Witwer Gerwin von Beywegh (7.9.1629–24.10.1686) hatte zehn Kinder, von denen einige wohl nicht das Erwachsenenalter erreichten. Nur drei der älteren nahm ich in den Roman auf: Johann Arnold (1659–1716), der erst 1690 Anna de Groote (1662–1714) heiratete, Anna Adelheidis (geboren 1663) und Johann Gerwin (1668–1725). Arnold und Gerwin führten den Beywegh'schen Handel erfolgreich fort. Felicitas, Christoph Salentin und ihre Kinder sind fiktive Gestalten, ebenso die Familie Kolff und Michel von Wolfskehl.

Nikolaus Gülich: ein gewalttätiger Rebell?

Gülichs Zeitgenossen Arnold Judendunck und Franz Xaver Trips zeichnen von ihm ein Negativbild. Judendunck nennt ihn „Bösewicht“. Dem Priester Trips war der Kritiker an der von Gott eingesetzten Obrigkeit ein „Spross

Judas"(Schmidt-Clausen, S. 111). Auch heute noch erscheint er als ein Mann, der zwar Bürgerrechte einforderte, aber selbst gegen sie verstieß. Wer war er also?

Trips beruft sich auf einen Schulfreund Gülichs, der ihn als mittelmäßigen, beliebten und fleißigen Schüler charakterisiert, von sanftem, doch auch von schweigsam verschlossenem Wesen (Schmidt-Clausen, S. 42). So gab er sich auch später – gewinnend, ernsthaft und emsig, ganz seiner Sache verpflichtet. So wurde er zur Leitfigur des Aufstandes, wie sie für jeden politischen Protest nötig ist.

Im 17. Jahrhundert verkam Kölns Stadtregiment zu einer Oligarchie, in der Korruption, Nepotismus, Erpressung, Unterschlagung, Verfassungs- und Rechtsbruch sowie Misswirtschaft politischer Alltag waren. So bestanden die Ratswahlen darin, dass die Bürger eine vorgefertigte Liste abnicken mussten. Durch Bestechung wurden freie Ratsämter mit den „Richtigen" besetzt. Der Ausschuss der *Sechsherren* hatte den Rat praktisch entmachtet. Gülich erkannte das nach seiner Haft in Wiedenbrück und fand selbst im Rat Unterstützer wie den *Stimmeister* und Professor Adam Broich. Das bedrängte Kölner Stadtregiment griff zu den gängigen Mitteln: Einschüchterung und Diffamierung des Unruhestifters und Beschwichtigung der Bürger mit leeren Versprechungen, denn die Inquisition sollte im Sande verlaufen. Schmähung und Perfiditäten wie die Judenduncks, Gülich als pestinfiziert zu bezeichnen, dienten dazu, den lästigen Mahner loszuwerden. Trips charakterisiert Judendunck als Mann von heftigem Wesen und schreibt, „er spie sein ganzes Gift auf Gülich" (Schmidt-Clausen, S. 119). So provoziert lieferte sich Gülich mit Judendunck und Hesselmann unerträgliche Wortgefechte, so dass sogar die *Gaffeln* seinen Ausschluss aus der Kommission wünschten. Trotzdem stieg er zum Volkshelden auf. Er beeindruckte derart, dass das Gerücht umging, er verstände von *Verbund- und Transfixbrief* mehr als 72 Rechtsgelehrte (Judendunck S. 142). Der Rat vermutete, dass andere seine Eingaben formulierten, was Gülich stets bestritt. In einem Flugblatt von 1680 wird er als Typus Reformationis Coloniensis gefeiert. So sah er sich auch, nicht aber als Rebell. Mit Hilfe der *Gaffeln* als verfassungsmäßiges Gremium, wo er in den ersten Jahren ausschließlich seine Reden hielt, wollte er friedlich die in *Verbund- und Transfixbrief* verankerten basisdemokratischen Grundsätze durch eine Rechtsreform wiederbeleben. Argumente und Diskussion waren Gülichs Mittel. Er beteiligte sich nur an einem einzigen Tumult, nämlich an dem vom 15.02.1683, bei dem es um die Aufhebung des Versammlungsverbots der *Gaffeln* ging und um den Ausschluss der Angehörigen der verurteilten Bürgermeister und ihrer Parteigänger aus dem Rat, die jede Reform unmöglich machten.

Selbst in seinem Todesurteil werden ihm weder Gewalttaten noch ein Aufruf dazu vorgeworfen, sondern primär, dass er öffentlich aus *Verbund- und Transfixbrief* vorgelesen und ihn verkehrt ausgelegt habe. Dadurch habe er das Volk „in Haß gegen den Magistrat gebracht". Während in den Urteilen von Sax und Meshov mehrere Gewalttätigkeiten aufgezählt werden, wird Gülich nur der Umsturz am 2. Juni 1683 zur Last gelegt, dessen Direktor er gewesen sein soll, obwohl er sich zu dieser Zeit im Gaffelhaus der Schmiede aufhielt. Selbst Trips stellt den Umsturz als von den *Gaffeln* ausgehend dar (Schmidt-Clausen S. 135 ff). Gülichs auffallendes Fernbleiben kann man als ein Statement werten. So weigerte er sich, sogar nach „scharfer Ermahnung", den Einladungen Jodocis zur kaiserlichen Kommission Folge zu leisten, da er die Kommission als unrechtmäßig ablehnte. Nur einmal im Juli 1683 tritt er als Repräsentant Kölns vor ihr auf, um „in ziemblichen eyffer" (Dreher S. 64) darzulegen, warum das Gaffelregiment sie nicht akzeptiere.

Als er bei den Alexianern inhaftiert wurde, kam die *Inquisi-*

tionskommission zum Erliegen. Geschickt verknüpfte Gülich seine Verhaftung im Gaffelhaus *Himmelreich* mit einer Ehrverletzung aller *Gaffeln* und drängte sie in Briefen, ihre Rechte zu wahren und ihn zu befreien. Die rigorose Haltung der Bürgermeister und des Rats führte zu seiner triumphalen Befreiung. Dazu gab Sax vor der kaiserlichen *Subkommission* im Dezember 1685 zu Protokoll: „Obs nit zu verwunderen, das ein einziger mensch einen gantzen magistrat zwinge" (Dreher, S. 55).

Mit seinem zähen Widerstand hätte er, wenn überhaupt, mehr erreicht als die *Gaffeln* mit dem Umsturz im Juni 1683, der Kaiser Leopold endgültig zum Handeln zwang.

Als Mitglied im Gremium der *Gaffelkommissare* war er für die Plünderung von 40 Häusern mitverantwortlich. Ob er das hätte verhindern können, darüber lassen sich nur Vermutungen anstellen. Als charismatische Lichtgestalt hatte er Einfluss auf Rat und *Gaffeln.* Seine Handlanger waren beide Organe aber nicht. So dauerte es fast drei Monate (12. September bis zum 8. Dezember 1682), bis sich die *Gaffeln* entschlossen, Gülich aus dem Arrest im Alexianerkloster zu befreien. Die 80 Klagepunkte der *Gaffeln* an den Rat vom Januar 1683 enthielten gerade nicht die von Gülich geforderte Kommission zur Untersuchung seiner Vorwürfe. Der neue Rat verwarf 1684 Gülichs Antrag, Ratsherren und Beamte wegen Verstoßes gegen *Verbund- und Transfixbrief* zu Geldstrafen zu verurteilen, was mangels eines Straftatbestands auch rechtswidrig gewesen wäre. Um die Herren dennoch zur Kasse zu bitten, war er die treibende Kraft – wie ihm im Todesurteil auch vorgeworfen wird –, dass die vor dem Murckensputsch Arrestierten 30.000 Taler als Kaution aufbringen mussten, was zulässig war.

Bei der Plünderung am 26. und 27. September 1683 waren Meshov und Sax aktiv beteiligt, nicht aber Gülich. Laut Todesurteil war er kein Initiator der Plünderung, denn da warf man ihm nur vor: „Gewalt, Mord, Plünderung, da ers wohl gekönt, nicht gestöret, über bekandte Thäter nicht inquiriret, dieselbe in keine Straff noch Ahndung ziehen lassen …" Darüber befand allerdings allein der Rat, so dass man ihm nur anlasten kann, seinen Einfluss zu wenig genutzt zu haben, den Terror zu verhindern. Gemessen an sonstigen revolutionären Umstürzen – zum Beispiel der Fettmilch-Aufstand in Frankfurt (1614–1616) oder gar die Französische Revolution – ist die Gülichrebellion sanft abgelaufen. Hinrichtungen nach kurzen Prozessen wie beim Kölner Aufstand 1512/1513, gab es nicht. Neben dem Bannerherrn Daniel Schleumer, der wie im Roman geschildert bei der Plünderung umkam, war Hesselmann das einzige Opfer und selbst er wurde formell rechtmäßig verurteilt.

Der Justizmord an Hesselmann

Es liegt nahe, Gülich für den Justizmord an Hesselmann verantwortlich zu machen. Sicherlich hatte er Rachegelüste gegen ihn und Judendunck. Wie weit sie gingen, ist die Frage.

Da Hesselmann bereits ungewöhnlich lange im „Loch" unterm Rathaus saß, musste über seinen Fall entschieden werden. Nach dem Umsturz erwarteten die Kölner harte Strafen, wohl in der Art des Aufstands von 1512/1513 bei dem die Bürgermeister Oldendorp und von Reidt sowie neun hohe Beamte hingerichtet wurden. Wie aufgeheizt die Stimmung 1683 war, zeigt Jodocis Begründung für die Verweigerung jeder kaiserlichen Hilfe für Hesselmann. Er hoffte, mit dessen Hinrichtung die „unruhige Gemeinde" zu besänftigen und das Leben der Bürgermeister und Ratsherren zu retten (Dreher, S. 66). Unter gleichem Druck standen auch Gülich und die *Gaffelkommissare*, von denen die Bürger erwarteten, dass das an ihnen begangene Unrecht gesühnt wurde. Ein Freispruch hätte sie unglaubwürdig gemacht. Hesselmann war ein ideales Opfer. Einer Hinrichtung des Verfechters Kölner Reichsfreiheit stand Kurfürst Maximilian Heinrich nicht im Weg, dessen *Hohes Weltliches Gericht* noch das einzige kurfürstliche Relikt in Kölns Verfassung war. Solche politischen Argumente sind plausibler als ein Rachefeldzug Gülichs gegen Hesselmann, wofür es auch keine Anhaltspunkte gibt. Die Erzwingung des Todesurteils am Margarethenkloster wird allein in Meshovs Urteil genannt, der als „Anthon Westhof", bezeichnet wird. Offenbar konnte man Gülich hier nicht einmal vorwerfen, zu wenig getan zu haben, um den Gewaltakt gegen das Gericht zu unterbinden.

Gülichs Reformen und sein Scheitern

Nach dem Umsturz gab es Reformen wie Gebührensenkung für den Erwerb des Bürgerrechts, für in Köln Geborene war es sogar gratis. Arme hatten nun auch ein Wahlrecht. Bei der ersten Wahl 1683 durften die „bemakelten" Mitglieder des alten Rats nicht aufgestellt werden, danach gab es wieder verfassungsmäßige Wahlen. Eine grundlegende Verfassungsreform unterblieb, da man sich zuerst mit dem Kaiser einigen musste.

Nachdem Gülichs argumentativer Weg durch den Umsturz verlassen worden war, verfolgte das Gaffelregiment übertrieben rigoros Opponenten. Vor allem wegen der katastrophalen Finanzlage ließ sich der Steuerdruck nicht mildern, interner Streit unter anderem zwischen Gülich und Sax, vor allem die drohende kaiserliche Acht beendeten die Gaffelherrschaft.

Kaiser Leopold (1640–1705) konnte jahrelang in Köln nicht eingreifen, denn der Große Türkenkrieg (1683–1699) und französische Truppen im Kölner Raum hätten zu einem

Zweifrontenkrieg führen können. Erst als Ludwig XIV. nach Zugeständnissen des Kaisers seine Truppen in Kurköln zurückzog, war ein konsequentes Vorgehen gegen die Stadt möglich.

Gülichs berechtigte Kritik sah der *Reichshofrat* als Rebellion an. Dies und das Verbrechen der Majestätsbeleidigung, da er kaiserliche Befehle (Mandate) missachtete, besiegelten nach damaligem Recht sein Schicksal. Gülich schien zu hoffen, dass man keinen Grund für eine Verurteilung fände, vielleicht sogar, dass Leopold I. ihm Recht geben würde, wie Sax es in Aussicht gestellt hatte. So wurde er von dem Todesurteil wohl überrascht. Nach einem zeitgenössischen Bericht über seine Exekution, den ich, bis auf das Gespräch mit dem Protagonisten, übernommen habe, protestierte er „auf alle und jede position" des Urteils (Dreher, S. 80), forderte unparteiische Richter und riskierte mit Ablehnung der Kommunion sein Seelenheil, was damals so viel galt wie das Leben.

Nikolaus Gülich war ein Idealist, aber er demonstrierte bereits ein bürgerliches Selbstbewusstsein, wie es erst später in der Aufklärung klar zu Tage trat. Auch der Gleichheitsgedanke wurde zu seiner Zeit erst in der Theorie entwickelt (John Locke, 1632–1704) und die Gewaltenteilung forderte Charles de Montesquieu (1689–1755) im 18. Jahrhundert. Wie essentiell die Unabhängigkeit der Justiz von der Regierung für eine lebendige Demokratie ist, zeigt die Kölner Revolte exemplarisch.

Literaturauswahl und Quellen

Vor dem Einsturz des Kölner Stadtarchivs 2010 erschien Bernd Drehers Monographie „Vor 300 Jahren – Nikolaus Gülich“ (Kleine Schriften zur Kölner Stadtgeschichte 4, Köln 1986, hier zitiert). Dies und sein Beitrag in „Oligarchische Machtstrukturen, Stadtregiment und Gemeindepartizipation“ (Band IV, Riss im Himmel, Herausgeber Georg Mölich, Gerd Schwerhoff, Köln 2000, S 403 ff.) sind die Basis meines Romans. Aus dem Gedicht des Franz Xaver Trips' Quinquennalis seditio atque rebellis Ubiorum status (Uta Schmidt-Clausen, Das lateinische Gedicht des Franz Xaver Trips über den Gülich-Aufstand, Hildesheim, Zürich, New York, 2010) habe ich manches entnommen, z. B. die Schilderung der Hinrichtung Hesselmanns und die Plünderung. Trips war Zeitzeuge und bis 1683 in Köln. Weitere Quellen waren: Arnold Judendunck, THEATRUM LANIENAE COLONIENSIS (BSB, Bayerische StaatsBibliothek, digital) sowie Kaysers Leopoldi Mandata und Urtheile der Kayserlichen Commission über Nicolaus Gülich, Anthon Westhoff und Abraham Sax, Das Teutsche Reichs-Archiv, Band 13, S. 394 ff (digitalisiert).

Glossar

Albus Weißpfennig, 1 Albus = 12 Heller, 1 Taler = 78 Albus, z. B. 1 Pfund Fisch kostete 4 Albus 8 Heller, ein Röggelchen 8 Heller, 7 Pfund Brot zwischen 6 und 9 Albus

Allemande (frz.) barocker Tanz wie Courante und Sarabande

Alter Markt Marktplatz in Köln

Appellation Anrufung eines Reichsgerichts

artes liberales umfasste die Fächer: Grammatik, Rhetorik, Logik, Arithmetik, Geometrie, Musik und Astronomie

Bannerherr auf Lebenszeit gewählter Gaffelvorsitzender

Barchent billiger Baumwollstoff

Begarde Mitglied einer Laienbruderschaft (weiblich: Begine)

Billett (frz.) kurzes Schreiben

Bor (kölnisch) Bauer

Brachmonat Juni

Büggel und **Dukatenbüggel** (kölnisch) Geldbeutel

cum honore (lat) mit allen Ehren

deductio loco defensionis (lat.) Rechtfertigungs- und Anklageschrift der (Gaffel)deputierten

Dukaten Goldmünzen von 3,49 g (Feingewicht etwa 3,44 g)

examinationes (lat.) Untersuchungen, hier Ermittlungsverfahren

Faszikel Aktenbündel

Fettmännchen acht Hellermünze, Brötchenwert

Fleming, Paul (05.10.1609 – 02.04.1640) Arzt und bedeutender Barockdichter

Florin oder **Gulden**, Rechnungseinheit, etwa ⅔ eines Talers

Fuder Volumenmaß zwischen 800 Litern und 1800 Litern

Gaffeln seit dem Verbundbrief von 1396 die in 22 Berufsvereinigungen (Zünfte) zusammengefasste Bürgerschaft, die den Rat wählten und Mitbestimmungsrechte besaßen

Gaffeldeputierte und **Gaffelkommissare** von den Gaffeln entsandte Delegierte in den Rat bzw. in die Inquisitionskommission

Gaffelkommission Führungsgremium nach dem Umsturz

Gambe Vorläufer des Cellos

Generalinquisition umfassendes Ermittlungsverfahren

Greve Vorsitzender des kurfürstlichen Hochgerichts in Köln

Goldgulden 112 Albus; 8.000 Goldgulden waren ca. 11.500 Taler

Habnit Vermögensloser, dem die Steuern erlassen wurde

Heumonat Juli

Himmelreich Kaufmannszunft, nach ihrem Zunfthaus benannt

Hohes Weltliches Gericht die Blutgerichtsbarkeit oblag dem Kurfürsten. Das Gericht entschied nach Aktenlage und folgte regelmäßig dem Vorschlag des Rats

Hornung Februar

Hundertster Pfennig Steuer auf Grundbesitz und Vermögen (1 %)

in brevi (lat.) kurz, in kurzer Zeit

Jabot Spitzen- oder Seidentuch wie eine Krawatte getragen

Justeaucorps barockes, bis knapp zum Knie gehendes Jackett

Kohlenschürger, Kornmüdder amtliche Kohlen- und Kornmesser zur Feststellung, ob die Ware dem Frachtbrief entsprach

Kavalierstour Bildungsreise junger Adliger nach der Schule
Laterna magica Art Diaprojektor mit einer Kerze oder Öllicht
Lintenkrämer Händler für Bänder und Kleideraccessoires
Mandat Befehl, Auftrag
Maßglas Glas mit eingearbeiteten Glasfaden als Füllmaß
Mitgift Erbteil der Tochter, das an ihren Gatten gezahlt wurde
mon frère (frz.) mein Bruder, Bezeichnung eines Freunds
Moen Muhme, Gevatterin, Tante
Niederländer großes Frachtschiff
Obolus (lat.) finanzieller Beitrag
Offizial Vertreter des Erzbischofs in der Gerichtsbarkeit
Pasquillen Schmähschriften
Perioche Theaterprogrammheft
Pickelhering gepökelter Hering, Hanswurst
postulata (lat.) Forderungen
protector Coloniae (lat.) Schützer Kölns, wohl in Anlehnung an den Lord Protector Oliver Cromwell (1599–1658)
recompens (lat.) Schadensersatz
Reichshofrat in Wien, seit 1559 neben dem Reichskammergericht die höchste gerichtliche Instanz in Deutschland
Relation Gutachten, Bericht
Remise Wagenschuppen
Rentkammer Stadtkasse, Kämmerei
Rentmeister für die Finanzen zuständiger Ratsherr
Resident örtlicher Vertreter des Kaisers, Konsul
Rummeltopf ein mit Tierhaut bespannter Topf, womit man mit einem Stab Schweinequieken imitierte

Sackpfeife Dudelsack

Sancta Maria ... Heilige Maria, Mutter Gottes, bete für uns Sünder

salva venia (lat.) mit Verlaub

Sarwörter Zunft der Rüstungsberufe, Handschuh- und Hutmacher

Schreinsbuch Grundbuch

Sechsherren der Ausschuss mit je zwei Bürgermeistern, Rentmeistern und Präsidenten des Fiskalgerichts bestimmte die Politik

Societas Jesu (SJ) Jesuitenorden

Stimmeister für innere und äußere Sicherheit zuständiger Ratsherr

Subkommission das Ermittlungssverfahren über die Geächteten oblag einer Unterkommission, das Urteil fällte der Reichshofrat

Theorbe Basslaute (Laute mit überlangem Hals)

Verbund- und Transfixbrief Verfassung Kölns, die nach zwei Aufständen (1396, 1513) eine basisdemokratische, zunftgebundene Regierungsform vorschrieben

Virginal Vorläufer des Cembalos und Klaviers

Vivat Er lebe (hoch)!

Weinmeister für den Handel zuständiger Ratsherr

Weinmonat Oktober

// Danksagung //

Elfi Reif verdanke ich, dass „Gülichplatz“ die Gestalt erhalten hat, wie Sie, liebe Leserinnen und Leser, ihn nun vor sich liegen haben. Als Erste hat sie das Manuskript gelesen und sorgsam lektoriert. Ihre fundierte Kritik hatte in mehreren Teilen tiefgreifenden Einfluss auf den Text. Sie machte mich mutiger, meinen Leserinnen und Lesern viel Historie nahezubringen. Während einem ausgiebigen Mittagessen diskutierten wir über den Rebellen Nikolaus Gülich, der eigentlich kein Rebell sein wollte, und nichts beflügelt mehr als gute Gespräche. Philipp Gierenstein gab im Endlektorat einfühlsam dem „wahren Roman“ den letzten Schliff.

Mit Rat und Tat unterstützte mich Burkhard zur Bonsen, dem ich großen Dank schulde. Dank auch an Raphaela Schalk, die den ersten Entwurf zum Umschlagbild fertigte, der mich während meiner Schreibarbeit immer wieder motivierte. Meinem lieben Ehemann Hans danke ich für seine Geduld und den Verzicht auf viele Plauderstunden.

Das Buch widme ich in Liebe meiner Mutter Ruth Rutschke (24.11.1923–26.03.2010), die meine noch unausgegorenen Anfangswerke als Erste las.

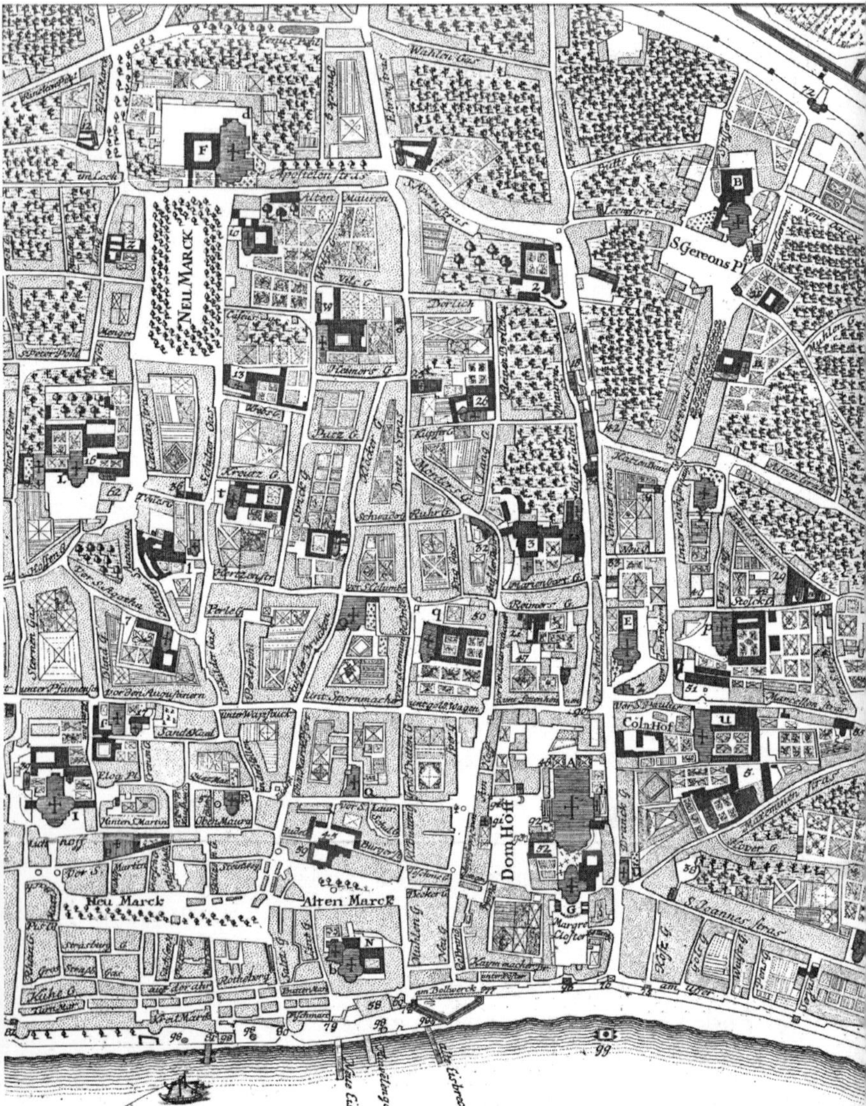
NEU MARCK
S.Gereons Pl.
Heu Marck
Alten Marck
Dom Hoff
Cöln Hoff
RHEIN FLUS

Auf Nikolaus Gülichs Spuren durch Köln

anhand eines Ausschnitts des Stadtplans
von Johann Valentin Reinhardt
1752

Zwischen Heu- und Alter Markt (Gaffelhäuser Himmelreich und der Schmiede) führt die Straße Obenmarspfort zum Stadtkern. Die erste Querstraße rechts, die Judengasse, geht zum Ratsplatz mit den drei beim Umsturz versperrten Zugängen. Die nächste Querstraße links mit Sankt Alban (R) führt zum Quartermarkt (Verkauf von Wolfskehls Inventar). Die rechtwinklig ausgesparte Fläche ist der Gülichplatz (Jülichs pl.), wo das Verhannenhaus stand.

Vom Heumarkt aus (Hinrichtungsstätte Hesselmanns) führen zwei Gassen zum Friedhof Klein Sankt Martin (Aufbahrungsort Hesselmanns). Groß Sankt Martin (N) liegt zwischen Rhein und Alter Markt. Zwischen dem Cölnhof (Kurfürstenpalais) und dem Dom mit dem Margaretenkloster, wo das kurfürstliche Gericht durch Terror zum Todesurteil gegen Hesselmann gezwungen wurde, verläuft die Trankgasse mit dem Trankgassenturm (76). Das neben dem Cölnhof gelegene Jesuitenkolleg mit der Kirche Mariae Himmelfahrt (U) liegt an der Marcellenstraße, die in ihrer Verlängerung zum Eigelstein führt, wo das zur Plünderung freigegebene Haus Judenduncks stand, möglicherweise auch das des ermordeten Bierbrauers Schleumer. Am Eigelsteintor setzten die Kölner zugunsten Gülichs dem Murckensumsturz ein Ende. Auf dem Neumarkt war Gülich drei Monate im Alexanerkloster in Haft.

Gabriele Hamburger, im Dezember 1953 in Karlsruhe geboren, ist verheiratet und lebt in Königswinter. Die promovierte Juristin recherchierte 20 Jahre lang über das Leben im Rheinland im 17. Jahrhundert. Das Ergebnis ihrer Forschungen hat sie mit dem Protagonisten Christoph Sechem von Merhoffen in einer Trilogie festgehalten. „Gülichplatz" ist nach „Exitus" (2013) und „Vanitas" (2011) der letzte Teil, wobei alle drei Romane auch ohne Kenntnis der Vorgänger mühelos gelesen werden können. Zuletzt erschien 2015 ihr Kurzgeschichtenband „Herzlichen Glückwunsch" mit Leuten von heute.